Olaf Schmidt

Der Oboist des Königs

Olaf Schmidt

Der Oboist des Königs

Das abenteuerliche Leben des Johann Jacob Bach

Roman

Galiani Berlin

MIX
Papier aus verantwortungsvollen Quellen
FSC® C014496
www.fsc.org

Verlag Kiepenheuer & Witsch, FSC® N001512

1. Auflage 2019

Verlag Galiani Berlin

Umschlaggestaltung Manja Hellpap und Lisa Neuhalfen, Berlin
Umschlagmotiv Antoine de Favray, Wikimedia Commons;
Ornament Unter Benutzung eines Ornaments von visnezh/Freepik
Lektorat Wolfgang Hörner
Gesetzt aus der Minion
Satz Buch-Werkstatt GmbH, Bad Aibling
Druck und Bindung GGP Media GmbH, Pößneck
ISBN 978-3-86971-185-0

Weitere Informationen zu unserem Programm
finden Sie unter *www.galiani.de*

Für Silke, Frederik und Alma

ERSTER TEIL

In die Ohren könnten wir wohl schreien, aber ein jeglicher muss für sich selber geschickt sein in der Zeit des Todes: Ich würde dann nicht bei dir sein noch du bei mir.

Martin Luther, Erste Predigt zum
Sonntag Invocavit 1522

I.

Nacht

Eisenach
1695
Sonntag Invocavit

Ein Schrei zerriss die Stille, metallisch-grell, ohrenbetäubend. Sebastian umklammerte Jacobs Hand, so fest, als zöge es ihn in eine grundlose Tiefe hinab. So hatte er sich an ihm festgehalten, als sie letzten Winter beim Eislaufen auf dem Weiher eingebrochen waren. Die Sache war glimpflich ausgegangen, Jacob hatte zuerst sich selbst, dann mit letzter Kraft Sebastian aus dem Wasser gezogen.

Die Brüder kehrten vom Gottesacker heim, wo sie bei der Beerdigung der Witwe Heesemann gesungen hatten. Es war schon dunkel und bitterkalt. Zwar lag kaum noch Schnee, aber der Wind fegte mit schneidender Kälte durch die Straßen und Gassen. Wer irgend konnte, blieb bei solchem Wetter zu Hause. Doch sie, die Söhne des Hof- und Stadtmusikus Johann Ambrosius Bach, zählten nicht zu diesen Glücklichen. Die Musik war ihr Gewerbe, und sie kamen ihm nach, wie der Bauer seinen Acker pflügte, der Bäcker sein Brot buk, der Schuster seine Schuhe flickte.

Vor drei Tagen war die Witwe Heesemann im Armenhaus gestorben. Mancher hätte die Leiche lieber brennen sehen. Denn es bestand kein Zweifel daran, dass die Heesemännin eine Hexe gewesen war. Hatte Anne, ihre Magd, nicht mit eigenen Augen gesehen, wie sie sich hinter den Kornspeicher gehockt und in eine Grube ihr Wasser gelassen hatte, aus der sogleich Hunderte und Tausende von Mäusen gekrochen waren? Und die Kinder, denen sie auf der Straße Nüsse geschenkt hatte, die sich in Kot verwandelt hatten? Dennoch hatte der Pfarrer darauf bestanden, sie christlich zu bestatten.

Jeder wusste, dass die Leiber der Hexen, wenn sie, um ihren abscheulichen Sabbat zu begehen, auf die Hörselberge flogen, im Bett lagen, als wären sie tot. Und wenn sie ihre zurückgelassenen Körper nicht mehr vorfanden …

Wie ein riesiger schattenhafter Rabe raste die körperlose Unholdin durch die Nacht und goss ihren Fluch über der Stadt aus.

Sebastian zitterte. Jacob legte einen Arm um ihn, suchte nach Trostworten.

Wenn sie einfach losrannten? Aber wohin? Das Schreien und Gellen war überall, der Bruder vor Schreck wie gelähmt.

Da hörte es auf. Plötzlich war es still. So vollkommen still, dass Jacob der geisterhafte Schrei ganz unwirklich vorkam, als habe er ihn sich bloß eingebildet. Aber Sebastian hatte ihn nicht losgelassen. Er hatte es auch gehört.

Jacob öffnete den Mund. Er wusste nicht, was er sagen sollte, aber er musste diese Grabesstille durchbrechen.

Da zerfetzte abermals ein mörderischer Lärm das Schweigen, er prasselte wie Rutenstreiche auf sie nieder. Sebastian entriss ihm die Hand und hielt sich mit schmerzverzerrtem Gesicht die Ohren zu.

Jetzt war Jacob hellwach, und mit einem Male – musste er lachen. Er versuchte, dagegen anzukämpfen, aber das Gelächter brach sich unwiderstehlich Bahn.

Sebastian starrte ihn an, entsetzt, verwundert. Da stimmte er in das Lachen ein. Die beiden Brüder lachten und lachten, bis ihnen die Tränen übers Gesicht liefen.

Unversehens, wie auf Verabredung schwiegen sie still und lauschten.

Der Radau tobte schrecklicher denn je. Aber nicht die Heesemännin heulte ihren Rachegesang, es war die Armsünderglocke der Georgenkirche, die mit ihrem schauderhaft unreinen Des die Passionszeit einläutete. Zwischen dem Sonntag Invocavit und Ostern unterblieb das volle Geläut. In dieser Zeit musste die Glocke ihren Dienst allein verrichten. Umso mehr legte sich Küster Kegenfuß ins Zeug. Er ließ das Glöcklein läuten, als wäre der Jüngste Tag angebrochen.

Jacob stieß den Bruder in die Seite: »Komm, wir gehen heim.«

Keiner von beiden würde zu Hause ein Wort über den Vorfall verlieren.

Über den menschenleeren Frauenplan stolperten Jacob und Sebastian hinüber zur Fleischgasse. Es war finster, und die spiegelglatten Pfützen, die Rillen und niedrigen, aber hart gefrorenen Wälle, die Wagen und Karren im vormals weichen Boden hinterlassen hatten, boten unzählige Gelegenheiten, sich die Beine zu brechen. Die Brüder froren erbärmlich in ihren fadenscheinigen Kurrendemänteln.

Zur Beerdigung der Heesemännin waren nur Pfarrer Heinlein, der Totengräber Stülpnagel mit seinen drei Söhnen und der Chor erschienen, der außer Jacob und Sebastian heute bloß aus dem Präfekten Bienengräber und den Quintanern Schultz, Finke und Schmidt bestand. Schultz war der Einsatz als Strafe für eine unpassende Bemerkung im Religionsunterricht auferlegt worden. Finke und Schmidt waren schwer erkältet und hatten fast keine Stimme, aber sie durften nicht fehlen, weil ihre Familien jeden Pfennig nötig hatten. Vor Kälte bibbernd, hatten sie zwei Choräle heruntergeleiert: *O Mensch, bewein dein Sünde groß* und *O Haupt voll Blut und Wunden.* Selbst Pfarrer Heinlein hatte sich kurzgefasst. Die ganze Zeremonie hatte keine Viertelstunde gedauert.

Noch während sie den Friedhof verließen, waren die Stülpnagels an ihre Arbeit gegangen. Die Erde, die sie am Morgen ausgehoben hatten, war längst wieder steinhart gefroren. Wie Bergleute schlugen die Männer mit ihren Spaten Brocken aus dem Haufen und ließen sie Schlag auf Schlag auf den dünnen Sargdeckel krachen, der früher oder später der sich stetig vergrößernden Last nachgeben und einbrechen würde. Gerade bei Armenbegräbnissen passierte das oft. Die Stülpnagels kümmerten sich nicht darum, sie wollten nur die Plackerei hinter sich bringen.

Den Pfarrer Heinlein kümmerte es sehr wohl. Er verlangsamte seine Schritte und schien schon im Begriff, sich umzuwenden. War es nicht seines Amtes, dafür zu sorgen, dass alles ordnungsgemäß und würdig ablief? Aber dann beschleunigte Heinlein wieder seinen Gang. Was würde sein Einschreiten bewirken? Im besten Falle ein gleichgültiges Achselzucken, dazu vielleicht eine gotteslästerliche Bemerkung. Die Stülpnagels waren für ihre Schlagfertigkeit gefürchtet, bei einem etwaigen Wortgefecht konnte er nur den Kürzeren ziehen. Was sollte es? Ohnedem war ja die Seele der Heesemännin längst bei ihrem Schöpfer. Mochte ihr Leib ohne intakten Sargdeckel in der Erde ruhen, er, Leopold Fürchtegott Heinlein, hatte seine Schuldigkeit getan.

Am Friedhofstor musste Finke den Pfarrer an die schuldigen Groschen erinnern. Hastig und scheelen Blickes, als wäre es ein Judaslohn, drückte Heinlein den Schülern die Münzen in die steif gefrorenen Hände. Bienengräber (als Präfekt erhielt er zwei Groschen), Schultz, Finke und Schmidt sagten ihr Dankeschön und machten sich vom Acker.

Als die Reihe an Jacob und Sebastian kam, machte Heinlein keinerlei Anstalten, ihnen den sauer verdienten Groschen auszuzahlen. Schweigend blinzelte er sie mit seinen kurzsichtigen Gelehrtenaugen an. Die Nase in seinem langen blassen Gesicht war gerötet. Der Pfarrer zog ein Spitzentaschentuch aus dem Ärmel und schnäuzte sich umständlich. Nachdem er das Tüchlein sorgfältig wieder eingesteckt hatte, hub er an: »Liebe Kinder, auf ein Wort …«

Ein dumpfer Schlag, dann ein Geräusch, das an das Rascheln von Stroh erinnerte: Der Sargdeckel der Heesemännin war unter der steinschweren Last eingebrochen. Die Stülpnagels schürften ungerührt weiter. Das Poltern, mit dem die Erde im Grab landete, klang nun gedämpfter.

Heinlein hatte den Faden verloren. Doch gleich besann er sich. Der Pfarrer kramte in seinen Manteltaschen herum, bis er einige Münzen fand. Er drückte ihnen nacheinander die Hand. Sein Griff war schlaff und feucht, trotz der Kälte schwitzte er.

Dann stülpte sich Fürchtegott Heinlein seinen Kastorhut über die Perücke und stapfte davon.

Das Haus in der Fleischgasse stand wie verlassen. Aus den Fenstern schien kein Licht wie sonst. Kein Laut war zu hören. Gewöhnlich ging es hier bis in die Nacht hinein zu wie in einem Taubenschlag: Mägde, Lieferanten, Lehrjungen, Kollegen und Freunde des Vaters gaben sich die Klinke in die Hand. Unablässig ließ sich ein Klopfen, Feilen, Schleifen, Zupfen und Tuten vernehmen. An den Clavichorden, Cembali, den Geigen, Bratschen, Gamben, Kontrabässen, Lauten, den Pommern, Schalmeien, Zinken, den Posaunen und Trompeten war immer etwas zu richten, zu stimmen oder zu polieren. Dazwischen ertönten Tonleitern, Etüden, Rigaudons, Allemanden, Fugen, Improvisationen auf allen Instrumenten und Gesang. Klang füllte jeden Winkel des Stadtmusikerhauses.

Nun war es still.

Als Jacob und Sebastian den Hausflur betraten, stand der Onkel vor ihnen. Er hielt ein Talglicht in der Hand, seine Gesichtszüge waren durch das Flackern der Kerze unheimlich verzerrt. Er sagte nichts, es war, als blicke er durch die Brüder hindurch. Hatte er sie überhaupt bemerkt? Hinter ihm öffnete sich lautlos die Tür. Es war der Kantor Dedekind. Sie erkannten ihn an seiner gedrungenen Gestalt, auf der ein viel zu großer Kopf saß. Langsam trat Dedekind an den Onkel heran, nahm ihm das Licht ab und flüsterte ihm etwas ins Ohr. Johann Christoph Bach nickte kaum merklich, fuhr sich mit der Hand übers Gesicht und kehrte in die Wohnstube zurück.

Dedekind sah ihm kurz nach, dann wandte er sich ihnen zu. Jacob merkte, dass Sebastian und er sich wieder an den Händen hielten. Dedekind sah sie an. »Sebastian, Jacob – der Vater …« Er sprach nicht weiter. Seine Blicke schweiften ziellos im Raum umher. Er musste nicht weitersprechen, sie wussten, was er ihnen zu sagen hatte. Sie hatten es die ganze Zeit über gewusst. Als sie sich zum Friedhof aufgemacht hatten. Als sie am Grab der Heesemännin gesungen hatten. Als Heinlein sie so seltsam angeblinzelt hatte. Als sie sich auf dem Heimweg vor dem Glockengeläut der Georgenkirche gegraust hatten.

Der Vater war gestorben.

Seit im verwichenen Jahr sein Zwillingsbruder Christoph, Hof- und Ratsmusiker zu Arnstadt, plötzlich und ohne vorherige Anzeichen von Krankheit das Zeitliche gesegnet hatte, war Johann Ambrosius Bach von der Gewissheit durchdrungen, dass nun auch seine Tage gezählt seien. Nichts und niemand, weder die Mutter noch seine engsten Freunde, der Vetter Johann Christoph Bach und der Kantor Andreas Christian Dedekind, hatten ihn von dieser Überzeugung abzubringen vermocht. Pfarrer Heinlein hatte dem Vater Vorhaltungen gemacht, ein solcher Aberglaube sei eines Christenmenschen unwürdig, ja, er halte es, geradeheraus gesagt, für eine Sünde, sich auf solche Weise selbst dem Tod zu überantworten: *Deine Zeit steht in Seinen Händen!*

Ambrosius widersprach nicht. Und erwartete den Tod.

Christoph und Ambrosius hatten sich geglichen wie ein Ei dem anderen, selbst ihre Ehefrauen hatten sie mitunter nur schwer auseinanderhalten können. Auch die Art, wie sie sich benahmen und sprachen, ihre Spielweise, ob auf der Geige (beider Lieblingsinstrument) oder dem Zink, war ein und dieselbe. Bei ihren Improvisationen folgten sie denselben Einfällen; Vorhalte, Doppelschläge, Triller, noch die geringste Verzierung führten sie in derselben Manier aus. Ihre ganze Gemütsart war identisch: War einer der Brüder niedergeschlagen, fröhlich, gesund oder krank, so war es der andere auch. Es war, als wäre dieselbe Person zweimal vorhanden. Und wenn Christoph tot war, wie sollte Ambrosius am Leben bleiben?

Der Tod war kein Fremder für sie, er war schon oft bei den Bachs zu Gast gewesen. Die Eheleute Johann Ambrosius und Maria Elisabeth hatten vier Kinder verloren, zuletzt vor vier Jahren Johann Baltasar, der nach der Lehre beim Vater als wandernder Musikergeselle auf der Landstraße zwischen Erfurt und Sangerhausen erschlagen worden war. Die Erfurter Vettern des Vaters, Christian und Nicolaus Bach, waren der Pest zum Opfer gefallen. Christians Sohn, der ebenfalls Johann Jacob hieß, war als Lehrjunge zu Ambrosius gekommen, ein überaus talentierter Violinist, der zu den größten Hoffnungen Anlass gab. Vor zwei Jahren hatte ihn die Kriebelkrankheit, das schreckliche Antoniusfeuer, befallen. Nach einer Woche Qual hatte ihn der Tod erlöst. Und es waren noch mehr, viel mehr. Die Zahl der Toten übertraf diejenige der Lebenden bei weitem.

Wochen vergingen, doch Ambrosius' letzte Stunde ließ auf sich warten. Hatte der Herr ihn vergessen? Nachts betete er laut: *Warum ist das Licht gegeben dem Mühseligen und das Leben den betrübten Herzen, die des Todes warten, und er kommt nicht?* Von seinem Amt hatte sich Johann Ambrosius Bach beurlauben lassen. Musik mochte er nicht einmal mehr hören, die Proben durften nicht mehr im Stadtpfeiferhaus stattfinden. Die Gesellen und Lehrjungen übernahmen seine Aufgaben, so gut sie es vermochten. Aber lange konnte das nicht so weitergehen. Schon ließen Rat und Hof anfragen, wann denn der Herr Stadtmusikus seinen Dienst wieder aufzunehmen gedenke.

Seinen Kindern kam Ambrosius mehr und mehr wie ein Fremder vor. Sie betraten die Schlafkammer nur noch, um

Bericht zu erstatteten, wie dieser oder jener Einsatz verlaufen sei. Aber der Vater hörte ihnen nicht zu.

Wie schon früher in Zeiten der Niedergeschlagenheit verließ Ambrosius sein Bett tagelang nicht. Er befahl der Mutter, ihm ein Totenhemd zu nähen, um bereit zu sein, falls Gott ihm doch noch die Gnade des Todes erwiese. Sie tat, was er wollte. Die Mutter pflegte ihn wie einen bettlägerigen Kranken. Sie redete mit Engelszungen auf ihn ein, wenigstens ein paar Bissen zu essen, wachte nächtelang an seinem Bett. Bald sorgten sie sich mehr um die Mutter als um den in seiner Trauer begrabenen Vater. Sie verfiel zusehends, ihre Haare wurden von Tag zu Tag grauer, bis sie ganz weiß waren. Sie, die sonst mit kraftvoller Stimme Aufträge erteilte, das Gesinde ermahnte, den Haushalt ordnete, flüsterte nur noch. Die Mutter betete oft, nicht nur morgens und abends und vor den Mahlzeiten, auch während der Arbeit, beim Kochen, bei der Wäsche. Drei Wochen nach Ostern brach Maria Elisabeth Bach ohnmächtig zusammen. Man legte sie ins Bett, neben den Vater, der seinen Kopf im Kissen vergrub. Die Mutter erwachte nicht wieder aus ihrer Bewusstlosigkeit. Am Morgen nach ihrem Zusammenbruch fand die Magd sie tot im Bett. Der Vater tobte und schrie, stieß jeden weg, der sie berühren wollte, und klammerte sich an den Leichnam seiner Frau. Erst Dedekind und Doktor Burchardi vermochten ihn so weit zu beruhigen, dass er sie, nach zwei Tagen und zwei Nächten, frei gab.

Als sie die Mutter auf dem Stadtgottesacker begruben, schien die Sonne. Es war ein heller, warmer Frühlingstag. Die Vögel sangen. Als ginge das Leben einfach weiter. Als wäre der Tod nur ein Gerücht.

Jeden Morgen erwachten sie in dem festen Glauben, alles sei nur ein Albtraum gewesen. Doch dieser Albtraum erwies sich immer wieder aufs Neue als Wirklichkeit. Die Pendeluhr in der Wohnstube schlug nicht mehr, ihr Ticken ordnete nicht mehr die lautlose Unendlichkeit der Zeit. Die Tage schlichen eintönig dahin, einer wie der andere.

Die abergläubische Anne, ihre Magd, hatte es in dieser Gruft, wie sie es nannte, nicht mehr ausgehalten. Ihren Knecht Samson, ein gutmütiger, aber geistesschwacher Riese, hatten die Ereignisse völlig durcheinandergebracht. Er schlich den ganzen Tag um das Haus herum, machte sich sinnlos im Stall zu schaffen und sprach mit niemandem. Die Lehrlinge und Gesellen trieben sich in den umliegenden Dörfern herum, spielten auf eigene Rechnung, auf Taufen, Hochzeiten und anderen frohen Anlässen. Jacob, Sebastian und Salome geisterten durch das menschenleere Haus. Sie verzehrten, was noch in der Speisekammer vorhanden war, legten sich hin, wenn sie müde waren, schliefen in ihren Kleidern.

Der Vater war nach wie vor nicht ansprechbar. Er wälzte sich in seinem Bett und bettelte Gott um den Tod an. Salome stellte ihm jeden Morgen eine Schüssel mit Hafergrütze in die Kammer, die er nie anrührte. Sie waren Gefangene, gefangen in einer trostlosen Nacht, die kein Ende nehmen wollte.

Zwischen Schlaf und Aufwachen war Jacob einmal der Gedanke gekommen: Wenn nun nicht die Mutter, sondern alle anderen, der Vater, Salome, Sebastian und er selbst, gestorben wären? War die Vorstellung so abwegig? So musste es doch sein, wenn man tot war. Wenn sie aber selbst gestorben waren, hätten sie nicht in den Himmel kommen müssen? Doch mit dem, was Dedekind und Heinlein ihnen über den Himmel erzählt hatten, hatte die Düsternis, die sie umgab, nichts zu tun. Also waren sie entweder noch am Leben – oder in der Hölle. Allerdings schien es zwischen den beiden Möglichkeiten keinen nennenswerten Unterschied zu geben.

Selbst diese Nacht nahm ein Ende.

Irgendwann, es konnten nur ein paar Tage vergangen sein, aber sie waren ihnen wie eine Ewigkeit vorgekommen, stand der Kantor Dedekind vor der Tür. Mit einem Blick erfasste er die Lage und nahm die Dinge in die Hand.

In den ersten Stunden drang kein Laut aus der Schlafkammer.

Irgendwann hörte man leises Reden. Dazwischen langes Schweigen. Am dritten Tag ließ sich ein lautes Geschrei vernehmen. Dedekind, der im Unterricht nie die Stimme erhob, den nichts aus der Ruhe zu bringen vermochte, betete laut, er bedrohte den Vater, er schalt und brüllte. Als der Kantor die Kammer verließ, war sein Gesicht bleich vor Erschöpfung. Aber er hatte gesiegt. Mit unnachgiebiger Beharrlichkeit und übermenschlicher Langmut war es ihm gelungen, sich in das finstere Verlies, in das der Vater seine verwundete Seele gesperrt hatte, Einlass zu verschaffen und die bösen Geister, die Ambrosius quälten, auszutreiben.

Als der Vater sich von seinem Lager erhob und mit unsicheren Schritten in der Stube umhertappte, staunten sie ihn an, als sei er wahrhaftig von den Toten auferstanden. Und war es nicht so? Johann Ambrosius Bach glaubte nicht mehr, seinem Bruder nachsterben zu müssen. Sogar vor seinen Kindern legte er das Bekenntnis ab: Er habe sich geirrt. *Ihr Verstand ist verfinstert, und sie sind fremd geworden dem Leben, das aus Gott ist, durch die Unwissenheit, die in ihnen ist, durch die Verstockung ihres Herzens.* Sich selbst dem Tode zu überantworten, war eine Sünde. Gott strafte ihn zu Recht, wenn ER ihn zum Witwer, seine Kinder zu Waisen machte. Ambrosius hatte Seinen Richtspruch vernommen. Und lebte weiter.

Im November, ein halbes Jahr nach Elisabeth Bachs Tod, heiratete der Vater Barbara Margaretha Bartholomaei, eine verwitwete Schwägerin des Kantors Dedekind. Wie bei Zweitverheiratungen üblich, wurde keine Hochzeitsfeier abgehalten, Pfarrer Heinlein traute das Paar in aller Stille im Stadtpfeiferhaus.

Barbara Margaretha Bartholomaei, geborene Keul, war anderthalb Jahrzehnte jünger als Ambrosius. Zwei Männer waren ihr hintereinander nach kurzer Ehe gestorben. Gegen die Kinder benahm sich die Stiefmutter weder freundlich noch feindselig. Niemals hörte man Barbara Margaretha sich über irgendetwas beklagen, aber sie freute sich auch über nichts. Sie lachte nie, sie weinte nie. Es war, als sei alles, was an menschlichen Regungen einmal in ihr gewesen war, restlos verbraucht. Auch nach der Wiederverheiratung trug sie stets ihre Witwentracht. Der Vater, der sich früher, zumal wenn er bei Hofe auftrat, gerne à la mode gekleidet hatte, ging ebenfalls nur noch im schlichten schwarzen Rock einher. Das Einzige, was die beiden Neuvermählten miteinander verband, war ihre Trauer.

Die Stiefmutter brachte zwei Töchter ins Haus, Catharina, zwölf, und Christina, neun Jahre alt, verwilderte Geschöpfe, die sich in einer Art Geheimsprache miteinander verständigten, überhaupt unter sich blieben und ihren Stiefgeschwistern das Leben zur Hölle machten. Catharina und Christina kannten keine Verbote, sie taten, wonach immer ihnen der Sinn stand, und dazu gehörte nicht die Hausarbeit. Die blieb an Maria Salome hängen, die sich bitter beim Vater über die bösen Schwestern beklagte. Ambrosius zeigte wie immer Verständnis, erklärte sich jedoch in dieser Angelegenheit für nicht zuständig. Salome zog sich, wie sie es immer getan hatte, in die Speisekammer zurück und richtete sich an dem Gedanken auf, dass ihre Tage in Eisenach gezählt waren. Bald würde sie ihren eigenen Haushalt führen. Ihre Verlobung mit dem Kürschnermeister Andreas Wiegand in Erfurt war seit einem halben Jahr beschlossene Sache.

Jacob und Sebastian war solcher Trost nicht beschieden. Auch für sie war das Stadtpfeiferhaus ein ungemütlicher Ort geworden. Nach Möglichkeit hielten sie sich dort nur zu den Mahlzeiten auf. Vormittags besuchten sie die Georgenschule, nachmittags sangen sie in der Kurrende oder probten mit dem Chorus musicus in der Kirche.

In seiner Freizeit streunte Jacob mit den anderen Quartanern durch die Gassen der Stadt, durchstreifte den Wald oder wanderte zur Wartburg hinauf, während Sebastian jede freie Minute bei Johann Christoph Bach in der Georgenkirche verbrachte.

Der Onkel ließ sich seine Orgel umbauen, sodass der Bruder, der mit seinen neun Jahren schon genau wusste, dass auch er einmal ein Organist werden würde, das gewaltige Instrument in seinen kleinsten Einzelteilen studieren konnte.

So war das Leben mehr oder weniger in seine alten Bahnen zurückgekehrt. Der Vater hatte seine Arbeit wiederaufgenommen, die Stadtpfeiferei machte ihrem guten Namen wieder Ehre. Aber niemand, der den alten Johann Ambrosius Bach gekannt hatte, konnte bestreiten, dass der Mann nur noch ein Schatten seiner selbst war. Ein einziges Mal hatten man ihn noch lächeln gesehen: auf der Hochzeit seines ältesten Sohnes Johann Christoph in Ohrdruf, als der kleine Sebastian zusammen mit Meister Pachelbel, Christophs Lehrmeister, musiziert hatte.

Im darauffolgenden Winter wurde der Vater am Leibe krank. Das Fieber wollte nicht weichen. Er litt unter heftigem Schüttelfrost, sein Verstand war tagelang getrübt. Im Fieberwahn sprach er mit dem toten Zwillingsbruder und der Mutter. Dazwischen gab er seine Musikern Anweisungen: »Im zwölften Takt staccato! – Die Herren Posaunisten, nicht so zaghaft! Jacob, achte auf deinen Strich! – Sebastian …«

Eines Morgens war Ambrosius' Haut über und über mit blauen, später roten Malen übersät. Der eilig herbeigeholte Doktor Burchardi diagnostizierte Fleckfieber und verschrieb allerlei Arzneien, die ein Vermögen kosteten, aber nicht anschlugen. Am 20. Februar 1694 gab Johann Ambrosius Bach seinen Geist auf.

Nach der Sitte wurde der Vater für einen Tag im Hausflur aufgebahrt. Freunde und Kollegen kamen, um sich von ihm zu verabschieden. Ambrosius trug seinen Hausrock aus grüner japanischer Seide, den er zu Lebzeiten, vor dem Tode der Mutter, so geliebt hatte. Sonst erinnerte nichts an den stattlichen, stolzen Mann, der einmal Johann Ambrosius Bach gewesen war, der geachtete und allseits bewunderte Stadtpfeifer von Eisenach, der mit Orgel, Geigen, Singen, Trompeten und Heerespauken dreinschlug, dass den Hohen Herren des Rates und des herzöglichen Hofes die Perücken vom Kopfe flogen, der unermüdliche Lehrer, der seine Schüler, eigene Söhne wie Lehrjungen, streng, aber geduldig in allen Instrumenten unterwies, der Virtuose, zu dessen Geigenspiel die braven Eisenacher den Mund nicht mehr zubekamen. Nein, diese ausgezehrte, wächserne Gestalt war nicht ihr Vater. Es war seine leere Hülle. Ihr Vater war lange vor seinem leiblichen Tod gestorben.

Nachdem am Abend der letzte Besucher gegangen war, erschien Pfarrer Heinlein. Scheu betrachtete er den Toten. In seinem Blick lag Erleichterung, ja Befriedigung: Alles war zu einem guten Ende gekommen. In Frieden mit sich und seinem Herrgott war Ambrosius Bach entschlafen. Und daran hatte er, Heinlein, einen nicht geringen Anteil. Gewiss, er hatte nichts als seine Seelsorgerpflicht getan. Dennoch: War es nicht auch ihm, Heinlein, zu verdanken, dass dieser arme Mensch letzten Endes doch noch seine unselige Verirrung eingesehen und reuig wieder zum Glauben gefunden hatte? Heinlein war von sich selbst gerührt. Und diese Rührung war nicht zu überhören, als er nun allen Ernstes bedauerte, dass es ihm nach Gottes Willen nicht vergönnt gewesen sei, dem selig Verblichenen die Beichte abzunehmen und mit eigener Hand die Augen zu schließen; es sei einfach zu rasch gegangen.

Von wegen. Es hatte lange gedauert. Dedekind hatte dem Vater die Hand gehalten und die Augen zugedrückt. Und in Wahrheit war der Pfarrer keineswegs betrübt darüber, nicht zur Stelle gewesen zu sein. Denn das Sterben bekam ihm nicht, es schlug ihm auf den Magen, raubte ihm den Schlaf, machte ihn tagelang arbeitsunfähig. Jeder wusste es. Wer im Sterben lag, durfte von ihm keinen Beistand erhoffen. Darum holte man ihn nach Möglichkeit erst, wenn alles vorbei war. Aber dann! Bei der Trostspendung machte Heinlein niemand etwas vor.

»Wir wollen beten.«

Fürchtegott Heinlein hatte sich zu Füßen des offenen Sarges aufgestellt. Die Stiefmutter, Catharina und Christina knieten zur linken, Maria Salome, Jacob und Sebastian zur rechten Seite.

Nach einem endlosen Gebet blätterte Heinlein in seiner Bibel. Er tat immer so, als fände er die für den jeweiligen Anlass passende Stelle aus dem Stegreif, aber natürlich hatte er seine Zitate sorgfältig ausgewählt und mit kleinen Papierstreifen gekennzeichnet.

»Wir wissen aber«, begann er mit belegter, Kummer heuchelnder Stimme, »wir wissen, dass denen, die Gott lieben, alle Dinge zum Besten dienen, denen, die nach seinem Ratschluss berufen sind.« Heinlein schlug das Buch zu und sprach frei weiter. »Darum, Kinder«, sagte er, »darum wisset ihr auch, dass Gott euch solche Not nicht zum Verderben geschickt – oh nein, sondern euch dadurch zum Gebet treiben will, auf dass ihr den Glauben übet und Gott erkennen lernet – und lernet, mit den Sünden zu kämpfen und mit Seiner Hilfe zu obsiegen. Denn sonst lernten wir nimmermehr, was Glaube, Wort, Geist, Gnade, Sünde und Tod wären. Und damit würden wir denn Gott nimmermehr kennenlernen und würden nimmermehr rechte Christen.« Heinlein hielt inne und blickte, um die Wirkung seiner Worte zu überprüfen, in die Runde. »Er will«, fuhr er mit frischem Schwung fort, »Er will, dass du schwach sein sollst, solche Not zu tragen und zu überwinden. Auf dass du in Ihm stark werden lernest und er in dir durch Seine Stärke gepriesen werde. Amen.«

Als Heinlein seine Hände zum Vaterunser faltete, geschah es. Barbara Margaretha, die während der Predigt teilnahmslos ins Leere geblickt hatte, war aufgesprungen. Ohne ein Wort zu sagen, schritt sie auf den Pfarrer zu. Der schaute betreten auf den Leichnam, als flehe er ihn an, aufzustehen und seine Frau zur Ordnung zu rufen. Aber niemand kam Heinlein zu Hilfe. Die Stiefmutter stellte sich vor den bebenden Pfarrer hin, sie sah ihm unverwandt in die Augen. Gerade als sich Heinlein dazu durchgerungen hatte, sie anzusprechen, schlug ihm Barbara Margaretha Bach mit der Faust mitten ins Gesicht. Die Bibel fiel ihm aus der Hand. Das Blut schoss ihm aus der Nase, lief langsam als schwarzes Rinnsal über sein blasses Gesicht, besudelte sein blütenweißes Beffchen und tropfte auf den Boden.

Die Stiefmutter rührte sich nicht, ihr Blick war so ausdruckslos wie zuvor. Heinlein hielt sich die Hände vors Gesicht.

Die Tür ging, jemand betrat das Haus.

Ein Zucken durchlief Heinleins Körper. Er hob die blutverschmierten Hände, seine Augen waren weit aufgerissen. Er starrte auf das Blut, stammelte Unverständliches. Dann schluchzte er auf und stürzte, Dedekind, der eben den Raum betrat, zur Seite stoßend, zur Stube hinaus.

Dedekind kratzte sich verwirrt am Kopf und hob Heinleins Bibel auf, die zerfleddert und blutbefleckt vor dem Sarg lag.

Als er sich mit fragender Miene an die Stiefmutter wandte, erklang aus dem Nebenzimmer eine unzusammenhängende, aber wunderschöne Melodie. Dort stand das Cembalo des Vaters.

Jemand fantasierte darauf.

Es war Sebastian. In dem Tumult hatte er sich aus der Stube geschlichen.

Sebastian spielte und spielte. Endlos improvisierte er über alle Choräle, die er kannte, durch alle Tonarten, erfand die unwahrscheinlichsten Variationen, sodass die vertrauten Lieder seltsam entrückt und fremd klangen.

Dedekind und der herbeigerufene Onkel warfen sich ungläubige Blicke zu. Gewiss, Sebastian war über die Maßen begabt und fleißig. Aber wer hatte ihn so zu spielen gelehrt? Niemand hatte ihm je Kompositionsunterricht erteilt, er konnte noch nicht weit in die Harmonielehre eingedrungen sein. Sebastian musste sich seine Fertigkeit allein durch Zuhören und Ausprobieren angeeignet haben. Hätte der Junge sein Können zu irgendeinem früheren oder späteren Zeitpunkt offenbart, sie hätten nicht gezögert, ihn dem Herzog als Wunderkind vorzuführen. Vielleicht auch nicht. Denn seine Kunst war ihnen auch unheimlich. Was sollte aus dem noch werden?

Sebastian spielte weiter, bis alle Möglichkeiten ausgeschöpft waren, seine Kunst gleichsam an ihr natürliches Ende gekommen war. Als der letzte Ton verklungen war, erstarrte er. Kurz darauf begann er zu zittern. Hatte auch ihn das Fleckfieber gepackt? Sie brachten ihn zu Bett, gaben ihm warmes Starkbier zu trinken. Später fütterte Salome ihn mit Brei. Glücklicherweise erholte sich Sebastian rasch, er hatte sich stets einer robusten Gesundheit erfreut. Bereits am übernächsten Tag war Sebastian wieder auf den Beinen.

Vier Tage nach seinem Tod wurde Johann Ambrosius Bach neben seiner ersten Frau, Sebastians, Jacobs und Salomes Mutter, auf dem Friedhof an der Stadtmauer begraben. Die Lehrjungen, die Gesellen, Heinrich Halle und Melchior Paßvogel, und seine Musikerkollegen aus der Umgebung, darunter viele aus der Bachfamilie, spielten und sangen eine Motette, die der Vetter Johann Michael Bach aus Gehren komponiert hatte: *Gute Nacht, du Stolz und Pracht, dir sei ganz, du Leben, gute Nacht gegeben.*

Dazu läutete die Glocke der Georgenkirche.

II.

Exodus I

Zwischen Eisenach und Ohrdruf
1695
April

Als sie den Wald erreichten, setzte der Regen ein. Nach kaum einer halben Meile hatte sich die Straße in einen Sumpf verwandelt. Waren sie zuvor schon im Schneckentempo gereist, kamen sie nun so gut wie überhaupt nicht mehr voran. Dann passierte es: In einer Senke blieb ihr Karren, der bis obenhin mit Möbeln, Streich-, Blas- und Tasteninstrumenten beladen war, endgültig stecken. So laut Samson auch mit der Zunge schnalzte und die Peitsche knallen ließ, der alte Lutz, der sonst tagein, tagaus ohne das geringste Zeichen von Ermüdung den Pflug über den Acker zog, war am Ende seiner Kräfte. Ohne Hilfe würden sie nicht freikommen.

Von Beginn an hatte ihr Auszug unter keinem guten Stern gestanden. Gerade hatten die Gesellen ihren Wagen mit den Instrumenten, die Jacob und Sebastian aus dem Erbe des Vaters erhalten hatten, beladen, da brach die Achse. Weil der Schaden nicht sogleich hatte behoben werden können, hatte man ihr Gepäck auf einen alten Karren geworfen, ein Gefährt, von dem es hieß, dass darauf zur Zeit des Großen Krieges die Pestleichen aus der Stadt geschafft worden seien. Es war ein trauriger Abschied gewesen, eigentlich gar kein rechter Abschied. Denn die anderen waren alle schon fort: Die Stiefmutter war nach Regelung der Erbschaftsangelegenheiten zusammen mit den fürchterlichen Schwestern zu ihren alten Eltern nach Arnstadt gezogen und Maria Salome zu ihrem Andreas nach Erfurt. Die Hochzeit sollte im Frühling stattfinden. Weil die Familie noch um den Vater trauerte, würde es wieder keine Feier geben.

Und Jacob und Sebastian? Der Onkel konnte sie beim besten Willen nicht zu sich nehmen. Aber der andere Johann Christoph, ihr vierzehn Jahre älterer Bruder, hatte sich nicht lange bedenken müssen. So zogen sie nach Ohrdruf. Kantor Dedekind hatte seine Beziehungen spielen lassen und zwei Plätze in der Tertia des Lyceum Illustre Gleichense für sie erhandelt. Das Schulgeld durften sie durch Singen abgelten. Jacob und Sebastian mussten sich dem Chorus musicus und der Kurrende als Sänger zur Verfügung stellen. Sie würden nicht die einzigen Bachs in der Klasse sein: Ihr Vetter Johann Ernst, der Sohn des verstorbenen Zwillingsbruders Christoph, war mit seiner Mutter, die aus Ohrdruf gebürtig war, ebenfalls dorthin gezogen. Ernst war ein Jahr jünger als Jacob und ein Prachtkerl. Aus Prinzip ging er keiner Keilerei aus dem Weg. Jedenfalls würden Jacob und Sebastian von den neuen Mitschülern kaum etwas zu befürchten haben. Wenn man darüber nachdachte, sah die Zukunft nicht gar so düster aus. Und zumindest für Jacob würde es nur ein vorübergehender Aufenthalt sein. Sobald er das erforderliche Alter von vierzehn Jahren erreicht hatte, würde Halle, der Nachfolger des Vaters, ihn als Lehrling übernehmen. Höchstens ein Jahr und Jacob würde wieder nach Eisenach zurückkehren. Alles würde sich fügen.

Vorerst allerdings wollte sich gar nichts fügen, geschweige denn bewegen: Der Karren steckte hoffnungslos fest. Um das Gewicht zu verringern, stiegen Jacob und Sebastian ab – und fanden sich knietief im Morast wieder. Aber es half nichts, die Räder hatten sich in den aufgeweichten Boden eingegraben. So bald würde es nicht aufklaren. Im Gegenteil, der Himmel verfinsterte sich immer mehr. Der Regen wurde immer dichter, wahre Sturzbäche prasselten auf sie herab; sie waren schon bis auf die Haut durchnässt. Dabei war es wochenlang trocken gewesen. Als sie in aller Herrgottsfrühe aufgebrochen waren, hatte nichts auf ein Unwetter hingedeutet.

Was sollten sie tun? Es dämmerte schon. Sie konnten unmöglich hierbleiben. Von Samson war keine Initiative zu erwarten. Im Notfall würde sie der Riesenkerl mit seinem Leben verteidigen, mit Mord- und Raubgesindel wurde Samson fertig. Darauf war er vorbereitet. Auf das hier nicht. Sobald etwas Unvorhergesehenes geschah, die Abläufe auch nur im Geringsten vom Gewohnten abwichen, verfiel er in ein finsteres Schmollen: Gott hatte die Absprache mit ihm, seinem Knecht Samson, nicht eingehalten. Und das missfiel Samson. Es brachte ihn durcheinander. Es machte ihn wütend. Und wenn der Herr des Himmels und der Erden seinen Teil der Abmachung nicht einhielt, tat er, Samson, eben dasselbe. So verharrte der Knecht regungslos wie ein Ölgötze auf seinem Kutschbock, ließ den Regen an sich herabrinnen und haderte mit seinem Gott, der ihm so übel mitspielte. Lutz schien das ähnlich zu sehen. Der Gaul wendete sich kurz um, erfasste mit einem Blick die Lage und verabschiedete sich ebenfalls aus der unbehaglichen Wirklichkeit. Pferde können auch im Stehen schlafen.

»Ich friere«, sagte Sebastian. In seiner Stimme schwang nicht die Spur einer Klage mit. Es war eine ebenso nüchterne wie zutreffende Feststellung.

Auch Jacob merkte, wie ihm die Kälte in die Knochen kroch. Es musste etwas geschehen, sonst holten sie sich hier den Tod.

»Wie weit noch bis Ohrdruf?«, rief Jacob zu Samson hinauf.

Bei schönem Wetter und mit leichtem Gepäck bewältigte man die Reise an einem Tag. Sie waren diese Strecke schon einmal gewandert, zu Johann Christophs Hochzeit. Aber das war ein strahlender Herbsttag gewesen, und Jacob hatte nicht auf Wegmarken geachtet. Er schätzte, dass sie ungefähr die Hälfte der Strecke geschafft hatten. Aber er war sich alles andere als sicher.

Samson starrte grämlich vor sich hin, ganz so als trügen Sebastian und Jacob die Schuld an dem Schlamassel. Dann verzog er den Mund. Aber nur um auszuspucken. Als wollte er die widerwärtige Situation – oder die Macht, die sie herbeigeführt, zumindest zugelassen hatte – mit Verachtung strafen. Dabei wusste Samson genau, wo sie sich befanden. Wie hätte er es nicht wissen sollen? Er war sein ganzes Leben lang auf dieser Strecke unterwegs gewesen, er kannte hier jeden Stein. Nur war er in seinem Zustand offenbar nicht willens oder in der Lage, dieses Wissen abzurufen.

Aber noch gab Jacob nicht auf. Irgendwie musste er den Riesen aus seiner Apathie wecken. Er versuchte, gerade so viel Dringlichkeit in den Tonfall zu legen, dass es sich nicht weinerlich anhörte:

»Samson, welcher Ort liegt am nächsten?«

Keine Antwort. Der Koloss verdrehte nur die Augen.

Lutz seufzte wohlig auf, wahrscheinlich träumte er von einem warmen Stall mit frischem Stroh und einer Krippe voller Hafer.

Es war nichts zu machen.

Jacob dachte nach. Welcher Ort lag in der Nähe? Im Oktober waren sie durch kein Dorf gekommen. Doch nun erinnerte er sich daran, dass, kurz nachdem sie am Wald angekommen waren, der Onkel bemerkt hatte, sie befänden sich nicht weit von Waltershausen, wo sein Kollege und Freund Künhold an der Stadtkirche Kantor sei.

Kantor Künhold in Waltershausen: Natürlich mussten sie an das einzige Kaff weit und breit geraten, wo kein Bach ein musikalisches Amt bekleidete. Immerhin, ein Freund des Onkels. Das war etwas, ein Strohhalm, nach dem sie greifen konnten. Aber wo lag Waltershausen? Sie konnten nicht einfach in den Wald hineinmarschieren.

Während Jacob überlegte, murmelte Sebastian etwas, das er nicht verstand. Dann, ohne ein Wort zu sagen, stapfte der Bruder durch die Pfütze, die sich in der Senke gebildet und inzwischen zu einem wahren Teich ausgewachsen hatte, kletterte zu Samson auf den Kutschbock und setzte sich neben ihn. Der Knecht schien ihn gar nicht zu bemerken. Erst nach einer ziemlichen Weile streckte sich Sebastian zu Samson hinauf und flüsterte ihm etwas ins Ohr. Er sprach nicht lange, vielleicht nur ein einziges Wort. Samson zeigte keinerlei Reaktion – doch, er öffnete den Mund. Es war kaum zu sehen, aber kein Zweifel: Samson sprach! Nur ein paar Worte. Aber er sprach.

Als der Bruder wieder von dem Karren herabgeklettert war und auf ihn zukam, vermochte Jacob an seinem gleichgültigen Gesichtsausdruck nicht abzulesen, ob seine Bemühungen von Erfolg gekrönt worden waren oder nicht. Stumm wies Sebastian nach vorn, in ihre Fahrtrichtung, und stiefelte los.

Verdutzt folgte Jacob ihm nach.

»Wie hast du das gemacht?«

Sebastian erwiderte nichts, verbissen arbeitete er sich durch den Straßenschlamm vorwärts. Nach wenigen Schritten hielt er an. »Hier müsste es sein.«

Tatsächlich: In einer Kurve bog ein schmaler Pfad nach rechts in den Wald ab.

Es war nicht einfach, dem Pfad durch das dichte Gehölz zu folgen. Der Boden war noch versumpfter als die Landstraße. Wenn sie ihre Stiefel aus dem Schlamm zogen, hörte es sich an, wie wenn der Onkel eine Flasche Rheinwein entkorkte. Jacob achtete kaum darauf, zu sehr beschäftigte ihn die Frage, wie um alles in der Welt Sebastian dem Knecht die Auskunft abgelockt hatte.

»Los, sag schon, wie hast du ihn zum Sprechen gebracht?«

Sebastian drehte sich um. Er sah ihn verständnislos an.

»Raus damit, ich will es wissen!«

»Was?«

»Wir sind da.«

So war es. Jacob und Sebastian hatten es geschafft. Sie waren keine halbe Meile von der Stadt entfernt gewesen. Und sie kamen keinen Augenblick zu früh dort an: Der Nachtwächter war schon dabei, das Tor zu schließen.

Sie rannten los, riefen ihm zu, er solle noch warten.

Der Mann beachtete sie nicht. Dann schien er es sich doch anders überlegt zu haben und hielt das Tor einen Spalt weit offen.

Völlig außer Atem erzählten sie ihm, was ihnen zugestoßen war. Der Nachtwächter, ein hagerer, zahnloser Greis mit einem dünnen speckigen Zopf, der ihm wie der Schwanz einer Ratte den gekrümmten Rücken herunterhing, hörte sich ihre Geschichte an. Aber sein verärgert-gelangweilter Gesichtsausdruck ließ keinen Zweifel daran, dass er ihnen kein Wort glaubte. Man konnte es ihm kaum verübeln. Zugegebenermaßen sahen Jacob und Sebastian ziemlich schäbig aus, ihre Kleider waren nass und von unten bis oben mit Kot bespritzt. Dass sie Tertianer des angesehenen Lyceum Illustre zu Ohrdruf sein sollten, musste dem Mann weit weniger wahrscheinlich vorkommen, als dass sie sich mit einem rührseligen Lügenmärchen einschleichen wollten, um in Waltershausen zu betteln oder irgendwelche Diebereien zu begehen. Es war viel Lumpenpack auf den Straßen unterwegs.

Der Alte schnäuzte sich lautstark, stieß ein kurzes Hohnlachen aus und machte sich daran, das Tor endgültig zu verrammeln.

Aber das geschah nicht. Das Tor blieb einen Spalt auf. Jacob und Sebastian vernahmen ein helles, eindringliches Flüstern, auf das der Nachtwächter mit einem unverständlichen Bellen antwortete.

Da vergrößerte sich knarrend der Spalt.

»Rein mit euch, in drei Teufels Namen!«

Der Alte packte sie unsanft am Kragen und zerrte Jacob und Sebastian hinein. Hinter ihnen schloss sich rumpelnd das Tor.

Jacob stammelte ein Dankeschön, aber der Nachtwächter stieß nur ein verächtliches Schnaufen aus.

»Pah, das habt ihr dem da zu verdanken.«

Er wies auf einen Jungen, der neben ihm stand und ihm seine

rostige Hellebarde hielt. Er mochte zehn oder elf Jahre alt sein, trug trotz der Kälte nur ein Hemd und ging barfuß. Alles in allem ähnelte er mehr einem Bettler als sie.

Der entsetzliche Alte legte den Riegel vor das Tor, nahm seine Waffe an sich und baute sich drohend vor ihnen auf. »Jetzt seht zu, dass ihr verschwindet, bevor ich es mir anders überlege.« Er stieß dem Jungen seinen dürren Zeigefinger auf die Brust. »Du stehst mir für die beiden gerade. Wenn die Halunken was ausfressen, habe ich nichts damit zu schaffen. Verstanden?«

Der Junge nickte. Er gab Jacob und Sebastian ein Zeichen, dass sie ihm schnell folgen sollten, und schon lief er los.

Ohne sich zu besinnen, rannten die beiden hinter ihm her. Während sie durch die dunklen, bereits menschenleeren Straßen liefen, kamen Jacob Zweifel. Wer war der Junge? Warum hatte sich der Wächter von ihm überreden lassen, sie doch noch einzulassen? Steckten die beiden unter einer Decke? Es kam vor, dass die kümmerlich entlohnten Nachtwächter, oft verkrüppelte und verarmte ehemalige Soldaten, mit Verbrechern, Straßenräubern und anderen Bösewichtern gemeinsame Sache machten. Wollte man sie in eine Falle locken? Bares Geld hatten Jacob und Sebastian kaum dabei, aber wer sie genauer betrachtete, musste doch feststellen, dass sie nicht ganz armer Leute Kinder sein konnten. Ein Lösegeld ließ sich allemal für sie erpressen. Vielleicht wäre es besser, in irgendeine Seitengasse zu verschwinden? Das Haus des Kantors Künhold würden sie schon irgendwie finden. Aber wie sollte er Sebastian seine Bedenken mitteilen?

Der Bruder war dem fremden Jungen dicht auf den Fersen. Während Jacob vor Erschöpfung kaum Schritt halten konnte, legte Sebastian ein erstaunliches Durchhaltevermögen an den Tag; behände übersprang er jede Pfütze. Jacob nahm darauf längst keine Rücksicht mehr, er watete einfach hindurch. Nasser konnten seine Füße ohnehin nicht mehr werden. Allmählich wurde ihm alles gleichgültig. Mochten sie seinetwegen in einer Räuberhöhle landen, Hauptsache, es war dort trocken und warm.

Immerhin hatte es zu regnen aufgehört.

Der Junge und Sebastian waren stehen geblieben, sie warteten auf Jacob. Als er herangekommen war, sah er, dass sie vor einem hell erleuchteten Haus standen. Nicht gerade ein Palast, eher ein bescheidenes, soweit man es im Dämmerlicht erkennen konnte, etwas heruntergekommenes Bürgerhaus. Wenn darin auch keine reichen Leute wohnten, ganz gewiss hauste hier kein Verbrechergesindel. Die Erleichterung breitete sich als ein warmes Gefühl in seinem Bauch aus. Was auch immer sie erwartete, es konnte auf keinen Fall unangenehmer sein, als bei diesem Wetter eine Nacht unter freiem Himmel zu verbringen. Jacob beschloss, dem Jungen für seine Dienste den Groschen zu schenken, den er in seiner Rocktasche bei sich trug.

Die Tür öffnete sich, ein Lichtschein fiel auf die Gasse. Wärme und Küchenduft umhüllten ihn. Wie betäubt wankten sie hinein. Eine Stimme, laut, schrill, aber freundlich: »Nein, dass Gott erbarm! Die armen, armen Kinder!«

Ehe Sebastian und Jacob wussten, wie ihnen geschah, hatte man sie ihrer nassen Kleider entledigt, abgetrocknet und in zerschlissene, aber saubere Sachen gesteckt. Sie fanden sich an einem großen, grob gezimmerten Esstisch wieder. Vor jedem von ihnen stand eine riesige Schüssel dampfender, köstlich duftender Kohlsuppe. Um sie herum ein wilder Lärm aus Kindergeschrei, Musik (jemand spielte auf einem Hackbrett oder etwas Ähnlichem), Klappern von Geschirr, Schlürfen, Schmatzen und Lachen.

Offenbar hatte Madame Künhold sie bereits erwartet. Was für ein Glück, dass sie am Tor auf den Jungen getroffen waren, der ihnen geglaubt und sie zum Kantorenhaus geführt hatte. – Wo war er geblieben? In dem Durcheinander hatte Jacob nicht auf ihn geachtet, anscheinend war er nicht mit ins Haus gekommen. Er würde den Groschen Madame Künhold anvertrauen, dass sie ihn an den Jungen weitergab. Sie wusste sicherlich, wem sie ihre Rettung zu verdanken hatten.

Doch ihre Gastgeberin ließ sie gar nicht zu Wort kommen. Jacob und Sebastian sollten sich erst einmal aufwärmen und stärken, warmes Bier wirke bei Erkältungen Wunder. Sie sollten sich nur keine Gedanken machen, es sei für alles gesorgt. Um ihr Gepäck und den Knecht kümmere man sich bereits. Mit dem Kerl habe sie allerdings noch ein Hühnchen zu rupfen, zwei Kinder bei solchem Wetter allein in den Wald zu schicken. »Aber langt jetzt erst einmal tüchtig zu. Müsst ja vollkommen ausgehungert sein.«

Letzteres stimmte allerdings, und überhaupt war Madame Künhold keine Person, der man ohne weiteres widersprach. Ihrem beträchtlichen Leibesumfang zum Trotz bewegte sie sich erstaunlich gewandt durch die Wohnung, kommandierte nebenher die Magd und ihre Töchter herum, machte sich am Herd zu schaffen, tröstete ein Kind, das sich weh getan hatte, schimpfte mit einem anderen, gab dem kleinsten die Brust, sang ein Wiegenlied. Das alles schien gleichzeitig zu geschehen. Es war, als sei sie selbst Ausgangspunkt und treibende Kraft des lärmenden Wirbels, der um sie herumtobte und den sie ebenso unentwegt wie aussichtslos zu ordnen versuchte. Auch in der Eisenacher Fleischgasse war es bisweilen chaotisch zugegangen, aber gegen die Künholdische Wirtschaft war das die reinste Idylle gewesen. Und doch war es herrlich, auf eine wundervolle Weise berauschend.

Irgendwann – wie lange saßen sie schon hier? Es kam ihnen vor wie eine paradiesische Ewigkeit, in Wahrheit konnte es nicht viel länger als eine halbe Stunde gewesen sein – rumpelte ihr Karren vor das Haus. Kurz darauf trottete mit beleidigter Miene Samson in die Stube. Natürlich hatte er sich höchst ungern retten lassen. Beinahe hätte man ihn, wie einer der Bauern, die den Wagen samt Gepäck aus der Senke gezogen hatten, berichtete, mit Gewalt von seinem Bock zerren müssen. Das war dann doch nicht nötig gewesen, Samson hatte schließlich ein Einsehen gehabt. Aber eingeredet hätten sie auf ihn wie auf einen kranken Gaul – der Gaul, dem sei es letztlich zu verdanken gewesen, dass sich der Sturkopf dann doch bewegt habe. Der sei überhaupt um einiges vernünftiger als sein Herr und Meister. Lutz hatte die Zeichen der Zeit erkannt, plötzlich angezogen und damit Samson bewegt – sich zu bewegen.

Die Bauern wirkten reichlich verärgert. Sie erwarteten keinen Lohn, kein Wort davon, man hilft, wo man kann. Aber über ein kleines Dankeschön wäre man nicht böse gewesen. Mehr sagten sie nicht. Nach allem verfügte Samson offenbar über Riesenkräfte. Sie betrachteten ihn mit scheuer Zurückhaltung und wichen seinem Blick aus, er war ihnen unheimlich. Auch Jacob kam seine Verfassung bedenklich vor, der arme Kerl war völlig durcheinander. Madame Künhold schien seine Einschätzung zu teilen, jedenfalls verzichtete sie auf die angekündigte Strafpredigt. Stattdessen stellte sie Samson einen Humpen Waltershausener Bier hin und etwas zu essen.

Jacob bedankte sich derweil in wohlgesetzten Worten im Namen der ganzen Familie Bach bei den Bauern für ihre Rettung. Doch erst als Frau Künhold anfing, ihnen Schnaps einzuschenken, hellten sich ihre Gesichter auf. Sie tranken sogar Samson zu, in dessen vierschrötigem Antlitz sich wiederum, wenn man ganz genau hinsah und mit viel gutem Willen, sogar so etwas wie ein Lächeln ausmachen ließ. Der Knecht aß und trank, wie es seine Art war, stumm und in atemberaubender Geschwindigkeit. Dann begab er sich nach hinten in den Stall und legte sich zu seinem Lutz. Nichts beruhigte Samson so sehr wie die Nähe des Pferdes.

Als der Herr Kantor Johann Valentin Künhold nach Hause kam, schien er nicht sonderlich erstaunt, Jacob und Sebastian an seinem Tisch sitzen zu sehen, vielmehr zeigte er sich über die Ereignisse genauestens informiert. Er hieß Jacob und Sebastian noch einmal in seinem Haus willkommen, fragte nach dem

Befinden des Onkels, mit dem er einen Teil seiner Wanderjahre verbracht hatte. Künhold sprach leise und bedächtig. Überhaupt stellte der Waltershausener Kantor in jeder Hinsicht das genaue Gegenteil seiner Frau dar. Er war von hochgewachsener, beinahe zerbrechlich wirkender Gestalt, sein gelassener Gesichtsausdruck änderte sich nie.

Nicht weniger als sieben Kinder standen um den Tisch herum. Der Vater stellte sie ihnen in der Reihenfolge ihres Alters vor: Johann Samuel, Johann Jeremias, Johann Abraham, Friedelena Christina, Johann Tobias, Johann Nathanael und die kleine Elisabetha, die noch in der Wiege lag. Es stellte sich heraus, dass sie einen bereits kannten: Der Knabe, der sie vom Stadttor zur Kantorenwohnung gebracht hatte und den sie für einen Betteljungen gehalten hatten, war niemand anders als Johann Tobias. Er brachte dem Nachtwächter jeden Tag ein Abendessen, dabei war er zufällig Zeuge ihrer Ankunft geworden und hatte sich bei dem Alten für sie verwendet. Sie schüttelten Tobias die Hand. Und Jacob – er wusste selbst nicht, wie es geschehen konnte – drückte ihm den Groschen, den er noch immer in seiner Faust hielt, in die Hand. Noch während er die Hand ausstreckte, wurde ihm bewusst, dass er einen Fehler beging. Aber es war zu spät. Tobias schaute verwirrt auf das Geldstück. Dann schüttelte er den Kopf und reichte es ihm zurück. Beschämt stand Jacob da mit seinem Groschen. Valentin Künhold hatte die Szene beobachtet. »Das ist brav von dir, Jacob«, sagte er ernst. »Du hast es gut gemeint. Aber schenke das Geld lieber einem Menschen, der es nötiger hat. Gib es den Armen.«

Den Armen? Die Künholds begnügten sich zum Abendessen mit ein paar Kanten steinharten Brots, selbst der Vater trank nur Wasser. Die Gäste schienen alle Biervorräte aufgebraucht zu haben, auch von der Kohlsuppe war nicht allzu viel übriggeblieben. Doch niemand störte sich daran, die Kargheit ihrer Mahlzeit schien ihnen gar nicht bewusst zu sein. Familie

Künhold benahm sich so fröhlich und ausgelassen, als täten sie sich an einer fürstlichen Tafel gütlich.

Als sie zu Ende gegessen hatten, der Vater noch einmal ein Gebet gesprochen hatte, sangen alle gemeinsam das altbekannte Quodlibet: »Ei, wie frisst das Hausgesind so gar viel Käs und Butter / Wären sie Kälber gleich wie du, so fräßen sie das Futter.« Genauso hatten es die Bachs auf ihren Familienzusammenkünften gehalten. Mit einem Male durchzuckte Jacob der Gedanke: Warum nicht hierbleiben, bei den Künholds in Waltershausen? Er sah Sebastian an. Der Bruder sang laut mit. Ein bisschen zu laut. Sebastian war stets darauf bedacht, sich nichts anmerken zu lassen; Jacob kannte niemanden, der seine Gefühle besser zu verbergen vermochte. Aber ihm machte er nichts vor, das kaum sichtbare Zucken in den Mundwinkeln sprach eine deutliche Sprache: Auch Sebastian hätte am liebsten losgeheult. Hierzubleiben – in diesem Augenblick hätten Jacob und Sebastian alles darum gegeben. Doch wie sollte das zugehen? Es konnte nicht sein.

Nach dem Gesang sprach der Kantor den Abendsegen, und alle gingen zu Bett. Sebastian legte sich mit Tobias, Nathanael und Friedelena in einen Alkoven. Für Jacob fand sich ein Platz zwischen Abraham und Jeremias. Ein Hering hatte es in seinem Pökelfass bequemer. Trotzdem schlief er so tief und fest wie seit langem nicht mehr.

Am nächsten Morgen schien die Sonne, als wäre es nie anders gewesen. Tobias begleitete sie auf ihrem Weg nach Ohrdruf. Sie hatten noch keine Meile zurückgelegt, da näherte sich ihnen eine schlanke Gestalt. Es war ein junger Mann in einem dunkelblauen Rock. Als er sie erkannte, schwenkte er seinen Hut und lief ihnen lachend entgegen. Es war ihr Bruder Christoph.

III.

Der gottlose Kantor

Ohrdruf
1695
Mittwoch vor Ostern

»Monsieur Bach!«

Jacob zuckte zusammen.

»Ja, ganz recht, ich meine ihn, Bach senior, Jacobus.«

Jacob sprang auf. Er schwankte, ihm wurde schwarz vor Augen. Mit der Linken stützte er sich auf das Pult. Seine rechte Hand krampfte sich um den Griffel, mit dem er gerade einen lateinischen Hexameter von der Tafel abgeschrieben hatte: QUIS, QUID, CUR, CONTRA, SIMILE, EXEMPLARIA, TESTES. »Wer – was – warum – gegen – ähnlich – Beispiele – Zeugen«. Ein Merkvers zur Ausarbeitung einer Rede.

Der Kantor Arnold schritt auf ihn zu, er musterte Jacob mit seinen grausamen Wolfsaugen.

Dann verabreichte er ihm einen mittelschweren Backenstreich. Der Siegelring schlug hart auf Jacobs Kiefer. Es floss kein Blut, aber der rote Abdruck würde noch stundenlang sichtbar bleiben.

Eine Ohrfeige hatte nichts zu bedeuten, eine Bagatelle, sie gehörte zu Arnolds täglicher Routine. Und es war die erste Backpfeife des Tages, der Kantor hatte sich noch nicht richtig eingepaukt, noch nicht den rechten Schwung gewonnen.

Ohrdruf: »auf die Ohren druff«, ein geflügeltes Wort unter den Tertianern, etymologisch fragwürdig und nicht wirklich spaßig. Aber ein solcher Backenstreich war allemal besser als der Rohrstock oder gar die Peitsche.

Arnold verfügte über ein reiches Arsenal solcher Marterwerkzeuge. Der leidige Satan hatte es gefügt, dass die guten Ohrdrufer sich ausgerechnet auf die Herstellung von Peitschenstielen und Züchtigungsinstrumenten aller Art kapriziert hatten; man versorgte ganz Thüringen und Sachsen mit Gerten, Rohrstöcken, Karbatschen, Klopf- und Riemenpeitschen. Jeder Hieb auf den geschundenen Pferde- oder Schülerrücken ein Gruß aus dem schönen Ohrdruf. Der Lehrer der Tertia besaß ein besonders hervorragendes und brutales Erzeugnis Ohrdrufischer Handwerkskunst: In seinen Siebenstriemer aus feinstem Leder waren winzige harte Knoten geflochten und, kaum sichtbar (dafür umso spürbarer), scharfe Metallsplitter eingearbeitet, welche die Stäupung der nackten Waden, Oberschenkel oder gar des blanken Hinterteils zu einer über alle Maßen schmerzhaften und blutigen Angelegenheit machten. Ein Schüler soll nach einer solchen Geißelung wochenlang krank gelegen und sich danach aus Scham das Leben genommen haben. So ging zumindest das Gerücht. Doch niemand, der einmal unter dieser Knute gezittert hatte, zweifelte am Wahrheitsgehalt der Geschichte. Arnold war alles zuzutrauen.

Jacob starrte auf die beschriebene Schiefertafel, die vor ihm auf seinem Pult lag:

QUIS – wer spricht?

Antwort: Kantor Johann Heinrich Arnold, allseits verhasster und gefürchteter Tertius am angesehenen Lyceum Illustre Gleichense zu Ohrdruf. Leitspruch: An der Rute sparen rächt sich nach Jahren. Sadist, eventuell der Satan in Person.

QUID – um was geht es?

Im Einzelfall kaum zu sagen und im Grunde gleichgültig. Ein Anlass zum Prügeln fand sich immer, und Arnold war erfinderisch.

CUR – warum?

Aus bodenloser Niedertracht. Allerdings hatte in Jacobs Fall Arnold tatsächlich einen handfesten Grund für seine Feindseligkeit, nämlich den Bruder Christoph. Der frischgebackene Organist an St. Michaelis passte dem Herrn Kantor nicht in den Kram, die Vorschusslorbeeren, das genialische Gehabe, diese ganze vermaledeite Bachische Sippschaft, die sich jeden musikalischen Posten weit und breit unter den Nagel riss. Arnold verfolgte die Bachfamilie mit unstillbarem Hass, bis in das letzte Glied. Das heißt, bis in das vorletzte, denn sein Zorn traf vornehmlich ihn, Jacob, nur selten Sebastian. Ob seine Wut sich auf ihn konzentrierte, weil er der Ältere war, oder ob sich der Kantor Sebastian nur für eine besonders bestialische Bestrafung aufsparte, wer konnte das wissen?

CONTRA – gegen wen geht es?

Abermals und immer wieder: Johann Jacob Bach, Tertianer, Neuling auf dem Ohrdrufer Lyzeum, Bruder des neuen und allseits beliebten Organisten Johann Christoph Bach. Nicht dass irgendjemand verschont geblieben wäre, aber Jacob war unbestritten Arnolds bevorzugtes Opfer.

SIMILE – ähnliche Fälle?

Auf der Eisenacher Lateinschule hatten sowohl Magister Juncker als auch Kantor Dedekind sich, teils aus Menschenfreundlichkeit, teils aus Bequemlichkeit, des Prügelns weitgehend enthalten. Sebastian und er hatten sehr wohl gewusst, dass es durchaus anders zugehen könnte, doch was sie auf dem Ohrdrufer Lyzeum auszustehen hatten, hätten sie sich niemals träumen lassen, in ihren schwärzesten Albträumen nicht.

EXEMPLARIA – Beispiele?

Unzählige. Bereits am ersten Schultag, als Christoph sie dem neuen Lehrer vorstellte, hatten Jacob und Sebastian geahnt, was ihnen blühte. Als Arnold ihm die Hand drückte, hatte Jacob plötzlich einen furchtbaren Schmerz in der Handfläche gespürt. Schreiend hatte er unter des Kantors hämischem Gelächter die Hand weggerissen. Das Scheusal hatte eine Nadel in seiner

Hand verborgen und sie ihm bei der Begrüßung tief ins Fleisch gebohrt. Auf die verdrießliche Frage des Bruders, was er mit solchen Possen bezwecke, hatte Arnold mit einem widerwärtigen Grinsen geantwortet, das sei nun einmal seine Art, man solle es ihm nicht übel nehmen. Am liebsten hätte er natürlich den verehrten Herrn Organisten, den elenden Parvenu, selbst durchbohrt, und zwar nicht bloß die Handfläche und nicht bloß mit einer Nadel.

TESTES – Zeugen?

Kein Schüler oder Lehrer am Lyzeum, der nicht von irgendeiner Arnoldischen Hundsfötterei zu berichten wüsste oder ihr selbst zum Opfer gefallen wäre.

»Monsieur Bach!«

Jacob blickte auf. Seine Schockstarre hatte sich etwas gelöst, der Schmerz auf der Wange war kaum noch zu spüren. Er versuchte, seine Gedanken zu ordnen. Warum rief der fatale Arnold ihn während des Abschreibens auf? Zwar war er längst mit der Arbeit fertig, hatte aber noch Beschäftigung vorgeschützt, und er war sich sicher, dass der Kantor nicht auf seine Tafel geschaut hatte. Warum er ihn aufrief? Dumme Frage. Falsche Frage. Denn die Antwort lautete: Eben darum. Arnold hielt sie ja gerade durch seine Unberechenbarkeit in Angst und Schrecken. Der Kantor war imstande, etwas Scherzhaftes zu sagen, um, sobald jemand lachte, einen Wutanfall zu bekommen und fürchterlich zu werden. Darum lachte niemand, wenn er einen Scherz machte. Das Schreckliche daran war, dass Arnold nicht nur ein überaus gelehrter, sondern auch ein ausnehmend witziger Kopf war (oder doch sein konnte, wenn er wollte).

So wetterwendisch seine Laune war, so sprunghaft hielt der Kantor auch seinen Unterricht. Er konnte mit einer lateinischen Sprachübung beginnen, sich aus heiterem Himmel über die Gnadenlehre des heiligen Augustin auslassen, urplötzlich auf eine ominöse Rechenmaschine zu sprechen kommen, die irgendein gelehrter Fantast gebaut haben sollte, um von da auf den Stein der Weisen, Himmelskörper, die abstrusen Spekulationen eines gewissen Jacob Böhme überzuspringen und unversehens beim Pfälzischen Erbfolgekrieg zu landen. Es kam vor, dass Arnold sich dabei so in Rage redete, dass ihm der Schaum vor dem Mund stand. Mitunter beschimpfte er lauthals die Obrigkeit, nannte den Grafen einen Hanswurst und Luther einen Erzketzer, weswegen er schon in den Verdacht geraten war, ein heimliches Mitglied des Jesuitenordens zu sein, der im Auftrag des Papstes die Lutherische Lehre untergrub, um die Schüler des Lyzeums zum katholischen Glauben zu bekehren. Aber würde selbst ein Jesuit, dem bekanntlich der Zweck alle Mittel heiligte, so weit gehen, die Auferstehung zu leugnen und für einen gemeinen Betrug zu erklären?

Warum »der gottlose Kantor«, wie er allgemein genannt wurde, noch am Lyzeum unterrichten durfte, vermochte niemand zu sagen. Die Schulleitung und die übrigen Lehrer (die ihn verachteten, aber beinahe ebenso fürchteten wie die Schüler) hüllten sich in Schweigen. Angeblich hatte der Graf, den Arnold doch von seinen Schmähungen nicht ausnahm, einen Narren an ihm gefressen und weigerte sich, ihn hinauszuwerfen. Doch wahrscheinlicher hielt eine noch höhere Instanz schützend die Hand über Arnold. Der Verbleib des Kantors im Schuldienst war ein Mysterium, für das es, jedenfalls in den Augen der Tertianer, die am schrecklichsten unter Arnold zu leiden hatten, nur eine Erklärung geben konnte: Niemand anders als der Höllenfürst Beelzebub persönlich protegierte den teuflischen Pädagogen. Wenn er nicht gar selbst in der leiblichen Hülle des Kantors steckte. Nicht wenige hielten allen Ernstes Arnold für den leibhaftigen Satan, und auch Jacob neigte mehr und mehr zu dieser Meinung. Immerhin gab es Zeugen: Tagsüber verbarg Arnold seinen Pferdefuß, aber der Primaner Creutzberg hatte den Entsetzlichen gesehen, wie er sich eines Nachts hinkenden Schritts durch eine verrufene Gasse bewegt hatte.

Widersagt ihr den Verlockungen des Bösen, damit es nicht Gewalt über euch gewinne?

Ja, weiche von mir, Satan!

Doch so leicht ließ sich dieser Beelzebub nicht austreiben.

»Herr Bach, was ist Ihnen denn? Haben Sie sich etwa erschrocken?«, fragte Arnold mit geheuchelter Besorgnis. »Das täte mir herzlich leid, mon cher. Doch wähnte ich Sie wahrhaftig in einem so tiefen Schlummer, dass es mir angeraten schien, Sie ein wenig wachzutätscheln. Ich hoffe, Sie nehmen es mir nicht übel.« Der gottlose Kantor lachte höhnisch. »Und nun, mein lieber Bach, da Sie nun wieder munter sind, dürfte ich Sie alleruntertänigst bitten – endlich Ihren Griffel loszulassen. Oder wollen Sie mich damit erstechen?«

Jacob sah auf seine Rechte: Tatsächlich umfasste er seinen Griffel wie einen Dolch, bereit, ihn jemandem in die Eingeweide zu stoßen. Konnte Arnold Gedanken lesen?

»Warum zögern Sie?«, rief der Kantor mit schneidender Stimme. »Die Iden des Märzes sind wohl schon vorüber, aber das tut nichts: Begehen Sie einen Schultyrannenmord!«

Unter diesen Worten knöpfte er seinen Rock auf, riss sich das Halstuch herunter, öffnete das Hemd und reckte Jacob seine haarlose bleiche Brust entgegen.

»Wohlan, mein Sohn Brutus«, schrie er. »Mache ein Ende. Man wird dich als Helden der Freiheit feiern!«

Vor Schreck ließ Jacob den Griffel fallen, der nun klappernd auf die Pultkante zurollte. Mit spöttischem Blick verfolgte Arnold seinen Lauf.

Kurz vor dem Absturz blieb das Schreibgerät an der Kante liegen.

Der Kantor brach in ein meckerndes Gelächter aus. Dann fasste er Jacob ans Kinn, nicht grob, beinahe zärtlich. »Nein, dafür fehlt dir der Mut, nicht wahr?«, flüsterte er. »Für so etwas fehlt euch die Courage!«, schrie er plötzlich in die Klasse hinein. »Ihr seid ja allzumal dieselben Schlappschwänze, erbärmlichen Tintenkleckser wie …« Auf einmal schüttelte er sich, als erwache er aus einem bösen Traum. »Wo waren wir stehen geblieben?«, sprach er nun mit seiner gewöhnlichen Stimme.

Dann nahm Arnold seine siebenschwänzige Peitsche vom Katheder und legte sie wie zufällig auf Sebastians Pult, das rechts neben demjenigen Jacobs stand. Jacob bemerkte im Augenwinkel, wie der kleine Bruder erbleichte. Die Schonzeit schien vorbei.

Jacob fühlte eine kalte unbändige Wut in sich aufsteigen, die ihn seine eigene Angst beinahe vergessen ließ. Wenn der Schurke Sebastian auch nur ein Haar krümmte, dann – ja, was dann? Der Schweiß trat ihm auf die Stirn. Jacob schloss die Augen und atmete durch. Bis auf die Backpfeife war noch nichts vorgefallen. Nein, auf keinen Fall durfte er sich auf das Spiel einlassen, er durfte jetzt nicht die Nerven verlieren. Arnold wartete nur auf einen Anlass, auf ihn – oder Sebastian – loszugehen.

»Wo waren wir stehen geblieben?« Arnold legte nachsinnend den Zeigefinger auf den Mund. »Ach ja.« Er lächelte zufrieden. Dieses Lächeln war fürchterlicher, als es alle Zornesausbrüche sein konnten. »Ach ja, ich wollte Sie höflichst bitten, folgenden Satz aus unserem heißgeliebten Petronio in die deutsche Sprache zu übersetzen.«

Petronius? Jacob hatte den Namen noch nie gehört. Allerdings durfte ihn das kaum überraschen, denn Arnold scherte sich nicht um den vorgeschriebenen Lehrplan. Das galt insbesondere für die lateinischen Sprachübungen. Reyhers *Dialogi seu Colloquia puerilia*, aus denen Magister Juncker seine Lektionen genommen hatte, verachtete er als »afterphilologisches Machwerk«, stattdessen traktierte er die Schüler mit seinen persönlichen Lieblingsdichtern Ovid, Juvenal, Catull und Tibull, die allesamt nicht für den Unterricht der Tertia vorgesehen waren. Und zwar, wie sie bald festgestellt hatten, aus sehr guten Gründen. Die dichterischen Hervorbringungen dieser edlen Römer hatten sich nämlich samt und sonders als ausgemachte

Ferkeleien erwiesen. Offenbar verwendete Arnold viel Zeit und Sorgfalt darauf, aus der Fülle des antiken Schrifttums die anstößigsten und unzüchtigsten Stellen herauszusuchen: Inzest, Sodomie, Päderastie, es konnte gar nicht ekelhaft genug sein. Wer sonst nichts als den Arnoldischen Lateinunterricht genossen hatte, musste glauben, dass die alten Heiden zusamt Hurenböcke und Kinderschänder gewesen seien. Ohne Zweifel gehörte auch der ominöse Petronius zu diesen poetischen Lüstlingen, so viel stand fest. Und auch darüber, wie es nun weitergehen würde, konnte kein Zweifel bestehen. Es war immer dasselbe: Der Kantor legte ihnen irgendeinen sehr schwierigen Ausspruch oder Vers vor, ließ sie eine Weile daran herumknabbern (hin und wieder gab er ihnen einen Wink, die Bedeutung einer bestimmten Vokabel betreffend, was aber meist mehr Verwirrung als Klarheit schuf), und das widerliche Spiel endete damit, dass ein unschuldiger Knabe stotternd und mit hochrotem Kopf eine Abscheulichkeit von sich gab, die ihnen Arnold anschließend mit genüsslicher Umständlichkeit ausmalte. Der Kantor konnte von derlei Übungen nicht genug bekommen, er berauschte sich geradezu daran.

Arnold hatte die Fäuste in die Hüften gestemmt und wiegte sich gemächlich, eine Melodie vor sich hin summend – es war der alte Trostchoral »Warum soll ich mich denn grämen?« –, auf den Fußballen hin und her. Mitten in der Strophe verstummte er. Er leckte sich über die ohnedies immer feuchten Lippen und sprach: »Etiam dormire vobis in mente est, cum sciatis Priapi genio pervigilium deberi.« Genießerisch den Klang gleichsam nachschmeckend, verweilte er bei jedem einzelnen Wort.

Grammatisch schien der Satz keine unüberwindlichen Schwierigkeiten aufzuweisen. Aber die Vokabeln? Immerhin, den ersten Teil hatte Jacob erfasst. Doch was um alles in der Welt bedeutete »Priapi«?

Was, wenn er gar nichts sagte, wenn er sich dumm stellte und schwieg? Johann Ernst hatte sich auf diese Taktik verlegt. Wurde er aufgerufen, stellte sich der Vetter einfach taub. Die Methode hatte ihn viel Blut gekostet, war aber schließlich von Erfolg gekrönt gewesen. Arnolds Schwäche war seine Ungeduld. So viel Pläsier ihm die häufige und ausgiebige Züchtigung seiner Schüler bereitete, irgendwann hatte es selbst ihn angeödet, auf einen anscheinend gefühllosen Klotz einzudreschen. Ernst war hartnäckig und stur wie ein Esel. Beinahe verzweifelt hatte Arnold zuletzt auf ihn eingeprügelt, aber der wackere Vetter hatte keinen Laut von sich gegeben. Seitdem war er Luft für den Kantor. Nicht zuletzt dieses Sieges wegen genoss Ernst die Bewunderung, ja Ehrerbietung seiner Mitschüler. Nachahmer fand er indessen nicht. Aber selbst wenn er gewollt hätte, Jacob wusste, dass er es nie fertigbringen würde, so zu schweigen. Es war nicht der Schläge wegen. Irgendetwas zwang ihn stets dazu, das Maul aufzutun, auch wenn er wusste, dass es ihm nur zum Schaden ausschlagen musste.

Arnold hatte sich mit beiden Händen auf das Pult gestützt und beugte sich zu ihm herüber, so nah, dass Jacob seinen sauren Atem roch. Mit unheilvoll gedämpfter Stimme wiederholte der Kantor: »Etiam dormire ...«

Jacob wurde übel. Er schluckte. Arnold registrierte es mit einem Heben der Augenbrauen.

Nun gut, die erste Hälfte hatte er ja verstanden: »Ha – habt ihr etwa ... im Sinn zu schlafen ...«, begann Jacob stockend zu übersetzen.

Der Kantor setzte eine überraschte Miene auf. Er klatschte in die Hände. »Bravo, Bach! Wir gratulieren. Wer hätte das gedacht?« Er blickte beifallheischend in die Runde.

Die Klasse hütete sich, auch nur den kleinsten Laut von sich zu geben.

Arnold kümmerte das nicht. »Ja, wirklich exzellent«, rief er vergnügt, »so weit hätte mein Gani es auch zu übersetzen vermocht.«

Gani – eigentlich Ganymedes – hieß Arnolds gelber Kanari, welchen er einem vagabundieren Vogelhändler abgekauft und dem er allerlei Melodien beigebracht hatte. Gani sang wirklich sehr schön. Manchmal brachte Arnold ihn in seinem Vogelbauer in den Unterricht.

Arnold verhakte seine ekligen Spinnenfinger ineinander und knickte sie mit einem Ruck um. Das scheußliche Knacken ließ die Tertia erschauern, Mengs stieß sogar einen kleinen Schrei aus. Zufrieden betrachtete der Kantor seine langen Finger. »Wo fehlt es denn, Bach? – Steht euch denn der Sinn nach Schlafen – und dann? Sciatis: In welchem Modo steht dieses Verbum? – Frobenius? – im Konjunktiv – richtig! Lux hat dir vorgesagt. Ich höre alles.«

Blitzschnell mit einem widerlichen Sausen fuhr die Peitsche auf Luxens linke Hand nieder. Der schrie vor Schrecken und Schmerz auf. Das Martergerät hinterließ einen roten Striemen auf seinem Handrücken, aus dem sofort Blut vortrat.

In Erwartung der gleichen grausamen Bestrafung hob Frobenius abwehrend seine Arme. Doch der Schlag blieb aus. Bedächtig legte Arnold den Siebenstriemer auf Sebastians Pult zurück.

»Also Konjunktiv«, fuhr der Kantor fort, als wäre nichts gewesen. »Was bedeutet dann cum? Ich empfehle in diesem Falle obwohl: Steht euch etwa der Sinn nach Schlafen, obwohl ihr wisst – was? Obwohl ihr wisst, dass ihr dem Genius des Priapus eine pervigilium: eine Nachtwache schuldet? – Was bedeutet das? Wer weiß es? Niemand?« Arnold kicherte irre vor sich hin.

Dann begann er, an seiner Hose herumzunesteln, die ihm plötzlich zu eng geworden schien. In der Tat: Zwischen den Beinen des Kantors zeichnete sich eine beträchtliche Beule ab, die noch zusehends anschwoll und den Hosenstoff zu sprengen drohte. Arnold fing an, merkwürdig tief zu atmen. »Wisst ihr nicht, was das bedeutet, meine kleinen Lieblinge? Ihr Unschuldslämmer«, keuchte er. Mit einem Mal fühlte sich Jacob im Nacken gepackt, Arnolds Hand war heiß und glitschig. »Bursche, ich will ihm schon weisen …«

Jacob stieß ihn mit aller Kraft zurück. Von der Gegenwehr überrascht, taumelte Arnold ein paar Schritte von ihm weg. Aber der Widerstand machte ihn nur noch rasender. Lüstern spitzte er den Mund, seine Blicke durchbohrten Jacob. »Warte, ich werde …«

Weiter sprach er nicht. Abermals durchschnitt ein scharfes Zischen die stickige Luft des Klassenzimmers. Beinahe im selben Augenblick ein Knall, ein Platzen, ähnlich dem schmatzenden Geräusch, das sich hören ließ, wenn man eine Nadel in eine pralle Schweinsblase stach. Das Antlitz des Kantors verfärbte sich blau, Tränen schossen ihm aus den Augen. Er schnappte nach Luft. Dann stieß er ein leises Winseln aus. Er presste beide Hände auf seine Genitalien. Zwischen seinen Fingern quoll Blut hervor. Auf der Hose breitete sich zu beiden Seiten ein schwarzer Fleck aus. Arnold starrte sekundenlang ins Leere, dann schaute er auf seine Hände, blickte wieder auf und sah erst Sebastian, dann Jacob in die Augen. Das wölfische Blitzen, vor dem sie sich so fürchteten, war verschwunden. Keine Spur von Hass lag in diesem Blick, auch kein Entsetzen, nicht einmal Schmerz, sondern – tiefe Dankbarkeit. Arnold flüsterte noch etwas, das niemand verstand. Dann verlor er die Besinnung und sank zu Boden. Es herrschte vollkommene Stille im Klassenraum. Dann ein dumpfer Schlag. Gottfried Tempel, der Klassenprimus, war ohnmächtig von seinem Stuhl gefallen.

Kantor Arnold setzte nie wieder einen Fuß in die Schule, ließ sich überhaupt in der Öffentlichkeit nicht mehr blicken. Wer immer ihn bisher geschützt hatte, nichts und niemand hätte ihn jetzt mehr zu retten vermocht. Der gottlose Kantor hatte ausgespielt.

Weder für die Tertia noch für Sebastian zog der Vorfall irgendwelche Konsequenzen nach sich. Rektor und Konrektor schwiegen, das restliche Kollegium desgleichen. Es hieß, Doktor Köttelwisch habe Arnolds Wunden versorgt und ihm auf unbestimmte Zeit Bettruhe verordnet. Nach einigen Tagen wurde jedoch das Gerücht laut, der Kantor sei seiner schweren Verletzung erlegen und bereits heimlich auf dem Gottesacker verscharrt worden. Das war nicht ganz abwegig, denn die Peitsche des Kantors war zweifellos eine gefährliche Waffe, und Sebastian verfügte durch die tägliche Übung an der Kirchenorgel, an der ihn der Bruder gleich nach ihrer Ankunft zu unterrichten begonnen hatte, über eine beträchtliche Armeskraft.

Aber Johann Heinrich Arnold war nicht gestorben. Als eine Woche nach dem blutigen Ereignis noch immer Unklarheit über das Schicksal des Kantors herrschte, erkundigte sich Johann Christoph Bach beim Rat nach Arnolds Befinden und erfuhr, dass dieser den Schuldienst ein für alle Mal quittiert habe und nach seiner Genesung, das heißt, sobald er wieder habe gehen können, die Stadt auf immer verlassen habe.

Und Sebastian? Der Bruder verlor kein Wort über die Affäre. Er sprach mit niemandem darüber, nicht mit Johann Christoph, nicht mit Ernst und auch nicht mit Jacob.

Die Geschichte ließ Jacob keine Ruhe. Arnold hatte sein Amt verloren und mit Schimpf und Schande aus der Stadt fliehen müssen. Aber hatte er diese Bestrafung nicht mehr als verdient? Doch so einfach war die Sache nicht. Warum war Arnold so, wie er war? Dieser sanfte letzte Blick, den Jacob als versöhnlich, sogar dankbar empfunden hatte, wollte ihm nicht mehr aus dem Sinn. Hatte Sebastian es auch so empfunden? Wenn man darüber nachdachte: Musste man nicht zwangsläufig zu dem Schluss kommen, dass Arnold von Anfang an alles darangesetzt hatte, auf schimpfliche Weise hinausgeworfen zu werden? Aber warum sollte sich ein Mensch die eigene Vernichtung zum Ziel setzen? Je mehr Jacob darüber nachsann, desto klarer wurde ihm, dass Arnold seine Schüler nie gehasst hatte. Sie waren ihm im Grunde gleichgültig gewesen, vielleicht noch nicht einmal das. Es war nie um sie gegangen, auch nicht um Christoph. In Wahrheit hasste der Kantor niemanden mehr als sich selbst, so sehr, dass sein ganzes Tun und Trachten einzig auf die Selbstauslöschung abzielte. Aber warum hatte er sich dann nicht an einen Strick gehängt oder eine Kugel vor den Kopf geschossen? Ein Mann wie Arnold fürchtete keine Höllenstrafen. Aber ein Selbstmord wäre zu banal gewesen, damit hätte er es sich zu leicht gemacht. Arnold wollte, er brauchte die Erniedrigung, und zwar die schlimmstmögliche. Darum hatte er den letzten Schlag, Sebastians Hieb mit dem Siebenstriemer, selbst herbeigeführt. Er wollte die Hand nicht gegen sich selbst erheben, das ließ er den Jungen besorgen. Dafür hatte er Sebastian die ganze Zeit über geschont, er hatte ihn sich aufgespart für diesen letzten Akt seines Selbsthasses. Hatte Sebastian das geahnt oder gar gewusst? Was bedeutete dann seine Tat? Hatte er sich von Arnold zu dessen Werkzeug machen lassen? Oder hatte Sebastian – aus Mitleid gehandelt? Wusste er es selbst? Irgendwann würde er Sebastian danach fragen. Vielleicht.

Was immer in Sebastian vorging, nach der Austreibung des gottlosen Kantors blühte der Bruder auf. Ein neuer Rektor wurde berufen, Magister Johann Christoph (noch ein Johann Christoph!) Kiesewetter, ein ebenso gelehrter wie ehrgeiziger junger Mann, der es sich zum Ziel setzte, den glänzenden Ruf, den das Lyceum Gleichense einst genossen hatte, schnellstmöglichst wiederherzustellen. Ihm zur Seite stand Arnolds Nachfolger, der Kantor Elias Herda, ein alter Kamerad des Bruders Christoph. Unter diesen beiden steigerte sich Sebastians Lerneifer ins Unglaubliche: In Latein und Mathematik hatte er es im zweiten Jahr der Tertia zum Primus gebracht. Dicht gefolgt von seinem neuen Freund Erdmann, der ihm in diesen beiden Fächern stets ein wenig unterlegen blieb, es ihm dafür aber im Griechischen und, vor allem, in der Eloquenz zuvortat.

Erdmann: Zum ersten Male hatte Sebastian, außer Jacob, einen wirklichen Freund. Dabei passten Sebastian und er überhaupt nicht zusammen. Georg Erdmann war, wie Jacob, dreizehn Jahre alt, also drei Jahre älter als Sebastian, dafür aber einen ganzen Kopf kleiner. Er stammte aus Leina, einem Dorf in der Nähe der Residenzstadt Gotha, und war armer Leute Kind. Aber Erdmanns glockenheller Sopran und seine außergewöhnliche Begabung für Sprachen hatten ihm die Türen des Lyzeums geöffnet. Das heißt, Herda, der ebenfalls in Leina gebürtig war, hatte dafür gesorgt, dass der begabte Knabe die berühmte Schule besuchen durfte. Wie Jacob und Sebastian verdiente er das Schulgeld als Chorschüler. Wenn Erdmann und Sebastian auf den ersten Blick nicht viel gemeinsam hatten, eines musste jedem an beiden gleichermaßen auffallen: nämlich eine gewisse hartnäckige, oft auch ärgerliche Taciturnität. Beide waren große Schweiger. Allerdings unterschieden sie sich darin, dass Sebastian seine Hartmäuligkeit nur gezwungenermaßen überwand, während Erdmann, zu diesem oder jenem nach seiner Meinung gefragt, mit stupender, geradezu lustvoller Beredsamkeit, ob auf Deutsch oder Latein, gleichsam wie ein neuer Cicero zu sprechen vermochte. Die Rede brach einfach aus ihm hervor, ohne dass er es selber wollte, ja, man hatte bisweilen den Eindruck, seine Eloquenz sei ihm peinlich. Aber wenn, wie Vetter Ernst es einmal in einer Mischung aus Spott und Bewunderung ausgedrückt hatte, »der Heilige Geist über ihn kam«, gab es kein Halten mehr. Auf dem Lyzeum waren die beiden Freunde bald als »Moses und Aaron« berühmt. Aaron war bekanntlich drei Jahre älter gewesen als sein Bruder Mose, und so wie der Prophet Mose sein Volk aus Ägyptenland geführt und den Pharao geschlagen hatte, hatte Sebastian den Kantor Arnold besiegt. Mose hatte eine schwere Sprache und eine schwere Zunge. Aaron aber war beredt, und Gott befahl ihm, für Mose zum Volk zu reden.

Johann Sebastian Bach und Georg Erdmann redeten aber nicht zum Volk, sie blieben unter sich. Nach der Schule pflegten die Freunde lange und heimliche Gespräche zu führen. Zu gern hätte Jacob gewusst, worüber sich die beiden immer so angelegentlich unterredeten, doch wohl kaum über die lateinischen Casus, unregelmäßige Verben und ähnlich fades Zeug. Mit ihm, dem eigenen Bruder, sprach Sebastian nur noch das Nötigste.

Ja, Jacob war eifersüchtig auf Erdmann. Aber zugleich schämte er sich dieser Eifersucht. Sollte er sich nicht freuen, dass sein Bruder einen Freund gefunden hatte, einen, der ihn verstand? Sebastian würde immer sein Bruder bleiben. Doch ihr Verhältnis hatte sich grundlegend gewandelt: Jacob musste ihn nicht mehr an die Hand nehmen. Sebastian konnte auf sich selbst aufpassen. Und nicht nur das: Er hatte ihn, den großen Bruder, aus der Gewalt des gottlosen Kantors errettet. Jacob war ihm dankbar dafür, gewiss. Aber es war nicht richtig, ihre Rollen hatten sich vertauscht. Sebastian war nicht mehr der kleine Bruder. Er brauchte Jacob nicht mehr. Sebastian ging unbeirrbar seinen Weg, wohin immer ihn dieser Weg führen würde.

Als die Nacht über sie hereingebrochen, erst die Mutter, dann der Vater gestorben war, da hatten sie sich gehabt: Jacob und Sebastian – Sebastian und Jacob, die Unzertrennlichen, stets gemeinsam, stets in einem Atemzug genannt. Das war vorbei, für immer. Es tat weh, wie ein tiefer Schnitt ins Fleisch.

Und es tat doppelt weh, weil Jacob wusste, dass Sebastian diesen Schmerz nicht spürte.

IV.

Stylus Phantasticus

Ohrdruf
1695
7. Sonntag nach Trinitatis

Und Gott segnete den siebenten Tag und heiligte ihn, weil er an ihm ruhte von allen seinen Werken, die Gott geschaffen und gemacht hatte. Gott hatte es gut. Alle hatten es gut. Nur für sie begann die heilige Ruhe erst am Nachmittag. Vorher hatten sie zu arbeiten – zur höheren Ehre Gottes, Christoph an der Orgel, Jacob als Chorsänger.

Selbst in der Michaeliskirche mit ihren dicken Mauern war es vor Hitze kaum auszuhalten. Er hatte an diesem Morgen so gut wie nicht gefrühstückt, ihm war schwindelig vor Hunger. Wie zum Hohn predigte Superintendent Magister Samuel Kromeyer über Lukas 9, 10–17: *Und Jesus rief seine Jünger zu sich und sprach: Es jammert mich des Volks, denn sie harren nun schon drei Tage bei mir aus und haben nichts zu essen. Und ich will sie nicht ohne Speise von mir lassen, auf dass sie nicht verschmachten auf dem Wege. Da sprachen zu ihm seine Jünger: Woher möchten wir so viel Brot nehmen in der Wüste, dass wir so viel Volks sättigen? Und Jesus sprach zu ihnen: Wie viel Brot habt ihr? Sie sprachen: Sieben und wenige Fischlein. Und er hieß das Volk sich lagern auf der Erde und nahm die sieben Brote und die Fische, dankte und brach sie und gab sie seinen Jüngern. Und die Jünger gaben sie dem Volke. Und sie aßen alle und wurden satt und hoben auf, was übrig blieb von Brocken, sieben Körbe voll.*

Kromeyer sprach mit einer kratzigen Fistelstimme, die zu seiner gewaltigen Erscheinung in einem so krassen Missverhältnis stand, dass es weniger komisch als unheimlich wirkte. Es war, als müsse jeden Augenblick ein zwergenhafter Bauchredner, der sich hinter dem breiten Rücken des Superintendenten oder unter dem weiten Talar versteckt hatte, hervorspringen und sich als der wahre Prediger offenbaren, der seinen Spott mit ihnen trieb.

Endlich sangen sie den Schlusschoral. Kromeyer und Pfarrer Schimmelhaupt sprachen einen grauenhaft kakophonischen Segen, und die Ohrdrufer verließen ihre Kirche, um sich an die Mittagstische zu begeben.

Auch der Chorus musicus wartete auf den Abmarschbefehl.

Nur Christoph fand wieder einmal kein Ende. Das Orgelnachspiel zog sich hin. Während Küster Krummacher laut keuchend durch die Kirche galoppierte und die Kerzen löschte (obwohl sie den Raum unerträglich aufheizten, konnte man in der finsteren Michaeliskirche auf sie nicht verzichten), bauten sich Kromeyer und Schimmelhaupt in der Vierung auf. Von der Sängerempore aus konnte Jacob ihre Physiognomien eingehend studieren. Kromeyer wischte sich mit einem Schnupftuch über die breite Stirn, sein fleischiges Antlitz war dunkelrot angelaufen, die Hamsterbacken zitterten. Um sich etwas Kühlung zu verschaffen, zupfte der Superintendent unablässig an seinem zeltartigen Talar herum. Dem dürren Schimmelhaupt schien indessen die Hitze nicht so viel auszumachen, ihn plagte etwas anderes: Er hatte es mit der Blase. Mit Märtyrermiene trat er von einem Bein aufs andere.

Jacobs Mitleid hielt sich in Grenzen. Erging es ihnen hier oben denn besser? Das dumpfe Kopfweh, das während des Glaubensbekenntnisses (bei: »Ich glaube an den Heiligen Geist«) eingesetzt hatte, war beim Segen (»Er lasse leuchten sein Angesicht über euch«) in ein rasendes Hämmern übergegangen. Jacob rieb sich die Schläfen. Es war nicht auszuhalten. Ihre Kehlen und Münder waren vor Hitze und vom Singen ausgedörrt; die Luft war so stickig, dass man kaum atmen konnte. Sie schwitzten wie die Orang Pendaks auf Sumatra. Sie wollten nach Hause. Alle Blicke richteten sich beschwörend auf die Orgelempore. Aber Christoph improvisierte immer weiter. Über den Choral »Es ist genug!«

Einige Schüler begannen, ihrem Ärger Luft zu machen. »Aufhören!« – »Hunger!« – »Wir wollen nach Hause!« Sie trampelten auf dem Holzboden der Sängerempore, Pfiffe waren zu hören. Der hochlöbliche Chorus musicus meuterte.

Kantor Elias Herda zeigte keinerlei Reaktion. Mit dem Rücken zum Chor verharrte er regungslos an der Balustrade und lauschte den musikalischen Ausschweifungen seines Freundes Johann Christoph Bach. Dabei wusste Herda sehr genau, was sich hinter ihm abspielte. Und die Schüler wussten, dass er es wusste. Dem neuen Kantor entging nichts, er besaß die beneidenswerte, aber etwas unheimliche Gabe, sich auf mehrere Dinge gleichzeitig konzentrieren zu können. Aber war ihr Zorn nicht gerecht? Das war er, weiß Gott, Herda sollte ihn gar nicht überhören.

Der Kantor war sich natürlich auch darüber im Klaren. Betont langsam drehte er sich um, mit einem halb mitleidigen, halb spöttischen Lächeln musterte er die Reihen. Herda verlor nie die Beherrschung, die Rute gebrauchte er nur äußerst selten, und wenn, dann so nachlässig, ja geradezu widerwillig, dass es so aussah, als erlitte nicht der Delinquent die Züchtigung, sondern er selbst. Die Strafe bestand auch weniger in den Prügeln an sich als in der Scham darüber, den geliebten Lehrer gezwungen zu haben, sich selbst derartig zu erniedrigen. Und das wollte niemand, kein Schüler riskierte es ohne weiteres, bei Herda in Ungnade zu fallen. Aber was zu viel war, war zu viel.

Herdas Blick zeigte Wirkung. Schlagartig herrschte verlegenes Schweigen. Waren sie zu weit gegangen? Jeder wusste, wie sehr der Kantor den Organisten Bach und dessen absonderliche Spielweise schätzte. Wer Bach angriff, legte sich mit Herda an. Dennoch, sie fühlten sich im Recht. Es war eine blöde Situation.

Herda sagte nichts, er schien nachzudenken. Dann schüttelte er in gespielter Hilflosigkeit, als fiele ihm gegen solches Barbarentum beim besten Willen nichts mehr ein, den Kopf, legte den Zeigefinger auf den Mund und – wandte sich wieder dem Orgelspiel zu.

Die Chorschüler atmeten auf. Sie hatten verstanden: Der Kantor erwartete nicht, dass sie die Musik würdigten, aber er bat sich Ruhe aus. Das war ein akzeptabler Kompromiss. Gewonnen war damit freilich nicht viel. Indessen hatte sich ihre Lage geändert. Aus den Meuterern waren Schiffbrüchige geworden, die sich gerettet hatten und sich nun auf ihrer einsamen Insel einrichten mussten. Jeder tat das auf seine Weise. Quehl, Frobenius und Oschatz zogen sich in einen Winkel zurück und begannen, um die Kupferpfennige, die ihnen ihre Eltern für den Opferstock mitgegeben hatten, Würfel zu spielen. Aber sie waren mit wenig Begeisterung bei der Sache, es fehlte der Reiz des Verbotenen. Wenn sie im Unterricht beim Würfeln erwischt wurden, konnte Oschatz die Würfel blitzschnell verschlucken und damit alle Beweise vernichten. Unter Kantor Arnold (unseligen Angedenkens) hatte er das so oft tun müssen, dass er darüber eine Magenkolik bekommen hatte.

Jacob hörte ein hektisches Rascheln hinter sich, wie eine Maus, die sich durch Stroh wühlte. Er brauchte sich nicht umzudrehen, er wusste, was es war: Primus Tempel schlug ein Buch auf. Jacob kannte sogar den Titel: *Eines Christen Reise nach der ewigen Seligkeit.* Ein Engländer namens Johannes Bunyan hatte es verfasst. Tempel las bei jeder Gelegenheit darin und kam sich dabei sehr verrucht vor. Tat er es doch wider die Empfehlung des Herrn Pfarrer Schimmelhaupt, der solchen Lesestoff, wenn nicht geradezu als ketzerisch, so immerhin als nicht völlig unbedenklich eingestuft und Tempel von der Lektüre bis auf weiteres abgeraten hatte. Von einem regelrechten Verbot oder gar einer Konfiszierung hatte der sonst so gestrenge Gottesmann abgesehen, denn Tempel hatte das Buch von seinem Patenonkel, dem berühmten Theologieprofessor Hinckelmann in Halle, geschenkt bekommen. Natürlich hatte bald die ganze Tertia darauf gebrannt zu erfahren, welch abscheuliche Irrlehren der ketzerische Engländer in seiner Schrift verbreitete. Als Tempel sich nach unendlichem Zaudern und Zieren endlich dazu herbeigelassen hatte, ihnen etwas daraus vorzutragen, war die Enttäuschung groß gewesen. Bereits nach wenigen Sätzen hatte sich erwiesen, dass Bunyans *Reise nach der ewigen Seligkeit* in seiner quälenden Langatmigkeit sogar noch die in monotonem Singsang dahergeleierten Predigten Schimmelhaupts in den Schatten stellte. Tempel konnte natürlich unmöglich zugeben, dass auch ihn der fromme Wortkram zu Tode langweilte, und so war er zum Weiterlesen verdammt. Mit selbstverleugnerischer Disziplin hielt er also seinem Bunyan die Treue, was ihm jede Menge Spott, bei seinen Strebergenossen und Nacheiferern Lux und Tross aber maßlose Bewunderung einbrachte. Angeblich konnten die beiden es kaum erwarten, das Werk auszuleihen und sich ebenfalls auf die Reise nach der ewigen Seligkeit zu begeben.

Was machte Vetter Ernst? Mürrisch dreinblickend, hatte er angefangen, sich mit seinem Klappmesser, ein Erbstück seines Vaters, um das ihn die gesamte Schülerschaft des Lyzeums beneidete, die Fingernägel zu putzen. Selbst er vermochte sich nicht für Christophs Orgelspiel zu begeistern. Dabei nahm Ernst, ebenso wie Sebastian, bei ihm Unterricht und stellte sich dabei gar nicht dumm an, im Gegenteil, er erwies sich als überaus begabter Musiker. Allerdings hielt sich Ernst, wie in allen Dingen, auch in der Musik eisern an seine Maxime, niemals mehr zu leisten, als unbedingt von ihm verlangt wurde. Für ihn war die Arbeit des Organisten beendet, wenn die Gemeinde die Kirche verlassen hatte. Und hatte er nicht vollkommen recht?

Bruder Christoph war der liebenswürdigste Mensch von der Welt, aber er war nicht ganz von dieser Welt. Saß er am Spieltisch, vergaß er alles um sich herum; beim Improvisieren geriet er in eine Art Rauschzustand, aus dem er so leicht nicht erwachte. Postludium ad infinitum – und dazu noch so einschläfernd. Christoph spielte immer dieselben Figuren. Es klang, als sei er über dem eigenen Spiel eingedöst und seine Finger und Füße wiederholten mechanisch immer wieder die letzten Bewegungen, die er sie im wachen Zustand hatte ausführen lassen.

Redlich, Seidel und Tacke hatten sich an die Wand gelehnt und hielten ein Nickerchen. Auch Jacob überkam eine bleierne Müdigkeit. Was hielt ihn davon ab, es ihnen gleichzutun? Er schloss die Augen und versuchte, an gar nichts zu denken: *In Jesu Namen schlaf ich ein …* Da geschah es.

Zunächst reihten sich die Töne recht gemächlich aneinander, d-Moll, eine Fantasie oder Toccata. Dann ging Christoph zu auf- und abwogenden Läufen in Sechzehnteln und Zweiunddreißigsteln über, beschleunigte, wurde schneller und schneller – und brach jäh ab: mit einem verminderten Septakkord! Jacob stockte der Atem. Hatte Christoph danebengegriffen? – Nein, unmöglich. Aber das war gegen alle Regeln, das war verrückt, bizarr, das war – fantastisch. Aber so konnte man doch nicht spielen! Christoph konnte. Nach einer schier unendlichen Pause setzte eine Abfolge ruhig schreitender Akkorde ein. Dann erklang ein ziemlich simples dreitaktiges Thema, das Jacob kannte. Christoph hatte es in den letzten Tagen immer wieder vor sich hin gepfiffen. Es erinnerte etwas an den Anfang von *Wie schön leuchtet der Morgenstern*. Dann setzte eine zweite Stimme mit demselben Thema ein. Exposition und Comes: eine Fuge. Eine dritte Stimme folgte. Eine vierte. Schließlich fügte Christoph noch eine fünfte hinzu. Die Durchführungen spielte er zunächst in der Paralleltonart, dann in der Oberquinte, bei der dritten vermochte Jacob nicht mehr zu folgen. Auch das Thema selbst variierte Christoph, verkürzte und erweiterte es, kehrte es um, führte die Themen in den Durchführungen zusammen und wieder auseinander. In halsbrecherischen chromatischen Läufen raste die Fuge dahin, wie Blitze zuckten die Oberstimmen durch das Donnergrollen der Bässe, als entlüde sich in der Kirche ein Gewitter. Die Themen umschlangen sich, prallten gegeneinander, dann krallten sie sich wieder ineinander, verschmolzen zu unentwirrbarem Klangchaos, aus dem einzelne Töne wie Funken herausstoben. Christoph hatte die Kontrolle verloren, die Musik ging ihm durch wie ein Gaul, dem man zu heftig die Sporen gegeben hatte. Er zwang die Themen nicht mehr zusammen, die Fuge stürzte ein wie ein zu rasch aufgerichtetes Gebäude. Vereinzelt stieg das zerbrochene Thema noch an die Oberfläche wie umhertreibende Trümmerteile nach einem Schiffbruch. Christoph war gescheitert, er hatte zu viel gewollt. Er musste abbrechen. Aber er spielte weiter, immer weiter. Und das Unmögliche geschah: Unversehens, ganz allmählich, Takt für Takt, näherten sich die Stimmen wieder einander an. Die Verworrenheit lichtete sich, die zerschmetterte Ordnung fügte sich wieder zusammen; die scheinbaren Irrwege liefen wieder auf ihren Ausgangspunkt zu. Der Schlussakkord erwies alle vermeintliche Verwirrung als wohldurchdachte planmäßige Vorsehung, als ein zwingendes Kalkül, dessen strahlende Einfachheit sich dem menschlichen Ohr erst im Nachhinein erschloss. Diese Auflösung hatte festgestanden, noch bevor der erste Ton erklungen war. Vom Ende her ergab alles einen Sinn, keinen Augenblick hatte Christoph die Kontrolle verloren. Das Ende entsprach dem Anfang – oder doch nicht, denn der letzte Akkord hatte mit der schlichten Melodie des Beginns nichts gemein.

Was war dazwischen geschehen? Während der Durchführungen hatte eine Verwandlung stattgefunden. Mit der Musik – und mit demjenigen, der sie gehört hatte. Plötzlich flackerte ein Gedanke in Jacobs Kopf auf, der schon lange tief in seinem Inneren vor sich hin geglommen hatte: Diese Musik war nicht zur höheren Ehre Gottes erklungen. Sie entstand aus sich selbst, lebte aus eigenem Recht. Sie genügte sich selbst. Die Musik brauchte Gott nicht, so wie Gott die Musik nicht brauchte.

Weil er sie nicht hörte. Denn falls es ihn gab, war er stumm und taub. Als die Eltern starben, hatte er ihr Weinen nicht gehört. Auch wenn all diese Lehrer und Pastoren etwas anderes erzählten, Jacob wusste es besser. Seltsamerweise erschütterte ihn diese Erkenntnis nicht. Sie kam ihm ganz beiläufig, wie eine Tatsache, an die er sich seit langem gewöhnt und die er nun zufällig einmal beim Namen genannt hatte. Jacob glaubte nicht mehr an Gott, der Glaube seiner Kindheit war erloschen. Diese Feststellung hatte nichts Schmerzhaftes an sich. Er war auch nicht zornig auf Gott. War es denn Gottes Schuld, dass er nicht existierte? Es gab ihn schlicht nicht, was konnte man ihm also vorwerfen? Jacob fühlte sich erleichtert und froh, als sei eine Last von ihm genommen. Man konnte sich auf diesen Gott nicht verlassen. Aber man musste es auch nicht, es gab ja die Musik. Sie war eine bessere Trösterin, und sie würde ihn nicht im Stich lassen, niemals.

Auch die anderen hatte Christophs Orgelspiel nicht unberührt gelassen. Die beiden Prediger standen wie versteinert in der Vierung. Der Superintendent hielt mit der rechten Hand seine Perücke fest, als fürchtete er, sie könne ihm vom Kopfe fliegen. Schimmelhaupt hatte die Hände gefaltet, in seinen Augen stand blankes Entsetzen. Quehl, Oschatz und Frobenius hatten sich von ihrem Würfelspiel abgewandt, Tempel hatte seinen Bunyan zugeschlagen, Ernst das Messer weggesteckt. Alle starrten mit offenen Mündern zum Orgelprospekt hinüber.

Herda wandte sich abermals dem Chorus musicus zu, er hob die Arme, als wollte er sie noch einmal singen lassen. Doch niemand wäre auf die Idee gekommen, jetzt eine Motette zu singen. Es war undenkbar, dass nach dieser Musik überhaupt noch jemand in der Michaeliskirche einen Ton singen oder spielen sollte.

Da begannen die Schüler mit den Füßen auf dem Holzboden zu trampeln, lauter, wilder als vorhin, als sie ihren Unmut über das allzu lange Nachspiel bekundet hatten. Sie trampelten, als wären sie in Wahnsinn verfallen, so heftig, dass die Empore zu schwanken begann. Sie wollten Christoph sehen.

Kromeyer und Schimmelhaupt sprachen miteinander, das heißt, der Superintendent redete hitzig auf seinen Pfarrer ein. Dann begaben sich die beiden Geistlichen eiligen Schrittes zur Sakristei. Noch im Mittelgang riss sich Kromeyer die Perücke herunter und kratzte sich ausgiebig seinen kahlen glänzenden Schädel. Schimmelhaupt, stets einen Schritt hinter seinem Vorgesetzten zurückbleibend, blickte sich immer wieder ängstlich nach der Orgel um.

Unterdessen hatte sich Christoph an die Balustrade der Orgelempore begeben. Er sah aus, als hätte man ihm einen Zuber Wasser über den Kopf gegossen. Er blinzelte benommen umher, wie jemand, der sich lange im Dunkeln aufgehalten hatte und sich erst allmählich wieder an das Tageslicht gewöhnte, lächelte geistesabwesend – und war wieder verschwunden. Nach wenigen Augenblicken tauchte er wieder auf, links und rechts hielt er zwei Gestalten im Arm. Die Jungen waren ebenfalls bis auf die Haut durchgeschwitzt, sie konnten sich vor Erschöpfung kaum auf den Beinen halten. Es waren Georg Erdmann und Sebastian, die den Kalkantendienst versehen hatten. Lachend strich ihnen Christoph über die verklebten Haare.

V.

Eine Frage der Ehre

Das Wunder, welches der Superintendent Kromeyer aus dem Evangelium vorgetragen und anschließend in seiner Predigt so appetitlich ausgemalt hatte, geschah. Und zwar hier und jetzt, und nicht etwa in Gestalt trockenen Brotes und ein paar dürftiger Fischlein. In der Schulgasse erwarteten Jacob und Sebastian eine Schüssel Sauerkraut mit Schmalz und sage und schreibe vier Bratwürste – eine ganze für jeden. Dazu bekamen sie Köstritzer Bier zu trinken, Sebastian einen Viertelkrug, Jacob sogar einen halben. Sie kamen sich vor wie im Schlaraffenland, wo die Zäune aus Würsten geflochten waren. Doch im Gegensatz zu den maßlosen Schlaraffen schlangen sie diese Delikatessen nicht sinnlos hinunter. Um den Genuss so lange wie möglich auszudehnen, kauten Jacob und Sebastian jeden Bissen mit genauer Gründlichkeit. Vor allem Sebastian galt als unübertroffener Meister in der Kunst, auf diese Weise das Behagen in die Länge zu ziehen und bis zum Letzten auszukosten. Sorgfältig zerlegte er seine Bratwurst auf dem Teller, um sie dann Stück für Stück zum Munde zu führen und unter andächtigen Seufzern zwischen seinen Zähnen zu zermalmen.

Keiner Verrichtung (die Musik ausgenommen) widmete sich der Bruder hingebungsvoller als dem Essen. Bei den Familien, an deren Freitischen er aß, stand Sebastian nicht zu

Unrecht im Ruf eines unersättlichen Vielfraßes. Einmal war Pfarrer Schimmelhaupt, bei dem Sebastian jeden Freitag einkehrte, der Kragen geplatzt, und der arme Bruder hatte sich eine halbstündige Stegreifpredigt über die Todsünde der Völlerei anhören müssen. Dabei hatte es bloß Fisch gegeben, einen mickrigen Quappaal, und grätig dazu. Immerhin hatte sich der Vorfall musikalisch ausgemünzt: Am selben Abend hatten Christoph und Sebastian ein sehr artiges Trauer-Capriccio auf das allzu frühe Hinscheiden der bedauernswerten Quappe komponiert.

Unter der Woche nahmen Jacob und Sebastian ihre Mahlzeiten reihum bei verschiedenen Gönnern ein. War es schon an sich peinlich, sich bei fremden Leuten als Almosenempfänger zu Tisch zu setzen, wurde die Geschichte vollends unerträglich, wenn sich die Wohltäter mit ihrer guten Tat das Recht erworben zu haben glaubten, über das Betragen der Empfänger ihrer Wohltaten zu wachen und ihnen wohlgemeinte Ratschläge zu erteilen. Zu jedem Ratschlag, mochte er noch so dumm sein, musste man brav nicken und ihm unbedingt zu folgen versprechen. Der Witwe Knoll trug Jacob das Haar zu kurz, Schimmelhaupt wiederum war er zu schlecht frisiert, dem Rat Kühn war er zu mies gekleidet, Schimmelhaupt ging er wiederum zu geputzt einher. Und so weiter. Aber Widerrede war nicht nur zwecklos, sondern auch äußerst riskant. Die geringste Verstimmung eines Wohltäters konnte die freie Mahlzeit in Frage stellen und damit ihre gesamte Versorgung gefährden. Aber daran dachten Jacob und Sebastian nicht, nicht heute.

Dorothea hatte auf ihre Bratwurst verzichtet, sie fühlte sich wegen der Hitze unwohl und hatte sich zur Ruhe gelegt. Inzwischen hatte ihr Bauch einen bedenklichen Umfang angenommen, nur noch mit Mühe schob sie sich durch die mit ererbten Möbelstücken vollgestellte Wohnung. Christoph hatte ebenfalls erklärt, bei diesem Wetter keine Bratwürste mit Sauerkraut essen zu können. Und was das überhaupt für eine hirnverbrannte Idee sei, an einem solchen Tag so ein schweres Gericht zu kochen, da könne er ja gleich Wackersteine verschlucken.

Jacob und Sebastian hatten sich sogleich auf die überzähligen Würste gestürzt. Dabei hätten sie auf die Extra-Würste liebend gern verzichtet. Christoph war ja nur noch eine halbe Portion, geradezu kümmerlich sah er aus.

Das Mittagessen war eine milde Gabe der Schwiegereltern, genauer gesagt der Mutter Johanna Dorotheas, die ihnen hin und wieder solche Delikatessen zukommen ließ. Zum Missfallen des Herrn Schwiegervaters, des gestrengen Rats Vonhoff, der seinen Schwiegersohn von Anfang an für einen ausgemachten Taugenichts gehalten und sich überhaupt, wie er unverhohlen zugab, ungern mit einer Stadtpfeifer-Sippschaft verschwägert hatte. Die Bachs mochten ehrbare Leute sein, aber sie waren und blieben nun einmal Musikanten. Die Vonhoffs dagegen waren eine alteingesessene Bürgerfamilie. Aber seine Tochter hatte ihren eigenen Kopf. Irgendwann hatte Rat Vonhoff nachgegeben, und sie hatte ihren Johann Christoph heiraten dürfen. Bei einem Vorstellungsgespräch hatte der junge Mann eine überraschend gute Figur gemacht. Auch die Ohrdrufer Hochzeit war höchst angenehm und zur völligen Zufriedenheit aller Beteiligten verlaufen. Nicht zuletzt der Auftritt des berühmten Pachelbel hatte Eindruck gemacht, und auch die Herren Johann Ambrosius Bach und Johann Christoph Bach senior, immerhin herzogliche Hofmusiker, hatten sich als durchaus verständige und reelle Männer herausgestellt. Also, man konnte zur Not damit leben. Aber so ganz und gar hatte sich der alte Vonhoff mit dieser Messalliance, denn das war für ihn diese Verbindung nach wie vor, nie abgefunden. Bei den Bachs in der Schulgasse hatte er sich seit der Hochzeit denn auch nie blicken lassen, geschweige denn dass er die Familie seiner Tochter je in sein schönes großes Haus eingeladen hätte, das nur wenige Gehminuten entfernt am Markt stand.

Christoph war seinerseits zu stolz, von seinem Schwiegervater auch nur das Geringste anzunehmen, lieber ernährte er sich nur von Wasser und Hafergrütze. Selbst Dorothea hatte es irgendwann aufgegeben, ihn umstimmen zu wollen.

Zugegebenermaßen hatten sich Vonhoffs Befürchtungen bewahrheitet, jedenfalls zum Teil. Johann Christoph Bach war ein ausgezeichneter, ja außergewöhnlicher Organist, zweifellos der beste, den Ohrdruf je gehabt hatte. Aber er wollte ausschließlich Organist sein. Anders als es allgemein üblich war (und wozu ihn der Rat auch dringend aufgefordert hatte), hatte Christoph keine zusätzlichen Ämter übernommen. Er hätte zum Beispiel Unterlehrer am Lyzeum werden sollen, doch rundheraus erklärt, zur Schularbeit keine Lust zu haben. Wie sein verehrter Lehrer Pachelbel wollte er allein der Kunst leben. Der Rat hatte es ihm, nicht ohne Bedenken, aber mit Rücksicht auf seine herausragenden musikalischen Fähigkeiten, durchgehen lassen. Dabei hätte Christoph klar sein müssen, dass die Einkünfte allein aus dem Organistenamt viel zu gering waren, um eine Familie über Wasser zu halten, von zwei zusätzlichen Essern ganz zu schweigen.

Es war nicht so, dass Jacob ihn nicht verstehen konnte. Der Schuldienst war für fast alle Musiker, die nicht bei irgendeinem fürstlichen oder zumindest gräflichen Hof angestellt waren, eine lästige Pflicht. Dedekind litt ebenso darunter wie Johann Michael Bach, der in Gehren bei Ilmenau neben seinem Organistenamt als Stadtschreiber arbeitete. Aber hielt ihn das etwa davon ab, seine schönen Kantaten und Motetten zu komponieren? Der Schul- oder Schreiberdienst war nun einmal ein notwendiges Übel. Und Christophs großes Vorbild Johann Pachelbel? Auch der hatte einmal klein angefangen. Erst jetzt, wo er an der Sebalduskirche in der berühmten Stadt Nürnberg Organist war, konnte er sich den Luxus erlauben, sich ausschließlich seiner Orgel zu widmen. Der Bruder aber hatte seine Karriere gerade erst begonnen. Warum war er so stur? Der Vater hätte für Christophs leichtsinnige Entscheidung kein Verständnis aufgebracht. Und Sebastian? Bewunderte den älteren Bruder grenzenlos. Gerade dafür.

Jacob öffnete das Fenster. Es herrschte tiefste Sonntagsruhe, nur der Gesang der Vögel drang ins Zimmer. Kein Gerassel vorbeifahrender Karren war zu hören, kein Klopfen, Hämmern und Rufen wie an den Werktagen. Sebastian hing satt und mit geschlossenen Augen in einer Ecke der Sitzbank am Esstisch und döste vor sich hin. Dass er noch nicht ganz eingeschlafen war, war nur daran zu merken, dass er ab und an mit einer lässigen Handbewegung die Brummfliege verscheuchte, die immer wieder auf ihm landete. Christoph hatte sich in dem alten Kröpelstuhl niedergelassen, in dem sich schon der Vater nach getaner Arbeit entspannt hatte, und sich eine Pfeife angesteckt. Der Knasterqualm mischte sich mit dem Sauerkraut- und Bratwurstduft, der noch in der warmen Luft hing. Der Bruder war in ein Notenblatt vertieft, das vor ihm auf dem Schoß lag. Es war der Anfangschor einer Kantate, die er zum Geburtstag seines Sohnes – Christoph zweifelte keinen Augenblick daran, dass es ein Knabe werden würde – aufzuführen gedachte. Obwohl Dorothea jeden Tag niederkommen konnte, war die Kantate noch lange nicht fertig. Der Text war bereits vorhanden, Elias Herda hatte ihn gedichtet (angeblich in einer einzigen Nacht), und es war ein Meisterwerk. Und eben da lag das Problem: Die Musik musste natürlich dem herrlichen Poem gerecht werden. Christoph komponierte in jeder freien Minute. Ständig verbesserte er, verwarf das schon Geschaffene, war nie zufrieden. Die Geburtstagskantate würde niemals pünktlich vollendet werden. Der Bruder wurde darüber immer magerer und, auch wenn er sich bemühte, es sie nicht spüren zu lassen, unleidlicher.

Christoph blies einen Rauchstrahl gegen das Blatt, zerknüllte es und warf die Papierkugel aus dem Fenster. »Pfusch!«, zischte er (er brüllte nicht, um Dorothea nicht zu wecken). »Nichts als Pfusch!«

So genial der Bruder drauflosimprovisierte, so schwer tat er sich mit der Tonsetzerei. Aber warum musste er überhaupt komponieren? Sicherlich, der Onkel gab sich ebenfalls mit dieser Kunst ab und hatte es weit darin gebracht. Der Vater indessen hatte davon nie etwas wissen wollen. Er hätte es zweifellos gekonnt, wenn er gewollt hätte, doch war Ambrosius Bach stets der Meinung gewesen, dass die Erfindung eigener Musikstücke nicht seines Amtes war. Vielleicht hatte er auch einfach gewusst, dass er in dieser Kunst allenfalls Mittelmäßiges zu leisten imstande gewesen wäre, und sie daher denjenigen überlassen, die dazu berufen schienen: dem Onkel, überhaupt den Herren Organisten.

Sebastian gehörte auch dazu. Wenn Jacob, noch zu Hause in Eisenach, den kleinen Bruder zum Essen holen sollte, hatte er ihn nie lange suchen müssen. Er fand ihn todsicher in der Georgenkirche, wo der Onkel zusammen mit dem Orgelbauer Stertzing an seiner Orgel herumtüftelte. Sebastian hatte die Orgel, diesen unendlich komplizierten und empfindlichen Apparat mit seinen Blasebälgen, kleinen und großen Pfeifen, Windläden und Trakturen studiert, ihn erforscht wie ein Entdecker die Flüsse, Gebirge und Urwälder eines fremden Kontinents. Den Herren Orgelbauern war der Stadtpfeifersohn mit seiner ewigen Fragerei (und gelegentlichen Verbesserungsvorschlägen) höllisch auf die Nerven gegangen. Aber der alte Johann Christoph hatte seine helle Freude an dem superklugen Neffen gehabt und ihm unermüdlich erklärt, was er wissen wollte. Nur an den Spieltisch hatte er Sebastian nie gelassen, vielleicht auf Bitten des Vaters. Das hatte aber Sebastian nicht von seinem Wunsch, vielmehr seiner Gier abgebracht, das Orgelspiel zu erlernen. Ganz im Gegenteil.

Auch der Bruder Christoph hatte in der Frage keinerlei Bedenken. Die Abendstunden verbrachten er und Sebastian oft in der Michaeliskirche. Wenn die beiden zusammen am Spieltisch saßen, benahmen sie sich wie zwei Adepten in ihrer Alchimistenküche, die fieberhaft nach dem Stein der Weisen suchten. Und er, Jacob, spielte den Famulus. Was blieb ihm übrig? Die Ohrdrufer Chorschüler drückten sich schon lange vor dem langweiligen, anstrengenden und undankbaren Kalkantendienst am Abend. So war er zum unentbehrlichen Helfer und stummen Zeugen dieser musikalischen Experimente geworden. Sobald der Kalkantenruf bimmelte, trat er die Blasebälge, ohne deren Luft die Bombarden, Clairons, Dulziane, Engelsstimmen, Kornetts, Rankette, Schnarr- und Rauschpfeifen, Schalmeien, Zartflöten stumm bleiben mussten.

Jacob wusste, dass er selbst nicht das Zeug zum Organisten hatte. Nicht dass er darunter litt, es hatte ihn nie nach dort oben gedrängt. Aber die Musik, die Christoph an seinem Spieltisch zusammenbraute, dieser neue Stil, hatte es ihm angetan. Und er hatte seinen bescheidenen Anteil an ihrer Erschaffung. Hinten bei den Blasebälgen hatte er allerdings wenig davon mitbekommen und nie ein Stück in voller Länge gehört. Bis heute.

Sebastian war eingeschlafen. Er konnte schlafen, wo und wann immer es ihm beliebte, eine beneidenswerte Gabe. Allerdings kam sie nicht von ungefähr: Sebastian hatte die Erholung bitter nötig. Sein ständiges Schlafbedürfnis war der Preis seines Strebertums, eines unerquicklichen, ja frevelhaften Strebertums, dessen Entdeckung für ihn, aber auch für Jacob, der wohl oder übel Mitwisser dieses finsteren Geheimnisses war, sehr ernste, höchst unangenehme Folgen haben konnte.

Sebastian schmatzte wohlig vor sich hin. Er zuckte mit der Nase. Die Fliege ließ sich dadurch nicht stören, ebenso gleichgültig und träge wie der Besitzer der Nase, auf der sie sich niedergelassen hatte, putzte sie sich in aller Ruhe die Flügel. Unsanft stach Jacob dem Bruder mit dem Zeigefinger in den mit Bratwurst, Sauerkraut und Bier gefüllten Wanst. Der Bruder stieß einen ungnädigen Grunzlaut aus. Und döste schon wieder ein. Jetzt schnippte er Sebastian mit den Fingern direkt vor dem rechten Ohr herum. Aus irgendeinem Grunde konnte der Bruder, der doch jedes Tasteninstrument virtuos beherrschte, mit seinen flinken Fingern nicht schnipsen, und nichts hasste er so sehr wie dieses Geräusch.

»Komm, wir spielen eine Partie!«

Sebastian streckte seine Glieder, setzte sich auf und gähnte. Dann brütete er grimmigen Blickes, wie auf Rache sinnend, vor sich hin.

»Was ist jetzt? Mühle?«

Statt einer Antwort entließ Sebastian einen leisen, aber doch unüberhörbaren Furz.

»Sau!«, Jacob zog Sebastian am Ohr.

»Der Vater furzt, die Kinder lachen, so kann man billig Freude machen.« Sebastian grinste. So hartmäulig und eigenbrötlerisch er sein konnte, dann und wann überkamen den Bruder Albernheitsanfälle, die fast an seinem Verstand zweifeln ließen. Er schien nur diese beiden gegensätzlichen Stimmungen zu kennen, den tiefsten Ernst oder die grenzenlose Ausgelassenheit. Grübelte Sebastian mürrisch vor sich hin, wünschte sich Jacob den Bruder fröhlich. Stach ihn einmal der Hafer, hoffte er inständig, dass er bald wieder in seine gewohnte Maulfaulheit verfiel.

»Ich kann mich nicht halten vor Lachen«, knurrte Jacob und wedelte sich Luft zu. »Zum Glück steht das Fenster auf. Hol das Brett!«

In Eisenach hatten sie oft Mühle gespielt, beinahe jeden Abend, bis es ihnen langweilig geworden war. Beide hatten ihre Taktik so weit perfektioniert, dass nahezu jede Partie mit einem Remis endete. Das Mühlespiel war wie ein gelöstes Rechenexempel, es bot keine Überraschungen mehr. Aber für einen trägen Sonntagnachmittag, an dem man sein Gehirn nicht übermäßig anstrengen mochte, war es genau das Richtige.

Die erste Partie entschied Sebastian schnell (allzu schnell) für sich.

Mit einem Handstreich wischte Jacob die Steine vom Brett: »Noch mal!«

»Avec plaisir, Herr Bruder. So oft es beliebt«, sagte Sebastian mit dem kühlen Dünkel des überlegenen Spielers und baute seine schwarzen Steine in drei akkuraten Säulen auf, während Jacob die Spielsteine ungeordnet vor sich liegen ließ.

Auch die nächste Partie gewann Sebastian, und zwar abermals so rasch, dass Jacob gar nicht wusste, wie ihm geschah. Er war nicht bei der Sache gewesen. Ständig musste er an Sebastians nächtliche Betriebsamkeit denken. Es ärgerte ihn selbst. Warum machte er sich immerzu Gedanken über Dinge, die er ohnehin nicht ändern konnte? Sebastian aber war stets bei der Sache. Um was für eine Sache es sich auch handeln mochte.

»Satisfaktion?«, fragte Sebastian und gähnte. Der ewige Sieger begann sich zu langweilen.

»Aber ja«, antwortete Jacob mit aufgesetzter Munterkeit. Die nächste Partie durfte er auf keinen Fall verlieren, zumindest musste sie unentschieden enden.

Jacob setzte den ersten Stein.

Ein gemurmelter Fluch, dann heftiges Rascheln. Johann Christoph hatte wieder seine Notenblätter zerknüllt und zu Boden geworfen. Er sprang auf, legte die noch qualmende Pfeife neben das Mühlebrett auf den Tisch und hastete aus dem Zimmer. Kurz darauf hörte man ihn nebenan rumoren.

Sebastian zögerte nicht mit seinem Gegenzug, mit einer blitzartigen Bewegung setzte er seinen Stein auf das Brett.

Jacob ließ sich nicht beirren, diesmal gönnte er sich reichlich Bedenkzeit, er durfte sich keinen Fehler erlauben. Derweil spielte Sebastian auf einem imaginären Clavicord eine Fughetta. Schade, dass man sie nicht hören konnte.

Dafür setzte nun im Nebenzimmer eine scheppernde Melodie ein. Christoph hämmerte auf dem alten Cembalo des Vaters herum, das sie aus Eisenach mitgebracht hatten. Es war lange nicht bespielt worden und hatte natürlich unter dem Umzug gelitten. Der ältere Bruder hatte sich schon lange vorgenommen, das Instrument zu stimmen.

Bedächtig legte Jacob seinen weißen Stein auf das Brett.

Aber Sebastian sah gar nicht hin. Sein Blick ruhte nicht mehr auf dem Brett, stattdessen schielte er immer wieder zur Tür hinüber.

»Was ist los? Spielen wir weiter?«

»Wie?« Sebastian sah ihn verwirrt an. Er schien die Partie völlig vergessen zu haben.

Das Geklimper hatte aufgehört. Jetzt war ein hölzernes Klappern zu vernehmen: Christoph öffnete den Cembalodeckel.

Sebastian hatte die Augen geschlossen und begann, etwas vor sich hin zu flüstern. Es klang wie ein Stoßgebet.

Christoph stand in der Tür.

»Was ist das?«

Christoph sprach leise, seine Stimme hörte sich rau an, als sei er erkältet. Am ausgestreckten Arm hielt er ihnen das Corpus Delicti entgegen. Langsam, nach jedem Wort eine Pause einlegend, wiederholte er die Frage: »Was? Ist? Das?«

Natürlich war das keine echte Frage. Denn um was es sich bei dem Gegenstand handelte, war nur allzu offensichtlich: Der Bruder hatte Sebastians Abschrift der Pachelbel'schen Notensammlung entdeckt.

Sebastian war aufgesprungen. Mit weit aufgerissenen Augen starrte er auf das Heft. Seine Oberlippe zitterte.

»Warum?«, flüsterte Christoph und blickte zu Boden, ganz so, als hätte nicht Sebastian, sondern er selbst etwas zu gestehen.

Warum schrie er sie nicht an? Jacob wünschte sich, dass Christoph einen Wutanfall bekam, ihnen das verfluchte Ding vor die Füße warf, ihnen ein paar saftige Ohrfeigen verabreichte. Aber nichts dergleichen geschah.

Die Stille war unerträglich. Wenn Sebastian nur den Mund aufmachte. Es war an ihm, etwas zu sagen – irgendetwas, es war ganz gleichgültig, und wenn es nur eine gestammelte Entschuldigung war. Wenn Sebastian wenigstens zu flennen anfangen würde.

Im Augenblick drohte eher Christoph in Tränen auszubrechen. Er ließ seine Blicke im Zimmer umherschweifen, seine Mundwinkel zuckten. Sebastian stand noch immer da wie vom Blitz getroffen. Jacob hielt es nicht mehr aus, er wollte den Bruder rütteln, es aus ihm herausprügeln. Ein Wort, eine Geste nur.

Aber das war nicht nötig. Sebastian hatte sich besonnen. Ohne zu stocken und mit lauter, klarer Stimme legte er ein umfängliches Geständnis ab: Wie er sich über Monate nachts aus ihrer Kammer geschlichen, das Notenheft durch die Gitterstäbe des Bücherschranks hindurch mit den Fingern gegriffen, zusammengerollt und herausgezogen und die darin aufgezeichneten Kompositionen, Cembalosuiten von Johann Jacob Frohberger, Stücke im französischen Stil von Johann Fischer, eine Messe von Johann Caspar Kerll, Orgelwerke von Georg Böhm, Dieterich Buxtehude und Nicolaus Bruhns, Choralbearbeitungen und Fugen von Pachelbel selbst, nach und nach abgeschrieben hatte. Papier, Tinte, Feder und ein Rastral zum Ziehen der Notenlinien hatte er aus Christophs Bestand genommen. Das war nicht aufgefallen, weil Sebastian häufig für den Bruder Noten kopierte. Außerdem herrschte in der Komponierstube, wie überhaupt im Ohrdrufer Organistenhaushalt, eine derartige Unordnung, dass niemand den Verlust von ein paar Blättern und einigen Unzen Tinte bemerkte. Natürlich hatte Sebastian nur nachts arbeiten können, einige Kerzenstummel, die er aus der Kirche hatte mitgehen lassen, hatten ihm Licht gespendet. Die Abschrift hatte ein halbes Jahr in Anspruch genommen. Sechs Monate mühseligster, Schlaf raubender Arbeit. Nach ihrer Vollendung hatte Sebastian die Kopie zunächst in das väterliche Cembalo gelegt. Es sei nur als vorübergehendes Versteck gedacht gewesen, aber er habe es für halbwegs sicher gehalten, weil nicht anzunehmen gewesen sei, dass in absehbarer Zeit jemand darauf spielen würde. Ein Irrtum, wie sich nun herausgestellt hatte. Sebastian versuchte gar nicht, sich zu rechtfertigen oder irgendetwas zu beschönigen: Ja, er habe die Werke der Meister Note für Note abgeschrieben, und ja, selbstverständlich sei ihm bewusst gewesen, dass er gegen das ausdrückliche Verbot des Bruders gehandelt habe. Eben darum habe er es ja getan, wegen des Verbots. Sollte er den geliebten Herrn Bruder enttäuscht oder verletzt haben, so tue es ihm herzlich leid und er wolle sich auf jede geforderte Weise entschuldigen. Was er getan habe, habe er indes nicht getan, um dem Bruder zu schaden oder sich selbst zu bereichern, sondern weil er schlicht und einfach nicht anders gekonnt hätte. Kurzum: Sebastian plagte kein schlechtes Gewissen. Er glaubte, einen Anspruch auf diese Noten zu besitzen. Er glaubte, ein Recht auf diese Musik zu haben. Und zwar einzig und allein darum, weil sie vorhanden war und sie ihn interessierte.

Ohne eine Miene zu verziehen, hörte sich Christoph das wenig reumütige Schuldeingeständnis an.

Als Sebastian geendet hatte, wandte der Bruder sich Jacob zu: »Du hast alles gewusst?«

Jacob deutete ein Nicken an. Was sollte die Frage? Natürlich hatte er es gewusst. Wie hätte er von Sebastians nächtlichen Unternehmungen nicht wissen können? Schließlich teilten sich er und Sebastian ein Bett. Wieder und wieder hatte er sich bemüht, Sebastian von der Dieberei abzubringen, ihm ins Gewissen geredet. Was hätte er darüber hinaus tun sollen? *Soll ich meines Bruders Hüter sein?* Christoph kannte Sebastians Sturheit. Außerdem: Hätte er Sebastian verraten sollen? Das hätte selbst Christoph nicht von ihm verlangen wollen.

Vermutlich war Christoph eben derselbe Gedanke gekommen, jedenfalls drang er nicht weiter in ihn. Ohne hinzusehen, blätterte er in dem verwünschten Notenheft herum. Dann warf er sich in den Kröpelstuhl und schwieg.

Was ging in Christoph vor? Die Notensammlung war sein kostbarster Besitz, er hatte sie, wie es üblich war, nach seiner Lehrzeit Pachelbel abgekauft. Jede Abschrift konnte ihren Wert beträchtlich mindern. Zwar hatte Sebastian sicherlich nicht vorgehabt, die Kopie zu verkaufen. Aber er hatte ein ehernes Gesetz gebrochen: Kein ehrbarer Musiker kopierte heimlich die Noten eines Kollegen. Der Vater hätte niemals ein Werk zweifelhafter Herkunft angerührt, geschweige denn zur Aufführung gebracht. Es war eine Frage der Ehre. Und Sebastian wusste das. Wie hatte er nur den guten Ruf, den sich die Bachs über Generationen weit und breit erworben hatten, so leichtfertig aufs Spiel setzen können? Schön, so weit war es nicht gekommen, außer ihnen wusste niemand davon. Aber davon abgesehen, hatte Sebastian einen unverzeihlichen Vertrauensbruch begangen. Christoph hatte ihm ja keineswegs verboten, die Pachelbel'sche Notensammlung zu studieren. Einige Stücke darin waren recht anspruchsvoll, eigentlich zu schwierig für einen Schüler seines Alters – aber natürlich nicht für Sebastian. Für ihn konnte es nicht schwierig genug sein. In kürzester Zeit hatte er alles fehlerfrei auf dem Clavichord gespielt. Er hatte das Notenheft vornehmen dürfen, wann immer es ihm beliebte; Christoph war in solchen Dingen nicht kleinlich. Das war es ja: Großzügigkeit war Johann Christoph Bachs hervorragendste Eigenschaft und zugleich seine größte Schwäche. Und das machte alles nur noch schlimmer.

Christoph verlor über den Vorfall kein Wort mehr, nie wieder. Er hatte einfach kein Talent zum Zornigsein. Aber da war noch etwas anderes. Es gab noch einen anderen Grund, weswegen er Sebastian nicht böse war: Möglicherweise war sich Christoph selbst darüber nicht recht im Klaren, aber zumindest instinktiv musste er begriffen haben, dass sein kleiner Bruder recht hatte. Die Musik war kein Besitz, den man in einem Schrank aufbewahrte. In Wahrheit hatte Sebastian sein Vertrauen nicht missbraucht. Nein, Christoph verstand Sebastian. Er hätte selbst ebenso gehandelt.

VI.

Monsieur de Sinclair

Eisenach
1698
Dezember

Johann Heinrich Halle hatte Wort gehalten. Er hatte Jacob in die Lehre genommen, und er behandelte ihn weder schlechter noch besser als seine anderen Lehrjungen. Das heißt, er kümmerte sich nicht viel um ihn. Zusammen mit den beiden anderen Lehrlingen, Sangmeister und Dauth, hauste er in derselben Kammer, in der seine Eltern geschlafen hatten. Hier war er zur Welt gekommen, hier war die Mutter gestorben, hier hatte sich der Vater nach dem Tode verzehrt und war hernach ebenfalls zum, wie es hieß, ewigen Leben eingegangen. Wann immer er konnte, floh Jacob das Stadtpfeiferhaus.

Das Leben war weitergegangen. Das Sterben auch. Vor zwei Jahren war der allseits beliebte, wenn auch kindische Johann Georg II., genannt Jörge, an den Pocken gestorben. Die kinderlos gebliebene Herzogin Sophie Charlotte hatte sich auf ihren Witwensitz irgendwo im Thüringer Wald zurückgezogen, um ihr restliches Leben der Armenfürsorge zu widmen. In Eisenach regierte nun Jörges jüngerer Bruder Johann Wilhelm. Der neue Herzog zeugte ein Kind nach dem anderen (freilich nur Töchter), brachte das Schloss auf Vordermann und ebenso die Hofkapelle. Denn Johann Wilhelm, für den sich auch nach zwei Jahren Regentschaft noch kein Kosename hatte finden wollen, war ein wahrer Musikenthusiast, der sich seine Leidenschaft einiges kosten ließ. Musiker aus allen deutschen Landen, auch aus Frankreich und Italien, kamen nach Eisenach, um ihre Kunst hören zu lassen. Den Eisenachern waren diese Ausländer suspekt. Sie hielten sich lieber an ihren Herrn Halle, auf dessen biedere Fiedelei wiederum der Hof dankend verzichtete. Der Vater, der hätte sich mit Lust ins Getümmel gestürzt und der welschen Konkurrenz schon die Flötentöne beigebracht, aber Halle war aus einem anderen Holz geschnitzt. Am Hofe ließ sich die Eisenacher Stadtpfeiferei kaum noch hören. Mit einem Wort: Sie war auf rechtschaffenes Mittelmaß herabgesunken.

Jacob versah seinen Dienst in der Stadtpfeiferei, aber sein Platz war in der Hofkapelle. Der Hofcembalist Johann Christoph Bach sah das genauso. Dem Orchester fehlte immerzu ein Instrumentalist, besonders Oboisten waren Mangelware, also musste man bei der Stadtpfeiferei alleruntertänigst eine Aushilfe anfordern. Und Halle konnte dem Onkel diesen Gefallen schlecht abschlagen, die Wünsche seines Cembalisten waren die Wünsche des Herzogs. Mit jeder Anfrage vergiftete sich das Verhältnis zwischen Stadtpfeifer und Hofmusiker mehr. Immerhin ließ Halle den Neffen die Arroganz des Onkels nicht entgelten. Was ihm an musikalischer Kompetenz abging, machte er durch seine Menschlichkeit und Güte wieder wett.

Bei seinem Erzfeind, dem herzoglichen Hofcembalisten, verhielt es sich gerade andersherum. Ohne Rücksicht auf Jacobs heikle Position demütigte der Onkel Halle, wie er nur konnte. Dabei ging es ihm jedoch nicht um die Person; Johann Heinrich Halle war dem Onkel herzlich gleichgültig. Nein, ihm war es einzig und allein um die Musik zu tun, die er, was die Stadtpfeiferei anging, im Niedergang begriffen wähnte, wie jedermann, der etwas davon verstand, zugeben musste. Nichts aber war Johann Christoph so zuwider wie Dilettantismus in der Musik. Die Musik war, nach Meinung des Onkels, zum Lobe Gottes da. Und darum konnte sie nicht kunstvoll genug sein.

Daher war alles daranzusetzen, sie möglichst auf die höchsten Höhen zu führen. Alles andere war im Grunde genommen Blasphemie.

Der Onkel. Unter allen Verwandten war ihnen Johann Christoph Bach stets der liebste gewesen. Dabei hätten sie gar nicht zu sagen vermocht, warum. Nie hatte er, wie der Onkel Johann Michael Bach aus Gehren, Süßigkeiten für sie dabeigehabt. Doch niemand hatte ihm diese Nachlässigkeit je übelgenommen. Sie mochten ihn aus einem anderen Grund: Johann Christoph Bach machte zwischen Kindern und Erwachsenen keinen Unterschied. Wenn er sich mit Sebastian über die Umbauten an seiner Orgel unterhielt, sprach er mit ihm nicht anders als mit dem berühmten Orgelbauer Stertzing – und umgekehrt, womit er den guten Meister Georg Christoph Stertzing mehr als einmal an den Rand eines Nervenzusammenbruchs gebracht hatte. Seinen Ruf als komischer Kauz hatte der Onkel über viele Jahre gepflegt und gefestigt. Selbst der neue Herzog, der scharfsinnige Johann Wilhelm, dem so leicht niemand etwas vormachte, fiel darauf herein. Wahrscheinlich deshalb, weil Johann Christoph Bachs Wunderlichkeit echt war. Zugleich hatte sie Methode: Indem sich der Onkel taub oder verwirrt stellte, hielt er sich die Zumutungen des Alltags vom Leibe. In den letzten Jahren, vor allem nachdem er Witwer geworden war, hatte seine Exzentrizität allerdings bedenkliche Formen angenommen. Öfter als früher redete der Onkel mit sich selbst; bisweilen waren seine Gesprächspartner längst verstorben, wie der Vater, mit dem er über die Besetzung der Hofkapelle beratschlagte, oder der alte Orgelbauer Knott, mit dem er über sein ewiges Projekt, den Umbau der Orgel in der Georgenkirche, stritt. Davon abgesehen war der Stadtorganist und Hofcembalist nicht nur der einzige Musiker von Format in Eisenach, sondern weit über die Grenzen des Herzogtums hinaus berühmt. Unter all den frommen, fleißigen und ingeniösen Musikern der weit verzweigten Bach-Familie war er zweifellos der bedeutendste. Und er hatte sich entschlossen, die ihm verbliebenen Jahre allein der Musik zu widmen. Um jeden Preis.

Eines Tages hatte Meister Halle seinem Lehrling Jacob den Auftrag erteilt, bei dem Onkel ein Krummhorn abzuholen, das dieser sich beim Stadtpfeifer für die Hofkapelle ausgeborgt hatte. Halle verlieh seine Instrumente höchst ungern, und besonders ungern natürlich an den Onkel. Und das aus gutem Grunde. Johann Christoph pflegte aus Prinzip entliehene Gegenstände niemals zurückzuerstatten. Alles, was in seine Hände gelangte, ging unversehens in seinen Besitz über. Ihm die Gamben, Trompeten oder Dulziane wieder abzujagen, war ein sehr spezielles Vergnügen, um das sich Halles Stadtpeiferlinge nicht gerade rissen. Aber wozu hielt man sich einen Bach als Lehrjungen? Wenn einer imstande war, dem alten Trottel die Sachen (ach ja, da wären außer dem Krummhorn noch ein Paar Paukenfelle, ein stiller Zink, eine Dolzflöte und noch allerlei mehr. Aber das kann warten, die Krummhörner jedoch ...) wieder aus dem Kreuz zu leiern, dann doch wohl dessen leiblicher Neffe.

Jacob wusste, was man von ihm erwartete. Es missfiel ihm, aber er konnte es verstehen. Und des Meisters Wunsch war ihm selbstverständlich Befehl – dessen Ausführung diesmal keinen Aufschub litt: Die Hochzeit im Hause des Rentmeisters Schmidt rückte immer näher, und der alte Schmidt wollte keine französischen oder sonstigen welschen Liedchen zu hören bekommen, wie sie gerade bei Hofe in Mode waren. Er bestand auf Musik aus der guten alten Zeit der »drei großen Sch«: Schein, Scheidt und Schütz. Mit denen konnte man nichts falsch machen. Aber dafür brauchte man eben eine altmodische Instrumentierung: Pommern, Schalmeien – und das verzweifelte Krummhorn.

Das alles wusste der Onkel nur allzu gut. Er wusste auch, dass der Rentmeister niemand war, dem man einen solchen Wunsch ausredete oder gar abschlug. Der alte Schmidt war nach dem Herzog der mächtigste Mann der Stadt, denn er herrschte über die städtischen Finanzen und damit auch über die Ausgaben für die Hofkapelle und die Stadtpfeiferei. Darum war allen Bewohnern des Hauses in der Fleischgasse klar: Das verwünschte Krummhorn musste unter allen Umständen herbeigeschafft werden. Herr Halle hatte Jacob geradezu bekniet, das altersschwache Instrument, das schon im Hause gewesen war, als Ambrosius mit seiner Familie eingezogen war, koste es, was es wolle, aus den Fängen des Onkels zu retten. Jacob hatte versprochen, sein Bestes zu tun, und war losgestiefelt. Aber ihn plagte ein Unbehagen. Nicht dass er seinen Auftrag nicht erfüllen wollte. Aber Jacob musste sich eingestehen, dass ihm das Krummhorn und das Schicksal der Stadtpfeiferei, das vom Erfolg seiner Mission abhing, ganz gleichgültig waren. Das Unbehagen war sein schlechtes Gewissen darüber.

Als Jacob bei dem baufälligen Haus mit den spitzen Giebeln, das direkt an der Stadtmauer stand, eher sich gegen die Stadtmauer lehnte, angelangt war, musste er sich selbst daran erinnern, worin eigentlich der Zweck seiner Wanderung bestand. Ja, das Krummhorn, oder waren es zwei? Jacob begann, sich eine kleine Rede zurechtzulegen, die dem Onkel möglichst wenig Anlässe zu Ausreden und Abschweifungen bot. Am besten, er teilte ihm sofort und unmissverständlich mit, was er von ihm wollte. Es kam darauf an, ihn zu überzeugen, dass er damit nicht Halle oder Schmidt, sondern ihm, Johann Jacob, dem Sohn seines geliebten Vetters Ambrosius, einen Gefallen tue. Ja, das war der einzige Erfolg versprechende Weg. Wenn seine Überredungskünste versagten, musste er notfalls das Horn aus dem Haus schmuggeln; immerhin wäre das kein Diebstahl. Aber zunächst musste er es im Guten versuchen.

»Was?« Der Onkel hielt sich die Hand ans Ohr. »Krummhorn? Was für ein Krummhorn?« Er tippte sich an die Stirn. »Wer, um alles in der Welt, braucht denn heutzutage so ein Ding?«

Sehr witzig: Wozu brauchte dann der Hofmusikus Bach, der sich, wie jedermann wusste, stets auf der Höhe der Zeit befand (und oft sogar noch ein bisschen darüber) ein altertümliches Instrument wie das Krummhorn? Natürlich brauchte er kein Krummhorn, jedenfalls nicht, um damit Musik zu machen. Aber um den armen Stadtpeiferling Halle zu kujonieren, dafür ließ sich so ein Krummhorn noch allemal gebrauchen. Und dem leidigen Pfennigfuchser Schmidt eins auszuwischen, irgendwie und wenn auch nur ein bisschen, wäre Herr Bach ebenfalls nicht völlig abgeneigt. Zu des Rentmeisters Pflichten gehörte nämlich unter anderem die Auszahlung des Salärs an die Hofbediensteten, also auch an den Onkel, den obgedachter Schmidt, dieser amusische Geizkragen, seit Jahren am Hungertuche nagen ließ, und zwar aus purer Niedertracht. So dachte der Onkel. In Wahrheit tat der gute Rentmeister nur seine Pflicht und ansonsten niemandem etwas zu Leide. Im Gegenteil, sie hatten es vor allem Schmidt zu verdanken gehabt, dass die Stiefmutter noch ein halbes Jahr lang das volle Gehalt des Vaters empfangen hatte und auch danach noch aus der Stadtkasse unterstützt worden war. Dedekind hatte in der Sache vorgesprochen, und Schmidt hatte sich nicht lange bitten lassen. Auf einmal war Jacob das Krummhorn überhaupt nicht mehr egal. Wenn Herr Schmidt auf der Hochzeit seiner Tochter das Getröte von Krummhörnern hören wollte, dann sollte er zum Kuckuck seine Krummhörner bekommen. Dafür würde er, Johann Jacob Bach, sorgen.

Dass Johann Christoph Bach zeitlebens ein armer Schlucker blieb, lag im Übrigen einzig und allein daran, dass er sein ganzes Geld für teure Weine und Noten ausgab. Alles, was aus Frankreich oder Italien an neuen Kompositionen erschien, kaufte er. Sein Haus war eine einzige Notenbibliothek. Und irgendwo zwischen all den Büchern, Heften und Blättern würde sich das alte Krummhorn finden.

Der Onkel musterte ihn spöttisch. Jacob merkte, dass sich seine Hände zu Fäusten ballten. Er musste ziemlich grimmig dreinblicken.

Plötzlich wandte sich Johann Christoph von ihm ab. »Haben Sie gehört, Monsieur?«, rief er in die Stube hinein. »Ein Krummhorn fordert dieser Herr von mir, un tournebout. Ist das nicht tout à fait risible?«

»En effet, mon cher ami«, tönte es fröhlich zurück. »Schon der Name: Cromorne, très amusant.«

»Da hörst du es, mon fils, in diesem Hause gibt es keine Krummhörnchen. Der olle Bach ist nämlich auf der Höhe der Zeit. Im Gegensatz zur Stadtpfeiferei, wie mir scheint. Was stehst du da wie ein Schnorrer? Komm rein, mein Junge.«

Am Ofen stand ein Mann, nicht besonders groß, beinahe zierlich gebaut, sein Haar hing ihm in dunklen Locken über die Schultern. Er trug eine Hoftracht von fremdartiger Eleganz (wenn auch reichlich abgetragen). Um seinen Hals baumelte an einem roten Band ein kleines weißgoldenes Malteserkreuz. An seinem Gürtel hing ein breites Schwert. Die Wangen waren durch Pockennarben verunziert, aber in seinen Augen flackerte etwas, das beunruhigend und anziehend zugleich war.

»Hier haben wir Jacob, den Sohn meines geliebten Vetters, des seligen Johann Ambrosius Bach«, sprach der Onkel.

Der Fremde trat auf Jacob zu. Er deutete einen Kratzfuß an (ein offenbar steifes Bein hinderte ihn an der vollständigen Ausführung) und reichte ihm eine ungewöhnlich zarte, mit drei kostbaren Ringen geschmückte Hand dar.

»Je suis enchanté de faire votre connaissance, Jean-Jacques.« Dann sah er ihn an, als suche er irgendetwas in seinem Gesicht. »Leider«, plauderte der seltsame Gast in einem überraschend geläufigen, nahezu akzentfreien Deutsch, »hatte ich nicht die Ehre, Ihren Herrn Vater kennenzulernen. Ich bedaure das außerordentlich. Doch sein Name ist mir nicht unbekannt. Welcher Musiker hätte nicht von Ambroise Bach gehört? Derselbe muss …«

»Und dies ist Monsieur …«, fiel ihm der Onkel in die Rede.

»Sinclair«, unterbrach ihn seinerseits der Fremde. »Alain Alastair James Bhreac de Sinclair.«

»Ritter vom Goldenen Sporn und Oboist an der Grande Écurie und in der Chambre du Roy zu Versailles«, fügte der Onkel feierlich hinzu.

»Beurlaubt«, korrigierte ihn Sinclair und machte eine wegwerfende Bewegung, die so heftig war, dass sein Schwert ins Pendeln geriet. »Wir haben uns bei Seiner Allerchristlichsten Majestät, dem Könige von Frankreich und Navarra, diesem ...«, Sinclair brach seine Rede ab und begann, in den Taschen seines fantastischen Rocks herumzuwühlen. Nach kurzer Suche zog er einen Flakon aus silberglänzendem Metall hervor, auf dem ein Wappen eingraviert war. Jacob vermochte nicht zu erkennen, was es zeigte. Dann öffnete Sinclair den Verschluss, fuhr mit zwei Fingern in das Gefäß, entnahm ihm eine schwarze krümelige Substanz, die wie gemahlener Pfeffer aussah, häufte sie auf seinen Handrücken, hielt sich mit einem Finger ein Nasenloch zu und sog durch das andere das Pulver ein. Einen Augenblick später bekam er einen so gewaltigen Niesanfall, dass ihm die Tränen über die Wangen liefen. Nachdem er eine Weile vor sich hin geprustet hatte, wischte sich Herr Sinclair mit dem Hemdsärmel (der bereits erhebliche Spuren der seltsamen Substanz aufwies) die Nase ab. »Pardon«, stieß er matt hervor. Die Nieserei schien ihn sehr mitgenommen zu haben.

Jacob wich einen Schritt zurück. Kündigte sich nicht die Pest durch häufiges und heftiges Niesen an? Näher betrachtet, sah dieser Herr Sinclair nicht gerade wie das blühende Leben aus. Und auf den zweiten Blick wirkte seine Kleidung entschieden abgerissen. Gleich würde das Gesicht des Fremdlings blau anlaufen. Und die hässlichen Male stammten doch nicht von den Pocken; jeden Augenblick wuchsen ihm scheußliche schwarze Beulen, aus denen stinkender Eiter trat. Und dann dieses Schwert, das zwar in seiner plumpen Übergröße reichlich antik aussah, aber sicherlich voll funktionstüchtig war: Kein Zweifel, dieser saubere Herr war ein pestkranker Wegelagerer, der sich das Vertrauen des Onkels erschlichen hatte. Die Straßen wimmelten von solchem Gesindel, und es wäre nicht das erste Mal, dass der weltfremde Onkel auf einen Betrüger hereinfiel. Fatalerweise hatte Johann Christoph Bach ein Faible für solche vagabundierenden Gesellen und weigerte sich grundsätzlich, aus Schaden klug zu werden. Wahrscheinlich hatten sich seine Leichtgläubigkeit und Freigiebigkeit in Gaunerkreisen herumgesprochen.

Jacob zupfte den Onkel am Ärmel. Aber der reagierte nicht darauf, er lächelte nur versonnen vor sich hin. Derweil popelte der sieche Vagabund ungeniert in seiner Nase herum.

»Übrigens ist Monsieur Sinclair Schotte von Geburt«, sagte der Onkel, als würde das irgendetwas erklären.

»So ist es, exactly«, rief Sinclair, als hätte er auf dieses Stichwort gewartet. Des Onkels Bemerkung schien ihn in heftige Erregung versetzt zu haben. Seine Augen blitzten, dabei umklammerte er den Knauf des gewaltigen Schwertes. Zugleich wirkte er erfrischt, geradezu verjüngt und ausgesprochen unternehmungslustig.

»Darauf wollen wir anstoßen«, sprudelte es aus dem Onkel hervor, der nun ebenfalls in eine sehr fidele Stimmung geraten zu sein schien. »Komm, Jacob, Herr Sinclair hat uns einen ganz famosen Branntwein aus seiner Heimat mitgebracht.«

»*Uschkeba!*«, flüsterte der Vagabund und zog Jacob mit einem Griff am Arm zu sich heran (der Schotte verfügte über eine beängstigende Körperkraft). »Das Wasser des Lebens. – Ja, mes amis, lasst uns trinken! Auf das Heilige Römische Reich! Auf Schottland! Santé – Sláinte!«

Sinclair kippte das Getränk in einem Zug herunter und schenkte sich gleich wieder nach.

Jacob nippte vorsichtig an seinem Becher. Sogleich musste er fürchterlich husten. Der schottische Branntwein schmeckte, als hätte man ihn aus einem fauligen Tümpel geschöpft, und er brannte wie Feuer in seiner Kehle. Die Männer lachten. Der Onkel klopfte Jacob den Rücken, und Sinclair reichte ihm den

Flacon mit dem verdächtigen Pulver, das er sich in die Nase gestopft hatte. »Das hilft«, sagte der Schotte.

Jacob winkte ab. Aber Sinclair ließ keine Entschuldigung gelten. »Das ist reinste Medizin, gut gegen Kopfschmerzen, Zahnschmerzen, hilft gegen jedwede Plage. Und es macht den Kopf klar.«

»Dies Niespulver ist nichts weiter als gemahlener Tabak«, erklärte der Onkel. »Nur dass man ihn nicht anzündet und den Rauch trinkt, sondern ihn durch die Nase aufnimmt.«

Sinclair hielt seinem Gastgeber den Flakon hin, der Onkel nahm eine Prise zwischen Daumen und Zeigefinger und schnupfte, genauso wie es der Schotte getan hatte. »Siehst du, so …« Johann Christoph stieß einen lustvollen Nieser aus. »Ah, das tut gut!«

»Der Snuff, wie ihn die Holländer nennen, schützt vor dem Schwarzen Tod«, dozierte Sinclair. »Vor allem pustet dir dieses Wunderkraut die Atemwege durch. Jeder, der ein Blasinstrument spielt, sollte fleißig schnupfen.«

»Jacob spielt übrigens Oboe und Flöte.«

»Heiliger Andreas, ist das wahr? Darauf müssen wir trinken.«

Monsieur Sinclair blieb im Hause des Onkels wohnen. Der Herzog hatte den reisenden Flötenvirtuosen für die Hofkapelle engagiert. Und natürlich hatte es Johann Christoph Bach keine großen Überredungskünste gekostet, den Schotten dazu zu bringen, seinem begabten und lernbegierigen Neffen Unterricht im Flötenspiel zu erteilen. Johann Christoph Bach wusste genau, dass die Lehre bei Halle seinen Neffen unterforderte, dass er einen echten Lehrer brauchte. Wie Sebastian, den der Bruder Johann Christoph seit drei Jahren selbst im Cembalo- und Orgelspiel unterrichtete.

Ein Stadtpfeifer musste notfalls jedes Instrument beherrschen. Entsprechend hatte der Vater darauf geachtet, dass Jacob und Sebastian sich mit jedem einzelnen vertraut machten. Sebastian hatte von Beginn die Streichinstrumente allen anderen vorgezogen, und natürlich das Cembalo und die Orgel, was den Vater wiederum dazu veranlasst hatte, ihn vor allem den Dulzian und die Zinken blasen zu lassen. Nicht dass Sebastian sich mit den Blasinstrumenten nicht zurechtgefunden hätte, indessen hielt sich sein Lerneifer doch in auffälligen Grenzen (aber es war eindeutig eine Frage des Willens und nicht der Begabung).

Und Jacob? Zunächst hatte Johann Ambrosius ihm die Trompete schmackhaft machen wollen, die zu seinen eigenen Lieblingsinstrumenten zählte. Nun, die Trompete war nicht zu verachten, sie machte etwas her. Aber welche Anstrengungen hatte es Jacob gekostet, auch nur passabel zu spielen! Er musste unendlich lange üben, um einen einigermaßen brauchbaren Ton zustande zu bringen. Spielte er auch nur einen Tag nicht, war der Ansatz verflogen, und er konnte wieder von vorn anfangen. Sein Clarinospiel blieb stets mühsam und unrein. Bald war Jacob klar geworden, dass er es auf diesem Instrument niemals zum Virtuosen bringen würde. Schließlich hatte er sich der Oboe zugewandt. Der Vater hatte kurz vor seinem Tod eines dieser neuartigen Instrumente angeschafft. Es hatte zu den Erbstücken gehört, die sie mit nach Ohrdruf gebracht hatten. Jacob hatte den dunkel-samtenen Klang des Instruments sofort gemocht. Endlich hatte er sein Instrument gefunden. Dachte er.

Die Flöte war ein etwas missratenes Stiefkind der Instrumentenfamilie, mehr geduldet als geliebt. Sie lief so mit. Ihre Intonation war schwierig, der Klang flach und unsauber, vor allem ließen sich nicht alle Töne darauf spielen. Ihr Hauptvorteil bestand nach allgemeiner Ansicht darin, dass sie im Zusammenspiel mit anderen Instrumenten kaum zu hören war. Doch Monsieur Sinclairs Flöte hatte mit den altdeutschen Prügeln, mit denen sich die Eisenacher Stadtpfeifer behalfen, nichts gemein: Dank einer zusätzlichen Klappe ließ sich seine französische Querflöte in allen Tonarten hören. Und wie Sinclair spielte!

Seine Finger flogen so flink über die Grifflöcher, dass man ihnen mit den Augen kaum zu folgen vermochte. Die Töne kamen so zart und zugleich kraftvoll, dass es gar nicht zu begreifen war, wie man einem einfachen Stück Holz einen derartigen Klang entlocken konnte. Es war reine Zauberei. Noch bevor Herr Sinclair seine flûte traversière abgesetzt und sich mit gespielter Zierei verbeugt hatte, war für Jacob die Entscheidung gefallen: Er würde ein Flautotraversist werden, un flûtiste, a flautist, ein Querpfeifer. Wie Alain Sinclair.

Der Schotte besaß zwei herrliche Traversflöten. Die eine hatte sein Freund, der berühmte, leider unlängst verstorbene Instrumentenbauer Johann de Hotteterre zu Paris gefertigt. Die zweite aber übertraf ihre Schwester bei weitem. Das unvergleichliche Instrument war aus schwarzgebeiztem Buchsbaumholz gearbeitet und besaß ein kräftiges, dunkel gefärbtes Timbre. Ein deutscher Meister namens Johann Jacob Rippert hatte sie geschaffen. Auf dieser spielte Sinclair am liebsten. Die andere überließ er seinem Schüler Jacob.

Die Fingerordnung auf der flûte traversière ähnelte derjenigen der Oboe, aber das Instrument war nicht so leicht zu lernen wie gedacht. Die Intonation der neuen Querflöte erforderte viel Übung, die Halbtöne waren, vom Dis abgesehen, zwar möglich, aber mussten mit komplizierten Gabelgriffen bewerkstelligt werden. Die Flöte ließ sich nicht von jedem ihren Wohlklang entlocken, sie zierte sich, wollte umworben werden. Was Sinclair leicht von der Hand ging, war das Ergebnis langjähriger Spielpraxis.

Aber die Mühe des Übens zahlte sich aus. Allmählich lernte Jacob, das neue Instrument zu beherrschen. Auf der Orgel konnte jeder mit ein paar Akkorden Eindruck machen, sie war von sich aus volltönig und laut, die Trompete versetzte allein durch ihren majestätischen Klang alle Zuhörer in eine feierliche Stimmung. Der Flötist aber durfte sich nicht auf Effekthascherei verlassen, sondern allein auf seine Kunst. »Die meisten Flötenspieler haben Finger und Zunge, das ist kein Verdienst. Es kommt darauf an, auch einen Kopf zu haben, Jack.«

Alain Sinclair war ein Mann von vielen Talenten. So sprach er außer Englisch und Deutsch fließend Latein, Französisch und Italienisch, dazu etwas Spanisch und Kroatisch. Nebenbei unterrichtete er Jacob in diesen Sprachen, indem er während der Flötenstunden ständig von der einen in die andere wechselte. Auch wenn er sie auf diese Weise nicht zu sprechen lernte, schnappte Jacob vor allem von der englischen und französischen Sprache so viel auf, dass er sie ganz gut verstehen konnte. Bisweilen, wenn er stark betrunken war, sprach (oder lallte) Herr Sinclair auch Schottisch, eine sonderbare, fremd klingende Sprache und, wie er einmal meinte, für einen Nichtschotten unmöglich zu lernen. Abends sang er endlose eintönige Lieder in dieser seiner Muttersprache, verfiel darüber in abgrundtiefe Traurigkeit und begab sich wortlos zu Bett. Als Jacob ihn einmal fragte, was es mit diesen schottischen Liedern auf sich habe, sah ihn Sinclair erschrocken an, sann eine Weile nach und schüttelte unwillig den Kopf.

Sobald der Schnee geschmolzen war, ließ Sinclair ihn auf seinen Schimmel Mirage klettern und unterwies Jacob in der Reitkunst, die wirklich eine Kunst war und die der Schotte, seinem lahmen Bein zum Trotz, vollkommen beherrschte. Mirage drehte sich wie ein Tänzer, führte Kapriolen, Sprünge und alle möglichen Kunststücke aus, für die es jeweils einen französischen Namen gab (der Hengst hörte nur auf französische Befehle). Aber natürlich wusste der Gaul nur allzu genau, dass er sich bei Jacob mehr herausnehmen konnte als bei seinem Herrn und Meister. Jenem gehorchte Mirage aufs Wort, während Jacob wie ein nasser Sack auf dem Pferd hing, das mit ihm machte, was es wollte.

»Ich würde sagen«, bemerkte Sinclair, »für die geflügelte polnische Husaria reicht es noch nicht ganz. Aber einen brauchbaren kursächsischen Dragoner könntest du bald abgeben, Jack.«

»Dragoner? Was denn für Dragoner?«

»Halb Mensch, halb Vieh, aufs Pferd gesetzte Infanterie.«

Etwas geschickter stellte sich Jacob beim Fechten an. Sinclair besaß neben seinem schweren Reitersäbel, einem Sarrass, auch einen leichten Degen, mit dem Jacob üben durfte. Der Schotte war ein überaus strenger Maître d'Armes: Ausfall, Finte, Parade, Sperrstoß. Er lehrte ihn die bewegliche französische Art zu fechten, die deutsche verwarf er als plump und bäurisch. Als Jacob nach einigen Wochen glaubte, es in der Fechtkunst zu einer gewissen Fertigkeit gebracht zu haben, entwaffnete ihn Sinclair mühelos mit einem Stöckchen. Wütend riss sich Jacob den Hut vom Kopf.

»Never mind, Jack«, sagte Sinclair ruhig. »Die adeligen Nichtsnutze lernen diese Sachen von Kindheit an, und mancher hat es darin nicht so weit gebracht wie du.«

»Mon ami, setz' er dem Knaben nur keine Flausen in den Kopf.«

Der Onkel hatte die Fechtübung der beiden beobachtet, und seine säuerliche Miene ließ keinen Zweifel daran, dass er sie missbilligte.

Sinclair wirbelte sein Stöckchen in die Luft und fing es wieder auf wie ein Tambourmajor. »D'accord, mon cher«, sagte er beschwichtigend. »Aber, halten zu Gnaden, Herr Hofcembalist, ein wenig Weltweisheit wird dem Jungen nicht schaden. Und wenn er hinausmuss in die Welt, und dieser Tag liegt nicht fern, wenn ich mich nicht irre, wird er möglicherweise auch einmal die edle Fechtkunst gebrauchen können.«

Dem konnte der Onkel nicht widersprechen.

Den ganzen Winter über und den nächsten Frühling verbrachte Jacob beinahe jeden Tag mit seinem Mentor. Wenn sie sich nicht ihren Reit- und Fechtübungen widmeten – selbstverständlich beherrschte Sinclair auch die höfischen Tänze, erklärte aber, dieselben seines steifen Beins wegen nicht vorführen zu können –, erzählte er von seinen Reisen und Abenteuern.

Sinclair besaß eine Karte Europas, auf der in unterschiedlichen Farben alle Länder eingezeichnet waren: Frankreich blau, England rot, Russland grün, Schweden gelb, Polen rosa und so weiter. Das Heilige Römische Reich war ein bunter Flickenteppich, und am buntesten ging es in seiner Heimat Thüringen zu mit all seinen winzigen Herzogtümern und Grafschaften.

Der Schotte war überall gewesen, von Kopenhagen bis Neapel, von London über Paris und Wien bis Moskau kannte er alle bedeutenden Städte. Sinclair erzählte vom Leben am Hof des Sonnenkönigs zu Versailles, von Venedig, einer Stadt am Mittelländischen Meer, die auf dem Wasser gebaut war, von Rom mit dem ungeheuren Petersdom, Konstantinopel, ebenso von Amsterdam, aus dessen Hafen unzählige Schiffe in alle Welt fuhren. Über sich selbst und sein Schicksal sprach Monsieur de Sinclair allenfalls in Andeutungen. Warum war er aus Frankreich fortgegangen? Wie hatte es ihn aus England dorthin verschlagen? Und warum war er, der in allen Metropolen Europas zu Hause war, ausgerechnet nach Eisenach gekommen, in diesen gottverlassenen Winkel, in diese Zwergenwelt? Sinclair blieb der geheimnisvolle Fremde, über dessen Herkunft und Bewandtnisse sich trefflich rätseln ließ. Und er genoss die mysteriöse Aura, die ihn umgab und mit der er sich bei Hofe interessant zu machen verstand.

Etwas immerhin wusste man: Johann Christoph Bach hatte Monsieur de Sinclair vor Jahren in Dresden kennengelernt und sich mit dem Flötenvirtuosen angefreundet. Dass er tatsächlich am Hofe des Sonnenkönigs als Musiker angestellt war, zumindest zeitweilig, hielt der Onkel für glaubhaft. Ansonsten interessierte er sich nicht weiter für den persönlichen Hintergrund seines Gastes. Sinclair war der beste Flötenspieler, der sich denken ließ, und dazu ein amüsanter Gesprächspartner. Das reichte Johann Christoph.

Manches deutete darauf hin, dass der Schotte Frankreich

nicht ganz freiwillig verlassen hatte, jedenfalls war er auf König Ludwig XIV. offensichtlich nicht besonders gut zu sprechen. Natürlich kochte in Eisenach die Gerüchteküche. Ein Goldmacher sollte Herr Sinclair sein, ein Alchimist, der sich mit dem Leibhaftigen eingelassen hatte. Andere vermuteten, er sei ein fremder Prinz, der sich inkognito in der Welt umsah. Weniger Wohlmeinende hielten ihn wiederum für den Agenten einer ausländischen Macht, der sich Einfluss am Eisenacher Hof verschaffen wolle. All das Gerede bewies aber nur, dass in Wirklichkeit niemand wusste, woher Sinclair kam und was ihn hierher verschlagen hatte. Die einzige Person, die vielleicht eine Antwort auf diese Fragen erwarten durfte, war Herzog Johann Wilhelm I., mit dem der Schotte bald einen ausgesprochen vertrauten Umgang pflegte.

Offenbar hielten Johann Wilhelm und Sinclair viel voneinander; sie ritten gemeinsam aus, musizierten im Schloss (der Herzog spielte leidlich Cembalo), und oft wurde Sinclair zur herzoglichen Tafel geladen. So oft, dass Jacob beinahe eifersüchtig auf seinen Landesherrn wurde. Sinclair selbst nahm die Sache leicht. Zweifellos schätzte er den Herzog, aber eine echte Freundschaft, sagte er, sei das nicht, könne es nicht sein. Die Ausritte, das Musizieren, die Gespräche, all das gehöre zum Geschäft. Mit Heuchelei habe das nichts zu tun. Der Herzog sei ein nobler Mann und fähiger Regent, Eisenach dürfe sich glücklich schätzen. Wenn man bedenke, was für ein Gesocks sich bisweilen auf Europens Thronen fläze, er wisse wahrhaftig, wovon er rede. Dagegen Johann Wilhelm: Wäre er nicht Herzog, wäre er, Sinclair, möglicherweise tatsächlich mit dem Mann befreundet. »Aber so – nein, niemals. Mit Herzogen, Königen und dergleichen ist man nicht befreundet, Jack. Und wer glaubt, es zu sein, irrt sich gewaltig, ja er spielt mit seinem Leben. Merke dir das gut. Der Herzog ist der Herzog. Aber mit uns beiden, Jack, das ist etwas ganz anderes.«

Am Morgen des 10. Dezember 1699 war Alain Sinclair verschwunden.

Während seines Aufenthalts in Eisenach hatte der Schotte eine rege Korrespondenz unterhalten. Gestern, berichtete der Onkel, seien zwei Schreiben angelangt, eines aus Dresden, das andere aus Stockholm, über die Sinclair in überschwängliche Begeisterung geraten sei. Stundenlang sei er in seiner Kammer auf und ab geschritten, habe eine Prise nach der anderen geschnupft, schließlich seine Siebensachen gepackt und sei – »Gott befohlen« – ohne weitere Erklärung in aller Herrgottsfrühe aufgebrochen. »›Grüße meinen Jack von mir‹, hat er mir noch aufgetragen. ›Wer weiß, vielleicht sehen wir uns wieder.‹ Dann hat er mich umarmt, ist auf sein Pferd gesprungen und davongesprengt. Ach ja, er hat dir etwas dagelassen.«

Auf dem Tisch in Sinclairs Kammer lagen der silberne Flakon, der zur Hälfte mit Schnupftabak gefüllt war, der Degen, mit dem er Jacob das Fechten gelehrt hatte – und, nebst einem Fläschchen Mandelöl, die beiden Flöten.

VII.

Exodus II

Eisenach
1700
18. Februar

Die Sonne war schon aufgegangen, aber noch schwiegen die Vögel. Jacob legte das Felleisen in das vom Frost starre Gras, band das Futteral los, zog die Teile der Traversflöte hervor und setzte sie zusammen. Dann führte er das Mundstück an die Lippen. Er legte die klammen Finger auf die Grifflöcher und blies ein h. Der Ton kam zaghaft und unrein. Das Instrument war kalt und seine Lippen spröde. Er wartete noch einen Augenblick.

Der Leichenstein bestand aus einer Schieferplatte, die mit einem Holzpfahl aufrecht gehalten wurde. Darauf ein Vers aus dem dreiundsiebzigsten Psalm: *Wenn ich nur dich habe / so frage ich nichts nach Himel und Erden.* Darunter die Namen: Johann Ambrosius Bach und Maria Elisabeth Bachin, geborene Lemmerhirt. Die Schrift war vom Regen beinahe abgewaschen.

Jacob legte die Hände auf den kalten feuchten Stein.

Er sah sich um. Da drüben war es. Dort hatten sie die Heesemännin unter die Erde gebracht. Die Stelle lag im Nebel, aber von dem Grab wäre ohnehin nichts mehr zu sehen. Das kümmerliche Holzkreuz, das die Stülpnagels auf Pfarrer Heinleins Geheiß in die Erde gesteckt hatten, war längst umgefallen und vermodert. Trotzdem wusste jedes Kind, wo sie lag. Die Stelle sollte vollkommen kahl sein, hieß es, nicht einmal Gras und Unkraut wüchsen dort. Ein untrüglicher Beweis, dass sie tatsächlich eine

Hexe gewesen war – vielmehr dafür, was für unverbesserliche Einfaltspinsel die Eisenacher waren, abergläubische Kindsköpfe allesamt. Aber Jacob war kein Kind mehr.

Allerdings war das Grab der Witwe Heesemann tatsächlich kahl geblieben, er hatte es mit eigenen Augen gesehen. Zumindest war es das an jenem scheußlichen Novemberabend vor zwei Jahren gewesen, als sie alle noch einmal hierhergekommen waren. Die Erde hatte noch genauso dagelegen, wie die Totengräber sie aufgehäuft hatten. Damals als Sebastian und er auf ihrer Beerdigung gesungen hatten. Als auf dem Heimweg die Glocke der Georgenkirche geschlagen hatte. Als die Nacht über sie hereingebrochen war. Schon an der Eingangspforte war ihm übel geworden, am Hexengrab hatte er sich übergeben müssen, und da, im herbstlichen Halbdunkel, hatte er es gesehen: Kein Pflänzchen, nicht der geringste Grashalm wuchs auf dem Hexengrab. Vetter Ernst und Sebastian hatten ihn nach Hause geschafft. Beinahe eine Woche lang hatte er mit Fieber im Bett gelegen. Vielleicht hatte er sich getäuscht? Vielleicht hatte er sich im Ort geirrt und ein frisch ausgehobenes Grab gesehen? Das Fieber hatte seine Sinne verwirrt. Vielleicht.

Jetzt könnte er sich Klarheit verschaffen. Nur um sicherzugehen. Er war allein. Was vergäbe er sich dabei? – Nein, er würde es nicht tun. Denn dann hätten Aberglaube und Geisterfurcht schon gewonnen. Jacob kannte die Schliche, deren sich der Aberglaube bediente. Er wusste, dass er sich noch durch die feinsten Risse zu zwängen, noch den geringsten Zweifel zu seinem Einfallstor zu machen vermochte. Wer dem Zweifel nachgab, hatte schon verloren. Unversehens würde er sich in der finsteren Nacht verirren, die er gerade hinter sich gelassen hatte. Nein, er durfte nicht einen Zoll nachgeben. Er wandte den Blick ab.

Jacob hasste den Friedhof, den »Gottesacker«, wie manche ihn nannten. Warum eigentlich »Gottesacker«? Gott düngte sein Feld mit toten Leibern, gab dem Acker Nahrung. Aber wozu? Welche Frucht sollte dieser Acker bringen? Jacob hasste den Tod. Seltsam, zugleich kamen ihm der Tod der Eltern und die Besuche am Grab ganz unwirklich vor, als hätte er all das nicht selbst erlebt, sondern in einem Buch gelesen oder geträumt. Wer war dieser Junge gewesen? Johann Jacob Bach. Verwaist. Gottverlassen. Gefangener der Nacht. Er kannte diesen Jacob nicht, er war ein anderer gewesen. Er trug nur zufällig denselben Namen. Der falsche Jacob. Aus dem Verlorenen war ein Suchender geworden. Was suchte Jacob? Er wusste es nicht, aber er würde es herausfinden. Dafür musste er all das hinter sich lassen. Dieser Tag war nun gekommen.

Sonnenstrahlen zerteilten den Nebel, ein mildes, fast frühlingshaftes Licht breitete sich über den Friedhof; der Duft von feuchtem Laub und Erde lag in der Luft. Ein Schwarm Buntspechte hatte sich in seiner Nähe versammelt, um Regenwürmer zu picken. Seltsam, er hatte diese Vögel noch nie in solcher Menge beisammen gesehen. Jetzt begann in der nahen Hecke ein Schneekönig zu singen. Der Winzling blieb unsichtbar, aber er schmetterte seinen Gesang mit einer Gewalt in die Stille hinein, dass alle anderen Vögel davon erwachten und darin einstimmten. Jacob setzte die Flöte an und ahmte das Zwitschern des Schneekönigs mit ein paar Trillern nach. Monsieur Sinclair hatte mit seinem Flötenspiel Vögel angelockt. Zunächst hatte Jacob nicht geglaubt, dass dies möglich sei, aber der Schotte hatte es tatsächlich fertiggebracht. Die Vögel hatten sogar seine Melodien nachgeahmt.

Er hielt inne und lauschte.

Der Schneekönig war verstummt – nein, er sang! Und das Zwitschern ähnelte in der Tat seiner Tonfolge.

Jacob wiederholte den Versuch und – wahrhaftig, der Vogel antwortete. Das war seine Melodie!

Jetzt variierte er das Lied ein wenig. Der Vogel ließ sich auf das Spiel ein, er übernahm die Variation und wandelte sie seinerseits nach eigenem Geschmack ab. So ging es eine Weile hin und her. Doch irgendwann wurden die Schleifer, Vor- und Doppelschläge, Pralltriller, mit denen Jacob sein Spiel ausschmückte, dem kleinen König zu geziert. Er ließ noch einen prächtigen Roller hören und flatterte davon, in den unendlichen Himmel hinein. Es hieß, der Schneekönig könne von allen Vögeln am höchsten fliegen.

Jacob setzte abermals die Flöte an und fantasierte ein paar Takte vor sich hin. Dann spielte er, wie es ihm einfiel, Teile aus Kompositionen, die er auswendig konnte. Allzu viel gab es noch nicht für die Traversflöte: Stücke von Michael de La Barre, Marinus Marais und Jacob Martin Hotteterre. Nicht eben passend für einen Friedhof. Doch wen störte es? Im Gegensatz zum Onkel war der Pfarrer Heinlein inzwischen tatsächlich ertaubt. Der Gott, dem er diente, war es ohnehin. Und für ihn spielte Jacob nicht.

Für wen dann? Die Toten konnten ihn nicht hören. Aber falls doch, warum sollten sie nicht ihre Freude daran haben? Der Vater gewiss. Und die Mutter. Auch sie. Nicht der schönen Musik wegen, sondern um seinetwillen. Weil es seine Musik war. Das Flötenspiel hatte ihn aus der Nacht geführt. Die flûte traversière war der Zauberstab, der ihn verwandelt hatte und mit dem er die Welt verwandeln würde.

Als Jacob geendet hatte, bewölkte sich der Himmel. Er musste aufbrechen. Heute Abend musste er in Ohrdruf sein.

Nachdem Jacob zurück nach Eisenach gegangen war, hatte Sebastian weiter das Lyceum Gleichense besucht. Wie zu erwarten, hatte er es bald zum Klassenprimus gebracht. Ob Mathematik, Latein oder »teutsche Materie«, der Wunderbruder brillierte in jedem Fach. Nur leider nützte es ihm nichts. Nach der Austreibung des gottlosen Kantors hatte die Schule unter dem neuen Rektor Kiesewetter ihr altes Renommee zurückgewonnen. Wer etwas auf sich hielt und es sich leisten konnte, schickte seine Söhne dorthin. Die Plätze wurden immer begehrter, in den

Klassen wurde es eng. Schließlich hatte der Ohrdrufer Rat beschlossen, dass diejenigen Schüler, die kein Schulgeld bezahlten, das Lyzeum verlassen mussten, also auch die Zierden der Anstalt, Sebastian und Erdmann. Mit dem Hieb, der Johann Heinrich Arnold erledigt hatte, hatte Sebastian am Ende auch sich selbst von der Schule vertrieben. Vermutlich hätten Johann Christoph Kiesewetter und Elias Herda für ihren Primus eine Ausnahmeregelung durchsetzen können. Aber dummerweise hatte Sebastian von einem Tag auf den anderen seine herrliche glockenhelle Sopranstimme verloren, und für einen noch nicht ausgereiften Bass hatte der Chorus musicus gerade keine Verwendung. Das bedeutete, dass Sebastian sein Schulgeld nicht mehr durch den Einsatz im Schülerchor abgelten konnte.

Doch alles hatte sich zum Guten gewendet. Der Rektor und der Kantor ließen ihren Lieblingsschüler nicht im Stich. Herda hatte seine Beziehungen spielen lassen. Der Kantor war Absolvent der berühmten Michaelisschule zu Lüneburg, wo an der Johanniskirche der große Georg Böhm (ebenfalls ein geborener Thüringer) an der Orgel saß. Und zufällig suchte der Lüneburger Mettenchor händeringend Bassisten, am liebsten aus Thüringen und am allerliebsten vom Ohrdrufer Lyzeum. Nach einem schnellen Briefwechsel war die Sache abgemacht: Sebastian sollte nach Lüneburg. Und er musste nicht allein gehen. Der Mettenchor brauchte viele Bassisten, und so durfte Erdmann, den ebenfalls, allerdings erst mit achtzehn Jahren, der Stimmbruch ereilt hatte, ihn begleiten.

Die Lüneburger Pläne hatten den Organistenhaushalt in helle Aufregung versetzt, die Reise musste geplant, Empfehlungsschreiben aufgesetzt werden. Die Michaelisschule kümmerte sich um die Pässe, Sebastian und Erdmann hatten viele Grenzen zu passieren. Der Bruder Christoph hatte die Route penibel ausgetüftelt: Er würde Erdmann und Sebastian persönlich in Gotha auf die Post setzen. Von dort sollten die beiden über Sonders- und Nordhausen bis Braunschweig fahren, wo sie bei einem entfernten Verwandten, Johann Stephan Bach, der dort Domkantor war, einkehren würden. Dieser hatte sich auch bereit erklärt, sie nach Lüneburg zu begleiten und Herrn August Braun, dem Kantor der Michaelisschule, Herdas ehemaligen Lehrer, vorzustellen. Für alles war genaueste Vorsorge getroffen, nichts wurde dem Zufall überlassen. *Bereitet die Wege, bereitet die Bahn*: Sebastian würde eine akademische Ausbildung erhalten, die Michaelisschule genoss höchstes Ansehen. Danach würde er studieren können. Er würde in einer Großstadt leben, Lüneburg war mehr als doppelt so groß wie Eisenach. Vor allem: Hamburg, die größte Stadt des Heiligen Römischen Reiches, war nur einen Katzensprung entfernt. Hamburg mit seinem Hafen, seinen Kirchen – und Orgeln. In Hamburg führte der berühmte Kapellmeister Reinhard Keiser seine rauschenden Opern auf, die sogar den weltgewandten Sinclair, der doch in Italien und Frankreich gewesen war, beeindruckt hatten. Ob sich Sebastian, der sich unterdessen fast ausschließlich der Orgel widmete, ebenso für solche Spektakel würde erwärmen können? Wer weiß.

Und Jacob? Ihm stand ebenfalls die Welt offen. Seine Lehrjahre waren vorüber. Er war nun Geselle, die Zeit der Wanderschaft begann. Doch er reiste nicht mit der schnellen Post, sondern auf Schusters Rappen, und auch nicht nach Braunschweig, Lüneburg, sondern nach – ja, wohin? Das war die Frage. Zunächst wollte er sich nach Erfurt wenden, um sich eine Weile bei Salome durchzufressen. Dort würde sich einstweilen Arbeit für ihn finden, Erfurt war Bach-Revier. Danach vielleicht über Weimar weiter ins Sächsische? Oder doch in die entgegengesetzte Richtung, nach Mühlhausen? Immerhin schrieb ihm niemand vor, wohin er zu gehen hatte, und nichts hielt ihn davon ab, das vertraute Terrain zu verlassen und nach Hamburg oder Lübeck zu wandern. Warum nach Norden? Weshalb nicht nach Paris oder London? Oder in den Süden: Mailand, Venedig, Rom, Neapel. Er kannte all diese Städte aus Monsieur Sinclairs Erzählungen. Er würde sich in ihnen zurechtfinden, als wäre er schon leibhaftig dort gewesen. Waren das nicht herrliche Aussichten? Oh nein, Jacob beneidete Sebastian nicht. Er beneidete niemanden. Er war frei. Eine neue Zeit brach für ihn an.

Nicht nur für ihn. Die alte Zeit war verbraucht und aus den Fugen geraten. Die Zeichen waren überdeutlich: Der Frühling begann jedes Jahr ein bisschen später, der Vollmond war seiner Zeit stets ein wenig voraus. Was wiederum bedeutete, dass Ostern immer weiter im Jahr nach hinten rückte. Christi Auferstehung verspätete sich in auffälliger, nicht mehr hinnehmbarer Weise. Die Natur scherte das nicht, die Sterne standen nach wie vor unverrückbar am Firmament. Also musste sich der Glaube den astronomischen Gegebenheiten anpassen. Denn die waren, im Gegensatz zu den Grundsätzen der Religion, unabänderlich. Selbst der Papst hatte das begriffen und einen neuen Kalender eingeführt. Über hundert Jahre war das nun her. Und jetzt hatten es sogar die protestantischen Reichsstände begriffen und sich endlich entschlossen, den gregorianischen Kalender anzunehmen. Die Zeit machte einen Satz nach vorn.

Heute war der 18. Februar, morgen würde schon der 1. März sein.

Jacob nahm die Flöte auseinander, steckte die drei Teile in das Futteral und band es sorgfältig an seinem Felleisen fest. Dann hob er seinen Brotbeutel auf, setzte sich den Hut auf den Kopf und brach auf.

Er schaute in den Himmel. Die Wolken trieben dahin, Vogelschwärme zogen ihre Bahnen.

WELTHISTORISCHES INTERMEZZO I

VIII.

Kapitän Erichson macht eine folgenschwere Entdeckung

Olai, südlich von Riga
1700
11. Februar

Ein energisches Klopfen riss ihn aus dem Schlaf. – Schlaf? Er hatte sich gerade erst aufs Ohr gelegt; zwei Tage lang war er nicht aus den Stiefeln gekommen. Er hatte den Kerls eingeschärft, ihn nur im Notfall zu wecken. Wer es wagte, ihn wegen eines Fehlalarms oder irgendwelcher Lappalien aufzuscheuchen, dem würde er höchstpersönlich die Eier abschneiden. Hatte er gesagt. Vielleicht sollte er seine Drohung wahrmachen, ein Exempel statuieren? Die Hurensöhne nahmen sich ihm gegenüber ziemlich viel heraus; eine kleine Aufmüpfigkeit hier, eine freche Bemerkung da, natürlich so leise, dass er gerade noch darüber hinweghören konnte. Aber Anders Erichson verfügte über ein feines Gehör, ihm entging nichts. – Ja, er war überempfindlich, da hatte Appelboom, sein Vorgesetzter, gewiss recht. Indessen ließ es sich nicht leugnen: Die Mannschaft erwies ihm keinen Respekt. Warum? Ridderschantz, Svenson, Westerman, sie waren Kapitänleutnants wie er, auch sie kannten mehr oder weniger nur den Exerzierplatz, hatten noch keinen Pulverdampf gerochen. Aber vor denen standen sie stramm. Ihm dagegen feixte jeder miese Muschkote ins Gesicht. Man nahm ihn nicht ernst.

Er wusste nur allzu genau, woran es lag: Es war seine Fistelstimme, er hörte sich an wie ein gottverdammter Kastrat. Zwar

war der Stimmbruch zu gegebener Zeit eingetreten, eher etwas zu früh. Aber er war nie recht zum Abschluss gekommen. Seine Stimmbänder konnten sich auf keine bestimmte Tonlage festlegen. Solange er in normaler Lautstärke sprach, fiel das nicht auf. Erst wenn er Befehle brüllte, wurde sein Gebrechen offenbar; seine Kommandos klangen wie Weibergekreisch.

Erichson hatte alles versucht. Um seine Stimme tiefer und männlicher klingen zu lassen, hatte er auf Anraten eines Rhetorik-Professors mit Kieselsteinen im Maul gegen die Brandung der Ostsee angeschrien. Eine ebenso alberne wie nutzlose Maßnahme. Er hatte sich teure Arzneien besorgt, die widerlichsten Mixturen gegurgelt, nichts hatte geholfen. Darum sprach er so selten und wenig wie möglich. Das hatte ihm unter seinen Kameraden den Spitznamen »Sakarias« eingebracht. Gut, warum nicht? Zacharias, immerhin der Vater Johannes' des Täufers. Zacharias, der große Schweiger. Blöderweise durfte ein königlich-schwedischer Offizier nicht oft schweigen. Kapitän Erichson brauchte seine Stimme, im Schlachtgetümmel, aber auch und meistens im täglichen Dienst, beim Exerzieren, bei der Befehlsausgabe.

Abermals pochte es an der Tür, diesmal lauter.

Tagte es schon? Nein, das konnte nicht sein. Er hörte Hähne krähen, aber das hatte nichts zu bedeuten. Um diese Jahreszeit blieb es beinahe den ganzen Tag über dunkel, und durch die ewige Knallerei waren die Viecher völlig durcheinander, sie machten ihr Kikeriki zu jeder Tages- und Nachtzeit. Er hatte sich gegen Mitternacht hingelegt, es musste jetzt ungefähr drei oder vier Uhr morgens sein.

Erichson richtete sich auf, rieb sich die Augen und dehnte seine Glieder. Es war doch unwahrscheinlich, dass man ihn grundlos aus dem Schlaf riss, es musste etwas Ernsthaftes vorgefallen sein. Ging es endlich los? Erichsons Bauchgefühl sagte ja, sein militärischer Sachverstand nein. Kein Befehlshaber, der nicht entweder ein Vollidiot oder ein Genie war, ließ bei völliger Dunkelheit zum Angriff blasen. Jedenfalls nicht die Sachsen. Denen war manches zuzutrauen, aber erstens nicht in aller Herrgottsfrühe, zweitens operierte die kurfürstliche Armee stets wie aus dem Lehrbuch, sauber, penibel, vorbildlich – aber darum natürlich auch einfallslos und vorhersehbar.

Es klopfte zum dritten Mal. Vor der Tür war ein gedämpfter Fluch zu hören.

»Herein zum Donnerwetter!«, krächzte Erichson. Seine Stimme war noch heiserer als sonst, die dauernde Schreierei in der Kälte hatte ihr den Rest gegeben. Er langte nach dem Krug mit Dünnbier, der neben seinem Strohsack stand, und nippte daran. In weitem Bogen spuckte er das abscheuliche Gesöff aus. Das Zeug schmeckte wie Eselpisse. Immerhin war nun sein Rachen etwas angefeuchtet.

Korporal Brandt klopfte sich die Schneeflocken vom Mantel und legte die Hand an die Zipfelmütze, wobei er seine kurze Pfeife im Mund ließ. Erichson ließ es ihm durchgehen. Mats Brandt war ein guter Mann, immer derselbe miesepetrige Gesichtsausdruck. Der weckte ihn nicht aus Spaß.

»Brandt, was ist denn?«

»Kolonne aus zwölf bedeckten Wagen, achtzig Dragoner Begleitung«, murmelte der Korporal in seiner schonischen Mundart, die Erichson nur mit Mühe verstand und die ihn jedes Mal irritierte, nicht nur weil Brandt so selten das Maul aufmachte (der war tatsächlich ein großer Schweiger), sondern auch weil sich sein Schonisch eher dänisch als schwedisch anhörte.

»Kommando?«

»Generalmajor von Carlowitz. Wünscht unverzüglich den örtlichen Befehlshaber zu sprechen.«

Beim letzten Satz konnte sich selbst Brandt einen Anflug von Grinsen nicht verkneifen. Aber das war nicht auf Erichson gemünzt, vielmehr auf das Gehabe des sächsischen Gesandten. Das heißt, eigentlich zielte es natürlich doch auf ihn, Erichson, ab. Denn wer musste sich gleich mit diesem parfümierten Affen herumschlagen? Der Kapitänleutnant Erichson!

Carlowitz! Ein kleines Scharmützel vor dem Frühstück wäre ihm lieber gewesen. Erichson spie noch einmal aus. »So, wünscht er das?«, brummte er, streckte abermals seine steifen Glieder und gähnte ausgiebig. »Soll warten.« Mit einem mürrischen Grunzen bedeutete er Brandt, abzutreten.

Carlowitz sollte sich ruhig noch eine Weile die Beine in den Bauch stehen. Gesandter des Kurfürsten und Königs von Polen, Erichson pfiff darauf. So weit kam es noch, dass sich ein schwedischer Offizier von einer Dresdner Hofschranze herumkommandieren ließ. Außerdem musste er nachdenken. Erichson legte sich wieder hin, drehte sich auf die Seite und schloss die Augen. Was hatte Carlowitz hier zu suchen? Es steckte eine Hundsfötterei dahinter, so viel stand fest. Das Aas war mit allen Wassern gewaschen. Sein Herr, August von Sachsen und Polen, glaubte, leichtes Spiel mit den Schweden zu haben.

Er sollte es besser wissen. Hatte er vergessen, wie der Schwedenkönig Gustav Adolf der Große seinen Großvater vor der Rache des Kaisers bewahrt hatte? Als anno 1631 bei Breitenfeld die kroatische Reiterei in ihren roten Mänteln mit blankem Säbel auf die sächsische Front losgestürmt war, hatte die Memme von Kurfürst seinem Streitross die Sporen gegeben und war in gestrecktem Galopp auf und davon.

Zugegeben, seit Gustav Adolfs Zeiten hatte die ruhmreiche schwedische Armee manch bittere Niederlage einstecken müssen. Aber damit würde es bald vorbei sein. Karl XI., der Vater des Königs, hatte das Heerwesen von Grund auf reformiert. Die Soldaten waren auf Bauernhöfe überall im Lande verteilt worden, für ihre Versorgung mussten sie in der Landwirtschaft mit Hand anlegen. Ihre Monturen und Waffen behielten sie bei sich, so dass sie jederzeit zum Kampf bereit waren. Und die Günstlingswirtschaft war abgeschafft worden, selbst der Sohn eines Feldmarschalls musste mit der Muskete oder Pike ins Glied treten und sich hochdienen. Jeder Offizier, ob adelig oder nicht, wusste, was es heißt, ein Gemeiner zu sein. Das machte sie einzigartig, das machte sie unbesiegbar. Und ihr Gegner? Der König von Polen war nicht Herr im eigenen Haus; der polnische Adel und die Kronarmee folgten ihm nicht, er konnte nur seinen Sachsen befehlen. Was war das für ein Herrscher, dem seine eigenen Soldaten nicht folgten? Dieser lächerliche August war nicht von Gottes Gnaden König, er war es durch Intrigen, Bestechung, Gewalt geworden. Wer mochte einem solchen Herrn dienen? Karl XII. aber war ihr rechtmäßiger, von Gott eingesetzter König, und Schweden wurde zu Unrecht angegriffen. Sie würden Riga halten, um jeden Preis. Leicht würde das allerdings nicht werden. An die zwölftausend Sachsen waren in Livland einmarschiert, und das war wohl erst der Anfang. Doch die Schweden waren es gewohnt, gegen eine Übermacht anzutreten und gegen eine Übermacht zu siegen. Gott war auf ihrer Seite.

Riga war freilich ein Happen, nach dem sich so mancher die Lippen leckte. Vor zwei Jahren war ein ungewöhnlich hochgewachsener junger Mann mit großer Entourage in der Stadt aufgetaucht, ein moskowitischer Fürst auf Bildungsreise. Sein Name klang so nichtssagend, dass es sich nur um ein Inkognito handeln konnte. Dahlberg hatte sich seiner nicht persönlich annehmen können; er hatte wieder einmal mit seiner Gicht zu Bett gelegen. Aber er hatte dafür gesorgt, dass der hohe Gast nicht unbeaufsichtigt durch die Stadt streunte. Erichson hatte zu seinen Aufpassern gehört. Bald hatte sich herausgestellt, dass Dahlberg allen Grund zu dieser Anordnung hatte. Denn der Riese mit den blutunterlaufenen Augen, der gegen die russische Sitte im ganzen Gesicht rasiert war und nur einen kleinen eleganten Schnurrbart trug, bummelte nicht nur sehr geräuschvoll durch die Branntweinschenken und Bordelle der Stadt, vor allem zeigte er ein lebhaftes Interesse an deren Befestigungsanlagen. Mit seinen Begleitern durchstreifte er die Umgebung, betrachtete die Stadt von weitem durch ein Fernrohr, spazierte auf den Wällen und Kontreescarpen herum, maß sogar die Tiefe der Gräben und fertigte Zeichnungen an. Als Graf Dahlberg den Herrn höflich ersuchen ließ, dies bleiben zu lassen, indem ein solches Verhalten von Ausländern beim Besuch einer bedeutenden Festung unüblich sei, lenkte der fremde Herr sofort ein und entschuldigte sich wortreich. Bei der Abreise wäre es um ein Haar doch noch zum Eklat gekommen. Die Moskowiter hatten ihre Zechen nicht bezahlt, und nun wollten die Rigaer Händler und Wirte sie nicht ziehen lassen. Dahlberg hatte die Situation gerettet, indem er kurzerhand die ausstehenden Rechnungen aus eigener Tasche beglich und sich beeilte, den hohen Besuch persönlich bis an die Grenze von Kurland das Geleit zu geben. Der neugierige Jüngling hatte den Grafen überschwänglich umarmt und ihn seiner ewigen Freundschaft versichert. Inzwischen war aus Stockholm die Bestätigung eingetroffen, dass – was man längst geahnt hatte – niemand Geringerer als Pjotr Alexejewitsch Romanow, Zar und Großfürst von Russland, sie mit seinem allerhöchsten Besuch beehrt hatte. Von Livland aus soll er dann weiter nach Preußen, Holland und England gereist sein.

Ein asthmatisches Husten riss ihn aus seinen Gedanken.

Wieder stand Brandt vor ihm. Entweder hatte Erichson das Klopfen überhört oder der Korporal hatte es nicht für nötig befunden, extra auf sich aufmerksam zu machen. Es waren höchstens fünf Minuten vergangen. Mit der Geduld des Herrn von Carlowitz war es wahrhaftig nicht weit her.

»Was denn noch?«, knurrte Erichson Korporal Brandt an. »Habe doch gesagt, ich komme.«

Brandt zuckte mit den Achseln. »Sie kennen ja die Fritzen. Besser, Sie kommen jetzt, der kleine Mann schreit uns das ganze Dorf zusammen.«

»Was will er denn in Dreiteufelsnamen?« Unwillkürlich hielt sich Erichson die Hand vor den Mund. Er musste sich endlich das Fluchen abgewöhnen. In der ganzen schwedischen Armee durfte nicht mehr anständig geflucht werden, der König hatte es verboten. *Du sollst den Namen Gottes nicht verunehren.* Im Grunde ließ sich gegen das Verbot nichts einwenden, aber Soldaten, ob sie Schweden, Russen, Deutsche, Schotten oder Polen waren, fluchten nun einmal. Was kam als Nächstes? Karl war bei seinen Soldaten beliebt; er kleidete sich wie einer von ihnen, und er redete wie sie. Aber er hatte seine Marotten. Kein Zweifel: Karl XII. war der von Gott gegebene König von Schweden, und kein Volk hatte einen besseren König. Und doch war er am Ende ein Deutscher. Ein ungemütliches Volk, diese Deutschen, und es gab so viele davon, auch in der schwedischen Armee; die Pommern und Balten waren Deutsche, dazu kamen Söldner aus allen Teilen des Heiligen Römischen Reiches. Man war von Deutschen umgeben, die nichts Besseres zu tun hatten, als ehrliche schwedische Bauern wie ihn zu kujonieren.

»Seine Hochwohlgeboren kehrt von einer diplomatischen Mission aus Russland zurück«, verkündete Brandt in gestelztem Ton.

Jetzt stach den Alten endgültig der Hafer. Hatte er zu der Zeit etwa schon Branntwein intus? »Korporal, reden Sie gefälligst normal!«, blaffte Erichson ihn an.

»In dem Wagen hat er sein Gepäck«, fuhr Brandt, nun wieder mit seiner gewöhnlichen Stimme, fort. »Persönliche Habseligkeiten. Der Herr verlangt, unverzüglich in die Festung eingelassen zu werden. Feldmarschall Graf Dahlberg ist über sein Kommen unterrichtet, sagt er.«

»Soso. Dahlberg kann den lieben Besuch sicherlich kaum erwarten.« Erichson überlegte kurz. »Aus Russland, wie? Na, wenn das so ist, werde ich mich beeilen, den Wünschen Seiner Hochwohlgeboren raschestmöglich zu willfahren.«

»Werde es Seiner Hochwohlgeboren ausrichten, Kapitän«, erwiderte Brandt und wollte davonstiefeln.

»Halt! Warte!«

Erichson war jetzt hellwach. Zwölf Wagen? So viel Bagage ließ sich vielleicht der König von Polen hinterherschleppen, aber für den Gesandten Carlowitz (auch wenn der als Raffzahn berüchtigt war) waren das doch ein bisschen viele Souvenirs aus Russland. Geschenke des Zaren für August von Polen? Möglich, aber was sollten die in Riga? Und warum hatte es der Sachse so verdammt eilig? Die Sache war faul. Carlowitz wollte in die Festung. Das war sein gutes Recht als offizieller Gesandter, man durfte ihn nicht aufhalten. Aber sein, Erichsons, Recht, besser: seine Pflicht war es, zuvor einen Blick auf das überaus umfangreiche Gepäck dieses Herrn zu werfen, einen sehr gründlichen Blick.

Da fiel es ihm wie Schuppen von den Augen. Für wie dumm hielt ihn dieser Carlowitz eigentlich?

Zornentbrannt sprang Erichson auf, warf sich den Mantel über und langte nach seinem Degen. »Die verdammten Karren durchsuchen, alle, und zwar mit vorgehaltener Muskete! Wenn die Dragoner Geschichten machen, über den Haufen schießen.«

»Zu Befehl!«, rief Brandt. Es klang erleichtert, so als hätte er die ganze Zeit nur darauf gewartet, dass bei Erichson endlich der Groschen fallen würde. Der alte Korporal hatte längst das Spiel durchschaut, das hier gespielt wurde. Aber immer mit der Ruhe. Erichson atmete tief durch. Nichts überstürzen. Brandt würde die Dinge schon regeln. Derweil würde er sich ohne Hast ankleiden. Keine Eile.

Erichson beeilte sich dann doch. Zwar brannte er nicht gerade darauf, sich das Geschwätz des sächsischen Gesandten anzuhören. Andererseits wollte er sich keinesfalls das dämliche Gesicht dieses Giftzwergs entgehen lassen, wenn seine Jungs die höchst verdächtigen Wagen auseinandernahmen. Was da wohl zum Vorschein kommen würde?

Während Erichson sich an dem gefrorenen Misthaufen vor seiner Hütte erleichterte, stapfte ihm allbereit eine vermummte Gestalt entgegen, die wild mit den Armen gestikulierte. Während er in aller Ruhe seine Kleider ordnete – bei der schneidenden Kälte musste er sich zur Langsamkeit zwingen –, kreischte das Männchen schon ohne Punkt und Komma auf ihn ein. Carlowitz war in Rage, er drohte ihm, beleidigte ihn grob, führte einen wilden Tanz auf. Erichson war nahe daran, ihm eine Maulschelle zu verpassen, es juckte ihn gewaltig in den Fingern. Aber das wäre denn doch etwas zu weit gegangen, immerhin hatte er den Gesandten des sächsischen Kurfürsten und Königs von Polen vor sich, einen leibhaftigen Generalmajor. Also ließ er ihn weiter toben.

Glücklicherweise kam da auch schon Brandt anmarschiert. Carlowitz war des Schwedischen nur halbwegs mächtig, und das schonische Kauderwelsch des Korporals musste ihm wie Chinesisch klingen. Dennoch verstummte er auf der Stelle. Denn soviel begriff der Sachse: Was der Korporal zu sagen hatte, machte jedes weitere Wort überflüssig.

In den Wagen waren keine Schätze verborgen, vielmehr hockten, vor Kälte und Hunger halb tot, gut dreißig sächsische Grenadiere darin. Dazu hatten die Schweden Sturmleitern, Dolche, Säbel, Musketen und Handgranaten gefunden. Brandt hatte die Sachsen sofort entwaffnet und gefangen genommen.

Erichson ließ Carlowitz ebenfalls auf Waffen durchsuchen. Der bekam vor Entrüstung den Mund nicht mehr zu, stammelte noch etwas von diplomatischer Immunität und Völkerrecht. Aber seltsamerweise verstand der Kapitänleutnant Erichson auf einmal kein Deutsch mehr.

Er hatte sich um Wichtigeres zu kümmern. Denn da war ja noch der Begleitschutz, achtzig Mann Kavallerie. Sicherheitshalber waren die sächsischen Dragoner nicht abgesessen. Immerhin hatte der schlaue Brandt dafür gesorgt, dass sie sich außer Sichtweite der Kolonne aufhielten, und sie scharf bewachen lassen.

Plötzlich lief Carlowitz wieder zu alter Form auf, er wedelte mit seinen Ärmchen, begann Zeter und Mordio zu schreien. Erichson ließ ihn von zwei kräftigen Musketieren in die Hütte schaffen.

Doch der lautstarke Protest hatte seine Wirkung nicht verfehlt: Carlowitzens Geschrei hatte die sächsischen Reiter alarmiert. Sie stellten keine echte Bedrohung dar, aber so ohne weiteres gefangen nehmen konnte man sie jetzt nicht mehr. Deutsche Befehle waren zu hören, Flüche, Gewieher, Schüsse. Die Sachsen brannten ihre Musketen ab. Niemand wurde verletzt, der Feuerzauber diente nur der Gesichtswahrung. Sofort gaben die Dragoner Fersengeld. Erichson ließ sie verfolgen, aber auch das geschah nur pro forma; es bestand keine Aussicht, sie einzuholen.

Erichson fluchte laut, diesmal ohne schlechtes Gewissen, aber da ließ sich nichts machen. Mit diesen Helden würde man sich ein anderes Mal befassen. Und zwar, wie nun die Dinge zu liegen schienen, schon sehr bald.

Die sächsischen Grenadiere verhielten sich vernünftiger als ihre berittenen Kameraden. Die armen Schweine waren froh, endlich aus den Wagen heraus zu sein. Man versorgte sie mit Brot und Branntwein. Sie reckten sich, setzten sich an die Feuerstellen ihrer schwedischen Feinde (von denen nicht wenige ihre Landsleute waren), steckten sich ihr Pfeifchen an und plauderten munter den superschlauen Plan aus, durch den ihr Herr, der ritterliche August, gedacht hatte, das schwedische Riga zu erobern. Von Verrat konnte hier nicht einmal die Rede sein, denn dieser Plan lag nur allzu klar zu Tage: Die Grenadiere hätten sich nach Riga einschmuggeln lassen, sich dann am nächsten Tag, einem Sonntag, in unauffällige Kutten hüllen, unter die Kirchgänger mischen, die Torwachen ausschalten und die kurfürstlichen Truppen einlassen sollen. So hatten sich die Herren Sachsen das vorgestellt. Carlowitz musste die Schweden wirklich für ausgemachte Trottel halten. Kapitän Erichson bedauerte jetzt doch, Carlowitz vorhin nicht ein paar Maulschellen verpasst zu haben. Dass er meinte, sie mit dem ältesten Trick der Militärgeschichte hinters Licht führen zu können, war schon starker Tobak. Die Arroganz dieser Sachsen kannte keine Grenzen.

Doch halt! Irgendetwas stimmte hier nicht: Die Wagenkolonne mit den Grenadieren, die in die Stadt eindringen sollten – das war doch zu primitiv. Das passte nicht zu August und seinen Sachsen. Hatte der Anschlag auffliegen sollen? Schwer zu glauben, dass sie die Aktion auf so saudumme Weise vermasselten. Nein, dahinter steckte Absicht! Andererseits war im Krieg alles möglich, todsichere Pläne scheiterten an den läppischsten Zufällen, völlig aussichtslose Himmelfahrtskommandos führten zu überraschenden Erfolgen. Schön, das mochte alles angehen, aber darüber hatte nicht er sich den Kopf zu zerbrechen. Ob gescheitert oder nicht: Dieser Coup war eine unmissverständliche Kriegserklärung.

Kapitän Erichson wusste, was er zu tun hatte. Er ließ sieben rote Leuchtkugeln in den noch immer tiefschwarzen Himmel schießen, um Feldmarschall Dahlberg in Riga davon in Kenntnis zu setzen, dass König August Schweden angegriffen hatte.

IX.

Eine Kanaille mit Herz

Wilanów-Palast bei Warschau
1700
24. Februar, Aschermittwoch

Ein Fehlschlag war die verpatzte Kriegslist vor Riga keineswegs, im Gegenteil. Alles war nach Plan verlaufen, Carlowitzens dilettantische Aktion hatte ihren zwiefachen Zweck erfüllt: den Schweden einen Kriegsgrund zu liefern und die Herren Polacken auf seine, Augusts des Starken, Seite zu bringen.

Die Szlachta, der polnische Adel, hatte ihn selbst auf die Idee gebracht. Hatte er nicht vor seiner Wahl zum König schwören müssen, sobald er die Krone trage, Riga und Livland heim ins Reich zu holen? Auch den Rigaern hatte er sein Wort gegeben. Die Hansestadt hoffte, in August einen milderen Herrn zu bekommen, als es der Schwede war. Jedenfalls glaubten sie, mit ihm weniger Scherereien zu haben. Aus ihrer Sicht war der Gedanke gar nicht so abwegig, polnische Steuereinnehmer neigten dazu, wenn man sie gastfreundlich behandelte, über dies und das großzügig hinwegzusehen. Die Schweden waren nicht so generös, und schon Karl XI. hatte Livland ausgequetscht wie eine Zitrone; selbst vor einer Enteignung des Adels hatte er nicht zurückgeschreckt. Den Balten musste jede Herrschaft erträglicher erscheinen als die schwedische Tyrannei.

August hatte nicht gezögert, ihnen das Blaue vom Himmel zu versprechen. Aber natürlich würden sie auch unter seinem Regiment blechen müssen, und zwar nicht zu knapp. So ein Krieg kostete Unsummen. Er war nicht knauserig, das war das Letzte, was man ihm nachsagen konnte. Doch die Gloire gab es nun einmal nicht umsonst. Das Steuer- und Abgabewesen würde er seinen bewährten sächsischen Beamten übertragen, mit der polnischen Wirtschaft würde es dann vorbei sein. Das würden die Rigaer Pfeffersäcke noch früh genug merken.

Davon abgesehen hatte er sein Wort gehalten. Immerhin das Wort eines Königs. Und hatte er nicht bewiesen, dass er es ernst meinte? Hatte er seinen Worten etwa keine Taten folgen lassen? Wahrhaftig, das hatte er: Die sächsische Armee war nach Norden marschiert, Riga und Livland vom schwedischen Joch zu befreien. Er hatte sich nichts vorzuwerfen. Dass daraus vorderhand nichts geworden war: Pech. Fortuna war einfach nicht auf seiner Seite gewesen. Diesmal nicht.

Feldmarschall Dahlberg, der Verteidiger von Riga, hatte über das Angebot einer ehrenhaften Kapitulation nur müde gelächelt und, ein Missverständnis heuchelnd, geantwortet, die schmeichelhafte Offerte leider ablehnen zu müssen, weil er unmöglich eine so große Menge sächsischer Kriegsgefangener ernähren könnte. Schneidig und nicht unwitzig, August hatte selbst darüber lachen müssen. Natürlich hatte der alte Dahlberg genau gewusst, dass der sächsische Oberbefehlshaber Flemming nicht imstande war, Riga vollständig einzuschließen. Die Stadt befand sich in einem exzellenten Verteidigungszustand, und die sächsischen Linien waren so dünn, dass sich die Schweden mühelos von außen versorgen konnten. Die wenigen Kanonen, über die Flemming verfügte, verursachten keine nennenswerten Schäden. Trotzdem waren die Sachsen nicht abgezogen, Riga stand nach wie vor unter Belagerung. Im Frühjahr würde er sich persönlich darum kümmern. Riga würde fallen. Nun, aber eine Schlappe war es nach allem doch, und sie wurmte ihn.

Aber August wäre nicht August, wenn er diese Niederlage nicht in einen Sieg umgemünzt hätte. Am Ende sollte ihm der Fehlschlag zum Vorteil gereichen. Sein Thron stand auf wackligen

Beinen, der polnische Adel verweigerte ihm den Gehorsam. Zwingen konnte er die Szlachta nicht – wohl aber bei ihrer Ehre packen. Livland gehörte von jeher zum Reich, war heilige polnische Erde. Und er, August von Sachsen, ein Deutscher, nahm es auf sich, diese polnische Erde den gotischen Ketzern zu entreißen. Seine Sachsen hatten für Polen geblutet, und der polnische Adel hatte tatenlos zugesehen. Wie standen die stolzen Herren nun da vor ihrer ehrwürdigen Rzeczpospolita? Ihr ungeliebter König hatte sie beschämt. Wer sich nicht als Vaterlandsverräter beschimpfen lassen wollte, musste sich spätestens jetzt hinter August stellen. Und war sein Plan nicht aufgegangen? Die Polen hatten tatsächlich zu den Waffen gegriffen. Jetzt hatten es die Schweden nicht allein mit der kurfürstlichen Armee zu tun, sondern auch mit dem tapfersten Volk Europas. Das Spiel ging in die nächste Runde.

Etwas zupfte ihn an seinem Kimono.

»Mijnheer Koning, Sire, lieve Heer?«

Ganymed hielt ihm ein Silbertablett mit Konfekt unter die Nase. Sein französischer Koch hatte das Rezept für die exquisite Nascherei aus Paris geschmuggelt. Louis' Hof soll ganz verrückt sein nach diesen »Pralines«. Und einen Genuss, der dem König von Frankreich frommte, mochte, ja durfte sich auch Augustus von Polen nicht versagen.

Der Kammermohr hatte sich lautlos ins königliche Schlafgemach geschlichen. Dabei hatte August strikte Order erteilt, ihn für einige Stunden in Ruhe zu lassen. Kopfschmerzen plagten ihn, gestern Abend war es wieder hoch hergegangen. Außerdem waren seine Füße stärker angeschwollen als je zuvor, sein Harn hatte wieder diesen komischen süßlichen Geruch verströmt, nicht unangenehm und doch beunruhigend.

Seine Leibärzte, diese vertrottelten Quacksalber, wussten sehr wohl, was es damit auf sich hatte. Aber keiner von ihnen hatte den Mumm besessen, ihm die katastrophale Diagnose mitzuteilen. Schließlich hatte er sich aus Wittenberg den Magister

Heucher kommen lassen, einen ehrgeizigen jungen Gelehrten, der sich nicht scheute, seinem König die Wahrheit ins Gesicht zu sagen. Heucher hatte noch nicht einmal den Doktorgrad, die fußfälligen Kurpfuscher hatten ob der Hinzuziehung des Grünschnabels Gift und Galle gespien. Allein ihre beleidigten Visagen waren es wert gewesen. Heuchers Befund hatte sich indessen, wie er bereits befürchtet hatte, als höchst bedenklich erwiesen: August litt unter der sogenannten Zuckerkrankheit oder »Diabétis«, wie sie auf Griechisch hieß, ein rätselhaftes Gebrechen, schmerzvoll, ekelhaft und unausweichlich zum Tode führend. Heucher hatte nichts beschönigt: Sein Fleisch würde sich nach und nach in Harn verwandeln. August würde bei lebendigem Leibe verfaulen. Um den Verfall zu verzögern, hatte Heucher ihm dringend geraten, auf Süßigkeiten und geistige Getränke zu verzichten. Die Pralinen sahen verführerisch aus, kleine Kunstwerke. Ganymed meinte es gut mit ihm, aber er servierte ihm den Tod auf einem Silbertablett.

Der Name des Negerknaben wechselte ab und an; je nach Laune nannte er ihn Fips, Hylas, Antinous, Pipifax oder sonstwie. Heute hieß er Ganymed.

Die Pralinen brachten ihm den Tod, aber so anmutig, wie ihm der holde Knabe die Köstlichkeiten anbot, konnte August nicht nein sagen. Schon aus Höflichkeit nicht. Und wann hätte er sich je einen Genuss versagt? Er war es sich schuldig, auf keinen Genuss zu verzichten. Darum würde er jetzt von diesem Gift naschen. Aus Selbstachtung.

»Grazie, lieber Fips«, sprach August mit sanfter Stimme. »Welche soll ich nehmen? Ach, wähle du.«

Der Kammermohr legte seine Stirn in Falten, als gelte es, eine schwerwiegende Entscheidung zu treffen (welches sehr niedlich aussah), und zeigte mit Ernst auf die in der Mitte platzierte Praline. Es war ein mit Schokolade überzogenes Bonbon, das mit einem grünen Splitter gekrönt war, der aussah wie ein winziger Smaragd.

»Eine treffliche Wahl, mon ami.«

Fips steckte ihm die Praline in den Mund. Sie schmeckte zuckersüß, aber sogleich fügte der Kakao eine bittere Note hinzu. Dann übertönte die Fruchtigkeit der kandierten Kirsche im Inneren des Bonbons die Widersprüchlichkeit aus süß und bitter. Fips sah ihn mit seinen großen verträumten Augen an. Weiß der Himmel, woran es lag, aber das artige Negerlein in seinem orientalischen Habit rührte ihn fast zu Tränen. Fips, Antinous, Ganymed war jeden Taler wert, den ihm der dicke Holländer für ihn abgeknöpft hatte.

August nahm nun seinerseits mit spitzen Fingern eine Praline, hielt sie dicht vor seine Augen, drehte und wendete sie, als betrachtete er einen Edelstein, und steckte sie seinem Kammermohren zwischen die Lippen. »Eines Königs würdig«, rief er lachend. »Bist du nicht der Sohn eines Königs, Fips? Das hast du mir voraus. Es ist nur recht und billig, dass ich dich füttere.«

Ob Fips tatsächlich, wie der schlaue Mijnheer behauptet hatte, ein wahrhaftiger Prinz war, stand freilich sehr dahin. Aber wer scherte sich darum? Wenn August sagte, er sei ein Prinz, dann machte ihn das zum Prinzen. Wer weiß, eines Tages würde er ihn vielleicht tatsächlich adeln. Ein kleiner pechschwarzer Graf. Warum nicht? Der sächsische Adel wäre entzückt.

August fühlte Durst. Auch dieser gewaltige, unbändige Drang zu trinken, der ihn ständig überkam, hing mit der widerlichen Krankheit zusammen. Aber sollte der König von Polen darum Wasser saufen? Nie im Leben! Die Ehre ging der Gesundheit vor, ein König musste Opfer bringen.

»Ich verdurste. Schaff mir Wein!«

Fips sprang davon.

August ließ sich rücklings auf sein Bett fallen und schloss die Augen. Der Schmerz in den Beinen ließ nach, er fühlte noch ein leises Kribbeln, als liefen ihm Ameisen über die Haut. Dagegen war Wein die beste Medizin. August öffnete die Augen und betrachtete das Deckenfresko über seiner Schlafstatt, das einen olympischen Götterhimmel zeigte. Es war eine Arbeit erster Güte, von einem Italiener natürlich.

Schloss Wilanów war ein Traum. Hier weilte er am liebsten, wenn er in Polen war. Gewiss, Dresden wurde immer prächtiger; sein Herz würde für alle Zeiten daran hängen. Doch in Polen war Platz – Platz für herrliche Bauten, glänzende Heere, große Pläne.

August war kein Pole, würde es nie werden. Nicht dass ihm daran gelegen wäre, August war August. Das genügte, das war mehr als genug. Aber das musste man den Polacken lassen: Geschmack hatten sie. Oder doch zumindest einen Sinn für Pracht. Wie er. Und bei Gott, sie verstanden zu feiern. Wie er. Gegen die Feste in Wilanów nahmen sich die Vergnügungen des Franzosenkönigs wie Bauernhochzeiten aus (obwohl auch die, wie man wusste, durchaus ihren Reiz haben konnten). Machte ihn nicht allein schon sein Hang zur Prachtentfaltung zum rechtmäßigen König von Polen? Die Polen sollten Gott danken, dass er ihnen einen solchen Herrscher geschenkt hatte. Aber was hatte Gott damit zu tun? Ihm sollten sie dankbar sein: für seine unvergleichliche Großartigkeit.

Wilanów: »Villa Nuova«, der Glanz Italiens in der sarmatischen Steppe. Dieser Palast konnte es wahrhaftig mit Versailles aufnehmen. Johann Sobieski hatte ihn gebaut. Der Vater, Johann Georg III. von Sachsen, hatte Seit an Seit mit dem Polenkönig die Türken vor Wien geschlagen, den »sächsischen Mars« hatten sie ihn genannt. Sobieski war der größte Feldherr seiner Zeit gewesen, ein wahrer Hercules, den man, wie den antiken Hercules, zu den Göttern erhoben hatte. Irgendein patriotisch gesinnter Astrolog hatte ein Sternbild nach ihm benannt: »Scutum Sobiescii« – Sobieskis Schild. Auf dem Fresko über dem königlichen Bett posierte er gar als Göttervater Jupiter. Wahrlich ein würdiger Vorgänger – den es zu übertreffen galt, jedenfalls was den Kriegsruhm betraf. Wer weiß, wie viel Zeit ihm noch blieb? Aber alle Anstalten waren getroffen. Nichts stand dem neuen

Augusteischen Zeitalter im Wege. Und irgendwo auf dem weiten Firmament würde sich schon noch ein Sternbild für ihn finden. Und falls nicht, notfalls musste man eben eines umbenennen.

Ganymed erschien mit einem halben Dutzend gefüllter Pokale in den Armen. Schwankend näherte er sich dem zierlichen Beistelltisch neben dem königlichen Bett, er hatte sich ein bisschen viel vorgenommen. Aber der göttliche Mundschenk brachte es fertig, beim Abstellen der Gefäße keinen einzigen Tropfen zu verschütten.

»Wohl bekomm's, Eure Hoheit!«, keuchte Fips und wischte sich den Schweiß von der Stirn.

August ließ sich einen der Pokale reichen und trank noch im Liegen. Mit einem leichten Wedeln der Hand scheuchte er den Mohren fort. Fips machte ein Gesicht wie ein kranker Mops und entschwand.

Dann setzte August den geleerten Pokal ab, wälzte sich zu dem Tisch hinüber und griff nach einem zweiten Gefäß, einer herrlichen Arbeit aus Silber, die mit dem polnischen Königswappen geziert war. Die Süße des Weins stieg ihm in die Nase. Der König nahm einen tiefen Zug. Nachdem sein erster Durst gestillt war, schmeckte er die Nuancen: Pfeffer, Muskat, Schokolade. Der Wein legte sich wie eine lindernde Salbe über das Schädelweh und das lästige Jucken und verlieh seinen Gedanken Flügel. Der König ließ seinen Blick über Reihe der Marmorbüsten schweifen, die der Wand entlang aufgestellt waren. Da stand er: Augustus, der erste Kaiser Roms, Vater des Vaterlandes. Ein bisschen mager sah er aus, der olle Augustus war eine halbe Portion. Augustus, der Friedenskaiser, vielleicht war das doch kein ganz passender Vergleich. – Caesar? Schon besser. Oder doch eher Alexander? Die beiden standen nebeneinander gleich rechts von Augustus.

Er betrachtete das Wappen auf dem Pokal. Es war das des Königs von Polen und Großfürsten von Litauen. »Von Gottes Gnaden König in Polen, Großfürst in Litthauen, Reußen, Preußen, Masovien, Samogitien, Kyovien, Volhynien, Podolien, Podlachien, Liefland, Smolenscien, Sewerien und Tschernikovien, erblicher Herzog zu Sachsen, Jülich, Cleve, Berg, Engern und Westphalen, des Heiligen Römischen Reichs Erzmarschall und Churfürst, Landgraf in Thüringen, Markgraf zu Meißen, auch Ober- und Unterlausitz, Burggraf zu Magdeburg, gefürsteter Graf zu Henneberg, Graf zu der Mark, Ravensberg und Barby, Herr zu Ravenstein etc.« Man würde noch manches hinzufügen müssen, aber das war er: August, genannt »der Starke«, oder auf Polnisch: »August Mocny«. Warum nicht eines Tages »August der Große«? Abwarten. Sein Siegeslauf hatte erst begonnen.

Mehr Wein.

August leerte den Pokal in einem Zug.

Vor drei Jahren hatte er sich vom Sejm, dem polnischen Ständeparlament, zum König von Polen und Großfürsten von Litauen wählen lassen. Sein Imperium war ebenso riesig wie unübersichtlich, es reichte (zumindest theoretisch) von der Oder bis in die Weiten Russlands und von der Ostsee bis zum Schwarzen Meer, den »Pontos euxeinos« der Alten, ein Vielvölkerstaat aus Polen, Litauern, Letten, Esten, Ruthenen, Weiß- und Großrussen, Tataren, die katholisch, lutherisch, calvinistisch, arianisch, orthodox, jüdisch, sogar muselmanisch waren. Was da im Einzelnen kreuchte und fleuchte, wusste niemand so genau. Aber das störte ihn nicht. Im Gegenteil: So musste es gewesen sein, als Alexander das ungeheure Perserreich erobert hatte.

Die Beförderung zum König hatte er sich einiges kosten lassen, finanziell und auch sonst: August war zum Apostaten geworden. Er war nicht stolz darauf. Aber darauf kam es nicht an, sein Leben war eine einzige ununterbrochene Sünde und würde es bis zu seinem letzten Atemzug bleiben. August brüstete sich nicht damit, aber er litt auch keine Gewissensqualen deswegen. Die sparte er sich fürs Sterbebett auf. Übrigens kam ihm in dieser Hinsicht die neue Religion sehr entgegen. Die protestantische Gewissenserforschung, diese nicht enden wollende

Grübelei, war ihm stets zuwider gewesen. Der Katholizismus war für ihn (wenn er sich schon für eine entscheiden musste) die angemessene Religion. Nicht dass dieser Umstand irgendwie ausschlaggebend gewesen wäre, er hatte den Glauben gewechselt, weil die Polen einmal nur einen Katholiken als König akzeptierten. Er wäre auch ein Muselmann geworden, wenn es nötig gewesen wäre.

Polen war nicht wie andere Länder. Als König von Polen wurde man nicht geboren, man wurde dazu gewählt – wie der Kaiser. Die Kaiserwürde indes hatten von jeher die Habsburger inne. Das musste nicht für alle Ewigkeit so bleiben, doch in absehbarer Zeit ließ sich daran wohl nicht rütteln. Jedenfalls hatte er sich eine andere Krone suchen müssen, man konnte schließlich nicht ewig Kurfürst bleiben, und die polnische war zu haben gewesen. Jeder, der das nötige Kleingeld hatte, konnte König von Polen werden. Eine schlagkräftige Armee konnte auch nicht schaden. Über beides verfügte er, also hatte er zugegriffen. Und die Sache mit der Religion? Eigentlich war er doch nur zum Glauben seiner Väter zurückgekehrt. So konnte man das auch sehen.

August war beileibe nicht der einzige Kandidat gewesen. Es hatte Rivalen gegeben, ernstzunehmende Rivalen. Frankreich verfolgte seine eigenen Interessen in Polen, und einen hoffnungsvollen Prätendenten hatte man auch zur Hand gehabt: den Prinzen Conti, ein angeheirateter Bourbone, und ein überaus geeigneter Kandidat. Eine angenehme Erscheinung, dieser Conti – ein würdiger Gegner für August. Er mochte ihn. Warum nicht? Neid und Missgunst waren seiner Natur fremd. Der Franzose hatte sich in den Türkenkriegen seine Sporen verdient. Wie er selbst. Conti war hochgebildet, kunstsinnig, ein Schöngeist. Wie er selbst. Die polnische Königswürde war ernsthaft in Gefahr gewesen, zumal Conti den – damals – mächtigsten Herrscher Europas zum Unterstützer gehabt hatte: keinen Geringeren als Louis den Sonnenkönig. Zumindest offiziell. In

Wahrheit und zum Glück hatten die Dinge doch ein wenig anders gestanden. Seine Agenten in Versailles hatten ihn wissen lassen, dass es mit Ludwigs Unterstützung nicht allzu weit her war. Der schöne Conti sollte durchaus nach Polen, das ja, lieber heute als morgen. Wenn er es dort zum König brachte, umso besser. Und wenn nicht: auch gut. Mit anderen Worten: Ludwig war es vor allem darum zu tun gewesen, diese Nebensonne von seinem Firmament zu entfernen. Also hatte er Conti nach Warschau weggelobt. Kaum in Warschau angekommen, hatte der schöne Prinz seinen französischen Charme spielen lassen, und die Polen hatten sich auf der Stelle in ihn verliebt. Es war nicht das erste Mal, dass sie einen Franzosen zum König hatten haben wollten, sie hatten irgendwie eine Schwäche für dieses Volk.

Auch solche Dinge spielten bei der Königswahl eine Rolle, und keine ganz unwichtige, wie sich alsbald zeigen sollte. Unversehens war Conti zum König gewählt worden. Allerdings nicht in Krakau gesalbt und gekrönt, insofern hatte das nicht viel zu bedeuten. Das war dem hübschen Prinzen natürlich selbst klar gewesen. Aber was hätte er tun sollen? Eine Krone lehnt man nicht ab. Nach allem war es Conti insgeheim wohl nicht unrecht gewesen, dass August ihm die Krone abgenommen hatte. Oder sollte es ein Zufall gewesen sein, dass sich der fesche Franzose auf einer ausgedehnten Lustfahrt inmitten der Ostsee befand, als sich in Warschau der Wind drehte? Contis Abwesenheit war geradezu eine Einladung an August gewesen, sich den Thron zu sichern. Also hatte er zugegriffen. Schon aus Höflichkeit.

Wie dem auch sei, August hatte einfach die besseren Karten gehabt: Sachsen lag um einiges näher an Polen als Frankreich. Selbst wenn er gewollt hätte, Louis hätte seine Armee nicht einfach durch das ganze Heilige Römische Reich an die Weichsel schicken können. August dagegen hatte seine Soldaten nach Warschau marschieren lassen. Letzte Bedenken des polnischen Adels, der ebenso stolz wie abgebrannt war, hatten sich mit großzügigen Geldzuwendungen ausräumen lassen.

August langte nach dem nächsten Becher, einem herrlichen Pokal aus Weißgold mit Saphiren besetzt.

Auf die »Unam Sanctam Catholicam et Apostolicam«!

Er hatte es auf denkbar angenehme Weise hinter sich gebracht. Sein Großcousin Christian August von Sachsen-Zeitz war bereits ein paar Jahre zuvor Katholik geworden und hatte es mittlerweile zum Bischof von Raab gebracht. Christian kannte sich also aus und hatte ihn auf päpstliche Ordre persönlich in der wahren Lehre unterrichtet. Man hatte sich den einen und anderen Tokajer dazu genehmigt, es war recht fidel zugegangen bei dieser Katechese. Schließlich war er in einer Kapelle in der Nähe von Wien feierlich zur katholischen Religion übergetreten. Was soll's, mochten die sächsischen Pfaffen schreien und ihn beschimpfen, wenn erst einmal die augusteische Sonne über Europa aufging, fragte niemand mehr nach solchen Petitessen. Auch dafür brauchte er jetzt ein paar möglichst rasche, möglichst glänzende Siege.

Schweden war das ideale Opfer. Dort regierte seit Ende 1697 der inzwischen achtzehnjährige König Karl XII., ein leiblicher Vetter aus dem Hause Wittelsbach. Der junge König hatte ein schwieriges Erbe angetreten. Sein Vater, Karl XI., war von einer Niederlage zur nächsten getaumelt. Schweden war bankrott, das Heer dezimiert und demoralisiert. Karl XI. war vor Gram darüber krank geworden, eine Magengeschichte, an welcher er dann auch verstorben war.

Während August den nächsten Becher an die Lippen setzte, eine wunderschöne Arbeit aus Koralle, heftete sich sein Blick auf eine Büste, die ihm bisher nie aufgefallen war. Wer war denn dieser seltsame Vogel? Ein Römer zweifellos. Er ähnelte ein wenig dem kümmerlichen Augustus, nur war er viel jünger und wirkte auf abstoßende Weise degeneriert. Auf dem langen dünnen Hals saß ein schiefer Kopf, aus dem ihn zwei Glubschaugen anglotzten. Das schüttere Haar war trotz seiner Jugend weit zurückgewichen. Was hatte diese Missgeburt zwischen all den Göttern und Helden verloren? War es ein Kaiser, der dem Wahnsinn verfallen war? Eine durch Inzucht, Verschwendungssucht, dem Glauben an die eigene Göttlichkeit, Verfolgungswahn, dem Hunger nach Triumphen verderbte Natur? Warum hatte Sobieski diese Fratze hier aufstellen lassen? Zur Abschreckung, um nicht selbst dem Wahn zu verfallen? Wen sollte das Spottbild darstellen? – Caligula!, fuhr es ihm durch den Kopf. Ganz gewiss, wer sollte es sonst sein? Kein Zweifel. Aber wie kam er darauf?

Ein apartes Früchtchen, dieser Karl XII. Etwas überspannt, wie man hörte. Böse Zungen sagten ihm einen krankhaften Starrsinn nach und einen Ehrgeiz, der an Wahnsinn grenzte. So sollte er sich als junger Prinz einmal die Zeit damit vertrieben haben, Landkarten anzuschauen. Eine stellte eine ungarische Stadt, die von den Türken dem Kaiser entrissen wurde, eine andere Riga dar. Unter dem Plan der ungarischen Stadt standen die Worte: »Der Herr hat's gegeben, der Herr hat's genommen, der Name des Herrn sei gelobt.« Als der Prinz dies gelesen, habe er einen Stift genommen und unter die Karte der Stadt Riga geschrieben: »Der Herr hat's mir gegeben, der Teufel wird's mir nicht nehmen.« – Ach, mon petit prince, der Teufel nicht.

Am Abend nach seiner Inthronisierung soll sich Karl rechtschaffen besoffen haben. So weit in Ordnung, aber Karl XII. hatte zusammen mit seinem Vetter Herzog Friedrich von Holstein einen Wettkampf veranstaltet, bei dem es darum ging, Kälbern möglichst elegant die Kehle durchzuschneiden. Der Stockholmer Krönungssaal soll mit Blut überschwemmt gewesen sein. August konnte sich die Schweinerei gut vorstellen. Er selbst hatte einmal ganz zu Anfang seiner Herrschaft als Kurfürst seinem Lieblingspferd mit dem Schwert den Kopf abgeschlagen, weil es ihn vor den Augen des versammelten Hofes abgeworfen hatte. Da war er zwar auch nicht ganz nüchtern gewesen. Aber er hatte im Affekt gehandelt. Aus dem Überschwang der Gefühle, aus unbändiger jugendlicher Kraft heraus tat man derlei Dinge. Das mochte ein Fehler sein, ein göttlicher Fehler zwar, aber doch ein Fehler. August gestand sich das ohne weiteres ein. Allerdings hatte der Hieb bei seinen Generalen und Ministern einen unvergesslichen Eindruck hinterlassen und seine Autorität nicht unwesentlich gestärkt. Doch das war nur ein Nebeneffekt gewesen, er hatte es nicht darauf angelegt. Das schwedische Karlchen hingegen hatte aus der Schlächterei ein Spiel gemacht. Womöglich war er tatsächlich ein nordischer Caligula. Bei Gelegenheit musste er im Sueton nachschlagen, was da über den verrückten Kaiser zu lesen stand. Der König von Schweden soll es ja schon in früher Jugend abgelehnt haben, Latein zu lernen. Egal, was auch immer an den Gerüchten über Karl XII. dran sein mochte: Fest stand, dass der junge König von Schweden über keinerlei politische und militärische Erfahrung verfügte. Die schwedische Armee war nur noch ein Schatten ihrer selbst. Und Livland lag auf dem Präsentierteller.

Das hatte August natürlich schon selbst gemerkt. Doch den Mund so richtig wässerig gemacht hatte ihm erst dieser Baron Patkul. Johann Reinhold von Patkul: ein Mann von vielen Talenten, einer, der sich brauchen ließ. Gewiss, Patkul war eine windige Figur, nicht seriös, unberechenbar. Beinahe hätte Patkul es sogar fertiggebracht, ihn glauben zu machen, er sei höchstselbst auf die Idee gekommen. Derlei gehörte zum Standard-Repertoire jeder halbwegs begabten Hofschranze. Man kannte das von Kindheit an, und man durchschaute es selbstverständlich. Dennoch ließ man es sich gefallen. Nicht weil es schmeichelhaft war (wer sollte ihm ernsthaft schmeicheln?), sondern weil es zum Zeremoniell gehörte. Das Zeremoniell war ja kein bloßer Firlefanz, keine lästige Äußerlichkeit. Wer so darüber dachte, hatte nichts begriffen. Das ganze Drumherum, der Prunk, die ganze Kriecherei, das alles war Ausdruck und zugleich Instrument seiner Macht. Freilich musste man dieses Instrument zu benutzen wissen, es zum Erklingen bringen. Der livische Baron beherrschte die Sprache des Hofes vollkommen, er war ein begnadeter Intrigant – aber kein Speichellecker.

Das war Flemming auch nicht. Aber der famose Flemming würde nicht zögern, ihn zu verraten, sobald es ihm opportun erschiene. Nicht dass er es Flemming übelnahm. Eigenartigerweise beruhigte ihn sogar das Wissen um dessen Unzuverlässigkeit, vielleicht weil das zu den wenigen Gewissheiten gehörte, auf die ein König bauen durfte. Nichts war so sicher wie der Verrat. Man wusste, woran man war. Flemming brannte für nichts, außer für das eigene Fortkommen. Patkul aber lebte für seine Rache und für die Freiheit Livlands. Solche Leidenschaft war erfrischend, aber eben auch unheimlich, weil sie ein Unsicherheitsfaktor war, ein unwiderstehlicher Kitzel, der ihn amüsierte und zugleich tief in seinem Inneren berührte. Patkul war ihm auf eine beunruhigende und irgendwie erregende Weise sympathisch. Wenn er einen Freund hätte, einen Freund haben könnte – Patkul wäre es.

Johann Reinhold von Patkul hasste Schweden aus dem Grunde seines Herzens. Ein solches Gefühl des Hasses war ihm, August, fremd. Gewiss, auch er konnte sich von seiner Leidenschaft hinreißen lassen, im Zorn Dinge tun, die er kurz darauf bereute. Aber ein Gewitter war schnell verflogen, und nachtragend zu sein, war eine inferiore Eigenschaft. Echten Hass konnte er niemals empfinden. Patkul aber war der Hass buchstäblich in die Wiege gelegt worden. Er soll in einem Stockholmer Gefängnis zur Welt gekommen sein. Sein Vater war als Major in schwedischen Diensten gestanden, aus irgendeinem Grunde des Hochverrats bezichtigt worden und im Kerker verrottet. Vorher hatte der Sohn, ein Knabe von sechs Jahren, schwören müssen, seine livländische Heimat zu verteidigen und sich an Schweden zu rächen. August musterte die Reihe der Büsten. Wo war Hannibal? Sollte Sobieski ausgerechnet auf den Albtraum Roms verzichtet haben? Jammerschade. Noch heute würde er eine Hannibal-Büste in Auftrag geben, welche die Züge Patkuls trug.

Nachdem er sich auf Universitäten herumgetrieben hatte, war Patkul nach Livland auf die väterlichen Güter zurückgekehrt und hatte sofort begonnen, die livländische Ritterschaft gegen die schwedische Krone aufzuwiegeln. Die Schweden hatten sich das natürlich nicht gefallen lassen, Patkuls Hetzpamphlete wurden verbrannt, seine Güter beschlagnahmt, er selbst zum Tode verurteilt. Aber der livländische Hannibal entkam seinen Häschern. Zufällig machte er in Pommern die Bekanntschaft des Grafen Flemming, der – für so etwas hatte Flemming einen untrüglichen Blick – das Talent des Mannes sofort erkannte und ihn nach Polen einlud. Der König von Polen aber fand ein Wohlgefallen an ihm.

Patkul hatte scharf und gründlich darüber nachgedacht, wie sich Schweden das »Dominium maris baltici«, die Herrschaft über die Ostsee, am besten entreißen ließe. Er hatte August an seinen Gedanken teilhaben lassen. Der hatte sofort verstanden und seinem Hannibal Carte blanche gegeben. Sollte die Sache auffliegen, dann freilich wusste seine Majestät von nichts. Aber derlei musste man einem Patkul nicht erklären.

Also hatte sich Patkul auf eine höchst geheime und höchst folgenreiche Mission begeben. Er hatte mit Dänemark verhandelt, wo inzwischen Vetter Friedrich als König herrschte. Der war zwar ein noch ärgerer Frömmler als sein Vater Christian, aber das verfluchte Schleswig-Holstein steckte ihm im Hals wie eine Fischgräte. Der Gottorfer Herzog hielt es mit den Schweden, die Dänemark jetzt nicht nur von Osten, sondern auch von Süden her bedrohten. Aus dieser Einkreisung wollte sich Friedrich lieber heute als morgen befreien.

Und der Moskowiter? Auch Peter hatte sich nicht lange beschwatzen lassen. Sein neues Russland brauchte dringend einen Zugang zur Ostsee. – Zar Peter: Welche antike Gestalt passte zu ihm? Der Perserkönig Kyros trug ein edles, mildes Antlitz, war aber in ein barbarisches Tigerfell gekleidet. Doch wenn man es recht bedachte, passte zu Peter weder das eine noch das andere.

Aber trinken konnte er, dieser Peter, er soff den Branntwein wie Wasser. Und er hatte große Pläne, wollte sein Riesenreich zivilisieren. Dazu war ihm jedes Mittel recht. So wollte der Zar die Volksgesundheit durch fleißiges Zahnziehen verbessern. August hatte mit eigenen Augen gesehen, wie Peter auf einmal einen Zahnschlüssel aus dem Rock zog, um einem nächstbesten Opfer, einem Lakaien, einem Minister oder General, zu befehlen, den Mund aufzusperren, woraufhin der Zar höchstselbst irgendeinen seiner Ansicht nach ungünstig sitzenden Zahn herauszuschrauben begann. Schon hatte Peter einen Blick auf Augusts ruinöses Gebiss geworfen, und nur mit knapper Not war der König von Polen der peinlichen Operation entgangen. Ein herzhaftes Lachen und mehr Branntwein hatten die Situation gerettet. Zar Peter war entweder wahnsinnig oder ein Genie, oder beides. Jedenfalls brauchte August ihn, um Schweden auszuschalten. Natürlich nur als Juniorpartner, in dieser Allianz gab unbestritten König August den Ton an. Und kein anderer als er würde den Siegeslorbeer davontragen.

Jetzt fühlte er sich besser. Seine Füße waren abgeschwollen, das taube Gefühl verschwunden, die Kopfschmerzen waren wie weggeblasen, der schreckliche Durst gestillt. Nun sollte ihn der Friseur ein wenig adonisieren. Dann würde er zur Ausnüchterung ein Stündchen ausreiten. Nachmittags würde er Patkul und Flemming einbestellen und die Pläne für den livländischen Feldzug noch einmal durchsprechen.

August trank die Neige aus dem letzten Pokal, klemmte ihn sich zwischen die Beine, hob den Schlafrock und ließ das Wasser laufen. Der Urin duftete betörend nach Honig.

X.

Der Löwe aus Mitternacht

Wald bei Kungsör/Södermanland
1700
9. März

Ein letztes wütendes Brummen entrang sich der Kehle. Noch einmal bäumte sich die Bestie auf, aber ihre Tatzen schlugen ins Leere. Es war vorbei. Der Bär blutete aus zahllosen Wunden, die den Schnee im weiten Umkreis rot färbten. Seine Lieblingshunde Pompe, Turk und Snushane sprangen kläffend um das Tier herum. Karls Puls verlangsamte sich, ein warmes Glücksgefühl durchflutete seinen Körper. Dann stieß er seinen Dreizack dem Bären in die Gurgel. Das Ungetüm stieß noch einmal ein leises Röcheln aus und spie ihm einen Blutstrahl über die Stiefel. Karl ließ das Netz los, das sich um die rechte Vordertatze des Tieres gewickelt hatte. Er starrte auf den Kadaver. Erledigt. Schon war das angenehme Gefühl erloschen, es hatte nur für einen Wimpernschlag angedauert. Den Beifall der Jagdgesellschaft überhörte der König.

Was bedeutete ein erlegter Bär? Die Jagd war eine Kinderei. Nicht dass er Angst um sein Leben gehabt hätte. Wozu? Der Tod konnte ihn jederzeit treffen; ein Fieber vermochte ihn von einem Tag auf den anderen hinzuraffen, eine verirrte Kugel ihn treffen.

Was aber, wenn der Tod ihn ereilte, bevor er seine Bestimmung erfüllt hatte?

Er war von Gottes Gnaden König der Schweden, Goten und

Vandalen, Großfürst von Finnland, Herzog in Schonen, Estland, Livland, Karelien, Bremen, Verden, Stettin, Pommern, Kassuben und Wenden, Fürst von Rügen, Herr über Ingermanland und Wismar, Pfalzgraf vom Rhein in Bayern, Herzog von Jülich, Kleve und Berg. Sein Reich erstreckte sich von der deutschen Ostseeküste bis an das Eismeer, den Schären Strömstads bis nach Karelien. Es war groß, aber dünn besiedelt; weite Gebiete waren nahezu menschenleer, wenn man die deutschen und baltischen Besitzungen abrechnete, erschreckend menschenleer. In Norrland und Finnland gab es Gegenden groß wie Fürstentümer, die man tagelang durchqueren konnte, ohne Rauch aus einem Schornstein aufsteigen zu sehen oder den Klang einer Kirchenglocke zu hören, nichts als Moore und Gehölz, nutzlose Wildnis. Die schwedischen Städte ließen sich an einer Hand abzählen: Stockholm, Malmö, Göteborg, Viborg. Dann immerhin Reval, Riga, Kalmar, Stralsund und Stettin. Sein Schweden lag abseits, war arm an Bodenschätzen und Menschen und von Nachbarn umzingelt, die es nicht so fürchteten, wie sie sollten. 1675 hatte der Kurfürst von Brandenburg den alten Wrangel bei Fehrbellin geschlagen. Es war nur ein unbedeutendes Rückzugsgefecht gewesen, aber die Brandenburger waren sich vorgekommen wie die Böotier nach der Schlacht von Leuktra. Und tatsächlich hatten sie den Ruf der schwedischen Unbesiegbarkeit zerstört. Der Vater hatte alles dafür getan, die Schlagkraft der königlichen Armee wiederherzustellen. Jetzt war es an ihm, Karl XII., den Mythos wieder zum Leben zu erwecken. Die Tage Gustav Adolfs des Großen, den die Deutschen den »Löwen aus Mitternacht« genannt hatten, würden wiederkehren.

Wovor sollte er sich fürchten? Wenn Gott ihn zu großen Taten auserwählt hatte, würde er ihn schon nicht vor der Zeit sterben lassen. Und falls er ihn nicht auserwählt haben sollte: Lass fahren dahin! Dann wäre es ohnehin besser, er fiele auf der Stelle tot um. Was sollte ihn also davon abhalten, sein Leben zu riskieren?

Er hatte es immer getan, zumal bei der Jagd. Mit zehn Jahren hatte er auf Lidingö einen Wolf erlegt, den der Vater zuvor verfehlt hatte; mit zwölf konnte er einen Fuchs in vollem Lauf treffen, und in demselben Alter hatte er im Wald von Vallby seinen ersten Bären getötet. Wie viele waren es seitdem gewesen? Er hatte keine Liste geführt. Inzwischen langweilte ihn die Jagd zu Tode.

Die Höflinge hörten nicht auf zu klatschen. Am liebsten würde er sie zum Teufel schicken. Aber das ging nicht an, und es wäre auch nicht gerecht. Immerhin kam ihre Begeisterung von Herzen. Und das war mehr, als Seinesgleichen erwarten durfte. Wahrscheinlich war er der einzige König auf Erden, der sich sicher sein konnte, ein ungeheucheltes Lob zu empfangen. Sie waren tatsächlich stolz auf ihren jungen König, man bestaunte ihn wie einen Sagenhelden, der sich ins tönerne Zeitalter verirrt hatte. Und war nicht der Bär ein Furcht einflößendes Exemplar, nicht gezähmt oder durch faule Tricks geschwächt, um dem König ein billiges Jagdglück zu bescheren? Karl hatte ihn aus eigener Kraft, aus eigenem Geschick, aus eigenem Mut zur Strecke gebracht, nur mit einem Netz und einem dreizackigen Spieß bewaffnet.

Vetter Friedrich hatte sich den Spaß einfallen lassen. Wer sonst? Er war der Einzige, der ihn verstand. Bei ihren Streichen hatten sie sich manches Mal um ein Haar den Hals gebrochen. Darum war der Herzog von Schleswig-Holstein-Gottorf am schwedischen Hofe nicht gerade wohlgelitten. Allein deswegen musste Karl ihn lieben. Sie hatten keinen Unfug ausgelassen, waren betrunken und Radau machend durch Stockholms Straßen geritten, hatten Möbel aus den Schlossfenstern geworfen. Einmal hatten sie im Reichssaal eine Hasenjagd mit Pistolen veranstaltet, und bei einer Sauferei waren sie auf die famose Idee gekommen, einem gefangenen Bären Wein einzuflößen und die besoffene Bestie durch das Schloss rennen zu lassen. Ein Heidenspaß.

Er wusste, was die Leute sagten: Es hieß, Friedrich stifte Karl nur deshalb zu solchen lebensgefährlichen Eskapaden an, damit er selbst, sollte sein königlicher Vetter dabei zu Tode kommen, den schwedischen Thron erbe. Aber hielt sich der Vetter etwa bei den Waghalsigkeiten zurück? Im Gegenteil, er trieb es immer noch toller als Karl.

Nur das eine Spiel hatte er nicht mitgemacht. Vetter Friedrich war ein unverbesserlicher Weiberheld, und er hatte alles unternommen, Karl diese Art der Zerstreuung schmackhaft zu machen. Seine Keuschheit wäre eine Marotte, ein Blödsinn, dazu ungesund für Körper und Geist. Ausnahmsweise pflichteten die königlichen Minister dem Herzog in dieser Angelegenheit bei: Karls Eheabstinenz war politisch mehr als unklug. Halb Deutschland bot ihm seine Prinzessinnen an: das Haus Mecklenburg, Württemberg. Nach allem war Karl XII. doch keine schlechte Partie, und Schweden konnte weiß Gott Verbündete gebrauchen. Die Königinwitwe, seine Mutter, hatte ihm eine holsteinische Prinzessin ans Herz gelegt, die dumm und hässlich wie der Teufel war. Sogar Ludwig XIV. hatte sich eingeschaltet und ihm den väterlichen Rat erteilt, seine Cousine Sofia Hedwig von Dänemark zu heiraten. Es war wie auf dem Viehmarkt. Oh ja, man meinte es gut mit ihm, man meinte es gut mit dem Reich. Aber es widerte ihn an.

Übrigens war der Rat des Vetters völlig uneigennützig. Sollte Friedrich tatsächlich auf die schwedische Krone spekulieren, konnte ihm ein Junggeselle als König doch nur recht sein. Indessen erwies sich niemand bei der Eheanbahnung als eifriger (und lästiger) als eben der Herzog von Gottorf. Als Friedrich mit seinen Überredungskünsten am Ende gewesen war, hatte er alles darangesetzt, wenigstens Karls Keuschheit zu überwinden. Er hatte sogar den gelehrten Medicus und Alchemisten Urban Hjärne einen Liebestrank brauen lassen, den man dem keuschen Joseph heimlich verabreichte. Als der Trank keinerlei Wirkung zeigte, hatte Friedrich den Mund nicht halten können und Karl den Anschlag gestanden. Daraufhin hatte sich das Verhältnis zwischen den Vettern deutlich abgekühlt. Allerdings nur für eine Weile, Karl verzieh Friedrich, und der schwor seiner Großmutter ein Bein ab, sich um das königliche Liebesleben fürderhin nicht mehr zu bekümmern.

Mit den Possen war es ohnehin vorbei. Keine Saufereien, keine Randale und auch keine Jagden mehr! Karl schwor, nie wieder in seinem Leben an einer Jagd teilzunehmen. Dieser Bär sollte sein letzter gewesen sein.

Der König ließ sich einen Zinnbecher reichen. Er trank. Der Schnaps schoss ihm ins Blut, sein Gesicht rötete sich. Man erwartete eine Ansprache. Keine Pflicht war ihm so verhasst wie diese, immerzu musste er Reden halten, Konversation treiben, sich leutselig geben. Als wäre er nicht der König, sondern irgendein Marktschreier oder Hökerjude. »Memini me Alexandrum, non mercatorum« – »Denke daran, dass ich Alexander bin und keine Krämerseele«, hieß es in seinem Lieblingsbuch, Curtius' *Geschichte Alexanders des Großen*. Er war kein Mann des Wortes, sondern der Tat. Bald würden das selbst seine Minister begreifen.

Aber im Augenblick half ihm das herzlich wenig. Alle Blicke waren auf ihn gerichtet. Was sollte er sagen? Um Zeit zu gewinnen, hob Karl abermals den Becher.

Gedämpfter Hufschlag, das Schnauben eines Pferdes.

Durch das Dickicht brach ein Reiter, er trug die Uniform der Nylandsinfanterie. Der Bote riss die Zügel zurück, das Pferd bäumte sich auf. Fußsoldaten zu Pferde boten selten einen erbaulichen Anblick, aber dieser Infanterieoffizier konnte wirklich nicht für einen Groschen reiten. Als er seines Königs ansichtig wurde, zog er den Hut und brüllte: »Kapitänleutnant Brask von der Nylandsinfanterie.« Das Pferd tänzelte im blutigen Schnee.

Karl näherte sich langsam dem Tier, tätschelte ihm den Hals und hielt es am Zügel fest. Das Pferd beruhigte sich. Dann wandte er sich an den Boten: »Ihr kommt aus Riga? Was habt Ihr mir zu berichten, Kapitän Brask?«

Brask rang noch immer nach Atem. Karl bedeutete ihm mit einer beschwichtigenden Handbewegung, sich mit der Antwort Zeit zu lassen.

Der Offizier räusperte sich, nahm (soweit es ihm im Sattel möglich war) Haltung an und sagte: »Die Sachsen haben Riga eingeschlossen. Sie beschießen die Stadt.«

Er übergab Karl einen Brief des Rigaer Stadtkommandanten Feldmarschall Dahlberg.

Die Jagdgesellschaft war verstummt.

Vetter Friedrich trat heran. Karl reichte ihm Dahlbergs Schreiben. Der Herzog von Gottorf erbrach das Siegel und trug mit leicht schlingernder Stimme (er hatte schon einige Becher Wein genossen) die Botschaft vor.

In knappen Worten setzte Dahlberg den König über die livländischen Vorgänge in Kenntnis. Eine Eroberung Rigas durch die Sachsen könne er vorerst ausschließen, doch mittelfristig brauche er Verstärkung aus Schweden, da König August bereits mit neuen Truppen und schwerer Artillerie anrücke.

Eine unerträgliche Ewigkeit lang schwieg der König, seine Hand umklammerte noch immer den kleinen Zinnbecher. Plötzlich schleuderte Karl das Gefäß mit voller Wucht gegen die nächste Eiche. Er stieß einen lauten Jubelschrei aus, riss sich die Perücke vom Kopf und schmiss sie unter wildem Gejohle dem Becher hinterher.

Friedrich tat es ihm nach, er warf seine Perücke so hoch, dass sie an einem Ast der Eiche hängen blieb. Dann rief er ein Vivat auf den König aus. Die Höflinge stimmten nur halbherzig ein.

Karl XII. bemerkte es nicht, er war mit seinen Gedanken schon in Livland.

Von diesem Tage an entsagte der König allem höfischen Zeitvertreib. Er legte seine prunkvollen Kleider ab, trug nur noch einen einfachen Soldatenrock und setzte sich keine Perücke mehr auf. Am Hofe wurden keine Tafelfreuden mehr aufgetragen, die hohe Gesellschaft musste sich fortan mit Brot, Speck und Dünnbier begnügen. Vor seinen Höflingen und Soldaten schwor der König, so lange dieser Krieg währte und er nicht als Sieger daraus hervorginge, keinen Tropfen Alkohol mehr anzurühren und den Freuden der Liebe zu entsagen. Der König versammelte die Armee. Die Soldaten holten ihre blauen Röcke hervor und verließen die Gehöfte, auf denen sie auf den Abmarschbefehl gewartet hatten. Auf allen Wegen und Stegen strömten sie zusammen, vereinigten sich zu Kompanien, Bataillonen, Regimentern. Endlich, endlich durfte Karl XII. in den Krieg ziehen.

Der alte Dahlberg sah den Dingen gelassen entgegen. Vor dem Frühling würden die Sachsen keinen ernsthaften Angriff starten. Bis dahin würde das Entsatzheer längst angekommen sein. In der Tat begnügten sich die Sachsen vorerst damit, das benachbarte Dünamünde zu erobern, das der König von Polen sogleich mit großem Pomp in »Augustusburg« umbenennen ließ. Doch sein Triumph währte nicht lange. Dahlberg schlug die Sachsen ein ums andere Mal. Bald landete Generalmajor Maydell mit Verstärkung in Livland. August geriet in die Defensive.

Zur selben Zeit brach auch Karl XII. mit einem Heer auf. Aber die schwedische Flotte wandte sich nicht nach Osten, um die Sachsen anzugreifen. Sobald sie die offene See erreicht hatte, vereinigte sie sich mit den dreiundzwanzig niederländischen und englischen Linienschiffen, die unter Admiral George Rooke vor der schwedischen Küste kreuzten. Denn Patkul und August hatten sich verrechnet: Anders als sie geglaubt hatten, blieben Den Haag und London nicht neutral. Im Falle einer schwedischen Niederlage würden die Dänen allein den Sund beherrschen und könnten ihnen nach Lust und Laune Zölle abpressen, und das wollten die beiden Handelsnationen unter allen Umständen verhindern. Das Gleichgewicht der Kräfte in der Ostsee musste erhalten bleiben. Also setzten die beiden Seemächte auf die schwedische Karte.

Es wurde höchste Zeit, die Dänen waren bereits dabei, Schleswig-Holstein, das Territorium des tollkühnen Vetters, zu erobern. Und so hatte der englische Gesandte Robinson den schwedischen König nicht lange überreden müssen, sich, obwohl der lieber zuerst mit dem Vetter August – und natürlich mit Patkul, dem Verräter – abgerechnet hätte, zuvörderst mit Schwedens altem Erzfeind Dänemark zu befassen.

Die Präsenz der Niederländer und Engländer in der Ostsee zeigte Wirkung: Die dänische Flotte wich zurück. Die Dänen waren dem schwedischen Geschwader haushoch überlegen, sie hätten sie ohne weiteres vernichten können, aber gegen drei Flotten hatten sie keine Chance.

Im Schutz ihrer Verbündeten kamen die Schweden so nahe an Kopenhagen heran, dass sie Bomben in die dänische Hauptstadt feuern konnten. Dort wurde man nervös. König Friedrich hielt sich bei seiner Truppe in Schleswig-Holstein auf, wo er vergeblich versuchte, die gottorfische Festung Tönning zu erobern. Dass die Schweden nach Dänemark übersetzen würden, war nur eine Frage der Zeit.

Die Befürchtungen bewahrheiteten sich nur allzu bald: Unter dem Feuerschutz englischer Kanonen landete Karl XII. bei Humlebæk auf Seeland, nur sieben Meilen von Kopenhagen entfernt. Stuart hatte die Invasion bis ins Detail geplant. Indem er die schwedische Flotte vor einer vermeintlichen Landungsstelle hatte kreuzen lassen, hatte er die dänischen Kräfte Richtung Rungsted gelockt. Allerdings hatten ungünstige Winde die Landung verzögert, so dass die Dänen doch noch einige Kräfte hatten zusammenziehen und den Strand bemannen können.

Das Garderegiment unter Major Nummers erreichte zuerst den Strand. Die dänische Kavallerie stürmte ihnen mit gezogenen Säbeln entgegen. Doch die Schweden hatten ihre Gewehre trocken gehalten, sie hielten der Attacke stand. Die Reiter zogen sich zurück.

Schon war die zweite Landungswelle angelangt.

Dreihundert Schritt vom Ufer entfernt sprang Karl XII. aus dem Boot und watete, das Wasser bis zum Gürtel, seinen überlangen Degen in der Faust, Richtung Strand. Nie zuvor hatte er im Feuer gestanden, aber er spürte keinerlei Furcht. Noch nie hatte er sich so lebendig gefühlt. Das war also der Krieg. So schön hatte er ihn sich nicht vorgestellt.

Als ein leises Pfeifen an sein Ohr drang, fasste Karl den Offizier, der ihm zunächst stand, am Arm. Es war ein Schotte, der erst vor kurzem auf Stuarts Empfehlung in seinen Dienst getreten war.

»Kamerad, was ist das für ein merkwürdiges Pfeifen?«, fragte Karl ihn auf Deutsch.

»Es ist das Geräusch der Eurer Majestät zugedachten Flintenkugeln«, erwiderte Major Sinclair.

Gedankenverloren blickte Karl XII. auf den Strand, wo die dänischen Musketiere Aufstellung nahmen. »Schön«, sprach er mehr zu sich selbst. »Das soll von jetzt an meine Musik sein.«

Im selben Augenblick traf den Schotten eine Kugel in die Schulter. Sie riss ihn zurück, und er stürzte ins Wasser. Da war Karl schon halb von Sinnen vor Glück weitergestürmt.

Die dänischen Truppen leisteten keinen nennenswerten Widerstand. Als sich die Schweden nicht durch ein paar Schüsse vertreiben ließen, ergriffen sie die Flucht.

Karl XII. sank in die Knie und sprach ein Dankgebet. Dann sangen die Schweden den Choral *Wår Gudh ärr oss en wäldig borg*.

Bald traf aus Schonen Verstärkung ein. Die dänischen Orlogschiffe wagten abermals nicht, in das Geschehen einzugreifen. Kopenhagen war den Schweden schutzlos ausgeliefert. Der Rat schickte Abgeordnete an den König, die ihn baten, die Stadt zu verschonen. Karl empfing sie hoch zu Ross an der Spitze seiner

Leibgarde. Die Herren warfen sich vor ihm in den Staub. Großmütig versprach Karl ihnen, auf eine Plünderung Kopenhagen zu verzichten; er forderte nur Lebensmittel zur Versorgung seiner Truppen, die er übrigens zu bezahlen gedenke. Zum Erstaunen der Kopenhagener hielt der König Wort. Die Schweden bezahlten jeden Schluck Bier, jeden Apfel, jedes Ei, das sie verzehrten.

Dänemark war erledigt, Friedrich IV. bat um Frieden. Robinson drang auf moderate Bedingungen: Der Herzog von Gottorf sollte von aller Bedrückung befreit sein und seine Kriegskosten erstattet bekommen. Ansonsten möge der Status quo ante wiederhergestellt werden.

Karl XII. stimmte zu. Sein nächster Gegner wartete schon auf ihn. Auch ihn würde er in den Staub treten. Diesmal ohne fremde Hilfe.

Im Sommer setzte sich König August selbst an die Spitze seiner Armee, um die livländische Chose höchstpersönlich zu einem guten Ende zu bringen. Riga musste fallen, koste es, was es wolle. Den direkten Oberbefehl hatte er seinem Feldmarschall Adam Heinrich von Steinau übertragen, einem alten Kampfgefährten aus den Türkenkriegen. Und diesmal hatten die Sachsen ihre Artillerie mitgebracht. Dahlberg ließ sich davon nicht beeindrucken, nach wie vor lehnte er eine Kapitulation ab. Er spielte auf Zeit, jeden Tag erwartete man Karl XII. mit einem Entsatzheer.

Das wussten auch Patkul und August. Außerdem hatten sie inzwischen erkannt, dass sich Holländer und Engländer keineswegs aus ihrem Krieg heraushielten. Dummerweise hatten die Sachsen ihnen auch noch einen guten Grund geliefert. Riga steckte voller Waren, die den Holländern gehörten, und bei dem Bombardement waren aus Versehen einige ihrer Kontore in Trümmer gelegt worden. Wenn es um ihre Handelsinteressen ging, verstanden die Mijnheers keinen Spaß. Die Herren Handelskommissare hatten sich bitter beschwert und mit militärischer Intervention gedroht. Und leider waren das keine leeren Worte, man hatte bereits Kriegsschiffe unter holländischer und englischer Flagge in der Ostsee gesichtet.

Sie beratschlagten hin und her. Patkul plädierte dafür, sich nicht einschüchtern zu lassen und notfalls Riga in Schutt und Asche zu legen. Aber letzten Endes hatte Steinaus nüchterne Einschätzung der Lage den Ausschlag gegeben: Die Belagerung Rigas wurde vorübergehend aufgehoben. Das sächsische Heer zog sich hinter die Düna zurück. Geschätzte Mijnheers, da sehen sie es: Lieber verzichten wir auf den Ruhm, eine stolze Stadt zu erobern, als unseren Freunden auch nur den geringsten Schaden zuzufügen. Immerhin, das übrige Livland durfte als erobert betrachtet werden. Und Riga lief ihnen nicht davon. Im nächsten Frühjahr würde die Sache schon anders aussehen. Zar Peter hatte an der Grenze zu Schweden hunderttausend Mann zusammengezogen, mit denen sollte der kleine Karl erst einmal fertigwerden. Bis dahin bezog die sächsische Armee ihr Winterquartier in Kurland.

Doch August hatte sich abermals geirrt. Karl XII. schreckte der nordische Winter nicht, trotz stürmischer See landete er im Spätherbst mit einem kleinen Heer in Livland. Zu seiner Enttäuschung waren die Sachsen bereits abgezogen. Wohin sollte er sich wenden? Er musste nicht lange darüber nachgrübeln. Wenn es den Sachsen zu kalt war, an Feinden fehlte es ihm nicht. Mit zehntausend Mann marschierte Karl nach Osten.

Die Schweden zogen durch ein verwüstetes Land, die Höfe waren verbrannt, die Kirchen geplündert. Es war bitterkalt, sie wurden vom Regen durchnässt, stapften bis zu den Knien im Schlamm, biwakierten auf durchweichten Äckern. Der König schlief auf einer dünnen Schicht Stroh an einem Lagerfeuer.

Am 19. November 1700 erreichten die Schweden Narva. Zar Peter I. hatte die Stadt sechs Wochen lang belagert. Aber es war ihm mit seinen sechzigtausend Russen nicht gelungen, Narva einzunehmen. Oberst Horn und seine fünfhundert Schweden leisteten erbitterten Widerstand. Als der Zar erfuhr, dass sich Karl mit einem Heer auf ihn zubewegte, verlor er die Nerven. Die Berichte seiner Aufklärung klangen furchterregend. Er fühlte sich krank, seine Gedanken waren verdüstert. Peter sah sich außerstande, seine Armee in diesen Kampf zu führen. Seine Generale Scheremetjew und Croÿ redeten auf ihn ein, aber es war nichts zu machen. Der Zar umarmte den Herzog von Croÿ, der vor Überraschung und Verlegenheit wie erstarrt war. Sein Atem roch nach Branntwein; er bedeckte ihn mit Tränen und Küssen. Dann drückte er Croÿ den Marschallstab in die Hand und verließ fluchtartig das russische Lager. Nach einer endlos währenden peinvollen Stille erklärte Scheremetjew dem noch immer völlig konsternierten Croÿ, der kein Wort Russisch verstand: dass er nunmehr mit dem Oberbefehl über die russische Armee betraut sei.

Die Heilige Mutter Gottes und der heilige Andreas von Smolensk stehen uns bei.

Karl XII. und sein verlauster, halb erfrorener und halb verhungerter Haufen verrichten bei Lagena das Morgengebet. Dann marschieren sie hinter dem Hermannsberg auf, wo auch die Artillerie auffährt, und formieren sich auf beiden Seiten des Höhenrückens. Die Russen besetzen derweil ihre Schanzlinien und Bastionen. Der Herzog von Croÿ reitet in leuchtendes Rot gewandet auf weißem Ross unter seinen Truppen umher, gibt letzte Instruktionen, spricht den Männern Mut zu. Sie verstehen ihn nicht, aber bei der zusammengestoppelten Kanaille, die sich da zitternd und betend in den Gräben windet, ist ohnehin Hopfen und Malz verloren. Die russischen Soldaten, wenn man sie überhaupt so nennen kann, sind keinen Schuss Pulver wert. Doch Croÿ hat beschlossen, das Beste aus der Situation zu machen, das ist er seinem Namen schuldig. Außerdem ist eine Schlacht bekanntlich erst verloren, wenn man sie verloren gibt. Und, bei Gott, so weit sind sie noch lange nicht. Der Zar ist nicht der erste Fürst, der vor einer Schlacht die Contenance verliert. Und auch wenn die Russen als Soldaten nichts taugen, verfügt er nicht über eine mindestens vierfache Übermacht? Sein Gegner ist ein achtzehnjähriger Jüngling, dem sein leichter Sieg über die Dänen zu Kopfe gestiegen ist. Es gibt wahrhaftig keinen Grund zu resignieren.

Schüsse! Rufe! Die Schweden sind da. Croÿ lässt die Fahnen auf die Brustwehren pflanzen. Jetzt heißt es, ruhig Blut bewahren und abwarten. Unter den Offizieren, zumeist Deutsche, vor allem sächsische Militärberater, herrscht eine fast gelöste Stimmung. Sie wissen, dass ein Angriff auf eine solche Schanze kein Kinderspiel ist, vielmehr eine langwierige und riskante Unternehmung, die viele Tage in Anspruch nehmen kann. Aber was geschieht jetzt? Nach allen Regeln der Kriegskunst müssten die Schweden nun ein befestigtes Lager errichten, um von dort aus ihre Operationen auszuführen. Stattdessen eröffnet die schwedische Artillerie auf einen breiten Abschnitt der russischen Linien das Feuer. Auf beiden Flügeln formieren sich Infanterie und Kavallerie: Die Schweden machen sich zum Sturm bereit.

Inzwischen ist es zwei Uhr geworden. Der Himmel hat sich verdunkelt, von Westen zieht ein Unwetter herauf. Die Fahnen knattern im Wind. Als die Signalraketen in den Himmel steigen, gibt es einen gewaltigen Donnerschlag. Blitze zucken zwischen den schwarzen Wolken.

Karl lässt die Trommeln rühren.

Es fängt an zu schneien. Der Schnee peitscht den Russen ins Gesicht. Ein Trompetensignal: Die Schweden greifen an! Die russischen Linien erwidern das Feuer, aber ihre Kugeln kommen nicht gegen den Wind an, der ihnen scharf entgegenbläst, und erreichen ihr Ziel nicht. Längst nicht alle Russen besitzen ein Gewehr, und mancher von denen, die eines in der Hand halten, hat keine Ahnung, was er damit anfangen soll. Dann sind die Schweden heran. Jetzt treffen die Russen. Dreißig Schritte vor der Schanze fallen Karls Soldaten wie gemäht. Aber die Schweden lassen sich nicht aufhalten, es kommen immer mehr. Schon werden Reisigbündel in die Gräben geworfen, Sturmpfähle und spanische Reiter niedergerissen. Mit gezücktem Degen springen die Schweden in die russischen Stellungen. Wie die Berserker massakrieren sie alles, was ihnen vor die Klinge kommt. Die Russen wehren sich mit dem Mut der Verzweifelten. Noch halten sie stand.

Da bricht die schwedische Kavallerie unter den Generalmajoren Posse und Maydell und Oberst Stenbock in die Schanze ein. Die Hauptbastion fällt. Nun treiben die beiden Flügel der schwedischen Armee den Feind an den Schanzen entlang vor sich her. Viele Russen werfen sich zu Boden und stellen sich tot. Die Schweden spießen sie mit ihren Bajonetten auf. Diejenigen, die über die Schanzen ins offene Feld hinausgelangt sind, werden von Reitern niedergemetzelt.

Alles drängt nach Osten. Als einzige Fluchtmöglichkeit bleibt die Brücke von Kamperholm über die Narva, die aber bereits von fliehenden Soldaten und Tross hoffnungslos verstopft ist. Panik bricht aus. Bevor Karls Leibtrabanten die Stelle erreicht haben, stürzt die Brücke ein. Hunderte Russen versinken in den eisigen Fluten der Narva. Die Kosaken, Peters Kavallerie, versuchen, den Fluss auf ihren Pferden zu durchschwimmen. Die Narva reißt sie fast alle mit sich, von den tausend Reitern gelangt kaum einer lebend ans andere Ufer.

Bei diesem Anblick lässt der Herzog von Croÿ alle Hoffnung fahren. Er schickt einen Parlamentär zu Stenbock und lässt ausrichten, dass sich die russische Armee ergibt.

Doch einige russische Generale leisten immer noch Widerstand. Sie haben sich in einer Wagenburg aus Trossfahrzeugen versammelt, die vor der eingestürzten Brücke zusammengeschoben sind. Es dunkelt bereits wieder. Karls Generale dringen auf einen Abbruch der Schlacht. Schwedische Einheiten haben sich schon gegenseitig beschossen, weil sie einander wegen der mitgeführten erbeuteten Standarten für Russen gehalten haben. Karl XII. hetzt schlammbedeckt zum Ort des Geschehens, er trägt nur noch einen Stiefel, den anderen hat er in einem Graben vor den Schanzen verloren. Der König lässt Kanonen herbeischaffen und die Wagenburg zusammenschießen. Um acht Uhr kapitulieren die wenigen Überlebenden bedingungslos.

Unterdessen haben russische Pioniere die Kaperholmbrücke notdürftig repariert. Die Reste von Zar Peters Regimentern ziehen ungehindert in die Freiheit. Den Schweden bleibt nichts anderes übrig, als sie entkommen zu lassen. Ihre Munition ist so gut wie aufgebraucht. Auch sie haben hohe Verluste erlitten, die Männer sind zu Tode erschöpft. Eine finnische Einheit hat die russischen Branntweinvorräte entdeckt. Überall wälzen sich Betrunkene. Der König humpelt mit nur einem Stiefel zwischen den Männern umher, packt sie am Kragen, schreit sie an, sie sollten endlich angreifen. Die Soldaten reagieren nicht, sie starren apathisch vor sich hin, einige stoßen ihn unsanft von sich. Sein alter Lehrer General Rehnskiöld redet auf Karl ein, aber niemand vermag ihn zur Vernunft zu bringen. Er hat keinen Tropfen Branntwein zu sich genommen und rast doch wie ein Betrunkener. Erst als Stallmeister Hårdt sich vor ihm aufbaut und ihm den verlorenen Stiefel hinhält, beruhigt sich der König. Wortlos nimmt er den schlammverkrusteten Stiefel entgegen, schüttet den Schneematsch heraus und zieht ihn sich an. Dann klopft er Hårdt auf die Schulter: »Es ist gut, Hårdt«, flüstert er. »Es ist gut. Es ist alles gut.«

Am nächsten Morgen schleppen sich zwölftausend Russen an Karl XII. und seiner Armee vorüber. Sie legen ihre Gewehre und Fahnen nieder, schwören feierlich, nie wieder Seiner Majestät Länder zu verheeren und zu brandschatzen. Und werden in die Freiheit entlassen. Rehnskiöld hat dem König geraten, indem man sie ja doch nicht zu bewachen, geschweige denn zu ernähren vermöge, die armen Hunde allesamt über die Klinge springen oder einfach verhungern zu lassen. Doch Karl XII. hat davon nichts wissen wollen. Er hat sein Ziel erreicht: Die russische Armee stellt keine Gefahr mehr dar. Zar Peter ist geschlagen und wird so bald sein Haupt nicht mehr erheben.

Nun ist August an der Reihe.

ZWEITER TEIL

Man hat viele abenteuerliche Traditionen von meinem lieben Bruder. Manche davon mögen wahr sein und gehören unter seine jugendliche Fechterstreiche. Der Selige hat nie davon etwas wissen wollen, und also lassen wir diese komischen Dinge weg.

Johann Sebastian Bach:
Chronik der musicalisch-Bachischen Familie,
Nachtrag zu No. 21: Joh. Jacob Bach

XI.

»Komm, Heiliger Geist«

Jagdschloss Rathsfeld im Kyffhäusergebirge
1704
Pfingstdienstag

»Da hast du einen teutschen Nachschlag, welscher Schnabelpfeifer!«

Damit hieb Johann Ernst Bach dem Flûte-à-bec-Spieler Strozzi den Fiedelbogen auf die Finger. Der Italiener verzog keine Miene, blitzschnell entriss er seinem Peiniger die Bassgeige, fasste das mächtige Instrument am Hals und rammte es ihm in den Bauch. Ernst taumelte zurück. Doch schon hatte er sich wieder berappelt, mit einem Wutschrei stürmte er auf Strozzi los und versetzte ihm einen Faustschlag mitten ins Gesicht. Den Neapolitaner riss es von den Beinen, dass er nach hinten flog – und in der Pauke landete. Für einen Augenblick hatte es den Anschein, als hielte das Paukenfell dem Anprall seines Fliegengewichtes stand. Aber Strozzi durchschlug das Fell und blieb im Kessel der Pauke liegen. »Santo Gennaro!«, stieß er noch hervor. Dann verlor er das Bewusstsein.

»Bravo, bravissimo!«, riefen die Deutschen.

Die Italiener blieben stumm, aber ihre Blicke sagten alles. Den Deutschen würde das Jubeln schon vergehen. Und mit Freund Ernesto hatten sie ohnehin noch ein Hühnchen zu rupfen.

Doch bevor sich der Geiger Zingarelli, der Gambist Goffreddu und der Lautenist Rossi den Vetter zur Brust nehmen konnten, begann der schwarzburg-rudolstädtische Hofpaukist Blochardt wie ein Wahnsinniger mit seinen Schlegeln auf Strozzi einzuprügeln: »Ihr Galgenvögel! Hundskrüppel, verreckte!« Der alte Paukvirtuose war stockblind, aber er hörte so fein wie eine Spitzmaus, und das Zerbersten seiner kostbaren Kalbshäute war ihm natürlich nicht entgangen. Erbarmungslos drosch er auf den armen Strozzi ein.

»Basta! Aufhören!«, schrien die Italiener.

Selbst den Deutschen wurde es jetzt zu viel: »Es reicht, Blochardt! Er hat genug!«

Keine Reaktion.

»Lass, du schlägst ihn ja tot!«

Nichts. Der Paukist ließ nicht von Strozzi ab.

Was sollten sie tun? Blochardt war stark wie ein Packknecht, selbst mit vereinten Kräften würden die Italiener ihn nicht niederringen können. Die Deutschen sahen sich schon gar nicht zu so einem Himmelfahrtskommando berufen. Und die Böhmen hielten sich wie immer aus allem heraus. Mit anderen Worten: Es war wieder einmal an ihm, Jacob, dem Freund aus der Patsche zu helfen.

An sich war Strozzi ein Prachtkerl. Wenn da nur nicht seine ewige Streitlust wäre. Doch gegen sein aufbrausendes Temperament war Strozzi machtlos. Das hatte durchaus seine Vorteile. Als die drei Gestalten, mit denen sich Jacob einmal unvorsichtigerweise im Paradies zu Erfurt auf eine Partie Landsknecht eingelassen hatte, ihn plötzlich des Falschspiels bezichtigten und schon die Hand am Messergriff hatten, wer hatte ihn da herausgehauen? Antonio Strozzi.

Jacob drückte Ernst seine Flöte in die Hand und winkte Zingarelli heran. »Ich packe ihn von hinten, ihr zieht Antonio aus der Pauke.«

Zingarelli überlegte kurz: »Ich weiß etwas Besseres.«

Damit schlich er sich an Blochardt heran und riss ihm die Perücke vom Kopf.

Wenn es etwas gab, das Blochardt in noch ärgere Wut versetzte als die Zerstörung seiner Instrumente, war es, ihm seinen heiß geliebten Pfiffi vom Schädel zu stibitzen. Nichts hasste der Paukist so sehr wie die Entblößung seines kahlen Hauptes.

Das Ablenkungsmanöver glückte. Zingarelli schleuderte die Perücke in das Orchester hinein. Währenddessen befreiten Rossi und Jacob den zerprügelten Strozzi aus der Pauke.

Inzwischen war die Perücke im Schoß des Theorbisten Kraus gelandet, der sie, vor Ekel aufkreischend, sogleich Richtung Geigen von sich warf. Dort kam sie aber nicht an. Goffreddu spießte sie im Flug mit seinem Fiedelbogen auf, ließ sie eine Weile wie ein Akrobat auf dessen Spitze kreisen und schoss sie sodann auf die böhmischen Bläser ab. Die Trompeter Novák und Horák duckten sich weg, um nicht mit dem unappetitlichen Ding in Berührung zu kommen. Doch der Posaunist Matyas fing sie mit dem Schallrichter seines Instruments auf und improvisierte, den Haarbeutel als Stopfer benutzend, ein Scherzo über den Choral *Bis hierher hat mich Gott gebracht.* Danach lüpfte er die Perücke wieder ins deutsche Feld. So flog unter Gejohle Blochardts Haarersatz zwischen den Nationen hin und her – bis er jählings, niemand wusste, wie es geschehen konnte, an einer Kandelaberkerze Feuer fing und, einen stinkenden Rauchschweif hinter sich herziehend, sternschnuppengleich durch das Bodenloch in die Kirche hinabstürzte.

Das Orchester befand sich nämlich auf einer Empore über der Kapelle, die durch eine ovale, von einem niedrigen Gitter umgrenzte Öffnung, dem »Heiliggeistloch«, mit dem Kirchenraum verbunden war. So vermochten die hohen Herrschaften die Musik zu genießen, ohne sich dabei deren schäbige Hervorbringer ansehen zu müssen.

Den Musikern war nur allzu bewusst, dass ihr Missgeschick sie allesamt in die allertiefsten Tiefen hochgräflicher Ungnade stürzen konnte. Denn der greise Graf Albert Anton von Schwarzburg-Rudolstadt und seine Gemahlin Ämilie Juliane waren eine nicht nur sehr fromme, sondern auch über die Maßen empfindsame Herrschaft. Sollten sie nur den geringsten Verdacht hegen, unter ihren Domestiken herrsche keine vollkommene brüderliche Liebe, würde man sie alle auf der Stelle zum Teufel jagen. Sie waren ja nur zur Aushilfe hier. Die eigentliche Hofkapelle lag größtenteils mit Fleckfieber im Bett, und Maestro Erlebach hatte für das allpfingstliche schwarzburgische Familientreffen die gelichteten Reihen mit wandernden Musikergesellen auffüllen müssen.

Die Musiker hielten den Atem an und lauschten.

Unten war es still.

Nach einer gefühlten Ewigkeit fasste sich Simone Rossi ein Herz. Auf Zehenspitzen schlich er sich an das Loch, legte sich flach auf den Boden und linste nach unten. Rossi guckte. Horchte. Guckte noch einmal. Dann erhob er sich unter leisem Ächzen, ordnete umständlich seine Kleider, legte die Stirn in sorgenvolle Falten und sagte – nichts.

Vetter Ernst war der Erste, der es nicht mehr aushielt. »Und?«, stieß er, vor Aufregung keuchend, hervor.

Rossis bedenklich verzogener Mund weitete sich zu einem breiten Grinsen: Nessuno! Da unten war niemand. Keine Sau mehr da. Die Herrschaft hatte die Schlosskapelle längst verlassen.

»Wo ist meine Perücke?«, fragte Blochardt mit Grabesstimme in die Stille hinein.

Das Orchester brach in schallendes Gelächter aus.

»Zum Teufel, wer hat meine Perücke?«, brüllte der Paukist. »Kreuzdonnerwetter, ich drücke euch das Genicke ein wie einem Krammetsvogel!«

»Der Zingarelli war's, ich hab's gesehen«, zischte Kraus ihm zu. Der Theorbist war ein feiger Hund, wenn es zu Handgreiflichkeiten kam, hielt er sich stets im Hintergrund. Doch niemand verstand sich besser als er darauf, einen bereits beigelegten Streit neu zu entfachen.

»Stronzo!«, fuhr Zingarelli ihn an und riss Kraus an den Ohren, dass der aufheulte.

»Lass ihn, italischer Hundsfutt!«, tönte es aus den Reihen der Deutschen.

»Vai a puttane!«

»Scheißkerl!«

»Vai a farti fottere!«

»Arschgeige!«

»Vaffanculo ti!«

»Welsche Paviangesichter!«

»Deutsche Heulärsche!«

»Ei, geh doch hin und brühe deine Mutter!«

Diese letzte herzangreifende Schmähung brachte das Fass zum Überlaufen. Deutsche und Italiener fielen übereinander her. Novák, Horák und Matyas sprangen den Italienern zur Seite. Auch sie hatten mit Ernst noch eine Rechnung offen, der sie von morgens bis abends als »böhmische Hasenfüße« et cetera verspottete.

Keine halbe Stunde zuvor hatten sie in vollendeter Eintracht die Pfingstkantate *Komm, Heiliger Geist* des Hochgräflichen Kapellmeisters Philipp Heinrich Erlebach zur Aufführung gebracht. Das Orchester hatte sich selbst übertroffen. Kein Einsatz war verpatzt worden, kein falscher oder unreiner Ton zu hören gewesen. Selbst die schon etwas tatterigen Sänger, der Tenor Schmeling und der Bassist Kusebauch, und der reichlich verwilderte Rudolstädter Knabenchor hatten unter Erlebachs Regiment ordentliche Arbeit abgeliefert.

Nach der Kantate hatten sich die Sängergreise und Chor-Rotzlöffel sofort in die Schlossküche verzogen, wo Kuchen und heiße Schokolade auf sie warteten. Das angemietete Orchester aber hatte auf der aufgeheizten und stickigen Empore bleiben müssen, um zum Ausgang noch endlos fortzuspielen.

Doch schon vorher war die Stimmung gereizt gewesen. Über eine Woche hatten sie miteinander geprobt, dazwischen an den öden, nicht enden wollenden Andachten teilgenommen, die allmorgendlich, allmittäglich sowie allabendlich abgehalten wurden und für alle Bewohner des Schlosses Rathsfeld verpflichtend waren. Die Übellaunigkeit hatte sich wie giftiger Mehltau über das Orchester gelegt. Jetzt kam der Vulkan, der die ganze Zeit über vor sich hin gebrodelt hatte, zum Ausbruch. Sie hatten nur auf ein Stichwort gewartet. Und das hatte wie üblich Antonio Strozzi geliefert. Gleich nachdem Erlebach die Musikerempore verlassen hatte, war es losgegangen: Der Bass hätte wieder einmal das Tempo verschleppt und damit die ganze Kantate ruiniert. Natürlich war der Vorwurf aus der Luft gegriffen, aber darauf kam es nicht an. Der Bass: das traf Johann Ernst. Und der Vetter, der wusste, was man von ihm erwartete, hatte keinen Augenblick gezögert und Strozzi seine Antwort auf die Pfoten diktiert.

So nahm die Schlacht ihren Lauf. Inzwischen waren zahlreiche Instrumente zu Bruch gegangen. Die meisten davon gehörten zum schwarzburg-rudolstädtischen Fundus. Ihre eigenen Instrumente hüteten die Musiker wie ihren Augapfel, sie hätten sie notfalls mit ihrem Leben verteidigt. Aber um den wertlosen Schrott, zumeist ausgemusterte Instrumente der Hofkapelle, war es nicht schade. Also prügelten sie munter drauflos.

»Deen Düwel ook, cosa c' è ?«

Der Tumult erstarrte.

Mit einem Gesichtsausdruck, aus dem sich keinerlei Gefühlsregung herauslesen ließ, stand Maestro Erlebach im Treppenaufgang. Mit spitzen Fingern hielt er ihnen Blochardts Perücke entgegen. Kraus nahm das verkohlte Ding mit zeremoniösem Ernst in Empfang, zupfte etwas daran herum und setzte es dem Paukisten aufs Haupt. Unter anderen Umständen hätte der Anblick grölendes Gelächter hervorgerufen. Jetzt wirkte er geradezu niederschmetternd. Sahen sie denn besser aus als der cholerische Paukist? Fast alle Kombattanten hatten Blessuren davongetragen. Zingarelli blutete aus der Nase, Rossi waren die Augen zugeschwollen, Lickefett rieb sich die ausgerenkte Schulter. Die Empore war ein einziges Schlachtfeld.

Erlebach schwieg. Er stand nur da, puppenhaft in seinem seladongrünen Feiertagsanzug mit dem silbernen Duodezdegen und der makellos gepuderten Perücke. Plötzlich, fast ohne die Lippen zu bewegen, bellte er: »Rut, de heele Bagage!«

Obwohl der Maestro nun schon an die zwanzig Jahre in Thüringen lebte, hatte er sein niederdeutsches Idiom nie abgelegt. Meistens bediente er sich einer Melange aus Italienisch, Französisch und Platt, die seine Musiker, egal woher sie stammten, alle gleich schlecht verstanden. Philipp Heinrich Erlebach war ein Kapellmeister alten Schlages. So wie der Diener Wilcke dem Grafen zum Abendessen den Fasan auftrug oder seinen Wein einschenkte, komponierte ihm sein Maestro nach Wunsch und Bedarf Lieder, Sonaten, Motetten, Kantaten. Nie im Leben wäre Erlebach eingefallen, etwa die Tonsetzerei um ihrer selbst willen zu betreiben. Seine Wutausbrüche waren legendär, er konnte seine Musiker zusammenhunzen wie ein Feldweibel seine Rekruten. Aber man ließ es sich gerne gefallen, denn Erlebach genoss in ganz Deutschland höchstes Ansehen. Wer unter ihm musiziert hatte, konnte sich in Leipzig, Dresden, Hamburg oder jedem anderen Ort der Welt hören lassen.

Mit einem zusammengerollten Notenpapier, mit dem er auch zu dirigieren pflegte, wies Erlebach zur Tür.

Unter gedämpftem Stöhnen schlich das ramponierte Orchester die Treppe hinunter. Strozzi musste sich von Goffreddu und Rossi stützen lassen. Sie trugen ihn wie einen verwundeten Helden vom Schlachtfeld.

Wie sich herausstellte, war der stille Abstieg gar nicht nötig gewesen, denn im Schloss fand sich keine Menschenseele. Als sie ihren Kapellmeister fragend ansahen, teilte der ihnen in beiläufigem Ton mit, dass sich angesichts des herrlichen Wetters die Herrschaft spontan dazu resolviert habe, das Mittagsmahl »alfresco«, also im Freien einzunehmen. Und so seien der Graf und die Gräfin mit ihrer schwarzburgischen Mischpoke und dem gesamten Hof, den Heiducken, Dienern, Köchen, Stallburschen und Mägden, zu einem sogenannten pique-nique aufgebrochen. Auch die lieben Chorknaben und die singenden Greise hätten sie mitgenommen. Er selbst, Erlebach, habe sich ihnen nur nicht angeschlossen, weil ihn das Zipperlein plage. Außerdem verderbe ihm die Hitze den Appetit.

»Und was ist mit uns?«, fragte Ernst.

»Ja, was bekommen wir zu essen?«, riefen die anderen Musiker.

Der Kapellmeister fächelte sich mit seinem Notenpapier ein wenig Luft ins Gesicht. »Kiekt mal in de Kööken, da findt sick wul wat to freten. Ik mutt nu to Bett«, sagte er gähnend. Dann drehte sich Maestro Erlebach um und schritt von dannen, wobei er es irgendwie schaffte, sein podagrisches Hinken graziös wirken zu lassen.

»Cos' ha detto?«, fragte einer der Italiener.

»Wir sollen in der Küche nachschauen. Da gibt es was zu spachteln.«

»Schweinerei, warum sind wir nicht zum Picknick eingeladen?«

»Der alte Conte ist ein Geizhals.«

»Warten wir es ab«, sagte Jacob beschwichtigend. »Los, gehen wir hinunter. Wir werden ja sehen.«

In der Schlossküche stand nichts für sie bereit. Die Chorknaben waren wie die Heuschrecken über den Kuchen hergefallen und hatten alles wegschnabuliert. Nicht einen Krümel hatten sie übriggelassen.

»Scheiße, die lassen uns verhungern!«, schnaufte Ernst. »Mann, ich schiebe Kohldampf!«

Eine fieberhafte Suche nach Essbarem begann. Doch bis auf ein angebrochenes Fässchen saurer Gurken, das einsam und wie zum Spott auf einem Regal stand, fand sich nichts.

Als die Stimmung an ihrem Tiefpunkt angelangt war, sprang Novák auf einen Stuhl und rief, mit den Armen rudernd: »Silentium, Freunde! Ich habe eine Idee.«

Deutsche und Italiener sahen sich verwundert an. Novák war sonst ein zurückhaltender Zeitgenosse, er sprach nie mehr als unbedingt nötig. Bis jetzt war man sich nicht einmal sicher gewesen, ob er überhaupt eine andere Sprache als Böhmisch verstand. Nunmehr stellte sich heraus, dass Jan Novák das Deutsche ganz vorzüglich beherrschte und auch sonst keineswegs auf den Kopf gefallen war. Umständlich kramte der Böhme in seiner Rocktasche herum, um endlich einen winzigen, seltsam geformten Schlüssel daraus hervorzupraktizieren.

»Was ist das? Was willst du damit?«

»Ist das etwa der Schlüssel zur geheimen Speisekammer?«

Der Trompeter schüttelte grinsend den Kopf.

»Das ist ein Dietrich!«, krakeelte Kraus. »Ein Diebsschlüssel!«

Novák sah ihn pikiert an. »Wer ist hier ein Dieb? Haben wir nicht unsere Kantate abgeliefert? Zum Donnerwetter, das haben wir. Haben wir uns nicht eine Mahlzeit verdient? Wir holen uns nur, was uns zusteht.«

Niemand widersprach.

Novák brauchte keine halbe Minute, um das Schloss der Speisekammer zu öffnen.

Als sie das Gewölbe betraten, gingen ihnen die Augen über. Die gräfliche Speisekammer war bis zum Rand gefüllt mit geräuchertem Schinken, Würsten, Speck und anderen Leckereien. Bier und Wein standen dort fässerweise.

Bei der Untersuchung eines Fässchens stellte Strozzi fest, dass es ein ziemliches Leck aufwies. Was konnte man da tun? Die Gottesgabe auslaufen und verderben lassen? Stopfen ließ sich das Loch nicht, dafür war es zu groß. Auf dem Fass war mit roter Farbe ein Kelch gemalt. Es enthielt nämlich nicht den Krätzer, den man dem Gesinde zu trinken gab, sondern den guten Abendmahlswein, der allein der Herrschaft vorbehalten war. Nach einer ersten Kostprobe schoss Goffreddu, der von der Insel Sizilien stammte, das Wasser in die Augen: Dieser Tropfen war ein echter Marsala, der edelste Wein der Welt! Während

Italiener und Böhmen den Becher kreisen ließen, entspann sich unter den Deutschen ein Disput darüber, ob man nicht ein Sakrileg begehe, so schlankweg das Blut Christi auszusaufen. Doch Ernst wischte alle Bedenken beiseite: Da dieser Wein, wie man annehmen müsse, noch ungeweiht sei, dürfe er keinerlei Anspruch auf besondere Heiligkeit erheben. Folglich könne sein Verzehr kein Frevel sein – wohl aber, eine solche Gottesgabe im Kellerboden versickern zu lassen. *Quod erat demonstrandum.* Wenn es darauf ankam, legte der Vetter einen bemerkenswerten Scharfsinn an den Tag.

»Bravo! Dero hohes Wohlsein!«, rief Strozzi.

»Dero hohe Gesundheit!«, versetzte Ernst.

Nun stieg das große Versöhnungsfest: »Prosit!« – »Ein Schmollis, ihr Brüder!« – »Alla salute!« – »Na zdraví!«

Italiener, Böhmen und Deutsche lagen sich in den Armen, zwickten sich gegenseitig in die Backen, prahlten mit ihren Wunden und gratulierten sich gegenseitig zu ihrer Tapferkeit. Auch Blochardts verbrannte Perücke flog wieder durch die Luft, woran sich der Paukist, der sich bald zu Boden getrunken hatte, aber nicht mehr störte.

Ein splitterndes Geräusch ließ Jacob aufschrecken. Mühsam öffnete er die Augen. Seine Lider waren bleischwer, in seinem Kopf dröhnte es, als würde Blochardt ihn mit seinen Paukschlegeln bearbeiten. Ernst, Blochardt (der offenbar wieder aufgewacht war und mit dem Pokulieren weitergemacht hatte) und Zingarelli hatten ihre Gläser an die Wand geschmettert. Der Rest des Orchesters wälzte sich sinnlos betrunken auf dem Küchenboden oder lag mit dem Kopf auf dem Tisch. Neben ihm schnarchte Strozzi vor sich hin. Auch Jacob musste zwischenzeitlich eingenickt sein. Normalerweise vertrug er eine ganze Menge, aber die Hitze und der schwere sizilische Wein hatten ihn umgehauen. Wie spät war es? Durch das Kellerfenster drang noch schwaches Tageslicht, es musste auf den Abend zugehen.

Jedenfalls war ihr Gelage bis jetzt unentdeckt geblieben. Die Ausflügler waren noch nicht zurückgekehrt – aber sie mussten jeden Augenblick eintreffen!

Die Schlossküche sah nicht besser aus als das Schlachtfeld, das sie auf der Musikerempore hinterlassen hatten. Auch dass sie die herrschaftlichen Vorräte vertilgt hatten, würde nicht lange verborgen bleiben. Jacob versuchte, seine Gedanken zu ordnen. Was tun? Dem Vetter, Blochardt und Zingarelli dürfte in dem Zustand, in dem sie sich befanden, der Ernst der Lage kaum klarzumachen sein. Die anderen waren ohnehin nicht ansprechbar. Sollte er sich allein aus dem Staub machen? Das wäre wider alle Gesellenehre. – Blödsinn, was hatte dieser Unfug mit Ehre zu tun? Was hatte er mit diesen Kindereien zu schaffen? Johann Jacob Bachs Gesellenzeit war vorbei, ein für alle Mal. Am besten, er machte es sich jetzt schon auf der Kutsche gemütlich. Wenn die Schweinerei in der Schlossküche und auf der Empore aufflog, würde er sich längst auf dem Weg nach Arnstadt befinden, um sich dort frisch und munter dem Fürsten Anton Günther zu präsentieren. Der ganze Schlamassel ging ihn nichts an. – Augenblick, was war mit Antonio? Ihn konnte er nicht im Stich lassen.

Jacob atmete tief durch, dann fasste er Strozzi von hinten unter die Arme und zog ihn mit aller Kraft vom Tisch weg. Das Kerlchen war schwerer als gedacht. Es kostete Jacob viel Schweiß, Strozzi die Kellertreppe hochzuzerren. Als sie schlecht und recht oben angekommen waren, fühlte er sich völlig ausgepumpt. Dafür war er jetzt halbwegs nüchtern. Auch Strozzi hatte sich etwas erholt und konnte jetzt wenigstens auf eigenen Beinen stehen, wenn auch sehr wackelig. Sie stolperten über den Hof, der zum Glück noch immer völlig menschenleer war. Die frische Luft tat ihnen gut. Schließlich gelangten sie auf den Schlafboden. Den ganzen Tag hatte die Sonne auf das Dach geschienen, es herrschte eine brütende Hitze. Strozzi ließ sich auf seinen Strohsack fallen und schlief auf der Stelle ein.

Jacob griff sich sein Felleisen und seine Flöten, stahl sich wieder die Treppen hinunter und schlich über den Hof in die Remise. Im Halbdunkel erkannte er das Wappen des Fürsten von Sondershausen auf dem Wagenschlag. Er kletterte auf das Dach, machte es sich, so gut es ging, zwischen Kisten und Koffern bequem. Aber Jacob fand nicht in den Schlaf.

Jacob war nun zweiundzwanzig Jahre alt; seit vier Jahren befand er sich auf Wanderschaft. Es war höchste Zeit, dieses unstete Leben zu beenden. Im weiten Umkreis besetzten Mitglieder der Bach-Familie musikalische Posten. Sie wussten, wann und wo eine Stelle frei wurde, verfügten über Kontakte, konnten Empfehlungen aussprechen. Jederzeit könnte sich Jacob irgendwo niederlassen, die nächstbeste Kantorentochter oder -witwe heiraten und ein Dutzend neue kleine Bachs zeugen. Warum um alles in der Welt hatte er es nicht längst getan? Weil ihm davor graute. Weshalb erzählten die altgedienten Kantoren und Kapellmeister immer und immer wieder Anekdoten aus ihrer unbeschwerten Gesellenzeit? Jacob wusste die Antwort: um nicht zu verzweifeln, wenn sie Sonntag für Sonntag stets dieselben Choräle herunterleierten, unter der Woche irgendwelchen verlausten Hohlköpfen lateinische Vokabeln abfragten, wenn sie Ihre Durchlaucht oder den Hohen Rat um eine Lohnerhöhung oder die Instandsetzung der altersschwachen Orgel anbettelten – um ihre erbärmliche Existenz zu ertragen. Ein wandernder Musikergeselle führte dagegen ein freies Leben.

Allerdings hatte die Freiheit ihren Preis. Manchen Winter war Jacob hungernd und frierend über Land gezogen, vor den Dörfern war er von bissigen Kötern angebellt, von den Bauern mit Flüchen und Knüppeln fortgejagt worden. Und wenn er sich einmal ein paar Groschen verdient hatte, verjuxte er gleich alles, beim Würfeln oder beim Kartenspiel. Anfangs hatte er Gewinn gemacht, gar nicht so wenig. Doch dann hatte eine Pechsträhne die nächste gejagt. Trotzdem hatte Jacob es nicht lassen können und weitergespielt – und weiter verloren. Sogar als seine Taschen leer waren, hatte er nicht mit dem Spielen aufgehört. Er hatte sich Geld geliehen, bei den Juden in Arnstadt und in Mühlhausen. Er hatte überall Schulden. Die Herren waren stets höflich geblieben, hatten ihm Stundung gewährt. Aber irgendwann war selbst ihre Langmut an ein Ende gekommen. Er musste endlich seine Schulden begleichen. Andersfalls sähe man sich gezwungen, sich wegen der Rückzahlung an die Familie zu wenden. Natürlich hatten sich die Herren erkundigt, sie wussten genau, an wen sie ihr Geld verliehen, und Schwager Wiegand genügte ihnen als Garantie. Aber so weit durfte es niemals kommen! Lieber wanderte Jacob in den Schuldturm. Doch damit würde er eine noch schlimmere Schande über die Familie bringen. Nein, Freiheit hin oder her, Jacob blieb keine Wahl: Wenn er nicht im Gefängnis oder in der Gosse enden wollte, musste er wohl oder übel das Wanderleben aufgeben und sich eine Anstellung suchen. Und zwar so bald wie möglich.

Zufälligerweise hatte sich dazu unlängst eine Gelegenheit geboten. Und die verdankte er Sebastian.

Nach dem Ende seiner Schulzeit in Lüneburg war der Bruder nach Thüringen zurückgekehrt. Vorerst hatte er bei Johann Christoph in Ohrdruf gewohnt. Dessen Lage hatte sich inzwischen wesentlich verbessert. Schließlich hatte sich Christoph dazu durchgerungen, eine Stelle als Präzeptor am Lyzeum anzunehmen; dadurch hatten sich seine Einkünfte so erhöht, dass er eine größere Wohnung beziehen und daneben noch etwas Landwirtschaft betreiben konnte. Sebastian hatte auf Stellenangebote nicht lange warten müssen. Als die neue Orgel in der Arnstädter Bonifatiuskirche geprüft werden sollte, hatte der Bürgermeister Feldhaus, der mit den Organisten-Brüdern, ihren Onkeln Christoph und Michael Bach, verschwägert war, den Wunderknaben als auswärtigen Experten hinzugezogen. Nachdem er Meister Johann Friedrich Wenders Werk auf Herz und Nieren geprüft hatte und sein Urteil durchaus günstig ausgefallen war, hatte sich Sebastian ohne weiteres an den Spieltisch gesetzt und kurzerhand selbst das Einweihungskonzert gegeben. Das schwarzburgische Konsistorium hatte ihn, völlig berauscht von den neuen Klängen, auf der Stelle zum Organisten an der Bonifatiuskirche ernannt.

Sebastian verdiente mehr als mancher altgediente Organist, ihm stand eine der neuesten und besten Orgeln weit und breit zur Verfügung. Mit seinen sechzehn Jahren galt er bereits als Meister seiner Kunst. Und als solcher durfte er natürlich nicht unbeweibt bleiben. Auch in dieser Angelegenheit hatte sich der Bruder nicht lange umtun müssen. Geeignete Kandidatinnen waren reichlich vorhanden: Nach dem Tode ihres Vaters waren die drei Töchter Johann Michael Bachs, Friedelena Margaretha, Barbara Catharina und Maria Barbara, nach Arnstadt gezogen. Keine von ihnen war sonderlich hübsch. Dafür kannte man sich von Kindheit an; man wusste, worauf man sich einließ. Alle drei Cousinen waren fleißig, bescheiden, hoch musikalisch (selbstredend) und im heiratsfähigen Alter. Sebastian hatte die freie Auswahl. Offenbar hatte er sich noch nicht entschieden. Doch welche der Schwestern er sich auch aussuchte, zwei blieben in jedem Falle übrig. Warum sollte nicht eine von ihnen mit ihm, Johann Jacob, vorliebnehmen? Voraussetzung dafür war natürlich eine feste Anstellung. Aber hatte nicht seine Gnaden Fürst Anton Günther II. zu Arnstadt einmal bemerkt, für einen Bach sei in seiner Hofkapelle immer ein Platz frei?

Just dieser Anton Günther von Schwarzburg-Sondershausen weilte gerade auf Rathsfeld. Sein Reisekoch Wezel hatte Jacob angeboten, ihn mit nach Arnstadt zu nehmen. In seinen freien Stunden hatte Jacob ihm Unterricht im Flötenspiel erteilt. Als Flötist war Wezel ein hoffnungsloser Fall, aber mit so unerschütterlichem Eifer und solcher Freude bei der Sache gewesen, dass er ihm aus Dankbarkeit eine Mitfahrgelegenheit in Aussicht gestellt hatte. Eine Sondershäuser Kutsche sollte noch am selben Abend mit Wezel und seinen Küchenhilfen aufbrechen und der eigentlichen Equipage vorausfahren, damit für die fürstliche Familie das Mittagessen bereitstand, wenn sie am nächsten Tag in Arnstadt eintraf. Allerdings musste sich Jacob mit einem Platz auf dem Dach begnügen. Aber es war noch warm, und er war weiß Gott schon unbequemer gereist. In Arnstadt würde er sich sogleich dem Fürsten, dem gewiss noch die Rathsfelder Kantate angenehm in den Ohren klang, präsentieren und sich um eine Stelle bewerben.

Das war der Plan.

XII.

Bei den Schomerim

»Du kannst lesen und schreiben?«

»Ja.«

»So bist du ein Briefelsetzer?«

»Nein, ich bin Musiker. Ich spiele Flöte.«

»Wozu musst du da lesen und schreiben?«

»Ich muss es nicht, aber ich habe es gelernt.«

»Wer hat es dir beigebracht?«

»Mein Lehrer in der Schule.«

Judita schüttelte ungläubig den Kopf, ihre goldenen Ohrringe klimperten.

»Du glaubst, ich erzähle dir Märchen?«

Anstelle einer Antwort schnippte sie mit den Fingern. Wie aus dem Nichts erschien ein finster blickender Kerl, den Jacob nie zuvor gesehen hatte. Selbst für einen Landstreicher sah er verwahrlost aus, der farblose Bart war verfilzt, die Kleidung schien nur aus zusammengenähten Flicken zu bestehen. In seinem Gürtel steckten ein langes Messer und eine Pistole. Ehrfurchtsvoll verbeugte er sich vor Judita, Jacob würdigte er keines Blickes. Dann fuhr er sich blitzschnell mit zwei Fingern in sein rechtes Ohr und holte ein graues Kügelchen, nicht größer als ein Hagelkorn, daraus hervor, das er Judita überreichte. Die Zigeunerin drehte und wendete die Pille zwischen Daumen und Zeigefinger, dann kratzte sie mit einem Fingernagel an einer Stelle herum, bis sich dort ein kleiner Zipfel löste. Vorsichtig zog sie daran und wickelte ihn immer weiter ab, bis aus der Kugel ein langer dünner Papierstreifen geworden war. Judita fasste den Streifen an beiden Enden und hielt ihn Jacob vor die Augen.

»Lies!«

Jacob sah nur eine Reihe haarfeiner Striche, als hätte jemand eine Spinne in ein Tintenfass getaucht und sie einige Male über den Streifen laufen lassen. Als er genauer hinsah, erkannte er, dass es sich um Schrift handelte. Da war ein A, ein M und ein K. Manche Buchstaben waren seitenverkehrt geschrieben und die Wörter nicht voneinander getrennt.

»Na, Herr Schriftgelehrter, haben wir den Mund zu voll genommen?«

»Warte, das ist nicht so einfach.«

Jacob ging den Text Buchstabe für Buchstabe durch. Die Nachricht war schwer zu entziffern, aber nicht in einer Geheimschrift verfasst. »Gut, ich versuche es.«

Unsicher las er:

»Es sind zwei Schwärzen drei fürnehme Kümmerer hierdurch auf schöne Klebis nach M. cavalt. Die werden über drei Schwärzen wieder zurückschwenzen und etliche Gleicher mit vielen baaren Messen mitbringen. Sie haben bestellt, daß man ihnen soll Lehem, Keriß, gefünkelten Joham, Voßhart und einen Stoberer nach R. brissen. Denn sie wollen daselbst schöchern …«

»Weiter!«

»Der Schöcherfetzer wird tapfer brissen und sie so lange mit Menkeln aufhalten, bis ihr sie im Schocherbeth oder doch im Gfar auf dem Mackum habt. Alcht und boßt euch. Gute Schwärze.«

Kaum hatte er geendet, riss ihm Judita den Streifen aus der Hand, knüllte ihn zusammen und warf ihn ins Feuer.

»Und?«, fragte Jacob. »Was hat das zu bedeuten?«

Sie sah ihn ernst an. »Warum kannst du das verstehen?«

»Aber ich habe kein Wort davon verstanden!«

»Du hast es gelesen. Ich habe es gehört und jedes Wort verstanden.«

»Ja, weil du die Sprache verstehst.«

»Du kannst lesen, aber nicht verstehen – ich kann nicht lesen, aber verstehen?«

»Ja, ich verstehe es nicht, weil der Brief in eurer Sprache geschrieben ist. Aber die Schrift ist dieselbe, die ich gelernt habe. Man nennt sie die lateinische Schrift.«

»Du sprichst Latein?«

»Na ja, ein bisschen. Auf der Schule haben sie es uns beigebracht. Um ehrlich zu sein, ich bin nie besonders gut darin gewesen. Aber mein Bruder Sebastian, der kann es wie ein alter Römer. Es ist die Sprache der Gelehrten.«

»Bist also doch ein Gelehrter?«

»Nein, nur ein Musikant.«

»So, ein armer Musikant!« Sie lachte ihr wunderbares Lachen.

»Immerhin spreche ich auch Französisch, Englisch und Italienisch – ein wenig jedenfalls«, beeilte er sich zu sagen. »Und ich kann lesen und schreiben.«

Judita sah ihn spöttisch an. Es war klar, dass sie ihn für einen Aufschneider hielt.

»Ich habe dir den Brief vorgelesen, und du hast alles verstanden, oder nicht? Wenn du willst, kann ich dich das Lesen und Schreiben lehren, es ist nicht so schwer. Besorge mir ein Blatt Papier, eine Feder und etwas Tinte, und ich zeige es dir. Es ist keine Hexerei.«

»Wenn es leichter ist als Hexerei, werde ich es bald lernen.«

»Von mir aus können wir gleich damit anfangen.«

»Nicht so eilig, lieber Jaschar!« (aus irgendeinem Grunde nannte sie ihn Jaschar) »Ich glaube, zuerst sollte ich dir das eine oder andere beibringen.«

»Was willst du mir beibringen?«, fragte Jacob eine Spur zu herablassend.

Aber Judita schien es überhört zu haben. »Unsere Sprache zum Beispiel. Wer mit den Kindern der Landstraße umherzieht, sollte ihre Sprache sprechen, findest du nicht?«

»Hm ja, vielleicht hast du recht.«

Natürlich hatte sie das. Jacob schämte sich für seine Hochnäsigkeit, er hatte tatsächlich keinen Anlass, auf sie herabzublicken. Judita konnte nicht lesen, aber sie war überaus intelligent, wahrscheinlich, nein, sicherlich intelligenter als er. Wer weiß, vielleicht konnte sie in Wahrheit lesen und spielte ihm ihre Unwissenheit nur vor? Es war ihr zuzutrauen. Immerhin sprach sie ein erstaunlich fehlerfreies Deutsch, nur gelegentlich mischte sich ein fremdes Wort hinein. Außerdem hatte er ihr selbst nicht die Wahrheit gesagt: Denn fremd war Jacob die Sprache des fahrenden Volkes keineswegs, dafür hatte er sich zu lange auf den Straßen Thüringens und Sachsens herumgetrieben. Es war ein babylonischer Mischmasch aus verschiedenen deutschen Dialekten, Jiddisch, Hebräisch und Böhmisch. Man nannte es Rotwelsch, Bettlerlatein oder einfach die Gaunersprache. »Acheln« hieß essen, »barlen« reden, »cavalen« reiten, »Gfar« Dorf, »gefunkelter Joham« Branntwein, »kümmern« bedeutete kaufen, »Lehem« Brot, »Mackum« Ort, »Schocherbeth« Wirtshaus, »Schwarz« Nacht und »schwenzen« gehen. Auch wenn Jacob die Nachricht nicht völlig verstanden hatte, eines stand fest: Es ging darin um irgendeine Lumperei, einen Betrug, Diebstahl oder gar einen Überfall. Denn damit bestritten die Menschen, unter die er geraten war, ihren Lebensunterhalt. Und ebendarum hielt Jacob es für angebracht, möglichst wenig davon zu verstehen. Er war ja kein Vagabund oder Gauner, er war immer noch Herr Johann Jacob Bach, ein rechtschaffener Musiker, ein braver Deutscher, ein guter Christ.

War er das?

Judita erriet natürlich, was in ihm vorging. Sie stieß ihn in die Seite, abermals lachte sie. Dann nahm ihr Gesicht einen stolzen Ausdruck an. »Es ist die Sprache der Wälder und der Straße«, sprach sie. »Wir sind die Kinder der Wälder, die Kinder der Straße. Und das bist zu jetzt auch, Jaschar.«

Jacob schüttelte den Kopf. »Du weißt, dass das nicht stimmt. Ich kann niemals einer von euch werden.«

»Warum nicht?«

Eine gute Frage. Jeder konnte einer von ihnen werden. Die Rotte, etwa ein halbes Hundert Menschen, bestand aus entlaufenen Mönchen, Juden, desertierten Soldaten, ehemaligen Galeerensklaven, Gauklern, Dieben und Huren. Es waren Ausgestoßene, Geächtete. Niemand war so schmutzig, so gering, so verachtet, so tief gesunken, dass man ihn abwiese.

Diesem Abschaum verdankte Jacob sein Leben.

Ein Knurren riss ihn aus der Ohnmacht. In seinem linken Bein verspürte Jacob einen stechenden Schmerz. Er konnte sich nicht bewegen, sein Körper gehorchte ihm nicht. Er wollte schreien. Doch bevor er einen Laut von sich geben konnte, fühlte er den kalten Stahl eines Messers an seiner Kehle. Die Hunde ließen von ihm ab. Eine Gruppe Menschen stand um ihn herum, Männer, Frauen und Kinder; sie waren dreckig und zerlumpt. Die Gestalten trugen primitive, aber Furcht einflößende Waffen, mit Dornen versehene Dreschflegel, Sicheln und Knüppel. Was sollte er tun? Die Angst lähmte ihn. Einer der Wilden, ein Kerl mit einer weißen Narbe quer über dem Gesicht, trat auf ihn zu, er hielt einen Morgenstern in der Hand. Er beugte sich über ihn. Da verlor Jacob abermals das Bewusstsein.

Als er erwachte, war er von einem wabernden unwirklichen Licht umflossen, es roch durchdringend nach Öl und Kräutern. Er lag auf weichen Kissen gebettet unter einer prächtig bestickten Decke. Offenbar befand er sich in einem Zelt. Durch die vielfarbigen Stoffe, aus denen es gefertigt war, erschien im Inneren alles in einem fantastisch bunten Licht. Sein rechtes Bein und sein linker Arm waren geschient und sorgfältig verbunden, auch um den Kopf trug Jacob einen Verband. Neben seinem Lager fand er seine Habseligkeiten säuberlich zurechtgelegt: Das Felleisen mit seiner Geldkatze, Monsieur Sinclairs Schnupftabakdose und die beiden Flöten. Wie durch ein Wunder hatten sie den Sturz heil überstanden.

Der Sturz? Das Letzte, woran Jacob sich erinnerte, war das Gelage in der Rathsfelder Schlossküche. Es kam ihm vor, als sei all das erst eine Stunde vergangen. Er roch die schwere Süße des Weins, hörte das Klirren der Gläser, Blochardts betrunkenen Bass. Dann riss die Erinnerung ab. Erst allmählich war sie zurückgekehrt, verschwommen, bruchstückhaft.

Die Kutsche, auf deren Dach er geschlafen hatte, war in ein Schlagloch gefahren, die Vorderachse war dabei zu Bruch gegangen. Der gewaltige Schlag hatte Jacob in ein Gebüsch geschleudert, wo er ohnmächtig liegen geblieben war. Wegelagerer hatten das Loch mit Bedacht an dieser Stelle gegraben und mit Zweigen verdeckt. Die Banditen hatten sich über die wehrlose Reisegesellschaft hergemacht und sie gnadenlos massakriert. Jacob hatten sie nicht bemerkt. Kurz darauf waren die Zigeuner an den Ort des Geschehens gekommen. In aller Eile hatten sie die Leichen neben der Lichtung bestattet und sich aus dem Staub gemacht. Dazu hatten sie allen Grund. Bald würden Soldaten die Umgebung des Tatorts durchkämmen. Die Zigeuner wussten, dass man sie als Erste verdächtigen und kurzen Prozess mit ihnen machen würde. Ein Zigeunerleben war nicht viel wert. Jacob nahmen sie mit sich. Auf einer Trage hatten sie ihn durch die Wälder geschleppt. Seinetwegen waren sie nur langsam vorangekommen. Allerdings hatten die Zigeuner keinen Hehl daraus gemacht, dass sie Jacob nicht aus reiner Nächstenliebe mitnahmen. Falls man sie stellte und gefangen nahm, hatten sie an ihm einen halbwegs glaubwürdigen Zeugen, dass sie mit dem Überfall auf die Sondershäuser Kutsche nichts zu tun hatten. Ein fairer Handel: Ohne sie wäre er in seinem Gebüsch krepiert, dafür diente er jetzt den Zigeunern als Lebensversicherung.

Die Menschen, mit denen er durch die Wälder zog, bezeichneten sich selbst als Zigeuner, obwohl nur ein kleiner Teil von ihnen tatsächlich zigeunerischer Herkunft war. Dieser Kern, der aus ungefähr zwei Dutzend Menschen bestand, nannte sich selbst Schomerim. Sie hatten eine bronzefarbene Haut, pechschwarze Haare und kleideten sich mit Vorliebe in bunte Stoffe. Frauen wie Männer trugen Ohrringe und alle möglichen Arten von Schmuck. Die Schomerim führten die Rotte an. Ihre Anführerin wurde die Debora genannt – offenbar eher ein Titel als ein Name. Angeblich war sie über hundert Jahre alt, in Wahrheit mochte sie vielleicht siebzig Jahre zählen. Allerdings war ihr Haar genauso schwarz wie das der anderen Schomerim. Ihr Gesicht wirkte merkwürdig alterslos. Die Debora war prächtig gekleidet und ritt einen mit kostbaren Decken und Geschirr ausgestatteten Maulesel. Sowohl die Schomerim als auch das Gesindel, das ihnen nachfolgte, brachten ihr große Ehrfurcht entgegen. Judita war ihre Enkelin. Obwohl sie erst siebzehn Jahre alt war, begegneten die Zigeuner auch ihr mit großem Respekt. Untereinander sprachen die Zigeuner die Gaunersprache. Auch die Schomerim bedienten sich ihrer. Doch sobald sie unter sich waren, unterhielten sie sich in ihrer eigenen Sprache, die niemand außer ihnen verstand. Sie behaupteten, dass diese Sprache – wie sie selbst – von den alten Ägyptern herstamme und kein Angehöriger eines fremden Volkes sie zu erlernen imstande sei. Als ihren Stammvater sahen die Schomerim einen gewissen Simon von Samaria an. Worin ihre Religion eigentlich bestand, blieb rätselhaft. Alles, was Jacob darüber in Erfahrung zu bringen vermochte, war, dass sie jenen Simon für die Kraft Gottes in menschlicher Gestalt hielten, sich selbst aber für die wandernde Weltseele auf ihrer ewigen Suche nach dem Heil.

Aber die Schomerim verließen sich keineswegs nur auf die göttlichen Eingebungen ihrer Führerin, ständig durchstreiften Kundschafter die Gegend, um herauszufinden, wo sich etwas wildern oder stehlen ließ. Denn das war der Beruf der Schomerim. Sie standen nicht unter dem Schutz des Gesetzes, also hielten sie sich auch nicht an das Gesetz.

»He, Jaschar, spiel uns was vor!«

Harri, ein junger Schomer mit flinken Fingern, die sich ebenso fein zum Musizieren wie zum Stehlen eigneten, blickte ihn herausfordernd an. »Bin gespannt, ob sich deine Pfeiferl so anhören, wie sie aussehen.«

»Eine Flöte klingt immer nur so schön, wie man sie spielt«, versetzte Jacob. »Meine Finger sind etwas eingerostet.«

Aber so leicht ließ sich Harri nicht abwimmeln. »Keine Sorge, wenn's dem rudolstädtischen Adoni gefallen hat, wird es für uns gut genug sein.«

»Ich kann mich kaum an die Griffe erinnern.«

Jetzt gesellte sich noch Harris Bruder Zipflo dazu. »Nun zier dich nicht wie eine Zicke im Milcheimer! Sagst, du bist ein Letzer wie wir. Deine Pfeifen schauen aus, als würden sie von selbst spielen.«

Es half alles nichts, Jacob musste spielen. Er setzte die Flöte von Rippert zusammen und blies einige zaghafte Töne. Er hatte tatsächlich sehr lange nicht darauf gespielt, seine Finger waren steif und unbeweglich. Dann versuchte er zwei leichte Piècen von Hotteterre und Marais. Erstaunlicherweise klang es ganz passabel, schlagartig kehrte sein Selbstvertrauen zurück. Kurzentschlossen blies Jacob jetzt ein leichtfüßiges Tanzstück, eine Eigenkomposition. Das Liedchen hatte ihm in Gotha und Meiningen Beifallsstürme beschert, und in Greiz hatte ihm der Graf Reuß dafür einen Ring verehrt. Diese kleine Badinage in h-Moll war sein ganzer Stolz. Einmal hatte er sie sogar Sebastian vorgespielt. In musikalischen Dingen war der Bruder absolut kompromisslos, ein mildes Urteil war von ihm nicht zu erwarten. Sebastian hatte sich das Liedchen aufmerksam angehört, dann etwas Unverständliches vor sich hin gebrummt. »Sag, was hältst du davon?«, hatte Jacob ihn nach einer endlos langen

Weile gefragt. Der Bruder war mit seinen Gedanken wieder einmal ganz woanders gewesen. »Wie? Was?«, hatte er gemurmelt. »Ach, das – hm ja, ganz hübsch. Kann ich das haben?« Es war das höchste Lob, das Jacob je aus Sebastians Mund über eine Komposition gehört hatte, über seine Komposition.

Dieses Stück blies er den beiden Schomerim vor. Es spielte sich wie von selbst, er hätte es im Schlaf herunterblasen können.

Als Jacob die Flöte absetzte, hörte er ein mattes Klatschen. In Harris und Zipflos Gesichtern mischte sich Ratlosigkeit mit – es ließ sich nicht leugnen – Enttäuschung.

»Und? Wie hat es euch gefallen?«, fragte Jacob. Er konnte ein leichtes Beben in seiner Stimme nicht unterdrücken.

Harri und Zipflo sahen sich an.

»Nicht übel«, sagte Zipflo zögernd. »Nein wirklich, artige kleine Melodie.«

»Aber?«

»Nichts, kein Aber. Nur …«

»Nur? – Raus mit der Sprache! Was stimmt nicht damit?«

»So spielt ihr auf euren Festen?«, fragte Harri ungläubig.

»Ja, ja doch. Ich habe das oft auf großen Festen gespielt.«

»Und es hat den hohen Herren gefallen?«

»Ich denke schon, ja. Damit verdiene – damit habe ich mein Geld verdient.«

Die Brüder brachen in ein albernes Gegacker aus, sie hielten sich die Bäuche vor Lachen. Die beiden Nichtsnutze konnten sich gar nicht wieder einkriegen.

»Was ist daran so komisch?«, rief Jacob wütend. »Der Graf Reuß hat mir dafür einen Ring geschenkt.«

Noch lauteres Lachen.

Nachdem sich die beiden etwas beruhigt hatten, legte ihm Zipflo beschwichtigend die Hand auf die Schulter. »Nicht böse sein, Jaschar. Aber …«, fuhr er, noch immer glucksend, fort, »ihr Philister nennt uns Spitzbuben und Beutelschneider. Aber gegen dich sind wir unschuldige Waisenkinder.«

»Was? Ich verstehe nicht!«

»Na, dass ihr euch für so ein bocksteifes Gedudel auch noch bezahlen lasst, ist schon ein Ding«, platzte es aus Harri heraus. »Respekt, das hätte ich dir gar nicht zugetraut.«

»Jaschar, du hast wahrhaftig das Zeug zum Gauner«, rief Zipflo und schüttelte ihm die Hand.

»Jetzt zeigen wir dir mal, was wir unter Musik verstehen«, meinte Harri. Er zückte seine kurze Flöte, die er stets bei sich trug, und winkte den Lautenisten Joscho herbei, der schon die ganze Zeit über in ihrer Nähe herumgelungert war. Zipflo holte seine Fiedel. Ohne Taktvorgabe oder irgendeine Absprache begannen sie zu spielen. Die Musik schien keinerlei Regeln zu folgen, eine Melodie ließ sich nicht ausmachen. Es war ein rasendes Durcheinander, gespickt mit fantastischen Einfällen, halsbrecherischen Läufen, wilden Sprüngen, ohne Anfang und ohne Ende, ein ekstatischer Hexentanz. Ein wenig erinnerte ihn die Zigeunermusik an Johann Christophs Improvisationskunst. Doch das Orgelspiel des Bruders hatte sich nur den Anschein der Regellosigkeit gegeben, am Ende waren alle Abwege wieder zu ihrem Ausgangspunkt zurückgekehrt, hatten sich die vermeintlich heillosen Verwicklungen wieder entwirrt. Zipflo, Harri und Joscho war es dagegen völlig gleichgültig, ob sich irgendetwas entwirrte, sie improvisierten unbeschwert drauflos. Es war, als hätte sich die Musik von allen Fesseln, welche die Tonsetzkunst ihr auferlegte, befreit. – Nein, sie hatte diese Fesseln überhaupt nie gekannt! Dabei überschritten die Dissonanzen mehr als einmal die Schmerzgrenze, aber offenbar geschah dies nicht aus Unvermögen, sondern mit voller Absicht. Zipflo, Harri und Joscho erwiesen sich als wahre Meister ihrer Kunst. Und, es war seltsam, beschämend und beglückend zugleich: Jacob musste sich eingestehen, dass er sich nichts sehnlicher wünschte, als so spielen zu können.

Er lernte es. Zumindest bemühte er sich, es zu lernen. Denn was klang, als sei es regellos und leicht dahergespielt, erforderte jahrelange Übung. Niemals würde er ihre Virtuosität erlangen. Immerhin brachte er es in der Zigeunermusik so weit, dass sie ihn gelegentlich mitspielen ließen. Sein Selbstvertrauen kehrte allmählich zurück.

Nicht nur deswegen. Beim Unterricht stellte sich nämlich heraus, dass Harri die Musik der Philister, wie die Schomerim die sesshaften Menschen nannten, doch nicht so verachtete, wie er zu Anfang getan hatte. Er vermochte sehr wohl, die Kunstfertigkeit, die darin steckte, zu erkennen und zu würdigen. Zu Jacobs Genugtuung bekannte er sogar, dass ihn die Badinage in Wahrheit zutiefst beeindruckt hatte. Wissbegierig sog er alles auf, was ihm Jacob über die Philistermusik beibrachte, insbesondere über die Tonarten und ihre Besonderheiten. Nur von Noten wollte Harri nichts wissen. Die Vorstellung, dass man die Musik auf Papier bannte, war ihm unheimlich und zutiefst zuwider. Für ihn existierte die Musik allein in ihrer Aufführung. Sie lebte nur, war nur sie selbst, wenn sie erklang, jedes Mal anders, jedes Mal neu.

Jacob ließ Harri auf seinen Flöten spielen, und der Schomer musste bei allen Vorbehalten zugeben, dass die philiströsen Meisterwerke seiner primitiven Pfeife weit überlegen waren.

»Such dir eine aus!«, forderte Jacob ihn auf.

Harri schüttelte heftig den Kopf. »Nein, Jaschar. Du schuldest mir nichts. Der Unterricht ist umsonst, die Musik ist umsonst.«

»Das meine ich nicht, du Esel. Ich will ich sie dir schenken, wie mein Meister mir diese beiden Flöten geschenkt hat. Er war ein tapferer, stolzer Mann, ein Heimatloser, ein Suchender – wie ihr. Alain Sinclair hätte gewollt, dass du sie nimmst.«

Harri überlegte lange. Dann streichelte er mit seiner braunen Hand über das glänzende Holz der Flöte. Es war die Hotteterre. Harri küsste sie andächtig, setzte sie an die Lippen und spielte den Anfang der Badinage.

Nie hatte Jacob sich so beschenkt gefühlt.

Er hätte gehen können. Seine Verletzungen waren längst geheilt, sie hatten die Gegend, in der sich der Überfall auf die Kutsche ereignet hatte, schon vor Monaten verlassen. Sie brauchten ihn nicht mehr als Lebensversicherung. Aber Jacob blieb. Und er lernte die gaunerischen Kniffe mit einer Geschwindigkeit und einem Eifer, die ihn selbst erstaunten (und auch ein wenig erschreckten).

Bald bekam Jacob Gelegenheit zu zeigen, was er gelernt hatte.

Die Zigeuner lagerten vor den Toren von Heiligenstadt im Eichsfeld, wo gerade ein Jahrmarkt stattfand. Am Morgen zog es viele Menschen aus der Umgebung in die Stadt, so dass die Kontrollen am Tor nur nachlässig durchgeführt wurden. Aber so, wie sie aussahen, wären sie an jedem noch so misstrauischen Stadtsoldaten vorbeigekommen: Jacob trug denselben Rock, in dem die Zigeuner ihn aufgefunden hatten. Judita hatte ihn sorgfältig ausgebessert und so hübsch bestickt, dass ihn mit seinem spanischen Rohr und der Stutzperücke jedermann für einen wohlhabenden und ehrbaren, vielleicht etwas leichtsinnigen Kaufmann halten musste. Und Judita selbst konnte ohne weiteres als junger Apothekergehilfe durchgehen.

»Judita?«

»Judita? Ich kenne keine Judita. Ich heiße Janco.«

»Schon gut«, rief Jacob lachend, aber er vermochte seine Verunsicherung kaum zu verbergen.

»Tja, Pech, Jaschar. Da wirst du dir wohl ein anderes Liebchen suchen müssen.«

»Ich habe es kapiert, du kannst damit aufhören.«

»Ich verrate dir ein Geheimnis: Wisse, die Debora ist nur stellvertretend unsere Führerin. Eigentlich besitzen die Schomerim einen König. Alle sieben Generationen kehrt derselbe König zurück, um sein Geschlecht wieder aufzurichten.«

»Ach nein, hör auf!«

»Beim Leichenmahl versammeln sich die Söhne des Toten.

Sie müssen sich das Gehirn, das Herz und die Hoden des Verstorbenen teilen, die nach ihren Wünschen zubereitet werden.«

»Das ist ekelhaft! Hör auf damit!«

Aber Janco geriet nun erst richtig in Fahrt. »Aber so will es nun einmal unser Gesetz. Nach dem Mahl begeben sich die Söhne an einen geheimen Ort, wo sie neun Tage hintereinander beten, um sich von der Sünde der Menschenfresserei zu reinigen.«

»Das ist doch alles erstunken und erlogen. Warum erzählst du mir das?«

»Wer sagt dir, dass nicht ich der wiedergeborene König bin?«

»Dann wärst du also für den Kochtopf bestimmt. Schade.«

»Nicht so schlimm, ich werde ja wiedergeboren.«

Jacob und Janco hatten das Heiligenstädter Tor ohne Probleme passiert. Jetzt standen sie auf einer breiten, belebten Straße, die zum Markt führte.

»Und nun? Was machen wir jetzt?«

»Gehen wir ins Theater«, sagte Janco unternehmungslustig.

»Ins Theater? Ich dachte, wir schauen uns auf dem Markt um? Dort hinten wimmelt es von Leuten.«

Aber da strebte Janco schon auf ein Zelt zu, über dessen Eingang in großen roten Lettern prangte: »Puppentheater C.F. Reibehand«. Auf einer Schiefertafel daneben stand in krakeliger Kreideschrift zu lesen: »Erschröckliche Mordtaten des landbekannten Räubers und Erzverbrechers Lips Tullian und seiner Schwarzen Schar«.

Widerwillig begleitete Jacob seinen Lehrmeister zum Eingang. Mit gezwungener Gönnermiene zahlte er für beide den Eintritt. Der Theaterdirektor schmunzelte Janco verschwörerisch zu. Zweifellos hielt er sie für Vater und Sohn. Das Zelt war schon ziemlich voll. Janco sah sich kurz um und wählte eine der hinteren Bankreihen in der Nähe des Ausgangs. Es dauerte nicht lange, und der Vorhang hob sich. Das Bühnenbild zeigte eine Waldlichtung mit einem Räuberlager.

Die Bande beratschlagte ihren nächsten Überfall. Lips Tullian, eine grob geschnitzte, plumpe Holzpuppe mit einer obszön riesigen Nase, hielt eine lange, schwülstige Rede darüber, wie er die Reichen bestehlen und das gesamte Raubgut den Armen zukommen lassen wollte. Er besaß auch ein Weib, um das er sich rührend kümmerte. Die anderen Mitglieder der Schwarzen Schar waren nicht weniger edel gesinnt; sie schwadronierten einer nach dem anderen langatmig über die Vorzüge des Räuberlebens. Das Stück war so abgeschmackt und langweilig, dass man sich nur wundern konnte, wie gebannt das Publikum auf die Bühne starrte.

Doch Janco machte keinerlei Anstalten, jemandem das Geld aus der Tasche zu ziehen. Während Jacob ungeduldig mit seinem Rohr herumspielte, verfolgte er wie die anderen Zuschauer die Handlung auf der Bühne. Dort jagte ein Tumult den anderen. Anscheinend war Tullian durch Verrat seinen Häschern ins Netz gegangen. In der letzten Szene schmachtete er in Ketten in einem Kerker. Dann wurde zur Pause geläutet. Sie hatten noch keinen roten Heller erbeutet.

Kaum war der Vorhang gefallen, nahm Janco ihm das Rohr aus der Hand, bog es leicht zu sich hin und ließ es vorschnellen. Mit einem angedeuteten Nicken wies er auf die linke Schulter des Mannes, der vor ihnen saß. Es war ein fein gekleideter Herr, von dem ein starker Lavendelduft ausging und der Jacob während der Aufführung durch seine hohe, weibisch klingende Lache aufgefallen war. Auf der Schulter des Stutzers lief träge eine überaus wohlgenährte Laus.

Jacob wusste, was er zu tun hatte. Er tippte den Herrn auf die rechte, ungezieferfreie Schulter: »Pardon, Monsieur …«

Der Angesprochene drehte sich um. »Was wollt Ihr denn von mir, Herr?«, sagte er in einem mürrischen Ton.

»Monsieur, es ist mir sehr unangenehm, aber da …«

»Was denn? Was gibt es denn?« Der Mann musterte ihn ärgerlich.

»Mein Herr, wenn Ihr es mir nicht übel nehmen wollt …«

»Mann, so sprecht doch endlich und spannt mich nicht auf die Folter. Was ist?«

»An eurem Rocke, da …«

»Ja? Nun? Was? Was denn?«

»Läuse!«, flüsterte Jacob ihm zu.

Der parfümierte Herr zuckte zusammen. Beklommen sah er sich um, dann schaute er auf seine linke Schulter. Als er das Tier erblickte, erbleichte er; sein Gesicht nahm den Ausdruck namenlosen Ekels an. »Nimm sie mir ab«, bat er Janco mit bebender Stimme. »Ich – ich will dich reichlich belohnen.«

Doch Janco verzog angewidert das Gesicht. »Oh pfui, mein Herr. Nein, ich kann keine Läuse anfassen.«

»Ich auch nicht. Ich kann es auch nicht«, winselte der feine Pinkel. Sein Antlitz hatte sich in Grünliche verfärbt, als müsse er sich augenblicks übergeben. »Ach, bitte …«, stammelte er. »Hier, nimm meinen Stock.« Damit reichte er ihm seinen Spazierstock, dessen Griff aus einem alabasternen Entenkopf bestand.

Umständlich entfernte nun Janco mit dem Stock das Ungeziefer, was ihn offensichtlich übermenschliche Überwindung kostete. Der Herr stieß einen erleichterten Seufzer aus. Er wischte sich mit seinem Schnupftuch die Schweißperlen von der Stirn, bekreuzigte sich, drückte Janco zwei Groschen in die Hand und verließ fluchtartig das Theaterzelt.

Sie warteten die Pause ab. Als der zweite Teil des Räuberdramas begann (welcher zweifellos die Befreiung des Lips Tullian bringen würde), verließen Janco und Jacob das Puppentheater. Aus der Geldbörse des Stutzers hatte Janco ganze neun Groschen und etliche Pfennige gefischt.

Auf dem Viehmarkt hatte Janco einen Landmann ausgemacht, der eben seinen Wagen voller Getreide verkauft hatte und nun also über einen schönen Batzen Geld verfügen musste.

Jacob löste sich das Halstuch, riss sich ein paar Knöpfe vom Rock und zerzauste sein Haar. In solcher Weise derangiert, trat er auf den Bauern zu und bat ihn um einen Schluck Wasser, der ihm prompt gewährt wurde.

»Ich danke euch, ehrlicher Freund«, stieß Jacob keuchend hervor. »Aber ich kann euch nichts dafür geben als einen guten Rat.« Er schnappte noch ein wenig nach Luft, als wäre er noch ganz außer Atem. »Seid um Gottes willen vorsichtig mit eurem Gelde. Ich meine es ernst. Dieser verdammte Platz ist voll Huren, Schelme, Diebe und Beutelschneider.« Er schluchzte eine Weile vor sich hin. »Mir haben sie alles abgenommen«, jammerte er. »Alles. Ich kann froh sein, dass sie mir nicht die Zähne aus dem Mund gestohlen haben.«

»Das tut mir herzlich leid«, meinte der gute Tropf von oben herab. »Aber mir kommt keiner und stiehlt mir mein Geld aus der Tasche.« Er schlug sich auf die Brust. »Das müsste man doch sehen und fühlen.«

»Ha, mein Freund!«, sagte Jacob mit bitterem Spott. »Man merkt, dass Ihr noch unbekannt seid mit den Gaunern dieser Stadt, die nicht Heiligen- sondern Gaunerstadt heißen sollte. Ihr würdet sonst nicht so reden. Glaubt mir, diese Schelme sind so gewandt und erfahren in ihrer Kunst, dass sie ihres Raubes sicher sind, wann man auch noch so aufmerksam ist.« Dann im beschwörenden Flüsterton: »Unter uns, ich glaube, dass der Teufel selbst diesem Pack beisteht.«

Der Bauer brach in lautes Lachen aus. »Nichts für ungut, Herr. Aber lasst sie nur kommen! Der Teufel soll mich berauben, wenn er kann. Ich habe eine schöne Summe bei mir, die will ich wohl sichern.« Damit holte er ein Goldstück aus seinem Brustbeutel, den er unter dem Hemd trug, steckte es sich in den Mund, hob kurz die Hand zum Gruße und ging. Jacob folgte ihm in einigem Abstand.

Jetzt kam Janco ins Spiel. Wie in großer Eile lief er an dem Landmann vorbei, stolperte an einem Bein des Bauern und fiel spektakulär hin. Der Sturz sah wirklich schmerzhaft aus. Dabei fiel das Geld, um das er zuvor den Stutzer erleichtert hatte, auf die Straße. Janco fing herzerweichend zu weinen an. Schon kamen mitleidige Leute herbei und sammelten für ihn die Münzen auf. Auch der Landmann, der sich für sein Missgeschick immer wieder entschuldigte. Als man nichts mehr fand und Janco die Münzen getreulich übergeben hatte, wollte der aber nicht mit Suchen aufhören.

»Fehlt dir denn noch etwas, Kleiner?«, fragte ein Mann in der Kluft der wandernden Handwerksgesellen.

»Ja, ein Goldstück – das Goldstück! Mein Gott, mein Gott, der Meister schlägt mich tot. Was soll nur werden?«

In diesem Augenblick trat Jacob vor. Er deutete mit dem Finger auf den Landmann und rief mit anklagender Stimme: »Der hat das Goldstück im Maul!«

»Wer?«, rief die Menge.

»Der da!«

»Spitzbube! Bauer, gib das Geld heraus!«

»Was – ich?«

Aber der Schrecken und die Bestürzung, die auf seinem Antlitz abzulesen waren, vermehrten nur den Argwohn, der nun bei den Umstehenden erweckt war.

»Geld heraus!«, schrie der Mob.

»Ich habe den Bengel nicht bestohlen«, beteuerte der unschuldig Angeklagte. Doch seine stammelnde Zunge verriet, dass er tatsächlich etwas im Mund hatte. Da fiel der Pöbel über ihn her. Der Mund wurde ihm geöffnet, das Geldstück herausgerissen und Janco übergeben, dem vor Freude und Dankbarkeit die Tränen über die Wangen liefen. Als der Bestohlene sich doch noch wehren wollte, wurde er zu Boden gerissen und mit Tritten traktiert, dass er vor Schmerz winselte und um Gnade bettelte. Hätte Jacob nicht ein gutes Wort für ihn eingelegt, wer weiß, ob der gute Mann mit dem Leben davongekommen wäre. Janco hatte sich derweil aus dem Staube gemacht und erwartete ihn am Tor.

Dieser letzte Streich war Jacobs Meisterstück. Er hatte endgültig bewiesen, dass er ein echter Zigeuner war, noch nie hatte er sich so stolz und frei gefühlt. Nur eines fehlte ihm noch. Eine fehlte ihm. Am Abend nach dem erfolgreichen Raubzug fasste er sich ein Herz, er trat in das Zelt der Debora und trug ihr sein Anliegen vor. Die Führerin der Zigeuner hörte ihn schweigend an. Als er geendet hatte, nickte sie, ohne ihn anzublicken.

Die Debora seufzte. »So sei es denn«, sprach sie. »Doch bevor ich dich mit Judita vermählen kann, musst du dein altes Leben von dir abstreifen wie die Schlange ihre Haut. Du wirst sterben und als ein Schomer wiedergeboren. Du wirst einen neuen Namen erhalten. Bist du dazu bereit?«

»Ich will alles tun, was Ihr mir sagt.«

»Du musst nichts tun. Nur sehen und erkennen.«

Damit warf die Debora getrocknete Kräuter und Spezereien ins Feuer. Die Flammen färbten sich tiefrot, eine Wolke erhob sich und füllte das ganze Zelt. Nachdem sich der Rauch etwas verzogen hatte, wiederholte sie den Vorgang. Dazu murmelte sie lange Gebete in der Sprache der Schomerim. Ein Schwindel ergriff Jacob. Alles begann sich nach der Melodie einer zügellosen Sarabande um ihn herum zu drehen, immer geschwinder wurde der Tanz. Dann sah er es:

Vor ihm erhob sich ein Kreuz. Ein blutüberströmter Körper hing daran: der gemarterte Jesus. Der Gekreuzigte rührte sich nicht, er war wohl schon gestorben. Von ferne war ein Donnergrollen zu hören. Da hob der Heiland das Haupt. Jesus blickte ihn an, auf seinem bleichen Antlitz ein wehmütiges Lächeln. Langsam löste sich seine linke Hand vom Kreuz und deutete einen Gruß an. Oder war es eine Geste des Abschieds? Allmählich verschwamm das Bild, es verflüchtigte sich in einen missfarbenen Dunst.

Jacob hörte die beschwörende Stimme der Debora. »Das Kreuz«, sprach sie, »oben und unten, links und rechts: Das eine ist die Zeit, das andere der Raum. Sie begrenzen einander, sie sperren einander aus, du kannst das eine nur zerteilt durch das andere erfassen. Denn du, irdischer Mensch, bist festgenagelt in der Mitte, weil du dem Gesetz Gehorsam leistest, das die Christen Demut nennen, Selbstverleugnung, Erbsünde. Hast du die befreite Hand gesehen? Darin offenbart sich das Geheimnis – unser Geheimnis: Wir kennen keine Grenzen. Wir sind frei!«

Plötzlich stand er auf einem Berg hoch über allem. Ein rosenfarbenes Licht umgab ihn. Seine Glieder lösten sich, er zerrann in unzählige quecksilbrige Tropfen. Die Tropfen zerstoben in alle Winde, dann flossen sie wieder zusammen – um sich abermals zu trennen. Sie wirbelten auf, stiegen in die Höhe, immer höher hinauf, und tanzten als Funken am Himmel, wo sie sich zu prachtvollen Sternbildern ordneten. Wie Feuerwerk überstrahlten sie das Firmament. Schließlich erloschen sie, versickerten im Äther, gingen ein ins ewige Nichts. Aber das Nichts gab ihn frei, verwandelt, wiedergeboren zu neuem wunderbarem Leben! An seinem Rücken war ein Flügelpaar gewachsen, er war von aller Schwere befreit. Er erhob sich in die Lüfte und flog – flog über den Himmel. Flammen umzüngelten ihn, sein Körper glühte. Das Feuer verzehrte ihn. In ihm tönte eine Stimme: *Die Gnade ist mit mir, denn ich bin lauteren Geistes. Ich habe meine Wurzeln entwurzelt und meine zerstreuten Glieder an allen Orten gesammelt.* Der falsche Jacob ist vergangen, erstanden ist der Engel Israfil – Israfil der Brennende, Israfil die Schalmei Gottes! Er schrie seinen Namen in die Welt. Seine Stimme war wie Flötenschall.

Jacob erwachte neben dem erloschenen Feuer. Seine Augen brannten, seine Glieder schmerzten. Er fühlte sich zerschmettert, als sei er aus unendlicher Höhe auf die Erde gestürzt. Er war allein. Das Lager war verschwunden, die Zigeuner waren fort. Der Himmel über ihm war stumpf wie angelaufenes Metall. Ein schwarzes, klumpenhaftes Ding hatte sich halb über die Sonne geschoben. Langsam fraß es das Licht in sich hinein, die Sichel wurde schmaler und schmaler. Endlich erlosch auch der letzte Sonnenglanz, ein bleischweres Licht senkte sich über die Erde. Immer fahler ergoss es sich über die erstarrte Landschaft. Die Sonne war gestorben, aschgrau und leer blieb die verwaiste Welt zurück. Jacob trug dieselben Kleider, in denen sie ihn damals gefunden hatten. Neben ihm lagen sein Felleisen und seine Flöte. Auf seiner Brust lagen sieben blanke Taler.

Sie glänzten wie vom Himmel gefallene Sterne.

XIII.

Der falsche Jacob

Erfurt
1706

»Jacob?«

Die Schwester starrte ihn an, als wäre er ein Geist.

»Ich bin es.«

Ungläubig berührte sie ihn am Arm, strich über sein Gesicht, ob er auch aus Fleisch und Blut sei.

Er war es.

Salome verpasste ihm eine schallende Ohrfeige.

»Wo bist du gewesen?«

Die Familie hatte ihn für tot gehalten. In Rudolstadt hatte ihnen niemand sagen können, was aus ihm geworden war. Nun, der Herr Bach habe sich nach den Exzessen auf der Empore und im Schlosskeller wohl auf Nimmerwiedersehen aus dem Staube gemacht. Ganz abwegig war das nicht.

Eines Tages habe einer von Jacobs alten Kumpanen vor der Tür gestanden, so ein kleiner schwarzer Italiener mit stechendem Blick, abgerissen habe er ausgesehen, wie ein Vagabund. Jacob, erzählte er ihnen, habe nach Arnstadt gewollt. Dann hatten sie von dem Überfall auf die Sondershäuser Kutsche erfahren. Allerdings war Jacobs Leiche nirgends gefunden worden. Die Bachs hatten die Hoffnung nicht aufgegeben. Jeden Tag beteten sie um seine Rückkehr, fragten jeden durchreisenden Musikergesellen nach ihm. Niemand hatte ihn gesehen, niemand von ihm gehört. Jacob war wie vom Erdboden verschluckt. Kein Wunder, dass Salome ihn für einen Wiedergänger hielt.

Wo war er gewesen? Eine einfache Frage. Die Antwort darauf war nicht ganz so einfach. Was sollte er ihnen erzählen? Dass er unter Zigeunern gelebt hatte, ein Bettler, Betrüger und Dieb, ein Gauner gewesen war? Man hätte ihm ohnehin nicht geglaubt. Also musste er sich eine Lüge ausdenken, die glaubwürdiger klang als die Wahrheit. Er erzählte ihnen, dass ihn nach dem grausamen Überfall eine Reisegesellschaft gefunden und in ihrer Equipage mitgenommen hätte. Als er wieder zu Bewusstsein gekommen sei, hätte er sich längst auf französischem Boden befunden. Die Equipage gehörte aber einem deutschen Prinzen, der gerade zu seiner Kavalierstour aufgebrochen sei. Dieser Prinz hätte Gefallen an Jacob gefunden und ihm angeboten, ihn als Kammerdiener und Reisemusiker zu begleiten. Doch leider, so gerne Jacob den lieben Verwandten von seinen Abenteuern in den mittäglichen Provinzen Frankreichs erzählt hätte, über den Verlauf der Reise und die Identität des großzügigen Fürstensohnes müsse er sich leider ausschweigen. Solche Herren reisten bekanntlich inkognito, und er habe schwören müssen, seinen Mund zu halten. Da könne man nichts machen.

Salome hatte ihm die Geschichte nicht abgekauft. Warum eigentlich nicht? Ursprünglich hatte Jacob ihnen erzählen wollen, dass ihn Werber verschleppt, an die Niederländische Ostindien-Kompanie oder als Galeerensklaven an die Republik Venedig verkauft hätten. Dergleichen ereignete sich tagtäglich. Wie oft waren die Musikergesellen auf ihren Wanderungen in den nächsten Straßengraben gesprungen und hatten sich versteckt, um nicht in die Hände solcher Menschenhändler zu geraten? Die Erklärung wäre glaubwürdig gewesen. Allerdings hätte Jacob dann von Batavia, Korfu oder Candia erzählen müssen, und jederzeit hätte er auf jemanden treffen können, der sich tatsächlich dort aufgehalten hatte. Nein, die Kavalierstour mit dem Schweigegelübde war eindeutig die eleganteste Lösung.

Womöglich hatte er ein wenig übertrieben, vielleicht hätte er statt mit einem Prinzen lieber mit einem bescheidenen Grafensohn reisen sollen. Aber war das alles wirklich so unwahrscheinlich? Sprach er nicht ein passables Französisch? Wiesen nicht seine Ausdrucksweise und Manieren einen gewissen weltmännischen Anstrich auf? Gleichviel, die geheime Kavalierstour hatte ihren Zweck erfüllt. Allmählich würde die Angelegenheit in Vergessenheit geraten, bald würde niemand mehr danach fragen.

Ihn ließ eine andere Frage nicht los: Warum hatten ihn die Schomerim zurückgelassen? Jacob fand darauf keine Antwort. Tag und Nacht stand ihm Judita vor Augen, er vermochte sie nicht aus seinen Gedanken zu verbannen. Je mehr Jacob sich darum bemühte, umso quälender wurde die Sehnsucht nach ihr. – Der Gekreuzigte, hatte er ihm nicht ein Zeichen gegeben? Aber er hatte das Zeichen missdeutet. Das schmerzliche Lächeln, der Wink mit der durchbohrten Hand: kein Willkommensgruß, sondern ein Abschied. Jacob war nicht, seinen irdischen Körper als leblose Hülle zurücklassend, zum Himmel aufgefahren. Er hatte sich nicht in den Engel Israfil verwandelt, er war wieder auf die Erde gefallen. Die Sonne war nicht gestorben. Der Mond hatte sich zwischen sie und die Erde geschoben und sie für Augenblicke ihres Lichts beraubt. Gelehrte hatten die Sonnenfinsternis vorausberechnet: Sie hatte sich am 12. Mai 1706 ereignet. Danach war alles wie vorher gewesen. Die Sonne war dieselbe geblieben, und er war wieder zu dem geworden, der er gewesen war: der ehrbare Musikergeselle Johann Jacob Bach. War er das? Nein. Salomes Misstrauen war berechtigt. Irgendetwas stimmte nicht mit ihm. Er war ein Anderer geworden. Aber wer war dieser Andere? Er war sich selbst verloren gegangen.

An jenem Morgen, als Jacob neben der kalten Feuerstelle erwacht war, hatte er nur Leere in sich gefühlt. Er war innerlich erloschen, ein Gespenst, das ziellos durch die Welt irrte. Irgendwann war er halb verhungert und mit zerrissenen Kleidern am Rande einer Siedlung zusammengebrochen.

Die Männer, die ihn im Wald gefunden, in ein Bett gelegt und wieder aufgepäppelt hatten, fragten nicht, woher er kam und wer er war. Ihre Gemeinschaft lebte in selbstgewählter Armut und strenger Enthaltsamkeit. Sie hofften, wie sie ihm in wenigen schlichten Worten erklärten, auf diese Weise den Engeln gleich zu werden. Darum nannten sie sich »Engelsbrüder«. Diese Einsiedler verbrachten ihre Tage mit Fasten und Beten. Einer besonderen Arbeit gingen sie nicht nach, sie lebten von den Zuwendungen eines Grafen Stolberg, der ihnen ein kleines Anwesen am Waldrand überlassen hatte. Dreimal täglich lasen die Engelsbrüder in den Sendschreiben, die ihnen ihr geistliches Oberhaupt, ein gewisser Johann Georg Gichtel, aus Amsterdam schickte. Eines Abends hatte Jacob eine dieser Episteln neben seinem Bett gefunden. Von der göttlichen Weisheit war darin die Rede, dem Wesen der Engel und dem Gebot der Keuschheit. Bereits nach wenigen Zeilen war ihm jegliche Lust vergangen, tiefer in die gichtelianische Lehre einzudringen. Seine Gastgeber hatten Jacobs Desinteresse mit einem resignierten Lächeln zur Kenntnis genommen und auf weitere Bekehrungsversuche verzichtet.

Die Engelsbrüder lebten in der Nähe der Stadt Wernigerode am Fuße des Harzgebirges. Nach Erfurt waren es ungefähr sechs Tagesmärsche. Sobald er halbwegs bei Kräften war, hatte sich Jacob auf den Weg gemacht.

Während Jacob seine Abenteuer bei den Schomerim für sich behielt, wussten seine Verwandten über die Rathsfelder Affäre bestens Bescheid. Beim zweiten Glas Branntwein war Strozzi redselig geworden. So erfuhr Jacob, was sich dort nach seiner nächtlichen Abreise ereignet hatte. Wie zu erwarten hatte Graf Albert Anton einen furchtbaren Wutanfall bekommen. Nur Maestro Erlebachs Fürsprache sei es zu verdanken gewesen, dass er die nichtsnutzigen Musikergesellen nicht in Eisen gelegt und seinem königlichen Nachbarn August von Sachsen als Kanonenfutter verkauft hatte. Dennoch war die Strafe drakonisch ausgefallen. Man hatte die armen Sünder nicht nur ohne Lohn davongejagt, sondern auch, als Ersatz für den zertrümmerten Orchesterfundus, ihre Musikinstrumente konfisziert. Seine Hochwohlgeboren hätte sie besser den sächsischen Feldwebeln überantwortet, dann hätten die armen Hunde wenigstens zu beißen gehabt. Denn wie sollte ein Musiker sein Brot ohne sein Handwerkszeug verdienen? Um zu überleben, zog Strozzi als Mäuse- und Rattenfänger über Land, Salome hatte ihm aus Mitleid einige seiner selbstgebastelten Fallen abgekauft.

Was mochte aus Zingarelli, Rossi, Novák, Horák und den anderen geworden sein? Seltsam, als Jacob bei den Schomerim gewesen war, hatte er nie an sie gedacht. Jetzt schämte er sich dafür. Er hatte die Freunde im Stich gelassen. Doch was hätte es ihnen genützt, wenn er geblieben wäre? Nichts. Und hatte nicht ihn das schlimmere Schicksal ereilt? Er hatte nur Glück gehabt, dass ihn die Mörder nicht entdeckt hatten, dass die Zigeuner ihn gerettet hatten. Dafür konnte er nichts. Die einen hatten Pech, die anderen Glück.

Zu Letzteren zählte auch der Vetter Ernst. Als Einziger hatte er das Rathsfelder Schreckensgericht unbeschadet überstanden. Am Morgen nach dem Fest hatte Johann Ernst das große Heulen und Zähneklappern bekommen und in einer tränenreichen Szene seinem Leben als Raufbold und Saufaus ein für alle Mal entsagt. Seine Zerknirschung musste höchst überzeugend gewirkt haben. Jedenfalls war die gute Gräfin Ämilie Juliane so davon gerührt, dass sie ihm seinen Frevel gütig verzieh, worauf auch ihr erzürnter Gatte ihm die Absolution nicht verweigern durfte. Aber natürlich hatte diese außerordentliche Gnade ihren Preis. Ämilie Juliane ließ es sich nicht nehmen, den geläuterten Vetter höchstpersönlich zum wahren Christentum zu bekehren. Mit durchschlagendem Erfolg: Als sich nach exakt vierzig Tagen untrügliche Zeichen einer geistlichen Wiedergeburt zeigten, wurde Ernst mit hochgräflichem Segen entlassen und mit einem bescheidenen Stipendium versehen nach Hamburg geschickt, um bei Johann Adam Reincken Unterricht im Orgelspiel zu nehmen. Denn Johann Ernst Bach wollte nun Organist werden. Sebastian hatte ihn in Hamburg besucht.

Übrigens hegte der Bruder keinen Zweifel, dass Ernst tatsächlich fromm geworden war. Es hieß, der Vetter lebe überaus anspruchslos, beinahe ärmlich in einer winzigen Kammer, lasse keinen Gottesdienst aus, lese unentwegt in der Heiligen Schrift und verkehre in pietistischen Konventikeln. Er habe auch Sebastian zu bekehren versucht. Doch dem Bruder war an einer geistlichen Wiedergeburt nicht gelegen. Sebastian war gewiss gläubig und fromm, aber die ständige Selbsterforschung und Grübelei der Pietisten war ihm zuwider. Die lutherische Rechtgläubigkeit gab ihm Halt und Sicherheit. Warum sollte er sich auf das dünne Eis des Selbstzweifels begeben? Nicht dass sich Sebastian über diese Dinge weitläufig ausgelassen hätte. Aber das brauchte er auch nicht. Jacob kannte ihn: Die Glaubensgewissheit war das Fundament seiner Musik. Die Musik erklang zur höheren Ehre Gottes. Das genügte.

Die Musik war also zuerst für Gott da, nicht für die Menschen. Und Sebastian machte es seinen Arnstädtern nicht leicht. Und sich selbst auch nicht. Mit seinen endlosen, verwickelten Orgelvorspielen stürzte er seine Gemeinde regelmäßig in Verwirrung. Statt die Choralmelodie vorzuspielen, löste er sie in eine komplizierte Ornamentik auf, veränderte die Intervalle, verließ die Grundtonart oder improvisierte einfach darauflos, so dass niemand wusste, welches Lied folgen sollte. Als man sich darüber beschwerte, verlegte sich Sebastian darauf, als Einleitung nur ein paar Töne zu spielen, die sich wie ein Kinderlied anhörten, was der Chor des Lyzeums mit einem höchst unfrommen Gelächter quittierte.

Dieser Schülerchor, ein ebenso unmusikalischer wie undisziplinierter Haufen, war für Sebastian eine unversiegliche Quelle des Verdrusses. Bereits nach der ersten Probe hatte er sich außerstande erklärt, ihn zu leiten. Mit den schlimmsten

Rabauken, Geyersbach und Schüttwürfel, hatte es einmal sogar eine handfeste Auseinandersetzung auf dem Arnstädter Markt gegeben. Nur der resoluten Cousine Maria Barbara, die ihn begleitet hatte, soll es zu verdanken gewesen sein, dass Sebastian heil aus dem Streit herausgekommen war. Wie sich die Sache tatsächlich zugetragen hatte, blieb ein wenig nebulös, Sebastian verlor nie ein Wort darüber. Immerhin hatte er sich kurz darauf mit Maria Barbara verlobt. Eine Entscheidung, die einhellig begrüßt wurde. Barbara war die richtige Frau für ihn, geduldig, aber willensstark, eine tüchtige und kluge Wirtschafterin, zugleich hoch musikalisch. Sie war der einzige Mensch, auf dessen Rat Sebastian hörte. Einen solchen Menschen hatte der Bruder dringend nötig. Sein Freund und Herzensbruder, der zungenfertige Erdmann, stand ihm nun nicht mehr zur Seite. Nach dem Ende ihrer gemeinsamen Schulzeit in Lüneburg hatte er ein Stipendium ergattert und in Helmstedt das Studium der Jurisprudenz aufgenommen. Ihre Wege hatten sich getrennt.

Korpulent war er geworden, der Herr Bruder. Er aß und trank unmäßig, gefiel sich in burschikosen Redensarten, kleidete und benahm sich wie ein Stutzer. In Hamburg hatte sich Sebastian das Rauchen angewöhnt, stets hing ihm seine kurze Tonpfeife im Mundwinkel. Ansonsten langweilte er sich zu Tode. Sein Amt unterforderte ihn. Darum hatte sich Sebastian vom Konsistorium einen Monat Urlaub erbeten, um Dieterich Buxtehude in Lübeck zu besuchen, den einzigen Meister, von dem er meinte, noch etwas lernen zu können. Aus den beantragten vier Wochen wurde unversehens ein Vierteljahr. Als Vertretung hatte Sebastian den Vetter Ernst dagelassen, der inzwischen seine Ausbildung beendet hatte. Der hatte zwar seine Aufgaben tadellos erfüllt. Aber den eigenmächtig verlängerten Urlaub konnten die Dienstherren bei aller Liebe dem jungen Herrn Kantor nicht durchgehen lassen. Sebastian wurde vor das Konsistorium zitiert. Doch statt zu Kreuze zu kriechen und sich reuig zu geben, zeigte er sich uneinsichtig und kam den hohen Herren sogar frech. Mit einem Wort: Das Verhältnis zwischen dem Organisten der Neuen Kirche und seinem Konsistorium war nachhaltig zerrüttet.

Nach außen ließ sich Sebastian nichts anmerken, aber die Auseinandersetzung setzte ihm zu. Als er ihm eines Abends sein Leid klagte, war Jacob einen Augenblick lang versucht, ihm zur Aufmunterung eine seiner Zigeunerweisen vorzuspielen. Er tat es nicht. Nicht aus Furcht, Sebastian könnte sich darüber lustig machen. Im Gegenteil, Jacob zweifelte nicht daran, dass der Bruder diese Musik höchst interessant finden würde. Und eben deswegen hatte er sie ihm vorenthalten. Sebastian hätte sich gierig auf diesen exotischen Leckerbissen gestürzt und ihn sich restlos einverleibt. Er hätte die regellosen wilden Harmonien in große Musik verwandelt, sie zu seiner Musik gemacht. Aber diese Musik gehörte ihm, Jacob. Sie war das Einzige, was ihm von seinem freien Leben geblieben war, das Letzte, was ihn mit den Schomerim, mit Judita verband. Und nach allem kam Sebastian ganz gut ohne ihn zurecht. Noch während sich der Bruder mit dem Arnstädter Konsistorium stritt, verhandelte er schon mit dem Stadtrat von Mühlhausen wegen der Organistenstelle an der Hauptkirche Divi Blasii. Die Mühlhäuser wollten ihn um jeden Preis. Um Sebastian musste man sich keine Sorgen machen.

Vielmehr musste Jacob an seine eigene Zukunft denken. Es wurde höchste Zeit, Erfurt den Rücken zu kehren. Andreas Wiegand hätte seinen melancholischen Schwager lieber heute als morgen vor die Tür gesetzt. Der brave Kürschnermeister hatte nie einen Hehl daraus gemacht, was er von ihm hielt. Glücklicherweise konnte er gegen das Mundwerk der Schwester nichts ausrichten. Und immerhin bezahlte Jacob für Kost und Logis. Er war nämlich wieder liquid. Der Onkel Tobias Lämmerhirt, ein Bruder der Mutter, war kinderlos gestorben. Aus seinem Nachlass hatten Sebastian und er die hübsche Summe von fünfzig

Gulden erhalten. Sebastian hatte das Geld für ein neues Cembalo ausgegeben, Jacob seine Schulden beglichen. Die sieben Goldtaler der Schomerim hatte er nicht angerührt. Niemand wusste davon. Jacob trug sie als eiserne Ration und als Glücksbringer in den Saum seines Rocks eingenäht bei sich.

Aber auch mit Salomes Geduld ging es zu Ende, sie wollte den Nichtstuer endlich aus dem Haus haben. Als der Schwedenkönig überall verkünden ließ, dass Krieg und Besatzung zum Trotz die Leipziger Messe in diesem Jahr wie gewohnt stattfinden würde, war die Sache entschieden: Jacob würde Wiegand dorthin begleiten. Schließlich hatte er sogar Gefallen an der Idee gefunden. Früher war er zweimal im Jahr auf die Messe gepilgert, um dort in den Kirchen und Kuchengärten zu musizieren. Wenn in diesen Zeiten ein wandernder Musikergeselle auf ein Engagement hoffen durfte, dann in Leipzig.

Die Reise war beschwerlich, der mit Rauchwaren beladene Wagen kam auf den schlechten Straßen nur mühsam voran. Oft mussten sie auf freiem Feld kampieren, weil die Gasthäuser, in denen der Schwager sonst einzukehren pflegte, geschlossen waren. Augusts Krieg gegen Karl XII. von Schweden hatte das einst reiche, blühende Sachsen in ein Armenhaus verwandelt. Felder lagen brach, Dörfer waren verfallen und verlassen. Die Männer starben in Polen oder hielten sich in den Wäldern versteckt. Kinder, Frauen, Alte, Kriegsinvaliden bettelten auf den Straßen. Wiegands Furcht vor Wegelagerern und marodierenden Soldaten erwies sich indessen als unbegründet. Denn innerhalb weniger Wochen hatten die Schweden geschafft, was die sächsische Obrigkeit in Jahren und Jahrzehnten nicht zustande gebracht hatte: Die Straßen waren sicher. Zur Abschreckung ließen sie die toten Strauchdiebe an den Galgen hängen. Wenn sie an einer Hinrichtungsstätte vorbeifuhren, wandte Jacob den Blick ab aus Angst, ein bekanntes Gesicht zu entdecken. Was mochte aus den Schomerim geworden sein? Er würde es nie erfahren. Sie waren verschwunden. Nur ihre

Musik war noch da. Sie war unauslöschlich in sein Gedächtnis eingeschrieben.

Am Hallischen Tor gab es Scherereien. Wie üblich hatten die Akzisebedienten sie nach dem Woher und Wohin ausgefragt, ihre Personalien aufgenommen, ihr Gepäck und die Ware durchsucht. Mit saurer Miene hatte Wiegand für seinen Tross den Torpfennig bezahlt, der zu Messezeiten doppelt so hoch wie sonst veranschlagt war. Dennoch ließ man sie nicht passieren. Jetzt sollten sie auch noch eine medizinische Untersuchung über sich ergehen lassen. Mit dem Krieg war in manchen Gegenden die Pest ausgebrochen, und die Leipziger wollten die Seuche mit allen Mitteln aus ihrer Stadt fernhalten. Nach einigem Hin und Her überzeugte ein großzügiges Trinkgeld den zuständigen Badergesellen von ihrer vollständigen Gesundheit. So blieb ihnen eine tagelange Quarantäne vor den Stadtmauern erspart.

Dann trennten sich Wiegands und Jacobs Wege. Der Abschied fiel nicht übermäßig herzlich aus.

»Gott befohlen, Herr Schwager!«

»Desgleichen, Herr Schwager!«

XIV.

Pogonotomía heroica

Leipzig
1706
September

Die Sonne strahlte, der Himmel über Leipzig leuchtete tiefblau. Jacob traute seinen Augen nicht: Alles war wie im tiefsten Frieden! Kaufleute aus allen Teilen Deutschlands, aus Frankreich, Italien, jüdische Händler aus Polen und Litauen, selbst Griechen und Armenier in ihren morgenländischen Gewändern drängten sich in den Gassen. Man feilschte, zankte, lachte, sang in allen Sprachen. Auf den Plätzen und Höfen stapelten sich die Waren: Tuche aus England und Brabant, Seide aus Lyon, Hermelin-, Nerz-, Otter- und Zobelpelze aus Moskowien, Fayence-Fliesen aus Delft, Kristall aus Böhmen, kostbare Spiegel und Gläser aus Venedig, Schmuck, Bücher, riesige Käselaibe aus Holland, Wein aus Ungarn und vom Rhein, Gewürze aus dem Orient, Stockfisch aus Norwegen, Walfleisch aus Grönland. Es duftete nach Gebratenem, nach Zimt, Kardamom, nach geröstetem Kaffee, heißen Wecken, Tabak, Marzipan, Pfefferkuchen. Im Café Geßwein konnte man ein Wachsfigurenkabinett besichtigen, im Reithaus wurden Kamele und Affen gezeigt, sogar ein leibhaftiger Elefant. Auf dem Markt schluckte ein menschlicher Vielfraß Steine, lebendige Hunde, Katzen und Schafe. Und in Deutrichs Hof gastierte ein Flohzirkus.

Wie eh und je hatte sich auch das Volk der Taschendiebe und

Trickbetrüger eingefunden, Jacob erkannte sie auf den ersten Blick. Für Gauner und Diebe war die Messe ein Schlaraffenland. Überall herrschte dichtes Gedränge, selbst ein blutiger Anfänger konnte hier binnen einer Viertelstunde sein Glück machen. Man brauchte nur zuzugreifen. – Da, der feiste Rosshändler in ländlicher Tracht, der bezecht aus dem Goldenen Pflug stolpert. Sein Kopf ist benebelt, sein Beutel voll Geld. Dieser Gimpel bettelt geradezu darum, nach allen Regeln der Kunst ausgenommen zu werden. Man muss ihn nur in ein Gespräch verwickeln, zum Weitertrinken verleiten, und die schönen Taler wechseln wie von selbst ihren Besitzer, ein Kinderspiel.

Der Mann war stehen geblieben. Er blickte sich verstohlen um, sein Gesicht war kupferrot angelaufen. Aber das lag nicht am Branntwein, der Dicke hatte gemerkt, dass ihm seine Hosen um die Beine schlackerten. Nach verrichteter Notdurft hatte er versäumt, sich den Latz zuzuknöpfen. Hastig riss er an seinen Beinkleidern, doch es wollte ihm einfach nicht gelingen, sich aus der peinlichen Lage zu befreien. Schon zeigte man mit Fingern auf ihn, Spott und Beschimpfung prasselten auf den Rosshändler ein. Sein fortwährendes Missgeschick machte den armen Tropf nur noch fahriger. Er fluchte und begann, hilflos mit den Armen zu rudern. Jetzt brauchte nur ein sittenstrenger Pfarrer oder ein übereifriger Stadtsoldat des Weges zu spazieren, und der brave Rosshändler landete für mindestens eine Nacht im Kerker, möglicherweise sogar am Pranger. War es nicht ein Gebot christlicher Nächstenliebe, ihm aus der Patsche zu helfen? Es juckte Jacob in den Fingern. Er verspürte eine unbändige Lust, seine Diebeskunst noch einmal an dem Rosshändler zu erproben. Nicht um sich zu bereichern, nur um herauszufinden, ob er das Handwerk noch beherrschte. Wie zufällig lenkte er seine Schritte auf den Mann zu.

Gerade als Jacob ihn ansprechen wollte, drang eine zarte Stimme an sein Ohr: »Fällt er in den Graben, fressen ihn die Raben.« Irgendwo, an einem Fenster hoch über der Straße, sang ein Kind vor sich hin. »Fällt er in den Sumpf ...« Jacob blieb wie angewurzelt stehen. Was tat er da? Bestürzt wandte er sich ab. Wie von Furien gehetzt rannte er los. Er drängte sich durch die Menschenmenge, stieß an einen Obststand. Äpfel rollten auf das Pflaster, Straßenkinder stürzten sich auf die Beute. Eine Greisinnenstimme zeterte ihm einen Fluch hinterher. Ohne sich umzublicken, lief Jacob weiter. Der Kinderreim wiederholte sich unaufhörlich in seinem Kopf. Irgendwann ließ er sich mit wild pochendem Herzen und schweißüberströmt auf einem Brunnenrand nieder. Es war der Brunnen auf dem Naschmarkt mit der großen Herkulesfigur. Jacob tauchte seine Hände in das Becken und benetzte sein Gesicht mit Wasser.

Um ihn herum herrschte geschäftiges Treiben. Auf dem Naschmarkt wurde hauptsächlich Obst feilgeboten. Hier warteten die Sänftenträger mit ihren Portechaisen auf Kundschaft. Gegenüber, an der Ostseite des Platzes, befanden sich Brot- und Fleischbänke, Garküchen, ein Schuhmacher und eine Barbierstube. Der Geruch gebratenen Fleisches stieg ihm in die Nase. Jacob merkte, wie hungrig er war. Er raffte sich auf, ging zu einem der Läden hinüber und verzehrte zwei gebratene Lerchen. Sie schmeckten vorzüglich und machten erstaunlich satt.

Jacob fiel ein, dass er ziemlich wüst aussehen musste, während der Reise war ihm ein Bart gewachsen. Bevor er sich um ein Engagement bemühte, konnte es nicht schaden, sich gründlich rasieren zu lassen.

Eine Glocke erklang, als er die Barbierstube Nonnenmacher betrat. Es duftete nach Seife, Salben und Ölen. Sogleich erschien ein junger Mann mit einer blütenweißen Schürze um die Hüften und einem ebenso weißen Handtuch über dem Arm. »Womit kann ich dienen, Monsieur?«, fragte er beflissen. Anscheinend war Jacob an diesem Morgen der erste Kunde.

»Bart ab, wenn's gefällig ist.«

Mit einem Schwung des Handtuchs wies der Barbiergehilfe auf den Frisiersessel vor einem hohen Spiegel.

Während der Bursche den Rasierschaum aufschlug, sah Jacob im Spiegel, dass im hinteren Bereich des Salons auf einer Bank neben einer Tür zwei Gestalten hockten. Sie trugen abgerissene rote Röcke. Dem einen fehlten beide Beine, das eine war durch ein Stück Holz unter dem Knie ersetzt, der andere Stumpf nur mit einem schmutzigen Verband umwickelt. Die Krücken hatte er neben sich an die Wand gelehnt. Dem anderen war das Gesicht von Säbelhieben zerfurcht, anstelle der Nase waren nur zwei Löcher zu sehen. Auf seinen Wanderungen waren Jacob solche Elendsgestalten oft begegnet. Es waren Kriegsversehrte, die Reste der kurfürstlichen Armee. Nachdem sie fünf Jahre lang in Polen für August ihre Knochen hingehalten hatten, schleppten sie sich krank und verstümmelt in die Heimat zurück, wo sie als Bettler ihr Dasein fristeten. Die Barbiere oder Bader arbeiteten auch als Wundheiler, sie zogen Zähne, setzten Klistiere und Schröpfköpfe, ließen zur Ader, wechselten Verbände und führten sogar Amputationen durch. Manche von ihnen behandelten die Kriegskrüppel unentgeltlich. Offensichtlich warteten die beiden darauf, dass Meister Nonnenmacher sie in sein Behandlungszimmer rief.

»Pardon«, sprach ihn der Junge an, »wollen wir – das solange beiseitetun?« Damit hielt er Jacob die Perücke, die er ihm vom Kopf gehoben hatte, vor die Nase. Zugegebenermaßen befand sie sich in einem erbärmlichen Zustand, fast wie seinerzeit Blochardts unseliger Filz, der brennend durch das Heiliggeistloch geflogen war und sie alle ins Unglück gerissen hatte.

»Ich bitte darum.«

Mit einem Pinsel trug ihm der Barbiergehilfe den Schaum auf Kinn, Hals und Wangen auf. Das leise Knistern drang ihm angenehm in die Ohren, der Wohlgeruch der Seife lullte ihn ein. Am liebsten wäre Jacob eingeschlafen. Doch das Plaudern gehörte nun einmal zum Friseurhandwerk wie das Bartstutzen und Haareschneiden.

»Wie gefällt es Ihnen in unserem Leipzig?«, begann der Junge.

»Gut, sehr gut«, antwortete Jacob träge. »Kaum zu glauben, dass der Krieg gerade erst vorüber ist. Man spürt so gut wie nichts davon.«

»Nun je«, gab ihm der Bartputzer recht. »Es hätte schlimmer kommen können.«

Während er das Rasiermesser auf dem Lederriemen abzog, begann der Barbier zu erzählen, was sich seit dem letzten Jahr in Leipzig ereignet hatte. Von Schlesien aus sei, wie allgemein bekannt, der Schwede in Sachsen einmarschiert und letzten Herbst vor Leipzig erschienen. Angesichts der Übermacht habe der hochweise Rat dem Schwedenkönig anstandslos die Schlüssel der Stadt übereignet. Die einzig richtige Entscheidung, wenn man ihn, Johann Christian Schmidt, frage. Immerhin sei Karl XII. (im Gegensatz zu gewissen anderen Majestäten) ein aufrechter Protestant, der sich überdies (wiederum anders als gewisse hohe Herren) seinen Titel nicht etwa gekauft, sondern von Gott selbst empfangen habe.

Das Wetzen hörte auf.

»Überhaupt, tadellose Leute, diese Schweden«, schwatzte der Barbier weiter, als er Jacob das Messer an die Wange legte, »fromm, tapfer, großzügig.« Nichts gegen Meister Nonnenmacher, er sei ein guter Lehrherr, etwas jähzornig bisweilen, doch alles in allem könne er sich nicht beklagen. Dennoch überlege er, Schmidt, sich ernsthaft, ob er nicht seinem Bartkratzerdasein und der edlen Pogonotomía (wie bekanntlich die alten Griechen die Bartschneidekunst genannt haben) Lebewohl sagen und den blauen Rock anziehen solle, um dem heldenhaften König von Schweden zu dienen. »Übrigens«, fuhr er fort, »habe ich mich unterstanden, Karl XII. ein Poem zu widmen, welches ich selbst verfertigt habe. Möchten Sie es hören?« Ohne die Antwort abzuwarten, deklamierte der Barbier mit hoher, knabenhafter Stimme: »Ein jeder Gott, laut singend seinen Ruhm, / Hob ihn in der Erinnrung Heiligtum, / Auf den erhabensten, den ersten Ort, / Nur Venus schwieg und Bacchus sprach kein Wort …«

Da ertönte aus dem Hintergrund ein lautes Gelächter. Schmidt zuckte zusammen. Dabei ritzte er Jacob mit dem scharfen Rasiermesser in die Kehle. Es tat nicht weh, aber Jacob merkte, wie ihm das Blut den Hals herunterrann. Der Barbiergehilfe stammelte eine Entschuldigung und drückte ihm etwas Alaun auf die Wunde. Es brannte entsetzlich, aber die Blutung hörte auf.

»Ich erzähle dir was vom Schweden, du Grünschnabel!«, rief eine schneidende Stimme. Es war der mit dem Beinstumpf. Für die Rasur hatte Jacob den Kopf nach hinten gelegt und vermochte ihn nicht zu erkennen, aber es konnte nur der Beinamputierte sein. Sein Kamerad mit dem zerschmetterten Antlitz wäre kaum dazu imstande, sich so lautstark zu Wort zu melden. »Dieses schöne Andenken hat er mir in Fraustadt verehrt.« Jacob hörte ein Pochen, der Soldat klopfte mit der Pfeife auf sein Holzbein. »Gott verflucht, ich habe diese schwedischen Hurensöhne kennengelernt.« Der andere gab ein tonloses Pfeifen von sich, das wohl ein Lachen sein sollte. »Mag sein«, fuhr der Beinamputierte fort, »die Schweden sind vielleicht unbesiegbar. Aber fromm? Ich glaube eher, sie stehen mit dem Leibhaftigen im Bunde. Ein ums andere Mal haben sie uns geschlagen, 1701 an der Düna, 1702 bei Klissow, 1703 bei Saladen und bei Pultusk, 1704 bei Jacobstadt, 1705 bei Rakowitz und bei Gemäuterhof und im Februar bei Fraustadt.«

»Fraustadt hat unseren August die polnische Krone gekostet«, kommentierte Schmidt, wieder etwas forscher geworden.

Der Invalide spuckte aus. »Und mich hat es die Stelzen gekostet.«

»Es heißt, August habe viel mehr Soldaten gehabt und mehr Kanonen«, sagte Jacob. »Wie kommt es, dass Karl jede Schlacht gewinnt?«

»Das ist eine verdammt gute Frage«, entgegnete der Soldat. »Zusammen mit den Russen waren wir ihnen weit überlegen. Unsere Kanonen hätten die Schweden in Stücke schießen müssen.«

»Warum haben sie es nicht getan?«

»Die schwedischen Kürassiere sind immer näher gekommen«, sprach der Invalide, in seiner Stimme schwang noch immer ungläubiges Staunen. »Nur mit der blanken Waffe in der Faust. Mit Gottes Hilfe!, haben sie gebrüllt. Wir haben in ihre Gesichter geschaut. Diese Himmelhunde waren zum Sterben verdammt, aber sie scherten sich nicht darum. Bei uns hat sich niemand gerührt. Und dann … Auf einmal war alles vorbei. Unsere Dragoner sind geflohen, einfach so, im Galopp davon. Da haben die schweizerischen und französischen Bataillone ihre Gewehre weggeworfen.«

»Verräter!«, zischte Schmidt verächtlich.

»Verräter?«, schnauzte ihn der Soldat an. »Was weißt denn du, Bürschlein? Das waren arme Teufel, Gefangene aus der Schlacht bei Höchstädt, die August dem Kaiser und dem Brandenburger abgemietet und in seine Dienste gepresst hat. Von denen waren keine Heldentaten zu erwarten. Es war ohnedem alles zu spät. Wir sind alle um unser Leben gerannt. Das heißt, die Sachsen, die Russen sind mit erhobenen Händen stehen geblieben. Von denen hat es kein Einziger geschafft.«

»Die Schweden haben keine Gefangenen gemacht?«

»Man kann es ihnen nicht einmal verübeln. General von der Schulenburg hat den Russen befohlen, ihre grünen Röcke zu wenden, weil das Innenfutter dem Rot der sächsischen Röcke ähnelt. Er hat wohl gemeint, die Schweden hätten vor den Sachsen mehr Respekt als vor den Russen. Leider hat er es versäumt, unseren Verbündeten mitzuteilen, dass er am Abend vor der Schlacht die Parole ›Kein Quartier!‹ ausgegeben hatte. Jedenfalls wussten die Russen von nichts.«

»Die Schweden aber schon.«

»Allerdings. Als sie mit den Russen fertig waren, Gott im Himmel, der ganze Schnee war rot, kein einziger weißer Fleck mehr.« Der Invalide schwieg. »Aber wir waren nicht viel besser dran«, fuhr er dann unversehens fort. »Wie Hasen haben sie uns über das Feld gejagt. Wer um Gnade bettelte, bekam zur Antwort: Kein Quartier! Ich hatte es zu dem Haufen geschafft, mit dem sich Schulenburg über die Oder abgesetzt hat. Aber da wartete abermals der Schwede.«

Schmidt ließ das Rasiermesser sinken. Hastig wischte er Jacob mit dem Handtuch im Gesicht herum. Jacob sah, wie seine Oberlippe bebte. Während der Erzählung des Soldaten hatte er mit dem Rasieren nicht aufgehört und ihm weitere Wunden zugefügt, die er ihm wiederum mit Alaun einrieb. Es brannte wie Feuer.

Die Kriegsinvaliden lachten. »Ein schönes Gemetzel hast du da angerichtet, Schmidtchen! Solche Helden wie dich braucht der König von Schweden.« Der Nasenlose spuckte aus. Jacob hörte etwas zu Boden tropfen.

Dem Barbiergehilfen standen die Tränen in den Augen. »Mein Gott, wenn das der Meister sieht!«, schluchzte er.

»Dann geh gleich zu deinen Schweden«, höhnte der Beinamputierte. »Das wolltest du doch.«

Jacob blickte in den Spiegel: Es sah entsetzlich aus, sein Gesicht war völlig zerschnitten. So konnte er sich nirgends blicken lassen. Eigentlich hatte der Kerl eine Ohrfeige verdient. Aber der Junge tat ihm leid.

»Dein Meister muss es nicht erfahren«, flüsterte Jacob ihm zu.

»Die beiden da werden's ihm schon stecken«, sagte Schmidt verzweifelt und zeigte auf die Invaliden, die zu ihnen herüberfeixten und sich vor Schadenfreude nicht zu bergen wussten.

»Das wollen wir sehen.« Jacob warf den Frisiermantel beiseite, stand auf und wandte sich an die beiden Krüppel. Dann zückte er seine Geldkatze und drückte jedem einen Silbergroschen in die Hand. »Ihr haltet das Maul, verstanden.«

Die beiden rissen sich die Hüte von den Köpfen, bedankten sich überschwänglich und schworen, heute nichts als zufriedene Kunden in der Barbierstube Nonnenmacher gesehen zu haben.

Schmidt hatte die Szene mit offenem Mund verfolgt. Er drückte Jacob die Hand und rang nach Worten.

»Lass nur«, wehrte Jacob ab. »Versprich mir nur, dass du nicht zu den Schweden gehst.«

»Nein, gewiss nicht …«

Jacob verstand sich selbst nicht. Warum tat er das? Der Bursche zersäbelte ihm das Gesicht, und er bezahlte die beiden Nichtsnutze dafür, dass sie ihn nicht an seinen Meister verrieten. Was scherte ihn das Schicksal des Bartputzers? Er tat ihm leid, gewiss, und auch ihm hatten seine Kameraden oft uneigennützig aus der Klemme geholfen. Aber da war noch etwas anderes. Die Erzählung des Invaliden hatte ihm vor Augen geführt, dass er es so übel nicht getroffen hatte. Er war sein eigener Herr, der tun und lassen konnte, was er wollte. Wenn es ihm gefiel, rettete er einen Barbiergehilfen vor dem Soldatenschicksal und verschenkte sein letztes Geld an zwei arme Teufel. Nicht aus Barmherzigkeit oder weil er sich etwas davon erhoffte, einfach weil er es wollte. Johann Jacob Bach war niemandem Rechenschaft schuldig. Was kümmerten ihn die Silbergroschen? Er hatte seine Flöte, sie würde ihm den Beutel schon wieder füllen. Zum ersten Mal seit langer Zeit war Jacob wieder mit sich im Reinen.

Als er sich zum Gehen wandte, hielt Schmidt ihn zurück. »Warten Sie.«

Der Barbiergehilfe verschwand in einem Nebenzimmer und kehrte mit einer Schachtel zurück. Sie enthielt eine kurze Rosshaarperücke. Mit wichtiger Miene setzte er sie ihm auf den Kopf und zog sie sorgfältig zurecht. »Tadellose Qualität«, sagte Schmidt. »Damit dürfen Sie sich überall sehen lassen.«

In der Tat: Aus dem Spiegel blickte Jacob ein reichlich zerschundenes, aber überaus vertrauenswürdiges Konterfei entgegen, ein Philister, wie er im Buche stand.

Sein neues Leben konnte beginnen.

XV.

Auf dem Cymbelstern

Am Rathaus vorbei spazierte Jacob linkerhand die Petersstraße hinauf, an deren Ende sich vor der alten Peterskirche der Cymbelstern befand. Viele Male war Jacob hier eingekehrt, wie alle Bachs in ihren Wanderjahren. Zu Messezeiten waren in Leipzig die Gasthäuser bis unters Dach belegt, doch für ihn hatte sich auf dem Cymbelstern noch allemal ein Plätzchen gefunden. Allerdings lag sein letzter Aufenthalt drei Jahre zurück. Ob man sich seiner erinnern würde?

»Monsieur Bach, le voilà! Da sind Sie ja, mein Lieber!«

Listig mit seinen Mausaugen blinzelnd, schüttelte ihm Vater Lampe die Hand. Er fragte nicht, wo Jacob die ganze Zeit über gesteckt hatte. Auch sein zerschundenes Antlitz kommentierte er mit keinem Wort. Nicht dass es ihn nicht interessiert hätte. Aber der Cymbelsternwirt durfte sich darauf verlassen, früher oder später ohnehin alles zu erfahren, was er zu wissen begehrte.

Christian Felix Lamprecht, genannt Vater Lampe, war der heimliche Herrscher über die Leipziger Musikwelt. Wenn es um die Besetzung musikalischer Posten ging, vertrauten Kantoren, Kapellmeister, ja selbst der Rat der Stadt und das Konsistorium blind auf sein Urteil. Allerdings würden seine Nachforschungen in Jacobs Fall ohne Ergebnis bleiben. Also würde Lampe über kurz oder lang doch Fragen stellen, ganz harmlos und nebenbei.

Und dann musste Jacob eine Geschichte parat haben, und zwar eine glaubwürdige. Mit der abenteuerlichen Kavalierstour konnte er Vater Lampe nicht abspeisen. Aber kommt Zeit, kommt Rat. Ein, zwei Tage durfte er ihn getrost zappeln lassen.

Die Stirn in Falten gelegt, murmelte Vater Lampe lange vor sich hin. »Lieber«, seufzte er schließlich, »der Cymbelstern ist dergestalt und allermaßen belegt. Wohinein soll ich ihn nur stecken?« Er dachte weiter angestrengt nach. »Hm, die Kammer unterm Dach, das ließe sich allenfalls … – Ach, nein«, unterbrach er sich selbst. »Das geht nicht an. Es kann nicht sein.«

»Vater Lampe, Sie wissen, ich nehme alles in Kauf. Wenn ich nur auf dem Cymbelstern wohne.«

»Hm, gewiss – nun wohl. Es ist nur …« Lampe machte eine bedeutungsschwere Pause. »Sie müssten die Kammer mit zwei Herren teilen.«

»Wenn es das nur ist. Das wäre mir sogar sehr lieb.«

»Wohl, wohl«, meinte Lampe bedenklich, »es ist nur … Ich muss Ihnen eines gestehen.« Der Cymbelsternwirt dämpfte seine Stimme zu einem Flüstern herab: »Die Herren sind nämlich keine Musiker.« Er sah Jacob an, als hätte er ihm ein schreckliches Geheimnis anvertraut. »Was wollen Sie, Herr Bach?«, brach es aus Lampe heraus. »Unsereiner muss auch leben. Heutzutage kann man sich seine Gäste nicht aussuchen.«

Jacob tat, als müsse er diese furchtbare Nachricht erst einmal verdauen. »Nun ja«, sprach er dann zögerlich, »wenn es so steht … Ach was, ich will ich es immerhin mit den beiden versuchen.«

Lampe strahlte. »Habe ich es nicht gesagt?«, frohlockte er. »Ich wusste, Monsieur Bach ist ein Mann von Welt, der sich um irgendwelche praeiudicia nicht schert. Und ich versichere Sie, wenn die Herren auch keine Musici sind, so sind's gleichwohl honette Leute.«

»Wenn die Herren nur ihrerseits nichts dawider haben. Ich möchte niemandem lästig fallen.«

Lampe machte eine wegwerfende Bewegung. »Ei was, Herr Bach, seien Sie unbesorgt.« Er lächelte still vor sich hin. »Um die Wahrheit zu bekennen«, sprach er augenzwinkernd, »ich bin nicht unfroh, einen dritten Mann auf die Bude zu bekommen.«

»Ach ja?«

»Hä, hä.« Lampe stieß ein meckerndes Lachen aus. »Ihnen kann man nichts vormachen. Ich bekenne es frei heraus: Die beiden zanken sich Tag und Nacht wie die Rohrspatzen, und zwar dergestalt und allermaßen, dass sie mir die übrigen Gäste ganz irre machen.«

Da lag der Hase im Pfeffer! Dass die Sache einen Haken hatte, war Jacob von Anfang an klar gewesen, aber Lampe war immer für eine Überraschung gut.

»Und ich soll die Brauseköpfe ein wenig beruhigen?«

Lampe hob beschwörend die Arme. »Wenn Sie die beiden zur Vernunft bringen, bei Gott, dann schenke ich Ihnen die halbe Miete.«

Jacob konnte sich ein Lachen nicht verkneifen. Aber er war sich alles andere als sicher, ob er sich über das Angebot freuen sollte. Wenn Vater Lampe freiwillig einen Preisnachlass anbot, musste es dafür einen wichtigen Grund geben.

»Ich kann mich nicht ganz des Gefühls erwehren, lieber Maestro«, sagte Jacob halb im Scherz, »dass ich mir diese Vergünstigung sauer werde verdienen müssen.«

Lampe grinste. »Wir verstehen einander! Ich wusste, auf meinen Johann Jacob kann ich mich verlassen. – Top?«

Jacob schlug ein.

Blitzschnell praktizierte nun der Cymbelsternwirt zwei winzige Zinnbecher unter dem Tresen hervor und füllte sie mit Branntwein. Nachdem sie getrunken hatten, setzte Lampe eine geschäftsmäßige Miene auf. Er kramte einen Meldezettel hervor, stellte ein Tintenfass auf den Tisch und hielt Jacob den Gänsekiel hin.

Jacob unterschrieb. Sogleich riss Lampe ihm das Formular weg und pustete die Tinte trocken. Die Gäste, eine Handvoll Studenten, die beim Bier zusammensaßen, schauten belustigt herüber, tuschelten miteinander und lachten.

Lampe tat, als bemerkte er es nicht. »Haben Sie übrigens schon ein Engagement?«, fragte er beiläufig.

»Noch nicht, bin gerade erst zum Tor hinein. Aber ich dächte, Monsieur Telemann …«

»Sapperment, Sie wissen es nicht?«

»Was weiß ich nicht?«

Der Gastwirt sah ihn mit Leichenbittermiene an. »So obliegt mir, mein lieber Monsieur Bach«, sprach er feierlich, »die traurige Pflicht, Ihnen zu eröffnen, dass unser Herr Musikdirektor Georg Philipp Telemann nicht mehr unter uns weilt. – Ach was, bewahre! Er weilt durchaus noch unter den Lebenden. Nur nicht mehr, Gott sei's geklagt, in unserem schönen Pleißathen.«

Telemann nicht mehr in Leipzig. Das war in der Tat eine schlechte Nachricht. Jacob hatte gehofft, wie früher in dessen Collegium Musicum mitzuspielen.

Philipp Telemann war der strahlende Stern am Leipziger Musikhimmel. Er stammte aus Magdeburg, das er gerne sein »Parthenopolis« nannte (er sprach fließend französisch, englisch und italienisch und fabrizierte lateinische und sogar griechische Verse). Eigentlich war er nach Leipzig gekommen, um auf Wunsch seiner Mutter Jura zu studieren. Auf der Universität hatte man Telemann allerdings selten angetroffen, dafür jeden Abend in der Oper, wo er als Bariton sang, oder in der Neuen Kirche und in St. Pauli, wo er auf der Orgel Konzerte gab. Doch Telemann war nicht nur Sänger und Organist, sondern ein Virtuose auf nahezu allen Instrumenten. Mit zwölf Jahren hatte er seine erste Oper zu Papier gebracht, seitdem komponierte er unablässig. Zu alledem sah Telemann blendend aus und kleidete sich stets nach der neuesten Mode. Dabei war er der bescheidenste, hilfsbereiteste und liebenswürdigste Mensch von der Welt. Mit einer Handvoll musikbegeisterter Studenten hatte dieser neue Apoll ein Laienorchester gegründet: das Telemann'sche Collegium oder Collegium Musicum. Zunächst hatten sie nur in Kuchengärten und Kaffeehäusern musiziert, dann waren private Festlichkeiten wie Taufen und Hochzeiten hinzugekommen. Schließlich engagierte man das Collegium auch für offizielle Festakte wie Professorengratulationen und Amtseinführungen. Doch bald hatte, namentlich zu Messezeiten, das Liebhaberorchester die Nachfrage nicht mehr befriedigen können. Gegen Honorar wurden zusätzliche Musiker eingestellt. Und Vater Lampe hatte nicht gezögert, dem Herrn Kapellmeister einen gewissen Jacob Bach ans Herz zu legen, der nicht nur sein Handwerk vorzüglich beherrschte, sondern auch eine französische Flöte besaß.

Das Collegium Musicum befand sich auf der Höhe der Zeit, und bisweilen schwebte es noch etwas darüber. Die Herren Studiosi richteten sich nämlich aus Prinzip nicht nach den Wünschen ihrer Auftraggeber; sie spielten ausschließlich, was ihnen gefiel, und scherten sich nicht um Formen und Konventionen. Das Leipziger Publikum war hingerissen. Und Jacob war es ebenso. Nie zuvor hatte er so viel Freude am Musizieren gehabt. Hier rissen nicht gelangweilte Berufsmusiker ihre Stunden ab, die angehenden Juristen, Ärzte und Pfarrer musizierten einzig und allein zu ihrem Vergnügen. Zuerst hatte Jacob nicht gewusst, ob er sie deswegen beneiden oder verachten sollte. Diese Burschen hatten es nicht nötig, mit der Musik ihr Brot zu verdienen; sie hatten keine Ahnung, was es hieß, von der Kunst leben zu müssen. Aber eben darum konnten sie sich ihr mit ganzer Leidenschaft widmen. Im Übrigen nahmen es diese sogenannten Dilettanten mit jedem Berufsorchester auf. Jeder Einzelne von ihnen hätte ohne weiteres einen Platz in einer Hofkapelle einnehmen können. Es war eine Lust, mit ihnen zu spielen.

Bei alledem war es Telemann nie in den Sinn gekommen, dass jemand ihm seinen Erfolg hätte neiden können. Doch so jemanden gab es. Dem Thomaskantor und Universitätsmusikdirektor Johann Kuhnau waren das Collegium Musicum und der Magdeburger Wunderknabe von Anfang an ein Dorn im Auge gewesen. Denn seit Telemann in der Neuen Kirche die Register zog, sangen, einen Steinwurf davon entfernt, Kuhnaus Thomaner vor empfindlich gelichteten Kirchenbänken. Telemanns musikalische Freibeuterei war eine einzige Provokation. Kein Wunder, dass Kuhnau die erste Gelegenheit beim Schopfe packte, die leidige Konkurrenz loszuwerden. Und diese Gelegenheit hatte sich bald ergeben.

Mit genüsslicher Ausführlichkeit erzählte Vater Lampe, wie es zu Telemanns Austreibung gekommen war: Philipp selbst hatte sich nichts zu Schulden kommen lassen. Sehr wohl aber sein Freund und Gönner, der junge Leipziger Bürgermeister Franz Conrad Romanus, seinerseits ein Günstling des Kurfürsten. Romanus und Telemann hatten manches gemeinsam. Beide liebten Aufwand und Luxus, beide waren vom Erfolg verwöhnt. Auch Romanus hatten die Leipziger zu Füßen gelegen.

Was hatte dieser Bursche in gerade einmal zwei Amtszeiten nicht alles erreicht? Er hatte die Wege der Stadt pflastern lassen, für eine Straßenbeleuchtung gesorgt, ein Almosenamt gegründet, einen städtischen Sänftendienst eingerichtet. Mit einem Wort: Romanus hatte Leipzig in eine Metropole von europäischem Rang verwandelt. Jedenfalls glaubten das die Pleißathener, wie sie sich selbst gerne nannten, und feierten ihren Bürgermeister wie einen neuen Perikles. Doch der Erfolg war Romanus zu Kopfe gestiegen. Schon immer hatte er, seinem Vorbild August nacheifernd, auf großem Fuß gelebt. Jetzt begann er, es zu übertreiben. Er schwelgte in Luxus, kaufte die elegantesten Equipagen mit den edelsten Pferden, gab kostspielige Gastereien. Wo die Katharinenstraße in den Brühl mündete, baute er sich ein Stadtpalais, das alle anderen Patrizierhäuser in den Schatten stellte. Das erregte Neid – und einen schlimmen Verdacht. Wie finanzierte Romanus das alles? Seine Besoldung als Bürgermeister und die Einkünfte als Geheimer Kurfürstlicher Rat konnten dafür unmöglich hinreichen. Gerüchte machten die Runde, ein Freund nach dem anderen wandte sich von ihm ab. Schließlich sah sich der Rat genötigt, eine Untersuchung einzuleiten. Unregelmäßigkeiten in der städtischen Finanzführung kamen zu Tage. Romanus verstrickte sich in Widersprüche und Lügen. Sein Gönner August konnte ihn nicht schützen, der König trieb sich auf der Flucht vor den Schweden irgendwo in Polen oder Litauen herum. So nahm das Unheil seinen Lauf. Eine Hausdurchsuchung brachte gefälschte Geldwechsel, ein nachgemachtes Amtssiegel und einen Nachschlüssel für das Bürgermeisterpult zum Vorschein. Romanus wurde verhaftet und in der Pleißenburg eingesperrt. Inzwischen harrte er auf der Festung Königstein seiner Verurteilung.

Und Telemann: mitgefangen, mitgehangen. Kuhnau brauchte sich gar nicht groß aus dem Fenster zu lehnen. Jeder wusste, dass der Erzbetrüger und der Musikus befreundet waren. Über Nacht war Telemann zur unerwünschten Person geworden. Das Publikum freilich hatte das anders gesehen, zumal die Studentenschaft. Telemanns Anhänger hatten einen regelrechten Aufstand angezettelt und nächtens in den Gassen randaliert. Bei Kuhnau warf man jeden Abend die Fensterscheiben ein, dass der Thomaskantor gar um sein Leben bangte. Endlich hatte Telemann selbst dem Treiben ein Ende gesetzt, indem er Leipzig verließ. Wenn man ihn hier nicht mehr haben wollte, woanders nahm man ihn mit Kusshand.

»Wo ist er denn hin?«

Lampe schnaufte verächtlich. »Ein Graf Promnitz hat ihn als Kapellmeister angestellt, in Sorau. Fragen Sie mich nicht, wo das liegt, irgendwo in der Kalmückensteppe, bei den Samojeden. Aber da bleibt er nicht lange. Von unserem Philipp Telemann werden wir noch dergestalt und allermaßen hören. Denken Sie an meine Worte. Zum Donnerwetter, darauf nehmen wir noch einen.«

Plötzlich erfüllte ein lauter Wortwechsel den Raum. Die Blicke der Studenten richteten sich auf zwei Männer, die heftig miteinander disputierend die Treppe herunterschritten, die von den Zimmern in die Gaststube führte. Auf halben Wege blieben sie stehen und predigten nun wie von einer Kanzel auf die Gästeschaft des Cymbelsterns herab, die ihnen gebannt zuhörte. Offenbar hatte man auf den Auftritt der Streithähne gewartet.

In Gestalt und Aufführung hätten die beiden nicht unterschiedlicher sein können. Der eine war klein und gedrungen und trug einen Rock, dessen Blau schon reichlich verschossen war. Die Perücke saß ihm schief und zerzaust auf dem Kopf. Sein rundes, etwas aufgeschwemmtes Gesicht war rot angelaufen. Während er sprach, gestikulierte er wild mit seinen kurzen Armen. Der andere war um wenigstens zehn Jahre jünger als sein Gesprächspartner, den er um Haupteslänge überragte. Er war schlank bis zur Hagerkeit. Die Perücke war sorgfältig gepudert, sein neuer brauner Rock bis obenhin zugeknöpft. Er bewegte sich mit einer dazu passenden würdevollen Steifheit.

»Im Übrigen«, schrie der Kleine, »war es allbereit zur Zeit der Apostel mit dem eigentlichen Christentume vorbei.« Er schnappte nach Atem. »Aber wissen Sie, wer es meiner Meinung nach endgültig zugrunde gerichtet hat?«

»Sie werden es mir ohne Zweifel verraten«, sprach der Hagere in einem weichen norddeutschen Tonfall.

»Endgültig zugrunde gerichtet«, redete der Kleine fort, »wurde es durch den Kaiser Konstantin, der es sich einfallen ließ, es zur alleinigen Religion seines Reiches zu erheben. Von da an herrschten nur Zank, Hass, Parteiwesen und Glaubenszwang.«

»Gewiss«, versetzte der andere gelassen. »Wer wollte diese unschönen Dinge bestreiten. Aber glauben Sie, die Kirche hätte bis zum heutigen Tage überdauert, wenn die Römer keine Christen geworden wären? Das Christentum wäre als eine obskure Sekte verkümmert.«

Da packte der Kleine seinen Kontrahenten beim Kragen (wofür er sich auf seine Zehenspitzen stellen musste). »Ei wohl!«, kreischte er ihm in sein feingeschnittenes Gelehrtengesicht. »Ganz richtig! Und ich sage Ihnen, damit hätte die Kirche das bessere Los gewählt!«

Pfiffe, Bravorufe. Ein paar Gäste klatschten Beifall.

Der Große blickte peinlich berührt auf. Energisch befreite er sich aus der Umklammerung, rückte seine Halsbinde zurecht, räusperte sich und sprach mit ruhiger Stimme: »Lassen Sie es gut sein, Herr Lessing. Sie haben sich in Hitze geredet.«

Doch so leicht ließ sich der Kleine nicht beschwichtigen. »Ist das Ihr Argument, Herr Magister?«, rief er. »Ich bleibe dabei: In dem Augenblick, wo sich das Christentum mit der weltlichen Macht eingelassen hat, war es kein rechtes Christentum mehr. Alles andere sind Ausflüchte.«

Abermals Beifall.

»Ich bestreite nicht«, sagte der Hagere, nun ein wenig lauter als zuvor, »dass die Kirche von ihrer Gründung an manchen Irrungen unterlegen war, ja sogar mancher Verbrechen sich schuldig gemacht hat. Aber hat sie nicht immer wieder unter Beweis gestellt, dass sie die Kraft besitzt, sich zu erneuern und zur Reinheit ihres Anfangs zurückzukehren? Nehmen Sie die Reformation …«

»Die Reformation!«, unterbrach ihn der Kleine. »Eine famose Sache, das will ich zugeben – allerdings bloß für die allererste Zeit. Nachdem die übelsten Missstände beseitigt waren, ging es sogleich wieder an mit dem Theologengezänk, und zwar schlimmer als je.«

Applaus. Rufe: »Recht hat er!« – »Hört! Hört!« Auch die Gäste gerieten nun miteinander in Streit.

»Da haben Sie es, Herr Bach«, klagte Vater Lampe. »So geht das alle Tage bis tief in die Nacht hinein.« Er räusperte sich vernehmlich. »Silentium!«, rief er mit einer Stentorstimme, die man dem kleinen Männchen nie und nimmer zugetraut hätte.

Auf der Stelle trat Ruhe ein. Auch die beiden Disputanten schwiegen still. Der Hagere schaute betreten zu Boden und hustete in die Faust.

»Meine Herren«, fuhr Lampe etwas moderater fort. »Sie wissen, auf dem Cymbelstern darf jedermann schwätzen, wie ihm das Maul gewachsen ist. Bloß das Theologisieren will ich mir verbeten haben, denn das scheint mir eine ganz teuflische Angelegenheit zu sein. Außerdem verdirbt es einem dergestalt und allermaßen den Appetit.«

Der Kleine stutzte, dann lachte er auf und machte eine beschwichtigende Geste. »Verzeihen Sie, lieber Lamprecht«, sagte er in einem überraschend liebenswürdigen Ton. »Sie haben vollkommen recht. Wenn ich dürfte, wollte ich Ihnen sogar beweisen, dass der Teufel selbst der erste Theologe gewesen ist. Doch in einem, wackerer Mann, kann ich Ihm keinesfalls zustimmen: Den Appetit verdirbt mir die Theologie ganz und gar nicht. Im Gegenteil, meine Esslust wird durch einen theologischen Streit erst so recht angefacht. Um die Wahrheit zu bekennen, ich zettele unsere kleinen Dispute nur an, um meinen Appetit anzuregen.« Damit legte er seinem säuerlich dreinblickenden Gesprächspartner den Arm um die Hüfte. »Meinen Sie nicht, Herr Magister«, fuhr der Kleine versöhnlich fort, »dass wir uns die tüchtige Hammelkeule verdient haben, die, wie ich weiß, unser trefflicher Meister Lamprecht in seiner Speisekammer aufbewahrt? Ich habe einen Mordshunger!«

»Zum Donnerwetter, Herr«, brummte Lampe, »wenn ich die Hammelkeule noch hätte, Ihr solltet Sie bekommen. Aber der Schwede verzehrt sie, drüben in der Pleißenburg.«

»Keine Hammelkeule?« Wie ein schmollendes Kind trottete Lessing die letzten Stufen herunter.

In der Tat war schwer zu begreifen, dass die Stadt vor Viktualien fast platzte und auf dem Cymbelstern nicht einmal eine Hammelkeule zu bekommen sein sollte. Aber seine zukünftigen

Stubengenossen machten keine Einwände, und so beschloss auch Jacob, deswegen für das Erste den Mund zu halten.

»Der Gerechte isset, dass er satt wird«, bemerkte der Magister mit maliziösem Lächeln. »Der Gottlosen Bauch aber hat nimmer genug.«

»Liber Proverbiorum, XIII., 25«, versetzte Lessing. »Aus den Sprüchen Salomonis. Aber wer war Salomo?« Ruckartig drehte er sich um und stieß dem Langen seinen Finger gegen die Brust. »Der hat nicht einen Tag in seinem Leben Hunger gelitten. Ein voller Bauch redet leicht vom Fasten.«

»Dafür«, unterbrach ihn Vater Lampe, »habe ich einen Stubengenossen für Sie. Kein Theolog, versteht sich, sondern ein anständiger Mensch. Darf ich vorstellen, Monsieur Bach aus Eisenach, Flötist und Oboist.«

»Sehr erfreut! Willkommen, lieber Freund!«, rief Lessing und schüttelte ihm überschwänglich die Hand. »Lassen Sie sich durch unsere kleinen Scharmützel nicht beirren. In Wahrheit sind der Magister und ich ein Herz und eine Seele, nicht wahr, Herr Glaubrecht?«

Der Kleine deutete eine Verbeugung an und stellte sich als Theophilus Lessing vor, Schulmeister und Ratsschreiber zu Schkeuditz, einem Städtchen wenige Meilen vor den Toren Leipzigs. Er halte sich im Auftrag seiner Vaterstadt hier auf. Schkeuditz leide nämlich unter der schwedischen Besatzung weit ärger als das vornehme Leipzig. Während sich in der Stadt bloß eine Handvoll Offiziere einquartiert hätten, hause auf dem platten Lande die Soldateska. Zwar halte Karl XII. strenge Zucht und die Schweden benähmen sich halbwegs zivilisiert. Aber selbstverständlich wollten auch diese sieggewohnten Hyperboreer gefüttert werden. Und wer kommt für die Atzung auf? Die Schkeuditzer, die selbst nichts zu beißen haben. Wie sollten sie den Winter überstehen? Das habe sich inzwischen auch der Schwedenkönig gefragt und darum den Leipziger Rat angewiesen, die Schkeuditzer aus ihren Kornhäusern und ihrer

Schatulle zu entschädigen. Doch die Herren zierten sich. Auf dem Rathaus halte man ihn hin, lasse ihn wie einen Bittsteller stundenlang vor Amtsstuben warten und vertröstete ihn ein aufs andere Mal. Doch so leicht ließe sich ein Theophilus Lessing nicht abwimmeln. Notfalls würde er sich an Karl persönlich wenden.

Wie sich herausstellte, hielt sich Magister Johann Gottlieb Glaubrecht aus ganz ähnlichen Gründen in Leipzig auf wie der Schkeuditzer Schulmeister. Er stammte aus Danzig, wo sein Vater ein Handelsgeschäft besaß. Auch in seiner Heimatstadt hatten sich die Schweden an den Kaufleuten schadlos gehalten. Auch ihnen habe Karl versprochen, für Kost und Logis seiner Soldaten aufzukommen. Aber Seine Majestät habe die Rechnung bis heute nicht beglichen. Er, Glaubrecht, trage die Liste, auf der alle Posten verzeichnet seien, sowie ein offizielles Schreiben der Hansestadt Danzig bei sich, um die Ausstände einzutreiben. Obwohl er mehrfach auf der Königlichen Feldkanzlei vorstellig geworden sei und sogar mit dem Grafen Piper gesprochen habe, habe er zugegebenermaßen in den vier Wochen, die er sich nun schon in Sachsen aufhalte, ebenso wenig erreicht wie der werte Herr Lessing.

Sie setzten sich zu Tisch.

Nachdem er den Wein gebracht hatte, trug Lampe auf einem Messingteller ein riesiges schwarzes Etwas herein. Dazu ein Salzfässchen und ein großes Messer.

»Himmel, was ist das?«, entfuhr es Jacob.

»Da haben Sie einen ehrlichen Erfurter Rettich«, verkündete Lampe.

»Auch der Rettich ist eine Gottesgabe«, befand Lessing. »Und ich verzehre Gott in allen Bissen, die ich esse. Mit ein wenig Salz soll er uns wohl schmecken.«

Daraufhin nahm er das Messer, schnitt drei runde Scheiben von dem Rettich ab, streute sehr behutsam und nachdenklich auf jede davon ein paar Körnchen Salz und steckte sie nacheinander seinen Tischgenossen in den Mund. »Nehmt und esst«, sprach er feierlich. Danach nahm er mit beiden Händen seinen Becher und stürzte den Wein in einem Zug hinunter.

»Amen!«

»Es wird Sie freuen, Herr Bach«, redete Lessing unter dem Essen weiter, »dass Sie es mit zwei Liebhabern der Musik zu tun haben. Was mich betrifft«, fuhr er fort, »ist es freilich nicht allzu weit her damit. Ich kratze ein wenig die Geige, spiele wohl auch bisweilen den Kantor an unserer St.-Albanus-Kirche, wenn unsern alten Koschytz das Zipperlein plagt. Aber unser verehrlicher Herr Magister hier, der stellt einen leibhaftigen Organisten vor.«

»Ach wo«, wiegelte Glaubrecht ab. »Das ist längst vorbei. Ich weiß gar nicht, warum ich Ihnen das erzählt habe.«

»Nun stellen Sie Ihr Licht mal nicht unter den Scheffel, Magister«, beharrte Lessing. »Sie werden mich doch nicht verhohnepiepelt haben.«

»Nein«, entgegnete Glaubrecht. »In der Tat habe ich in meiner Jugend ein wenig die Orgel spielen gelernt. Doch nicht so sehr aus Neigung als aus der Not heraus. Als Kind war ich zeitweise erblindet, kein Arzt vermochte zu sagen, aus welcher Ursache, und darum wusste auch niemand ein Heilmittel. Weil an Schulunterricht nicht zu denken war und ich eine gewisse musikalische Begabung an den Tag zu legen schien, hat mich mein seliger Herr Vater im Orgelspiel unterweisen lassen. Ich hatte es, in aller Bescheidenheit gesagt, mit Fleiß schon recht weit darin gebracht, da hat mir eines Tages der liebe Gott unverhofft das Augenlicht zurückgegeben. Ich habe das als einen Fingerzeig genommen und daraufhin neben der Medizin auch Theologie studiert.«

»Um dann ein Krämer zu werden«, warf Lessing ein.

»So ist es«, sagte Glaubrecht, den Spott überhörend. »Der Wunsch meines Vaters war mir heilig.«

»Was halten Sie davon«, schlug Lessing vor, »wenn wir uns die Zeit etwas mit Musizieren vertreiben?«

Aus seiner Rocktasche holte er ein zerfleddertes Heft und einen Würfel hervor und forderte Magister Glaubrecht und Jacob auf, mit ihm zu einem der beiden klapperigen Cembali hinüberzugehen, die Lampe vor Jahrzehnten bei einer Haushaltsauflösung ersteigert hatte.

Es waren dieselben Instrumente, auf denen sich einst, es musste auf der Ostermesse vor drei Jahren gewesen sein, ein junger Virtuose aus Halle namens Georg Friedrich Händel und der damals berühmte Maestro Pietro Spinelli ein denkwürdiges Duell geliefert hatten. Auf Drängen einiger Musikergesellen und Studenten hatte Spinelli ein wenig auf einem der Klaviere herumimprovisiert. Händel hatte eine Weile mit spöttisch verzogenem Mund gelauscht, dann ein bisschen zu laut Beifall geklatscht und den Maestro mit pompösen Komplimenten überschüttet. Noch während er seine Lobrede hielt, schoben einige Mitglieder seiner Entourage das zweite Cembalo heran und forderten lärmend einen musikalischen Wettstreit. Schon begann Händel, eine Melodie vor sich hin zu spielen. Sie klang zufällig und simpel, aber ein Kenner konnte ihr Potential für Improvisationen heraushören. Und davon hatte der Hallenser zweifellos ein ganzes Repertoire im Kopf. Es war wie bei einer Partie Schach, deren Verlauf ein Meister bereits nach den ersten Zügen voraussagen konnte. Spinelli war natürlich klar, dass er sich im Nachteil befand. Aber er ließ sich nichts anmerken und stellte sich tapfer der Herausforderung. Ein ums andere Mal, Stunde um Stunde, überboten sich die beiden Virtuosen mit immer kapriziöseren Einfällen. Aber Händel hatte den längeren Atem. Kurz vor Mitternacht war Spinelli am Ende, der Maestro litt an einer fiebrigen Erkältung. Der Hallenser dagegen strotzte nur so vor Kraft und Selbstvertrauen, nur seine Pausbacken hatten sich etwas gerötet, sonst war ihm keinerlei Ermüdung anzumerken. Von vornherein war es ein ungleicher Kampf gewesen. Doch das hielt Händel nicht davon ab, seinen Triumph in vollen Zügen auszukosten. Gönnerhaft klopfte er dem zu Tode erschöpften Maestro auf den Rücken. Noch einmal schlug er unter dem Beifall seiner Claqueure gewaltig in die Tasten und stellte sein ganzes Können zur Schau. Als er zu guter Letzt verkündete, die gesamte Zuhörerschaft für den Rest des Abends freizuhalten, kannte der Jubel keine Grenzen. Es war zum Speien. Händel: wie er an der Spitze der Tafel thronte, vollgefressen, mit rosigem Gesicht, ein begabtes Glücksschweinchen, das sein eigenes Glück genoss. Da hatte sich Spinelli längst auf seine Kammer geschlichen, ein einsamer, geschlagener Mann. An jenem Abend hatte sich Jacob den Bruder herbeigewünscht. Händels Improvisationskunst war erstaunlich, wahrscheinlich hätte Spinelli auch in besserer Verfassung gegen ihn den Kürzeren gezogen. Aber in Sebastian hätte der Hallenser seinen Meister gefunden. Oft hatte Jacob sich die Szene vorgestellt: wie Sebastian seinen Gegner gemustert hätte – wie ein Zahnreißer seinen Patienten kurz vor der Extraktion. Dann hätte er Händel den Zahn gezogen, kaltblütig, ohne Triumphgeheul. Sebastian hätte die Sache abgetan, wie etwas, das ihm keine besondere Freude bereitete, aber erledigt werden musste. Jedenfalls wäre dem Großmaul der Appetit gründlich vergangen. Aber Sebastian war nicht auf dem Cymbelstern gewesen. Und auch ein zukünftiges Zusammentreffen der beiden war unwahrscheinlich. Händel hatte sich damals auf der Reise nach Italien befunden, wo er unterdessen, wie es hieß, das Publikum zu Begeisterungsstürmen hinriss.

»Mein Lieber, wenn ich bitten darf!«, sagte Lessing.

Glaubrecht verdrehte die Augen. »Ach«, stöhnte er. »Haben Sie denn noch immer nicht von dem albernen Spiel genug?«

Anstelle einer Antwort schob ihm Lessing einen Stuhl vor das Klavier, schlug das Heft auf und legte es auf das Pult. »Wenn ich nun Sie, mein lieber Herr Bach, bitten dürfte, einen Wurf zu tun?«

Jacob ließ den Würfel auf dem Cembalodeckel rollen.

Fünf.

Lessing blätterte kurz in dem Heftchen und legte es wieder auf das Pult. Der Magister warf einen flüchtigen Blick auf die Noten und spielte ein einfaches, schulmäßig gesetztes Menuett. Noch während er spielte, würfelte Lessing.

Eine Drei.

Abermals wurde geblättert.

Glaubrecht spielte eine Variation des ersten Menuetts.

Diese Prozedur wiederholte sich noch einige Male. Die anderen Gäste des Cymbelstern nahmen von dem Vorgang keine Notiz. Die Cembali waren ohnehin fast jeden Abend im Einsatz, und der Schulmann aus Schkeuditz schien sein Würfelspiel auch nicht zum ersten Male zu betreiben.

Lessings Heft enthielt lauter durchnummerierte Variationen desselben Menuetts. Nicht nur die einzelnen Stücke, auch die Takte waren mit einer Zahl versehen. Die Augenzahl der Würfel bestimmte, welcher Takt welcher Variation zu spielen war. Auf diese Weise kam eine unbegrenzte Zahl immer neuer Menuette zustande. Mit Hilfe des Würfels konnte jedermann, selbst ein kleiner Schulmeister aus Schkeuditz, zum Komponisten werden.

Wieder und wieder ließ Lessing den Würfel rollen und den armen Glaubrecht ein Stück nach dem anderen herunterspielen. Verzückt starrte er auf den Würfel und ergötzte sich an dem mechanisch-seelenlosen Geklimper, das allein der Zufall bestimmte.

Dann ereignete sich etwas Seltsames. Als sich um Mitternacht die Glocken der Thomaskirche und des Rathauses hören ließen, schrak Lessing aus seiner Versenkung auf. Verwirrt blickte er sich um. Dann stürzte er wie von unsichtbaren Fäden gezogen zur Tür hinaus und verschwand in der Nacht.

Glaubrecht nahm seine Hände vom Manual und schaute ihm betrübt hinterher.

»Was hat das zu bedeuten?«, fragte Jacob bestürzt.

Der Magister zuckte mit den Achseln. »Wenn ich das wüsste!

Aber so geschieht es fast jede Nacht. Sobald die Uhr zwölf schlägt, rennt er davon.«

»Aber wo geht er denn hin um diese Zeit?«

Glaubrecht schüttelte den Kopf. »Ich kann nur sagen, dass er erst im Morgengrauen zurückkehrt. Natürlich habe ich ihn deswegen zur Rede gestellt, aber er hüllt sich beharrlich in Schweigen.«

»Das scheint mir bei diesem Herrn kein gutes Zeichen zu sein.«

»Haben Sie bemerkt, dass er ohne Mantel und Hut in die kalte Nacht hinausgestürzt ist? So ist es jedes Mal. Ich vermute, es handelt sich um eine seltene Art des Somnabulismus.«

»Aber er hat nicht geschlafen.«

»Bei Sinnen scheint er mir in diesem Augenblick aber auch nicht. Ich mache mir ernstliche Sorgen um ihn.«

»Haben Sie nie versucht, ihm zu folgen?«

»Der König von Schweden hat eine nächtliche Ausgangssperre verhängt«, entgegnete der Magister mit hilflosem Gesichtsausdruck.

Jacob dachte nach. In den Gassen der Stadt kannte er sich aus. Bei den Zigeunern hatte er gelernt, wie man sich im Finstern zurechtfand – und wie man einen Mann unauffällig verfolgte. Mit einem Mal packte Jacob die Abenteuerlust.

»Herr Magister, morgen soll unser Freund uns nicht so leicht entwischen. Wir halten uns bereit, und sobald er zur Tür heraus ist, nehmen wir die Verfolgung auf.«

Glaubrecht überlegte. »Mir ist nicht ganz wohl dabei. Meinen Sie, wir werden unbemerkt bleiben?«

»Lassen Sie mich nur machen, Herr Magister. Wir werden der Sache schon auf den Grund gehen. Vermutlich gibt es eine ganz harmlose Ursache für Lessings seltsames Verhalten.«

»Ich bete, dass Sie recht haben, Herr Bach«, erwiderte Glaubrecht. »Aber heute können wir nichts mehr für unseren Freund tun. Lassen Sie uns also in Gottes Namen zu Bett gehen.«

XVI.

Gallensteine, eine Kaninchengeburt und andere hübsche Sachen

Poltern, ein Knirschen, etwas zerbarst – ein betrunkener Fluch.

Im trüben Morgenlicht sah Jacob, wie Theophilus Lessing auf sein Lager fiel. Der Schulmeister schlief auf der Stelle ein und wälzte sich schnarchend auf dem Stroh herum.

Jacob hatte eine ungute Nacht hinter sich. Obwohl er von den Strapazen der Reise erschöpft war, hatte er erst im Morgengrauen einschlafen können. Der rohe Rettich hatte ihm im Magen gelegen, dazu der saure Wein, den Lampe ihnen kredenzt hatte. Außerdem hatte ihm Lessings mitternächtlicher Ausflug keine Ruhe gelassen. Stunde um Stunde hatte er auf die Rückkehr des Schulmeisters gewartet, jedes Rascheln und Knispern der Mäuse in der Wand, jedes Knarren der Treppe hatte ihn aufgeschreckt. Auch Glaubrecht war nicht ganz unschuldig an seinen Einschlafschwierigkeiten. Die winzige Dachkammer verfügte nur über zwei Betten. Der Magister und Jacob hatten sich darauf geeinigt, Lessing allein schlafen zu lassen. Jacob war ohnehin gewohnt, sein Bett mit Fremden zu teilen, und Glaubrecht war es ebenfalls recht, weil er, wie er erklärte, in Gesellschaft viel sanfter schlummere als allein. Wie aufgebahrt hatte Glaubrecht neben ihm gelegen, regungslos, mit kaum wahrnehmbarem Atem. Immerzu hatte

Jacob sich vergewissern müssen, dass sein Bettgenosse noch am Leben war.

Bei Tagesanbruch erwachte Glaubrecht in der aufgeräumtesten Stimmung. Mit wehendem Nachthemd schwang er sich aus dem Bett, streckte genüsslich seinen dürren, sehnigen Leib und vollführte ein paar rudernde Bewegungen mit den Armen. Dann kniete er sich auf den Boden hin und verrichtete sein Morgengebet. Schließlich wusch sich Glaubrecht unter ausgiebigem Plätschern und Prusten in der Schüssel, die auf dem Tisch vor dem Fenster stand, Hals und Gesicht. Während des Abtrocknens summte er beschwingt einen Choral vor sich hin.

Als Lessing einen besonders markerschütternden Rülpser ausstieß, begann der Magister heiser zu singen: »Treib aus, o Licht, all Finsternis …«

Der Schulmeister beantwortete den frommen Gesang mit einem würgenden Husten.

Da nun auch die letzte Hoffnung auf ein wenig Schlaf unwiderruflich dahin war, kroch Jacob ebenfalls aus dem Bett. Ihm taten alle Knochen weh, sein Rücken schmerzte. Müdigkeit drückte ihm die Augen zu. Wie sollte er diesen Tag bloß überstehen?

Derweil hatte der Magister das Fenster weit aufgestoßen. Ein kalter Wind fegte in die Kammer.

»Ah, mein lieber Herr Bach, auch schon munter?«

»Wohl oder übel, Herr Magister.«

Magister Glaubrecht überhörte Jacobs mürrischen Ton. »Off'nes Fenster Tag und Nacht, hat manchem schon viel Heil gebracht«, deklamierte er, von der eigenen Dichtkunst hörbar begeistert.

Während Jacob über eine passende Entgegnung nachgrübelte, setzte auf einmal Lessings Schnarchen aus, das bis dahin verlässlich im Hintergrund getönt hatte. Der Schulmeister gab keinen Laut mehr von sich. Jacob und Glaubrecht blickten einander an und stürzten an sein Bett.

Das Gesicht des Schulmeisters war verquollen, als litte er am Ziegenpeter. Die Perücke war zerrupft und verschmutzt; Kleidung und Schuhe waren mit Straßenkot bedeckt. Lessing verströmte einen säuerlichen Gestank.

Glaubrecht presste sich sein Taschentuch auf Mund und Nase und wandte sich angeekelt ab.

Lessing atmete noch.

»Anscheinend hat es unser Freund auf seinem nächtlichen Bummel ein wenig übertrieben«, sagte Jacob erleichtert.

»Jählings neigt sich der Genuss zum Schmerz, wenn er nicht Maß gehalten hat«, murmelte der Magister durch sein Taschentuch.

»Können Sie nichts für ihn tun?«

Mit Abscheu musterte Glaubrecht seinen Patienten. Dann fühlte er ihm widerwillig und mit spitzen Fingern den Puls. »Schwach, aber vorhanden.«

»Es ist kalt. Wollen wir ihm nicht wenigstens Kleider und Schuhe ausziehen und ihn zudecken?«

»Wie?« Glaubrecht starrte ihn an. »Mir dreht sich von den höllischen Ausdünstungen jetzt schon der Magen um«, sagte er entrüstet. »Aber wenn Sie unbedingt den barmherzigen Samariter spielen wollen, bitte.«

»Kommen Sie, allein schaffe ich es nicht.«

»Dann bringen wir es in Gottes Namen hinter uns«, seufzte Glaubrecht. »Aber die Hosen ziehen Sie ihm herunter.«

Das Auskleiden des Schulmeisters erwies sich als ein hartes Stück Arbeit. Mit vereinten Kräften zerrten sie ihn hoch (wobei der Magister sich denkbar ungeschickt anstellte). Dann packte Glaubrecht ihn unter den Achseln, während Jacob ihm Rock und Beinkleider abzog. Lessing ließ sich durch die Prozedur nicht im Geringsten stören, friedlich schlummerte er weiter.

Die Glocke am Rathaus schlug sechs. Durch das Fenster schienen die ersten Sonnenstrahlen in die Dachkammer.

Der Magister und Jacob begaben sich hinunter zum Gastraum.

Während er Jacob eine Schüssel mit warmem Haferbrei vorsetzte, legte Vater Lampe ihm verschmitzt lächelnd die Hand auf die Schulter und teilte ihm mit, er habe sich unterdessen erlaubt, Telemanns Nachfolger, dem Herrn Kapellmeister Hoffmann, die Ankunft des höchst kapablen und berühmten Flötenvirtuosen Johann Jacob Bach anzuzeigen. Monsieur Bach wolle sich am späteren Morgen im Gasthaus Zum roten und weißen Löwen auf dem Brühl einfinden, wo der Herr Kapellmeister zu speisen pflege.

Mit einem Schlag hellte sich Jacobs Stimmung auf. »Bedienen Sie sich doch aus meiner Schüssel, Herr Magister«, lud er Glaubrecht ein. »Ich schaffe es ohnehin nicht.« Während er sich über seinen Frühstücksbrei hermachte, nagte nämlich der Magister Glaubrecht bloß an einem Stück Zwieback herum, das er sich aus der Rocktasche gezogen hatte.

»Danke, sehr freundlich«, antwortete Glaubrecht kauend. »Aber ich habe mir strenge Diät verordnet. Wenn sich die Kieselchen im Abfluss der Galle verklemmen …«

»Verstehe. Warum lassen Sie sich die Gallensteine nicht aus dem Leib schneiden? Dann wären Sie die Schmerzen los.«

Der Magister erbleichte. »Was weiß ein Musicus von der Kurierung solcher Gebresten?«, schnarrte er Jacob an. »Überdies leide ich gar nicht unter Schmerzen – noch nicht. Die Diät ist prophylaktisch, wenn Sie begreifen, was das heißt.«

»Gewiss.« Jacob nickte verständnisvoll. Er hatte indes die herablassende Bemerkung keineswegs überhört, und Glaubrecht sollte sie nicht umsonst getan haben. »Aber wussten Sie«, sprach er leutselig, »dass der berühmte Herr Marais, Hofkomponist des Königs von Frankreich, ebenfalls unter Gallensteinen gelitten hat?«

»So?«, versetzte Glaubrecht mit betontem Desinteresse.

»Monsieur Marais«, fuhr Jacob in fröhlichem Plauderton

fort, »hat sich beherzt der blutigen Prozedur unterzogen und nach geglücktem Eingriff eine *Opération de la Taille* für Gambe und Cembalo komponiert.« Jacob hatte das Stück niemals gehört, aber Monsieur Sinclair, der in Paris mit Marais bekannt gewesen war, hatte ihm davon erzählt. »Denken Sie sich: eine Musik gewordene Lithotomie! Jeden Schnitt und jeden Griff hat Marais in Töne umgesetzt: wie das Blut hervorquillt, der Bader in seinen Eingeweiden wühlt …«

»In Jesu Namen, hören Sie auf!«

»Verzeihen Sie«, sagte Jacob beschwichtigend. Offenbar war der Magister ein ausgemachter Hypochonder, schon der Gedanke an Blut ließ ihn schwach werden. Kein Wunder, dass Glaubrecht nicht als Arzt praktizierte, sondern sich auf die Theologie geworfen hatte.

Magister Glaubrecht zog sein Schnupftuch aus dem Ärmel und wischte sich damit über das nasse Gesicht. Dann verstaute er den Rest des Zwiebacks sorgfältig in einer Tasche seines Rocks und erhob sich. »Höchste Zeit«, sagte er geschäftig. »Die Pflicht ruft. Ich wünsche Ihnen einen guten Tag.«

»Warten Sie – es bleibt bei unserer Verabredung heute Abend?«

»Gewiss, ja gewiss doch«, erwiderte Glaubrecht zerstreut. »Und nun Gott befohlen.«

Jacob schlenderte die Petersstraße hinauf bis zum Markt. Die Straßen waren noch fast menschenleer. Ein paar Hausierer waren mit ihren Hundegespannen unterwegs, die Messediener begannen erst, die Buden und Stände aufzubauen. Nur die Buchhändler am Rathaus hatten ihre Läden bereits geöffnet.

Beim Stöbern in den Auslagen stieß Jacob auf ein Heft mit dem Titel *Die Kaninchengeburt zu Ipswich*. Der Druck umfasste nur wenige Seiten und war offenbar schon durch viele Hände gegangen, ohne dass jemand ihn gekauft hätte. Darin wurde langatmig von einer jungen Magd in England berichtet, die, nachdem sie auf dem Feld ein schwarzes und ein graues Kaninchen vergeblich zu fangen versucht hatte, während der Hopfenernte einen merkwürdigen Abgang aus ihrem Leibe verspürt habe, der für eine Kaninchenleber gehalten wurde. Sodann habe die bedauernswerte Jungfer insgesamt siebzehn Kaninchen und drei Beine einer gefleckten Katze zur Welt gebracht.

Während Jacob in dem Machwerk blätterte, hatte sich der Buchhändler von hinten an ihn herangeschlichen. »Nun, gefällt dem Musjäh die Geschichte?«, sprach er ihn mit näselnder Stimme an.

»Mit Verlaub, ein recht barbarischer Unfug ist das.«

»Wie könnt Ihr so sprechen!«, entrüstete sich der Buchkrämer. »Zwei Doctores der Medizin, ein Richter und der Sekretär des Königs bezeugen die Wahrhaftigkeit dieser Begebenheit.«

»Mag sein, aber dass Weiber Hasen zur Welt bringen, ist ebenso unmöglich wie Hasen Weiber.«

»Glaubt, was Ihr wollt«, versetzte das Männchen giftig. »Jedenfalls habt Ihr, wie Ihr mir eben bewiesen habt, das Büchl ausgelesen. Darum müsst Ihr es mir bezahlen.«

»Den Teufel werde ich!«

Da stieß der fatale Bücherhöker einen schrillen Pfiff aus, worauf aus den Tiefen seiner Ladenhöhle ein Junge erschien, ein mageres, schief gewachsenes Kerlchen, dem die Bosheit in die Visage geschrieben stand.

»Zu Diensten, Meister!«

»Hänschen«, krächzte der Alte. »Sei doch so gut und hole mir den Stadtsoldaten herbei.« Damit krallte er sich an Jacobs Arm fest, sein Griff war überraschend stark. »Mit Euresgleichen, Freundchen«, zischte er ihm ins Ohr, »wird heute kurzer Prozess gemacht.«

»Was soll das bedeuten?«

»Zahlt, oder ich lasse euch abführen.«

Jacob ballte die Fäuste. Was hielt ihn davon ab, den Halunken durchzuprügeln? Aber er besann sich. Ob er im Recht war oder nicht, der Schurke würde nicht von ihm ablassen, und wenn sich erst ein Gesetzeshüter einmischte, würde sich die Angelegenheit in die Länge ziehen. Bis die Sache geklärt war, konnte er stundenlang in irgendeiner Wachstube herumstehen. Den Ärger waren die drei Pfennige, die der Winkeldrucker von ihm forderte, nicht wert, und er durfte auf keinen Fall das Treffen mit Melchior Hoffmann versäumen. Genau darauf hatte der Gauner natürlich gerechnet, das war sonnenklar. Aber was sollte Jacob tun? Es war ihm nicht so sehr um das Geld leid, ihn ärgerte etwas anderes. Hatte er nicht das Gaunerhandwerk aus dem Effeff gelernt? Und jetzt ließ er sich mit einem so billigen Trick über den Tisch ziehen. Harri und Zipflo hätten sich totgelacht. Und Judita … Aber er war nun einmal in das Philisterland zurückgekehrt und selbst wieder zum Philister geworden.

Zähneknirschend fischte Jacob die drei Pfennige aus seiner Geldkatze und warf sie dem Ganoven wie ein Almosen zu. Der riss mit einer einzigen schnellen Bewegung die Mütze vom Kopf und fing die Münzen darin auf. Dann verbeugte er sich unter hämischem Grinsen.

Als Jacob den Marktplatz schon fast überquert hatte, zupfte ihn etwas am Rockzipfel. Es war der Gehilfe des betrügerischen Buchhändlers. »Ihr habt eure Kaninchengeburt vergessen!«, kreischte der Rotzbengel und hielt ihm das Heft vor die Nase.

Wortlos riss Jacob es ihm aus der Hand, stopfte es sich in die Tasche und machte sich davon.

Als Jacob im Roten und weißen Löwen eintraf, hatte Georg Melchior Hoffmann bereits sein frühes Mittagsmahl (oder spätes Frühstück) beendet und steckte gerade seine lange Pfeife in Brand. Er trug eine gewaltige Lockenperücke, die ihm bis auf die ausladenden Hüften hing, himmelblaue Hosen und über dem grasgrünen Wams einen himbeerfarbenen, mit Goldstickereien verzierten Justeaucorps.

Jacob zog den Hut und stellte sich vor.

»Monsieur Bach!«, rief Hoffmann erfreut. »Sie schickt der Himmel!« Er hatte eine angenehm sanfte Stimme. »Kommen Sie, mein Lieber! Setzen Sie sich, wir wollen eine schöne Tasse Kaffee zusammen trinken. – Frau Rosina, Kaffee und eine Pfeife für meinen lieben Freund!«

Dann kam er ohne weitere Umschweife auf den Grund ihres Treffens zu sprechen. Wie es der Zufall wollte, fehlte dem Collegium Musicum gerade ein Flötenvirtuose. Darum komme ihm Jacob wie gerufen. Freund Telemann habe stets große Stücke auf den Monsieur Bach gehalten, und auch ihm selbst sei seine Kunst noch in bester Erinnerung. Im Nu war der Handel geschlossen: Für die Dauer der Messe verpflichtete sich Jacob, an allen Auftritten des Collegiums mitzuwirken. Die Gage wurde unter den Musikern aufgeteilt, pro Auftritt konnten mehrere Gulden für ihn herausspringen. Das war mehr, als Jacob zu hoffen gewagt hatte. Er versuchte, sich seine Überraschung nicht anmerken zu lassen, verschluckte sich aber dennoch an seinem Kaffee.

Hoffmann klopfte ihm lachend auf den Rücken. »Ich nehme das als Einverständnis und gratuliere mir, einen wahrhaftigen Bach in unserem bescheidenen Ensemble zu haben.« Nachdenklich sog er an seiner Pfeife. »Da wäre nur eine klitzekleine Winzigkeit.«

»Ja?«, fragte Jacob verwirrt.

»Ach nichts – nichts, dem nicht leicht abzuhelfen wäre.« Der Kapellmeister betrachtete ihn mit spöttischem Lächeln. »Verstehen Sie mich nicht falsch, er ist ein strammer Bursche.« Er leckte sich die Lippen. »Nur, beizeiten sollten wir uns um eine passende Garderobe für Sie kümmern.«

Jacob blickte an sich herab. Hoffmann hatte recht. Für die Kirche oder einen Kuchengarten mochte sein Anzug gerade noch gut genug sein, aber in einem vornehmen Café oder im Haus eines Leipziger Patriziers konnte er sich unmöglich so sehen lassen. Selbst die neue Rosshaarperücke, die der dankbare Barbiergehilfe ihm geschenkt hatte, kam ihm nun schäbig vor.

»Machen Sie sich darum keine Gedanken, mein Lieber«, sagte Hoffmann vergnügt. »Das haben wir im Handumdrehen erledigt. Gleich nebenan sitzt mein Schneider. Meister Petit wird Sie nach allen Regeln der Kunst so à la mode einkleiden, dass Ihre eigene Mutter Sie nicht wiedererkennen würde.«

Herr Petit verbeugte sich vor ihnen, als habe er es mit königlichen Hoheiten zu tun.

»Mein Freund hier braucht, wie Sie sehen, einen Anzug«, erklärte Hoffmann. »Wir legen unser Schicksal ganz in Ihre geschickten Hände.«

»Sehr wohl, sehr gerne, die Herren«, flötete Petit mit einem falschen französischen Akzent. »Wir werden tun, was in unseren geringen Kräften steht.«

Damit winkte er ein halbes Dutzend Lehrjungen herein, die ohne Federlesens Jacob seiner alten Lumpen entledigten, ihn sorgfältig vermaßen und ihnen einen kostbaren Stoff nach dem anderen präsentierten. Jacob schämte sich seiner abgeschabten, mit unzähligen Flicken bedeckten Kleider, und das ungenierte Betasten und Vermessen seines entblößten Körpers ließ er nur ungern über sich ergehen.

Hoffmann amüsierte sich dagegen köstlich. »Ja, mein lieber Bach, wer schön sein will, muss leiden. Auch einem Jünger der Euterpe wird nichts geschenkt. Was blicken Sie denn so sauer drein? Ach, ich verstehe.« Er wedelte mit seinem Seidentuch, als wolle er lästige Fliegen verscheuchen. »Tun Sie mir die Liebe und denken Sie nicht an die Kosten. Das verdirbt mir die Laune. An der Garderobe darf unsereiner niemals sparen. Nie und nimmer, merken Sie sich das!«

Vielleicht hatte Hoffmann recht. Und allmählich gefiel Jacob die Prozedur. Die Stoffe, die man ihm zeigte, schillerten in den wundervollsten Farben, sie waren federleicht und doch haltbar. Sie würden den abgerissenen Musikergesellen in einen Mann von Welt verwandeln. Hatten ihn nicht auch die Schomerim gelehrt, wie wichtig eine gute Verkleidung war? Auch ein Musiker wurde nicht ausschließlich nach seiner Kunst bewertet, sein äußeres Erscheinungsbild, die Art, wie er auftrat, spielten eine ebenso wichtige Rolle. Telemann hatte das begriffen, auch Händel. Das unterschied sie von Sebastian, der nie einen Gedanken an seine Garderobe verschwendete. Wer seine Kunst allein zur höheren Ehre Gottes ausübte, brauchte sich darum nicht zu kümmern. Wohl aber, wer in der Welt etwas gelten wollte.

»Bravo, ein Anfang wäre gemacht«, Hoffmann klatschte in die Hände.

Ein Anfang? Neue Hosen, Strümpfe, Westen, ein Rock – genügte das nicht fürs Erste?

Es genügte nicht. Nachdem Meister Petit sie unter unzähligen Bücklingen und Komplimenten verabschiedet und Hoffmann jedem einzelnen Lehrling eine Münze in die Hand gedrückt hatte, ging es weiter. Zum Schuster, zum Perücken-, zum Krawatten- und zum Hutmacher. Überall war Kapellmeister Hoffmann bestens bekannt und wurde mit ausgesuchter Höflichkeit behandelt. Zum Schluss wählte er Jacob einen eleganten Spazierstock aus, dessen elfenbeinerner Knauf als Schwanenkopf gestaltet war.

Als es halb zwölf schlug, schreckte Hoffmann auf. »O weh, ich müsste längst an der Orgel sitzen. Arrivederla, mein Lieber. Wir sehen uns auf der Probe.«

Damit brach der Kapellmeister, sich in den Hüften wiegend, zur Universitätskirche auf, wo er, wie bereits sein Vorgänger Telemann, zu Messezeiten täglich zur selben Stunde, nämlich um zwölf Uhr mittags, ein kleines Orgelkonzert gab.

Jacob strich für den Rest des Tages durch die Stadt. Erst gegen Abend kehrte er auf den Cymbelstern zurück. Dort würden sie Augen machen, wenn morgen Meister Petits Gehilfen seine neue Garderobe ablieferten.

Punkt acht kam Theophilus Lessing die Treppe zum Gastraum heruntergeschritten. Sein Anzug war tadellos rein, die Perücke frisch gepudert. Unverzüglich zettelte er mit Magister Glaubrecht einen Streit über die Trinitätslehre an, um sich sodann mit ausgezeichnetem Appetit Lampes Buttermilchplinsen mit Apfelmus zu widmen.

»Anscheinend hatten Sie einen angenehmen Tag, mein lieber Lessing«, bemerkte Glaubrecht süffisant.

»Das zu behaupten, wäre denn doch übertrieben, mein lieber Magister«, versetzte der Schulmeister. »Keinerlei Fortschritt in meiner Affäre. Die zuständigen Herren lassen sich verleugnen. Doch ich halte mich an Paulus: Seid fröhlich in Hoffnung, geduldig in Trübsal. Vor allem lasse ich mir den Appetit nicht verderben. Das sollten Sie übrigens auch nicht. Ich gehe wohl nicht fehl in der Annahme, dass Ihnen ebenfalls kein Erfolg beschieden war?«

Der Magister zuckte bloß mit den Schultern und nahm einen Schluck von seinem mit Wasser vermischten Wein.

»Und Sie, Herr Bach?«, sprach Lessing munter weiter. »Wie ist es Ihnen ergangen? Haben Sie sich ein wenig in der Stadt umgesehen?«

»Oh ja. Ich bin heute früh am Rathaus gewesen, bei den Buchhändlern.«

»Oho, sind Sie fündig geworden?«

Jacob erzählte vom unfreiwilligen Erwerb der Kaninchengeburt. Eigentlich hatte er sich vorgenommen, den Vorfall zu vergessen, doch jetzt drängte es ihn aus irgendeinem Grunde, ihn sich von der Seele zu reden, selbst wenn er sich damit zum Gespött machte.

»Eine Kaninchengeburt?« Lessing war sofort Feuer und Flamme. »Zeigen Sie her!«

Jacob kramte das zerknitterte Heft aus der Tasche und warf es auf den Tisch.

Der Schulmeister blätterte aufmerksam darin herum, las hier

und da, kicherte immer wieder vor sich hin, um schließlich in brüllendes Gelächter auszubrechen. »Ganz köstlich«, gluckste er. »Wenn Sie mich fragen, war der Unfug jeden Pfennig wert. Quadrillinge von Karnickeln springen im Galopp aus dem Mädel heraus wie auf Subskription. – Unbezahlbar!«

»Ich schenke es Ihnen.«

»Verbindlichsten Dank! Meine Schüler werden begeistert sein.«

»Sie wollen den Schund doch nicht in der Schule vornehmen?«, wandte Glaubrecht entsetzt ein.

»Und ob!«

»Sie belieben zu scherzen.«

»Verehrter Magister, ich beliebe in der Tat zu scherzen«, sagte Lessing. »Manche Gegenstände lassen sich am besten durch ihr Gegenteil erklären. Das Licht der Aufklärung scheint am hellsten, wenn es sonst zappenduster ist. Den Aberglauben bekämpft man am wirksamsten, wenn man ihn lächerlich macht. Das Lachen …«

»Unser Herr Jesus hat nie gelacht!«, unterbrach ihn der Magister.

»Sagen Sie das nicht«, erwiderte Lessing. »Sagen Sie das nicht. Wenn er wahrhaftig Mensch gewesen ist, soll er da nicht ab und an gelacht haben?«

»Nennen Sie mir die Stelle!«

»Aha, hic iacet lepus in pipero! Ich weiß doch, wo der Hase im Pfeffer liegt«, rief Lessing. »Weil Sie selber nie lachen, so darf es auch Christus nie und nimmer getan haben. Aber welchen Schluss ziehen wir daraus? Vielleicht am ehesten, dass Sie kein Mensch sind?«

»Das ist die abgeschmackteste Sophisterei, die mir je untergekommen ist.«

In dieser Weise zog sich der Disput hin, bis die Glocke Mitternacht schlug.

XVII.

»Faites vos jeux!«

Alles geschah wie am Abend zuvor. Schlag zwölf, alle anderen Gäste waren nach Hause gegangen oder hatten sich zu Bett begeben, trank Lessing aus und taumelte wie ein Schlafwandler zur Tür hinaus. Darauf hatten Glaubrecht und Jacob gewartet. Sie holten ihre Mäntel und Hüte, die sie hinter dem Schanktisch verstaut hatten, und kleideten sich eilig an.

Als Jacob sich seinen Degen umschnallte, bemerkte er, wie sich der Magister einen länglichen, etwa handgroßen Gegenstand in die Westentasche steckte.

»Was haben Sie denn da?«

Wie ertappt fuhr Glaubrecht zusammen.

»Zeigen Sie mal her!«

Widerwillig zog der Magister das Ding hervor. Es war ein doppelläufiges Terzerol.

»Potz Plunder!«, entfuhr es Jacob. »Ist die etwa geladen?«

»Was glauben denn Sie!«, versetzte der Magister pikiert. »Man muss sich zu verteidigen wissen.«

»Haben Sie schon einmal damit geschossen?«

»Geschossen?« Glaubrecht sah ihn entgeistert an. »Aber nein, wie kommen Sie darauf?«

»Ich weiß nicht, es war nur so ein Einfall.«

»Für wen halten Sie mich?«, erregte sich der Magister. »Keinesfalls würde ich gegen das Fünfte Gebot verstoßen.«

»Natürlich nicht, verzeihen Sie.«

Auch wenn Glaubrecht nicht die Absicht hegte, die Waffe zu benutzen, allein der Gedanke, dass dieser ungeschickte Mensch eine scharfe Pistole bei sich trug, bereitete Jacob Unbehagen. Aber jetzt war keine Zeit, sich darüber den Kopf zu zerbrechen.

Glaubrecht und Jacob traten auf den Peterskirchhof. Die Straßenlaternen waren bereits gelöscht, der volle Mond tauchte den Platz in ein fahles, geisterhaftes Licht. Es war kein Mensch zu sehen, um diese Zeit herrschte längst Ausgangssperre. Wo war Lessing? Weit konnte er nicht gekommen sein. – Da! Jacob sah gerade noch, wie sich der Schulmeister auf den Neumarkt zubewegte. Schon war er um die Ecke verschwunden.

»Dort!«, flüsterte Jacob. »Kommen Sie, rasch!«

»Wo denn?« Zögernd stakste Glaubrecht zwei Schritte vorwärts. Dabei verfing sich sein Mantel zwischen seinen Beinen, um ein Haar wäre er auf das Pflaster hingeschlagen.

»Wo laufen Sie denn hin?«

»Pardon, ich erkenne die Hand vor Augen nicht«, erwiderte Glaubrecht in vorwurfsvollem Ton. »Ich leide doch an Nyctalopia. Hatte ich das nicht erwähnt?«

»Nein, was meinen Sie?«

»Ich bin nachtblind.«

»Nachtblind!?«

»Sobald es auch nur dämmert, werde ich blind wie ein Maulwurf.«

»Und das fällt Ihnen jetzt ein?«

Am liebsten hätte Jacob den Magister bei den Schultern gepackt und durchgeschüttelt. Was sollte er davon halten? Schützte Glaubrecht das Gebrechen aus Feigherzigkeit vor? Oder war das eine kindische Retourkutsche dafür, dass Jacob ihm am Morgen mit seinem Geschwätz über Gallensteinoperationen das Frühstück verdorben hatte? Jedenfalls schien der Freund über das Missgeschick nicht gerade untröstlich zu sein; im Gegenteil, er wirkte ganz zufrieden, dass sich ihr nächtliches Abenteuer so unversehens erledigt hatte. Aber so leicht wollte Jacob den hasenfüßigen Magister nicht davonkommen lassen. Ohne ein Wort der Erklärung griff Jacob die Enden des Mantels und stopfte sie ihm in die Rocktaschen. Das sah reichlich albern aus, verschaffte Glaubrecht aber die notwendige Beinfreiheit.

Als sie endlich den Neumarkt erreichten, fehlte, wie befürchtet, von Lessing jede Spur. – Nein, sie hatten abermals Glück: Aus den Fenstern der Feuerkugel fiel Licht auf die Straße, und da stand er! Der Schulmeister drückte sich vor der Eingangstür des Gasthofs herum, als könne er sich nicht entscheiden, ob er eintreten sollte oder nicht. Während alle Häuser ringsum wie verlassen dastanden, ging es in der Feuerkugel hoch her, Musik und Lärm drangen bis zu ihnen herüber. Was hatte Lessing dort zu suchen? Die Feuerkugel war eines der vornehmsten Etablissements der Stadt, nur reiche Bürger und Adelige verkehrten hier. Nun hielten in dem Gasthof die Offiziere der schwedischen Besatzung jede Nacht ihre Gelage ab. Kaum die passende Gesellschaft für ein armes Schulmeisterlein aus Schkeuditz.

Lessing schien eben zu derselben Erkenntnis gelangt zu sein. Mit einem Male wandte er sich um, überquerte die Straße – und kam ihnen entgegen! Wollte er etwa wieder auf den Cymbelstern zurück? – Nein, jetzt bog er linkerhand in die Preußergasse ein. Aber was suchte er da? Es ergab keinen Sinn: Die Preußergasse verband den Neumarkt mit der Petersstraße; sie war recht kurz, nur ein paar Bierstuben und zwei oder drei Hurenhäuser der untersten Preisklasse befanden sich dort. Allerdings waren alle Schankbuden und Bordelle um diese Zeit zugesperrt. Dafür sorgten die Schweden, jeder Verstoß gegen die Polizeistunde wurde hart bestraft.

So schnell und leise es ging, hasteten Jacob und Glaubrecht zur Preußergasse. Hier war es so finster, dass man nicht nachtblind sein musste, um die Hand nicht vor Augen zu sehen. Sie hielten inne und lauschten: Keine Schritte, nichts. Wo um alles in der Welt war Lessing geblieben? Die Petersstraße konnte er in der kurzen Zeit unmöglich erreicht haben, selbst wenn er gerannt wäre. Aber bis dahin kreuzte kein Weg die Preußergasse. Der Schulmeister war wie vom Erdboden verschluckt.

Jacob stellte sich die Preußergasse bei Tageslicht vor. Da fiel es ihm ein. Es gab sehr wohl eine Möglichkeit, hier vom Erdboden verschluckt zu werden: Lessing musste durch das »Tartaruspförtlein« geschlüpft sein. So nannten die Leipziger Studenten einen engen, halb versteckten Durchgang, der – auf Umwegen – zur Grimmaischen Straße führte. Das Viertel zwischen Preußergasse, Petersstraße, Neumarkt und Grimmaischer Straße war nicht sonderlich groß, kaum mehr als anderthalb Morgen. Doch in Leipzig sagte die flächenmäßige Ausdehnung eines Areals wenig über dessen Weitläufigkeit aus. Wie ein Ameisenbau war die innere Stadt von unzähligen Gassen und Gängen durchzogen, die in gedeckte Höfe und Keller führten, in die nie ein Lichtstrahl fiel. Dort konnten sie lange nach Lessing suchen.

Vom Neumarkt her krachten Schritte auf das Kopfsteinpflaster, begleitet von einem rhythmischen Klirren: Eine schwedische Patrouille marschierte auf Jacob und Glaubrecht zu. Die Soldaten waren nur noch wenige Schritte entfernt. Wenn sie jetzt losrannten, um in die Petersstraße zu gelangen, würde der Trupp sie sofort entdecken. Den Rest der Nacht würden sie in den Kasematten der Pleißenburg verbringen.

Die Pforte war so schmal, dass sie hintereinander gehen mussten. Glaubrecht hielt Jacob an den Schultern. Die beiden wateten durch Haufen von Abfällen und Kot, bis sie auf eine etwas breitere Gasse stießen. Hier und da hingen Laternen vor den Eingängen der Spelunken, die unheimliche Schatten auf die trostlosen Fassaden warfen. Hinter sich hörte Jacob den Magister leise, aber inbrünstig beten.

In einem Winkel hinter ihnen raschelte es. Blitzschnell wandte Jacob sich um, zog seinen Degen, stellte sich vor Glaubrecht und richtete die Degenspitze auf die Stelle.

Glaubrecht betete: »De profundis clamavi ad te, Domine.«

Er hatte das Terzerol hervorgeholt und fuchtelte hilflos damit herum.

»Wer da?«, rief Jacob. Er bemühte sich, seine Stimme fest und entschlossen klingen zu lassen, aber sein Puls raste.

»Pst! Still, ihr Narren!«, zischte es ihm ärgerlich entgegen.

Es war Theophilus Lessing.

»Gott sei Dank«, keuchte Glaubrecht.

»Himmel und Hölle, Magister!«, fuhr Lessing ihn an. »Halten Sie endlich das Maul.«

»Es geschah um Ihretwillen, mein Freund«, sagte Glaubrecht gekränkt.

Der Schulmeister wollte etwas erwidern, aber Jacob schnitt ihm das Wort ab. »Für einen Disput dürfte es kaum die rechte Zeit und der rechte Ort sein.«

Lessing musterte ihn mit zusammengekniffenen Augen. »Da haben Sie wahrhaftig recht, Herr Bach«, sagte er.

»Was sollen wir jetzt tun?«, fragte Jacob.

»Wenn Sie schon einmal hier sind, den Mund halten und mir folgen«, erklärte Lessing. Er stutzte. »Was haben Sie denn da?«. Er wies auf das Terzerol. »Sind Sie denn toll?« Er schüttelte fassungslos den Kopf. »Den Meuchelpuffer nehme ich besser an mich, bevor ein Unglück passiert.« Mit einer einzigen geschwinden Bewegung schnappte Lessing dem Magister die Pistole aus der Hand.

Der Schulmeister führte sie durch einen sehr engen Gang, mehr eine Schlippe als eine Gasse, die in einen kleinen Hof mündete. Bedächtig schritt Lessing auf die gegenüberliegende Mauer zu – und war verschwunden. »Bach, Glaubrecht, folgen Sie mir«, hörten sie ihn rufen.

Als sie sich der Stelle näherten, erkannten sie, dass Lessing nur einige Stufen hinuntergestiegen war, die vor einer Tür endeten.

»Kommen Sie herunter, aber Vorsicht, die Stufen sind glitschig.«

Lessing rieb sich das Kinn, als müsse er scharf nachdenken. Dann klopfte er einen komplizierten Rhythmus an die Tür und trat einen Schritt zurück.

»Was machen Sie da? Wohin führen Sie uns?«, fragte Glaubrecht mit bebender Stimme.

»Verflixt«, schnaubte Lessing. »Curiositas radix malorum!«

»Es heißt: ›radix *progressus*‹«, verbesserte ihn Glaubrecht. »Die Neugier ist die Wurzel des Fortschritts.« So sehr konnte sich der Magister offenbar nicht ängstigen, dass er auf seine humanistische Wortkrämerei verzichtete.

Aber Lessing vermochte sich ebenso wenig mit seiner Stichelei zurückzuhalten. »Scire tuum nihil est, nisi te scire hoc sciat alter«, deklamierte er spöttisch.

»Dein Wissen gilt nichts, wenn nicht ein anderer weiß, dass du weißt«, übersetzte Glaubrecht. »Ihren Persius haben Sie jedenfalls gelesen.«

Lautlos, wie von Geisterhand, öffnete sich die Kellertür.

Lessing hob gebieterisch die Hand. »Genug, halten Sie den Mund und lassen Sie mich reden.« Damit schob er den überrumpelten Magister in das finstere Loch, das sich vor ihnen aufgetan hatte. »Hinein da!« Er fasste Jacob am Arm. »Bach, Sie auch!«

Sie fanden sich in einem niedrigen Gewölbe wieder. Es roch nach Moder und Urin. An den Wänden stapelten sich Kisten und kleine Fässer. Vor ihnen stand eine große, vierschrötige Gestalt. Sie hielt eine Unschlittlampe in der Hand, wie sie die Bergleute benutzten. In ihrem trüben Lichtschein sah Jacob, dass der Mann eine dunkelgrüne oder blaue Livree mit kurzen Schößen trug; seine Beine steckten in schwarzen Stulpenstiefeln. Die Haare waren zu einem Zopf geflochten, der ihm steif wie ein geteertes Tauende vom Kopf abstand. Mit einer energischen Bewegung seiner freien Hand schlug der Kerl die Tür hinter sich zu. Jacob umklammerte den Griff seines Degens. Der Türwächter bemerkte es und grinste ihm ins Gesicht. Obwohl er unbewaffnet war, schien er einen Kampf nicht zu fürchten. Seine Wangen waren zerfurcht wie von Säbelhieben.

Schritte. Aus der Tiefe des Kellers näherte sich eine zweite Gestalt.

»Signor Stieglitz! Welche Freude! Wir haben Sie sehnlichst erwartet.«

Mit der schwerelosen Anmut eines Tänzers trat ein nicht ganz mittelgroßer, schlanker Mann auf sie zu. Auf den Schuhen mit hohen Absätzen blinkten silberne Schnallen. Rock und eine Hose waren aus aprikosenfarbenem Samt. Dazu trug der Elegant eine weiße Satinweste. Die Manschetten und Krausen seines Anzugs waren mit Spitzen geschmückt; auf seinem Kopf türmte sich eine silberne Perücke. Seine Gesichtszüge waren gefällig und wiesen eine angenehme Regelmäßigkeit auf.

Der Kavalier verbeugte sich vor ihnen auf eine ungewöhnliche Manier. Als Jacob seine graziös abgespreizten Finger betrachtete, bemerkte er, dass er an jedem Finger einen mit bunten Edelsteinen verzierten Ring trug.

Lessing erwiderte die Höflichkeit mit einem ungelenken Kratzfuß. Dann war Jacob an der Reihe. Einen Moment lang hatte er erwogen, die kunstvolle Reverence nachzuahmen, aus Angst, sich lächerlich zu machen, den Gedanken aber sogleich wieder verworfen. Sicherheitshalber verbeugte er sich in der schlichten (jedoch allzu untertänigen) Weise, wie er es als musikalischer Lakai an den thüringischen Höfen getan hatte. Magister Glaubrecht hingegen fiel nichts Besseres ein, als schroff sein Haupt zu senken. Es sollte wohl würdevoll aussehen, wirkte aber hölzern und unbeholfen.

Der Kavalier quittierte ihre Höflichkeitsbezeugungen mit einem warmherzigen Lächeln.

»Chevalier«, richtete Lessing das Wort an ihn, »ich erlaube mir, Ihnen Herrn Jacob Bach und Herrn Magister Glaubrecht vorzustellen. – Selbstverständlich verbürge ich mich für die beiden.«

»Aber mein lieber Stieglitz«, versetzte der Elegant mit gespielter Entrüstung. »Ihre Freunde sind unsere Freunde.« Er wandte sich an Jacob und Glaubrecht. »Je suis enchanté de faire votre connaissance. Ich heiße Sie auf das Herzlichste im Café Überwäldler willkommen.«

Der Chevalier plauderte in derselben charmanten Weise wie zu Anfang. Gleichwohl kam Jacob die Stimme jetzt seltsam vor, als ob ihr irgendetwas fehle. Sinclair hatte seinen Akzent nie verbergen können. Ob er deutsch, französisch oder italienisch sprach, stets hatte er die besondere Melodie seiner Muttersprache beibehalten. In der Rede dieses Mannes, der offensichtlich ein gebürtiger Franzose oder Italiener war, ließ sich indessen nicht die Spur eines Akzents ausmachen. Seine Sprache war kristallklar, und das verlieh ihr eine gewisse gefühllose Kälte, über die auch sein leutseliges Benehmen nicht hinwegzutäuschen vermochte.

Der Kavalier bemerkte sein Misstrauen. Er warf Jacob einen wissenden, fast verschwörerischen Blick zu. Dann fasste er sich jäh an den Kopf, als verspüre er einen plötzlichen Schmerz. »Ach, was bin ich nur für ein Esel. Monsieurs, verzeihen Sie vielmals. Ich habe mich Ihnen gar nicht vorgestellt. Mein Name ist Carbonari, Maître de Plaisir dieses bescheidenen Etablissements.« Er verbeugte sich abermals. »Um die Wahrheit zu sagen«, fuhr er beiläufig fort, »Sie schickt ein freundlicher Genius. Es haben sich nämlich einige Herren für heute Abend entschuldigen lassen. Wenn ich Sie nun bitten darf – Veuillez me suivre, s'il vous plaît!«

»Einen Augenblick, Herr«, platzte mit einem Male Glaubrecht dazwischen. »Welches Spiel wird hier gespielt, wenn ich fragen darf?«

Lessing stieß den Magister in die Seite. Doch Carbonari schien die Frage des Magisters nicht im Geringsten zu verstimmen. »Man spielt Pharao«, antwortete er heiter.

»Ganz gewiss ein Glückspiel!«, rief Glaubrecht mit kaum

unterdrückter Empörung. »Sie haben uns in eine Spielhölle gelockt, Lessing. Wir verlassen dieses Sodom auf der Stelle!«

Carbonari hüstelte in sein seidenes Taschentuch, aber sein Gesichtsausdruck blieb unverändert liebenswürdig.

»Kommen Sie, Bach, wir gehen«, rief Glaubrecht. Damit ergriff er Jacobs Arm und wollte ihn wieder auf die Gasse hinausziehen.

Natürlich hatte der Magister recht, es wäre vernünftig zu gehen. Aber der Gedanke an das Spiel übte eine unwiderstehliche Anziehungskraft auf Jacob aus. Um welche Art von Hazard handelte es sich? Wie auch immer, Lessing, der hier offenbar unter dem Namen Stieglitz verkehrte, war so versessen darauf, dass er das Café Überwäldler jede Nacht aufsuchte.

»Verzeihung, Monsieur«, fragte Jacob, ohne nachzudenken, »was ist denn dieses Pharao? Ich habe noch nie davon gehört.«

»Monsieur«, entgegnete der Maître de Plaisir amüsiert, jedoch ohne jeden spöttischen Unterton. »Ihre Frage ist mehr als berechtigt. Es ist wahrhaftig keine Schande, dieses Spiel nicht zu kennen. Das Pharao ist erst vor kurzem in Paris aufgekommen und in Deutschland noch fast unbekannt. Aber keine Sorge, die Regeln sind simpel, Sie werden sie im Handumdrehen lernen. Es ähnelt sehr dem Landsknecht.«

Glaubrecht ließ indes nicht locker. »Herr Bach«, beharrte er, »ich hätte Sie für verständiger gehalten. Ich hielt Sie für einen gottesfürchtigen jungen Mann, der …«

»Um Gottes willen, seien Sie dieses eine Mal vernünftig, Magister«, fuhr Lessing den Magister an. »Nennen Sie mir eine Bibelstelle gegen das Glücksspiel. Sie finden keine.«

»Die brauche ich nicht«, gab Glaubrecht stur zurück. »Das Verbot des Königs genügt mir.«

Lessing zuckte mit den Achseln. »Im Überwäldler hat sich noch kein Schwede blicken lassen. Aber natürlich steht es Ihnen frei zu gehen, Herr Magister. Jedenfalls dürfen wir die anderen Herren nicht länger warten lassen.«

»Ich möchte niemanden drängen«, pflichtete Carbonari ihm bei. »Aber Herr Stieglitz hat recht: Es ist Zeit.«

»Nun also, Herr Magister, entscheiden Sie sich!«

Glaubrecht besann sich kurz. Dann stieß er einen Seufzer aus und folgte ihnen mit essigsaurer Miene.

Jemand tippte Jacob auf die Schulter. »Ihre Plempe, mein Herr.« Mit einem Gesichtsausdruck, der keinen Widerspruch zuließ, forderte ihn der Lakai auf, ihm seinen Degen zu übergeben. Er war damit durchaus im Recht. Aus guten Gründen war es allgemein üblich, den Spielsalon waffenlos zu betreten; auch Carbonari und sein Diener waren anscheinend unbewaffnet. Jacob war alles andere als wohl dabei, dem Kerl seinen Degen auszuhändigen. Aber es ließ sich nun einmal nicht ändern. Jacob war begierig auf das Pharao. Er hatte so lang nicht mehr gespielt. Einmal musste das Glück wieder zu ihm zurückkehren. Vielleicht in dieser Nacht.

Der Diener geleitete sie über eine Stiege mit ausgebrochenen Stufen und winkelige Korridore bis vor eine Flügeltür. »Da sind wir«, verkündete der Chevalier feierlich. Er hob seine Arme, als wollte er ihnen den Segen erteilen. Dann stieß er mit einem eleganten Schwung die Türen auf. »Introite, nam et heic Dii sunt!«

Sie betraten einen fensterlosen, spärlich möblierten Salon. Auf dem Boden standen Flaschen herum, auf die Wachskerzen gesteckt waren. In ihrem Schein erkannte Jacob mythologische Szenen, die ein mäßig begabter Künstler auf die abblätternden, von Tabak- und Kerzenrauch vergilbten Tapeten gepinselt hatte. Sie waren von abstoßender Obszönität: Ein besoffener Silen kotzte sich, von zwei gehörnten und bocksbeinigen Satyrn gestützt, die Seele aus dem Leib; eine ältliche Leda ließ sich von einem Schwan (der eher einem Gänserich glich) begatten; Faune, Pane, Priape und andere Scheusale rieben sich mit lustvoll verdrehten Augen ihre garstig angeschwollenen Gemächte und vergnügten sich mit Ziegen, Schafen und Eseln. Es war, als habe der Maler den Lehrstoff veranschaulichen wollen, mit dem einst der unselige Kantor Arnold seine Schüler am Ohrdrufer Lyceum geplagt hatte.

Im Salon herrschte eine erstickende Hitze, die offenbar nicht nur von den Kerzen herrührte. Hinter dem Wandschirm, der die linke Ecke der gegenüberliegenden Seite verdeckte, prasselte es vernehmlich. Dort musste sich ein Ofen oder Kamin befinden, der den Raum zusätzlich aufheizte. In der Mitte des Salons war ein rechteckiger, mit grünem Tuch bespannter Spieltisch aufgestellt. Darauf stand ein mit Kerzenwachs verkrusteter Messingleuchter. Neben dem Kandelaber lagen eine Dochtschere und eine ovale, flache Tabakdose. Offenkundig gehörte sie dem korpulenten Menschen, der an seiner Längsseite des Tisches, dem Eingang gegenüber, in einem thronartigen Sessel schlummerte. Sein mächtiger vorgestreckter Bauch war in einen mit silbernen Schnüren und Kordeln besetzten roten Husarenrock gezwängt. Der Kopf war kahlgeschoren. Dafür trug der Schläfer einen langen dünnen Schnurrbart, dessen Enden an den Seiten seines Doppelkinns herabhingen.

Carbonari zwinkerte seinen Gästen verschmitzt zu. Dann legte er den Zeigefinger auf die Lippen und schlich auf Zehenspitzen zu dem schlafenden Koloss hinüber. Nachdem er ihn eine Weile betrachtet hatte, beugte er sich zu ihm herab und flüsterte ihm etwas ins Ohr. Der Mund des Schläfers verzog sich zu einem wohlgefälligen Lächeln. Er schlug die Augen auf und schaute zu ihnen herüber. Sein Blick war seltsam starr, als wären es Glasaugen. Er streckte seine Arme aus und gähnte ausgiebig.

Jacob, Lessing und der Magister schwiegen betreten.

Der Chevalier indes zeigte sich über die Ungehörigkeit nicht im mindesten verlegen. Beinahe zärtlich tätschelte er die gedunsenen Wangen des Grobians, ordnete seinen zerzausten Schnurrbart. »Monsieurs«, wandte er sich in gravitätischem Ton an seine Gäste, »mein Herr, Seine Erlaucht Graf Rákóczi heißt

Sie auf das Herzlichste in unserem ehrenwerten Etablissement willkommen.« Er hielt einen Moment inne. »Da Seine Gnaden«, fügte er dann hinzu, »nur ungarisch und ein wenig Latein spricht, werde ich mir erlauben zu dolmetschen.«

Unter Ächzen und Stöhnen erhob sich nun der Graf aus seinem Sessel. »Aut bibat, aut abeat!«, grölte er und schnippte mit den Fingern.

Augenblicks erschien der Lakai mit einem silbernen Tablett, auf dem drei hohe, mit einem tiefroten Wein gefüllte Gläser standen.

»Der Willkommenstrunk!«, rief Carbonari. »Lassen Sie sich von unserem guten Jean einen echten Tokajer kredenzen.«

Als der Diener dem Magister ein Glas anbot, schüttelte der ablehnend den Kopf.

»Um Himmels willen, nehmen Sie«, raunte Lessing ihm zu. »Und wenn der Graf Ihnen zutrinkt, tun Sie ihm unbedingt Bescheid.«

Damit griff er sich seinerseits ein Glas, prostete Rákóczi zu und trank es in zwei Zügen aus. »Ah, was für eine Gottesgabe«, seufzte der Schulmeister. Seine Wangen hatten sich gerötet, die Augen glänzten vor Verzückung. »Bibite! Trinkt, meine Freunde, es ist eitel Nektar und Ambrosia!«

Zögernd nippte Glaubrecht an seinem Getränk.

Auch Jacob probierte nur einen kleinen Schluck. Der Wein war sehr schwer und süß, zugleich schmeckte er eigentümlich würzig, nach Nelken, Zimt und Mandeln. Noch während er ihm die Kehle hinunterrann, spürte Jacob seine Wirkung: Die Müdigkeit in Kopf und Gliedern war wie weggeblasen, er fühlte sich wunderbar leicht und beschwingt.

Als er Sinclairs Flakon aus der Rocktasche hervorholte, um sich eine Prise Schnupftabak zu genehmigen, merkte Jacob, dass Rákóczi ihn aufmerksam beobachtete. Der Graf zeigte auf den Flakon und schnalzte anerkennend mit der Zunge. Dann sagte er etwas auf Ungarisch.

»Seine Erlaucht bewundert über die Maßen ihre schöne Tabatiere und möchte Ihnen sein Kompliment aussprechen«, übersetzte Carbonari.

»Das ist überaus freundlich. Ich danke ihm recht herzlich«, antwortete Jacob.

Der Graf warf ihm eine Kusshand zu, winkte Carbonari zu sich und flüsterte ihm etwas ins Ohr.

»Mein Herr«, sprach der Chevalier, »würde sich überaus geehrt fühlen, wenn Sie aus seinen Händen ein kleines Geschenk annähmen.« Damit nahm er die Schnupftabakdose, die vor Rákóczi auf dem Tisch lag, und überreichte sie Jacob.

»Jetzt müssen Sie dem Grafen Ihren Flakon schenken«, zischelte ihm Lessing zu. »Tun Sie es einfach«, drängte er, als Jacob zögerte. »Alles andere wäre eine unverzeihliche Beleidigung.«

Jacobs freudige Stimmung hatte sich schlagartig in ihr Gegenteil verkehrt. Er hatte nicht die geringste Lust, sich von Alain Sinclairs Geschenk zu trennen. Aber Lessing hatte gewiss recht, eine Weigerung konnte die Freunde und ihn in eine unangenehme Lage bringen. Wenigstens bestand nun kein Zweifel mehr, dass dieser Rákóczi ein echter Graf war. Die Adeligen nahmen sich einfach, was ihnen gefiel. Immerhin besaß dieser Halunke so viel Anstand, ihm ein Gegengeschenk anzubieten.

Carbonari reichte ihm Rákóczis Tabatiere dar, als sei es eine geweihte Hostie. Dann empfing er Jacobs Flakon und legte ihn dem Grafen in die Hände, der ihn bewundernd von allen Seiten betrachtete.

Jacob musste zugeben, dass er keinen schlechten Tausch gemacht hatte. Rákóczis Schnupftabakdose war aus matt glänzendem Schildpatt gearbeitet, wunderbar leicht und von anschmiegsamer Glätte. Die Intarsie auf dem Deckel zeigte einen roten Drachen, dessen langer Schwanz sich mehrmals um seinen eigenen Hals wickelte.

»Chevalier, wo steckt denn unser guter Herr Rosch?«, hörte

er Lessing sagen. »Sie wissen, dass ich ohne ihn keine Karte anfasse. Er ist mein guter Geist.«

»Er ist den Augenblick zur Stelle, mein Freund«, antwortete Carbonari.

Jacob blickte auf.

Hinter dem Wandschirm trat eine Gestalt hervor.

»Schalom, meine Herren«, ließ sich eine dünne, näselnde Stimme hören. »Wir spielen zusammen diese Nacht? Es ist mir eine Ehre.«

Der Hitze zum Trotz war der Mann in einen langen Regen-Berkan gehüllt. Seine Hände steckten in einem Muff, den er wie zum Schutz vor der Brust hielt. Um den Hals hatte er mehrmals einen dicken Schal geschlungen. Auf dem Kopf trug der seltsame Gast einen hohen trommelförmigen Hut aus Zobelfell, der ihn als polnischen Juden auswies. Ein Jude? Gewöhnlich war Leipzig den Kindern Israels verschlossen, nur an den Messetagen durften sie handelshalber die Stadt betreten. Sie mieteten sich in besonderen Häusern ein, die sie auch als Betstuben benutzten, und blieben meist unter sich.

»Herr Ari Rosch, Kaufmann aus Goraj in Polen«, stellte Carbonari den Neuankömmling vor.

»Werte Herren, ich bitte untertänigst, meinen Aufzug zu verzeihen«, sagte der Jude. »Die Kälte ist mein Tod. Darum hatte ich mich hinterm Ofen ein wenig aufgewärmt.«

Im Salon war es heiß wie in einem Backofen. Der Schweiß rann Jacob den Nacken hinunter. Den anderen ging es nicht besser. Der Magister wischte sich unaufhörlich mit dem Taschentuch über das Gesicht. Doch Rosch schien wahrhaftig noch unter seiner dicken Vermummung zu frösteln.

»Da wir nun alle beisammen sind«, ergriff nun wieder der Chevalier das Wort, »so wollen wir endlich dem Pharao die Ehre geben!«

Jacob, Lessing, Rosch und der Magister setzten sich Carbonari und dem Grafen gegenüber an den Spieltisch. Der Jude hatte seinen Handschlupfer abgelegt, aus den Tiefen seines Mantels kramte er ein kleines Buch und ein längliches metallenes, mit einem verschlungenen Blumenmuster und fremdartigen Schriftzeichen verziertes Etui hervor, das an einem Ende eine bauchige Verdickung in Form einer Muschel aufwies. Er öffnete das Behältnis und entnahm ihm eine Schreibfeder. Es war ein Reisepennal; die Muschel erwies sich als kleines Tintenfass.

»Mit der gnädigen Permission seiner Erlaucht«, erklärte Rosch, »werde ich mir hin und wieder eine Notiz zum Spielverlauf machen. Lassen Sie sich davon nicht stören. Es ist nur eine dumme Angewohnheit.«

»Aber mein Lieber«, unterbrach ihn Lessing. »Was soll denn die Geheimniskrämerei? Er nahm einen Schluck von dem Wein, den Jean unablässig nachschenkte. »Wenn Sie sich nicht offenbaren, so tue ich es.«

Der Jude blickte ihn verdrießlich an, aber dann bezeugte er durch ein kurzes Nicken seine Zustimmung.

»Unser verehrter Herr Rosch«, sprach Lessing geheimnisvoll, »ist, müssen Sie wissen, kein gewöhnlicher Handelsjude, sondern ein leibhaftiger Mathematicus. Er beobachtet das Spiel, um die Gesetzmäßigkeiten des Zufalls zu erforschen. Und wenn ich mich nicht irre, ist er nahe daran, das Geheimnis zu ergründen, den Schleier des Mysteriums zu lüften, das …«

»Ludi incipiant!«, fiel ihm unwirsch der Graf ins Wort.

»Mögen die Spiele beginnen!«, verdeutschte Carbonari.

»Hoffen wir, dass keine Löwen von der Partie sind«, bemerkte Magister Glaubrecht mit gezwungener Witzigkeit. Niemand ging darauf ein. Nur Ari Rosch sah ihn etwas überrascht und misstrauisch an.

»Zunächst«, sprach der Chevalier aufgeräumt, »erlaube ich mir, die Novizen in die Regeln unseres erhabenen Spiels einzuweihen.«

»Wenn es sein muss«, brummte Lessing. Der Schweiß stand

ihm auf der Stirn, sein Gesicht war weiß wie Kalk, die Hände zitterten. Als der Lakai ihm ein weiteres Glas einschenkte, beruhigte sich der Schulmeister auf der Stelle. Seine Augen begannen wieder zu glänzen.

Auch Jacob ließ sich noch einmal das Glas füllen.

»Das Pharao«, begann der Chevalier, »ist sehr einfach und dennoch der geistreichste Zeitvertreib, der sich denken lässt.«

»So fangen Sie doch endlich an!«, murrte Lessing.

Carbonari überhörte es. »Das Jeu«, fuhr er fort, »wird mit zwei Päckchen französischer Karten gespielt. Wie Sie sehen, wird der König«, er hielt ihnen einen Herz-König entgegen, »als Pharao dargestellt. Daher der Name des Spiels.« Der ägyptische König hatte ein bronzefarbenes Antlitz und einen schwarzen lockigen Bart, über einer Art Kopftuch trug er eine juwelenbesetzte Krone mit langen spitzen Zacken.

»Die Bank«, sprach Carbonari weiter, »also Ihre Gnaden Graf Rákóczi, spielt gegen die übrigen Spieler, die Pointeure genannt werden.« Ohne auf seine Hände zu blicken, fing er an, mit atemberaubender Geschwindigkeit ein Päckchen zu mischen. »Jeder Pointeur«, erklärte er unterdessen, »erhält von der Bank ein Livret, das heißt die dreizehn Karten einer Farbe.« Carbonari breitete eine Reihe Karten vor sich auf dem Tisch aus. »Die Pointeure legen ihre Einsätze auf eine der Karten aus ihrem Livret. Der Croupier, also meine Personalität, nimmt nun das zweite Kartenpaket, mischt, lässt einen der Pointeure abheben und teilt allen Spielern mit, um welche Karte es sich handelt. Diese Karte wird die Letzte genannt, sie gewinnt nie. Jetzt setzen die Pointeure nach Belieben auf ihre Karten. Sodann zieht der Croupier nacheinander je zwei Karten vom Paket ab und legt sie nebeneinander vor sich auf den Tisch. Die erste Karte eines jeden Paares gilt für den Bankier, die zweite für die Pointeure. Der Bankier gewinnt alle Einsätze der Pointeure auf jene Karten, die dem Range nach mit der zuerst Gezogenen übereinstimmen. Die Pointeure wiederum erhalten ihren Gewinn in Höhe ihres Einsatzes, wenn sie die zweite Karte eines Einzuges benutzt haben. Die Einsätze auf den übrigen Werten bleiben unverändert. C'est tout, das ist alles.« Schließlich erläuterte Carbonari einige zusätzliche Regeln, welche die Erhöhung der Einsätze betrafen. Sie entsprachen denjenigen, die Jacob bereits von anderen Glücksspielen kannte.

Das Spiel begann.

Carbonari mischte die beiden Stapel und teilte aus.

Als niedrigster Point galt ein halber Gulden. Für ein Casino in Paris, Venedig oder auch einer deutschen Residenz mochte das ein lächerlicher Betrag sein, für einen Schulmeister wie Lessing, dessen Jahresgehalt schwerlich mehr als dreißig Taler überstieg, war es ein Vermögen – und für einen Musikergesellen erst recht. Aber Jacobs Bedenken waren im Augenblick verflogen.

Im ersten Durchgang schlugen ihm alle Karten um. Jacob verlor. Den anderen ging es ebenso. Allein Glaubrecht strich einen bescheidenen Gewinn ein.

Jacobs Pechsträhne setzte sich fort. Er setzte Taler um Taler. Als eine neue Taille begann, war sein Kapital beinahe aufgebraucht. Wollte er nicht alles verlieren, musste er sich jetzt zurückziehen.

»Sie wissen, mon cher«, ermahnte ihn Carbonari, indem er leicht eine Augenbraue hochzog, »eine Pechsträhne überwindet man dadurch, dass man unbeirrt und unerschütterlich mit dem Spiele fortfährt.«

Das war die abgeschmackteste aller Spielerweisheiten. Aber der Chevalier hatte recht: Man musste das Glück herausfordern. Mehr als einmal hatte Jacob erlebt, wie ein hoffnungslos ruinierter Spieler nach den übelsten Fehlschlägen seine Verluste wettgemacht und sogar ein Vermögen gewonnen hatte. Unwillkürlich befingerte er die Goldtaler, die ihm die Schomerim hinterlassen hatten und die in seinem Rocksaum eingenäht waren. Jean schenkte von dem berauschenden Ungarwein nach. Jacob fasste wieder Mut. Mit einem Male hielt er einen der Taler in der Hand.

»Faites vos jeux!«

Jacob setzte das Goldstück auf die Pik-Dame.

Die Karte gewann.

Er ließ den Einsatz liegen: »Paroli!«

Wieder gewonnen!

Der Chevalier schob ihm das Dreifache seines Einsatzes zu.

Am Spieltisch war eine atemlose Stille eingetreten. Dem Graf quollen ungläubig die Augen aus dem Kopf, als würde ihn jeden Moment der Schlag treffen. Carbonaris Mundwinkel zuckten gefährlich. Nur Rosch kritzelte wie wahnsinnig in seinem Büchlein herum.

Abermals ließ Jacob den Gewinn bei der Dame liegen: »Sept et le va!«

Abermals gewann die Dame. Jacobs Gewinn versiebenfachte sich.

Alle starrten ihn mit offenen Mündern an. Sogar Rosch hatte mit seinem Gekratze aufgehört.

Da drang Lessings Stimme an sein Ohr. »Mein lieber Junge, lass es gut sein! Der Carte favorite darf man nicht endlos vertrauen. Irgendwann muss die Dame untreu werden!«

Jacob achtete nicht darauf. Alles vollzog sich wie in einem Traum. »Quinze et le va!«, hörte er sich sagen.

Nun ging es um das Fünfzehnfache des Einsatzes.

Jacob gewann zum vierten Mal.

Um ihn herum erhob sich ein Stimmengewirr. Carbonari sagte etwas, das Jacob nicht verstand. Aber die Stimme des Chevaliers hatte sich verändert, sie hatte einen schneidenden Ton angenommen. Lessing erwiderte etwas. Es erfolgte ein scharfer Wortwechsel. Stühlerücken, Gepolter.

Plötzlich übertönte ein lauter, durchdringender Pfiff den Lärm. Ein kalter Luftzug fuhr durch den Raum. Getrampel und Gebrüll: Die Schweden! Jemand packte Jacob am Arm. Er folgte ihm willenlos, wie ein Schlafwandler ließ er sich wegführen.

Jacob hätte nicht sagen können, wie. Aber in dem Tumult

gelang es Lessing, ihn aus dem Überwälder herauszuschaffen. Jacob vermochte sich kaum auf den Beinen zu halten, der fatale Tokajer hatte ihn vollkommen betäubt. Durch dunkle Gassen gelangten sie in ein Gasthaus, in dem der Schulmeister bekannt war. Jacob erlebte alles wie im Traum. Noch während Lessing ihm Kaffee einflößte, schlief er ein. Jacob erwachte erst, als die Morgensonne in die Wirtsstube schien.

Als Lessing ihn mit Hilfe zweier Träger in die Portechaise setzte, war es schon heller Tag. Die Kerle warfen sich Scherzworte zu. Sie schienen sich über ihn lustig zu machen, sicherlich hielten sie ihn für betrunken. Lessing lief neben der Sänfte her, die nur Platz für eine Person bot. Er war außer Atem und sah todmüde aus, schien aber blendender Laune zu sein.

»Donnerwetter«, keuchte er, als sie in die Petersstraße einbogen, »das war knapp.«

»Was ist geschehen?«, fragte Jacob benommen.

»Du Esel hast die Bank gesprengt«, stieß Lessing lachend hervor. »Wenn ich richtig gerechnet habe, müssten es fast hundert Louis d'Or sein. Aber allein Carbonaris Gesichtsausdruck war es wert.«

»Carbonari?«

»Hast du ernsthaft geglaubt, die Schurken lassen uns mit den schönen Goldtalern einfach so hinausspazieren? Aber ich glaube«, fügte Lessing hinzu, »unseren guten Chevalier hat nicht so sehr der Verlust geschmerzt als die Erkenntnis, seinen Meister gefunden zu haben. Gleichviel, die Talerchen wollte er nicht herausrücken.«

»Und dann?«

Lessing zuckte mit den Achseln. »Ein Wort gab das andere. Schließlich glaubte der feine Signor, zu schärferen Überzeugungsmitteln greifen zu müssen. Aber da hat er nicht mit dem alten Lessing gerechnet. Damit hob der Schulmeister seinen Rock etwas zur Seite. In seiner rechten Westentasche steckte das Terzerol, das er dem Magister abgenommen hatte.

»Sie haben doch nicht geschossen?« Jacob konnte sich nicht erinnern, einen Schuss gehört zu haben. Aber in dem lärmenden Durcheinander und seiner Betäubtheit hatte er ihn vielleicht überhört.

Der Schulmeister schüttelte den Kopf. »So weit ist es gottlob nicht gekommen. Stets habe ich gebetet, dass die Schweden mich ungehudelt lassen, und nun verdanken wir ihnen wahrscheinlich unser Leben. Das ist wirklich zum Lachen.«

Vor dem Cymbelstern blieben die Sänftenträger stehen. Lessing bezahlte sie großzügig und brachte Jacob auf die Kammer. Nachdem er ihm die Stiefel ausgezogen und ihn ins Bett gelegt hatte, reichte ihm der Schulmeister einen Beutel, der zur Hälfte mit Münzen gefüllt war. »Das ist alles, was ich in der Eile zusammenklauben konnte«, sagte er. »Nicht die ganze Bank, aber noch immer ein hübsches Sümmchen.«

»Ich will es nicht!« Abwehrend hob Jacob die Hände. »Nehmen Sie das Geld! Ich bitte Sie, es gehört Ihnen. Sie haben verloren.«

»Das ist wahr«, versetzte Lessing mit leiser, trauriger Stimme. »Ich habe alles verloren.« Er blickte ihn schweigend an. Dann lächelte er. »Ich danke Ihnen«, sagte er. »Das ist sehr anständig von Ihnen, Monsieur Bach. Aber für mich ist es zu spät, mir ist nicht mehr zu helfen.« Damit strich er ihm über das Haar und deckte ihn zu. »Schlaf jetzt, mein Junge – und lebe wohl.«

Jacob wollte etwas erwidern, aber bevor er sprechen konnte, war er eingeschlafen.

XVIII.

Das Abendmahl der Toten

Es war Nacht, aber kein Mond schien, das Feuer der Sterne war erloschen. Stattdessen erfüllte ein Nebel die Luft mit erstickender Schwüle. Jacob glaubte, Gestalten darin zu erkennen, bleiche Himmelswesen in weiten weißen Gewändern mit Brüsten, die für die von Jünglingen zu weich, für Weiberbrüste zu flach waren. Unablässig stiegen sie auf unsichtbarer Leiter hinauf und herab. Einige hielten ein Musikinstrument in den Händen; sie zupften Harfen und Lauten, schlugen Pauken oder bliesen die Flöte. Aber es war kein Ton zu hören, und ihre Mienen waren gleichgültig.

Sein Kopf ruhte auf einem Stein. Er war kohlschwarz, seine Oberfläche glatt wie polierter Marmor. Darauf schimmerte grünlich eine Schrift, die kein Mensch entziffern konnte. Bisweilen erlosch das Leuchten, dann formten sich auf dem schwarzen Spiegel Gesichter. Bevor sich ein Antlitz vollendete, war es schon wieder vergangen.

Jacob lag auf einem Gottesacker.

Die Gräber waren aufgetan. In den offenen Särgen regten sich die Toten. Nur die Kinder – es lagen viele Kinder in der kalten Erde, so viele tote Kinder – ruhten still und schliefen.

Die Erde unter ihm bebte, es war nur ein leises Zittern. Von unsichtbaren Händen schlugen die eisernen Kirchentüren auf und zu.

Da erhob sich Jacob und schritt über den Gottesacker zur Georgenkirche hinüber. Zwischen den schwingenden Toren trat er ein. Durch die hohen Fenster sickerte ein fahler Schimmer in die Kirche. Da erklangen von der Orgel zwei gleichzeitige Töne, schauerlich kreischend, als kratzte jemand mit den Fingernägeln über eine Schiefertafel. Der entsetzliche Misston wurde lauter und lauter. Alles verschwamm, die Kirchenmauern begannen zu schwanken.

Mit einem Schlag wurde es still. Vor dem Altar hatten sich die Schatten der Toten versammelt. Ihre Züge waren unstet, wie verwischt, manche schienen ganz ausgelöscht. Sie zitterten und bewegten sich auf eine seltsam zuckende Weise. Ein Toter lag noch als Leichnam aufgebahrt, ein Lächeln verweilte auf seinem Gesicht, als träume er einen glücklichen Traum. Es war Theophilus Lessing. Als sich die Schatten näherten, zog er widerwillig ein Augenlid nach oben. Jäh riss er den Mund auf, ein stummer Schrei entrang sich seiner Kehle. Noch einmal bäumte sich der tote Leib auf und hob wie zum Gebet die Arme, doch schon verwandelten sich die Augen in schwarze Höhlen, die Gesichtszüge fielen ein, die Glieder lösten sich und zerfielen zu Staub. Aus dem wirbelnden Dunst bildete sich eine vage Gestalt, die unter verzweifelten Seufzern sich zu den übrigen Schatten gesellte.

Ein Jammern und Klagen erfüllte die Kirche. Mit matten Stimmen riefen die Schatten zum Altar gewandt: »Gott, wo bist du?«

Da erscholl aus der Finsternis des Chors ein höhnisches Gelächter.

Jacob kannte dieses Lachen. Ein weißgrelles Licht fiel auf den Altar. Auf der Altarplatte saß, die Beine lässig übereinandergeschlagen, der Magister Arnold. Auf seiner linken Schulter hockte ein pechschwarzer Kanarienvogel.

Durch die Versammlung der Toten lief ein Schwanken und Stöhnen.

Der gottlose Kantor griff hinter sich. Mit beiden Händen hielt er den Schatten einen schlichten Kelch aus stumpfem Messing entgegen. »Milch und Honig!«, schrie er mit fürchterlicher Stimme. »Nehmet hin und zehret davon. Dies sei euer Blut und Leib!«

Damit leerte er unter lautem Schlürfen den Kelch.

»Gib! Gib uns von der Speise!«, bettelten die Schatten. »Uns dürstet! Uns dürstet!«

Die Toten umdrängten Arnold, schienen ihn aber nicht berühren zu können.

Mit einem abscheulichen Grinsen wischte sich der Kantor den Mund ab und warf den geleerten Kelch hinter sich.

Noch bevor das Gefäß mit Geschepper auf den Boden fallen konnte, waren die vordersten Schatten hinter den Altar gehuscht, um wenigstens ein paar Tropfen zu erhaschen. Aus dem Dunkel hinter dem Altar ließ sich ein erbärmliches Winseln vernehmen. Arnold hatte ihnen nichts übriggelassen.

Schon hatte der Kantor einen neuen Kelch zur Hand, der war aus Stein. Genießerisch hielt er seine Nase an den Rand und schnüffelte daran. »Der süße Wein«, krächzte er. »Trinket alle daraus, dass nichts verderbe.« Darauf stürzte er den Wein in einem Zuge hinunter. Wiederum schleuderte er den Kelch hinter sich.

Die Schatten heulten vor Durst und Zorn.

Verächtlich hielt Arnold ihnen nun den dritten Kelch hin, der war nur aus Holz gemacht. »Das Wasser«, kreischte er. »Das Wasser der Taufe. Auf euer Wohl, dass der Heilige Geist euch segne.«

Der gottlose Kantor führte den Becher an die Lippen und trank. Doch er schluckte nicht hinunter, er behielt das Wasser im Mund, um es jäh wie einen Sprühregen über die Versammlung zu spucken.

Mit grauenvollem Geschrei wichen die Schatten zurück. Sosehr sie nach der Honigmilch und dem Wein gelechzt hatten, so sehr schienen sie das Wasser zu fürchten.

»Da habt ihr«, schrie Arnold wie von Sinnen. »Im Namen des Vaters, des Sohnes und des Heiligen Geistes. Mit Wasser banne ich den unreinen Geist und verjage den Schrecken der giftigen Schlange!« Abermals stieß er sein meckerndes Lachen aus. Dann entließ er einen lauten, nach Schwefel stinkenden Furz. »Tod, das ist dein Sieg!«, krakeelte er mit überschnappender Stimme: »Tod, hier ist dein Stachel!«

Die Toten aber jammerten laut.

Da hob Arnold die Arme und gebot ihnen Ruhe. »Seid nur ruhig, ihr flüchtigen Schatten«, wisperte er mit honigsüßer Stimme. »Seid nur getrost. Siehe, ich verkündige euch große Freude!«

Die Schatten drängten sich um den Altar, auf dass sie seiner Rede lauschten.

»Hört mich an, ihr armen unwissenden Toten«, fuhr der Magister fort. »Ich weiß wohl, was ihr von mir zu wissen begehrt. Und ich will euch gewähren, wonach euch so herzlich verlangt. Hört also, was ich euch zu sagen habe.« Und er sprach: »Alle Welten durchwandelte ich, die möglichen und die unmöglichen. Ich durchzog die Milchstraßen, die Wüsten des Himmels, stieg in die Sonnen und in die tiefsten Tiefen hinab, so weit das Sein seine Schatten wirft. Doch IHN fand ich nirgends.«

Ein Wispern und Brausen ging durch die Reihen der Toten.

»Da schaute ich in den Abgrund und rief: Vater, bist du da? Aber ich hörte nur den ewigen Sturm, den niemand regiert. Und als ich aufblickte, das göttliche Auge zu sehen, da – da starrte eine leere, bodenlose Höhle mich an. Denn wisset: Die Ewigkeit ist nichts als Chaos, das sich fortwährend selbst zermalmt und wiederkäut. Denn ER ist nicht.«

Da stieß der schwarze Kanari auf seiner Schulter ein dreimaliges markerschütterndes Krächzen aus.

Die Schatten stoben auseinander, irrlichternd fuhren sie umher.

Endlich sanken sie ermattet zu Boden und entfärbten sich, bis sie schließlich wie weißgebrannte Asche zerrannen.

Zum andern Mal bebte die Erde. Jetzt wankten die gestorbenen Kinder heran, die im Gottesacker erwacht waren. Sie warfen sich vor dem Altar nieder, mit ihren zarten Stimmen riefen sie: »O Jesus, lieber Herr Jesus, der du uns lieb hast, haben wir denn keinen Vater?«

Aber da saß nicht mehr der gottlose Kantor, sondern Theophilus Lessing. In seinen Augen standen Tränen.

Abermals fragen die Kinder: »Lieber Herr Jesus, wo ist unser Vater?«

Lessing schüttelte den Kopf. »Ich bin nicht der, für den ihr mich haltet«, flüsterte er mit müder, gebrochener Stimme. »Aber wahrlich, ich sage euch: Ihr und ich, wir alle sind Waisen. Wir sind ohne Vater.«

Da begann alles, die toten Kinder, die Kirche, der bleigraue Himmel, zu glühen wie ein Stück Eisen, das der Schmied ins Feuer hält. Alles verglühte und zerschmolz in Feuer und Schwefel. Übrig blieb nur fühllose tote Schlacke.

Es wurde still.

Nur Jacobs Herz pochte. Der einzige Ton in einer vollkommen lautlosen Welt.

XIX.

Der Mann mit den eisernen Händen

Es pochte und pochte.

Jacob schlug die Augen auf. Wie spät mochte es sein? Die Sonne schien hell ins Zimmer; es musste schon auf den Mittag zugehen. Er lag vollständig bekleidet in seinem Bett. Der Platz neben ihm war leer, auch Lessings Schlafstatt schien unberührt. Etwas lastete auf seiner Brust: ein Beutel voller Münzen, sein Gewinn, den Lessing ihm gerettet hatte. Allmählich kehrte die Erinnerung zurück. Er hatte Pharao gespielt – und gewonnen. Was war danach geschehen? In seiner Westentasche steckte ein flacher Gegenstand. Jacob zog ihn heraus: Es war eine wunderschöne Schnupftabakdose aus Schildpatt. Auf ihrem Deckel war ein roter Drache abgebildet, dessen Schwanz sich um den eigenen Hals schlang. Wie war das sonderbare Ding in seinen Besitz gekommen? Jetzt fiel es ihm ein: Er hatte es – nicht ganz freiwillig – gegen Sinclairs Flakon eingetauscht.

Jacob setzte sich auf den Bettrand. Plötzlich bekam er Lust auf eine Prise. Er ließ den Deckel aufschnappen und nahm etwas von dem Schnupftabak zwischen Daumen und Zeigefinger. Rákóczis Mischung war tiefschwarz und feucht wie fette Ackerkrume, der Tabak verströmte einen schweren süßlichen Geruch. Behutsam sog Jacob ein Häufchen davon erst durch das eine, dann durch das andere Nasenloch. Seltsamerweise spürte er keinen Niesreiz. Dafür ergriff ihn ein leichter Schwindel.

Mit einem Male wurde ihm bewusst, dass das Pochen die ganze Zeit über nicht aufgehört hatte, es war sogar immer energischer und lauter geworden. Jemand hämmerte mit einem harten Gegenstand, einem Knüppel oder Stock, gegen die Tür.

»Öppna dörren!«, krächzte eine hohe und ziemlich heisere Stimme. »I namn av kungen!« – Aufmachen, im Namen des Königs!

Jacob musste kichern. Wenn das mal nicht der Schwede war! »Suecici ante portas«, wie der Magister sich ausdrücken würde – sich ausgedrückt haben würde. Oder hieß es »ad portas«? Verflixt, sein Latein war ganz schön eingerostet. Lessing hätte die richtige Präposition gewusst. Wo steckte der überhaupt? Einerlei, ob »ante« oder »ad«, der Leu aus Mitternacht miaute vor seiner Tür, eine schwedische Katzenmusik. Jacob brach in ein unbändiges Lachen aus. Warum zur Hölle lachte er? Es gab dafür keinerlei Grund. Denn mit den Schweden war nicht gut Kirschen essen. Warum? Sie spuckten einem immer die Kerne ins Gesicht. Kein Zweifel, Jacob steckte in Schwierigkeiten. Aber komischerweise tat das seiner Heiterkeit keinen Abbruch. Den Vandalen da draußen dürfte das nicht entgangen sein …

Abermals ein Schlag. Jemand warf sich gegen die Tür. Die Schweden machten Ernst. Doch ihre Bemühungen waren vergebens, das Holz knirschte bedenklich, hielt aber dem Anprall stand.

Jacob genehmigte sich noch eine Prise, ein höllisch famoses Kraut war das. Der ungarische Graf wusste, was gut war.

Hinter der Tür ließ sich ein wütendes Fluchen vernehmen. *Warum toben die Heiden? Aber der im Himmel wohnet, lachet ihr.* Auf den Heiligen Geist war Verlass, zu jeder Lebenslage fiel ihm der passende Psalm ein. *Denn er macht feste Riegel deiner Tore.* Dieser bittere Rettich, den Lampe ihnen vorgesetzt hatte, allein dafür verdiente der alte Gauner den Strick. Wie kam er plötzlich auf Meister Lampe? Ach ja, Riegel, Tore. Lampes Türen: tadellos, sturmfeste deutsche Eiche. Selbst die karolinischen Philister vermochten sie nicht zu durchbrechen.

»Öppna dörren!«, krähte es noch einmal. Es klang wie eine Bitte, nicht wie eine Drohung.

Jacob schüttelte sich vor Lachen. Er nahm noch eine Prise von dem köstlichen Tabak. Derweil schimpften und fluchten die Schweden wie die Kesselflicker.

War das nicht empörend? Wie konnte man sich nur so indezent, so degoutant aufführen? Fluchen lernte sich freilich leichter als Lesen. Aber Jacob fand, dass die lieben Schweden es ein wenig zu weit trieben. Wenn das der König wüsste! Wie es hieß, hatte er seinen Soldaten das Schwören und Fluchen bei Todesstrafe untersagt. Am Ende maledizierten sich diese Trottel noch geradewegs aufs Schafott. Konnte er das zulassen? Man musste die Schafsköpfe ja vor sich selbst retten.

»Was gibt es da zu fluchen, ihr gottlosen Bastarde?«, platzte es aus Jacob heraus. »Ihr Stockfische, Arschgeigen, ihr …«

In diesem Augenblick bemerkte er, dass der Riegel nicht vorgeschoben war.

Erstaunlicherweise beunruhigte ihn die Entdeckung nicht im Geringsten. Im Gegenteil, er bekam einen weiteren Albernheitsanfall. Womöglich hatte er sich in den Schweden getäuscht? Vielleicht waren sie ganz honette Leute und hatten nur höflich angeklopft; die Schweden waren berühmt für ihre zartfühlende Politesse. Vielleicht waren sie auch einfach nur schwer von Begriff. Man musste diesen armen Tröpfen helfen, sonst würden sie bis Sankt Nimmerlein – »ad Kalendas Graecas«, wie der Magister sagen würde – vor seiner Kammer ausharren.

»Ein Rat unter Freunden«, rief Jacob Richtung Tür. »Wenn ihr hereinwollt, müsst ihr die Klinke herunterdrücken.«

Schweigen auf der anderen Seite.

»Entrez, Mesdames et Messieurs!«

Da flog die Tür auf. Gebrüll und Getrampel erfüllten die Dachkammer, als hätte man eine Büffelherde hineingejagt.

Sie waren zu dritt, zwei große Bauernlümmel in dunkelblauen Röcken mit gelben Aufschlägen und Krägen mit lächerlichen Zipfelmützen auf den dicken Köpfen und ein dünnes Männchen in Offiziersmontur mit Dreispitz. Sie wirkten ein wenig gehetzt.

Die beiden Enakssöhne rissen Jacob aus dem Bett, drehten ihm die Arme auf den Rücken und fesselten seine Hände mit einem Strick.

»Nicht so grob«, protestierte er. »Habt ihr Schlaraffengesichter keine Manieren?«

Statt einer Antwort schlug ihm einer der beiden Landsknechte so derb mit der Faust ins Gesicht, dass ihm das Blut aus Mund und Nase schoss. Jacob spürte keinen Schmerz, aber der Schlag überraschte ihn vollkommen (er wunderte sich selbst darüber, dass es ihn überraschte). Eine innere Stimme (es war Magister Glaubrechts) beschwor ihn, endlich den Mund zu halten. Jacob beschloss, auf sie zu hören.

Die Schweden stellten die Kammer auf den Kopf; sie nahmen die Betten auseinander, durchwühlten die Schränke, stöberten in jedem Winkel. Der Offizier hatte Jacobs Flöte aus dem Futteral genommen, fingerte daran herum und hielt sich die Teile nacheinander wie ein Fernrohr vors Auge. Natürlich war ihm auch der Geldbeutel nicht entgangen. Als er ihn in der Hand wog, konnte er einen anerkennenden Pfiff nicht unterdrücken. Schließlich besah er sich die Tabatiere, öffnete sie und roch vorsichtig an ihrem Inhalt.

»Nehmen Sie doch eine Prise, mon général!«

Jacob hatte die Kontrolle über sein Mundwerk schon wieder verloren. Hemmungslos plapperte er heraus, was ihm in den Sinn kam.

Der Offizier ignorierte die freundliche Einladung ebenso wie sein sinnloses Geschwätz. Angewidert verzog er das Gesicht und ließ den Deckel der Tabatiere wieder zuschnappen. Dann musterte er Jacob von oben bis unten, wie um festzustellen, ob er nicht zum Soldaten tauge. Der König von Schweden benötigte ständig frisches Kanonenfutter. Aber der Kapitän oder Hauptmann schüttelte missbilligend den Kopf. Dabei war er selbst nicht gerade stattlich, schon gar nicht für einen Schweden, er musste zu Jacob aufblicken. Unter seiner Perücke lugten blonde Haarbüschel hervor, auf der bleichen Stirn pulste eine dicke blaue Ader. Seine Augen hatten einen feuchten Glanz.

»Jacobus Bach aus Eisenach?«

Jacob nickte. Mit äußerster Kraftanstrengung gelang es ihm, den fatalen Lachzwang zu unterdrücken. Er schnitt eine Grimasse, von der er inständig hoffte, dass der Schwede sie nicht als Verhöhnung auffasste.

Der Offizier verzog keine Miene. »Im Namen seiner königlichen Hoheit Karl XII. von Schweden verhafte ich dich«, sprach er in einem eigentümlichen Singsang. Er hörte sich an wie ein erkälteter Kastrat. Dann krächzte er einen knappen Befehl auf Schwedisch. Die beiden Muschkoten packten Jacob unter den Achseln und stießen ihn unter Püffen und Tritten die Treppen hinunter.

Auf halbem Wege kamen ihnen Meister Petits Ladendiener mit einem halben Dutzend Paketen entgegen. Sie schienen über Jacobs Verhaftung nicht sonderlich bestürzt oder auch nur überrascht, taten beinahe so, als hätten sie nichts anderes erwartet. Einer der beiden Zierbengel fragte den Offizier in einem gleichgültigen, etwas geschäftsmäßigen Ton, wohin denn nun die Ware zu bringen sei. Nach kurzer Überlegung entschied der Schwede, dass sie ihm folgen sollten.

Während sie die Stiegen herunterpolterten, musste Jacob grinsen. Hatte er nicht unverschämtes Glück, dass man ihn in seinen Kleidern und sogar in seinen Stiefeln verhaftet hatte? So musste er sich wenigstens nicht im Nachthemd abführen lassen. Andererseits, war das nicht eine reizvolle Vorstellung? Er im blütenweißen unschuldigen Nachthemd, mit einem Kälberstrick gefesselt, von rohen, affenartigen Schergen blutig geschlagen und verspottet. Himmlisch, zum Totlachen. Jacob kicherte vor sich hin. – Warum zum Teufel war er noch immer so munter?

»Håll truten, Horunge!«, schnauzte ihn einer seiner Bewacher an und stieß ihm den Schaft seiner Muskete ins Kreuz, dass ihm die Luft wegblieb.

Natürlich war seine Verhaftung nicht unbemerkt geblieben. Spätestens als die Schweden vor seiner Tür herumgelärmt hatten, hatte auch der letzte Gast des Cymbelsterns gewusst, was die Glocke geschlagen hatte. Hinter den Zimmertüren war aufgeregtes Getuschel zu hören. Neugierige linsten durch die Schlüssellöcher, ein paar Mutige drückten sich wie zufällig auf den Gängen herum, um einen besseren Blick auf das Spektakel zu erhaschen. Nur der Herr des Hauses glänzte durch Abwesenheit, Lampe, der graue Schleicher. Die Wohlfahrt seiner Gäste war ihm dergestalt und allermaßen heilig, bien sûr, doch aus den Angelegenheiten der Obrigkeit hielt er sich wohlweislich heraus. Dafür würde binnen einer halben Stunde die ganze Stadt mit allen Einzelheiten (und der einen oder anderen Ausschmückung) von Jacobs Ingewahrsamnahme unterrichtet sein.

Allerdings bedurfte es dazu gar nicht Meister Lampes Schwatzhaftigkeit. Der Peterskirchhof wimmelte von Menschen. Die Leute drehten sich nach ihnen um, man flüsterte, zeigte mit Fingern. Schon hatte sich eine kreischende Kinderschar dem kleinen Zug angeschlossen. Doch der Spießrutenlauf währte nicht lange, zur Pleißenburg waren es nur ein paar Schritte. Wenige Augenblicke später betraten sie die Zitadelle über eine Zugbrücke und überquerten den Innenhof, auf dem einige Rekruten exerzierten. Dann führten die Wachen Jacob eine steile glitschige Treppe zu den Kasematten hinunter und einen Gang entlang. Der Hauptmann murmelte einen Befehl. Die Soldaten nahmen Jacob die Fessel ab und stießen ihn in ein finsteres Loch. Der Schlüssel drehte sich rasselnd im Schloss.

Dann war er allein.

Sein Gefängnis maß ungefähr vier Fuß im Quadrat, das winzige vergitterte Fenster befand sich nur wenige Zoll über dem Burggraben. Es war wie in einem Brunnen. Ein dumpfer, fauliger Gestank erfüllte die Zelle, die Mauern schimmerten schleimig. An der gegenüberliegenden Wand war eine Holzbank angebracht. Auf der Sitzfläche war ein Damespiel eingeschnitzt, darauf ein paar alte Knöpfe und Knöchel als Spielfiguren. In einer Ecke lag ein Haufen verfaultes Stroh, daneben stand ein angeschlagener Krug.

Jacobs Heiterkeit war restlos verflogen. Sie erschien ihm nun ganz unbegreiflich, wie ein wirrer Traum, an den man sich am nächsten Morgen nur bruchstückhaft erinnerte. Stattdessen hatte eine namenlose Angst von ihm Besitz ergriffen, er fühlte sich mutlos und elend.

Warum war er hier? Der König hatte das Glücksspiel verboten; jeder, der gegen das Verbot verstieß, musste mit empfindlicher Strafe rechnen. Hatte man ihn deswegen verhaftet? Doch wie hatten die Schweden wissen können, dass er auf dem Cymbelstern logierte? Wo war Magister Glaubrecht? Offenbar war er nicht in die Herberge zurückgekehrt. Lag er ebenfalls auf der Pleißenburg gefangen? Hatte der Magister ihn verraten? Er dürfte es ihm nicht einmal verübeln. Wenn Jacob auf ihn gehört hätte, säße er jetzt nicht hier. Was war mit Lessing? Nachdem der Schulmeister ihn ins Bett geschafft hatte, war er fortgegangen. Wie lange würde man ihn in diesem Loch lassen? Ein paar Stunden, den ganzen Tag – oder länger? Würde es bei einer Gefängnisstrafe bleiben? Karl XII. war für seine Unerbittlichkeit bekannt. Möglich, dass man ihn mit Ruten ausstaupte. Oder noch Ärgeres? Seine eigenen Soldaten ließ Karl für das geringste Vergehen aufknüpfen. Die Grübelei zermürbte ihn.

Die Stunden vergingen. Nichts geschah. Niemand kam, niemand verhörte ihn, niemand brachte ihm etwas zu essen. Der Krug neben dem Strohhaufen war halb voll mit abgestandenem

Wasser. Irgendwann wurde sein Durst so quälend, dass er von der Brühe trank.

Es wurde Abend, die Nacht senkte sich herab. In der Zelle war es nun vollkommen dunkel. Jacob legte sich auf die Streu. Irgendwann schlief er ein.

Ein metallisches Kreischen. Die Kerkertür wurde aufgeschlossen. Jacob erwachte. Jemand schritt auf ihn zu und beugte sich zu ihm herab. Das feingeschnittene Gesicht umrahmten dunkle Locken, die sorgfältig rasierten Wangen waren von Blatternarben zerfurcht. Über der Oberlippe wuchs dem Mann ein schmaler, von der Mitte nach unten geschwungener Schnurrbart. Ein grünblaues Augenpaar blickte ihn unverwandt an.

»Jack, there you are! Habe ich dir nicht gesagt, wir sehen uns wieder eines Tages?«, sagte Alain Sinclair und lachte.

Sein Freund trug einen langschößigen blauen Offiziersrock mit goldenen Knöpfen, gelbem Kragen und ebenso gelben Aufschlägen. An seinem Gürtel hing in einem silbernen Portepee ein Degen, der für seine schmächtige Statur allzu lang und schwer schien. Die wallende Perücke und das kecke Bärtchen wollten zu dem militärischen Aufzug nicht recht passen. Auf den ersten Blick hätte man den Schotten eher für einen Modegecken gehalten als für einen schwedischen Offizier.

Als Jacob ihn näher betrachtete, bemerkte er, dass Sinclairs Züge schärfer hervortraten als vor Jahren. Sein Gesichtsausdruck hatte eine gewisse Strenge und Härte angenommen, die er früher an ihm nicht gekannt hatte. Aber da war noch etwas: Die Arme, mit denen sein Freund sonst lebhaft zu gestikulieren pflegte, hingen ihm schlaff und schwer an den Seiten herab, an seinen Fingern funkelten keine edelsteinbesetzten Ringe. Wo einst die zartgliedrigen und doch kräftigen Hände gewesen waren, trug Alain de Sinclair schwarzglänzende Zangen, die Jacob an die Mundwerkzeuge eines Hirschkäfers erinnerten.

»Well, mon charaid«, sprach Sinclair, dem Jacobs Entsetzen

nicht entgangen war. »Wie du siehst, sind die Tage des Ruhms nicht spurlos an uns vorübergegangen.« Er hob seine Greifwerkzeuge und betrachtete sie, in seinen Augen schimmerte eine Mischung aus Verwunderung und Abscheu. »Meine Hände verwesen an den gesegneten Ufern der Nida. Goddamn, ich weine ihnen keine Träne nach, denn ich gab sie für meinen König.« Er ließ eine Zange zuschnappen. Es klang, als kreuzten sich zwei Degen. »Maître Marechal in Paris – sein Vater war ein geborener Irländer – hat mich mit diesen mechanischen Wunderwerken versehen«, fuhr Sinclair mit gezwungener Scherzhaftigkeit fort. »Man kann damit allerhand anstellen. Das Schnupfen freilich fällt ein wenig schwer, und für die flûte, fürchte ich, habe ich ein paar Finger zu wenig.« Der Schotte schwieg einen Moment. »All my little aches and pains«, rief er dann wegwerfend. »Ich rede zu viel. – Du siehst aus, als könntest du ein Frühstück vertragen. Was hältst du von Pfannkuchen mit Speck? Und«, fügte er hinzu, »ein Bad zur Erfrischung?«

Nachdem Jacob ein ausgiebiges Bad genommen und sich von einem Feldscher namens Wedderkop, einem alten Haudegen, der schon unter vielen Herren in Flandern, Italien und Ungarn gedient hatte, seine Beulen hatte verarzten lassen, saßen sie in Sinclairs Privatquartier beieinander. Es war eine behagliche Stube hoch oben im Turm der Pleißenburg. Von hier aus ließ sich die ganze Stadt überblicken. Im Westen konnte Jacob über die prächtigen Gärten, die sich die reichen Patrizier gebaut hatten, die Auwälder und Felder bis nach Merseburg schauen, dessen Türme und Dächer sich schemenhaft am Horizont zeigten. Alles war so wohl geordnet, so friedlich, ganz so, als gäbe es keinen Hunger, keine Seuchen, keine Kriege.

»Siehe, die Herrlichkeit der Welt!« Sinclair stand hinter ihm, er lachte leise in sich hinein. »Tibi dabo potestam hanc universam et gloriam illorum«, sprach er mit anzüglich verstellter Stimme.

»Weiche von mir!« Jacob hob im Scherz abwehrend die Arme. »Ich dachte, auf Gotteslästerung steht bei den Karolinern der Tod?«

»Wer hat Gott gelästert?«, entgegnete der Schotte mit gespielter Entrüstung. »Man wird doch wohl aus der Heiligen Schrift zitieren dürfen.«

»Aber ich bin nicht Jesus in der Wüste, und du nicht der – Versucher.«

»Wer weiß schon, was Gottes Vorsehung uns beschert«, sagte Sinclair plötzlich nachdenklich. »Sieh dich an, Jack: Vor nicht einer Stunde hast du unten im Kerker geschmachtet, und nun: Fleischtöpfe und ein bunter Rock!«

Jacob konnte ihm nicht widersprechen. Er hatte den Wandel seines Glücks selbst noch nicht richtig erfasst. Eben hatte er sich noch auf fauligem Stroh gewälzt, jetzt trug er die prächtigen Kleider, die ihm Meister Petits Gesellen freundlicherweise auf die Pleißenburg nachgetragen hatten. Mit großem Appetit hatte er drei Eierkuchen verzehrt, diese schwedischen Pfannkuchen waren vorzüglich, mit vielen Eiern und mit Äpfeln und Speck gebraten. Dazu hatten sie zwei Flaschen Wein geleert, die, wie Sinclair ihm stolz mitteilte, aus den Beständen Augusts von Polen stammten, der sie zurückgelassen hatte, als er Hals über Kopf vor Karl aus Warschau geflohen war.

»Sláinte, mein Lieber! Auf den König von Schweden!«

Vom Wein befeuert, erzählte Sinclair, wie er vor sieben Jahren bei Nacht und Nebel Eisenach verlassen hatte, um in schwedische Dienste zu treten. Schon lange habe er mit diesem Gedanken gespielt. In allen europäischen Armeen dienten Schotten, im Heer des Sonnenkönigs ebenso wie bei den Holländern, Preußen oder Russen. »Das ist so ähnlich wie bei der ehrenwerten Familie Bach, nur dass wir nicht das Musiker-, sondern das Soldatenhandwerk betreiben.« Zunächst sei er sehr versucht gewesen, nach Russland zu gehen. General Patrick Gordon, Freund und Lehrer des moskowitischen Herrschers, habe ihn persönlich eingeladen. »Das Angebot war verführerisch. Peter regiert ein riesiges, wenn auch barbarisches Reich, aber er ist sans doute ein großer Mann. Er will Russland zu einem Teil des Abendlandes machen, koste es, was es wolle. Die Ausländer, die ihm dabei helfen, überschüttet er mit Ehren und Reichtümern.«

»Und warum bist du nicht nach Russland gegangen?«

»Well«, Sinclair ließ sich von Jacob eine Prise Tabak auf den Daumen seiner eisernen Hand häufen und schnupfte mit großem Genuss. »Die Sache hat, wie sagt man? Die Sache hat einen Haken. Der Zar ist kein schlechter Kerl, aber wer ihm einmal nützlich ist, den lässt er nicht wieder ziehen. Und Alain Sinclair will nun einmal in Schottland begraben sein.«

»Hat Karl denn vor, Schottland zu erobern?«

»Touché!«, erwiderte Sinclair prustend. »Gewiss nicht, to be honest. Es bestehen sogar hervorragende Aussichten, überhaupt nicht begraben zu werden. Aber Karl … Es ist nicht leicht mit Worten zu erklären. Als ich ihn zum ersten Mal sah, wusste ich: Diesem musst du dienen. Ich habe es nie bereut.« Er blickte auf seine eisernen Hände. »Trotz allem nicht.«

Sie schwiegen eine Weile.

»Wie hast du mich gefunden?«, fragte Jacob.

Anstelle einer Antwort hielt ihm Sinclair den silbernen Flakon hin, den er ihm damals in Eisenach hinterlassen hatte und den er gegen Rákóczis Schildpattdose eingetauscht hatte.

»Den hat man mir abgegaunert«, sagte Jacob beschämt.

»Fair enough«, schnaufte Sinclair. »In eine feine Gesellschaft bist du da geraten, Jack, das muss ich sagen.«

»Ja, das war – Pech.«

Jacob erzählte ihm, wie er und der Magister Lessing gefolgt, wie sie in das Café Überwäldler geraten waren, von seiner unglaublichen Glückssträhne und wie Lessing und er aus der Räuberhöhle entkommen waren.

Sinclair blickte ihn ernst an. »Der Schurke«, sagte er langsam, »der sich Rákóczi nennt, ist ein siebenbürgischer Adeliger, besser gesagt, er war es einmal. Aus Habgier und Hass auf die Österreicher hat er sich auf die Seite der Ungläubigen geschlagen. Der Kaiser hat die Reichsacht über ihn verhängt und seine Titel und Besitztümer eingezogen. Aber der andere, der sich Carbonari nennt ....«

»Der in Wahrheit natürlich anders heißt.«

Der Schotte nickte. »Niemand weiß, woher er stammt, ob er ein Spanier, Piemonteser oder Franzose ist ...« Er unterbrach sich selbst. »Übrigens«, fuhr Sinclair dann fort, »gehörte die Höhle, in der sich die beiden eingenistet haben, ehemals der Heiligen Kirche. Vor dem Übertritt unseres geschätzten August zum wahren Glauben durften, wie du weißt, die Katholiken in Sachsen ihre Religion nicht öffentlich ausüben, sie hielten die Heilige Messe im Geheimen ab. Damit sich der Priester im Notfall verbergen konnte, hat man diese Katakomben mit geheimen Gängen und Tapetentüren versehen. Wer sie kennt, kann sich unsichtbar machen – oder jemand anderen verschwinden lassen.«

»Woher weißt du das alles?«

»Bevor ich nach Eisenach gekommen bin, habe ich in Leipzig oft die Heilige Messe besucht.«

»Aber woher wusstest du, dass der Graf und Carbonari dort ihre Betrügerei treiben?«

Mit der rechten Zange griff sich Sinclair seinen Becher, führte ihn zum Mund und trank einen Schluck. »Es gehört zu meinen Pflichten, Derartiges zu wissen«, entgegnete er. »Zum Soldaten tauge ich nicht mehr. Aber ich diene meinem König auf andere Weise.«

»Wie?«

»Früher war ich seine rechte Hand, heute bin ich seine Augen und Ohren.«

»Ich verstehe nicht.«

»Karl«, sprach der Schotte, »ist Soldat, ein Krieger. Er bevorzugt den Kampf Mann gegen Mann, die Diplomatie verachtet er. Er verabscheut das endlose Palaver mit Gesandten und Ministern, und er hasst großartige Empfänge, Bankette und Bälle. Darum hat er sein Hauptquartier in Altranstädt, weit vor der Stadt aufgeschlagen. Dennoch muss er wissen, was in Leipzig und anderswo vor sich geht. Er muss alles wissen. Und er erfährt es auch – durch mich.«

»Ich frage mich nur«, sagte Jacob. »Wenn Carbonari ein so ausgekochter Falschspieler ist, wie konnte es mir, der ich zum ersten Mal in meinem Leben Pharao spielte, gelingen, die Bank zu sprengen?«

»Diese Frage wollte ich dir gerade stellen«, erwiderte Sinclair. »Entweder bist du wahrhaftig der größte Falschspieler aller Zeiten …«

»Oder?«

»Oder es ging in jener Nacht nicht mit rechten Dingen zu.«

»Ich kann es mir selbst nicht erklären«, sagte Jacob, »aber mir war so seltsam zumute, ich fühlte mich die ganze Zeit über wie im Rausch. Ich kann mich kaum daran erinnern, was geschehen ist.«

»Das zumindest kann ich dir verraten«, rief Sinclair spöttisch. »Der Wein, den diese Verbrecher ihren Gästen aufnötigen, ist ungarischer Tokajer. Er macht nicht nur sehr rasch betrunken, sie haben ihn auch mit Bilsenkraut versetzt; eine etwas altmodische Methode, aber höchst wirkungsvoll. In Darmstadt ist ein Spieler daran gestorben, andere sind davon wahnsinnig geworden.«

»Vielleicht habe ich einfach nur Glück gehabt?«

»Teuflisches Glück.« Sinclair sah ihn gedankenvoll an. »Aber sprechen wir von etwas anderem: Wie steht es um deine Flötenkünste? Spiel mir etwas vor!«

»Ich habe mein Instrument nicht hier …«

Mit einem feinen Lächeln griff Sinclair hinter sich. Er hielt das Futteral mit Jacobs Flöte in der Hand. »Ich sehe, du hast auf meine Schönheiten gut aufgepasst. Aber was ist das? Eine fehlt!«

»Ich habe sie gegen etwas eingetauscht, das hundertmal mehr wert ist.«

Sinclair nickte und winkte ab, er brauchte keine weitere Erklärung.

Dann spielte Jacob einige der Melodien, die er bei den Schomerim gelernt hatte, langsame und traurige, auch ein paar schnellere Stücke.

Alain de Sinclair schwieg. Er sah Jacob lange an. Dann legte er ihm die Hand auf die Schulter und sagte in einem nachdenklichen Ton: »Du bist weit weg gewesen, Jack.«

»Ja, sehr weit«, sagte Jacob. »Was habt ihr eigentlich im Café Überwäldler gesucht?«

»Manchmal«, antwortete Sinclair bedächtig, »ist es besser, nicht so viel zu wissen. Selbst ein König braucht nicht alles zu wissen.« Er unterbrach sich. »Manche Dinge *darf* er nicht wissen«, fügte er hinzu. »Unschöne Dinge, die gleichwohl erledigt werden müssen.«

»Du erledigst solche Dinge?«

»Wenn es sein muss, ja.«

»Und in der Nacht, als ihr Rákóczis und Carbonaris Casino hochgenommen habt, das war eine solche Sache?«

»Ich habe den Schurken nicht ungern das Geschäft verdorben, aber wir sind nicht ihretwegen dort gewesen. Mehr kann ich dir nicht sagen.« Er trank einen kleinen Schluck Wein. »Auch du hast mir nicht alles erzählt, Jack. Jeder hat seine Geheimnisse.«

Es klopfte. Ohne eine Antwort abzuwarten, trat ein Offizier herein. Es war derselbe, der Jacob verhaftet hatte. Er sagte etwas auf Schwedisch, dann wandte er sich um und verschwand wieder.

Sinclair fuhr sich mit der Hand über die Stirn. »Dein Freund, dieser Theophilus Lessing, ist er klein und untersetzt? Trägt er einen schäbigen hellblauen Rock?«

»Was ist mit ihm?«

»Wir haben ihn gefunden, im Rosental. Er hat sich eine Kugel in den Kopf geschossen. Wir konnten nichts mehr für ihn tun. I'm deeply sorry.«

Die Nachricht traf Jacob wie ein Schlag ins Gesicht. Aber hatte er es denn nicht gewusst? Hatte nicht in jenem düsteren Traum mit einem Male der Schkeuditzer Schulmeister an Magister Arnolds Stelle auf dem Altar gesessen und die toten Kinder gelehrt, dass kein Gott sei? Im Traum waren die Toten lebendig und die Lebenden tot.

Ein Wort fiel ihm ein, das Lessing einmal beiläufig während des Abendessens geäußert hatte: »Wie kann ein Mensch Langeweile empfinden, dem der Tod zur Seite steht?« Er hatte diesen Satz in der muntersten Laune ausgesprochen. Lessing, so war es Jacob vorgekommen, lebte an einem Tag mehr als andere Menschen in Jahren. Der Gedanke an den Tod, die sichere Aussicht zu sterben, schien die Lebenslust des Schulmeisters ganz auf den gegenwärtigen Augenblick zusammengedrängt zu haben. So wie ohne Tod kein Leben sein konnte, so gab es ohne wahres Gefühl des Todes kein wahres Gefühl des Lebens. Aus der dunklen Mitternacht bricht das Morgenrot hervor, aus dem Schatten der Nacht bildet sich der schöne Tag. Ein tröstlicher, fast heiterer Gedanke – und zugleich ein schändlicher Selbstbetrug! Denn der Tod war abscheulich. In Wahrheit machte er niemanden glücklich, niemand sehnte ihn herbei. Die Menschen fürchteten und hassten den Tod zu Recht. Auch Lessing hatte seinem Leben nicht freiwillig ein Ende gesetzt.

Warum verstörte ihn Lessings Tod so sehr? Jacob hatte ihn doch nur wenige Tage gekannt, im Grunde war er für ihn ein Fremder gewesen. Und dennoch verband sie etwas miteinander. Jacob vermochte nicht in Worte zu fassen, was es war, worin dieses unsichtbare Band bestand, aber er fühlte, dass es sehr stark war, unzerreißbar über den Tod hinaus. Das seltsame Abendmahl mit dem Erfurter Rettich wiederholte sich in seinen Träumen, Nacht für Nacht. Wie Lessing den Rettich schälte, die großen runden Scheiben mit dem Messer abschnitt, feierlich die

Salzkörner daraufstreute und dann die ewigen Worte sprach. In der Erinnerung war ihm die Szene in all ihren Einzelheiten so gegenwärtig und lebendig, dass er an Lessings Tod nicht glauben konnte. Er wusste, dass Lessing gestorben war. Aber sein Gefühl widersprach seinem Verstand.

Noch eine andere Frage beschäftigte Jacob: Wo war der Magister geblieben? Von Glaubrecht fehlte jede Spur. Er war nicht auf den Cymbelstern zurückgekehrt, hatte auch seine Habseligkeiten, einen abgewetzten Koffer, dagelassen, in dem sich nebst einiger Wäsche ein zerlesener erster Band von Johann Arndts *Von wahrem Christenthum* fand, sowie ein Heft, dessen Seiten mit einer seltsamen Schrift bedeckt waren, die ein wenig an die hebräische erinnerte. Die Ränder waren mit lateinischen Anmerkungen versehen. Offenbar war Glaubrecht in jener Nacht nicht von den Schweden verhaftet worden. Als Jacob Sinclair nach dem Magister fragte, hatte der nur mit den Achseln gezuckt.

»Wahrscheinlich hat er sich, so schnell er konnte, aus dem Staub gemacht«, meinte der Schotte.

Dass er seine Besitztümer, so bescheiden sie auch sein mochten, im Stich ließ, zumal das Buch und das Heft, sah Glaubrecht überhaupt nicht ähnlich. Aber wahrscheinlich hatte Sinclair recht: Der Magister hatte, wie sich Jacob erinnerte, beim Pharao gewonnen. Sehr viel konnte es nicht gewesen sein, aber für seine Verhältnisse sicherlich ein Vermögen. Auf alle Fälle genug, um sein altes Leben auf dem Cymbelstern zurückzulassen und irgendwo ein neues zu beginnen. Wer wollte es dem armen Kerl verübeln?

Nachdem sich Jacob wieder etwas gefangen hatte, geleitete Sinclair ihn auf den Cymbelstern. Jacob legte sich in sein Bett und schlief drei Tage lang ohne Unterbrechung. Danach blieb er in seiner Kammer. Lampe stellte ihm die Mahlzeiten vor die Tür, nicht den üblichen Fraß, sondern Speisen, die normalerweise betuchteren Gästen vorbehalten waren. Sollte den wackeren

Maestro das schlechte Gewissen plagen? Wohl kaum. Vielmehr dürfte sich seine ungewohnte Großzügigkeit dem Umstand verdanken, dass sich Jacob nicht allein als freier Mann, sondern auch in Begleitung eines schwedischen Obersten, gleichsam im Triumph auf den Cymbelstern zurückgekehrt war. Bei einem solchen Gast empfahl sich eine Vorzugsbehandlung allemal.

Eines Morgens stand wie ein aufgedonnerter Racheengel Melchior Hoffmann vor seinem Bett. Mit einer pompösen Mahnrede erinnerte er Jacob an ihre Verabredung. Das Collegium Musicum wartete auf seinen Flötisten. »Die Menschen lechzen nach unserer Kunst wie Dürstende nach dem Wasser.«

Der Kapellmeister hatte recht. Jacob musste seiner Verpflichtung nachkommen. Außerdem brauchte er Geld. Meister Petit hatte ihn bereits sanft an die Begleichung der Schneiderrechnung erinnert, und auch Lampe würde ihn, schwedischer Oberst hin oder her, nicht umsonst auf dem Cymbelstern logieren lassen. Jacob versprach, sich am nächsten Tag auf der Probe des Collegiums einzufinden.

»Kommen Sie gleich auf den Brühl«, rief Hoffmann erfreut. »Soeben hat mir im Löwen ein schwedischer Offizier die frohe Botschaft übermittelt, dass wieder Opern gegeben werden dürfen. Ein honetter Mann übrigens, Oberst de Sinclair.« Maestro Hoffmann blickte ihn mit verträumten Augen an. »Sie scheinen mit ihm bekannt zu sein. – Ach!«, er fasste sich theatralisch an den Kopf«, dies bat er mich, Ihnen zu übergeben.«

Damit zog er aus seinem Ärmelaufschlag ein Billet hervor und überreichte es Jacob mit einer schwungvollen Bewegung.

Das Schreiben bestand nur aus einem einzigen Satz:

»Le chardonneret peut dormir tranquillement.«

»Monsieur Hoffmann?«

»Oui, si'l vous plaît?«

»Was heißt denn chardonneret?«

Hoffmann gluckste vergnügt auf. »Le chardonneret: ein kleiner Vogel, ein Stieglitz, glaube ich.« Er räusperte sich geziert. »Nun, wir sehen uns morgen, mon ami. Arrivederci!«

Ein Stieglitz also. »Le chardonneret peut dormir tranquillement«: »Der Stieglitz kann ruhig schlafen.«

Theophilus Lessing hatte seinem Leben nicht grundlos ein Ende gesetzt. Sinclair hatte Erkundigungen eingezogen: Tatsächlich war Lessing im Auftrag seiner Vaterstadt nach Leipzig gekommen, um vom Rat einen gewissen Geldbetrag zu fordern, den der König von Schweden Schkeuditz als Ausgleich für die Einquartierungen zuerkannt hatte. Entgegen Lessings Behauptung hatte ihn aber die Leipziger Stadtkasse keineswegs hingehalten, sondern die Summe längst und in vollständiger Höhe ausgezahlt. Sinclair hatte die Quittung mit eigenen Augen gesehen. So konnte kein Zweifel daran bestehen, dass Lessing das Geld veruntreut und samt und sonders beim Pharao verspielt hatte. Offenbar hatte der Schulmeister an einer mathematischen Methode gearbeitet, die es ihm ermöglichen sollte, den Verlust wieder wettzumachen und darüber hinaus immense Gewinne einzustreichen. Obwohl sein System ein ums andere Mal versagte, hatte Lessing nicht vom Spiel lassen können und sich bald hoffnungslos ruiniert. Neben einem unübersehbaren Schuldenberg hinterließ er eine Frau und neun Kinder. Doch noch war der Betrug nicht aufgeflogen. Jacob beschloss, wenigstens Lessings Familie zu helfen, und bekniete Sinclair, die Sache geheim zu halten. Der Schotte hatte nur zögernd eingewilligt, dann aber seinerseits mit einem blendenden Einfall aufgewartet: Ein Teil des veruntreuten Geldes hatte sich im Überwäldler gefunden. Zusammen mit Jacobs eingezogenem Gewinn entsprach die Summe dem Betrag, den die Stadt Schkeuditz empfangen sollte, und es blieb sogar noch etwas zur Unterstützung der Hinterbliebenen übrig. Sinclair besaß das Geschick und die Macht, all das zu arrangieren. Irgendwie hatte er es sogar fertiggebracht, nicht nur den Betrug, sondern auch Lessings Selbstmord zu vertuschen. Sinclair ließ öffentlich verlauten, der Schulmeister habe sich beim Reinigen seines Gewehrs versehentlich selbst erschossen. Da sich Lessing also nicht selbst entleibt hatte, erhielt er ein ordentliches christliches Begräbnis.

Der Stieglitz konnte in Ruhe schlafen.

XX.

Serafino singt

Opernhaus am Brühl
1707
Osterdienstag, gegen sieben Uhr morgens

Seine Lippen brannten, alles verschwamm vor seinen Augen. Den anderen ging es nicht besser. Fasch umarmte seine Bassgeige wie ein Betrunkener, der einen Halt sucht; Pisendel stand bedenklich schwankend am Bühnenrand, krampfhaft presste er sich seine Geige ans Kinn. Heinichen war mit dem Kopf auf das Manual gesunken. Das Collegium Musicum war am Ende seiner Kräfte. Seit Ostersonntag hatten sie ununterbrochen gespielt. Die ganze Zeit über waren sie nicht aus ihren Kleidern gekommen und hatten so gut wie nichts gegessen. Dafür umso mehr getrunken: Wein, Tee, Kaffee und Punsch, dazu Unmengen von Tabak geschnupft. Irgendwann hatte keine Stimulanz mehr geholfen. Aber an Schlaf war nicht zu denken, das Publikum duldete keine Pause.

Seitdem Karl XII. und August Frieden geschlossen hatten, ging es in Leipzig hoch her. Stanislaus Leszczyński, den Karl zum neuen König von Polen gemacht hatte, ließ die Puppen tanzen. Ununterbrochen fanden Bankette, Matineen, Soireen, Prachtgelage, Konzerte, Opernaufführungen und Bälle statt. Aus Stockholm hatte die Gemahlin des Grafen Piper Scharen tanzwütiger schwedischer Generals- und Obristentöchter mitgebracht. Aus ganz Europa strömten Diplomaten, Militärs, Abenteurer nach Leipzig, um sich im Glanz des nordischen Alexander zu sonnen. Und nachdem er seine Wunden geleckt hatte, stürzte sich, als wäre nichts gewesen, auch August der Starke ins Vergnügen. Ein Heer von Höflingen hatte alle Hände voll damit zu tun, dafür zu sorgen, dass sich der ehemalige und der neue König von Polen nicht bei irgendeiner Festivität über den Weg liefen. Zum Glück gab es Ausweichmöglichkeiten genug, denn gefeiert wurde zu jeder Tages- und Nachtzeit. Und zu jeder Feier gehörte Musik. Für die Leipziger Musiker waren goldene Zeiten angebrochen, ein »Saeculum Apollonis«, wie Hoffmann zu sagen pflegte.

Kein Ensemble war so begehrt wie das Collegium Musicum. Und das nicht ohne Grund. Die erste Geige spielte Johann Georg Pisendel, der, obgleich noch blutjung, schon unter dem berühmten Giuseppe Torelli in der Ansbacher Hofkapelle musiziert hatte. Am Cembalo saß der kleine Gottfried Heinrich Stölzel, der eigentlich Theologie studieren sollte. Seine musikalische Auffassungsgabe und sein Einfallsreichtum grenzten an ein Wunder, aber im Gegensatz zu dem hochnäsigen Pisendel schien er sich und sein Talent nicht besonders ernst zu nehmen. Dann war da der ehemalige Thomaner und nunmehrige Student der Jurisprudenz Johann David Heinichen, ein schwieriger Charakter. Heinichen hatte sich um Telemanns Nachfolge an der Neuen Kirche beworben, die dann dem umgänglichen und allseits beliebten Hoffmann zugesprochen worden war. Diese Niederlage nagte an Heinichen, und er ließ keine Gelegenheit aus, Hoffmanns Autorität zu untergraben. Der Einzige, mit dem er nie in Streit geriet, war Johann Friedrich Fasch, ein alter Kamerad aus der Thomasschule. Fasch war vielleicht der vielseitigste Musiker unter ihnen. Nach Bedarf spielte er Violine oder Laute, meist jedoch das bei den Musikern unbeliebte Fagott. Als Sänger hatte Hoffmann den Bassisten Johann Gottfried Riemschneider aus Halle engagiert, einen Schulfreund Händels und ein ebensolcher Wichtigtuer. Riemschneider sang hauptsächlich in der Oper und verdiente gutes Geld damit. Aber er lebte gern auf großem Fuße, verjubelte, wie es hieß, sein Geld beim Spiel und in fragwürdigen Häusern. Schließlich hatte Hoffmann es fertiggebracht, den neuen Stadtpfeifer von Leipzig, den Trompetenvirtuosen Johann Gottfried Reiche, für das Collegium Musicum zu gewinnen. Er hatte persönlich beim Rat vorgesprochen, um die Erlaubnis dafür einzuholen. Reiche war ein stiller, bescheidener Mann und schon in seinen Dreißigern. Er passte nicht zu der übermütigen Musikerbande, aber welcher Virtuose hätte sich die Gelegenheit entgehen lassen, in einem solchen Orchester mitzuspielen? Reiche beherrschte sein schwieriges Instrument so vollkommen, dass man seinen Ohren nicht traute. Noch in den höchsten Höhen spielte er mit wunderbarer Klarheit und Geschmeidigkeit. Allerdings waren Riemschneider und Reiche schon nach einer Woche wieder ausgestiegen, der eine, weil er seiner Schulden wegen aus der Stadt fliehen musste, der andere, weil er um sein Seelenheil fürchtete.

Pisendel, den so leicht nichts aus der Bahn warf, kämpfte mit den Tränen. »Sollen sie mich in Stücke reißen«, stieß er hervor. »Ich spiele keinen Ton mehr.«

Das Publikum tobte.

»Weiterspielen!« Drohungen und Flüche prasselten auf sie ein, auf Deutsch, Französisch, Polnisch und Schwedisch.

Die Menschen waren verrückt nach ihrer Musik, sie konnten nicht genug davon bekommen. Mit jeder Courante, jeder Sarabande steigerte sich die Verzückung. Wenn sie die Zigeunerweisen spielten, die Jacob den anderen beigebracht hatte und die inzwischen zum festen Repertoire des Collegium Musicum gehörten, gerieten die Zuhörer fast in Raserei.

Ein Pole in sarmatischer Tracht kletterte auf die Bühne, umarmte Pisendel, bedeckte sein Gesicht mit Küssen. Pisendel schien ihn gar nicht zu bemerken, er starrte mit glasigem Blick ins Leere. Plötzlich schrie der Polacke auf ihn ein, packte ihn am Kragen und schüttelte ihn. Pisendel ließ alles teilnahmslos mit sich geschehen. Der Pole fing an, mit einer Reitgerte auf den Virtuosen einzuprügeln.

Da war mit einem Mal Melchior Hoffmann auf der Bühne. Aufgeregt rannte der Kapellmeister hin und her, redete auf den Schlachtschitzen ein und schaffte es irgendwie, ihn wieder ins Parkett zu komplimentieren. Vergeblich versuchte er, seine Musiker zum Weiterspielen zu bewegen.

Plötzlich war der Kapellmeister verschwunden. Hatte er eingesehen, dass er nichts ausrichtete? Doch so schnell gab Melchior Hoffmann nicht auf. Aber was war das? Er zerrte eine Gestalt hinter sich her, die ihm nur widerstrebend auf die Bühne folgte. Es war sein Liebling Serafino.

Was, um alles in der Welt, hatte Hoffmann vor?

Das schien sich Serafino auch zu fragen. Selbst unter dem weiten Gewand war das Zittern, das seinen zarten Leib ergriffen hatte, zu bemerken. Fast konnte man ihn bemitleiden. Warum tat Hoffmann ihm das an?

Der Maestro war bis zum Irrsinn vernarrt in seinen Serafino. Er verwöhnte ihn nach Strich und Faden, las ihm jeden Wunsch von den Augen ab. Der schöne Serafino unterließ seinerseits nichts, was nicht dazu angetan wäre, ihn den Mitgliedern des Collegium Musicum verhasst zu machen. Er sprach ausschließlich italienisch, und das auch nur mit Hoffmann. Sie, die Virtuosi des hochberühmten Leipziger Collegium Musicum, waren Luft für ihn. Es war klar, was er von ihnen und ihrer Kunst hielt. Ihn selbst hatte man freilich noch nie auch nur einen einzigen Ton singen hören. Seine Tage verbrachte das angebliche Wunderkind, soviel man wusste, untätig im Bett. Mit der Zeit hatte es sich unter ihnen eingebürgert, ihn »Serafino« zu nennen. Über seine Geschlechtszugehörigkeit bestand keine Gewissheit. Noch immer rätselten sie, ob der Liebling ihres Kapellmeisters ein besonders zarter Knabe, ein Mädchen, ein Kastrat oder am Ende gar ein Hermaphrodit sei. Seine Kleidung ließ keinerlei Rückschlüsse auf sein Geschlecht zu, Serafino ließ sich stets nur in seinen wallenden Opernkostümen sehen. Einmal hatte Georg Pisendel ihm das Gewand hochgerissen und Serafino zwischen die Beine gepackt, doch der Erkenntnisgewinn war gleich null gewesen. Zwar behauptete er, etwas in der Hand gehabt zu haben, ob Serafinos Genitalien intakt oder verstümmelt seien, habe sich jedoch in der Eile nicht feststellen lassen.

Aller Augen richteten sich auf Serafino. Hoffmann tätschelte ihm die Wangen, gab ihm einen Kuss auf den Mund. Daraufhin begab sich der Maestro zum Cembalo hinüber, schubste David Heinichen, der sich in seinem Schlummer nicht stören ließ, zur Seite, setzte sich selbst ans Klavier und schlug ein paar Akkorde an. Er rief Serafino etwas zu. Aber sein Herzenskind hörte ihn nicht. Regungslos wie eine Wachspuppe stand er auf der Bühne.

»Canta!«, rief Hoffmann. »Singe, mein Herz!«

Da öffnete Serafino die Augen. Und sang.

Seine Stimme war so durchdringend klar, von einem geradezu überirdischen Glanz, dass alle, die Menge im Saal ebenso wie die Musiker auf der Bühne, den Atem anhielten. Serafino sang ein »Stabat mater dolorosa«. Niemand von ihnen hatte es zuvor gehört, es musste eine sehr alte Komposition eines unbekannten italienischen Meisters sein.

Auf den letzten Takten setzte Hoffmann mit seiner Begleitung aus. »Quando corpus morietur«, sang Serafino engelsgleich. »Fac ut animae donetur / Paradisi gloriae.«

Im Saal war es vollkommen still. Manchen standen die Tränen in den Augen.

Ergriffen verließ das Publikum den Saal.

»Jack!«

Jemand bewegte sich auf Jacob zu. Jetzt erkannte er ihn: Alain Sinclair kämpfte sich durch die schwankenden Menschen hindurch.

»Jacob, Gott sei Dank, da bist du! Los, komm mit, wir haben keine Zeit zu verlieren!«

XXI.

Im Auge des Sturms

Vor dem Opernhaus wartete eine Kutsche mit dem königlich-schwedischen Wappen auf dem Schlag. Noch während der Schotte Jacob hineinbugsierte, gab er den Befehl zur Abfahrt. In mörderischem Tempo jagte der Wagen über den Brühl, die Nikolaistraße und den Neumarkt durch die Stadt. Vier Dragoner ritten voraus und sprengten Passanten, die sich in den Straßen drängten, auseinander.

Die Gegend, durch die sie fuhren, war flach, baumlos und öde. Aus dem düsteren, wolkenschweren Himmel fiel dichter Regen. Jacob vermochte vor Müdigkeit kaum die Augen aufzuhalten. Sinclair hielt ihm ein Fläschchen mit Salmiakgeist unter die Nase. Der stechende Geruch verursachte Jacob Übelkeit, aber immerhin kam er wieder zu sich.

»Wohin fahren wir?«

»Ins Auge des Sturms«, antwortete Sinclair ebenso knapp wie rätselhaft. Dann fiel er wieder in brütendes Schweigen. Der sonst so redselige Schotte war nicht in Plauderstimmung.

Was hatte das zu bedeuten? In den letzten Monaten hatten sie sich nur selten gesehen. Jacob hatte seine Flöte gespielt, Sinclair seinem König gedient. Sein Freund sah mitgenommen aus, als habe er sehr lange nicht geschlafen. Die Augen und Ohren des Königs durften niemals ruhen.

Offenbar hatten sie gerade besonders viel zu tun: Alle Welt brannte darauf zu erfahren, wohin Karl XII. sein Heer als Nächstes führen würde. Darum sandten die gekrönten Häupter der Christenheit ihre Diplomaten nach Altranstädt. Die einen versuchten, ihn zum Verlassen Sachsens und des Reichsgebiets zu bewegen, die anderen ihn dazu aufzustacheln, seine Waffen gegen den Kaiser zu kehren. Bald musste sich entscheiden, wohin der Sturm weiterziehen würde. In den Leipziger Cafés wurde heiß darüber gestritten, ob sich Karl nun endlich den Zaren vorknöpfen oder sich mit den Franzosen verbünden und auf Wien marschieren würde, um sich am Ende selbst die Kaiserkrone aufzusetzen. Für Letzteres sprach so manches. Warum wohl hatte sich der Schwedenkönig ausgerechnet in Altranstädt niedergelassen? Das Dorf lag ganz in der Nähe des Schlachtfeldes von Lützen, wo einst sein Vorfahr Gustav Adolf, der heldenhafte Verteidiger des wahren Glaubens, im Kampf gegen ein kaiserliches Heer gefallen war.

Sie hatten Leipzig durch das Peterstor verlassen, dann Kleinzschocher passiert und waren weiter Richtung Westen gefahren: Die Fahrt ging nach Altranstädt.

Nach ungefähr einer Meile hatten sie ihr Ziel erreicht.

Altranstädt und seine Umgebung hatten sich in ein einziges Heerlager verwandelt. Die Kutsche bahnte sich ihren Weg durch ein Gewirr aus Zelten, Wagen, Geschützen, Feuerstellen, lagernden Soldaten. Sie passierten einen engen, mit einem holländischen Giebel geschmückten Torbogen und hielten im Hof des schlichten dreiflügeligen Baus, den sich der König von Schweden zu seinem Hauptquartier erwählt hatte.

»Was, hier wohnt der König von Schweden?«

Das zweistöckige Gebäude ähnelte weniger einem Schloss als einem gewöhnlichen Gutshof, allerdings einem reichlich heruntergekommenen. Stellenweise bröckelte der Putz von den Mauern, das Dach wies beträchtliche Löcher auf. An das »Schloss« lehnte sich die Altranstädter Kirche. Das Gotteshaus befand sich in einem noch erbärmlicheren Zustand, es war so verfallen, als müsste es jeden Augenblick einstürzen. Offenbar war hier seit Gustav Adolfs Zeiten nichts instandgesetzt worden. Warum auch immer sich Karl XII. gerade diese Unterkunft ausgesucht hatte, eine schäbigere Bruchbude als Schloss Altranstädt hätte er schwerlich finden können.

Vor dem schmucklosen Portal hielten zwei Soldaten mit Hellebarden Wache. Es waren Leibtrabanten, sie trugen einen dunkelblauen Rock mit goldenen Knöpfen, darüber einen silbernen Kürass und schwarze Dreispitze. Als Sinclair aus der Kutsche sprang, nahmen sie Haltung an.

Schwankend folgte Jacob seinem Freund, vom Schaukeln der Kutsche und dem Riechsalz war ihm noch immer übel, und er war sterbensmüde. Er sehnte sich nach Rákóczis Tabak; eine Prise davon würde ihn wieder auf die Beine bringen. Was hätte er für auch nur einen Krümel davon gegeben, aber der kleine Vorrat war längst aufgebraucht.

Das Schlosstor öffnete sich. Ein hochgewachsener Offizier trat heraus und kam ihnen gemessenen Schrittes entgegen.

»Major Wrangel, wie steht es?«, fragte Sinclair.

Der Offizier blieb stehen, er musterte Sinclair mit unverhohlener Geringschätzung. Jacob schenkte er keinerlei Beachtung. »Unverändert«, antwortete er. Dann zog sich der Major den rechten Handschuh aus und betrachtete sehr eingehend seine (auffallend schmutzigen, teils abgebissenen) Fingernägel. »Hoffen wir, dass Ihr Wundermittel anschlägt«, bemerkte er süffisant.

»A propos«, gab Sinclair ruhig zurück, »das Wundermittel steht vor Ihnen: Herr Bach aus Eisenach.«

Wrangel, dem es auch jetzt nicht einfiel, Jacob auch nur eines Blickes zu würdigen, zuckte gelangweilt mit den Schultern. Mit einem nachlässigen Wedeln seines Handschuhes bedeutete er ihnen, dass sie ihm folgen sollten.

Durch einen von Küchendünsten erfüllten Korridor gelangten sie an eine Treppe. Sie waren erst wenige Stufen hinaufgestiegen, da vernahmen sie vom Hof her Rasseln und Pferdegetrappel: Ein weiterer Wagen fuhr vor.

Sinclair hielt inne, er stieß einen seiner schottischen Flüche aus. »Wrangel«, rief er den Trabantenmajor in scharfem Befehlston an. »Sperren Sie die Ohren auf und hören Sie mir zu!«

Wrangel versuchte, arrogant zu schauen, vermochte aber sein Erstaunen über die ungewohnte Ansprache kaum zu verbergen. Seine Oberlippe zitterte.

»Wrangel«, fuhr Sinclair mit drohender Stimme fort, »Sie stehen mir mit Ihrem Kopf dafür, dass niemand die Kammer betritt, bevor ich nicht meine Erlaubnis dazu gebe. Niemand darf zu ihm, auch Görtz nicht, der vor allem nicht. Haben Sie verstanden?«

»Seine Gnaden warten lassen?«, fragte Wrangel irritiert.

»Lasst den gottverdammten Sasunnach warten, sage ich!«, fuhr der Schotte ihn an. Seine Augen blitzten gefährlich. Major Wrangel erstarrte. Er stammelte etwas vor sich hin.

Auch Jacob staunte, wie gebieterisch Sinclair aufzutreten verstand. Natürlich, er war ein ganzes Leben lang Offizier gewesen, da musste man das Befehlen gelernt haben, aber diese Seite seines alten Freundes hatte er bisher nicht kennengelernt. Erst jetzt wurde ihm so recht bewusst, dass es noch einen anderen Alain de Sinclair gab als denjenigen, den er kannte und liebte. Es gab nicht nur den leidenschaftlichen Musikliebhaber und witzigen Erzähler, den eleganten Mann von Welt, sondern auch den Soldaten, der seinem König bedingungslos ergeben war, der, wenn es sein musste, sein Leben für diesen König hingab – der für diesen König andere in den Tod schickte und selbst tötete.

»Ob Sie mich verstanden haben?«, schnarrte Sinclair den armen Major an, der noch immer wie ein begossener Pudel dastand und sich mit seiner ungepflegten Hand an das Treppengeländer krallte.

»Jawohl«, stieß Wrangel hervor und legte zum Zeichen seiner

Entschlossenheit die Hand auf seinen Schwertgriff. »Zu Befehl!«, brüllte er heiser.

»Gut«, sagte Sinclair nun in einem deutlich milderen Tonfall. »Ich verlasse mich auf Sie, Wrangel. Begeben Sie sich jetzt zum Grafen Piper. Er soll den Gesandten aufhalten, koste es, was es wolle. Wir brauchen eine halbe Stunde.«

»Zu Befehl!«, keuchte Wrangel noch einmal. Dann rannte er sporenklirrend die Treppe herunter.

Sinclair wandte sich an Jacob. »Jetzt kommt dein Auftritt, Jack! Du musst für Seine Majestät die Flöte blasen.«

Sie waren den Gang entlanggegangen und vor einer schlichten Tür stehen geblieben.

»Und jetzt?«

»Setze deine Flöte zusammen.«

Jacob gehorchte. Seine Finger zitterten, er stellte sich ungeschickt an. Als er endlich so weit war, sah Sinclair ihm fest ins Gesicht. Dann öffnete er geräuschlos die Tür und schob Jacob hinein.

In der Kammer herrschte fast vollkommene Dunkelheit. Was hatte das zu bedeuten? Wo war der König?

»Spiel!«, zischte Sinclair ihm durch den Türspalt zu.

»Was? Was soll ich spielen?«, flüsterte Jacob zurück. Sein Mund war ausgedörrt, die Lippen noch immer taub. Er schwitzte, seine Hände zitterten noch erbärmlicher als zuvor. Wie sollte er in diesem Zustand seiner Flöte auch nur einen Ton entlocken?

»Spiel irgendetwas«, sagte Sinclair mit beschwörender Stimme. »Egal was, aber spiel, for heaven's sake!«

Jacob setzte die Flöte an und blies leise eine Tonleiter, dann eine kleine Melodie. Zu seiner eigenen Überraschung war sein Ansatz tadellos, die Töne kamen leicht wie Seifenblasen. Fieberhaft überlegte er, was er spielen sollte. Die üblichen französischen Weisen auf keinen Fall. Warum nicht? Jacob wusste es selbst nicht, zu steif, zu zickig. Jedenfalls nichts Französisches, das war nicht die richtige Musik, den König von Schweden zu wecken. Es ging doch darum, ihn zu wecken, oder etwa nicht? Irgendeine bedeutende Persönlichkeit, ein wichtiger Gesandter wartete auf ihn. Aber Karl XII. lag noch in Schlummer. Warum konnte er nur durch Flötenmusik geweckt werden? Warum hatte Sinclair ihn, Jacob, dazu auserwählt? Hatte der König von Schweden keine Flötisten unter seinen Musikern? Jetzt war nicht die rechte Zeit und der rechte Ort, sich darüber Gedanken zu machen. Was sollte er spielen? Wahrscheinlich war es ganz einerlei. Der König, hieß es, sei kein Liebhaber und schon gar kein Kenner der Musik. Sinclair zischte schon wieder etwas in seinem Rücken. Warum nicht eine Zigeunerweise? Die Schweden waren versessen darauf. Karl mochte nicht sein wie andere Könige, aber ein Schwede war er. Es war zumindest einen Versuch wert.

Also blies Jacob eine »Sonate à la gitane«. Er zwang sich, langsam zu spielen, die Töne klar und voll herauszubringen. Die betrunkenen Schweden in den Leipziger Kaffeehäusern und in der Oper hatten bei dieser traurigen Melodie bächeweise Tränen vergossen.

Unterdessen hatten sich seine Augen an die Dunkelheit gewöhnt. Das Schlafgemach des Königs von Schweden war spartanisch eingerichtet. Außer einem einfachen Feldbett sah er nur einen roh gezimmerten Tisch, auf dem sich Bücher, Pakete von Briefen und Landkarten häuften. Unter dem Tisch lagen ein Paar hohe Reiterstiefel und ein Degen. In einem Winkel erblickte Jacob in einem Lichtstrahl, der durch einen Spalt der zugezogenen Vorhänge ins Zimmer drang, einen Nachttopf, in den Regenwasser hineintropfte.

In dem Bett lag eine Gestalt. Die Brust hob und senkte sich nicht, nicht das leiseste Atemgeräusch war zu hören, als hätte man einen Toten aufgebahrt. Es hieß, Karl XII. brauche so gut wie keinen Schlaf, und nun lag er am hellen Morgen im Bett? Anscheinend war er krank. Was sollte sein Flötenspiel bewirken? Sinclair hatte von einem Wundermittel gesprochen. Er, Jacob, sollte dieses Wundermittel sein! Was glaubte Sinclair? Dass er bei den Schomerim das Zaubern gelernt hatte? Die Geschichte wurde Jacob unheimlich. Er hatte nur noch den Wunsch, von hier zu verschwinden. Jacob wandte sich um. Er fasste nach der Türklinke.

»Verweile! Bleib!«

Die Stimme drang vom Bett zu ihm herüber, sie war leise, ein mattes Wispern. Wie von einem Sterbenden, dachte Jacob.

»Nicht aufhören!«, flüsterte es. »Weiterspielen!«

Es war seltsam. Diese Stimme war so zart, so zerbrechlich, doch kein Befehl, keine Drohung hätte zwingender sein können.

Jacob setzte die Flöte wieder an die Lippen und blies weiter. Sonaten, Tänze, alles, was ihm in den Sinn kam. Bald begann er zu improvisieren, wie Harri und Zipflo es ihn gelehrt hatten.

Als er nach dem Schlusston einer langen, in sich verschlungenen Fantasie Atem holte, ließ sich abermals die Stimme hören, diesmal voller und lauter:

»Es ist gut. Komm her!« Der König sprach deutsch mit einem leichten, kaum hörbaren Akzent.

Karl XII. hatte sich aufgesetzt. Am Leibe trug er nur ein Nachthemd aus grobem Leinen. Er wirkte ausgemergelt, sein Gesicht war von beinahe leuchtender Blässe. Die Haare standen ihm wirr vom Kopf. Ein schwarzbrauner Jagdhund, den Jacob zuvor nicht bemerkt hatte, hatte seine Schnauze in Karls Schoß gelegt. Der König kraulte das Tier am Hals. »Mein lieber, treuer Pompe«, sagte er mit sanfter Stimme (er betonte den Namen auf der ersten Silbe: »Pómpe«). »Pompe, das kommt von Pompeius.«

Jacob war sich nicht sicher, ob Karl XII. mit dem Hund oder mit ihm sprach.

Pompe stieß ein behagliches Winseln aus.

»Weiß er, wer Pompeius war?«, fragte der König plötzlich.

Diesmal sprach er eindeutig Jacob an.

»Gnaeus Pompeius Magnus war ein römischer Feldherr. Er hat gegen den König Mithridates von Pontos gekämpft, später gegen Caesar.« Nach allem hatte ihnen der gottlose Magister immerhin dies und das beigebracht.

»Mithridates! Vortrefflich!«, rief Karl. Mit einem Klaps verscheuchte er Pompe von seinem Schoß und sprang auf.

Er wies auf die Stiefel, die unter dem Bett lagen. »Hilf mir mal! Wir können den Gesandten der Königin von England schlecht barfuß empfangen, nicht wahr?«

Auf Jacob gestützt, stieg der König in seine Stiefel, die ihm bis über die Knie reichten. Zufrieden sah er an sich hinunter.

»Jetzt geh, sag den Herren Bescheid. Wir sind bereit.«

Jacob zögerte.

»Was schaust du? Sehe ich etwa aus wie ein Gespenst?«

In seinem langen Hemd, den hohen, dreckverkrusteten Stiefeln und mit den abstehenden blonden Haarbüscheln, die seinen Hinterkopf wie einen Heiligenschein umgaben, sah der König aus, als sei er soeben einem Tollhaus entlaufen.

Karl XII. kicherte. Dann schürzte er sein Gewand und stapfte, wie ein Wolf heulend, durch das Zimmer. »Huhu.« Pompe zuckte zusammen, seine Nackenhaare stellten sich auf vor Entsetzen.

Der König lachte abermals. »Ausgezeichnet!«, rief er. »Das ist ganz ausgezeichnet!« Er tätschelte Pompe die Flanke. »Dieser Hund nimmt es mit einem ausgewachsenen Bären auf, aber vor so einem lausigen Gespenst wie mir fürchtet er sich.« Mit seinen langen weißen Händen glättete er sein Hemd. Dann versuchte er dasselbe mit seinem Haupthaar, was ihm nicht so wohl gelang. »Die Herren sollen immer hereinkommen«, sagte Karl XII. ungeduldig.

Jacob war noch nicht zur Tür gelangt, da stürzten mehrere livrierte Diener ins Zimmer. Vermutlich hatte Sinclair alles, was im königlichen Schlafzimmer vor sich gegangen war, belauscht und sie herbeigeholt. Die Lakaien rissen die Vorhänge beiseite und brachten das Bett in Ordnung. Den König schienen sie gar nicht wahrzunehmen, als wäre er unsichtbar. Jacob schoben sie wie ein überflüssiges Möbelstück in einen hinteren Winkel neben den Nachttopf am Fenster. Karl schien ihn vergessen zu haben, gedankenverloren wühlte er in den Papieren auf dem Tisch herum.

Nachdem die Kammerdiener das königliche Schlafgemach hergerichtet hatten, betraten ein halbes Dutzend Höflinge und Offiziere den Raum, zuletzt auch Sinclair.

Während sich die hohen Herren um den König drängten und wild durcheinanderredeten, gesellte sich der Schotte zu Jacob. »Well done, Jack!«, rief er aufgeräumt. »Ich habe nichts anderes von dir erwartet.« Sinclair war wie ausgewechselt, als sei er von einer schweren Last befreit.

»Was geschieht jetzt?«

Sinclair grinste. »Lean back and enjoy.«

»Wer ist das alles?«, fragte Jacob leise. Eigentlich war es nicht nötig zu flüstern, denn die Herren waren sehr mit sich selbst beschäftigt und unterhielten sich sehr laut.

»Das, my dear friend, ist der inner circle, der engste Kreis. Alle diese Herren genießen das unbedingte Vertrauen Seiner Majestät. Der im rostroten Rock ist der gelehrte Olof Hermelin, Reichshistoriograf und Kanzleirat, neben Graf Piper der wichtigste Berater des Königs. Der kleine Kerl mit dem Buckel, der sich so bescheiden im Hintergrund hält, ist Kanzleisekretär Josias Cederhielm, ein wiedergeborener Christ. Er geht allen mit seinen Bekehrungsversuchen schrecklich auf die Nerven, aber der König hält große Stücke auf ihn.«

Sinclair stockte. Cederhielm sah zu ihnen herüber, als habe er jedes Wort verstanden. Aber sein Blick war nicht zornig, eher mitleidig.

»Der stattliche ältere Herr im safrangelben Rock«, fuhr Sinclair fort, »ist Karls alter Lehrmeister Feldmarschall Carl Gustaf Rehnskiöld, genannt Parmenion, der Sieger von Narva, Klissow und Fraustadt. Neben ihm steht Generalquartiermeister Axel Gyllenkrok. Wir nennen ihn den Navigator. Er kennt jeden Weg und Steg in Europa. Wohin der König auch ziehen will, Gyllenkrok weiß, wo es langgeht.«

»Und der Herr, der sich abseits hält?«

In einem entfernten Winkel stand wie ein böser Geist eine hagere Gestalt in einem schwarzen Rock. Er hatte einen dicken Schal um den Hals geschlungen, auf dem Kopf trug er eine Pelzmütze. Über seiner Brust hing an einer Kette ein länglicher metallener Gegenstand.

Es war Ari Rosch.

»General Adam Ludwig Graf Lewenhaupt«, sagte Sinclair, nun mit gedämpfter Stimme. »Du kennst ihn bereits.«

»Was«, fragte Jacob, nachdem er sich einigermaßen gefasst hatte, »hat ein schwedischer General im Überwäldler verloren?«

»Good question, Jack«, erwiderte Sinclair. »Jedenfalls kann ich dir versichern, dass er dort nicht das Vergnügen gesucht hat, zumindest kein Vergnügen, das die meisten an solchen Orten zu finden hoffen.«

»Ein unheimlicher Mensch.«

»Ach was, höchstens etwas schrullig. Karl schätzt ihn über die Maßen. Aber wir müssen ihn ein wenig im Auge behalten. Er kommt manchmal auf komische Ideen.«

»Das Etui mit dem Reiseschreibzeug …«

»Ist gleichzeitig eine Pfeife, ein Meisterwerk ottomanischer Handwerkskunst. In seiner Jugend hat Lewenhaupt unter dem Kurfürsten von Bayern gegen die Türken gekämpft. Das Ding ist ein schönes und, wie du weißt, auch sehr nützliches Souvenir aus dieser glorreichen Epoche seines Lebens.«

Die Gespräche am Bett des Königs waren nach und nach verstummt. Jetzt blickten die Herren gespannt zur Tür.

»Langsam wird es wirklich Zeit«, sagte Sinclair. Er sah aus dem Fenster, das sich schräg über dem Eingang zum Schloss befand. Jacob schaute ihm über die Schulter.

Im Hof stand eine prächtige Kutsche. Davor wartete ein dicklicher Herr in einer gewaltigen Perücke und festlicher Hofkleidung. Wie er sich mit einem Taschentuch über das nasse Gesicht wischte, erinnerte er Jacob an den schwitzenden Superintendenten Kromeyer, dem Johann Christoph einst in der Ohrdrufer Kirche chromatische Schauer über den Rücken gejagt hatte. Auch der Herr da unten schien sich nicht sonderlich wohl zu fühlen in seiner Haut.

»Graf Piper, Staatsrat und Reichskanzler, der Chef der Feldkanzlei«, flüsterte Sinclair. Dann wandte er sich um. Mit seiner rechten Zangenhand gab er der Gruppe um den König ein Zeichen, dass es noch nicht so weit sei.

Piper wartete und wartete.

Plötzlich, nach einer gefühlten Ewigkeit, öffnete sich der Schlag. Der Graf setzte zur Verbeugung an. Doch niemand entstieg der Kutsche. Der Chef der königlich-schwedischen Feldkanzlei nahm wieder seine alte Position ein.

Nachdem weitere quälende Minuten vergangen waren, kletterte ein Männchen in einem scharlachroten Rock aus dem Wagen. Es setzte seinen federgeschmückten Hut auf und schritt, als wäre er Luft, an Piper vorbei, bis es die Schlossmauer erreicht hatte. Der kleine Mann begann, an seinen Hosen herumzunesteln. Kurz darauf traf ein kräftiger, lang anhaltender Strahl die Mauer des Altranstädter Schlosses. Als er sich endlich erleichtert und sich auch des letzten Tropfens entledigt hatte, ordnete der Gesandte in aller Gemächlichkeit seine Kleider. Dann drehte er sich um, zog, als hätte er ihn erst in diesem Augenblick bemerkt, vor Piper seinen Hut und machte ihm die Reverence. Der schwedische Reichskanzler erwiderte den Gruß mit ausgesuchter Liebenswürdigkeit. Ein unbeteiligter Beobachter hätte geglaubt, dass sich nach langen Jahren der Trennung zwei alte Freunde wiederträfen. Die Wache salutierte, und die beiden Staatsmänner betraten gemeinsam das Schloss. In diesem Moment brach die Sonne durch die Wolken, als würde der Tag nun erst recht beginnen. Licht erfüllte das schäbige Schlafgemach des Königs.

Inzwischen waren der Kutsche noch zwei weitere Herren entstiegen, ein langer pferdegesichtiger Mann in schlichtem dunklem Gewand und ein auffällig elegant gekleideter Herr mit einem ausgesprochen arroganten Gesichtsausdruck, der durch die schwarze Klappe, die er über seinem rechten Auge trug, keineswegs freundlicher erscheinen wollte.

Ein Trabant stapfte in die Schlafkammer, klopfte dreimal mit seiner Hellebarde auf den Dielenboden und verkündete mit schallender Lautstärke: »Herr Johann Churchill, Erster Herzog von Marlborough, Fürst von Mindelheim, Sondergesandter Ihrer Majestät der Königin Anne, Königin von England, Schottland und Irland.« Und nach einer Pause (und weniger laut): »Seine Exzellenz Reverend John Robinson, Botschafter Ihrer Majestät der Königin Anne, Königin von England, Schottland und Irland – und« (mit gewöhnlicher Stimme und mit einer Spur Verachtung) »Geheimrat Baron Georg Heinrich von Schlitz, genannt von Görtz.«

Noch bevor der Herzog in Person erschien, erfüllte ein schwerer Duft von Zimt, Rosen, Muskat und Schokolade den Raum. Dann stolzierte der berühmte Feldherr, seinen üppig befederten Hut schwenkend, herein, warf sich in Pose und vollführte den anmutigsten aller Kratzfüße. Er sah aus wie eine lebendig gewordene Puppe oder ein dressiertes Äffchen.

Karl XII. beobachtete das Schauspiel mit unbewegter Miene. Ohne sich auch nur das geringste Erstaunen über dessen Aufzug anmerken zu lassen, trat Marlborough auf den König zu, verbeugte sich abermals und plauderte in einem flüssigen, aber schauderhaft ausgesprochenen Französisch auf ihn ein.

Der König von Schweden tat, als bemerkte er ihn nicht.

Görtz flüsterte dem englischen Botschafter etwas ins Ohr. Robinson nickte zustimmend, stakste auf seinen langen Storchenbeinen zu Marlborough hinüber und wisperte ihm seinerseits etwas ins Ohr. Der kleine Herzog strahlte, als habe er eine überaus erfreuliche Neuigkeit erfahren (sein Gebiss bestand nur noch aus einigen schwarzen Stummeln). Dann sprach er in seiner Muttersprache Englisch weiter.

Da schenkte Karl ihm Beachtung.

Jacob verstand nur mit Mühe, was der Gesandte der englischen Königin Karl zu sagen hatte. Der König indessen schien ihm sehr gut folgen zu können. Allerdings sprach er selbst nur schwedisch, Robinson übersetzte seine Antworten, was ihm umso leichter fiel, als Karl nie mehr als einen oder höchstens zwei kurze Sätze von sich gab. Der Herzog von Marlborough redete dagegen sehr viel. Er ignorierte das schroffe Verhalten des Königs vollkommen und schien bestens gelaunt.

Nach nicht einmal einer Viertelstunde war die Audienz beendet. Malborough verließ die Kammer mit dem Gesichtsausdruck eines Mannes, der genau das erreicht hatte, was er sich vorgenommen hatte. Die Generale und Diplomaten fingen wieder laut miteinander zu parlieren an.

Auch Sinclair schien mit dem Ergebnis des Treffens hochzufrieden zu sein.

Jacob war verwirrt.

»What's the matter with you, my friend? Stimmt etwas nicht?«

»Ich verstehe das alles nicht. Wie konnte er den Gesandten so unhöflich behandeln?«

»Churchill?«

»Der König von Schweden hat ein paar Schlachten gewonnen, aber der Herzog von Marlborough …«

»Hat nie eine verloren«, unterbrach ihn Sinclair. »Das ist wahr, Churchill ist vielleicht der größte Feldherr unserer Zeit, eine lebende Legende. Und glaube mir, niemand verehrt ihn mehr als der König von Schweden. Wenn ihm auch seine etwas unsoldatische Erscheinung missfällt …«

»Warum hat er ihn dann so abblitzen lassen?«

»Hast du Churchills Gesicht gesehen, als er hier herausgetänzelt ist?«

»Er sah zufrieden aus.«

»Zufrieden?«, rief der Schotte. »Zum Teufel, er ist nicht zufrieden. Er ist drunk with joy! Und dazu hat er allen Grund.«

»Das verstehe ich nicht.«

Sinclair ließ sich von Jacob etwas Snuff auf die eiserne Klaue streuen. Genussvoll nahm er die Prise. Er verzog die Nase, aber unterdrückte ein Niesen. »Also, pass auf«, begann er zu sprechen. »Als sich der König weigerte, mit Churchill französisch zu sprechen, machte er ihm auf diese Weise klar, dass er nicht vorhat, ein Bündnis mit Frankreich einzugehen. Das hat unseren kleinen Churchill schon einmal sehr beruhigt. Er weiß, dass Karl gegen Kaiser und Reich aufgebracht ist und dass die Franzosen um ihn werben, sie betteln geradezu um seine Freundschaft. Frankreich ist total erschöpft, ein Bündnis mit Schweden wäre für Ludwig XIV. die Rettung. Für die Allianz der Engländer, Österreicher und Niederländer wäre es hingegen eine Katastrophe, eine Hinwendung Karls zu Frankreich würde sie entschieden schwächen. Diese große antifranzösische Allianz ist Churchills Augapfel, er würde alles dafür tun, sie zu erhalten. Wenn es sein muss, schaukelt er dafür in seiner schönen Kutsche bis nach Sachsen, und das obwohl er so leicht seekrank wird.« Sinclair räusperte sich kurz, dann fuhr er fort: »Schließlich die Russland-Karte. Glaubst du, die lag zufällig auf dem Tisch? Dadurch weiß Churchill, dass sich der König nicht gegen Wien, sondern gegen Moskau wenden wird. Das alles hat Karl ihm mitgeteilt, ohne auch nur ein einziges Wort darüber zu verlieren.«

In der königlichen Schlafkammer war wieder Unruhe aufgekommen. Mit der Erklärung, er müsse sich nun endlich ankleiden, scheuchte Karl sämtliche Diplomaten, Botschafter und Militärs aus dem Gemach. Selbst Piper, der gerade einen Stoß Akten zur Unterzeichnung auf den Tisch hatte schaffen lassen und dem König schon die Feder hinhielt, wurde auf den Nachmittag vertröstet.

Als Sinclair und Jacob sich ebenfalls zum Gehen wandten, hielt Karl sie zurück. »Meine Herren, Sie bleiben!«

Unterdessen hatte sich der König einen abgewetzten blauen Soldatenrock übergeworfen. Während er sich Hosen anzog (die Stiefel hatte er sich dafür wieder von den Füßen ziehen lassen), wandte er sich Jacob zu.

»Wie heißt du?«, fragte er wiederum auf Deutsch.

»Johann Jacob Bach aus Eisenach, Stadtpfeifergeselle auf der Wanderschaft.«

»Mein bester Schüler«, ergänzte Sinclair.

»So.« Karl stopfte sich das Nachthemd in die Hose. »Jacob Bach aus Eisenach«, sagte er, auf die Flöte blickend, die Jacob noch immer in seinen Händen hielt. »Wie würde es dir gefallen, in mein Trabantencorps einzutreten?«

»Majestät, ich …«, gab Jacob stockend zurück. Das Angebot kam völlig unerwartet. Er wusste nicht, was er antworten sollte.

»Nun?«

»Ich bin kein Soldat.«

»Weiß ich«, sagte Karl wegwerfend. »Du sollst mir auch nicht als Soldat dienen, sondern als Kunstpieper. Du musst nur deine Flöte spielen. Und sobald wir diese Kleinigkeit hier erledigt haben«, er wies beiläufig auf die Karte auf dem Tisch, »fahren wir alle zusammen nach Stockholm, und du kriegst einen schönen Posten in meiner Hofkapelle, auf Lebenszeit.« Der König schnallte sich sein Schwert um. »Was bekommt denn so ein Kunstpfeifer, Sinclair? Ach, einerlei, sagen wir das Doppelte vom üblichen Gehalt. Oberst, Sie klären das mit den Plackscheißern von der Kanzlei, Piper soll einen Vertrag aufsetzen lassen. Das ist mein Angebot, Johann Jacob Bach.«

Karl XII. hielt ihm seine lange weiße Hand hin.

Und Jacob schlug ein.

WELTHISTORISCHES INTERMEZZO II

XXII.

Ein Frühstück unter Freunden

Dresden
1707
27. August

Spiegel hatte sich nicht geirrt – natürlich nicht, wann hätte er das je? Nein, es litt keinen Zweifel: Der da barhäuptig, einen schäbigen Korporalsrock am Leib, in kerzengerader Haltung hoch zu Ross durch das sonnendurchflutete Dresden trabte, war niemand anderer als Karl XII., der Sieger von Narva, Klissow, Fraustadt, etc. pp. Flemming erkannte ihn auf den ersten Blick. Er war dem König von Schweden schon mehrfach begegnet. Keine dieser Begegnungen war erfreulich gewesen.

Flemming nahm sein holländisches Fernrohr zur Hand, ein Geschenk des Zaren – das achteckige Gehäuse war aus brasilianischem Mahagoniholz, der einschiebbare Tubus aus purem Gold –, und richtete es auf den Reitertrupp, der eben an seinem Palais vorbeiritt.

Karls Entourage bestand aus gerade einmal sieben Mann. Der Bursche hatte Schneid, das musste man ihm lassen. Gewiss, Sachsen lag am Boden, die Friedensverträge waren unter Dach und Fach, aber so völlig schutzlos, gleichsam nackt in die Höhle des Löwen zu spazieren? Dazu gehörte schon eine gehörige Chuzpe – oder Größenwahn. Offenbar hielt sich Karl für unverwundbar. In all den Jahren des Krieges hatte er stets an vorderster Front gekämpft, sich immer ins dichteste Gedränge gestürzt, fast so, als habe er den Schlachtentod gesucht.

Doch niemals, wie Flemming aus verlässlicher Quelle wusste, kein einziges Mal hatte ihn eine feindliche Kugel auch nur gestreift, eine Säbelklinge auch nur die Haut geritzt. Wie der göttliche Achill, dachte Flemming. Aber selbst der hatte, wie man weiß, am Ende ins Gras beißen müssen. Und am Ende des Tages würde auch den Schwedenkönig seine ganz und gar unwahrscheinliche Fortune verlassen. Was bezweckte Karl mit seinem Überraschungsbesuch? Wollte er nur ein weiteres Mal sein Glück auf die Probe stellen? Sicherlich, das auch. Aber es steckte noch mehr dahinter. Und wenn es das war, was Flemming vermutete, was er erhoffte, würde sich heute für ihn alles zum Guten wenden.

Äußerlich hatte sich Karl XII. kaum verändert. Gertenschlank war er wie eh und je. Das helle Haar war ein Stück weiter zurückgewichen, seine Gesichtszüge hatten sich noch mehr verhärtet; die Nase in seinem schmalen Antlitz war noch spitzer geworden. Genau genommen sah der Schwedenkönig überhaupt nicht aus wie ein Feldherr und Eroberer, seine Physiognomie erinnerte eher an einen hochmütigen Asketen.

Was war das? Der König lächelte! Das war bei ihm nie ein gutes Zeichen. Eine starre Grimasse, als wären seine Lippen gefroren, ein unbarmherziges Lächeln. Es bedeutete: Wer nicht für mich ist, ist gegen mich. Schaute er zu ihm herauf? – Nein, ausgeschlossen. Karl mochte ahnen, dass man ihn beobachtete, aber unmöglich, dass er ihn dort hinter dem Vorhang entdeckt hatte. Un peu de nerf, Flemming.

Niemand hatte mit dem Besuch in Dresden gerechnet, keiner seiner Spione und Spitzel hatte ihn vorgewarnt. Das sprach dafür, dass Karl einer plötzlichen Eingebung gefolgt war. Es gab etwas, das dem Schwedenkönig keine Ruhe ließ, etwas, das noch unbedingt erledigt werden musste, bevor er zu seinem moskowitischen Abenteuer aufbrach. Und Flemming würde ihm bei dieser Angelegenheit zu Diensten sein. Sein Leben hing davon ab.

Mit Grausen erinnerte sich Flemming an ihre erste Begegnung im Dezember vorigen Jahres. Die Könige August und Karl sollten sich auf halbem Wege zwischen Leipzig und Merseburg, in Graf Pipers Quartier im Schloss zu Günthersdorf treffen. Im Gegensatz zu seinem Herrn wusste der Chef der schwedischen Feldkanzlei, wie man einen Fürsten von Augusts Rang empfing. Pipers Domizil war wesentlich bequemer und prachtvoller als die erbärmliche Klitsche in Altranstädt, die sich Karl zur Unterkunft gewählt hatte. Überhaupt war Piper ein Mann von Welt, ein Mann, der mit sich reden ließ.

August und Flemming hatten auf das Angenehmste mit ihm geplaudert, beinahe war über die charmante Konversation sogar der Anlass ihrer Zusammenkunft in Vergessenheit geraten – da stapfte, mit einer geschlagenen Stunde Verspätung, der König von Schweden ins Empfangszimmer. Schon sein Aufzug ein einziger Affront: lehmverkrustete Kanonenstiefel, anstelle einer Spitzenkrause ein bloßer Fetzen aus schwarzem Taft um den Hals geschlungen, wie üblich keine Perücke. Die Begrüßung beschränkte sich auf ein ruckartiges Nicken des langen Schädels. Es folgte – eisiges Schweigen. Über den Knauf seines überlangen Schwertes gebeugt, wippte Karl gedankenverloren auf den Absätzen seiner gewaltigen Stiefel hin und her. Der sonst so eloquente Piper druckste herum wie ein Schüler, der seine Lektion nicht gelernt hatte. Niemand wagte, ein Wort zu sprechen.

August und Flemming kannten den Grund für Karls Verstimmtheit nur allzu gut. Während die sächsischen Chefdiplomaten Imhoff und Pfingsten bereits mit den Schweden über die Kapitulationsbedingungen verhandelten, war etwas geschehen, womit niemand gerechnet hatte: Bei Kalisch in Polen hatte August doch noch über die Schweden gesiegt (mit Hilfe der Russen, aber davon sprach man nicht, jedenfalls nicht in Gegenwart des Kurfürsten und Königs). Aber dieser Triumph war desaströser, als es jede Niederlage hätte sein können. Natürlich war sich August darüber vollkommen im Klaren gewesen.

Angeblich hatte er auch alles unternommen, die Schlacht, die für die hoffnungslos unterlegenen Schweden nicht glücklich hatte ausgehen können, zu verhindern. Aber Flemming kannte seinen Herrn. In Wahrheit hatte August einfach nicht widerstehen können: Endlich würde auch er einmal einen Sieg an seine Fahnen heften. Allerdings hatten die Schweden ihrerseits gar nicht daran gedacht, vor einer sächsisch-polnischen Armee, einem Gegner, den sie so oft und in Unterzahl geschlagen hatten, die Waffen zu strecken. Und außerdem, und das war der Haken, waren dummerweise ja auch die Russen mit von der Partie, die nicht ahnten, dass Schweden und Sachsen schon so gut wie Frieden miteinander geschlossen hatten. Als die Siegesnachricht Altranstädt erreichte, brach Karl XII. auf der Stelle die Verhandlungen ab. Erst nachdem ihm August in einem gleichermaßen schwülstigen wie zerknirschten Schreiben versichert hatte, keine andere Wahl gehabt zu haben, alle schwedischen Gefangenen (ganze sieben Mann) freizulassen und eine angemessene Entschädigung zu zahlen, nahm der Schwedenkönig die Friedensgespräche wieder auf. Aber das Verhältnis der beiden war nachhaltig gestört. Man konnte es drehen und wenden, wie man wollte: Für ein bisschen kurzlebigen Ruhm und um den Herrscher Russlands nicht zu brüskieren, war August seinem Vetter hinterhältig in den Rücken gefallen, dem Mann, von dem nicht allein das Schicksal Sachsens, sondern auch sein eigenes abhing. Man befand sich in einer denkbar peinlichen Lage.

Nach einer qualvollen Ewigkeit gelang es Piper schließlich, zwischen den Königen eine Art Unterhaltung in Gang zu bringen. Sie drehte sich hauptsächlich um Karls Stiefel, die er sechs Jahre lang nur ausgezogen haben wollte, wenn er sich schlafen legte. August brachte es fertig, ein halbwegs glaubwürdiges Interesse zu heucheln und hier und da einen selbstironischen Witz einzustreuen. Man konnte von ihm halten, was man wollte, wenn es darauf ankam, wurde aus dem alten Epikureer ein vollendeter Stoiker. Die Geschichten über seine Körperkräfte waren maßlos übertrieben, aber Augusts Nerven waren stark wie Drahtseile. Anscheinend hatte er mit seiner Selbstbeherrschung selbst Karl beeindruckt. Jedenfalls räumte beim anschließenden Mahl der Schwede seinem Vetter gnädigst den Platz zu seiner Rechten ein und verstand sich sogar zu dem einen und anderen Kompliment. Von seinen Forderungen freilich rückte er nicht einen Fingerbreit ab, besonders nicht von der einen: Unerbittlich drängte Karl XII. auf Patkuls Auslieferung, so wie es im elften Artikel des Friedensvertrages von Altranstädt festgehalten war.

In der Tat, das stand noch aus. Alle Forderungen hatten sie erfüllt: Das Bündnis mit dem Zaren war nun auch offiziell aufgekündigt, Sachsen lieferte den Schweden Geld, Proviant, Munition und Waffen. Nur Patkul saß noch immer auf dem Königstein. August hatte weiß Gott alles unternommen, ihm aus der Klemme zu helfen. Er hatte ihn aus seinen Diensten verabschiedet und sogleich in die des Zaren eintreten lassen. Ein durchsichtiger, aber wirkungsvoller Schachzug: Als Peters Gesandter genoss Baron Patkul diplomatische Immunität; der König von Polen und Kurfürst von Sachsen durfte ihn nicht einfach an eine fremde Macht ausliefern. Das wäre, nebenbei, auch deswegen ausgesprochen inopportun, weil sich noch immer russische Truppen in Polen aufhielten.

Aber anstatt nach Russland zu fliehen, war Patkul im Vertrauen auf Augusts Loyalität in Sachsen geblieben. Wohl oder übel musste der dem schwedischen Drängen nun doch nachgeben. Man ließ also den treuen Diener auf die Festung Königstein schaffen. Auch von dort hätte Patkul jederzeit fliehen können, man hatte ihm mehr als eine Gelegenheit dazu geboten. Aber was tat dieser Teufelskerl? Er bestach den Festungskommandanten mit einer hohen Summe, dass er ihn laufen ließe, um postwendend alle Beweise der Bestechung nach Dresden zu senden. Patkul wusste, was er tat. Er kannte August, seine

Vorlieben und Schwächen, ebenso gut wie Flemming, und er verstand, das musste man zugeben, virtuos damit umzugehen. Der verwegene Treuebeweis verfehlte denn auch seine Wirkung nicht. Flemming hatte seine ganze Überredungskunst aufbringen müssen, um zu verhindern, dass August den getreuen Patkul höchstselbst ins sichere Russland geleitete.

Gerade als sich beim Diner in Günthersdorf die Stimmung ein wenig gelockert hatte, setzte August den König von Schweden über Patkuls überraschenden Stellenwechsel in Kenntnis. Flemming und Piper sahen sich entsetzt an. Doch Karl XII. verzog keine Miene. Zu ihrem Erstaunen ging er einfach darüber hinweg, ließ die Angelegenheit auf sich beruhen. Vorerst, denn dass sich die Causa damit nicht erledigt hatte, war allen Anwesenden (bis auf den von der eigenen Beredsamkeit restlos bezauberten August) vollkommen klar. Stattdessen wechselte der Schwedenkönig das Thema: Ach ja, da gebe es noch etwas, über das man sich bei der Gelegenheit verständigen sollte, nicht der Rede wert, die Sache verstehe sich eigentlich von selbst. Kurzum, wie die Dinge lägen, sei ja nun sein lieber Freund und Herzensbruder Stanislaus König von Polen. Er wolle darum den lieben Vetter August nur sanft daran erinnern, dem lieben Stanislaus baldmöglichst das polnische Staatsarchiv sowie die Kronjuwelen auszuhändigen. Schließlich müsse alles seine Ordnung haben, und der Herr Vetter habe ja für diese Dinge ohnehin keine Verwendung mehr.

Für einen bangen Moment glaubte Flemming, seinen Herrn würde der Schlag treffen. Augusts Kopf war tiefrot angelaufen, er schnappte nach Luft. Pipers Leibdiener reichte ihm ein Glas Wein. Doch bevor August es zum Munde führen konnte, überkam ihn ein so fürchterlicher Schluckauf, dass er schier zu ersticken drohte.

Während sein Vetter mit unmenschlicher Willensanstrengung ein lautes Hicksen zu unterdrücken versuchte, redete Karl ungerührt weiter. Er, der König von Schweden, sprach er, hielte es überdies für einen echt ritterlichen Zug und ein erfreuliches Zeichen guten Willens, wenn der alte dem neuen König von Polen zu dessen Thronbesteigung Glück und Gottes Segen wünschte. Wie wäre es also, wenn der liebe August dem lieben Stanislaus einen Brief schriebe? Man könne das gleich und auf der Stelle erledigen. Warum eine solche Herzensangelegenheit aufschieben? Im Nu waren Papier und Tinte zur Hand. »Lieber Vetter«, diktierte Karl, »schreibe doch: Mein Herr und Bruder, blabla. Um Uns Seiner Schwedischen Majestät gefällig zu erweisen, und damit Uns nicht zur Last gelegt werde, Ihrem Wunsche Schwierigkeiten entgegenzusetzen, blabla, gratulieren Wir Ihnen hiermit zu Ihrer Thronbesteigung und wünschen Ihnen, dass Sie in Ihrem Vaterlande treuere Untertanen finden mögen, als Wir daselbst zurückgelassen haben.« Bei alledem blieb Karl vollkommen ernst, in seiner Stimme lag nicht die Spur von Triumph oder Spott. »Wir wünschen Ihnen«, schloss er sein Diktat, »vor ähnlichem Schicksal bewahrt zu bleiben und empfehlen Sie dem Schutze Gottes. Ihr Bruder und Nachbar. Unterschrift: Augustus Rex.«

»Rex«? Niemand wagte, es auszusprechen, aber die Frage ließ sich nur allzu deutlich auf den Gesichtern der Umstehenden ablesen: Warum sollte August, wenn er doch gerade seines Titels verlustig gegangen war, dennoch als König unterzeichnen? Karl XII. beantwortete die Frage umgehend. Er legte August (dessen Schluckauf sich inzwischen gelegt hatte) seine schwielige Hand auf die Schulter und sagte in leutseligem Ton: »Für diesmal setze den Rex noch dazu, das macht mehr her.« Im Übrigen habe er seinen Offizieren und Beamten befohlen, von August nicht mehr als König von Polen zu reden, gleichfalls diesen Titel aus den Kirchengebeten zu streichen. Was letztere Anordnung betreffe, so habe ihm die hohe sächsische Geistlichkeit bereits deren landesweiten Vollzug gemeldet.

Stumm, wie vor den Kopf geschlagen, unterzeichnete August das Dokument.

Von Patkul war an diesem Tag nicht mehr die Rede gewesen. Schön für August, gut für Patkul. Schlecht für Karl – schlecht, sehr schlecht aber auch für den Reichsgrafen Jacob Heinrich von Flemming. Er wusste, Karl XII. hatte Mittel und Wege, seinen Willen durchzusetzen. Und wenn er seinen Rachedurst nicht an Patkul stillen konnte, an wem würde er sich schadlos halten? Der Basiliskenblick, den Karl ihm beim Abschied zugeworfen hatte, war Flemming durch Mark und Bein gedrungen.

Seine bösen Ahnungen hatten sich nur zu bald bestätigt: Bereits am nächsten Morgen teilte ihm Piper mit, dass der König von Schweden nunmehr auch seine, nämlich Flemmings, Auslieferung verlange. Warum? – Eh bien, auch ihn müsse man wohl notgedrungen als Verräter betrachten. – Wie? Er, der niemals in schwedischen Diensten gestanden hatte, sollte Karl XII. verraten haben? – Doch, das könne man durchaus so sehen: Besitze der Graf Flemming etwa keine Güter in Pommern? – Gewiss, wie denn nicht? Seit der Zeit Albrechts des Bären saßen die Flemminge in Hinterpommern. – Nun, wenn dem so sei, dann wäre doch wohl der Graf Flemming ein Subjekt des Königs von Schweden, zu dessen Herrschaft Pommern als ewiges Reichslehen gehöre. Als schwedischer Untertan habe sich Flemming in den Dienst einer feindlichen Macht gestellt und sich ergo des Hochverrats schuldig gemacht. Die Argumentation war mehr als fadenscheinig, und Piper vermochte kaum zu verhehlen, wie peinlich ihm das plumpe Manöver war. Man hätte darüber lachen können – wenn es nicht Karl XII. gewesen wäre, der die Anklage erhob. Das machte aus einem Scherz ein Todesurteil. Der König von Schweden konnte bekanntlich auf vieles verzichten, Nahrung, Wein, Schlaf, Frauen. Nicht aber auf seine Rache. Und da hatte Flemming dann doch ein wenig die Nerven verloren. Hals über Kopf war er zu dringenden Geschäften nach Preußen abgereist, wo er vor dem schwedischen Zugriff sicher war. Erst dort war ihm klar geworden, was Karl mit seiner

Drohung bezweckte. Es war ganz einfach. Er stellte ihn vor die Wahl: sein Leben gegen das Patkuls. Wenn es weiter nichts war. Dem Manne konnte geholfen werden. In aller Eile war Flemming nach Dresden zurückgekehrt.

Patkul war ohnedies zu einem Problem geworden, das aus der Welt geschafft werden musste. Während seiner Festungshaft war der durchtriebene Livländer nicht untätig gewesen. Unablässig hatte er mit Gott und der Welt korrespondiert, sich unter anderem brieflich mit der reichen Witwe des seligen Grafen Einsiedel verlobt. Mit ihr zusammen plante er, in die friedliche Schweiz zu ziehen, um dort procul negotiis einen angenehmen Lebensabend zu verbringen. Natürlich hatte Flemming jede Zeile dieser zärtlichen Anbahnung gelesen. Aber nicht alle Briefe des Livländers waren derart herzerwärmenden Inhalts. Patkul intrigierte gegen ihn, Flemming, seinen einstigen Entdecker und Förderer. Er begann, ihn bei August zu verleumden und ihm die Schuld an dem verlorenen Krieg in die Schuhe zu schieben. Außerdem riet er August dringend davon ab, auf die polnische Königskrone zu verzichten, eine Einflüsterung, auf die zu hören sich August nur allzu geneigt zeigte. Kurz, Patkul brachte nicht nur Flemming, sondern auch den mühsam ausgehandelten Frieden in Gefahr.

Gut, dass sich der unersetzliche Spiegel beizeiten in Patkuls Handschrift geübt hatte; er beherrschte sie ebenso perfekt wie der Livländer selbst. Also geriet eines Tages ein geheimes Billet Patkuls an den russischen General Menschikow in die stählernen Hände des schwedischen Obristen Sinclair: »Was meinet Ihr wohl, wenn man sagt: August gewinnt mehr durch die Jagd als König Karl durch manche Schlacht?« So kam der ruchlose Plan ans Licht: Karl XII. sollte auf der Liebenwerder'schen Jagd, zu der ihn August – einer Idee Patkuls folgend – eingeladen hatte, tot oder lebendig gefangen werden. Sodann würden die Russen, die insgeheim noch in Polen standen, in Sachsen einmarschieren und die verstreuten schwedischen Winterquartiere überfallen. Nun ging es nicht mehr nur um Rache. Es stellte sich heraus, dass Patkul von seinem Kampf gegen die Schweden niemals abgelassen hatte, er trachtete Karl sogar nach dem Leben. Jetzt konnte niemand ihn mehr schützen, nicht einmal der liebe Gott. Und erst recht nicht August.

Als Spiegel ihn von Karls Ankunft unterrichtete, hatte Flemming sofort Order gegeben, zwecks Abwicklung der notwendigen Formalitäten die schwedischen Herren auf die Hauptwache zu bitten, die er von diesem Fenster seines Palais aus sehr gut im Blick hatte. Die Prozedur sollte sich möglichst in die Länge ziehen. Unterdessen war ein Diener ins Schloss geeilt, um August über Karls Besuch in Kenntnis zu setzen. Die Frage war nur, ob sich der König von Schweden lange genug würde hinhalten lassen. Alles hing davon ab, wie lange er sein Inkognito zu wahren geruhte. Davon abgesehen konnte Flemming nur auf die berüchtigte Hartnäckigkeit der sächsischen Zollbeamten hoffen. Sie wussten nicht, wen sie vor sich hatten, und würden Karl und seine Begleiter nach allen Regeln der Kunst ausfilzen und schikanieren. Die Vorstellung, wie sich der Sieger von Narva von einem rotgesichtigen Unteroffizier in schönstem Sächsisch anbellen ließ, amüsierte ihn.

Die Reiter hielten vor der Wache und stiegen ab. Karl XII. ging auf das Spielchen ein, zumindest fürs Erste.

»Spiegel, mein Hut, mein Degen!«

Flemming rannte die Treppen hinab und schritt – er zwang sich, nicht zu sehr zu eilen – über den Markt zur Hauptwache hinüber, wo die Herren Schweden tatsächlich vor den gestrengen Augen eines sächsischen Wachtmeisters ihre Taschen leerten.

Als er die Wachstube betrat, unterbrach der Beamte die Prozedur. Schlagartig wurde es still. Flemming verweilte einen Augenblick auf der Schwelle. Dann nahm er seinen Hut unter den Arm, trat auf Karl XII. zu, fiel vor ihm auf die Knie und umfasste seine Stiefel.

»Flemming, sieh da«, rief der König kein bisschen überrascht. »Waren Sie nicht in einer unaufschiebbaren Angelegenheit nach Preußen abgereist?«

Karl XII. war erstaunlich gut informiert. Nun, die schwedischen Spione waren auch auf den Posten, und dieser Sinclair verstand offenbar sein Handwerk.

»Sehr wohl, Majestät. Erst gestern bin ich wieder in Dresden eingetroffen.«

»Das trifft sich gut«, versetzte der König. »Da können Sie mich gleich zu meinem Vetter bringen. Wir wollen nicht versäumen, ihm unsere Aufwartung zu machen, bevor wir uns neuen Herausforderungen stellen.« Karl sah ihn lauernd an. »Ach, verzeihen Sie«, sagte er entschuldigend. »Ich habe Ihnen diese Herren nicht vorgestellt.«

Karls Begleiter, allesamt in der Montur der schwedisch-königlichen Leibtrabanten, stellten sich feixend in einer Reihe auf.

»Mein lieber Vetter Christian August, Fürstbischof von Lübeck und nach dem Tod meines geliebten Schwagers Administrator der Herzogtümer Schleswig und Holstein.«

Christian August, ein aufgedunsener Lümmel, der seine pickelige Visage mit einer dicken Schicht Schminke bedeckt hatte, durchbohrte ihn mit einem feindseligen Blick. Kaum zu glauben, dass dieser Frosch mit Perücke der leibliche Bruder des liebenswürdigen (wenn auch allzu draufgängerischen) Herzogs Friedrich sein sollte.

Nachdem Karl die Gegenüberstellung in vollen Zügen genossen hatte, präsentierte er ihm die übrigen Begleiter: »Leutnant Karl Gustaf Hårdt, der Chef meines Leibregiments Generalmajor Creutz, Generaladjutant Gustaf Linroth, Vizekorporal Boman, Kapitän Axel Hammarhielm und last but not least: Måns Lang.« Bei Letzterem handelte es sich offensichtlich um Karls Leibknecht.

Lang deutete einen Bückling an und lachte ihm frech ins Gesicht.

Flemming rang sich ein sanftmütiges Lächeln ab. »Seine Hoheit wird über den Besuch Ihrer Majestät hocherfreut sein. Wenn die Herren mir bitte folgen wollen.«

»Worauf warten wir dann noch?« Sporen klirrend marschierte Karl XII. aus der Wachstube heraus.

Die Schweden und Flemming folgten ihm auf den Fuß.

Nach wenigen Augenblicken waren sie im Schlosshof angekommen. Flemming fühlte ein unangenehmes Ziehen in der Magengrube. Was, wenn er sich geirrt hatte? Noch konnte er die Reißleine ziehen. Spiegel hatte die Palastwache instruiert. Aber war das wirklich eine Option? Gewiss konnte man Karl und seine Entourage im Schloss festsetzen, aber wem war damit gedient? Seine Paladine, Rehnskiöld, Lewenhaupt, Posse, würden keinen Augenblick zögern, Dresden in Schutt und Asche zu legen. Nein, Flemming musste nur die Ruhe bewahren. Wenn alles ablief, wie er es sich ausgerechnet hatte, würden sich heute all seine Probleme in Luft auflösen.

So nahmen die Dinge ihren Lauf.

Seine Majestät war, wie Spiegel ihm zuflüsterte, noch nicht ganz bei sich. Zwar hatte die Nachricht von der Ankunft des schwedischen Königs das Schloss erreicht. Aber niemand hatte es gewagt, August davon zu unterrichten. Der König von Polen war unpässlich; er litt nicht nur wie üblich an seinem morgendlichen Brummschädel, sondern auch unter mörderischem Zahnweh. Darum hatte er Befehl erteilt, ihn bei Todesstrafe nicht in seinem Bett zu stören. August war also nicht nur indisponiert, er war auch vollkommen ahnungslos. Aber was sollte Flemming tun? Karl XII. ließ sich ohnehin nicht aufhalten, er benahm sich, als wäre er hier zu Hause.

Schnurstracks schritt der König von Schweden auf das kurfürstliche Schlafgemach zu, schob den Kammerdiener beiseite und klopfte mit der Faust an die goldverzierte Flügeltür.

Nichts geschah.

Er pochte abermals, diesmal energischer.

Hinter der Tür war ein schlurfendes Geräusch zu hören. Dann öffnete sich der rechte Flügel einen Spalt.

Mit einer einzigen schwungvollen Bewegung stieß Karl beide Türflügel auf.

»God morgon, lieber Vetter! Sovit gott?«

Flemming gefror das Blut in den Adern.

Vor ihnen stand ohne Perücke, dafür in Pantoffeln und geblümtem Schlafrock August, Kurfürst von Sachsen und König von Polen. Er sah aus wie Lazarus, der eben von den Toten auferweckt worden war. Offenbar hatte er vor Zahnschmerzen die ganze Nacht nicht geschlafen. Seine Haltung war gebeugt, die Augen waren blutunterlaufen. Auf Augusts Schädel zeigte sich ein hässlicher schorfiger Ausschlag. Beinahe tat er ihm leid. Aber Flemming verbat sich jegliche Gefühlsregung. Derlei war nicht angebracht. Selbst in der Stunde der tiefsten Erniedrigung, an jenem schwarzen Tag in Günthersdorf, hatte Flemming kein Mitleid für August empfunden. Nicht aus Herzenskälte, sondern aus Ehrerbietung – aus Treue. Ein König, der Mitleid verdiente, war kein König.

August schien sich unterdessen noch immer nicht schlüssig zu sein, ob er träumte oder wachte. Ungläubig starrte er auf seinen königlichen Cousin, als stünde ein Geist vor ihm.

Karl XII. breitete seine Arme aus und umarmte August wie einen lang vermissten Bruder: Da er, wie man in Dresden vielleicht schon vernommen, im Begriff stehe, eine lange Reise zu unternehmen, wolle er die letzte Gelegenheit nicht versäumen, sich von seinem lieben Vetter und Freund August zu verabschieden.

August zog seine starken Augenbrauen hoch, schmatzend sog er an seinem hohlen Zahn. Dann mümmelte er irgendeine Antwort, vor Verwirrung auf Französisch. Er bemerkte den Fehler sofort. Auf einmal ging ein Ruck durch seinen geplagten Körper; er straffte sich auf wundersame Weise, schien geradezu zu wachsen. Sobald er ganz aufrecht stand, überragte er Karl um einen ganzen Kopf. August räusperte sich, um dann Karl mit überraschend fester Stimme zu versichern, die Freude sei ganz auf seiner Seite. Der liebe Herr Vetter möge seinen Aufzug entschuldigen; er werde sich sogleich in Schuss bringen lassen und zu Diensten stehen. Derweil sollten sich die Herren doch ein wenig erfrischen. Flemming werde für ihr leibliches Wohl sorgen.

»Keine Umstände, lieber Bruder«, erwiderte Karl. »Wir Schweden sind genügsame Leute und keine Liebhaber von Blutegeln.«

August quittierte die Sottise mit einem süßsauren Lächeln. Vor Jahren hatte sich das Gerücht verbreitet, der notorische Feinschmecker sei ganz versessen auf Blutegel, die zusammen mit einer fetten Gans, von deren Blut sie sich einige Wochen ernährt hatten, im Ofen geröstet wurden. Tatsächlich war August diese Spezialität nur ein einziges Mal während des Krieges auf einem polnischen Gut vorgesetzt worden. Man hatte wohl aus Höflichkeit davon gekostet, aber daraus hatte sich keine übertriebene Vorliebe für dieses Gericht entwickelt.

»Vielleicht ein Butterbrot, später«, fuhr Karl XII. nach einer genießerischen Pause fort. »Flemming mag uns stattdessen die Befestigungen deiner schönen Residenz zeigen, die mir ganz vortrefflich zu sein scheinen.«

Niemand wagte zu widersprechen.

Während seine Begleitung, besonders Creutz und die anderen Militärs, die Dresdner Verteidigungsanlagen, Basteien und Redouten, inspizierten – man scheute sich nicht, Messungen vorzunehmen, Notizen zu machen und sogar detaillierte Skizzen anzufertigen –, nahm der König von Schweden Flemming beiseite. »Bester Flemming«, sprach er aufgeräumt. »Uns ist nicht entgangen, dass unser verehrter Vetter heute ein wenig unpässlich ist. Darum mag ich ihn mit der leidigen Geschichte nicht behelligen. Leider duldet sie keinen Aufschub. Sie wissen ja, wir sind stets in Eile. Bevor ich Ihr schönes Ländchen verlasse, möchte ich doch alle Artikel unseres Vertrages erfüllt wissen.«

»Sehr wohl, Majestät«, antwortete Flemming in unterwürfigem Ton. »Ich versichere Ihnen, wir haben alles getan, was in unserer Macht stand. Aber der General von Patkul steht, wie Eure Majestät wissen, im Dienste Russlands. Auch wenn mein Herr, ganz wie in nämlichem Vertrag gefordert, das Bündnis mit Zar Peter gelöst hat, können wir nicht einfach einen seiner Gesandten verhaften.«

»Ach, Flemming«, lachte Karl XII. und zupfte ihm mit spitzen Fingern das Halstuch (das natürlich tadellos saß) zurecht. »Was glauben Sie, wen würde mein lieber Vetter eher opfern, Sie oder Patkul? Aber wie Sie wollen, von mir aus können wir es darauf ankommen lassen.«

»Majestät …«

»Die Entscheidung liegt bei Ihnen. Liefern Sie mir den Kopf des Verräters oder verlieren Sie Ihren eigenen. Und nun wollen wir ins Schloss zurückkehren. Ich habe einen Wolfshunger.«

Flemming machte ein zerknirschtes Gesicht, innerlich frohlockte er.

Für Patkul war das Spiel aus.

XXIII.

»Kopf ab!«

Schwedisches Feldlager südöstlich von Posen
1707
16. Sonntag nach Trinitatis

Patkul lag angekleidet auf seinem Bett. Er las so eifrig in seinem griechischen Neuen Testament, dass er Hagedorn nicht bemerkte. Hagedorn hielt inne. Es war alles andere als leicht gewesen, Patkul das Buch zu beschaffen. Das schwedische Heer führte Schmieden, transportable Mühlen, sogar ein komplettes Orchester mit sich, aber wer nahm schon ein *Novum Testamentum Graece* auf den Feldzug mit? Seine Amtsbrüder, die Herren Feldprediger, begnügten sich mit der neuen schwedischen Bibelübersetzung, die Deutschen hatten ihren Luther, und er selbst hatte sein Exemplar in Leipzig zurückgelassen. Hagedorn hatte es schon aufgegeben, da war eines Morgens ein lebhafter kleiner Offizier mit hoher Stirn und großen, hervortretenden Augen vor seinem Zelt erschienen, Oberstleutnant von Grothusen vom Regiment Dücker, und hatte ihm wortlos das Büchlein in die Hand gedrückt. Es war das *Novum testamentum, cum versione latina Ariae Montani*, eine echte Kostbarkeit und genau das, was Patkul sich gewünscht hatte. Weiß der Himmel, wie Grothusen die Ausgabe aufgetrieben hatte. Aber warum hatte er es getan? Seiner Aussprache nach war Grothusen kein Balte, eher ein Holsteiner, aber in Dükers Regiment dienten, wie Hagedorn wusste, viele Livländer, darunter, wie es hieß, auch Verwandte Patkuls. Sie vermochten nichts mehr für ihn zu tun, als ihm diesen bescheidenen Wunsch zu erfüllen.

Übrigens konnte sich der Baron über seine Behandlung nicht beklagen. Zwar hatte man ihn auf königlichen Befehl in einem geschlossenen Rüstwagen nach Polen geschafft, was für den verwöhnten Lebemann eine fürchterliche Strapaze gewesen sein musste. Doch die Meijerfelt'schen Dragoner, die ihn bewachten und unter denen sich ebenfalls viele Livländer befanden, hatten ihn nicht darben lassen. Selbst nachdem man ihn in Posen dem gestrengen Oberst Hielm, einem Karoliner von altem Schrot und Korn, überstellt hatte, musste Patkul keine Not leiden. Er verfügte über einen eigenen Kammerdiener und bekam die Verpflegung eines Generals. Auf dem Tisch standen noch die Reste seines Abendessens: Truthahn, helles Brot, Wein, Kuchen. Alles schön angerichtet auf Zinntellern, dazu ein Pokal aus edlem Kristall. Er selbst, der Feldprediger Lorenz Ismael Hagedorn, hatte mit einer Kelle Brei in einer Holzschüssel, einem Kanten »Soldatenbrot« und einem Becher Dünnbier vorliebnehmen müssen. Den ganzen Tag über knurrte ihm der Magen. Baron Patkul dagegen erfreute sich einer ansehnlichen Korpulenz, sein Antlitz war vom Wein gerötet, ein heiter-beschwingter Silen. Dennoch beneidete Hagedorn ihn nicht.

Er war gekommen, Patkul das Todesurteil zu verkünden.

Noch immer hatte der Livländer ihn nicht bemerkt, völlig versunken las Patkul in seinem Evangelium. Das Griechische war ihm so geläufig wie das Französische und noch ein halbes Dutzend weiterer Sprachen. Die exorbitante Gelehrsamkeit des Livländers hatte Hagedorn ein ums andere Mal in Erstaunen versetzt. Ihre Gespräche, oft bis tief in die Nacht hinein, hatten ihn erfrischt, ihn sich in gewisser Weise wieder zu sich selbst kommen lassen. Bei allen Lastern, Sünden und Verbrechen, die man ihm, ob nun zu Recht oder zu Unrecht, vorwarf, Patkul war einer der gebildetsten und zugleich liebenswürdigsten Menschen, die ihm in seinem Leben begegnet waren. Ja, Hagedorn hatte diesen Menschen liebgewonnen. Das machte es ihm nicht leichter.

Er musste endlich sprechen.

Hagedorn räusperte sich vernehmlich.

Patkul blickte auf. Er lächelte, schlug das Büchlein zu und schwang sich mit überraschender Behändigkeit aus dem Bett.

»Pardon, ich wollte nicht stören«, sagte Hagedorn verlegen.

»Herr Pastor«, versetzte Patkul freundlich. »Sie wissen, Ihr Besuch ist mir zu jeder Tages- und Nachtzeit lieb.« Er klopfte sich einige Krümel von seinem Rock. »Nun, was hört man?«

Warum ausgerechnet er? Hielm hätte die Angelegenheit ebenso gut selbst erledigen können. Wäre das nicht sogar seine Pflicht gewesen? Immerhin gehörte Patkul dem livländischen Uradel an, er war General, Minister des Königs von Polen, Gesandter des Zaren von Russland gewesen. Lorenz Hagedorn dagegen war weder von Adel noch Offizier, nur ein einfacher Feldprediger. Als Hielm ihn nach dem Gottesdienst angesprochen hatte, war ihm klar gewesen, dass dies nichts Gutes zu bedeuten hatte. Er hatte über Lukas 7 gepredigt: die Erweckung des Jünglings zu Nain: »Wer weiß, wie nahe mir mein Ende? – Das weiß der liebe Gott allein.« Womöglich hatte er Hielm dadurch erst auf die Idee gebracht, gerade ihn mit der unangenehmen Aufgabe zu betrauen. Nach einem dürren Kompliment über Hagedorns Beredsamkeit war der Oberst gleich zur Sache gekommen: Es sei nunmehr beschlossen, der Verräter Patkul müsse den folgenden Tag sterben. Er, Magister Hagedorn, wolle in seiner Eigenschaft als Regimentsgeistlicher dem Manne das Todesurteil verkünden und ihn dahin disponieren, dass er selig sterben möchte. Das war alles.

»Herr Baron, ich habe Ihnen etwas anzuvertrauen«, sprach Hagedorn mit gedämpfter Stimme.

Patkul sah ihn erschrocken an. Dann ergriff er seine Hand. »Mein lieber Herr Pastor«, fragte er aufgewühlt, »was haben Sie mir zu sagen?«

Natürlich wusste Patkul genau, was er ihm zu sagen hatte. Was fragte er ihn? Was nützte es, wenn er das Urteil aussprach? Aber eben das musste er tun, es gehörte zum Prozedere. Erst ein ausgesprochenes Urteil wurde zu einem gültigen Urteil. Den ganzen Tag hatte Hagedorn über die rechten Worte nachgegrübelt. Sie waren ihm nicht eingefallen, weil es für das, was er Patkul zu sagen hatte, keine rechten Worte gab. Wie er sich auch ausdrückte, es klang alles falsch, nichtig, grausam. Schließlich hatte er sich in ein biblisches Zitat geflüchtet.

»Ich bringe ihm, hochwohlgeborener Herr«, sprach Hagedorn in einem gravitätischen Predigerton, der ihn selbst anwiderte, »die Zeitung, die der Prophet Jesaias dem König Hiskia brachte.«

Patkul erbleichte. »Beschicke dein Haus«, sagte er mit brechender Stimme. »Denn du wirst sterben und bis an morgenden Abend nicht lebendig bleiben.«

»Ja.«

Kraftlos, vernichtet, ließ sich Patkul auf sein Bett sinken. Er begrub sein Gesicht ins Kissen und weinte.

Hagedorn wäre am liebsten davongerannt. Offenbar hatte das Urteil Patkul überrascht. Hatte der Livländer ernsthaft damit gerechnet, dass Karl XII. ihn begnadigte? Der Zar ihn rettete? Dass am Ende doch noch sein alter Freund und Gönner August seine schützende Hand über ihn hielt? Im Angesicht des Todes klammert sich der Mensch an jeden Strohhalm.

Lorenz Hagedorn stammelte ein paar Worte des Trostes: dass der Herr doch in allen Wissenschaften so bewandert und auch in seinem Christentum wohlgegründet sei et cetera. Fromme Redensarten, Geschwätz, nur um die entsetzliche Stille zu füllen.

Aber Patkul hatte zugehört. Er richtete sich auf. »Ich weiß«, sagte er bedächtig und mit nun fester Stimme. »Ich weiß, Mensch, du musst sterben. Aber dieser Tod«, fügte er hinzu, »dieser Tod wird mir allzu schwer sein.«

»Die Todesart kenne ich nicht«, log Hagedorn. »Aber ich glaube, dass der Tod, sosehr er für den Leib schrecklich, für die Seele umso nützlicher sein wird.«

Nachdem Hielm ihm befohlen hatte, Patkul das Todesurteil zu verkünden, hatte er ihn an einen Kapitän Waldau verwiesen, der an Majorsstelle die Exekution durchführen sollte. Die höheren Offiziere hatten sich offenbar alle davor gedrückt. Auch Waldau, ein nüchterner Preuße, schien von diesem Kommando nicht sonderlich angetan zu sein. Von ihm erfuhr Hagedorn, dass, um möglichst wenig Aufsehen zu erregen, die Hinrichtung in aller Frühe im Innenhof des nahe gelegenen Klosters stattfinden würde. Patkul sollte gerädert und gevierteilt werden. Es war die Strafe für Königsmörder, und die denkbar grausamste Art, auf die ein Mann zu Tode gebracht werden konnte. Überdies war eine solche Hinrichtung nicht einfach zu bewerkstelligen, wollte sich doch, wie Waldau ihm klagte, weit und breit kein Henker finden, der sich auf das Rädern verstand. Es ließ sich auf die Schnelle kein berufsmäßiger Scharfrichter auftreiben, dem man guten Gewissens mit dieser heiklen Arbeit betrauen könne. Aus Verzweiflung habe man zuletzt einen dahergelaufenen Lümmel, einen Polacken, der angeblich einmal das Schlachterhandwerk gelernt hatte, dazu überredet. Als er seinen Rausch ausgeschlafen hatte, habe der Kerl freilich nichts mehr davon wissen wollen. Aber die Sache war nun einmal abgemacht, er hatte seinen Lohn dahin und musste sich dareinschicken. »Als alter Soldat habe ich wahrhaftig allerhand im Kriege erlebt«, seufzte Waldau. »Aber ich muss Ihnen gestehen, Herr Pastor, vor dieser Hinrichtung graut mir.«

»Nun, so gib, Herr Jesu, einen seligen Tod!«, sagte Patkul. Er faltete die Hände und betete still für sich. Dann lehnte er sich an die Wand und stöhnte: »Die Reduktion in Livland und Schweden hat mich ins Unglück gestürzt.«

»Lassen Sie doch das Zeitliche fahren!«, wies Hagedorn ihn zurecht. »Und seien Sie auf das ewige Himmlische bedacht, so wenden Sie die Ihnen verbliebene Zeit besser an.« Er erschrak über die Härte seiner Worte, aber er fühlte, dass er recht hatte.

»Ach, mein lieber Herr Pastor«, stieß Patkul ächzend hervor. »Mein Herz ist ein Geschwür voll alter böser Materie. All das muss zuerst heraus, bevor ich genesen kann. Also lasst mich sagen, was mir auf dem Herzen liegt.«

»Nun gut, ich höre Ihnen zu.«

»Die Güter-Reduktion«, begann Patkul, »die so manchen Menschen arm gemacht hat, die ist schuld an dem Verbrechen, das man mir vorwirft. Das war doch das eigentliche Verbrechen: dem Adel seine Güter zu nehmen und der Krone zu übertragen und uns dann zu zwingen, den Besitz, der seit Jahrhunderten unser Eigen war, von der schwedischen Krone zu pachten. Gegen dieses Unrecht habe ich mit meiner ganzen Kraft, mit meinem ganzen Verstand gekämpft.« Er schwieg für einige Augenblicke. »Der selige König Karl XI.«, fuhr er dann fort, »hatte mir einst auf die Schulter geklopft und gesprochen: Patkul, Ihr verteidigt die Gerechtigkeit Eures Vaterlandes als ein redlicher Mann. Das hat der alte König gesagt, und, Gott weiß es, er hat die Wahrheit gesprochen. Ich hatte nie etwas anderes im Sinne, als die Gerechtigkeit meines Vaterlandes zu verteidigen. Böse Menschen haben es anders gekartet, Gott verzeihe ihnen.« Nun folgte eine umfangreiche Liste derjenigen, denen Patkul an seinem Unglück die Schuld gab, allen voran August von Sachsen. Er redete sich in Rage. »Schweden! Schweden!«, schrie er wie von Sinnen. »Ich bin nicht mit Lachen und Springen aus dir gegangen, Gott weiß es! Doch wo sollte ich hin? Unter die Toten konnte ich nicht kriechen, ins Kloster wollte ich nicht um meiner Religion willen, und bei den alliierten Fürsten war ich nicht sicher. Der König von Schweden sagt: Du bist zu meinen Feinden gegangen, ergo bist du die Ursache an diesem blutigen Kriege. Aber ich habe mich niemals den Feinden Schwedens angedient. Ich kam als Verfolgter zu ihnen, nicht als ein Ratgeber oder Einflüsterer. Als ich nach Sachsen gelangte, war ja alles schon fertig. Flemming hatte längst die Abrede mit Dänemark beschlossen, die Verträge mit Moskau waren unterschrieben.«

»Ich bitte Sie«, gab Hagedorn abermals zu bedenken, »vertiefen Sie sich doch nicht weiter in diese zeitlichen Diskurse!«

»Ach, gönnt es mir doch, das Irdische abzudenken«, erwiderte Patkul. »Danach will ich kein Wort mehr darüber verlieren.«

Daraufhin legte er dar, wie er immer nur zum Wohle Schwedens gehandelt und einen Krieg stets habe verhindern wollen. Intrigen seiner Feinde und falsche Beschuldigungen hätten ihn indes zum Verbrecher gestempelt und ihn endlich in die betrübliche Lage gebracht, in der er sich jetzt befinde.

Plötzlich unterbrach Patkul seinen Redeschwall. Er schloss die Augen. Dann bat er Hagedorn in knappen, gefassten Worten, ihn allein zu lassen und, wenn möglich, dafür zu sorgen, dass niemand ihn in der Nacht bewache. Er wisse, man fürchte, dass er seinem Leben selbst ein Ende setzen möchte, indessen gebe er ihm, Magister Hagedorn, sein Wort als Christ, dass er solches nicht im Sinne habe.

Hagedorn versprach, den Oberst darum anzugehen. Hielm würde ihm die Bitte gewiss nicht abschlagen. Dann verließ er Patkul.

Als er ihn nach zwei Stunden wieder besuchte, gab sich Patkul erstaunlich aufgeräumt, er wirkte vollkommen verwandelt. »Herr Pastor«, rief er überschwänglich. »Ich sehe in Ihnen einen Engel Gottes. Gottlob! Mir ist ein schwerer Stein vom Herzen gewälzt. Ich fühle in meinem Gewissen eine große Änderung. Ich bin froh, dass ich sterben soll! Besser sterben als lange gefangen sitzen. Dass nur der Tod erträglich sein möge. Wissen Sie denn nicht, welchen Tod ich sterben soll, Herr Pastor?«

»Man sagt es mir nicht. Nur dass es in aller Stille geschehen soll. Beim Regiment weiß niemand davon als der Herr Oberst und ich.«

»Das ist schon eine Gnade«, sprach Patkul. »Aber haben Sie das Dokument nicht gesehen? Soll ich ohne Verhör und Urteil sterben?«

»Soviel ich weiß, ist eine Sentenz wohl vorhanden, aber versiegelt und erst auf dem Platz zu öffnen.«

»Das kann sein«, sagte Patkul zu sich selbst. »Das kann sein.« Und an Hagedorn gewandt: »Ja, das ist gut möglich. Wenn ich nur nicht lange gequält werde.«

Daraufhin fing er an, in seinem Neuen Testament zu blättern und einige Stellen auf Griechisch vorzutragen. Apostelgeschichte XIV, 22: »Durch viel Trübsal müssen wir ins Reich Gottes gehen«, desgleichen aus dem Römerbrief: »Denn ich halte es dafür, dass dieser Zeit Leiden der Herrlichkeit nicht wert sei, die an uns soll offenbar werden.«

Dann fragte er Hagedorn, ob er ihm nicht Papier und Tinte besorgen könne, er wolle ihm sein Testament in die Feder diktieren.

Patkuls Testament bestand nur aus wenigen Zeilen. Mit keinem Wort erwähnte er die Ereignisse, die zu seiner Verurteilung geführt und über die er sich gestern so ausführlich ausgelassen hatte, erging sich auch nicht wieder in Rechtfertigungen und Schuldzuweisungen. Er erklärte nur, dass die Gelder, die ihm, wie aus seinen nachgelassenen Papieren ersichtlich sei, von verschiedener Seite noch zustünden, seinen Vettern, die im schwedischen Heere dienten, zukommen sollten. Er bitte den König von Schweden untertänigst, ihnen dazu zu verhelfen.

Dann beteten sie gemeinsam.

»Nun geht es mir besser«, sprach Patkul. »Wie herzlich gern würde ich meine Schuld mit meinem Blut bezahlen, wenn ich nur nicht lange möchte gemartert werden. Ist der König ein gnädiger Herr, Hagedorn?«

»Wir können Gott für einen so gnädigen und gottesfürchtigen König danken.«

»Und der Graf Piper, sein Ministrissimus?«

»Auch Seine Exzellenz hat schon viele Proben seiner Gottesfurcht abgelegt.«

»Nun, gottlob!«, versetzte Patkul. »Dann wird mir nichts

widerfahren, als was recht ist. Wohl dem Reiche, das pietate et justitia regieret wird.« Er besann sich kurz. »Ich habe Freunde«, fuhr er dann fort, »die meinen Tod beklagen werden. Was wird die alte Kurfürstin sagen? Und das Fräulein Lewolde, das bei ihr ist? Und meine arme Liebste? Herr Pastor, darf ich Sie abermals um etwas bitten?«

»Gewiss, gar gerne. Wenn ich kapabel wäre, dem Wohlgeborenen Herrn zu dienen.«

»Dann seien Sie so gut und schreiben nach meinem Tode meiner Liebsten, der Frau von Einsiedel, einen Abschiedsgruß und lassen Sie sie wissen, wie ich gestorben bin. Mit der Hilfe Gottes selig, wie ich hoffe. Das wird sie etwas trösten, sonderlich wenn es von Ihrer Hand kommt, der Sie mir in den letzten Nöten beigestanden. Ich denke ihrer treuen Liebe. Sie aber lebet hinfür frei.«

Hagedorn gab ihm die Hand darauf und versprach, alles nach seinem Wunsche zu tun.

Danach zog Patkul einen Beutel hervor, entnahm ihm eine Anzahl Münzen und wickelte das Geld in drei Papiere. »Ab morgen will ich mit den weltlichen Dingen nichts mehr zu tun haben«, erklärte er. Damit drückte er Hagedorn eines der Papiere in die Hand. »Nehmen Sie die hundert Dukaten an. Ich bitte Sie darum.«

»Das kann ich nicht.«

»Lieber Pastor«, fuhr Patkul ihn hitzig an. »Ich habe manchmal für einen weltlichen Dienst tausend Dukaten gegeben.« Da besann er sich. »Ach, Sie haben ja recht«, sagte er entschuldigend. »Sie haben mir eine Freundschaft bewiesen, die mit Geld nicht zu bezahlen ist. Darum will ich Ihnen auch einen Schatz geben, den ich über alles in der Welt hochhalte: Da, mein griechisches Neues Testament, das ist mein Vademecum gewesen in meinem Elende.« Damit reichte er Hagedorn das Büchlein. »Grüßen Sie herzlich Herrn Grothusen von mir. Ich danke ihm und seinen Freunden für all das Gute, das sie mir während meiner Gefangenschaft erwiesen haben.«

»Ich danke Ihnen«, sagte Hagedorn, er vermochte vor Rührung kaum zu sprechen. »Ich werde Ihr Geschenk allezeit werthalten und alles tun, wie mir aufgetragen.«

»Ich gehe nun zu Bett«, sprach Patkul. »Morgen werde ich meine Kräfte brauchen.«

Am Morgen der Hinrichtung wirkte Patkul frisch und erholt. Im Gegensatz zu Hagedorn, der die ganze Nacht vor Magenschmerzen und Grübelei kein Auge zugetan hatte, schien er ruhig geschlafen zu haben. »Was für ein Tag!«, jauchzte er. »Mein Hochzeitstag, Herr Pastor.« Er wischte sich über das tränennasse Gesicht. »Um diese Zeit hatte ich gedacht, eine andere Hochzeit zu halten, aber diese ist seliger. Heute wird meine Seele von ihrem Bräutigam Christo in den himmlischen Hochzeitssaal eingeführt werden.«

Der Tag war noch nicht angebrochen, es war erst kurz nach vier Uhr. Der Mond stand noch am Himmel. Die Sonne würde frühestens in drei Stunden aufgehen. Wenn sie im Zenit stand, würde Patkul seinen irdischen Lauf bereits getan haben. Es sei denn, der König begnadigte ihn doch noch. Karl XII. hatte schon des Öfteren Gnade vor Recht ergehen lassen und zum Tode verurteilte Verbrecher im letzten Augenblick gerettet. Warum nicht auch Patkul? Hagedorn hatte die halbe Nacht darum gebetet. Aber mit jeder Minute, die verstrich, schwand die Hoffnung.

Patkul trat ans Fenster und blickte auf den Mond. »Herr Pastor«, flüsterte er, indem er unverwandt gen Himmel starrte, »haben Sie nicht in Erfahrung bringen können, auf welche Weise?«

Hagedorn schüttelte den Kopf. »Es tut mir leid, ich weiß es nicht.«

»Haben Sie Hielm gefragt?«

»Ja, auch der Herr Obrist weiß es nicht.«

Noch immer blickte Patkul in die Finsternis. »Sie verlassen mich nicht, wenn der Tod auch noch so grausam wäre?«

»Ich verlasse Sie nicht.«

»Sie verlassen mich nicht«, sagte Patkul leise. Er legte ihm die Hand auf die Schulter. »Lassen Sie uns beten.«

Eine Stunde lang beteten sie. Patkul sprach mit fester Stimme. Er hatte die Gebete ausgesucht, manche in der Nacht auch selbst verfasst. Dann nahm Hagedorn ihm die Beichte ab. Patkul empfing das Heilige Abendmahl. Die restliche Zeit bis zum Sonnenaufgang verbrachten sie damit, sich gegenseitig Lieder aus dem Gesangbuch vorzulesen.

Als endlich der Morgen dämmerte, legte Patkul eine Hand an sein Ohr und horchte. »Sie spannen schon den Wagen an. Gottlob, mir wird die Zeit schon allzu lang.«

Hagedorn hatte nichts gehört. Aber Patkul hatte sich nicht getäuscht. Kurz darauf trat Waldau ein. Er grüßte sie mit einem Nicken, er brauchte nichts zu sagen.

»Wohlan denn zu der Reise«, rief Patkul und warf sich seinen Mantel um. »Sie fahren ja mit mir, Herr Pastor?«

»Ich verlasse Sie nicht.«

Die Welt lag noch in trübem Zwielicht. Sie holperten an Stoppelfeldern vorbei, an Wiesen mit Heu der letzten Mahd, an niedrigen, schmucklosen Hütten. Es war kalt. Ein feiner Regen fiel. Von einer ganzen Hundertschaft Dragoner begleitet, rasten sie zum Richtplatz. Sie fuhren in einem einfachen offenen Rüstwagen. Patkul kauerte hinten auf der Ladefläche, auf Hielms Befehl hatte ihm Waldau Ketten anlegen lassen. Hagedorn saß auf dem Bock neben dem Kutscher. Er starrte in die öde, regennasse Landschaft, nur ab und an wandte er sich um. Patkul betete still für sich. Nur einmal, als sie an einem Kruzifix, das am Wegesrand aufgerichtet war, vorbeifuhren, schluchzte er laut auf. In kaum einer Viertelstunde waren sie am Kloster der Heiligen Fünf Märtyrer angelangt, in dessen Innenhof die Exekution stattfinden sollte.

Das in einem kleinen Waldstück gelegene, von Karpfenteichen umgebene Kloster gehörte dem Bernhardinerorden. Die Schweden hatten hier ein Lazarett eingerichtet. Hagedorn war einige Male dort gewesen, um den Kranken zu predigen und ihnen ein protestantisches Abendmahl zu spenden. Dabei hatte er sich etwas mit Bruder Cyprian angefreundet, dem Krankenwärter des Klosters, der ein leidliches Latein sprach.

Eines Tages, nachdem sie wieder einmal über Wunder und die katholische Heiligenverehrung debattiert hatten (die der Mönch mit überraschend einleuchtenden Argumenten verteidigte), führte ihn Cyprian in einen abgelegenen Teil des Klosters, den Hagedorn nie zuvor betreten hatte. Der Krankenwärter öffnete die Tür zu einer kleinen Stube. Darin hockten fünf Männer in einfacher Kleidung um einen Tisch herum, auf dem, obwohl der Raum vom Tageslicht ausreichend erhellt war, eine Kerze brannte. Sie beachteten den Besuch nicht, schienen ihn gar nicht bemerkt zu haben. Bruder Cyprian erklärte, es seien alles Brüder, die als Waisen ins Kloster gekommen seien; die Eltern, vagabundierende Musikanten, seien früh gestorben. Sie säßen die meiste Zeit so und ließen den ganzen Tag nichts von sich hören. Nur sooft ein Kranker, sei es ein Mönch oder ein Soldat, im Kloster sterbe und der Tod durch drei Glockenschläge vom Turm verkündet werde, sängen sie alle gemeinsam einen Vers aus einem Totenliede. Darum nenne man sie die Totenhähne.

Im Klosterhof hat sich das Hielm'sche Regiment im Quadrat um den Richtplatz herum aufgestellt. In dessen Mitte stehen drei Pfähle, auf deren Spitzen Wagenräder befestigt sind.

Als Patkul das sieht, erbleicht er und schluchzt: »Herr Pastor, bitten Sie Gott, dass ich nicht verzweifle.«

Zwei Dragoner heben ihn aus dem Wagen. Während man ihn von den Ketten befreit, betet Patkul: »O Lamm Gottes unschuldig!«.

Dann führen sie ihn auf den Richtplatz.

Der Henker, ein junger Bursche in bäuerlicher Tracht, steht schon bereit. Er wirkt teilnahmslos, den glasigen Blick starr auf den Delinquenten gerichtet. Das Richtrad liegt vor ihm auf der Erde. Waldau tritt vor, zieht ein Papier aus dem Ärmelaufschlag, bricht das Siegel, faltet das Schreiben auseinander und liest mit lauter, leicht heiserer Stimme: »Allen und jedem sei hiemit kund und zu wissen getan, dass Ihro Königliche Majestät, unsers allergnädigsten Königs, gestrenger Befehl sei, dass dieser, der ein Landesverräter ist, ihme zur verdienten Strafe und andern zum Exempel soll gerädert und geviertteilt werden. Ein jeder hüte sich vor Untreu und diene seinem König redlich.«

Bei dem Wort »Landesverräter« zuckt Patkul mit den Schultern. Dann wendet er sich an den Scharfrichter: »Wo soll ich hin?«, fragt er mit gezwungener Kaltblütigkeit.

Der Pole weist mit einem Kopfnicken auf die Stelle.

Patkul reicht ihm die Hand. »Tut Euren Dienst«, sagt er kaum vernehmlich und gibt ihm das zweite Papier mit den Dukaten, das der Henker eilig in einer Rocktasche verschwinden lässt.

Die beiden Bewacher ziehen Patkul das Hemd aus. Dann legt er sich unter Stöhnen auf die Erde. An den ausgestreckten Handgelenken und Fußknöcheln fesselt man ihn an vier kurze Pflöcke, die mit einem Hammer in den Boden gerammt werden. Der Kapitän gibt Hagedorn einen Wink, dass nun alles für die Hinrichtung vorbereitet sei.

»Lasst uns ein Vaterunser beten für diesen armen Menschen«, sagt Hagedorn. Es kommt ihm vor, als sei es die Stimme eines anderen.

Die Soldaten murmeln das Vaterunser.

Nach dem »Amen« wendet sich Waldau an den Henker: »Fang an!«

Der Pole steht eine Weile verdattert da, als frage er sich, wo er sich befinde und was er hier solle. Er ist sturzbetrunken!, durchfährt es Hagedorn. Der Kerl kann sich kaum aufrecht halten. Im selben Augenblick fällt ihm auf, dass die Krippen fehlen, jene kleinen scharfkantigen Hölzer, die man üblicherweise dem Verurteilten unter die Gelenke legt, um die Wirkung der Stöße zu erhöhen. Jetzt bemerkt er auch, dass das Rad, das der Henker schon mit beiden Händen hochhebt, über keinen eisernen Beschlag verfügt. Ist das Versäumnis oder Absicht? Ohne diese Vorrichtungen werden sich Patkuls Qualen unendlich in die Länge ziehen. Er muss es Waldau sagen.

Zu spät: Schon lässt der Henker das Rad auf Patkuls am Boden gespannten Körper niederkrachen.

Es trifft den rechten Arm. Patkul heult auf. Schreit: »Jesus, Jesus, erbarme dich meiner!«

Der Henker nimmt das Rad wieder an sich. An Patkuls Arm sind keinerlei Verletzungen zu erkennen. Abermals lässt der Pole das Marterinstrument auf den Arm niedersausen. Ein leises Knacken ist zu hören. Wieder schreit Patkul. Es ist nicht auszuhalten.

Scheu, mit zittrigen Fingern prüft der Henker den Arm, er scheint noch immer nicht gebrochen.

Zum dritten Mal lässt er das Rad fallen. Ein weißer Knochen sticht aus der Haut. Patkul wimmert und weint wie ein Kind. Hagedorn kann den Blick nicht von ihm wenden, er ist wie gelähmt.

Jetzt widmet sich der Pole dem anderen Arm. Diesmal zerschmettert er ihn mit einem Schlag. Patkul stößt ein entsetzliches Röcheln aus.

Ein Soldat reicht dem schweißüberströmten Henker eine Branntweinflasche. Der Pole trinkt in mächtigen Schlucken, wischt sich mit dem Handrücken über die Stirn. Patkul zuckt, windet sich, brüllt.

Dann fällt das Wagenrad auf das linke Bein. Die Haut an den Beinen platzt, ein Brei aus Blut, zerquetschtem Fleisch und Knochenmark quillt hervor.

Sechsmal lässt der Pole das Rad fallen. Aber Patkul stirbt nicht, wimmert immerfort den Namen Jesu. Da hört Hagedorn Waldaus Stimme: »Auf die Brust!«, ruft er dem Henker zu. »Auf die Brust schlagen!«

Der erste Stoß nimmt Patkul den Atem, aber er gleitet an seiner Fettschicht ab. Patkul keucht und hechelt. Beim zweiten Stoß speit er Blut. Er ist noch immer bei Bewusstsein. Jetzt dreht er den Kopf, der Mund bewegt sich. Es ist so still, dass man deutlich hören kann, was er mit gebrochener Stimme flüstert: »Kopf ab – lieber Kopf ab.«

Der Kapitän nickt unsicher. Er macht dem Henker ein Zeichen. Der begreift nicht, hebt wieder das Rad. Da zieht Waldau seinen Degen und haut Patkuls Fesseln durch. Der Pole steht wie vom Donner gerührt.

Da fährt noch einmal ein Zucken durch Patkuls zerschmetterte Glieder. Und dann, Hagedorn traut seinen Augen nicht, kriecht, unendlich langsam, eine Spur aus Blut hinter sich herziehend, dieser vollkommen zertrümmerte Leib zum Richtblock hin.

Mit letzter, übermenschlicher Kraft legt Patkul seinen Kopf auf den Block.

Unterdessen hat man dem Henker das kurze Richtschwert in die Hände gedrückt. Er besieht es, blickt auf Patkul. Waldau packt ihn an den Schultern, drängt ihn zum Richtblock. Der Pole hält das Schwert probehalber an Patkuls Hals.

Er holt aus.

Der Schlag trifft nur die Schulter. Das Schwert dringt ins Fleisch, die Schulter hängt herab.

Der zweite Hieb trifft den Hals, er durchtrennt ihn nur halb.

Im weiten Umkreis ist alles mit Blut durchtränkt.

Patkul rührt sich nicht.

Der dritte Schlag geht völlig fehl.

Erst beim vierten Schlag fällt das Haupt in den nassen Sand.

Stille.

Die Glocke der Klosterkirche schlägt, metallisch, durchdringend. Aus dem Krankentrakt erklingt ein misstönender, leiernder Gesang: »Crucifixus! Crucifixus!«

Das war das Letzte, woran sich Magister Hagedorn zu erinnern vermochte.

DRITTER TEIL

Aber es macht gar keinen Spaß, mit den Russen zu kämpfen, denn sie leisten keinen Widerstand wie andere Männer, rennen vielmehr gleich davon.

Karl XII. zu Oberst Axel Sparre

XXIV.

»Spooß mutt sien«

Schwedisches Lager bei Slupca, südöstlich von Posen
1707
29. Oktober (schwedischer Kalender)

»Jesus«, rief Abel. »Qui est-ce? – Wer ist denn das? Die Weisen aus dem Morgenland? – Bach, Schmidt, kommt heraus, das müsst ihr sehen!«

Der Morgennebel hüllte das Lager in eine graue, nassschwere Decke ein. Es war empfindlich kalt. Doch das konnte Ferdinand Abel und Meister Wedderkop nicht von ihrer einzigen gemeinsamen Leidenschaft, dem Tabakrauchen, abhalten. Während die beiden, unablässig miteinander zankend, ihren Knaster schmauchten, hockten Jacob und Christian Schmidt noch in ihrer Erdhöhle beim Frühstück, das, wie alle Tage, aus einigen Brocken Zwieback und einem Becher Regenwasser bestand. Schmidt sah ihn fragend an. Jacob zuckte mit den Schultern und kaute ruhig weiter. Was konnte es da draußen schon geben, das die Eile lohnte? Ohne Hast beendeten sie ihre Mahlzeit und stiegen die fünf Lehmstufen zum Einstiegsloch hinauf.

»Da seid ihr ja endlich!« Wild gestikulierend wies Abel mit seiner kurzen Tonpfeife zum Lagereingang hinüber.

Dort drängte sich eine Menge Schaulustiger um eine Reiterschar. Die bot in der Tat einen merkwürdigen Anblick: Die drei Männer an der Spitze des Zuges waren in prächtige goldbestickte Mäntel gekleidet, ihre Köpfe waren kunstvoll mit Leinenbinden umwickelt, die aussahen wie riesige weiße Kürbisse.

Meister Wedderkop spie einen Strahl Tabaksaft vor sich auf die Erde. »Klei mi an'n Mors«, schnaufte er. »Gottverdammte Muselmänner.«

»Das müssen Türken sein!«, rief Abel aufgekratzt. »Les turcs sont là!«

»Was Ihr nicht sagt«, brummte Wedderkop.

In der Tat: Dass es sich bei dem hohen Besuch weder um Eskimos noch um Kapneger handelte, hatte inzwischen wohl auch der letzte västerbottensche Muschkote begriffen.

Unterdessen war die Gesandtschaft näher gekommen. Die bärtigen Gesichter der Türken blickten starr nach vorn. Der mit dem größten Turban, offenbar ihr Anführer, erinnerte Jacob an den Pharao in Carbonaris Kartenspiel. Hochmut lag in seinen Augen und Grausamkeit. Hinter den drei hohen Herren ritten Soldaten in Kettenhemden. Sie waren mit Lanzen und krummen Schwertern bewaffnet. Anstelle von Turbanen trugen sie hohe weiße Filzhauben, die nach hinten abknickten und in einen langen Nackenbehang ausliefen. An der Stirnseite waren lange bunte Federn angebracht, die jedoch durch den Regen schlaff zu den Seiten herabhingen. An diesem kalten, trüben Morgen wirkte die prunkvolle Kavalkade seltsam fehl am Platze, unwirklich, als hätten sich die Männer aus einem sonnigen Traumland hierher verirrt.

»Was wollen denn die Muselmänner bei uns?«, fragte Schmidt.

»Wat de bi uns wult?«, knurrte Wedderkop, als hätte er in seinem Leben noch keine so dumme Frage gehört. »Ist doch klar wie Klosterbrühe: Die Türken sind die Erzfeinde des Moskowiters, und wir wollen dem Iwan an die Plünnen.«

»L'ennemi de mon ennemi est mon ami«, dozierte Abel. »Der Feind meines Feindes ist mein Freund.«.

»Kloogschieter«, grunzte Wedderkop und sog an seiner Pfeife, die zu seinem Ärger ausgegangen war. »Wir und der Großtürke«, murmelte er kopfschüttelnd.

»Mais pourquoi pas, lieber Wedderkopfius?«, schwatzte Abel

weiter. »Im Krieg kann man sich seine Alliierten nicht aussuchen. Was soll daran falsch sein, wenn uns die Mohren gegen die Russen helfen?«

»Was daran verkehrt ist?«, bellte Wedderkop ihn an. »Allns, seg ick. Zwischen Türken und Christenmenschen kann kein Friede und keine Freundschaft sein, nie und nimmer.«

»Nein, pas encore!«, seufzte Abel. »Um Christi willen, verschonen Sie uns bitte mit Ihren ungarischen Gräuelmärchen!«

»Gräuelmärchen?«, fuhr Wedderkop ihn an. »Was wisst ihr Bengels davon? Ich habe erlebt, wie alles über die Klinge musste, anno 1686 in Ofen, die ganze Türkenschaft. Mann, Weib und Kind, aufgeschlitzt wie Vieh, das Gekröse nach Edelsteinen und Dukaten durchwühlt, den Mannsleuten ihre«, er suchte das passende Wort, »die *membra virilia* abgeschnitten, die Haut vom Leibe abgezogen und das Fett ausgebraten ...«

»Monsieur Wedderkop ...«, fiel ihm Abel beschwichtigend in die Rede.

Aber Wedderkop ließ sich nicht besänftigen. »Was, Misjöh Wedderkop!«, fauchte der Alte ihn an. »Glaubt es, oder glaubt es nicht, Herr Kunstfiedler. Das haben Christen getan. Aber die Heiden haben es nicht anders gehalten ...«

Die Trommel wurde gerührt. Aus dem Lagerinneren trabte ein zweiter Reitertrupp heran. Jacob erkannte Feldmarschall Rehnskiöld, Oberst Posse, Olof Hermelin und Axel Gyllenkrok. Neben dem Generalquartiermeister ritt Alain Sinclair. Er war also wieder da. In den letzten Monaten hatte Jacob den Freund nicht mehr zu Gesicht bekommen. Es hieß, der Schotte sei in geheimer Mission auf die Krim, nach Konstantinopel und sogar Ägypten gereist. Wie auch immer, offenbar waren seine Bemühungen nicht vergeblich gewesen: Der Sultan hatte eine Gesandtschaft zum Schwedenkönig geschickt.

Inmitten der Schweden ritt auf einem prachtvollen Schimmel in einen goldglänzenden Harnisch gezwängt, mit einer gewaltigen Lockenperücke und einem federgeschmückten Hut auf dem Kopf der Staatsrat Piper. Er sah aus wie ein vollgefressener Winterhamster. Posse hielt ihm den Zügel, denn Piper vermochte den nervös tänzelnden Hengst aus eigener Kraft kaum zu bändigen, er hielt sich nur mit Mühe im Sattel.

Nachdem sich das Pferd einigermaßen beruhigt und Piper seine Perücke und die gelbe Schärpe über der mächtigen Brust geordnet hatte, zog er mit einer ausladenden Geste vor den türkischen Gästen den Hut und hielt eine Begrüßungsrede auf Französisch.

Die Türken hörten ihn mit unbewegten Mienen an.

Als der Chef der schwedischen Feldkanzlei seine Ansprache beendet hatte, kreuzte nun seinerseits der Obertürke zum Gruß die Arme vor die Brust. Daraufhin ritt der Würdenträger zu seiner Linken langsam auf die Schweden zu. Als er einige Schritte heran war, hielt er sein Pferd an, beugte, soweit es der riesige Turban zuließ, ehrerbietig das Haupt und rief mit klarer, sehr vernehmlicher Stimme: »Mein gnädiger Herr, der edle Mehmet Aga, Gesandter des edlen Jussuf Pascha, General Seiner Majestät des großmächtigen Sultans, dankt Euch für den warmen Empfang.«

Er sprach ebenfalls Französisch, das er mindestens so gut beherrschte wie Piper.

»So, die kommen gar nicht von der Hohen Pforte?«, sprudelte es aus Schmidt heraus. »Der Hanswurst da ist nur der Laufbursche eines Generals.«

»Generals hat der Großtürke so viele, dass er damit seine Schweine füttern könnte«, bemerkte Wedderkop abfällig.

»Wenn er welche hätte«, fügte Abel besserwisserisch hinzu.

»Wieso?«, fragte Schmidt verwirrt. »Warum sollte der Großtürke keine Schweine haben?«

»Weil den Muselmännern der Verzehr von Schweinefleisch verboten ist, du Simpel«, klärte Abel ihn auf. »Wie bei den Juden. Habe ich nicht recht, Meister Wedderkop?«

Der Alte grummelte etwas vor sich hin, das sich als widerwillige Zustimmung deuten ließ.

»Aber wenn der Sultan den Laufburschen seines Laufburschen schickt«, sagte Schmidt stirnrunzelnd, »das wäre ja – das wäre ja fast so, als hätte unser König *mich* nach Konstantinopel entsandt.«

»Touché, du hast es erfasst, Kamerad Bartputzer«, spottete Abel und klopfte ihm anerkennend auf die Schulter. »Und wie ich unseren stolzen König kenne, wird er nicht sehr enchantiert sein, dass ihm sein Kollege bloß einen miesen Lakaien schickt.«

»Würde mir auch gegen den Strich gehen an seiner Stelle«, sagte Wedderkop und spuckte nochmals aus.

Auch auf den Gesichtern der schwedischen Delegation zeichnete sich eine gewisse Enttäuschung ab. Piper starrte den Türken mit einem erfrorenen Lächeln an, er schien krampfhaft über eine Erwiderung nachzudenken. Rehnskiöld hatte seine Taschenuhr hervorgeholt und studierte eingehend das Zifferblatt. Posse und Hermelin tuschelten miteinander. Nur Gyllenkrok musterte die osmanische Gesandtschaft mit nachdenklicher Gelassenheit. Sinclair dagegen schien sich das Lachen kaum verkneifen zu können. Spielerisch ließ er die Klaue an seinem linken Arm auf- und zuschnappen.

Nun setzte, wie immer um diese Zeit, der feine polnische Sprühregen ein, der vor dem Abend nicht nachlassen würde.

Der Dolmetscher räusperte sich gedehnt. Dann zog er aus einem bunt bestickten Köcher eine Schriftrolle hervor. Mit würdevoller Langsamkeit entrollte er, die Nässe nicht achtend, ein Pergament, legte noch einmal eine Kunstpause ein und begann, seine eigentliche Botschaft vorzutragen.

Das Schreiben des Sultans an den König von Schweden war nicht in französischer, sondern in lateinischer Sprache abgefasst. Der Türke trug sie in einer Art predigendem Singsang vor, als bete er eine Litanei herunter. Jacob übersetzte seinen Kameraden die Rede, was ihm nicht ganz leichtfiel, denn so exzellent der Türke das Französische beherrschte, als ein so lausiger

Lateiner stellte er sich heraus. Der selige Magister Arnold hätte dem armen Tropf für das erbärmliche Gestammel eine Kopfnuss oder ein paar Backpfeifen verpasst, dass ihm Hören und Sehen vergangen wäre.

»Wir, General Jussuf Pascha«, psalmodierte der Türke, »elender Diener des glorreichen und gar allgewaltigen Kaisers von Babylonien und Judäa, vom Orient und Okzident, Königs aller irdischen und himmlischen Könige, Großkönigs des heiligen Arabien und Mauretanien, geborenen und ruhmgekrönten Königs von Jerusalem, Gebieters und Herrn des Grabes des gekreuzigten Gottes der Ungläubigen, entbieten dir, verehrlicher König der Schweden, Goten und Wenden, und dir, kleiner König von Lechistan, unsere allerhöchsten Grüße.«

Von schwedischer Seite ließ sich ein verlegenes Hüsteln vernehmen. Sogar Gyllenkroks stoisches Gelehrtengesicht hatte einen gewissen Ausdruck von Ratlosigkeit angenommen. Hermelin und Piper flüsterten aufgeregt miteinander. Jemand kicherte. Rehnskiöld hatte aufgehört, sich mit seiner Uhr zu beschäftigen, und sandte unverhohlen feindselige Blicke zur türkischen Delegation hinüber. Mit der rechten Hand umklammerte er den Griff seines Pallaschs, so als würde er jeden Augenblick blankziehen und die ganze Türkenbrut in Stücke hauen. Und wer weiß? Der alte Feldmarschall war berüchtigt für seine Tobsuchtsanfälle, die aus nichtigstem Anlass und ohne Vorwarnung losbrechen konnten und vor denen seine Untergebenen, selbst altgediente Obristen und Generale, zitterten wie vor der Strafe Gottes.

Der Dolmetscher verstummte. Sein kupferfarbenes Antlitz war aschfahl geworden.

»Tausendschwerenot«, prustete Schmidt. »Die Muselmänner halten Piper und Hermelin für die Könige von Schweden und – was war das? Lech…«

»*Lechistan*. Das ist der türkische Name für Polen«, erläuterte Abel.

»Donnerwetter, woher wissen Sie denn das, Herr Feldhautboist?«, staunte Schmidt.

»Pah, wer kennt nicht den heldenhaften König Johann von Polen!«, entgegnete Abel herablassend. »Jan Sobieski, der 1683 die Türken vor Wien schlug. Man nannte ihn den Löwen von Lechistan! N'est-ce pas, Monsieur Wedderkop? Ich trage mich mit dem Gedanken, eine Oper zu seinen Ehren zu komponieren: *Giovanni Sobieski – Leone de Lehistan*. Die Musik habe ich schon im Kopf, ich brauche nur noch ein Libretto. Denken Sie sich, ein Held unserer Tage auf der Opernbühne, ein König von Polen! Wenn der gute August wieder bei Kasse ist – oder zur Not unser lustiger König Stanislaus.«

»Haltet mal den Sabbel«, unterbrach ihn Wedderkop barsch. »Was passiert jetzt?«

Sinclair hatte sich aus dem schwedischen Pulk gelöst und ritt in gemächlichem Trab auf die osmanische Gesandtschaft zu. Er sprach mit dem Dolmetscher und klärte ihn wohl über seinen Irrtum auf. Der Türke rang sichtlich um Fassung; bestürzt hielt er sich die Hand vor den Mund. Sinclair redete beruhigend auf ihn ein und legte ihm dabei eine stählerne Hand auf die Schulter, was aber den ohnehin verwirrten und verschreckten Menschen erst recht in Panik versetzte. Die Schweden hielten sich die Bäuche vor Lachen.

Als nun auch Sinclair merkte, dass er ihn auf diese Weise nicht von seiner Harmlosigkeit zu überzeugen vermochte, ließ er den armen Herold stehen und wandte sich an Mehmed Aga persönlich.

Der Pharao hörte sich Sinclairs Erklärung mit unbewegtem Gesicht an, aber zuletzt glaubte Jacob, ein Lächeln über sein Antlitz gleiten zu sehen. Als der Schotte zu Ende gesprochen hatte, nickte der Aga ihm zu, gab seinem Pferd die Sporen und ritt seinerseits zu Piper hinüber. Er verbeugte sich höflich und sprach einige Worte. Piper hatte wieder seine staatstragende Miene aufgesetzt. Zwischen ihm und dem Aga entspann sich eine Plauderei. Beide lächelten verbindlich. Jacob wusste, dass Sinclair, obwohl er oft über Pipers Schwäche für Luxus und seinen Hang zur Effekthascherei spottete, große Stücke auf dessen diplomatisches Geschick hielt. Plötzlich rief der Chef der Feldkanzlei grinsend etwas in die Runde. Jacob konnte es nicht verstehen, aber offenbar hatte Piper etwas kolossal Witziges von sich gegeben. Schweden wie Türken brachen in helles Gelächter aus.

»Spooß mutt sien, sä de Dübel«, meinte Wedderkop und klopfte seine Pfeife aus.

Im Spätsommer 1707 hatte die schwedische Armee bei Pirna die Elbe überschritten und war durch Böhmen und Schlesien nach Polen marschiert. Der gewaltige Heerzug aus Infanterie, Reiterei, Geschützen, Versorgungswagen mit Munition und Vorräten verteilte sich über viele Meilen. Dazu kam ein unübersehbarer Tross aus Schmieden, Bäckern, Zimmerleuten, Stellmachern und Marketendern. Es war, als hätte sich eine ganze Stadt auf Wanderschaft begeben. Nur die sonst allgegenwärtigen Bettler, Gaukler, Scharlatane, Quacksalber und Huren fehlten. Bei Todesstrafe durfte sich das liederliche Volk nicht auch nur in der Nähe der Schweden aufhalten. Dafür fand jeden Morgen und jeden Abend ein allgemeiner Gottesdienst statt, zu dem jeder Soldat, vom einfachen Musketier bis zum General, sich einzufinden hatte. Fluchen oder lästerliches Reden waren untersagt. Wer gegen die königlichen Gebote verstieß, wurde mit Ruten gestrichen und konnte sogar am Galgen enden. Der König von Schweden besaß nicht nur die schlagkräftigste, sondern auch die frömmste Armee Europas.

Die schlesischen Protestanten empfingen die Schweden als ihre Befreier. Sie hatten unter den Kaiserlichen viel zu leiden gehabt, man hatte ihre Kirchen zugesperrt oder in katholische umgewandelt. Karl aber hatte den Habsburger gezwungen, den Schlesiern ihre Gotteshäuser zurückzugeben. Wohin sie kamen, tönten den Schweden Jubel und Segenswünsche entgegen; die dankbaren Menschen brachten Bier und Wein und versorgten sie mit allem, was man sich nur wünschen konnte. Schlesien war ein reiches Land.

Als die Schweden Anfang September in der Nähe der kleinen Stadt Steinau die Oder überquert hatten, bot sich ihnen ein anderes Bild: Nach Jahren des Krieges war Polen ein einziges Trümmerfeld. Die Dörfer waren zerstört, die Ernten verbrannt, das Vieh fortgenommen oder getötet. Die Schweden mussten immer weitere Streifzüge unternehmen, um für die Pferde und Mannschaften Nahrung herbeizuschaffen. Und die polnische Bevölkerung, die zuvor schon so lange unter den Schweden gelitten hatte, zeigte sich weit weniger gastfreundlich als die Schlesier.

In Slupca, einige Meilen südöstlich von Posen, schlugen die Schweden ihr Lager auf. Seit sie polnischen Boden betreten hatten, regnete es unablässig. Die Nässe durchdrang alles, jedes Stück Eisen war von Rost befallen, das Übrige von Schwamm und Schimmel bedeckt. Ihre Decken, Mäntel und Stiefel waren immer feucht und starr vor Lehm und Schmutz. Tagein, tagaus hockten sie in ihrem von einem erstickenden Gemisch aus Rauch, Körperausdünstungen und scharfen Arzneien verpesteten Loch. Weil in der Umgebung von Posen nicht genügend Quartiere vorhanden waren, hatten sie aus dem weichen Boden Löcher ausgestochen. Ihre Höhle war nicht ganz mannshoch, das Dach bestand aus Stangen und Ästen und war mit Stroh und Pferdemist bedeckt. Nachts lagen sie wie Pökelheringe nebeneinander, und wehe dem, der sich rührte oder gar begann, sich zu kratzen. Dann traten die Läuse ihren Rundgang über die Menschenleiber an, und mit der Ruhe war es für Stunden vorbei.

Die Russen ließen sich nicht blicken. Wie es hieß, hatte sich General Menschikow weit hinter die Weichsel zurückgezogen. Ab und an traf die walachische Kavallerie, eine besonders tapfere, aber auch besonders undisziplinierte polnische Einheit, bei ihren Aufklärungsritten auf einen Trupp Kosaken oder Kalmücken, die sich aber selten auf ein Gefecht einließen. Sobald sie des Feindes ansichtig wurden, gaben sie Fersengeld.

Alle fragten sich, wann der König endlich zum Abmarsch blasen würde, um den Zaren im eigenen Land zu schlagen. Wedderkop war der Ansicht, Karl wolle dafür den Winter abwarten. Die meisten, namentlich die Deutschen, hielten das für Unsinn. Von jeher zogen sich im Herbst die Heere in ihre Winterquartiere zurück. Kein Befehlshaber, der auch nur halbwegs bei Trost war, begann einen Feldzug im Winter.

»Ja, Kinnings«, meinte der Alte nur. »Is man bloot so: Uns Karl is nich so'n Döösbaddel as juun dütsche Generals. Pass man op.«

Zacharias Friedreich Wedderkop, gemeinhin »Meister Fiete« genannt, war für die medizinische Versorgung der Leibtrabanten zuständig. Er hatte schon als Feldschergehilfe in dem Heer gedient, das der Brandenburger Kurfürst einst dem Kaiser gegen die Türken zur Hilfe geschickt hatte, später auch in Flandern und der Pfalz. Fiete hatte alle Schlachtfelder Europas gesehen. Und er verstand sein Handwerk. Es hieß, Wedderkop habe Männer wieder zusammengeflickt, die schon nicht mehr in einem Stück gewesen seien. Seine eigene Haut schien nur aus Narben zu bestehen. Sein linkes Bein war ein Stück kürzer als das rechte, so dass er humpelte. Wie ein Seemann trug Wedderkop seinen langen Zopf mit einer Aalhaut umwickelt und geteert, »um«, wie er erklärte, »mich selbst aus dem Sumpf zu ziehen, wenn ich mal in einen Schlamassel gerate«. Natürlich entsprach dieser freibeuterhafte Aufzug nicht ganz der Kleidervorschrift, aber die Profose und Offiziere, selbst die Feldgeistlichen sahen darüber hinweg. Früher oder später musste jeder einmal Wedderkops Kunst in Anspruch nehmen. Selbst Feldmarschall Rehnskiöld ließ sich sein Zipperlein von Meister Fiete behandeln. Wie alle Bader verachtete Wedderkop die studierten Mediziner, besonders den Doktor Melchior Neumann, den Leibarzt seiner Majestät, den er für einen ausgemachten Scharlatan hielt. Stundenlang konnte sich der Alte über die angebliche Unfähigkeit seines Kollegen ereifern, der, wie er meinte, seinen Posten einzig und allein seinem akademischen Grad und seinen feinen Manieren verdankte. Jacob hatte jedoch sehr schnell festgestellt, dass in dem alten Grobian ein Herz aus Gold schlug. Wedderkop war mit Leib und Seele Arzt, er konnte nicht anders, als den Kranken und Verwundeten zu helfen. Und das war wohl auch der Grund, weswegen er bei der Armee geblieben war. Meister Fiete hasste den Krieg aus tiefster Seele, aber wo war seine Kunst nötiger als eben im Kriege? Seine mürrische, abweisende Art half ihm, das Leid und den Tod, das ganze Elend, das ihn stets umgab, zu ertragen und nicht daran zu verzweifeln.

Christian Ferdinand Abel war in allem das genaue Gegenteil von Wedderkop. Wie Jacob entstammte er einem weitverzweigten Geschlecht von Kantoren, Organisten, Stadtpfeifern und Kammermusikern. Die Abels bekleideten musikalische Posten in ganz Norddeutschland, vor allem im Kurfürstentum Hannover. Auch Christian Ferdinand war ein vorzüglicher Musiker. Er hatte sich vor allem auf die Streichinstrumente gelegt, niemand spielte die Viola da Gamba so virtuos wie er. Und er hatte auch die Tonsetzkunst gelernt. Abels Kompositionen strotzten vor Witz und überraschenden Kniffen. Einmal hatte er ein Stück für zwei Gambisten ersonnen, bei dem ein Spieler auf dem Schoß des anderen sitzen musste und das Instrument mit zwei Bögen gleichzeitig gespielt wurde. Als er es zusammen mit Jacob zur Darbietung brachte, hatte selbst Wedderkop, der sonst für solchen Schabernack und überhaupt für die Musik nicht viel übrighatte, Tränen gelacht. Aber wie war Abel, der empfindsame Musicus und Spaßmacher, unter die Soldaten geraten? Man wusste, dass er einmal ordentliches Mitglied der königlich-schwedischen Hofkapelle gewesen war. Es hieß, Abel sei vor den Zudringlichkeiten einer Gönnerin, einer ebenso reichen wie hässlichen Stockholmer Witwe, geflohen, die ihn partout habe heiraten wollen; auch von einer geplatzten Verlobung war die Rede, sogar von einem unehelichen Kind. Doch das waren Gerüchte, und der sonst so redselige Abel schwieg sich über sein früheres Leben beharrlich aus. Jedenfalls war er nicht aus purer Abenteuerlust Feldhautboist geworden. Denn für das Soldatenleben war der Gambenvirtuose ganz offenkundig nicht geschaffen. Die Kälte, das karge Essen, die rohen Sitten setzten ihm zu, ständig plagte ihn ein trockener Husten, seine zarten Musikerhände waren aufgerissen und von blutigen Schwären bedeckt. Doch Abel beklagte sich nie. Geduldig ertrug er sein Schicksal, das ihm offenbar noch immer erträglicher erschien als das, vor dem er geflohen war.

Der vierte Bewohner ihrer Erdhöhle war niemand anderer als der Barbiergehilfe Schmidt, der Jacob in Leipzig beim Rasieren das Gesicht zermetzelt und ihm zum Trost dafür eine Stutzperücke geschenkt hatte. Ein halbes Jahr darauf, einen Tag, nachdem Jacob in schwedische Dienste getreten war, war ihm Schmidt auf der Grimmaischen Straße über den Weg gelaufen.

Der Barbiergehilfe konnte sich gar nicht beruhigen, so sehr bewunderte er Jacobs neuen blauen Rock mit den goldenen Knöpfen, den langen Degen, den prächtigen Federhut. Als Jacob ihm dann noch erzählte, wie er Karl XII. selbst begegnet und auf dessen Drängen in das schwedische Heer eingetreten war, vermochte Schmidt nicht mehr an sich zu halten. Alles, was ihn sorgte und bedrückte, brach nun aus ihm heraus. Längst sei ihm klargeworden, dass das Barbierhandwerk nichts für ihn sei, weswegen er schon verwichenen Monat bei Meister Nonnenmacher seinen Abschied genommen habe. Das Zusammentreffen mit dem Herrn Feldhautboisten Bach aber nehme er als einen Fingerzeig Gottes. Gewiss, er habe ihm vorzeiten in die Hand versprochen, sich niemals als Soldat anwerben zu lassen. Er habe den Schwur nicht vergessen. Aber wer könne gegen sein Geschick? Und er, Schmidt, wisse nun unzweifelhaft, dass es sein Schicksal sei, dem Könige von Schweden zu dienen bis in den Tod. Davon abgesehen: Er, der verehrte Monsieur Bach, trage ja selbst den Rock des Königs. Und wie prächtig, wie stolz und glücklich, wie strahlend sehe er darin aus! Wie könne Herr Bach ihm von einem Entschluss abraten, den er für sich selbst gefasst habe?

Dem hatte Jacob nichts entgegenzusetzen. Was hätte er sagen sollen? Es stimmte ja, was ihm Schmidt in feurigem, sich immerzu verhaspelndem Redeschwall vorhielt. In der Tat hatte er sich selbst einmal geschworen – so lange war das noch nicht her –, sich niemals anwerben zu lassen. Mit welchem Recht durfte er Schmidt davon abhalten?

Von diesem Tage an war Jacob den Barbiergehilfen nicht mehr losgeworden. Schmidt heftete sich an seine Fersen. Er war ihm wie ein Lakai zu Diensten, hielt seine Kleider in Ordnung, erledigte Besorgungen und Botengänge. Und war er ihm zunächst lästig, so fand Jacob von Tag zu Tag mehr Gefallen an dem jungen Mann.

Schmidt erwies sich als überraschend anstellig und ziemlich gebildet. Tatsächlich hatte, wie er Jacob erzählte, einmal etwas Besseres als ein Bartputzergeselle aus ihm werden sollen. Schmidts Vater war Pfarrer in Güldengossa gewesen, einem Dorf südöstlich von Leipzig, und hatte seinen einzigen Sohn auf die berühmte Nikolaischule geschickt. Als der Vater plötzlich und unerwartet am Schlagfluss starb, habe Schmidt, weil seine Mutter das Schulgeld nicht mehr habe aufbringen können, die Nikolaitana verlassen, alle Hoffnungen auf ein Studium aufgeben müssen und sich bei Meister Nonnenmacher in die Lehre begeben. Eine fatale Entscheidung, denn nicht allein, dass er sich zu dem Handwerk (wie Jacob ja am eigenen Leib erfahren habe) wenig geschickt gezeigt hatte, auch sei ihm sein Beruf dadurch verleidet worden, dass sich einige seiner ehemaligen Mitschüler, und zwar eben dieselben Dummköpfe, die er, namentlich im Lateinischen, mit Leichtigkeit ausgestochen hatte, einen

Spaß daraus machten, sich von ihm in der Barbierstube frisieren zu lassen und mit ihm ihren Spott zu treiben. Schließlich und letzten Endes hätten ihn diese Erniedrigungen, die sich zuletzt nahezu jeden Tag ereigneten, zu dem Entschluss getrieben, der Barbiererei ein für alle Mal Lebewohl zu sagen, Leipzig für immer den Rücken zu kehren und sich in das glanzvolle Heer des heldenhaften Schwedenkönigs einzureihen, den er, seit er zum ersten Male in der *Neu-einlauffenden Nachricht von Kriegs- und Welt-Händeln* von ihm und seinen Taten gelesen, abgöttisch verehre und dessen Ruhm er sein Leben weihen wolle.

Christian Schmidts Entschluss stand also unerschütterlich fest. Und wenn er ihn schon nicht davon abbringen konnte, wollte Jacob wenigstens dafür sorgen, dass man seinen Freund nicht wie einen gemeinen Bauernknecht zum Kanonenfutter steckte. Nach vielem Zureden willigte Schmidt schließlich ein, sich wieder seinem alten Metier zuzuwenden und als Heilgehilfe bei dem hochgeachteten Meister Wedderkop in die Lehre zu gehen, mit dem Jacob bereits in Leipzig Freundschaft geschlossen hatte.

Natürlich hatte es Schmidt ganz und gar nicht gefallen, ausgerechnet das verhasste Handwerk wiederaufzunehmen, dem er gerade erst entflohen war. Andererseits trat er auf diese Weise in die noble Trabantengarde ein. Er wurde ein Leibsoldat des Königs, wenn auch nur als Lazarettgehilfe. Aber auch das war keineswegs zu verachten. Wer als Gemeiner bei den Leibtrabanten aufgenommen werden wollte, musste sich zuvor in einem anderen Regiment als Offizier bewährt haben. Jeder Trabant besaß in einem anderen Regiment mindestens den Rang eines Leutnants. Für Feldschere und Musiker galt diese Vorschrift nicht, aber dennoch entsprach der Dienstgrad eines Feldhautboisten der Trabanten demjenigen eines Korporals der regulären Truppe. Sie unterstanden dem direkten Befehl des Königs und betrachteten sich mit Recht als Elite der schwedischen Armee.

Allzu umfangreiche Kenntnisse und Fertigkeiten hatte Schmidt freilich nicht vorzuweisen, und Meister Fiete hätte ihn wohl auch trotz Jacobs Fürsprache nicht als Lehrling angenommen – wenn sein Schützling nicht auf der Nikolaischule so gründlich Latein gelernt hätte. Denn so wenig Wedderkop die gelehrten Doctores leiden konnte, war er doch zu klug, ihre Kenntnisse zu verachten. Insgeheim war er begierig darauf, an ihren wissenschaftlichen Erkenntnissen teilzuhaben, die ihm in seiner Kunst, die beinahe ausschließlich auf Erfahrung beruhte, forthelfen konnten. Dazu musste er platterdings ihre Werke lesen können, die aber waren samt und sonders in lateinischer Sprache verfasst und darum für den armen Wedderkop, der mit Mühe und Not seinen eigenen Namen schreiben konnte, böhmische Dörfer. Meister Fiete nahm also Schmidt als Lehrling und Gehilfen an, und der gab ihm dafür Unterricht im Lateinischen. Indessen stellte sich bald heraus, dass die Lektionen, die sich die beiden gegenseitig erteilten, ihren Stubengenossen Abel und Bach weit mehr Vergnügen bereiteten als ihnen selbst. Es war schwer zu sagen, wer sich mit seinem Stoff schwerer tat, Wedderkop mit dem Lateinischen oder Schmidt mit der Heilkunst. Im Übrigen vertrugen sich die vier recht gut in ihrer Höhle.

Zu seinem eigenen Erstaunen machten Jacob die harten Lebensbedingungen, die Nässe, die Kälte, die elende Kost wenig aus. Im Gegenteil, er hatte sich lange nicht so gesund und lebendig gefühlt wie im schwedischen Feldlager.

Seine wichtigste Aufgabe als Hautboist bestand darin, in der Schlacht die Befehle des Königs durch das Abspielen verschiedener Signale auf der Flöte an die einzelnen Befehlshaber zu übermitteln. Der Chef der Feldmusik, Fähnrich Gustaf Blidström, hatte ihm die einfachen Tonfolgen vorgespielt, und bereits nach der dritten Wiederholung hatte Jacob die Signale – »Das Ganze«, »Bataillon«, »Kompanie«, »Offizier-Ruf«, »Adjutanten-Ruf« et cetera – vollkommen beherrscht. Für den

Dienst gebrauchte Jacob eine einfache sechslöcherige Schwegelpfeife, die er notfalls sogar mit einer Hand spielen konnte. Beim Marschieren blies er meist Oboe oder Schalmei.

Wenn die Armee im Quartier lag, spielten die Musiker jeden Morgen vor dem königlichen Zelt einen einfachen Choral. Zudem hatten sich auf Befehl des Königs die kapabelsten Musiker zu einem kleinen Feldorchester zusammengetan, das bei Einbruch der Nacht im Schein der Lagerfeuer zur Aufmunterung der Truppe aufspielte. Aber weder die Zuhörer noch die Musiker selbst vermochten sich an diesen Darbietungen sonderlich zu ergötzen. Denn Karl XII. hatte mit der Leitung der Kapelle ausgerechnet den Grafen Stenbock betraut, einen verdienten General, der sich zum Komponisten berufen fühlte und ein fades Menuett nach dem anderen fabrizierte. Abel hatte durch virtuose Improvisationen und verschiedene Einlagen versucht, ihre Vorstellungen ein wenig amüsanter zu gestalten, doch Magnus Stenbock hatte sich solche Eigenmächtigkeiten scharf verbeten und dem armen Abel sogar gedroht, ihn bei Zuwiderhandlung unter die Musketiere zu stecken. So leierte die Musiker-Compagnie vor einem von Abend zu Abend schrumpfenden Publikum weiter die Stenbock'schen Menuette herunter.

Bis auf wenige Ausnahmen, wie den Oberstleutnant von Grothusen, der talentlos, aber voller Leidenschaft Geige spielte, waren sie alle gelernte Musiker, zumeist aus Schlesien und Sachsen. Auch der Kammerherr Gustaf von Düben, Sohn des Hofkapellmeisters in Stockholm und Jugendfreund des Königs, der mehrere Instrumente vorzüglich beherrschte, muszierte, sooft es seine Pflichten zuließen, mit dem Feldorchester. Allerdings fiel es Karl XII., der selbst den Konzerten niemals beiwohnte, nicht ein, ihm die Leitung des Feldorchesters zu übertragen. Düben mochte ein brauchbarer Musiker und guter Freund sein, Stenbock aber hatte für seinen König Schlachten gewonnen.

»Qu'est-ce vous voulez, im Kriege schweigen die Musen«, hatte Abel nur dazu gesagt und sich sogleich angeschickt, seinen traurigen Befund in Töne zu setzen. Doch Düben hatte ihm dringend davon abgeraten, seine Ode *Inter arma silent Musae* zur Aufführung zu bringen, jedenfalls solange sich Schweden im Krieg befinde. Allzu leicht ließe sich die Botschaft als gegen den König gerichtet missverstehen.

»Wenn das so ist, Exzellenz«, hatte Abel entgegnet, »werde ich mich wohl noch eine ganze Weile gedulden müssen.«

XXV.

Alte Kameraden

Jussuf Paschas Gesandte waren nicht mit leeren Händen gekommen. Als Zeichen seiner Freundschaft hatte der Aga dem König einige schwedische Kriegsgefangene übergeben, welche die Kalmücken als Sklaven an die Türken verkauft hatten. Es war ein erbarmungswürdiger Haufen, völlig zerlumpt und halb verhungert. Nach einem Dankgottesdienst wurden sie mit Kleidung, Brot und Branntwein versorgt. Jacob und Schmidt halfen bei der Verteilung der milden Gaben.

»Grazie, mio amico!«

Vor ihm stand ein kleingewachsener, schmaler Mann. Seine Haare hingen ihm verwildert in sein bärtiges Gesicht, aus dem ihn zwei wohlbekannte Augen anfunkelten. Es war Antonio Strozzi.

Sie fielen sich um den Hals. Dabei fühlte Jacob, wie entsetzlich abgemagert sein Freund war; er war nur noch Haut und Knochen.

Bevor Jacob etwas sagen konnte, zerrte Strozzi ihn zu einem anderen befreiten Sklaven hin. »Noch jemand, den du kennst, Giacomo!«

Er führte ihn zu einem auffallend bleichen, hochaufgeschossenen Menschen. Wer konnte das sein? Noch ein Kamerad aus den Wanderjahren? Sosehr sich Jacob auch anstrengte, er konnte das Gesicht niemandem aus diesem Kreis zuordnen. Und doch kam ihm der Mann bekannt vor.

Der Fremde bemerkte seine Verlegenheit. »Tobias Künhold«, sagte er mit heller, beinahe knabenhafter Stimme. »Aus Waltersdorf«, fügte er hinzu. »Es ist ein paar Jahre her.«

Mit einem Schlag war die Erinnerung wieder da: Die Straße zwischen Eisenach und Ohrdruf. Der Regen. Sebastian und Samson auf dem Karren. Wie die Brüder durch den Wald nach Waltersdorf geirrt waren. Der unheimliche Torwächter. Tobias, den er zunächst für einen Dieb oder Schlimmeres gehalten hatte. Die warme, helle Stube der Kühnholds. Tobias' Mutter, die Geschwister. Wie sie gemeinsam gegessen und gesungen hatten. Alles war ihm gegenwärtig, als sei es gestern geschehen. Wie viele Jahre waren seitdem vergangen? Aber ließ sich denn der Abstand in Jahren zählen? Das alles gehörte zu einem früheren Leben. Der Mann, der ihm gegenüberstand, war trotz seiner Jungenhaftigkeit kein Knabe mehr. Tobias Künhold war ein anderer geworden. Wie er selbst.

Antonio und Tobias hatten sich in der Sklaverei kennengelernt. Sie sprachen nicht gern darüber. Aber beide brannten darauf, in den Kampf zu ziehen und an den Russen, die sie in die türkische Sklaverei verkauft hatten, Rache zu nehmen. Seltsamerweise schienen sie die Russen weit mehr zu hassen als selbst die Türken, unter deren Knute sie gelitten, und die Kalmücken, die sie gefangen und verkauft hatten.

Tobias Künhold lächelte nie.

Auch Strozzi hatte sich verändert. Er war nicht mehr der redselige Draufgänger, den er gekannt hatte. Der Freund wirkte gealtert, er war von Krankheit und Strapazen gezeichnet. Auch er scherzte und lachte nur selten.

Aber da war noch etwas anderes. Nicht dass Antonio ein Wort darüber verloren oder auch nur eine Andeutung gemacht hätte, dennoch konnte sich Jacob des Gefühls nicht erwehren, dass er ihm die Schuld an seinem Schicksal gab. Und hatte er nicht recht? Hatte Jacob ihn nicht tatsächlich im Stich gelassen, als er sich in jener Nacht nach dem Gelage in der Rathsfelder Schlossküche davongemacht hatte? Damals hatte Strozzis Unglück seinen Anfang genommen. Mittellos und ohne seine Flöte, mit der er sein Brot hätte verdienen können, war er durch das Land gezogen, hatte sich als Rattenfänger über Wasser gehalten, wohl auch gebettelt und gestohlen. Seinen Freund Jacob hatte er für tot gehalten, sich womöglich mit dem Gedanken getröstet, dass ihm selbst noch das bessere Los zuteilgeworden wäre. Und jetzt begegnete er dem Totgeglaubten wieder, wohlgenährt, mit Goldknöpfen am Rock, den Degen an der Seite.

Jacob hätte ihm gern erzählt, was er in den letzten Jahren erlebt hatte, was ihm widerfahren war, doch Antonio fragte ihn nicht danach. Auch von sich erzählte Strozzi wenig. Um nicht zu verhungern oder am Galgen zu enden, hatte er sich schließlich von den Schweden anwerben lassen. Er hatte den ganzen polnischen Krieg, die Schlachten bei Fraustadt und Jacobstadt, mitgemacht und dann in den schwedischen Ostseeprovinzen gegen die Russen gekämpft. Bei Hummelsdorf in Livland hatten die Schweden eine schwere Niederlage erlitten (die erste schwedische Niederlage, von der Jacob hörte). Viele waren in Gefangenschaft geraten, darunter auch Strozzi. Über die Leidensjahre in der Türkei sagte er kein Wort.

Tobias Künhold gab sich noch verschwiegener. Überhaupt verhielt er sich ihm gegenüber seltsam zurückhaltend, beinahe kühl. Wie war er zu den Schweden gekommen? Tobias sprach nicht darüber. Aber irgendetwas musste auch ihn aus der Bahn geworfen haben. Was hatte ihn so düster und verschlossen werden lassen? Während seiner Lehr- und Gesellenjahre hatte Jacob sich oft gefragt, was aus Tobias Künhold geworden sein mochte. In Erfurt hatte ihm ein reisender Musiker einmal erzählt, dass er mit einem Musiker namens Tobias bekannt sei, auf den Jacobs Beschreibung einigermaßen zutraf. Der habe allerdings nicht Künhold, sondern Voland geheißen. Darauf angesprochen, bestätigte Tobias knapp, eben dieser Voland zu sein. Nach dem Tode seines Vaters habe er sich bei einem Bruder seiner seligen Mutter, dem Stadtpfeifer Voland, zu Mansfeld in die Lehre begeben, und, weil dieser ihn wie einen eigenen Sohn behandelt habe, dessen Namen angenommen. Bald habe er sich als so begabt erwiesen, dass ihn sein Oheim nach Halle zum berühmten Marienkirchenorganisten Friedrich Wilhelm Zachow geschickt habe, um bei ihm das Orgelspiel zu lernen.

Tatsächlich erwies sich Tobias als ausgezeichneter Musiker. Neben den üblichen Stadtpfeiferinstrumenten, der Trompete, dem Zink, der Pommer, der Schalmei, der Posaune, dem Dulzian, der Querpfeife und dem Fagott, spielte er die Geige, die Bratsche, die Gambe und sogar die Laute. Doch die Musik schien ihm keine Freude zu bereiten. Sein Spiel war makellos, aber ohne Leidenschaft, ohne innere Anteilnahme. Tobias übte nie und griff nur zu einem Instrument, wenn man es von ihm verlangte. Über Tobias' weitere Schicksale erfuhr Jacob nur, dass er sich nach seiner Lehrzeit in Mansfeld und Halle eine Zeit lang am Hofe des Herzogs Heinrich von Sachsen-Römhild im Grabfeld aufgehalten habe. Von allen winzigen thüringischen Herrschaften war Römhild die winzigste – aber nicht die am wenigsten prächtige. Als wandernder Geselle war Jacob oft dort gewesen. Schloss Glücksburg war ein überaus beliebter Anlaufpunkt der Musikergesellen. Herzog Heinrich und seine Gattin, seine geliebte Marie Elisabeth, genannt Marielies, waren ebenso kunstsinnige wie freigiebige Gastgeber. Ein Fest jagte das nächste auf der Glücksburg. Aber einen Musiker namens Voland hatte Jacob dort nie angetroffen, auch nie von einem solchen gehört.

Auf Befehl Stenbocks, der inzwischen Mühe hatte, brauchbare Musiker zu finden, schlossen sich Strozzi und Voland dem königlichen Orchester an. Mit Hilfe Blidströms, der aus irgendeinem Grunde einen Narren an dem kleinen Italiener gefressen hatte, brachte Jacob seinen Freund Antonio als Trommler bei der Feldmusik unter. Voland bestand darauf, als Soldat einem Regiment zugeteilt zu werden. Aufgrund seiner früheren treuen Dienste und Tapferkeit und seiner langen Gefangenschaft beförderte ihn der König zum Korporal und teilte ihn Axel Sparres Värmland-Regiment zu.

Antonio und Tobias blieben weiter unter sich. Sie pflegten mit niemandem näheren Umgang, beteiligten sich nicht an den üblichen Scherzen und lustigen Zusammenkünften. Jeden freien Augenblick hockten sie beieinander und unterhielten sich sehr angelegentlich. Aber niemand wusste, worüber sie sprachen.

XXVI.

Sarmatien

Sobald der Herbstregen nachgelassen und der Novemberfrost die Wege wieder befahrbar gemacht hatte, ließ Karl XII. das Lager bei Posen abbrechen und seine Armee in nordöstliche Richtung losmarschieren. In den ersten Dezembertagen erreichten sie die Weichsel. Obwohl der Schnee schon einige Fuß hoch lag, war der breite Strom noch nicht zugefroren, und das Treibeis machte es den Pionieren unmöglich, eine Brücke zu schlagen. Nur allmählich bildete sich eine Eisdecke. Erst am Weihnachtsfeiertag war sie so stark geworden, dass man einen Übergang wagte. Die Soldaten legten Bretter und Stroh auf das Eis, besprengten es mit Wasser und warteten, bis alles gefroren war. Am letzten Tag des Jahres 1707 überquerte das Heer Karls XII. die Weichsel.

Sarmatien lag vor ihnen, eine gewaltige Landmasse, von der kein Mensch, nicht einmal der Generalquartiermeister Gyllenkrok, zu sagen vermochte, wie weit sie sich nach Morgen erstreckte und welche Gefahren sie barg. Die Gegend, durch die sie zogen, hieß Masuren und bestand aus dichten Urwäldern, unzähligen Seen und ausgedehnten Sümpfen. Statt Straßen gab es nur Trampelpfade mit schmalen Fahrspuren, auf denen die schwer beladenen Wagen, vor allem die Feldschlangen und Kanonen nur quälend langsam vorankamen. Zunächst hielten die Schweden diese unwirtliche Gegend für unbewohnt, doch sie hatten sich getäuscht. Die Einwohner, ein verwildertes Bevölkerungsgemisch aus deutschen Siedlern und einheimischen Polen, hielten sich in den verschneiten Wäldern versteckt und griffen sie aus dem Hinterhalt an. Wer sich auch nur ein paar Schritte von der Truppe entfernte, wurde erschossen oder mit Knüppeln erschlagen. Dennoch begingen nicht wenige Soldaten, vor allem Angehörige der deutschen Regimenter, deren Heimat nicht weit entfernt lag, Fahnenflucht. Ob die Deserteure je die preußische Grenze erreichten? Die Wälder schienen sie einfach zu verschlucken.

Ende Januar 1708 erreichte Karls Armee endlich die litauische Grenze. Bei der Stadt Grodno musste sie einen Fluss überqueren, den die Polen und Schweden Niemen, die Deutschen Memel nannten. Hier kam es erstmals zu einem Zusammenstoß mit den Russen. Jacob und seine Kameraden erfuhren erst am nächsten Morgen, was sich in der Nacht ereignet hatte: Der König hatte mit einer kleinen Vorhut im Handstreich die Brücke eingenommen und so den Übergang des Heeres über die Memel gesichert. Die Schweden setzten ihren Marsch fort, immer weiter nach Osten. Wochenlang sahen sie nichts als Wälder. Manchmal kamen sie an winzigen Dörfern mit niedrigen, schmucklosen Häusern vorbei. Frauen in farblosen Kleidern schlichen schattenhaft wie Gespenster umher und gingen ihrer Arbeit nach, ohne die Invasoren eines Blickes zu würdigen. Verwahrloste Kinder streunten herum, streckten ihre dünnen Ärmchen aus und bettelten in einer seltsamen, unverständlichen Sprache, die weder Polnisch noch Russisch war, um Brot. Obwohl es inzwischen auch den Schweden schon an fast allem mangelte, erbarmte sich der eine oder andere und gab von seiner Ration ab. Es war bitterkalt. Sie waren nicht für den Winter gerüstet. Ihre Röcke und Mäntel waren zu dünn, die Stiefel fielen vom ewigen Marschieren auseinander. Jeden Abend mussten Wedderkop und Schmidt abgestorbene Finger und Zehen amputieren. Aber der König gönnte sich und ihnen keine Rast.

Erst im Februar ließ Karl XII. anhalten und die Regimenter in der Gegend um die Stadt Radoschkowitschi Winterquartiere beziehen. Das riesige Heer verteilte sich über ein so weites Gebiet, dass man viele Tage unterwegs sein konnte, ohne das Lager zu verlassen. Die Soldaten waren am Ende ihrer Kräfte. Manche schliefen tagelang. Ihre Unterkünfte waren noch primitiver als in Slupca. Wer etwas Stroh als Unterlage zum Schlafen auftreiben konnte, durfte sich glücklich schätzen. Die Verpflegung wurde immer karger. Seuchen breiteten sich aus. Viele bekamen das Wurmfieber, eine ekelhafte und sehr schmerzhafte Krankheit, die einen blutigen Durchfall verursachte.

Abel, mit dessen Gesundheit es von Anfang an nicht zum Besten gestanden hatte, hatte sich ebenfalls angesteckt. Er war so schwach, dass er sich nicht mehr von seinem Lager erheben konnte. Jacob und Schmidt fütterten Abel mit aufgeweichtem Zwieback und flößten ihm schluckweise Wasser ein. Dadurch kam er allmählich wieder zu Kräften, aber sein Frohsinn kehrte nicht zurück. Er sprach nur noch wenig und ließ sich durch nichts aufmuntern; nicht einmal an der Musik schien er mehr Freude zu finden. Nachts brach er oft in hemmungsloses Schluchzen und Weinen aus.

Meister Fiete schüttelte den bedenklich den Kopf. »Schwarze Galle«, murmelte er.

»Was hilft dagegen?«, fragte Schmidt.

»Beten oder Branntwein«, antwortete Wedderkop.

Doch keines von beiden zeigte Wirkung. Abel verstummte vollkommen. Er wies Essen und Trinken von sich und verweigerte sogar das Heilige Abendmahl.

Die Versorgung der Armee wurde immer schwieriger. Das Land war buchstäblich leergefegt. Das Wenige, was den litauischen Bauern geblieben war, verbargen sie in Erdgruben. Um an die versteckten Vorräte zu kommen, war den Schweden jedes

Mittel recht. Wer ihnen in die Hände fiel, ob Mann, Weib, ob Greis oder Kind, dem spannten sie die Daumen zwischen die Pistolenhähne und schraubten so hart, dass dem Opfer das Blut unter den Nägeln vorspritzte. Offiziere, Feldprediger und Profose, die sonst so streng über die Moral der königlichen Armee wachten, griffen nicht ein. Sie nahmen sich ihren Anteil an der Beute und ließen die Marodeure gewähren.

Es war gut, Meister Fiete zum Freund zu haben. Der Alte hätte selbst in der Wüste noch ein Abendbrot zusammengefunden. »Augen auf und Finger lang« war seine Devise. Er zeigte ihnen, wie man die Nahrungsverstecke aufspürte: An den Orten, wo die Litauer ihre Vorräte vergraben hatten, schmolz der Schnee schneller weg als anderswo, weil die Erde dort mehr Wärme abgab. So versorgten sie sich mit Brot, Schnaps, mitunter sogar Fett und Würsten. Einmal zerrte Schmidt einen blutigen Sack aus einem Erdloch: frisches Pferdefleisch! Wedderkop wusste, wie man solches Fleisch zubereitete. Man durfte es keinesfalls gleich in der Pfanne braten, dann wurde es hart, vielmehr musste es in wenig Wasser vorgekocht werden. Auch Jacob leistete seinen Beitrag. Manches kam ihm jetzt zugute, was er einst bei den Schomerim gelernt hatte: Er wusste, wie man bei Regen ein Feuer zum Brennen brachte, wie man mit einer Schlinge Kaninchen fing und wie man Birken anzapfte, um an ihren Saft zu kommen. Im Winter gaben die Bäume nicht allzu viel von ihrer klaren, süßlichen Flüssigkeit her, aber der Birkensaft bot eine willkommene Abwechslung zu dem ewigen Wasser und dem schalen Dünnbier, das jeden Sonntag nach dem Gottesdienst ausgegeben wurde. Dennoch litten auch die vier Kameraden Hunger. Die Rationen wurden von Tag zu Tag geringer, und die Verstecke mit Nahrung waren immer schwieriger zu finden. Und der Winter war noch lange nicht vorüber. Allen war klar: Wenn sich die Versorgungslage nicht bald besserte, würde dieser Feldzug zu Ende sein, bevor er eigentlich begonnen hatte.

Im königlichen Hauptquartier schien man zu derselben Einsicht gelangt zu sein. Jedenfalls erschien eines Tages mit kleiner Entourage General Lewenhaupt, der als Statthalter in Riga verblieben war, im Lager. Die Nachricht verbreitete sich wie ein Lauffeuer: Der König, hieß es, habe Lewenhaupt befohlen, nach Livland zurückzureisen, um dort so viel Lebensmittel, Pulver und Munition aufzutreiben, wie er nur konnte, und dann zusammen mit den starken schwedischen Verbänden, die um Riga herum stationiert waren, im Frühjahr zur Hauptarmee zu stoßen. Mit einem Schlag würde alle Not ein Ende haben! Die Stimmung besserte sich merklich, der alte karolinische Kampfgeist wurde wieder wach. Sobald Lewenhaupt zurück wäre, würden die Schweden mit neuer Kraft den Russen entgegentreten. Die große Straße nach Moskau lag vor ihnen. Wer sollte sie aufhalten?

Diejenigen, die ernsthaft krank waren, infolge der Kälte Gliedmaßen verloren hatten oder sonst nicht mehr zum Kämpfen taugten, durften Lewenhaupt nach Livland begleiten. Wedderkop sorgte dafür, dass auch Christian Ferdinand Abel unter ihnen war.

Überraschenderweise brach er darüber keineswegs in Jubel aus. »Was soll ich denn in Riga?«, stöhnte er.

»Gehen Sie doch nach Berlin«, redete Schmidt auf ihn ein. Irgendwann einmal hatte ihnen Abel erzählt, dass er vor Jahren ein Angebot des Preußenkönigs Friedrich ausgeschlagen habe, der ihn in seiner Hofkapelle hatte anstellen wollen. »Und wenn wir in Moskau sind«, fuhr Schmidt fort, »werde ich mein Heldengedicht vollenden und es ihnen als Libretto senden. Dann machen Sie daraus eine Oper.«

Jetzt musste Abel lächeln. »So machen wir es, lieber Freund«, sagte er gerührt und gab Schmidt die Hand. »Aber nur, wenn Sie alle zur Premiere kommen, meine Herren. Auch Sie, Monsieur Wedderkop, mon ami. Ich bekehre Sie schon noch zur lieben Musica.«

»Ach wat, klei mi an de Feut, Mijnheer Pieper«, wehrte Meister Fiete ab. Aber auch er konnte sich ein Grinsen nicht verkneifen.

Der Frühling kam. Doch Lewenhaupt blieb aus. Es hieß, sein Tross stecke in der Gegend von Wilna im Schlamm fest. Als er Anfang Juni noch immer nicht eingetroffen war, befahl Karl XII. den Weitermarsch. Es war warm geworden, der ewige Regen hatte nachgelassen. Die Wege waren nun trocken. Und so ging es leidlich vorwärts.

Nach drei Wochen erreichte die Avantgarde, die aus dem König mit seinem Trabantencorps, dem Leibregiment zu Pferd, den Leibdragonern und einigen Kavallerieregimentern bestand, ein Dorf namens Hołowczyn.

Die russische Armee hatte sich jenseits des Flusses Wabitsch, der sich in ausladenden Kurven träge durch die Landschaft wand, gesammelt.

Es schien, als würde sich der Zar endlich zur Schlacht stellen.

XXVII.

»Kein Quartier!«

Hołowczyn, nordöstlich von Minsk
1708
1. bis 4. Juli (schwedischer Kalender)

Die Schweden errichteten ihr Lager am Flussufer, das wesentlich höher lag als das gegenüberliegende, das die Russen besetzt hatten. Von hier aus ließen sich die feindlichen Stellungen einsehen. Man musste kein erfahrener Soldat sein, um zu erkennen, dass die Streitmacht des Zaren ihnen zahlenmäßig wenigstens um das Dreifache überlegen war. Sie war in zwei Armeen aufgeteilt: Im Norden standen mehr als zwanzig Regimenter Kavallerie und Infanterie unter den Generalen Boris Scheremetew und Alexander Menschikow, im Süden ungefähr halb so viel Fußvolk und Dragoner unter General Anikita Repnin. Nach all den Jahren des Krieges in Polen waren die Namen der russischen Befehlshaber auch den einfachen schwedischen Soldaten wohlbekannt. Der Zar schien sich nicht bei seiner Armee aufzuhalten.

Zwischen den beiden russischen Abteilungen erstreckte sich ein sumpfiges Waldgebiet, durch das sich ein Nebenarm des Wabitsch schlängelte. Die Russen errichteten eine ungefähr zehn Fuß breite Brustwehr aus Erde, Flechtwerk und Palisaden. Davor hoben sie Gräben aus. Zwischen der Schanze und dem breiten Flussufer standen vereinzelt Geschützbatterien. Darüber hinaus hatten sie Unmengen spanischer Reiter aufgestellt. Eines stand fest: Im Handstreich ließen sich diese Stellungen nicht nehmen.

Die Schweden brannten darauf anzugreifen, doch sie mussten auf das Gros der Armee mit der Artillerie warten. Aber dessen Ankunft verzögerte sich. Das Wetter war wieder umgeschlagen, Tag und Nacht regnete es in Strömen, alles versank in Schlamm und Morast. Zudem hatten die Russen unzählige Bäume gefällt und mit den Stämmen die Wege verlegt, so dass das Heer nicht in starken Kolonnen, sondern nur regimenterweise marschieren konnte. So traf die Hauptmacht nur nach und nach ein. Zuerst Axel Sparre mit seinem Regiment. Sparre hatte es immer eilig, er war berüchtigt dafür, seine Soldaten ohne Rücksicht auf Verluste vorwärts zu treiben. Man munkelte, der König habe ihm nach dem Sieg über Peter den Posten des Gouverneurs von Moskau versprochen. Dann kamen die Dalekarlier, Teile der östergotländischen Infanterie und die Småländer, die auch schon zwei Geschütze mit sich führten. Noch während sich seine Streitmacht sammelte, ließ Karl XII. einzelne Abteilungen am Fluss auf und ab marschieren und Scheinangriffe ausführen. Als ungefähr die Hälfte der schwedischen Armee beisammen war, hieß es, dass der Angriff unmittelbar bevorstehe.

Die Nachricht versetzte Strozzi und Voland in eine fieberhafte Erregung. Besonders Antonio sprach von nichts anderem mehr. In seinen Augen glühte unversöhnlicher Hass. Er jagte Jacob damit gehörig Angst ein. Das war nicht der Antonio, den er kannte. Aber konnte er ihm seinen Hass verübeln?

»Giacomo, andiamo!« Mit einem Stoß in die Seite riss ihn Strozzi aus dem Schlaf. »Es geht los!«

Jacob rieb sich die Augen. Es konnte noch nicht weit nach Mitternacht sein. Um ihn herum herrschte geschäftiges, aber fast lautloses Treiben. Es wurde wenig und nur mit gedämpfter Stimme gesprochen: »stiller Alarm«.

Die Leibtrabanten machten sich kampfbereit.

Jacob erhob sich von seinem Lager, zog Rock und Stiefel an, schnallte den Patronengurt und seinen Degen um. Dann spannte er einen Feuerstein in den Hahn seiner Pistole und ließ sich Zündkraut und Kugeln aushändigen. Im Notfall musste er sich verteidigen können, immerhin stand er mit der Fahne in der vordersten Reihe. Jacobs Aufgabe war es, mit der Flöte die Befehle des Königs an die Bataillone und Kompanien zu übermitteln. Für das Marschtempo und zur allgemeinen Orientierung war Strozzi mit seiner kleinen Trommel zuständig.

Die Trabanten sammelten sich vor dem Zelt des Königs. Hofprediger Jöran Nordberg, der in seinem Talar und dem langen lockigen Bart wie ein Prophet des Alten Testaments aussah, hielt einen Gottesdienst ab. Etwas abseits kniete, in sein Gebet versunken, Karl. Als Nordberg seine kurze Predigt beendet hatte, sangen sie nicht wie üblich *Ein feste Burg ist unser Gott*. Stattdessen breitete der König seine Arme aus und spendete selbst den Segen: »Herren välsigne dig och bevare dig. Herren låte sitt ansikte lysa över dig och vare dig nådig. Herren vände sitt ansikte till dig och give dig frid.«

»Amen«, tönte es leise zurück.

Ein feiner, aber dichter Regen ging nieder, als die Trabanten hinunter zum Fluss marschierten. Sonst war es vollkommen still, die Vögel hatten noch nicht zu singen begonnen. Der Wabitsch lag in Nebel gehüllt. Plötzlich zerriss ein ohrenbetäubender Lärm die Stille. Es war, als entlüde sich über ihnen ein heftiges Gewitter: Die schwedischen Geschütze eröffneten das Feuer. Acht Kanonen und Mörser beschossen die russischen Stellungen am jenseitigen Ufer. Pulverdampf stieg auf, trieb in Schwaden über den Fluss und vereinte sich mit dem Nebel. Von den Schanzen auf der anderen Seite war nichts zu sehen. Blind und taub harrten die Trabanten am Flussufer aus und warteten auf den Angriffsbefehl. Manche beteten, andere starrten nur auf das grauweiße Nichts über dem Wasser.

Der Donner grollte weiter. Das Feuer hielt an. Bünows Kanoniere schossen Salve auf Salve.

»Porca miseria!«, fluchte Strozzi. »Wer soll das überleben,

quindi l'inferno? Die Luntenpuster nehmen uns die ganze Arbeit weg.«

»Wette, der Iwan ist längst über alle Berge«, meinte Blidström. »Könnt's ihm nicht verübeln. Mit der Waffe in der Hand zu kämpfen, ist eine Sache. Aber dasitzen und warten, bis einem eine Kugel auf den Brägen fällt? Jävla, das hält keiner aus.«

»Hurensöhne«, schimpfte Strozzi. »Ich habe mit den Kanaillen noch eine Rechnung offen. Wann gehen wir endlich rüber und geben ihnen den Rest?«

»Kannst es nicht abwarten, mein Freund«, sagte Blidström. »Was willst du, Strozzi? Musst ja doch die Trommel rühren. Wie willst du da dem Russen eins überbraten?«

»Wirst schon sehen«, fuhr Strozzi ihn hitzig an. »Ich kriege, was ich will, bei der Heiligen Jungfrau.«

»Heilige Jungfrau, so siehst du aus.«

»Maledetto stronzo!«

Da setzte der Geschützdonner aus. Die Vögel begannen zu singen.

Der Morgen graute.

Wrangel stapfte auf sie zu. »Feldmusik zum König!«, befahl er mit rauer Stimme. »Es geht los. Wir gehen über den Fluss.«

Das Bataillon stellte sich in Marschordnung auf. Noch immer regnete es. Indessen hatte sich der Nebel über dem Wabitsch ein wenig verzogen. Jacob, Blidström und Strozzi stellten sich mit der Fahne und ihren Instrumenten an die Spitze. Sie würden noch vor der ersten Reihe marschieren, gleich hinter dem König.

Karl XII. stand nur wenige Schritte von ihnen entfernt mit dem Hofhistoriografen Adlerfelt, Oberst Siegroth und Sinclair auf einer kleinen Anhöhe und beobachtete mit einem Fernrohr das gegenüberliegende Ufer. Aber auch mit bloßem Auge ließ sich erkennen, dass dort kein Stein auf dem anderen geblieben war. In der Brustwehr klafften breite Lücken, die Palisaden waren fast vollständig zertrümmert, Schanzkörbe, Spaten und anderes Gerät lagen verstreut herum.

Von den Russen war nichts zu sehen.

»Großvater Bünow versteht sein Handwerk«, rief Karl zufrieden und schob das Fernrohr zusammen. »Dann wollen wir mal sehen, ob er uns noch Arbeit übriggelassen hat.«

»Habe ich doch gesagt«, flüsterte Blidström. »Das wird ein Spaziergang.«

Pioniere schleppten riesige Lederpontons heran. Durch den Regen hatten sich die Ungetüme mit Wasser vollgesogen und waren so schwer, dass die Träger sie alle paar Schritte absetzen mussten. Der König sah der Schufterei eine kleine Weile stirnrunzelnd zu, dann befahl er: »Lassen wir den Firlefanz. Eine Badekur wird uns allen guttun.« Er nickte Wrangel zu.

Der Oberst hob den Arm. Die Trabanten stimmten den Choral *Im Herrn steht unser Hilf und Trost* an. Jeder sang in seiner Sprache, die einen auf Schwedisch, die anderen auf Deutsch. Sie brauchten nicht mehr leise zu sein, die Russen – falls noch welche da waren – sollten wissen, dass sie kamen. Karl XII. sang mit, schräg und in kratzigem Falsett. »Er ist vollkommen unmusikalisch«, dachte Jacob und vergaß es sofort wieder. Jacob betrachtete den König. Karls Gesicht war gerötet, die Augen strahlten vor Kampfeslust.

Nachdem der Choral verklungen war, wandte sich der König an seine Offiziere: »Adlerfelt, Siegroth, wenn die Herren so freundlich wären. Sie wissen, der König kann nicht schwimmen.«

Adlerfelt und Siegroth stellten sich zu seiner Rechten und Linken, nahmen Karl bei den Händen und führten ihn durch den sumpfigen Uferstreifen zum Wasser. So stiegen sie selbdritt und Händchen haltend in den schwarzen Fluss. Unter anderen Umständen wäre der Anblick unsagbar lächerlich gewesen. Aber zum Lachen war niemandem zumute. Mit zwei Schritten Abstand folgte Sinclair, der, auch wenn er selbst keine Waffe mehr führen konnte, seinem König in der Schlacht nie von der Seite wich. Dann kamen Blidström mit dem königlichen Banner,

Strozzi mit der Trommel und Jacob. Gleich hinter ihnen schloss sich das Trabantencorps mit Oberst Wrangel an der Spitze an, danach die übrigen Infanterieregimenter.

Das Schilf stach durch die Kleidung, aber bald hatten sie die Uferzone hinter sich gelassen. Nach wenigen Schritten reichte ihnen das Wasser bis zur Brust, es war lauwarm und roch faulig. Die Soldaten hielten Munition und Gewehre über den Kopf, damit sie nicht nass wurden. Karl XII. hatte seinen Degen gezogen. Wie ein zorniger Cherub schritt er seinen Kriegern voran.

Als sie ungefähr die Mitte des Flusses erreicht hatten, drang von der anderen Seite Geschrei herüber. Befehle wurden gebrüllt.

Die Russen hatten sich nicht zurückgezogen.

Der Dunstschleier hatte sich weiter gelichtet. Auf den Trümmern der Verschanzung erschienen Gestalten in grünen Röcken.

Strozzi stieß einen Jubelschrei aus.

Kurz darauf zerschnitt ein scharfes, widerliches Pfeifen die Luft. Die Russen schossen zurück. Hier und da klatschte es auf. Sie zielten nicht gut, aber sie hatten freies Schussfeld. Im Augenwinkel sah Jacob, wie zu seiner Linken ein Schatten ins Wasser glitt. Die ersten Trabanten fielen, lautlos, als seien sie nur auf dem glitschigen Boden des Flusses ausgerutscht. Aber die Gefallenen tauchten nicht wieder auf. Ein Schwede nach dem anderen wurde getroffen.

Karl XII. wandte sich um. »Was sagt man dazu, die Bastarde schießen zurück«, rief er. Es klang, als könne er sich nicht entscheiden, ob er darüber erfreut oder enttäuscht sein sollte.

»Nicht mehr lang, Majestät«, erwiderte Wrangel. »Gleich ist der Feuerzauber vorüber.«

Er irrte sich. Der Beschuss hielt an. Immer mehr Trabanten fielen, verschwanden, verschluckt von der schwarzen Flut. Doch das Ufer war nicht mehr weit, der Fluss wurde immer seichter und ging endlich in einen flachen Morast über. Die Russen verstärkten das Feuer, auf die kürzere Distanz trafen sie genauer.

Aber schon hatten es die ersten Schweden an das feindliche Ufer geschafft.

Im dichten Kugelhagel stehend, ordnete Karl XII. die Reihen der Trabanten, die nach und nach den Strand erreichten. Die Lage war unübersichtlich. Noch immer war die Sicht durch den Morgennebel behindert, und die ankommenden Schweden waren durch eine weit in den Ufersumpf hineinragende Waldspitze voneinander getrennt und hatten keinen Sichtkontakt.

»Gebt Signal!«, befahl der König.

Strozzi und Jacob spielten die ersten Takte des *Fältmarsch*, der seit Narva vor jeder Schlacht erklang. Jeder Schwede, der die Melodie hörte, wusste, dass der entscheidende Angriff bevorstand. Und dass der König selbst ihn führen würde.

Obwohl ihnen die feindlichen Kugeln um die Ohren pfiffen, bewegten sich die Trabanten in völliger Übereinstimmung wie ein einziger Mechanismus. Sie luden ihre Gewehre und legten an.

»Nicht schießen!«, brüllte Karl. »Skälm, den som skjuter, gossar!«

Jacob blies das Signal.

»Hurra!«, antwortete es vom Fluss her.

»Noch einmal!«, befahl der König. »Das Feuer erst auf mein Zeichen eröffnen!«

Jacob zitterte, er vermochte kaum das Instrument zu halten. Das Herz schlug ihm bis zum Hals, er schnappte nach Luft. Mit knapper Not bekam er einen Ton aus der Pfeife. Die Russen lagen keine vierzig Schritt entfernt. Sie schossen die Schweden ab wie Hasen. Um Jacob herum fielen sie reihenweise, überall lagen Tote und Verwundete im Schlamm. Doch Karl XII. erteilte seine Kommandos, als würde er Soldaten auf dem Kasernenhof exerzieren lassen. Er wirkte vollkommen ruhig. Es hieß, der König sei unverwundbar, vor feindlichen Kugeln gefeit. Und er selbst schien es auch zu glauben.

»Dein erstes Gefecht, Kamerad?«

Jemand legte Jacob die Hand auf die Schulter.

»Ja«, stammelte er.

»Alles gut, dir wird nichts geschehen.«

Es war der König.

Als Jacob sich nach ihm umblickte, war Karl XII. verschwunden. Manche behaupteten, der König besitze die Gabe, sich an zwei Orten gleichzeitig aufzuhalten.

Plötzlich war da ein Pferd. Jacob traute seinen Augen nicht. Der Schimmel war nass. Er scheute, bäumte sich auf. Als Karl seinen Fuß in den Steigbügel setzte und sich in den Sattel schwang, beruhigte sich das Tier augenblicklich. – Aber was war das? Der König saß nicht im Sattel! War er gestürzt? Doch von einer russischen Kugel getroffen? – Nein, da stand er und wies mit dem Degen auf das Pferd. Ein Verwundeter wurde herangeschleppt, er schien nicht bei Bewusstsein zu sein. Es war Kapitän Güldenstern. Zwei Trabanten hievten ihn auf das Pferd. Karl war schon wieder woanders. »Nicht schießen!«, schrie er immer wieder.

Nach einer furchtbaren Ewigkeit hatten sich die Leibtrabanten in Schlachtordnung aufgestellt. Endlich gab der König den Feuerbefehl. Die schwedischen Musketen schossen. Eine Salve nach der anderen knatterte los, wie bei einem Silvesterfeuerwerk. Die Russen auf der Schanzenbrüstung fielen wie von einer Sense gemäht. Wieder und wieder. Doch sobald einer gefallen war, stand ein anderer an seiner Stelle. Die Russen liefen nicht davon.

»Erstes Bataillon los!«

Strozzi rührte die Trommel.

Unter lautem Feldgeschrei stürmten sie mit dem blanken Degen in der Faust auf die Schanze los, allen voran Blidström mit der Fahne.

Jacob wollte ihm folgen, aber Karl hielt ihn am Arm fest: »Pfeifer, lass die Männer wissen, dass wir kein Quartier geben.«

Jacob blies das Signal.

Aus tausend Kehlen schrie es zurück: »Kein Quartier! Macht alle nieder!«

Jetzt wichen die Russen. Sie rannten nicht, es war keine wilde Flucht, sondern ein geordneter Rückzug.

Als Blidström die Fahne auf der Brüstung aufpflanzte, sahen die Schweden, wie sich der Feind in die Holzung hinter den Stellungen zurückzog.

»Siehe da, Repnin hat seinen Caesar gelesen«, sagte Karl zu Sinclair.

»In der Tat, er hat sein Lager in der Nähe eines Waldes errichtet«, antwortete Sinclair. »Ganz wie Caesar es in seinem *Gallischen Krieg* empfiehlt.«

»Aber es soll ihm nichts nützen.«

Abermals wurde die Parole »Kein Quartier!« ausgegeben.

Dann griffen die Schweden an.

Das Gelände erwies sich als äußerst schwierig. Bäche, Tümpel, Sümpfe teilten das Waldgebiet. Zwischen dem niedrigen Gehölz und den Bäumen konnten die Schweden die Ordnung nicht aufrechterhalten. Die Russen feuerten auf die Schweden und zogen sich danach jedes Mal ein wenig zurück; auf Bajonettkämpfe ließen sie sich nicht ein.

Strozzi schlug unablässig die Trommel. Die Schweden rückten vor, quälend langsam, unter schrecklichen Verlusten, aber unaufhaltsam. Ununterbrochen krachte das Gewehrfeuer von beiden Seiten. Querschläger und Holzsplitter sausten durch die Luft. Im Morast lagen Tote, Verwundete wälzten sich in ihrem Blut. Wer den Schweden lebend in die Hände fiel, wurde niedergemacht.

Wo war der König? Jacob hatte ihn aus den Augen verloren. Karl XII. war mit dem Degen in der einen, einer Pistole in der anderen Hand im Dickicht verschwunden.

Plötzlich tauchte hinter einem Baum eine Gestalt auf. War es ein Schwede oder ein Russe? In dem Durcheinander ließen sich Freund und Feind nicht unterscheiden.

Jacob umklammerte den Griff seines Degens.

»Jack, how are you?«

»Mir geht es gut. Hast du den König gesehen?«

»Seine Majestät hat sich allein auf die Jagd begeben«, erwiderte Sinclair achselzuckend. »Lassen wir ihm den Spaß.«

»Spaß?«

»Jedem das Seine«, meinte der Schotte. »Ganz hübsches Feuerwerk, wie? Die Kerls fallen wie die Fliegen, aber sie schwirren nicht davon. Goddamn, die Russen haben dazugelernt.«

Von irgendwoher Geschrei. Pferdegewieher. Das Feuer der Russen ließ nach. Rufe: »Victoria! Seger!« Die Schweden jubelten.

»Rehnskiöld, finally!« Sinclair seufzte erleichtert auf. »Wurde auch Zeit.«

»Was ist geschehen?«

»Parmenion hat Menschikow zum Teufel gejagt«, rief Sinclair lachend. »Es ist vorbei, Jack!«

Die Schweden hatten einen glänzenden Sieg errungen. Feldmarschall Rehnskiöld hatte mit seiner Kavallerie den Feind überraschend angegriffen, in einer blutigen Reiterschlacht vernichtend geschlagen und so den König aus seiner unbequemen Lage im Sumpf erlöst.

Der Sieg war teuer erkauft. Von den hundertfünfzig Leibtrabanten war fast ein Drittel gefallen, darunter Oberst Otto Wrangel, Oberquartiermeister Hans Wattrang und dessen Adjutant Klaes Hjerta, die Vizekorporale Horn und Palbitski sowie die Gemeinen Barckmann, von Dam, Mörling, von Palmenbach, Ramsay, Ridderborg, Stormcrantz und zur Mühlen.

Diejenigen, die im Wasser gefallen waren, hatte der Wabitsch mit sich fortgetragen. Die Übrigen lagen nebeneinander aufgereiht, das gebrochene Auge gen Himmel starrend. Die meisten hatten nur noch ein Hemd und Strümpfe am Leib, Wertgegenstände, Stiefel und Rock waren ihnen von den eigenen Leuten abgenommen worden. Nur die allergrausigsten Anblicke hatten die Feldschere mit Decken und Mantelfetzen verhüllt. Der waldige Sumpf, wo das stundenlange Gefecht stattgefunden hatte, war erfüllt vom Röcheln, Stöhnen, Schreien der Verwundeten und Sterbenden. Die Feldprediger staksten wie hässliche große Vögel unter den Todgeweihten umher und reichten ihnen das letzte Abendmahl. Gliedmaßen waren zerschmettert oder abgetrennt, Kiefer, Hüfte, Kniescheiben, Unterschenkel zertrümmert. Niemand hätte sagen können, ob dieser Arm, dieses Bein, diese Hand, dieser Fuß einmal einem Russen oder einem Schweden gehört hatte. Wedderkop und seine Gehilfen verbanden, schnitten, nähten und amputierten bis zur Erschöpfung. Karrenweise wurden abgetrennte Gliedmaßen in Gruben gekippt, die bald überfüllt waren.

Wie durch ein Wunder war Jacob unversehrt geblieben. Strozzi hatte im letzten Augenblick noch ein Querschläger das Bein gestreift, aber es war nur eine harmlose Fleischwunde. Auch Voland war, wie sich herausstellte, mit leichten Verletzungen davongekommen.

Aber wo war Christian Schmidt?

Wedderkop schüttelte den Kopf.

Schmidt war gleich zu Beginn des Angriffs gefallen. Fahl, blutlos, die bläulichen Lippen aufeinandergepresst, lag er da, als würde er schlafen. Eine russische Kugel hatte ihn mitten ins Herz getroffen, er musste auf der Stelle tot gewesen sein. Um ihn vor der Ausplünderung zu bewahren, hatte Meister Fiete den Leichnam seines Gehilfen im Verwundetenzelt behalten. Schmidt hatte sein unvollendetes Heldenepos über Karl XII. bei sich getragen. Das Geschoss war durch den Rock und die Blätter gedrungen. Erstaunlicherweise war das Heft bis auf den Durchschuss und einige Blutflecken unbeschädigt geblieben. Jacob nahm das Manuskript an sich und übergab es Adlerfelt, der versprach, es für sein Journal zu verwenden. So würde Schmidt am Ende vielleicht doch Eingang in die Geschichtsbücher finden, wie er es sich gewünscht hatte.

Bis in die Nacht erscholl das Jammern und Schreien der Sterbenden. Der König befahl dem Feldorchester, den grauenhaften Chor mit aufmunternder Musik zu übertönen. Sie spielten noch einmal den *Fältmarsch*. Ein paar betrunkene Dragoner sangen grölend mit: »Marsch, bussar! Gån på uti Herrans namn.« Aber eine rechte Siegesstimmung wollte sich nicht einstellen.

Schüsse! Augenblicklich verstummte der Gesang. Die Schießerei kam vom Wald her. Es wurde Alarm geschlagen. Die Soldaten sprangen auf, griffen nach den Waffen. Hatten sich die Russen neu formiert und griffen an? So wie sie heute gekämpft hatten, war es ihnen zuzutrauen.

Oberst Siegroth erschien. Er winkte ab. »Bleibt ruhig, es ist nichts!« Feldmarschall Rehnskiöld habe nur Order gegeben, sich der russischen Gefangenen zu entledigen.

»Bei Narva haben wir sie laufen lassen«, sagte Wedderkop düster. »Zwanzigtausend Mann. Karl hat sie alle laufen lassen.«

»Der König hat eben dazugelernt«, lallte Blidström. Er war schon reichlich betrunken. »Rehnskiöld hat recht. Wir können sie nicht durchfüttern, und wer heute davonkommt, schießt uns morgen eine Kugel vor den Kopf. Am besten, man macht gleich reinen Tisch. Kein Quartier, das ist ein Wort. Darauf trinke ich.« Er prostete den anderen zu, aber niemand tat ihm Bescheid. »Nur eines begreife ich nicht«, sprach der Fähnrich weiter. »Warum verschwenden wir Pulver und Blei? Warum schlagen wir sie nicht einfach tot?«

»Tja, Herr Feldhautboist«, sagte Wedderkop zu Jacob. »Da hast du nun deine Feuertaufe erlebt.«

»Ich hatte es mir anders vorgestellt.«

»Niemand kann sich das vorstellen, ehe er es nicht am eigenen Leibe erfahren hat. Ich habe viele Feldzüge mitgemacht, manche Schweinerei mitangesehen, aber dieser Krieg ist anders. Diese Russen, die kapitulieren nicht. Wir können so viele totschlagen, wie wir wollen.«

Erst im Morgengrauen kehrten Strozzi und Voland zurück.

Sie waren sturzbetrunken. Ihre Gesichter und Hände waren blutig und schwarz von Pulver.

Es hieß, die Russen hätten nicht einmal um Pardon gebeten, sich widerstandslos und schweigend zur Schlachtbank führen lassen. Dieser Feind, den sie so lange verachtet hatten, begann, ihnen unheimlich zu werden. Sie kämpften immer weiter und ließen sich durch keine Niederlage entmutigen. Dieses Volk war ihnen fremd und fürchterlich. Was stand ihnen noch bevor? Das schwedische Heer hatte noch nicht einmal russischen Boden betreten.

XXVIII.

Böse Geister I

In der ersten Augustwoche des Jahres 1708 überschritt die schwedische Armee den Dnjepr. Der östliche Horizont war schwarz und rot von Feuer und Rauch. Die Russen hatten alles in Brand gesteckt, Dörfer, Felder, ganze Wälder. Hinter jedem Busch lauerten Kalmücken oder Kosaken. Sie tauchten aus dem Nichts auf, schossen blitzschnell ihre Pfeile auf sie ab und verschwanden wieder ins Nichts. Die Fouragiertrupps mussten immer weitere Streifzüge unternehmen, um Futter für die Pferde und wenigstens die notdürftigste Nahrung für die Soldaten zu beschaffen. So legte Karls Armee am Tag nur wenige Meilen zurück. Immerzu wechselten sie die Richtung; sie mussten ständig in Bewegung bleiben, um nicht zu verhungern. Das wenige Getreide, das die Schweden in Scheunen und Speicherkammern vorfanden, war unreif oder verdorben. Täglich bekam jeder Soldat eine Handvoll feuchten Roggen zugeteilt. Sie mahlten das Korn in ihren Handmühlen, und die Heeresbäcker verkneteten das Mehl zu einem Teig, den sie in riesigen Kesseln buken. Das Brot, das sie auf diese Weise herstellten, war tiefschwarz und schmeckte nach Erde.

Lewenhaupt, hieß es, führe Proviant für mindestens zwei Monate mit sich, ein Zug aus zweitausend Wagen, beladen mit Nahrungsmitteln und Munition. Wo blieb er? Manche verfluchten Lewenhaupt, er sei schon immer ein Zauderer gewesen und habe sich schon früher Befehlen des Königs widersetzt. Aber es waren wenige, die so sprachen. Noch immer stand der General namentlich bei den Mannschaften in hohem Ansehen. Lewenhaupt mochte ein Eigenbrötler und Fantast sein, aber er hatte oft bewiesen, dass ihm, im Gegensatz zu den anderen Generalen, das Schicksal des einfachen Soldaten nicht gleichgültig war. Rehnskiöld schickte, ohne mit der Wimper zu zucken, ganze Regimenter in den Tod, Lewenhaupt aber würde sie nie und nimmer im Stich lassen. »Haltet aus, der Löwe haut uns raus«, hieß es. Früher oder später musste er eintreffen.

Nach ihrer Niederlage bei Hołowczyn hatten sich die russischen Armeen zurückgezogen. Zar Peter leckte seine Wunden. Olof Hermelin hatte ein Flugblatt drucken lassen, auf dem die Verlustzahlen verzeichnet waren: Die Schweden hatten tausendzweihundertdreiundneunzig Gefallene und Verwundete zu beklagen, die Russen über fünftausend. Womöglich waren es noch mehr, wer wusste das schon. Ferner hieß es, der Zar habe die Generale Repnin und von der Golz für ihr Versagen in der Schlacht zu gemeinen Soldaten degradiert und von den Mannschaften jeden Zehnten hinrichten lassen. Über Peters Grausamkeit waren die unglaublichsten Gerüchte in Umlauf. Wenn nur ein Bruchteil davon der Wahrheit entsprach, hatten die Russen allen Grund, ihren Zaren mehr zu fürchten als die Schweden. Darum kämpften sie so verbissen. Nicht aus Tapferkeit, sondern aus Angst vor schrecklicher Strafe.

Bisweilen kamen einzelne russische Verbände in Sichtweite, ließen sich aber nie auf ein Gefecht ein. Immer wieder wichen sie aus, verschwanden in den unermesslichen Weiten ihres Landes. Nur einmal kam es zu einem ernsthaften Treffen: In einem Morast in der Nähe des Flusses Tschornaja griff, durch dichten Nebel geschützt, eine russische Einheit die Nachhut unter Generalmajor Roos an, die eine halbe Meile hinter der Hauptmacht kampierte. An sich wäre der Vorfall kaum der Rede wert gewesen, dennoch sorgte er bei den Schweden für Unruhe: Nie zuvor hatten die Karoliner einen russischen Infanterieangriff erlebt. Stets waren sie selbst die Angreifer gewesen; sie waren es gewohnt, dass die Russen wie die Hasen vor ihnen wegliefen. Das taten sie nicht mehr. Schon bei Hołowczyn hatte sich gezeigt, dass dies nicht mehr derselbe Gegner war, den sie bei Narva, Fraustadt, Saladen und in einem Dutzend anderer Schlachten zu Paaren getrieben hatten. Zugleich aber spürten sie nach dem Gefecht an der Tschornaja eine gewisse Erleichterung: Endlich stellte sich der Zar zur Entscheidungsschlacht. Dieser Krieg konnte schon in wenigen Tage vorbei sein. Denn wie viele Niederlagen konnten die Russen noch aushalten? Am Ende waren auch sie nur Menschen. Am darauffolgenden Tage ließ Karl XII. die gesamte Armee in Formation aufstellen. Die Schweden machten sich zur letzten Schlacht bereit. Und dann geschah – nichts. Als Rehnskiölds Reiter die feindlichen Stellungen ausspähten, fanden sie alles verlassen. Die Russen hatten sich bei Nacht und Nebel davongemacht. Wieder einmal. Ihre Flucht war so Hals über Kopf erfolgt, dass sie nicht alles zerstört hatten, was ihren Feinden von Nutzen sein könnte. Sogar ihre Zelte hatten sie zurückgelassen, dazu viele Pferde, ein Kamel und, als besondere Aufmerksamkeit, an die hundert ausgesucht hässliche Lagerhuren, denen man die Franzosenkrankheit schon von weitem ansah.

Die Schweden folgten weiter der Straße nach Smolensk. Noch immer glühte Tag und Nacht der Horizont. Die Ernten waren verbrannt, die Brunnen vergiftet, ganze Dörfer, sogar die Kirchen dem Erdboden gleichgemacht. Nirgends gab es Unterkunft, die Soldaten schliefen auf der bloßen Erde. Bald ging auch das elende Roggenbrot zur Neige. Tag und Nacht knurrte ihnen der Magen. Viele bekamen das Nervenfieber und starben daran. Immer mehr Soldaten verschwanden in den undurchdringlichen Wäldern, sie liefen einfach davon, leichte Beute für Kalmücken und Kosaken. Die Schweden trieben die Russen vor sich her, aber es kam ihnen vor, als seien in Wahrheit sie die Gejagten. Das Glück schien Karl XII. verlassen zu haben.

Am 11. September ließ der König in der Nähe der Grenzstadt Starycze das Lager aufschlagen. Auch diese Gegend war vollkommen verwüstet und ohne Nahrung, aber die Männer brauchten dringend eine Rast.

Am Abend des Michaelisfestes, das der König aus irgendeinem Grunde besonders in Ehren hielt, kehrte Jacob nach einer Serenade vor der Generalität in sein Quartier zurück. Aus dem Unterholz am Wege, in dem, wie er er wusste, die Regimenter Taube und Güldenstern ihre Notdurft zu verrichten pflegten, hörte er eine betrunkene Stimme: »Jeronje, jetzt guck dir des welsche Jingla an. Hat beem Sechen ’nen Fuchs geschossen.«

»So a Gusche, aber als Erster von der Fahn’ goa«, meinte ein anderer.

»Vertragen nuscht, die Makkaronifresser. Loass a soan Rausch ausschloafe.«

Strozzi lag in seinem eigenen Erbrochenen. Er hatte sich, soweit man es im Dämmerlicht sehen konnte, eingenässt und lallte Unverständliches vor sich hin.

Jacob beugte sich zu ihm herunter. »Antonio, komm, steh auf, ich bringe dich in dein Zelt.«

Aber alles war vergeblich, er brachte ihn nicht auf die Beine. Damals in Rathsfeld hatte er ihn ohne Hilfe die Stiegen hinaufgeschleppt, aber jetzt war er durch Hunger und Krankheit entkräftet. Jacob schaffte es nicht allein.

»Kameraden, helft mir mal, wir wollen ihn zu Bett bringen«, rief er zu der Latrine hinüber.

»Woas?«

In aller Ruhe knöpften sich die beiden Grenadiere die Hosen zu und kamen gemächlich herangeschwankt. Sie musterten ihn feindselig.

»Woas?«

»Ich schaffe es nicht allein«, sagte Jacob.

»So – na und?«

Erst nach vielen guten Worten und gegen eine Handvoll Kupfergroschen halfen ihm die beiden, Strozzi ins Zelt zu schaffen und auf sein Strohlager zu legen.

Jacob besprengte Antonios Gesicht mit kaltem Wasser. Langsam öffnete er die Augen. Er lächelte. »Giacomo«, flüsterte er. »Mio amico – was ist man ohne seine Freunde.«

»Trink, Antonio!« Jacob versuchte, ihm etwas Wasser einzuflößen.

Strozzi stieß ihn weg. »Ah, weg damit! Branntwein, mehr Branntwein!«

»Antonio, du säufst dich noch tot. Wasser ist besser.«

Der Italiener schüttelte wild den Kopf. »Vai al diavolo, gib mir Branntwein! Branntwein!«

Es hatte keinen Sinn. Jacob ließ ihn aus seiner Feldfalsche einige Schlucke Schnaps trinken.

»Ah, così va meglio«, seufzte Strozzi.

»Du trinkst zu viel, Antonio.«

»Figlio di una cagna, ich saufe, so viel ich will. Wir fahren doch alle zur Hölle.«

Er barg das Gesicht in seine Hände und weinte.

Strozzi sprach sehr schnell. Seine Rede war wirr, manchmal fiel er ganz in seinen italienischen Dialekt. Bisweilen brach er mitten in einem Satz ab, dann sprudelte es wieder wie ein Sturzbach aus ihm heraus. Jacob verstand nicht alles, was Antonio ihm erzählte, aber was er aus den abgehackten Sätzen, Wortfetzen und erregten Gesten heraushörte, ließ seinen Magen zusammenkrampfen.

Den Bauern, die Strozzi und seine Spießgesellen heimsuchten, war nichts geblieben als das nackte Leben. Das war das Einzige, das man ihnen noch rauben konnte. Aber sie begnügten sich nicht damit, die armen Teufel zu erschießen, aufzuhängen, niederzuhauen oder in ihren Hütten zu verbrennen.

Der Branntwein (das einzige Lebensmittel, das in unerschöpflichen Mengen vorhanden war) ließ die letzten Hemmungen fallen. Einem Bauern hatten sie nach und nach vom Kopf bis zu den Füßen Schnittwunden zugefügt, ihn am ganzen Leib eingekerbt wie einen Fisch, bis er unter Heulen und Zittern den Geist aufgab. Einem anderen hatten sie den Bauch mit Brettern zusammengedrückt, ein Sperrholz zwischen die Kiefer gesteckt und ihm mit Eimern Unmengen von Jauche eingeflößt, dass er elend daran krepierte. Sie nannten das den »Schwedentrunk«. Einem Dritten hatten sie die Hände auf den Rücken gebunden und mit einer Ahle ein Rosshaar durch die Zunge gestoßen, was ihm, hin- und hergezogen, solche Qual bereitete, dass er sie um den Tod anbettelte. »Bei der Heiligen Jungfrau«, flüsterte Strozzi, »wenn er hätte seine Hände gebrauchen können, ich schwöre, er hätte sich selbst den Tod gegeben, um diese Schmerzen nicht mehr ertragen zu müssen.«

Warum erzählte Strozzi ihm das alles? Ihn quälte das Gewissen. Antonio war sich sicher, seine Taten büßen zu müssen. Glaubte er tatsächlich an die ewige Verdammnis? Aber wenn er daran glaubte, warum setzte er alles daran, in die Hölle zu kommen?

»Antonio …«

Aber Strozzi war eingeschlafen.

Da spürte Jacob, dass sie nicht allein im Zelt waren. Als sie Strozzi hereingeschafft hatten, war gewiss niemand da gewesen. Inzwischen hatte er weder gesehen noch gehört, dass jemand das Zelt betreten hätte.

Voland sagt nichts. Er beugte sich über Antonio und strich ihm fast zärtlich übers Haar. Er war vollkommen nüchtern, niemals hatte Jacob ihn betrunken erlebt. Voland hielt sich stets abseits, er lachte nie, stimmte nie in einen Gesang ein. Seine Kameraden begegneten ihm stets mit scheuer Zurückhaltung. Eine seltsame, abstoßende Kälte ging von ihm aus.

»Warum tut ihr das?«

»Was meinst du?«

Voland blickte ihn unverwandt an. In seinen Augen lag keine Spur von Überraschung.

»Du weißt, was ich meine«, sagte Jacob. »Was auch immer euch die Russen angetan haben, was können diese Bauern, ihre Frauen und Kinder dafür?«

Voland schwieg. »Ich will versuchen, es dir zu erklären«, sagte er nach einer langen Weile. »Aber ich fürchte«, fügte er mit einem Anflug von Spott hinzu, »du wirst es nicht verstehen. Der da«, er wies auf den schlafenden Strozzi, »hat es auch nicht begriffen.«

»Was nicht begriffen?«

»Dass es nicht um Rache geht. Darum ist es nie gegangen.«

»Warum tut ihr es dann?«

»Warum?« Voland lachte boshaft. »Weil wir es können, weil wir die Macht dazu haben.«

»Das ist kein Grund.«

»Doch, Jacob. Das ist ein Grund, sogar der beste, den es gibt.«

»Fürchtest du dich nicht?«

»Wovor sollte ich mich fürchten?«

»Vor Gottes Strafe.«

Voland lächelte. »Unser Freund hier«, er streichelte Strozzi abermals über den Kopf und blickte ihn mitleidig an. »Unser lieber Freund glaubt allen Ernstes, dass er für seine Sünden in die Hölle fährt. Er verflucht Gott, alle Heiligen und sogar die Jungfrau Maria. Gleichwohl, trotz allem kann er nicht aufhören, an sie zu glauben.«

»Ihn plagt sein böses Gewissen.«

»Ja. Armer Kerl.«

»Darum trinkt er. Um seine Gewissensqualen zu betäuben.«

»Was bleibt ihm übrig? Wer sich ein Gewissen leistet, bezahlt den Preis dafür. Wer weiß, vielleicht fährt er am Ende tatsächlich zur Hölle? Verdient hätte er es allemal.«

»Du trinkst nicht.«

»Nie.«

»Dich plagt kein böses Gewissen.«

»Im Gegenteil.«

»Also fürchtest du nicht Gottes Strafe?«

»Hm.« Voland legte seine Stirn in Falten. »Ich frage mich, Jacob …«

»Ja?«

»Wie kann man nur so scheinheilig sein?«

»Wie?«

»Das ist die Frage, du barmherziger Samariter. Du ziehst in den Krieg, willst aber niemandem ein Leid antun?«

»Es ist ein Unterschied, ob ich einen Feind im Kampf töte oder unschuldige Menschen zu Tode martere.«

»Du hast recht, Jacob«, versetzte Voland. »Es ist ein Unterschied. Und was folgt daraus? Ich frage dich, Johann Jacob Bach: Deine Eltern, was haben sie getan, dass sie sterben mussten? Wessen Feind waren sie? Wessen haben sie sich schuldig gemacht?«

Sein Vater, die Mutter? Was wusste Voland von ihnen? Jacob wollte etwas entgegnen, ohne zu wissen, was er sagen sollte. Vor allem wollte er nicht, dass Voland weitersprach. Er fürchtete sich davor, was als Nächstes aus seinem Mund kommen würde.

Das Talglicht, durch das das Zeltinnere notdürftig erhellt wurde, war fast heruntergebrannt. Jacob konnte Volands Gesicht nicht mehr erkennen. Aber er hörte seine Stimme.

Voland sprach sehr leise, aber mit sehr klarer, beinahe schmerzhaft deutlicher Aussprache. Er erzählte, wie, etwa ein Jahr, nachdem Jacob und Sebastian in Waltersdorf gewesen waren, die Mutter am Fleckfieber gestorben war, mit ihr alle Geschwister. Tobias hatte als Einziger überlebt. Der Vater hatte darüber den Verstand verloren und war im Armenhaus gestorben. Nach seiner Ausbildung bei dem Mansfelder Oheim war Tobias über Polen nach Livland gewandert, um dort ein neues Leben zu beginnen. An der Johanniskirche zu Dorpat fand er eine

Anstellung als Organist, heiratete die Tochter seines Amtsvorgängers Lichtstern. Bald war er Vater dreier wohlgeratener Kinder, eines Sohnes und zweier Töchter, ein hochgeschätzter Musiker und allseits geachteter Bürger Dorpats. So hatte der Herr alles zum Besten gewendet. »Aber«, unterbrach Voland seinen Bericht, »der Herr hat gegeben, der Herr hat genommen. Der Name des Herrn sei – verflucht.«

Im Sommer 1704 belagerten russische Truppen Dorpat. Der Feind beschoss die Stadt. Voland probte in der Kirche die Kantate für den nächsten Sonntag: Christi Himmelfahrt. Als er nach Hause kam, fand er nur noch rauchende Trümmer vor. Eine Bombe hatte sein Heim getroffen und seine Familie ausgelöscht. Was ihm an irdischem Besitz geblieben war, holten sich die russischen Plünderer. Voland kam eben mit dem Leben davon. Doch was sollte er mit diesem Leben anfangen? Zunächst war er entschlossen, sich selbst zu töten. Aber im letzten Augenblick besann er sich anders und ließ sich von den Schweden anwerben.

»Heute weiß ich«, sagte Voland, »dass es allein aus menschlicher Schwäche, aus Feigheit geschah. Ich hätte besser daran getan, mir selbst das Leben zu nehmen. Diese Gelegenheit habe ich leider versäumt. Und heute – heute ist es dafür zu spät. Wir sind längst über solche Albernheiten hinaus.«

Bei einem Scharmützel irgendwo in Kurland wurde Voland von Kalmücken gefangen, ins Innere Russlands verschleppt und in die türkische Sklaverei verkauft. Die Türken machten ihn zum Ruderknecht auf einer ihrer Galeeren, die das Schwarze Meer befuhren. Nach Jahren voller Qual und Demütigungen wurde Voland plötzlich von Bord geholt. Man warf ihm ein paar Lumpen über und schickte ihn zusammen mit anderen schwedischen Gefangenen nach Posen, als Geschenk für den verehrlichen Schwedenkönig Karl.

»Gott soll uns strafen?«, rief Voland mit schneidender Stimme. »Hat er das nicht bereits zu Genüge getan? Warum hat er mich zweimal verschont? Etwa aus Gnade? Warum nur mich? Sollte ich ihm dankbar sein für dieses Leben? Ich habe ihn nicht darum gebeten. Tat er es zum Hohn? Das dachte ich lange. Heute weiß ich, er tat es einzig und allein, *weil er es konnte*.«

»Was, wenn es ihn gar nicht gibt?«

Voland starrte ihn entgeistert an.

Jacob hielt sich die Hand vor den Mund. Er hatte das nicht sagen wollen. Es war, als habe ein anderer aus ihm gesprochen.

»Wer bist du?«, schrie Voland ihn an. Er war völlig außer sich. »Versuche mich nicht, du …« Er stockte. Dann schlug er sich an die Stirn, sein Antlitz verzerrte sich zu einer Grimasse. Voland brach in ein schallendes Gelächter aus, in das sich verzweifeltes Schluchzen mischte. »Ego te absolvo«, weinte er. »Te absolvo, domine, a peccatis tuis in nomine hominum bonae voluntatis … Alle Schuld ist vergeben! Alles vergeben und vergessen!«

Von Grauen ergriffen, floh Jacob aus dem Zelt.

Er legte sich nieder und versuchte zu schlafen. Aber in dieser Nacht tat er kein Auge zu. Volands Lachen verfolgte ihn bis zum Morgen.

XXIX.

Böse Geister II

Wochen vergingen. Lewenhaupt kam nicht. Immerhin meldeten die walachischen Aufklärer, dass er nur noch vier Marschtage vom königlichen Lager, das sich in der Nähe des Dorfes Starodub befand, entfernt sei. Es wurde höchste Zeit. Inzwischen aßen die Schweden buchstäblich alles. Sobald ein Pferd vor Schwäche zusammenbrach, stürzte sich eine gierige Meute auf das Tier. In einem Augenblick war nichts mehr davon übrig, auch der Kopf und die Eingeweide wurden verzehrt. Bald sah man nirgendwo mehr Hunde. Mit Kräutern gekocht, schmeckte ein Hundeoberschenkel ein wenig wie Hasenrücken. Manche brieten auch Maulwürfe, Ratten und Mäuse. Man machte sich nicht die Mühe, die Tierchen zu häuten und auszunehmen, verschlang sie gleich im Ganzen. Als auch die Nagetiere verschwunden waren, begannen sie, Leder und Häute von Ochsen, Schafen und anderen Tieren zu kochen, besonders Kalbsleder war beliebt. Man verspeiste auch Briefe, Urkunden und Bücher. Das Papier wurde gekocht, bis es klebrig genug war, um daraus eine Art Frikassee zuzubereiten. Als auch diese Nahrungsquelle versiegt war, ging man dazu über, die Felle von Trommeln, den verhornten Teil der Hufe von Pferden und Rindern, auch allerlei Sträucher und Unkräuter zu essen. Doch auch diese Kost ging eines Tages zur Neige. Der Hunger blieb.

An den Flüssen wuchs eine Pflanze mit dicken Knollen, die einen angenehmen Duft verbreitete und süß schmeckte. Die Schweden nannten sie »Sprängört«, die Deutschen kannten sie unter dem Namen »Wüterich« oder »Wasserschierling«. Jeder wusste, dass ihr Genuss, ob nun roh oder gekocht, tödlich war. Dennoch aßen viele davon. Sie verloren die Besinnung, zuckten mit Händen und Füßen, hatten Schaum vor dem Mund und starben innerhalb weniger Stunden.

Schließlich zerkleinerten und zermalmten sie Steine und stellten daraus unter Zugabe von Wasser, Salz und Essig eine Paste her, die wenigstens für kurze Zeit das unerträgliche Hungergefühl stillte.

Am 6. Oktober tauchte, völlig abgerissen und vor Hunger halb verrückt, ein Fähnrich des Dalekarlierregiments im Hauptquartier auf. Sein Erscheinen löste namenlose Bestürzung aus. Die Dalekarlier gehörten zur Armee Lewenhaupts. Bald hatte das gesamte Heer die Hiobsbotschaft vernommen: General Lewenhaupt war geschlagen, seine Soldaten tot oder zerstreut, die Vorräte, die er heranschaffen sollte, verloren.

Fünf Tage später erreichte Lewenhaupts Armee das Lager – oder das, was von ihr übriggeblieben war: Anstelle der zwölftausend Mann, wohlausgestattet mit Artillerie, Munition und Proviant, kamen nicht einmal sechstausend. Und sie brachten nichts außer ihrem Leben und den Fetzen, die sie am Leibe trugen.

Am Abend desselben Tages ließ Karl XII. nach Jacob schicken. Er sollte seine Flöte mitbringen.

Als Jacob das königliche Zelt betrat, lag Karl angekleidet auf seinem Bett. Neben seiner Lagerstatt stand ein kleiner Tisch, darauf eine von Fliegen umschwirrte Kerze, eine Bibel und das Porträt seines großen Vorfahren Gustav Adolf, außerdem ein Holzteller mit etwas Brot und ein Becher mit Milch, beides offenbar unberührt. Auf zwei ledernen Feldstühlen saßen Sinclair, Gyllenkrok und Hårdt beieinander und unterhielten sich mit gedämpften Stimmen. Jacob verstand nicht, was sie sprachen, er hörte nur Gyllenkroks finnischen Singsang heraus. In einer Ecke schlief auf einer Matte tief und fest Karls Page Klingenstierna. Neben ihm Pompe, der als einziger Hund die Hungersnot überlebt hatte. An den Zeltwänden spielten Schatten.

Kammerdiener Johan Hultman, auch er bis auf die Knochen abgemagert, aber noch immer die Würde selbst, führte Jacob an das Bett des Königs. Karls wettergebräuntes Gesicht war wie versteinert. Der König war erst sechsundzwanzig Jahre alt, nur drei Jahre älter als er selbst, aber in dem unruhig flackernden Licht wirkte er wie ein Greis. Seine Augenlider waren verquollen. Die langen, schmalen Hände lagen gefaltet auf seiner Brust wie bei einer steinernen Grabfigur. Karl schien seine Umgebung nicht wahrzunehmen. Aber er musste ihn doch bemerkt haben. Er murmelte etwas. Jacob verstand ihn nicht. Er blickte hilfesuchend zu Sinclair hinüber. Der Schotte nickte ihm zu, wies auf die Flöte.

Jacob setzte das Instrument zusammen. Dann ließen sie ihn mit dem König allein. Sogar Hultman, der allgegenwärtige gute Geist, verließ das Zelt.

Jacob spielte eine Weise, die er dem König schon in seiner Schlafkammer im Schloss Altranstädt vorgetragen hatte.

Als er nach der ersten Suite die Flöte absetzte, seufzte Karl leise auf. »Spiel weiter«, flüsterte er auf Deutsch. Seine Augen glänzten feucht.

Jacob blies eine Sarabande, danach eine Bourée.

Karl XII. hob die Hand. »Es ist genug«, sagte er. »Wie lautet sein Name?«

»Johann Jacob Bach, Euer Gnaden, Feldhautboist bei den Leibtrabanten Eurer Majestät.«

Ein Lächeln flog über das verwitterte Antlitz des Königs. »Ja, ich erinnere mich. Am schlimmsten ist die Schlaflosigkeit, weißt du. Nie, musst du wissen, ist uns der Schlaf geflohen. Wir konnten immer schlafen, bei Hitze und bei Kälte, im Sattel, wenn es sein musste. Das war gut. Denn Schlaf ist das Wichtigste, ein König muss schlafen können. Begreifst du das?«

»Ja, Majestät.«

»Wir brauchen keine Regimenter«, sprach der König mehr zu sich selbst. »Wir brauchen keine Kanonen. Wir brauchen vor allem Schlaf! Ich besiege eine Welt von Feinden, wenn nur der Schlaf mich nicht verlässt. Verstehst du?«

»Ich verstehe, Majestät.«

»Der Doktor kann uns nicht helfen«, fuhr Karl in halb ärgerlichem, halb spöttischem Ton fort. »Auch unser gemeinsamer Freund Sinclair nicht. Er hat uns seinen scheußlichen schottischen Schnaps verabreicht. Das teuflische Gebräu hat uns nur noch wacher gemacht. Pfui.« Der König schüttelte sich, als überrieselte ihn ein eiskalter Schauer. »Nur auf Gyllenkrok ist Verlass«, sprach er weiter. »Der Navigator hat sich redlich bemüht, uns einzuschläfern mit seinen gelehrten Abhandlungen über Festungsbau und Belagerungstaktiken. Wusstest du, dass er in seiner Jugend an der Belagerung von Namur teilgenommen hat?«

»Nein, Majestät.«

»Doch!«, rief Karl. »Die Attacke auf die Contreescarpe am Tor von St. Nicolas! Vertrackte Geschichte. Gyllenkrok hat sich so in Rage geredet, dass ihn eine gewisse Blessur, die er vor Jahrzehnten dort empfangen hatte, wahrhaftig wieder zu schmerzen anfing. Unglaublich, wie?«

»Sehr wohl, Majestät.«

»Was denkst du?«, fragte der König plötzlich.

Jacob wusste nicht, was er antworten sollte.

»Was denkst du«, wiederholte Karl XII., »wie die Geschichte ausgeht?«

»Wir sind alle in Gottes Hand, Majestät.«

»Das ist wahr«, stimmte Karl zu. »Und ich weiß, Gott wird uns auch dieses Mal nicht im Stich lassen.« Er setzte sich auf, reckte die Arme und gähnte. Dann griff er nach dem Becher und trank einen Schluck Milch. »Uns ist wohl bewusst«, sagte er ernst, »was wir unseren Männern zumuten. Wir erleiden dasselbe, noch Ärgeres. Aber die Zeit der Leiden ist bald vorbei. Wir werden nach Süden ziehen, in eine Gegend, die Kleinrussland genannt wird oder Ukraine. Es heißt, dort flössen Milch und Honig. Graf Piper und meine Generale sind dagegen, sie wollen am liebsten umkehren. Wir aber glauben, wenn wir uns dort unten erst einmal satt gegessen und vor allem gründlich ausgeschlafen haben, wird uns die Sache in einem neuen, hoffnungsvolleren Licht erscheinen. Hilfe ist unterwegs. Mein Bruder König Stanislaus wird mit der polnischen Kronarmee zu uns stoßen. Wir finden neue Verbündete. Die Kosaken haben sich schon gegen den Zaren erhoben, auch sie werden an unserer Seite kämpfen. Nicht alle Russen verehren den Zaren wie einen Gott. Wusstest du, dass manche Peter für den Antichrist halten?«

»Nein, Majestät.«

»Aber so ist es. Er hat die heiligen Bräuche ihrer Kirche abgeschafft. Diejenigen, die am alten Glauben festhalten, verfolgt er wie einst Kaiser Nero die ersten Christen. Du weißt, wer der Antichrist ist?«

»Am Ende aller Tage tritt ein Mensch auf und verbreitet falsche Lehren.«

»In der Tat.« Karl XII. deutete auf die Bibel auf seinem Nachttisch. »Verwichene Nacht«, sagte er, »als wir nicht schlafen konnten, haben wir in der Offenbarung des Johannes gelesen.« Er schwieg einen Augenblick. »Wir sind in Versuchung geraten«, flüsterte er dann. »Wir sind in Versuchung geraten. Aber wir dürfen den Glauben nicht verlieren.« Sein Blick fiel auf Gustav Adolfs Bildnis. »Mit Gottes Hilfe werden wir diesen Kampf bestehen!«

Der König stand von seinem Lager auf und griff nach seinem Degen. »Johann Jacob Bach, geh und sage allen: Der König ist wohlauf und guten Mutes. Der Sieg ist uns von Gott versprochen, im Vertrauen auf ihn ziehen wir in die Schlacht. Du aber bleibst von nun an an unserer Seite. Und wenn die bösen Geister wieder über uns herfallen, vertreibe sie mit deiner Flöte.«

Anderntags tauchte tatsächlich ein Trupp Kosaken im Hauptquartier auf, an ihrer Spitze ritt ein dürres uraltes Männchen mit überlangem grauem Schnauzbart. Es war, wie sich alsbald herumsprach, der Hetman der ukrainischen Kosaken, Iwan Masepa. Seine ausgedehnten Besitzungen machten ihn angeblich zu einem der reichsten Fürsten Europas, über sein abenteuerliches Leben erzählte man sich die unglaublichsten Geschichten.

Zunächst hatte Masepa an der Seite des Zaren gegen die Schweden gekämpft, sich nach den schweren Niederlagen der Russen aber in die Weiten seiner Steppe zurückgezogen. Wie es hieß, wollte er nun endgültig die Seiten wechseln. Die Kosaken waren schlecht ausgerüstet und undiszipliniert, aber ihre Zahl war gewaltig, von hunderttausend Kriegern war die Rede.

Auch eine polnische Gesandtschaft traf ein, allerdings nicht sehr zahlreich und ohne König Stanislaus, der, in seinem neuen Königreich unabkömmlich, vorerst nur seine besten Wünsche schickte. Unter den Polen befand sich allerdings ein gewisser Graf Poniatowski, eine elegante Erscheinung und, wie es schien, ein überaus selbstbewusster Herr. Über sein Eintreffen freute sich Karl besonders, auch von Sinclair wurde der Graf sehr herzlich als alter Bekannter begrüßt. Vor den versammelten Generalen nannte der König den polnischen Edelmann seinen treuesten Freund und Waffenbruder. Poniatowski heuchelte ein verlegenes Lächeln. Die meisten Offiziere verweigerten ihm offen den Handschlag. Rehnskiöld würdigte ihn keines Blickes. Karl XII. achtete nicht darauf. Aus seinen Augen leuchtete Zuversicht. Er sprühte vor Tatendrang.

Schon am folgenden Tag ließ der König das Lager abbrechen. Die Armee marschierte nach Süden, in die Ukraine.

Anfang November 1708 überschritten die Schweden die Desna, einen Nebenfluss des Dnjepr, und marschierten in Eilmärschen nach Baturyn, der Hauptstadt des Hetmans Iwan Masepa. Die ukrainischen Kosaken hatten sich endgültig von Zar Peter losgesagt und sich auf Karls Seite geschlagen. In Baturyn wollten sich die Schweden ausruhen und mit Proviant und neuer Ausrüstung versorgen. Doch schon aus der Ferne sahen sie die Rauchfahnen, die über der Stadt aufstiegen. Die Russen waren ihnen zuvorgekommen. Sie hatten Baturyn erobert und an den Aufständischen grausame Rache geübt. Die Häuser waren bis auf die Grundmauern zerstört, alle Lebensmittel geraubt oder verbrannt. Die Straßen lagen voller Leichen, die Russen hatten auch Greise, Frauen und Kinder nicht verschont. Von Masepas gewaltiger Streitmacht war nicht viel übriggeblieben. Die Kosakenführer, die das Gemetzel überlebt hatten, waren von ihm abgefallen und in die Steppe geflohen. Nur die Saporoger Kosaken, ein wilder Stamm, der, wie es hieß, auf dreizehn befestigten Inseln in den Dnjepr-Stromschnellen hauste, hielten ihrem Hetman die Treue. Mit den Resten seiner Armee, ungefähr siebentausend Kriegern, schloss sich Masepa den Schweden an.

Eine andere Hoffnung hatte sich indessen erfüllt: Die Ukraine war bisher vom Krieg so gut wie unberührt geblieben. Auf den Weiden grasten Schafe und Rinder, die Scheunen waren voll mit Getreide, es gab Brot, Eier, Honig, Hafer und Heu in Fülle. Zwischen den Städten Romny, Pryluky, Lochwyzja und Hadjatsch bezogen die Schweden ihre Winterquartiere. Es wurde höchste Zeit. Bereits im Herbst hatte es zu schneien begonnen. Bald setzte der Frost ein.

Es war der schlimmste Winter seit Menschengedenken. Der Wind fegte scharf über die ukrainische Steppe und peitschte ihnen Eiskristalle ins Gesicht. Jeder Atemzug war wie mit Nadeln gespickt. Die Kälte kroch an den Armen hoch, fraß sich durch Eingeweide bis in die Füße hinunter. Sobald sie ihre Waffen, alles Metallische, anfassten, klebte das Fleisch am Eisen fest.

Das Vieh starb in den Ställen, Eichhörnchen und Vögel fielen tot von den Bäumen. Dragoner saßen steinhart gefroren und tot auf ihren Pferden, die Zügel noch in den Händen, so fest, dass man ihnen die Finger abschneiden musste, um sie daraus zu lösen. Vielen Männern froren Zehen, Hände, Nasen und sogar die Geschlechtsteile ab. Zuerst verfärbte sich die Haut dunkelblau, dann löste sie sich zu einer schwärzlichen gallertartigen Masse auf, ein süßlich-fauliger Gestank verbreitete sich. Darunter zeigte sich der schiere, säuberlich abgeschälte Knochen. Die Kälte lähmte den Verstand. Sie tötete alles: Gehorsam, Kameradschaft, Mitleid. Die Lebenden fielen über die Sterbenden und Toten her, zerrten die Decken herunter, rissen ihnen Kleider und Stiefel von den hartgefrorenen Leibern, stritten, schlugen einander um jeden wärmenden Fetzen tot.

Die Russen waren besser gegen die Kälte gewappnet; sie trugen wärmere Kleidung und Filzstiefel. Und sie ließen die Schweden selbst im Winter nicht in Ruhe.

XXX.

Der Engel auf dem Dach

Wie ein Leichentuch, dachte er. Der Schnee liegt wie ein Leichentuch über allem. Jacob irrte über eine weiße Ebene. Längst wusste er nicht mehr, wo er war. Er musste sich weit vom Lager entfernt haben, denn nirgendwo war ein Wegzeichen zu sehen. Die Schweden hatten ihre Wege mit grausigen Zeichen markiert, menschliche Leichname, mit dem Kopf nach unten, die Beine in die Luft gereckt. Über Nacht legte sich auf die Sohlen der grauen Füße eine dünne Schneedecke. Ob es Schweden oder Russen waren? Niemand konnte das sagen, und es kümmerte auch niemanden.

Ihn schwindelte. Er grübelte über Nichtigkeiten nach. Nichtigkeiten? Was man im gewöhnlichen Leben als Nichtigkeit ansah, war in der eisigen Hölle des ukrainischen Winters eine Frage von Leben und Tod: Wem gehörte das letzte Drittel des Aschekuchens, den sie gestern in einem schmutzigen Winkel einer Bauernkate gefunden hatten? Wem standen Erichsons russische Filzstiefel zu? Der arme Erichson. Er war es gewesen, der ihn damals in Leipzig verhaftet hatte. Als Jacob zu den Trabanten kam, hatte sich Erichson ihm gegenüber zurückhaltend gezeigt, nicht eben feindselig, aber er war ihm auch nicht gerade um den Hals gefallen. Nachdem Jacob ihm versichert hatte, dass er ihm nichts nachtrage, hatte sich zwischen ihnen eine gute Kameradschaft entwickelt. Erichson hatte am ganzen Körper gezittert wie Espenlaub, seine Zähne hatten im Schüttelfrost aufeinandergeschlagen. Dann war überall roter Hautausschlag ausgebrochen und hohes Fieber. Als er starb, war Erichson nicht mehr bei Bewusstsein gewesen. Wedderkop meinte, die Läuse übertrügen das Fleckfieber. Die verdammten Läuse. Aber was sollten sie dagegen tun? Die Kälte zwang sie, Tag und Nacht immer dieselbe Kleidung zu tragen, oft Kleidung, die sie toten Kameraden oder Feinden abgenommen hatten. Wie sollten sie sich waschen? Man hatte die Wahl: entweder zu erfrieren oder sich von den Läusen auffressen zu lassen. Vielleicht doch lieber erfrieren, dachte Jacob. Er erinnerte sich an diesen jungen Fähnrich, wie er dagelegen hatte, die Hände auf der Brust gefaltet. Lächelnd. Er lag auf einer grauen Decke, aber das Grau lebte! Die Decke bestand aus Myriaden von Läusen. Seltsam, dass die Schmarotzer von ihm abgelassen hatten. Auf dem Körper und in den Kleidern fand sich keine einzige Laus mehr. Als hätten sie gewusst, dass hier für sie nichts mehr zu holen war.

Jacob versuchte sich daran zu erinnern, wie sehr ihn Schmidts Tod getroffen hatte. Ein Irrsinn. Jetzt beneidete er ihn beinahe um einen solchen Tod. Eine Kugel mitten ins Herz, nur ein kurzer Augenblick, die Überraschung lässt dem Schmerz keine Zeit. Und dann ein richtiges Begräbnis. Was konnte ein Soldat mehr verlangen? Niemand von ihnen durfte sich einen solchen Tod erhoffen. Ihnen blieb nur Verzweiflung. Und dennoch hielten sie aus, ertrugen alles, ohne aufzubegehren. Wie war das möglich? Sie begriffen es selbst nicht. Jacob begriff es nicht.

Es war aussichtslos. Ohne Hilfe würde er niemals ins Lager zurückfinden. Warum hatte er sich überhaupt aufgemacht? Der Hunger hatte ihn hinausgetrieben. Wie ein Heuschreckenschwarm waren die Schweden über die Ukraine hergefallen, längst war alles kahlgefressen. Alle irrten herum auf der Suche nach Essbarem. Ob sie damit ihr Leben aufs Spiel setzten, kümmerte sie nicht. Überall schwärmten Kosaken umher. Wer eine

Kugel oder einen Säbelhieb erhielt, konnte von Glück reden. Doch der Hunger war mächtiger als die Furcht vor Folter und Tod.

Jacob merkte, dass er in einen Wald geraten war. Die Birken standen dicht beieinander. Das war gut, so konnte er sich verstecken, wenn sich ein Feind näherte. Er hielt inne und horchte. Aber da war niemand. Nur die Stille dröhnte ihm in den Ohren. Eine solche Stille hatte er noch nie erlebt, sie war lauter als jedes Geräusch, wie ein tausendfaches Glockengeläut.

Er gelangte auf eine Lichtung. In ihrer Mitte stand ein Gebäude, das wie eine Kirche aussah. Es war ein niedriger, grob aus Holzstämmen gefügter Bau mit einem nach vier Seiten steil abfallenden Dach, das wiederum von einer zeltförmigen Überdachung auf einem achteckigen Unterbau gekrönt war. Die Kirche – es war wohl mehr ein Bethaus – war halb niedergebrannt, die Wände schwarz verkohlt. Ob Schweden oder Russen hier gehaust hatten? Womöglich hatten die Gläubigen ihre Kirche auch selbst so verwüstet. Es war bekannt, dass der Zar diejenigen, welche die Änderungen, die er für den Gottesdienst und die Gebete angeordnet hatte, ablehnten, grausam verfolgte. Diese Altgläubigen waren davon überzeugt, dass das Ende aller Tage bevorstehe, und hielten Peter für den leibhaftigen Satan und Antichrist. Sie versteckten sich in den Wäldern und bereiteten sich durch Beten, Fasten und Kasteiungen auf das Jüngste Gericht vor. Statt Brot aßen sie Farnkraut, Sauerklee und Eicheln; sie peitschten sich selbst mit Reisigruten blutig. Manche legten sich lebendig ins Grab und warteten auf den Tod. Wenn die Häscher des Zaren sie entdeckten, versammelten sie sich in ihren Bethäusern, zündeten sie an allen vier Ecken an und verbrannten darin. Hofprediger Nordberg und Olof Hermelin interessierten sich sehr für diese seltsamen Märtyrer. Mit Hilfe von Dolmetschern fragten sie russische Kriegsgefangene aus. Hermelin schrieb darüber lange Abhandlungen, die er an alle Höfe Europas sandte. Auch Nordberg sprach in seinen endlosen Predigten darüber und stellte den Zaren als einen neuen Herodes oder Nero hin.

Die Lichtung war menschenleer. Vor dem Bethaus war ein Ochse geschlachtet worden, vielleicht auch ein Pferd. Die Feuerstelle, über der das Fleisch gebraten worden war, war noch warm. Von dem Tier war nichts übrig als die Knochen, ein Haufen Gedärm und der Magen, ein verschrumpeltes bläulich-schwarzes Ding. Jacob spürte ein Würgen in der Kehle. Aber er wusste, dass er den Pansen verschlingen würde.

Noch während er mit sich rang, brachen Reiter aus dem Dickicht. Jacob blieb wie erstarrt stehen. Waren es Kosaken? Nein, die Kerle auf ihren ausgezehrten Kleppern waren Schweden: Die Fetzen, die sie am Leibe trugen, waren blau, waren zumindest einmal blau gewesen. Das war allerdings ein schwacher Trost, denn es bedeutete nur, dass sie ihn nicht auf der Stelle totschlagen würden. Vielleicht. Ob Freund und Feind, spielte in diesem Winter kaum noch eine Rolle.

Die beiden Dragoner hielten sich nicht lange mit ihm auf. Wortlos stießen sie ihn beiseite und teilten den Magen unter sich auf. Sei es aus Barmherzigkeit, sei es aus Hohn, warf ihm einer die Milz zu, die zusammengeschrumpft an dem Magen geklebt hatte. Sie entfachten das Feuer neu, steckten ihre Bissen auf die Degenspitzen, bestreuten sie mit Salz und verschlangen die verkohlten Brocken mit Heißhunger. Jacob kaute, den Brechreiz unterdrückend, auf seiner Milz herum. Sie war zäh, schmeckte bitter und nach Kot.

Nachdem sie ihre Mahlzeit beendet hatten, traten die Dragoner das Feuer aus und verschwanden so rasch, wie sie gekommen waren. Jacob blieb allein zurück.

Kaum war der Hufschlag verhallt, drang ein gefährliches Knurren an sein Ohr.

Die Wölfe mussten, angelockt durch den Bratenduft, schon eine Weile um die Feuerstelle herumgeschlichen sein. Es waren drei. Ausgemergelte, räudige Geschöpfe. Der Hunger hatte sie alle Furcht vor dem Feuer oder vor dem Menschen vergessen lassen. Zähnefletschend umlauerten sie Jacob. Er ließ den Degen durch die Luft sausen. Aber sein Gefuchtel beeindruckte die Wölfe nicht im Mindesten; die Bestien waren sich ihrer Überlegenheit bewusst. Gegen einen Wolf hätte Jacob sich verteidigen können, vielleicht auch gegen zwei. Gegen drei hatte er keine Chance. Wölfe waren grausam und schlau. Sie würden ihn von drei Seiten zugleich angreifen, ihn zu Boden reißen. In wenigen Augenblicken würde nur ein Haufen abgenagter Knochen von ihm übrig sein.

Die Wölfe umkreisten ihn in immer geringerem Abstand. Warum zögerten sie?

Die Kirche! Es hieß, dass Wölfe niemals menschliche Behausungen beträten, auch nicht, wenn sie verlassen waren. Jacob musste das Bethaus erreichen, bevor sie ihm den Weg abgeschnitten hatten. Langsam, Schritt für Schritt, bewegte er sich rückwärts auf den Eingang zu. Die Torflügel hingen lose in den Angeln. Die Wölfe beobachteten ihn aufmerksam. Er glaubte Spott in ihren Raubtieraugen zu erkennen. Durchschauten sie seinen Plan? Sie zogen ihre Kreise immer enger, blieben aber stets außerhalb der Reichweite seines Degens.

Schließlich hatte es Jacob geschafft. Ihm bot sich ein Bild der Verwüstung. Überall lagen Trümmer. Alles, was den Marodeuren nicht von Wert erschienen war, war zerschlagen. Von einer hohen buntbemalten Wand starrten ihn bleiche Heilige an. Die Bilder waren von Kugeln durchlöchert und mit Fäkalien besudelt. Wer hatte sich so an dem Gotteshaus vergangen? Plötzlich stand ihm der Kantor Arnold vor Augen, wie er auf dem Altar gehockt und den Toten verkündet hatte, dass kein Gott sei. Am liebsten wäre Jacob auf der Stelle fortgerannt. Doch da draußen warteten die Wölfe auf ihn. Wenigstens war er hier vor diesen blutgierigen Bestien sicher.

Er hatte sich getäuscht. Ohne zu zögern, folgten die Wölfe ihm in die Kirche, sahen sich neugierig um, beschnupperten die zerschlagenen Gegenstände. Sie taten, als beachteten sie ihn nicht, als sei er gar nicht da. In Wahrheit ließen sie ihn nicht aus den Augen, verfolgten jede seiner Bewegungen genau. Wohin sollte Jacob sich flüchten? Er war verloren. – Nein, da war eine hölzerne Leiter, sie musste den Turm hinaufführen. Sie sah intakt aus, und sie war für die Wölfe zu steil. Wölfe waren keine guten Kletterer. Zumindest hoffte Jacob das. Diese Scheusale hatten sich als verschlagener und furchtloser erwiesen, als er es je für möglich gehalten hätte. Wer weiß, wozu sie imstande waren. Aber die Stiege war sein einziger Ausweg.

Vorsichtig kletterte Jacob die brüchigen Sprossen hinauf. Er spürte die Blicke der Bestien in seinem Rücken. Aber er zwang sich, sich nicht umzublicken. Endlich hatte Jacob das Dach erreicht. Er sah nach unten. Die Wölfe versuchten, ihm zu folgen, aber sie gaben es bald auf. Die Leiter erwies sich als ein unüberwindliches Hindernis. Jacob war gerettet.

Seine Freude währte nur kurz. Zwar konnten ihm die Wölfe nicht auf den Turm folgen. Aber darum hatten sie ihre Beute noch lange nicht aufgegeben. Einer hielt am Fuß der Leiter Wache, während sich die beiden anderen nach draußen begaben und dort Posten bezogen. Jacob bewarf sie mit großen Holzsplittern und Dachziegeln, die überall herumlagen, aber er traf nicht, und die Raubtiere ließen sich dadurch nicht aus der Ruhe bringen. Wie Wachhunde liefen sie vor seinem Hochsitz hin und her, bleckten ihn mit ihren furchterregenden Gebissen an. Und warteten. Sie wussten, dass er in der Falle saß.

Es dämmerte. Jacob wickelte sich in seinen Mantel, aber die Kälte drang ihm bis auf die Knochen. Eine bleierne Müdigkeit ergriff ihn. Er wusste: Wenn er einschlief, würde er erfrieren. Um wach zu bleiben, holte er mit steifen Fingern seine Flöte aus dem Futteral.

Einen Moment fürchtete Jacob, seine Lippen würden an dem Instrument festfrieren. Mit äußerster Kraftanstrengung gelang es ihm, der Flöte einige Töne zu entlocken. Es war, als würde die Luft in seinen Lungen erstarren. Er spielte eine kleine Melodie. Die Wölfe spitzten die Ohren. Ließen sie sich etwa von der Musik betören? Hatte nicht Orpheus durch seinem Gesang Menschen, Tiere und sogar leblose Steine bezaubert? Es war nur eine alte Sage, ein Märchen. Aber steckte nicht womöglich ein wahrer Kern darin? Vielleicht ließen sich die Bestien dort unten durch Musik besänftigen.

Die Wölfe hatten sich erhoben und schauten erwartungsvoll zu ihm herauf.

Jacob blies eine lustige Weise. Die Wölfe lauschten andächtig. Zweifellos übte sein Flötenspiel eine Wirkung auf sie aus. Da hoben die Wölfe ihre Schnauzen und stießen ein markerschütterndes Geheul aus. Ihr schauerlicher Totengesang ließ ihm fast das Herz stillstehen. Die Bestien verhöhnten ihn! Das Einzige, von dem sie ergriffen waren, war ihr Hunger.

Die Lippen waren spröde und aufgesprungen, die Finger vor Kälte fast unbeweglich geworden. Sein Brustkorb schmerzte, die Glieder waren schwer, seine Augen fielen ihm zu. Seltsamerweise war er nicht verzweifelt. Eine stille, wohlige Gleichgültigkeit legte sich wie eine warme Decke über ihn. Warum jetzt nicht einschlafen? Wäre das nicht ein gnädiger, angenehmer Tod? Er würde einfach einschlummern, sanft und friedlich wie ein Kind. Überdies würde er den Wölfen eine Nase drehen: Sie gingen leer aus. Die Raben würden sich an seiner Leiche gütlich tun. Jacob musste lachen. Da hockten sie und durchbohrten ihn mit ihren gierigen Blicken. Aber es nützte ihnen nichts, an ihm würden sie ihren Wolfshunger nicht stillen.

Mit einem Male fühlte Jacob, dass er nicht allein war. – Nein, es konnte nicht sein. Der Hunger, die Kälte, die Angst ließen ihn Gespenster sehen. Ein Gedanke durchzuckte ihn: War er schon tot? Vermoderte sein Körper bereits dort oben auf dem Dach, und seine Seele – wo war seine Seele?

Er spürte die Kälte nicht mehr.

Keine zwei Ellen von ihm entfernt saß eine Gestalt.

»Dum spiro spero.«

Eine menschliche Stimme. Jacob hatte sie schon einmal gehört. Aber das war lange her. Jetzt sah er genauer hin: Neben ihm hockte in seinem verschossenen Rock, die zerzauste Perücke auf dem Kopf: *Theophilus Lessing.*

»Sie sind erstaunt, mich hier anzutreffen?« Der Schulmeister lachte glucksend. »Nun, mein Freund, um die Wahrheit zu bekennen, ich bin es auch ein wenig. Aber die Wege des Herrn sind, wie auch Sie hienieden bemerkt haben dürften, unergründlich.« Er musterte ihn und runzelte bedenklich die Stirn. »Herr Bach«, sprach er kopfschüttelnd, »ich muss Ihnen leider sagen, Sie sehen gar nicht gut aus. Ein wenig blass um die Nase.«

»Bin ich …«

»Tot? – Sie meinen, ob Sie tot sind?« Lessing zupfte nachdenklich an seiner Unterlippe. »Hm, nein, nicht dass ich wüsste. Ich glaube nicht.« Er blickte sich unbehaglich um. »Was ist das eigentlich für ein Ort? Bei Ihnen ist es ja bitterkalt«, rief er vorwurfsvoll. »Glauben Sie, unsereiner wäre dagegen gefeit? Ach wo, nein, so weit reicht die göttliche Gnade nicht. Gewiss«, sagte er mehr zu sich selbst, »gewiss, wir sterben nicht daran. Wie auch? Aber ich will nicht klagen. Wäre auch vergeblich, man nähme es nicht einmal zur Kenntnis. Seien Sie froh, dass Sie noch leben. Es ist ein zweifelhaftes Vergnügen, tot zu sein.«

»Ich träume – das muss ein Traum sein!«

»Ja, das wäre durchaus möglich«, stimmte Lessing ihm zu. »Es wäre sogar recht wahrscheinlich: Die Kälte, der Hunger, die Müdigkeit – in einem solchen Zustand, in dem Sie sich befinden, neigt der Mensch zu Wahnvorstellungen. Ich dürfte es Ihnen nicht einmal übelnehmen, wenn Sie mich für einen Fiebertraum hielten. Aber stärken Sie sich ein wenig, bevor wir weiterplaudern.«

Lessing griff hinter sich und reichte Jacob einen großen schwarzen Rettich. »Der bringt Sie wieder zu Kräften.«

Mit einem kleinen silbernen Messer, das seltsam hell im Mondlicht glänzte, schnitt der Schulmeister dicke Scheiben von dem Rettich ab, die er sorgfältig mit Salz bestreute, ganz wie er es bei ihrer ersten Begegnung auf dem Cymbelstern getan hatte. Dann schob er Jacob eine Scheibe in den Mund. Das Salz brannte auf der wunden Lippe, der Geschmack war abscheulich scharf. Aber tatsächlich fühlte sich Jacob durch die Speise gestärkt. Eine angenehme Wärme durchfloss seinen Leib, die bleierne Schwere wich aus seinen Gliedern.

»Wie kommen Sie hierher?«, fragte er Lessing.

Der Schulmeister sah ihn nachdenklich an. »Unter uns, mein Freund, ich weiß es selbst nicht. Rauchen Sie noch?«

Aus dem Nichts praktizierte Lessing zwei lange Tabakspfeifen herbei. Sie waren bereits gestopft und angeraucht.

Jacob sog an seiner Pfeife. Der Tabak war mild und weich und doch würzig. Aber so herrlich er schmeckte, so abscheulich stank er.

»Mundet Ihnen das Kraut?«

»Ja, aber wie kann es angehen, dass etwas, das so himmlisch schmeckt, so verteufelt riecht?«

»Ich gebe zu«, erwiderte der Schulmeister, »es sind nicht gerade die Wohlgerüche Persiens. Er wächst übrigens auf dem *Jabal al-Ladhiqiyah*, das ist ein Gebirge in Syrien. Ein Freund, der verehrliche Herr Cartaphilus, hat ihn mir von dort mitgebracht. Hält sich öfter in dieser Gegend auf. Sehen Sie, die jenseitige Existenz hat auch ihr Gutes. Unsereiner macht die erstaunlichsten Bekanntschaften.«

»*Unsereiner?*«

»Wir Engel«, sagte Lessing, als spräche er zu einem begriffsstutzigen Schüler. »Aber unser Dasein ist nicht das reine Zuckerschlecken.«

»Weshalb?«

Sein Gegenüber schüttelte ungehalten den Kopf. »Was glauben Sie«, schimpfte er, »was das für eine Hudelei ist!« Er zog an seiner Pfeife und schien sich wieder etwas zu beruhigen. »Wie Sie wissen«, fuhr Lessing in versöhnlicherem Ton fort, »bedeutet unser Wort Engel nichts weiter als Bote. Und eben das sind wir, das ist unser Beruf: Wir ziehen im Dienste des Allerhöchsten in der Welt herum.«

»Und übermitteln Botschaften an die Menschen?«

Lessing stöhnte gequält auf. »Das sollten wir. Aber, mein Bester, eben das tun wir nicht.«

»Wie? Eben sagten Sie doch, Sie seien ein Engel des Herrn.«

»Ganz recht«, erwiderte Lessing. »So ist es. Das Dumme an der Sache ist nur: Wir haben nicht die geringste Ahnung, welche Botschaft wir überbringen sollen.«

»Das begreife ich nicht.«

»Ich auch nicht«, seufzte Lessing. »In biblischen Zeiten haben sich, wie Sie wissen, die Herren Erzengel auf die Erde begeben, sind den Menschen erschienen und haben ihnen Elohims Botschaft verkündet. Aber irgendwann hat man aufgehört, uns Aufträge zu erteilen. Ob man unsere Zuverlässigkeit in Zweifel zieht, ob sich andere Wege der Verkündigung aufgetan haben? Wir wissen es nicht.«

»Die Engel sind Boten ohne Botschaft.«

»So könnte man sagen«, versetzte Lessing. »Aber wenn man unsere Dienste, aus welchen Gründen auch immer, nicht mehr in Anspruch nimmt, uns also nicht mehr zu benötigen scheint, warum sind wir überhaupt noch vorhanden?«

»Vielleicht werden Sie eines Tages doch noch einmal benötigt?«

»Das wäre denkbar«, sagte der gewesene Schulmeister. »Wir können es zumindest nicht ausschließen. Aber offen gestanden, mein Freund, ich glaube nicht daran.«

»Warum nicht?«

»Weil Gott sich von den Menschen abgewandt hat. Seit Jahrhunderten spricht er nicht mehr zu ihnen, und auch zu uns nicht. So irren wir durch das Universum und versuchen, uns sein Schweigen zu erklären. Mit anderen Worten: Aus den Engeln sind Theologen geworden.«

»Dann hat der Kantor Arnold recht gehabt: Es gibt keinen Gott!«

»Manche von uns«, sprach Lessing, »sind daran irregeworden. Sie leugnen Gott oder behaupten, er sei in Wahrheit das böse Prinzip, ein *deus malignus*. Man kann es ihnen nicht verdenken.«

»Und was glauben Sie?«

Der Schulmeister hatte die Pfeife beiseitegelegt und sich eine Scheibe seines geliebten Rettichs in den Mund geschoben. »Ich? Nun, ich glaube weder das eine noch das andere«, sagte er kauend. »Wenn Gott nicht existierte, es ihn nicht wenigstens einmal gegeben hätte, wie könnte es uns Engel geben? Sie werden einwenden, dass auch dies, indem Sie mich für eine Ausgeburt Ihrer Fantasie halten, keineswegs als ausgemacht gelten dürfe. Dagegen kann ich nichts sagen. Aber *ich* weiß immerhin, dass ich bin. Nun ja, nicht von Fleisch und Blut, aber ich bin mir meines Vorhandenseins völlig gewiss.«

»Aber warum schweigt Gott?«

»Gute Frage. Und ich kenne die Antwort.«

»Wie lautet sie?«

»Im schönen Galiläa traf ich einst einen Mann, der mir einen Einblick in dieses Geheimnis gewährt hat«, sprach der Schulmeister. »Wie gesagt, man kommt herum in dieser und in jener Welt. Nennen wir unseren Weisen Ari. Das ist der Ehrenname, den ihm seine Adepten verliehen haben.«

»Nun?«

»Bevor Gott«, fuhr Lessing fort, »die Welt erschuf, war er allmächtig und allgegenwärtig. Aber indem er die Welt schuf, hat sich sein Wesen verändert: Er hat sich seiner Allmacht begeben. Warum? Das wissen wir nicht. Vielleicht langweilte er sich, vielleicht verspürte er Lust, sich selbst zu entdecken? Das aber konnte er nur, indem er etwas schuf, das außerhalb seiner selbst war. Können Sie mir folgen?«

»So ungefähr. Sprechen Sie ruhig weiter.«

»Als Gott sich entschloss, etwas außer sich selbst zu erschaffen, musste er Raum schaffen für dieses Etwas. Der Unendliche musste sich in sich selbst zusammenziehen, um so eine Leere oder, wenn Sie so wollen, das Nichts entstehen zu lassen, in dem und aus dem er die Welt schaffen konnte. Ohne diesen Rückzug hätte es außerhalb seiner selbst ja nichts geben können. Die Endlichkeit brauchte Platz.«

»Gott hat sich also in sich selbst zurückgezogen?«

»Man könnte es auch anders ausdrücken: Gott hat sich selbst ein Schicksal gegeben. Der springende Punkt ist aber der: Dieser Rückzug Gottes konnte keine einmalige Tat bleiben, er musste immer weitergehen. Denn nur sein anhaltender Rückzug bewahrt die Schöpfung davor, sich wieder in der Unendlichkeit zu verlieren. Mit anderen Worten: Die Welt kann nur durch die Abwesenheit Gottes bestehen.«

»Er hat sich für seine Schöpfung geopfert.«

»So könnte man sagen. Unterdessen hat er sich gänzlich ins Endliche entäußert, sich ihm gleichsam überantwortet.«

»Das heißt …«

»Unsere Welt ist erkauft durch die Ohnmacht Gottes. Sollte er noch vorhanden sein, hat er jedenfalls keine Gewalt mehr über seine Schöpfung. Er hat seine Herrschaft um unseretwillen preisgegeben.«

»Aber hat er nicht seinen Sohn gesandt?«

»Wenn an dieser Geschichte etwas dran ist«, entgegnete Lessing lächelnd, »dann war es der Versuch, sich am eigenen Zopf aus dem Sumpf zu ziehen. Wir wollen lieber davon schweigen.«

»Wie kommt das Böse in die Welt?«

»Menschenwerk!«, rief Lessing plötzlich aufgewühlt, fast zornig. »Gott ist weder böse noch gleichgültig, für eine solche Annahme gibt es keinen Grund. Aber er ist nun einmal nicht mehr Herr des Geschehens. Darum können wir ihn für das Böse in der Welt nicht zur Verantwortung ziehen. Das Böse, das auf Erden geschieht, ist Menschenwerk.«

»Aber was folgt aus alledem?«

»Was glauben Sie? Euch Menschen bleibt nur, euer Schicksal selbst in die Hand nehmen.« Lessing schwieg einige Augenblicke. »Nicht alle Engel teilen meine Ansichten«, fuhr er dann fort. »Um ehrlich zu sein, ich bin vielleicht der einzige, der so denkt.«

»Kein Wunder, Sie beweisen die Nichtigkeit ihrer eigenen englischen Existenz.«

»Ich liebe Platon, aber die Wahrheit ist mir noch lieber.« Lessing rückte umständlich seine Perücke zurecht. »Und nun«, sagte er feierlich, »muss ich Sie verlassen.«

»Warum so eilig?«

»Trotz allem sind wir Engel noch immer Boten. Meine Botschaft haben Sie gehört. Sobald wir unsere Aufgabe erledigt haben, müssen wir fort.«

»Werde ich sterben?«

Lessing küsste ihn auf die Stirn. Sein Atem roch nach Rettich und Tabak. »Nicht hier und nicht jetzt«, flüsterte er. »Leben Sie wohl, mein Freund!«

Seine Gestalt verschwamm allmählich in der Finsternis wie ein Spiegelbild in bewegtem Wasser. »Grüßen Sie den Magister Glaubrecht recht herzlich von mir«, hörte Jacob ihn noch wispern. »Sagen Sie ihm, ich trage ihm nichts nach.«

»Glaubrecht? Was ist mit ihm?«

Aber Theophilus Lessing war verschwunden.

Jacob öffnete die Augen. Er blickte in ein vertrautes Gesicht.

»Er wacht auf!« Die Stimme schien von weit her zu kommen. »Trinken Sie, Herr Bach! Sie müssen etwas trinken.«

Es war Magister Glaubrecht. Er trug den schwarzen Rock eines schwedischen Feldgeistlichen.

Es war kein Traum. Der Mensch, der sich über Jacob beugte, seine fiebernde Stirn mit Schnee einrieb und ihm warmen Schnaps einflößte, war Magister Glaubrecht.

Jacob wollte ihm danken, doch Glaubrecht hielt ihm den Finger vor den Mund. »Das Sprechen strengt Sie zu sehr an, Herr Bach«, sagte er leise. »Ruhen Sie sich aus. Ich will Ihnen derweil meine Geschichte erzählen. Warten Sie auf den Abend.«

Nachdem Glaubrecht seinen Pflichten als Feldprediger Genüge getan hatte, setzte er sich an Jacobs Lager und begann ohne Umschweife zu erzählen.

XXXI.

Bekenntnisse einer verirrten Seele

»Sie haben mich als Johann Gottlieb Glaubrecht kennengelernt, hier bin ich als Pastor Lorenz Hagedorn bekannt. Aber getauft bin ich auf den Namen Ludwig Hiob Packentrager. Mein Vater war ein angesehener Doktor zu Stralsund in Schwedisch-Pommern. Als sein einziger Sohn sollte ich in seine Fußstapfen treten und nahm darum mit siebzehn Jahren an der Alma Mater Gryphiswaldensis das Studium der Medizin auf – gegen meinen Willen wie gegen meine Neigung, denn von klein auf hat es mir vor dem Arztberuf gegraust. Am liebsten hätte ich die Philologie studiert, aber ich musste mich dem Wunsche meines Vaters fügen.

Zu Greifswald sah man mich selten im Kolleg, und sehr weit habe ich es, wie Sie wissen, in der ärztlichen Kunst auch nie gebracht. Nicht aus Faulheit, sondern aus einem tiefen Widerwillen, einem unaussprechlichen Ekel vor allen Dingen des Leibes. Insbesondere konnte ich den Anblick von Blut nicht ertragen; schon der Anblick einer Blutwurst bereitete mir Übelkeit. Meine Hämatophobie ging so weit, dass ich selbst vor dem Heiligen Abendmahl einen Abscheu empfand. Mein Herr Vater hielt aber meine Schwäche nur für Flegelhaftigkeit infolge der nachlässigen Erziehung meiner verstorbenen Mutter. In Greifswald, wo ich der väterlichen Aufsicht entzogen war, ließ ich also, wie gesagt, den alten Hippokrates liegen und warf mich heimlich, doch mit desto größerer Leidenschaft auf meine geliebte Philologia.

Nun hatte es der Satan gefügt, dass das Hinscheiden eines reichen Gevatters mich unversehens in den Stand setzte, das Leben eines, wie man sagt, rechtschaffenen Burschen zu führen. Ich erbte einen schönen Batzen Geld und gab es mit vollen Händen aus. Ich frönte der Völlerei, mein Dasein war, Gott sei es geklagt, ein einziges Fressen, Saufen und Speien. Noch heute treibt es mir die Schamesröte ins Gesicht. Aber das Burschenleben sollte mir bekommen wie dem Hund das Gras.

Als ich eines Nachts von einem Schmaus auf meine Bude wankte und dabei, wie die Studenten tun, meinen Degen über den breiten Stein schleifen ließ, da kam mir – der Teufel selbst hatte ihn diesen Weg geführt – ein ob seiner Streitlust berüchtigter Eisenfresser entgegen, ebenfalls voll wie ein Weinschlauch. ›Bärenhäuter, steh!‹, schrie der Unhold mir auf offener Straße zu und ging schon mit der Fuchtel auf mich los. Ich zog vom Leder. Was hätte ich tun sollen? In nüchternem Zustand wäre ich gewiss beiseitegesprungen. Ich war kein übler Fechter, doch bei den studentischen Duellen fließt immer reichlich Blut. Bisher war es mir stets gelungen, ohne meine Ehre daranzugeben, jedem ernsthaften Strauß aus dem Wege zu gehen. Aber ich war nicht nüchtern in jener Nacht, und der Wein hatte meine Courage geweckt. Also stellte ich mich in Positur. Schon war der böse Feind heran und schlug zu. Den ersten Hieb parierte ich mit Leichtigkeit, denn mein Kontrahent war noch berauschter als ich. Blindwütig prügelte er mit dem Rapier auf mich ein, konnte mich aber nicht treffen. Da fasste ich mir ein Herz, ich drang auf ihn ein und – noch heute weiß ich nicht, wie es geschah – legte ihn mit einem einzigen Stoß zu Boden. Ich war wie vom Donner gerührt, denn im selben Augenblick kam mir zu Bewusstsein, was ich getan hatte: Ohne es zu wollen, hatte ich dem Burschen eine falsche Quinte versetzt. Ich war so aufgewühlt, dass ich mich nicht einmal vor dem Blut grauste. Ich rüttelte den Sterbenden und redete auf ihn ein. Der Student öffnete den Mund, sprach etwas. Ich beugte mich über ihn, hielt mein Ohr an seine Lippen, um seine letzten Worte zu hören. Aber der Todgeweihte flüsterte kein Gebet, vielmehr stieß er die unflätigsten Verwünschungen und grauenhaftesten Flüche aus. Er verfluchte seinen Mörder, und ich fühlte, wie sich das Kainsmal auf meine Stirn brannte. Alsbald gab der arme Sünder mit einem fürchterlichen Röcheln den Geist auf. Was tat ich? Ich machte mich aus dem Staub, wie Kain, der seinen Bruder Abel erschlug.

Wie ich hernach erfuhr, war der Name des Toten Christian von Gaugräff, Student der Jurisprudenz. Allzu groß war die Trauer nicht; er hatte selbst manchen braven Burschen auf dem Gewissen. Die Geistlichkeit soll sich sogar geweigert haben, den unseligen Gaugräff auf dem Gottesacker zu bestatten.

Ich aber floh nach Hamburg, da ich nicht wusste, ob man mich etwa steckbrieflich verfolgte. Ohnedem meinte ich, den guten Namen Packentrager, den ich mit Blut besudelt hatte, ablegen zu sollen, nannte mich fürderhin Johann Gottlieb Glaubrecht und setzte noch einen Magister dazu. Um mir mein Brot zu verdienen, erinnerte ich mich wohl oder übel der Künste, die mich der Vater einst gelehrt, und verdingte mich als Bader. Für ein Trinkgeld schnitt ich Haare und stutzte Bärte in Gastwirtschaften. Zu meinen Kunden gehörten auch zwei Mijnheers, die in einem Gasthaus neben meiner bescheidenen Herberge logierten, die Brüder Johan und Pieter Kramer aus Amsterdam. Die beiden Holländer merkten bald, dass mehr in mir steckte als ein simpler Bartkratzer. Eines Abends fragten sie mich unumwunden, ob ich nicht Lust hätte, auf einem Walfangschiff als Meister mitzureisen, ›Meister‹ wird bei den Holländern der Schiffsarzt genannt. Der Walfänger trug den Namen *De Hoop* – ›Hoffnung‹. Ich nahm es als einen Fingerzeig Gottes und unterschrieb.

Nach drei Wochen Fahrt waren wir endlich bis Grönland gelangt. Das Eis lag zu beiden Seiten des Schiffs wie hohe Berge im Meer, das so blau wie Kupferwasser war. Glücklicherweise gab es für mich auf der Fahrt nicht viel zu tun. Fieber und andere Krankheiten kamen so gut wie nicht vor, vermutlich weil die starke Kälte die Luft von Miasmen frei hält. Jedoch brachte die Schiffsarbeit manche Prellung, Quetschung und Verrenkung mit sich, und die Hantierung mit scharfen Lanzen und Messern verursachte manche Schnittwunde. Obwohl mir der Anblick von Blut noch immer unangenehm war, gelang es mir doch, mich insoweit zu überwinden, dass ich die Verletzungen behandeln konnte.

Im Frühjahr langte die *Hoffnung*, bis zum Rand voll Tran, wieder in Hamburg an. Weil der Fang überaus glücklich ausgefallen war, erhielten die Seeleute über den vereinbarten Lohn hinaus eine Extra-Gratifikation. Auch ich, der Meister. Obwohl ich mich, wenigstens nach meiner eigenen Meinung, als Schiffsarzt nicht eben glänzend bewährt hatte, fragten mich die Brüder Kramer, ob ich nicht weiter in ihren Diensten bleiben wolle. Ich aber war meinem Herrgott dankbar, die gefährliche Meerfahrt einigermaßen heil überstanden zu haben, und hatte mir geschworen, nie wieder einen Fuß auf ein Schiff zu setzen. So lehnte ich das Angebot ab. Doch was sollte ich nun mit mir beginnen? Ich wusste es nicht. Nur so viel, dass ich meinem Leben eine neue Wendung geben musste.

Mit dem Lohn, den ich von den holländischen Brüdern erhalten hatte, konnte ich bei bescheidenem Lebenswandel zur Not ein volles Jahr auskommen. Ich mietete mir im Haus einer frommen Witwe eine stille Kammer, schloss mich darin ein und begann, die Heilige Schrift zu studieren. Tag und Nacht las ich die ganze Bibel, Wort für Wort, Seite für Seite, Buchstabe für Buchstabe, vom Anfang bis zum Ende. Als ich das Alte Testament einmal, das Neue Testament ungefähr zweieinhalbmal gelesen hatte, geschah es: Der Knoten löste sich. Ich erlebte eine

Befreiung und zugleich eine Höllenfahrt der Selbsterkenntnis. Die Sündhaftigkeit meines bisherigen Lebens offenbarte sich mir in ihrer ganzen Abscheulichkeit, und ich stürzte in die schwarze Tiefe meines Herzens. Ich weinte, haltlos, verzweifelt, eine ganze Nacht hindurch. Doch am Morgen fühlte ich mich wunderbar getröstet. In meinem Inneren hatte sich eine Wandlung vollzogen. Fieberhaft las ich weiter, ob ich nicht auf eine Stelle stieße, die mir noch mehr die Augen öffnete, mich auf den rechten Weg wiese. Aber bald wurde mir bewusst, dass ich die Heilige Schrift, so oft ich sie mir auch vornahm, nie aus dem Grunde verstehen würde, ohne sie in ihren ursprünglichen Sprachen lesen zu können. Ich verkaufte meine letzten Habseligkeiten, gab den Erlös einem Armenhaus und kehrte Hamburg den Rücken.

Auf meinen Wanderungen traf ich auf Gleichgesinnte, erweckte Christen, die sich zu Zirkeln, Sozietäten, Brüderschaften zusammengetan hatten. Manche von ihnen glaubten, dass das Jüngste Gericht bevorstehe, und bereiteten sich auf das Weltende vor. Sie arbeiteten nicht, verzichteten auf Schlaf und auf die geschlechtliche Liebe, um so zu vollkommener Reinheit zu gelangen. Sie sonderten sich von der Welt ab, um als ein kleiner Kreis von Auserwählten, als ein, wie sie es selbst nannten, ›Adel des Kreuzes‹, gemeinsam das Ende aller Tage abzuwarten. Doch nirgendwo hielt ich mich länger auf, bis ich eines trüben Herbsttages auf dem Gut Niederndodeleben in der Nähe der Stadt Magdeburg einkehrte.

Das Anwesen gehörte einem frommen Ehepaar, der Mann nannte sich Melchisedech, die Frau Sophia. Gottesfürchtige Edelleute hatten den beiden das Gut bei Magdeburg gekauft und ermöglichten ihnen durch ihre Zuwendungen ein sorgenfreies Leben. Ihre Tage verbrachten Melchisedech und Sophia im Gebet und mit dem Schreiben unzähliger Traktate und Briefe. Tagtäglich trafen in Niederndodeleben Hunderte Briefe aus ganz Europa ein; Besucher aus aller Welt gingen aus und ein, feierten gemeinsam Gottesdienste und besprachen sich über das Weltende und die Allversöhnung. Auch das Heilige Paar war oft auf Reisen, gemeinsam und getrennt. Sie besuchten bekehrte Adelige, befreundete Theologen und Konventikel in Berlin, Quedlinburg, Halberstadt, Halle, aber auch in Nürnberg, Heilbronn, Stuttgart, Tübingen, in Böhmen und Schlesien. Zu Teplitz soll Melchisedech in einer Synagoge gepredigt und den Juden das baldige Kommen des Messias verkündet haben.

Mit großem Eifer nahm ich an dem regen Leben teil. Ich betete, disputierte mit ihnen und lernte. Doch bei aller Freude fühlte ich, dass ich in diesem Kreise nicht finden würde, wonach mein Herz suchte. Das Schwärmertum war mir keineswegs zuwider, an manchem fand ich geradezu Gefallen, vieles erkannte ich für gut und recht, tue das in einigen Stücken noch heute. Aber im Ganzen war mir diese Mystik doch zu schwankend und flatterhaft, als dass ich ihr dauerhaft hätte anhängen können.

Noch bevor ich dem hohen Paar meine Zweifel offenbarte, hatte Sophia erkannt, wie es um mich stand. Sie sagte kein böses Wort, redete vielmehr sehr freundlich zu mir. Sie wolle mich nicht halten, bat mich jedoch, den Abschied noch einige Tage hinauszuschieben. Man erwarte nämlich einen Gast, der mir, wie sie fest glaube, den mir vorbestimmten Weg weisen könne.

Sophia hatte nicht zu viel versprochen. Denn der geheimnisvolle Besucher war niemand anderer als der berühmte Professor August Hermann Francke aus Halle. Während ihm die Dodelebener mit größter Ehrfurcht begegneten, gab sich Francke selbst bescheiden; er redete ungezwungen und nüchtern, ohne jede Überschwänglichkeit, was mich sogleich für ihn einnahm. Auch predigte er nicht weitschweifig und verzückt vom Ende aller Tage, stand vielmehr mit beiden Beinen fest auf der Erde. Es bedurfte nicht vieler Worte, bereits bei unserer ersten Begegnung wusste ich: Diesem musst du folgen! Francke hatte bis auf den Grund meiner Seele geblickt, mich mit all seinen Fehlern und Schwächen erkannt – und mich nicht zurückgewiesen, sondern mit überirdischer Liebe an sich gezogen. Ich begleitete ihn nach Halle, um dort das Studium der Theologie aufzunehmen.

Mit Eifer warf ich mich auf die Theologie. Besondere Freude bereitete mir das Erlernen des Hebräischen, bei dem ich rasch fortkam und das ich bald vollkommen beherrschte. Doch damit nicht genug, am Hallischen Institutum Orientale hielt sich damals ein morgenländischer Christ aus Damaskus auf, der Salomon Negri hieß. Dieser gelehrte und wunderbare Mensch unterrichtete mich im Chaldäischen und Arabischen. Nie ist mir größeres Glück widerfahren! Es war, als hätten diese herrlichen Buchstaben nur darauf gewartet, von mir entziffert und bald flüssig gelesen zu werden. Das Lateinische, das Griechische, selbst das Hebräische verblassten vor dem Reichtum und der Schönheit der arabischen Sprache. Leider sollte diese glücklichste Zeit meines Lebens bald ihr Ende nehmen. Nach zwei Jahren zog es Negri wieder von Halle fort, er wollte nach Italien, von dort nach Konstantinopel und Jerusalem reisen.

Etwas anderes lastete mir noch schwerer auf der Seele: Noch immer hatte ich meinen inneren Frieden nicht gefunden. Ja, ich bereute mein altes Leben, hatte mich von allem losgesagt und mein Gewissen erleichtert. Aber der letzte, endgültige Durchbruch, meine Wiedergeburt zum wahren Christsein, wollte und wollte mir nicht gelingen. Die Versenkung in die orientalischen Sprachen hatte mich von meinem Weg zum echten Christentum abgelenkt, mich stolz und töricht gemacht. Ich wusste weder ein noch aus, vergrübelte die Nächte, betete, dass Gott mir ein Zeichen senden möge. Schließlich schüttete ich dem verehrten Lehrer Francke mein Herz aus, der mich ruhig anhörte und mich zu fernerer Geduld ermahnte. Er habe ohnehin ein ernstes Wort mit mir reden wollen. Daraufhin teilte er mir mit, er habe mich dazu ausersehen, die Herren Plütschow und Ziegenbalg auf ihrer Reise an die malabarische Küste zu begleiten. Seine Majestät König Friedrich IV. von Dänemark, ein großmütiger Gönner des Glaucha'schen Waisenhauses, habe beschlossen, in seinen indischen Handelskolonien eine Mission einzurichten, um die Malabaren zum Christentum zu bekehren. Mit Heinrich Plütschow und Bartholomäus Ziegenbalg hatte Francke ihm für diese herrliche, aber auch gefährliche Aufgabe seine besten Schüler zur Verfügung gestellt. Er zweifle weder an ihrem guten Willen noch an ihrem Durchhaltevermögen, allein die beiden Herren seien doch noch sehr jung und unerfahren. Darum dächte er, ihnen einen Berater an die Seite zu stellen, und niemand halte er dafür geeigneter als seinen braven Magister Glaubrecht. Zudem wäre es, da sich, wie er wisse, an der malabarischen Küste viele Sarazenen aufhielten und unter den dortigen Heiden fleißig die türkische Religion verbreiteten, von Vorteil, einen profunden Kenner des Arabischen bei der Dänisch-Hallischen Mission zu haben. In einem Monat lege das Schiff, das, zufällig oder nicht, den Namen Sophia trug, von Altona ab. Er beneide mich um diese außerordentlich gottgefällige Aufgabe, die jedem, der sich ihr stelle, das Himmelreich gewiss mache, womöglich sogar, er wolle es gar nicht verschweigen, die Märtyrerkrone beschere. Indien wimmele ja nur so von grausamen Krankheiten, blutrünstigen Götzenanbetern und höllischen Dämonen. Wäre er, Francke, auch nur zehn Jahre jünger, er wallte mit Freuden dorthin, aber es sei ihm nun einmal nicht beschieden, und er werde dringlicher in Halle gebraucht.

Ich vermag die Bestürzung und Ratlosigkeit, die mich ergriff, nicht in Worte zu fassen. Ungeachtet dass ich mir geschworen hatte, mich nie wieder auf eine Seereise zu begeben, wie sollte gerade ich die Heiden bekehren, ein schwankendes Rohr, zweifelnd, unsicher und wankelmütig im Glauben? Ich teilte auch Professor Francke meine Bedenken und Gewissensnöte mit, er wollte aber davon nichts hören und beharrte durchaus auf seinem Standpunkt: Der Herr habe mich für diese Mission auserwählt. Statt zu zagen und zu zaudern und an dem göttlichen Entschluss zu zweifeln, sollte ich von Dankbarkeit und Freude erfüllt sein; nicht zuletzt dafür, dass sich mir endlich die

Gelegenheit biete, mich für all die leiblichen und geistlichen Wohltaten, die ich durch ihn und seine Anstalt gnädig erhalten, erkenntlich zu zeigen.

Diese letzte Bemerkung, die Professor Francke ganz beiläufig fallen ließ, brachte mich auf einen entsetzlichen Verdacht: Hatte er mich *darum* bei sich aufgenommen und mich das Arabische studieren lassen, dass ich seine Schüler auf ihre gefahrvolle Mission nach Indien begleiten sollte? Sollte hinter all der Wohltätigkeit und Güte, die ich in der Tat erfahren hatte und für die ich tiefe Dankbarkeit empfand, der reine Eigennutz stecken? Wäre Professor Francke, den ich verehrte und liebte wie keinen anderen Menschen, am Ende ein Heuchler, ein Schachspieler, der seine Kreaturen nach Belieben über die weißen und roten Felder zog und sie, wenn er Vorteil daraus gewinnen konnte, kaltblütig opferte? Noch während mir solche Gedanken in den Sinn kamen, schämte ich mich ihrer. Hatte Francke nicht recht? Wozu hätte ich mich meiner Studien befleißigen sollen, wenn nicht, um sie zum höheren Ruhme Gottes einzusetzen? Er hätte jedes Recht, mich einen undankbaren Heuchler zu schimpfen. Warum aber hätte er mich über meine Bestimmung so lange in Unkenntnis gelassen? Zwischen diesen Gedanken und Stimmungen hin- und hergerissen, rang ich mit meinem Gewissen, betete um Trost und Rat. Vergeblich, Gott schwieg. Schließlich packte ich meine Siebensachen und floh bei Nacht und Nebel aus Halle. Bis heute weiß ich nicht, ob ich recht daran getan oder einen schändlichen Verrat begangen habe.

Was weiter geschah, wissen Sie. Ich wanderte nach Leipzig und mietete mich dort im Gasthof Cymbelstern ein. Da er mir meine Geldnot sogleich ansah, bot mir der Wirt an, die Kammer mit einem anderen Gast, einem, wie er meinte, feingebildeten und überaus liebenswürdigen Menschen, zu teilen. So machte ich die Bekanntschaft des Schulmeisters Theophilus Lessing.

Der Satan fügte es, dass wir in dieser verfluchten Spielhölle landeten, und zu meiner Schande muss ich gestehen, dass ich den Verführungen des Bösen nicht widerstand. Vom Wein habe ich gottlob die Finger gelassen. Diesen Schwur, den ich nach dem Mord an dem Greifswalder Renommisten getan hatte, habe ich immer gehalten; ich werde bis an mein Lebensende keinen Tropfen Wein mehr trinken. Aber zum Kartenspiel ließ ich mich nötigen. Wie zum Hohn gewann ich auch ein paar Taler. Und dann trat dieser Mensch in mein Leben: Ari Rosch.

Allein der Name hätte mich misstrauisch machen sollen, denn, wissen Sie, »Ari« ist das hebräische Wort für »Löwe«, und »Rosch« bedeutet »Kopf« oder »Haupt«. Tatsächlich hatten wir es nicht mit einem polnischen Handelsjuden oder Kabbalisten zu tun, sondern mit dem schwedischen General Adam Ludwig Graf Lewenhaupt, den Sieger von Saladen, Jakobstadt und Gemauerthof. Aber auch das dürfte Ihnen inzwischen bekannt sein.

Dann begann Ihre unerhörte Glückssträhne, Sie gewannen und gewannen, die Taler häuften sich vor Ihnen. Ihre Gewinne waren so unwahrscheinlich, dass niemand der Anwesenden daran zweifelte, dass dabei entweder Betrug oder eine böse Macht im Spiele sein musste. Der saubere Herr Carbonari, der sich gewiss mit faulen Schlichen auskannte, machte Andeutungen. Lessing wies ihn schärfer zurecht, als vielleicht nötig gewesen wäre; er hatte schon reichlich von dem Wein genossen, der uns unablässig von dem fatalen Diener mit der Mördervisage eingeschenkt wurde. Es kam zu einem harten Wortwechsel, jeden Augenblick wäre es zu Handgreiflichkeiten gekommen. Ich sah uns allesamt schon mit abgeschnittener Gurgel in der Gosse liegen. Da geschah etwas Wunderliches: Rosch griff nach seinem Federetui, hielt es an den Mund und pfiff darauf wie auf einer Pfeife. Tatsächlich klang es haargenau wie die Bootsmannspfeife, die ich von meiner Reise auf dem Walfänger kannte. Es verging kaum eine Sekunde, da flog eine geheime Tapetentür auf und schwedische Leibtrabanten stürmten das Lokal. Es kam zum Handgemenge, aber die Schweden hatten bald alle überwältigt und in Eisen gelegt. Auch ich wurde verhaftet und auf die Pleißenburg gebracht, wo man mich in ein scheußliches Verlies sperrte.

Nachdem ich unter tränenreichem Gebet und Todesängsten eine Nacht im Kerker verbracht hatte, kam ein Offizier in mein Gefängnis. Als ich ihn mir näher besah, entsetzte ich mich: Ihm fehlten beide Hände; stattdessen hatte er eiserne Zangen an den Armstümpfen, sie sahen aus wie Marterwerkzeuge. Kurz, ich hielt denselben schon für den Henker und sah mein letztes Stündlein gekommen. Sie wissen, wer in Wahrheit vor mir stand. Es war Oberst de Sinclair. Er beruhigte mich und versicherte mir in liebreichen Worten, dass er nicht gekommen sei, mich zu martern, wohl aber mich ernstlich zu vermahnen. Ob ich etwa nicht gewusst hätte, dass der König von Schweden das Glücksspiel bei Leibesstrafe verboten habe? Wer sich dabei ertappen lasse, müsse eine Woche im Kerker schmachten und bekomme zehn Schläge mit der Rute. Ich bettelte ihn um Gnade an. Der Oberst bekundete sein Bedauern, der König dulde keine Ausnahme. Und ebendarin, fuhr er fort, bestehe die Schwierigkeit. Da er mich für einen verständigen Mann halte, wolle er offen mit mir sprechen.

Oberst Sinclair teilte mir mit, dass es sich bei einem der Beschuldigten um denselben Grafen Lewenhaupt handele, den seine Majestät über die Maßen schätze. Sollte er dem ruhmreichen General zehn Rutenstreiche verabreichen lassen? Daran sei nie und nimmer zu denken. Indessen müsse der König in jedem Fall sein Wort halten. Daher sei es am besten, seine Majestät erfahre gar nicht erst, was sich in jener Nacht ereignet habe. Lewenhaupt würde sich fürderhin des Glücksspiels enthalten. Es komme jetzt darauf an, dass alle Zeugen schwiegen. Dies könne nun auf die eine oder auf die andere Art erreicht werden.

Wie Sie sich denken können, bekam ich es mit der Angst zu tun und schwor Stein und Bein, dass ich mich niemals unterstehen würde, ein Wörtlein über die Affäre auszuplaudern. Aber das genügte dem Manne nicht, kalt und geschäftsmäßig entgegnete der Oberst mir, wenn er sich nicht irre, würde mich, wenn ich verschwände, kein Mensch vermissen. Außerdem hätte ich angegeben, in Stralsund geboren zu sein, wäre demnach ein schwedischer Untertan. Statt mich beim Spiel zu vergnügen, täte ich besser daran, meinem Könige zu dienen. Kurz, Herr Sinclair überredete mich, da ich mich ihm gegenüber als Theologe ausgegeben hatte, als Feldprediger in die schwedische Armee einzutreten. Ich bat ihn nur um die eine Gunst, mich nicht als Johann Gottlieb Glaubrecht, sondern unter dem Namen Lorenz Hagedorn in die Liste eintragen zu dürfen. Diese Bitte wurde mir gewährt.

Ich wurde den Hielm'schen Dragonern zugeteilt, deren alter Feldprediger Appelbom auf den Tod lag und sein Amt nicht mehr versehen konnte. Der Dienst erwies sich als nicht allzu anstrengend, indem ich täglich nur einen Gottesdienst zu halten hatte. Es war ein recht angenehmes Leben. Eines Nachts aber ließ mich General von Lewenhaupt zu sich rufen. Zunächst examinierte er mich, fragte nach diesem und jenem, wie ich bestimmte Stellen der Heiligen Schrift und Glaubensartikel auslege und dergleichen. Lewenhaupt schien mit den Antworten, die ich ihm gab, zufrieden. Jedenfalls schickte er in nächster Zeit öfter nach mir, um mit mir verschiedene Gegenstände zu besprechen, die ihn umtrieben und über die er, wie er meinte, sich mit seinesgleichen nicht gut austauschen könne. Dazu gehörten die höhere Mathematik (besonders insofern sie die Berechnung des Zufalls betraf), die Alchemie, vor allem jedoch die jüdische Geheimlehre, die Kabbala genannt wird. Freilich hatte ich von diesen Dingen nur geringe Wissenschaft, doch Lewenhaupt schien mich als Gesprächspartner mehr und mehr zu schätzen und weihte mich nach und nach in die mystischen Geheimnisse, denen er seine Nächte widmete, ein.

General Lewenhaupt ist ein grundgelehrter, feinsinniger Mann, aber auch ein unruhiger Geist und verschrobener Mensch. Es ist nicht leicht, mit ihm auszukommen. Vor allem ist er von einem krankhaften Misstrauen gegen jedermann erfüllt; überall und stets argwöhnt er, dass alle sich gegen ihn verschworen hätten. Er versuchte, Erkenntnisse über zukünftige Ereignisse durch die Permutation von Buchstaben zu gewinnen, und sprach mir oft über die Möglichkeiten einer Vereinigung des Judentums mit dem Christentum. Obwohl ich am Anfang von alledem nur wenig begriff, fühlte ich mich doch zu diesen Ideen stark hingezogen und studierte die Schriften, welche mir Graf Lewenhaupt großzügig überließ, mit ausdauerndem Eifer.

Indes merkte ich bald, dass sich mein gelehrter General gefährlich weit in das Gebiet der Schwarzen Magie, namentlich der Nekromantie, vorwagte. Ich meinesteils wollte mit den teuflischen Künsten nichts zu schaffen haben. Als wie nichtswürdig ich mich selbst auch betrachtete, ja mich kaum einen Christen zu nennen wagte, konnte ich es doch vor Gott und meinem Gewissen nicht länger verantworten, an solchen Freveleien teilzunehmen. Aber wie sollte ich es dem Grafen erklären, der meine Weigerung zweifellos als Undankbarkeit und schändlichen Verrat missdeuten würde?

Ein glücklicher Zufall kam mir zu Hilfe: Einen Tag, bevor ich Lewenhaupt endlich mein Herz ausschütten und von ihm meinen Abschied nehmen wollte, traf ich ihn in der Gesellschaft eines jungen Mannes an, mit dem er sich überaus angeregt unterhielt. Es war ein Student aus Uppsala, der seiner Jugend zum Trotz über ein erstaunliches Wissen auf allen Gebieten verfügte, mit denen sich der menschliche Geist befasste. Er hatte sich zur schwedischen Armee begeben, um das Militärwesen zu studieren. Sein Name war Emanuel Swedberg. Er führte sich auf wie der zwölfjährige Jesus im Tempel, und Lewenhaupt war vollkommen hingerissen von ihm. Swedberg seinerseits bestärkte ihn in seiner Geisterseherei und behauptete, selbst mit Geistern und Engeln sprechen zu können. Der Graf glaubte ihm aufs Wort und unternahm nichts mehr, ohne vorher durch ihn die Engel um Rat gefragt zu haben. Mir war es recht, denn über den hellseherischen Wunderknaben verlor Lewenhaupt jegliches Interesse an mir.

Als wir in Posen angekommen waren, befahl Karl XII., wie Sie wissen, General Lewenhaupt, sich nach Livland zu begeben, wo er für seine Verdienste und wohl auch (wie der Graf diesmal wohl nicht zu Unrecht vermutet) auf Betreiben seines Erzfeindes Rehnskiöld, den ehrenvollen und einträglichen Posten eines Statthalters der schwedischen Krone übernehmen sollte. So reiste ich mit ihm nach Riga, einer trotz aller Belagerungen, die sie in den letzten Kriegen hatte erleiden müssen, aufgrund ihres Handels noch immer sehr wohlhabenden und bevölkerungsreichen Stadt.

Unterdessen hatte sich Lewenhaupts wissenschaftliche Neugier ganz und gar in den finstersten Aberglauben verwandelt. Er vermochte keine Entscheidung, sei sie bedeutend oder vollkommen gleichgültig, zu treffen, ohne zuvor seinen Engel befragt zu haben. Doch nicht nur sein fataler Geisterglaube, auch seine Hypochondrie hatte sich verschlimmert. Aus Angst vor Kälte und Krankheit verließ er die zum Ersticken überheizten Räume seiner Residenz kaum noch und legte selbst in der Wohnung Mütze und Handschuhe nicht ab. Man wusste schon gar nicht mehr, wie der Mann eigentlich aussah, weil er sich nie anders als in seiner Vermummung zeigte. Manchem Diener wurde sein Herr so unheimlich, dass er den Dienst quittierte und das Haus floh. Seine Melancholie rührte auch daher, dass unterdessen Swedberg seinen Abschied genommen hatte. Darum suchte Lewenhaupt nun wieder öfter meine Gesellschaft. Er zog mich wieder in sein Vertrauen und erzählte mir, was ihm die Engel, die ihn nachts, nun offenbar auch ohne Swedbergs Vermittlung, aufsuchten, rieten.

Der russische Feldzug seines Königs erfüllte Lewenhaupt mit großer Sorge, ja er glaubte fest, dass ein Krieg gegen den Zaren den Untergang Schwedens bedeuten müsse. Wie viele dieser Befürchtungen sich der Geisterseherei, wie viele sich vernünftiger

Einsicht verdankten, vermag ich nicht zu sagen. Jedenfalls haben der König und sein Generalfeldmarschall Lewenhaupts Bedenken und Einwände in den Wind geschlagen.

Dem Befehl seiner Majestät konnte sich Lewenhaupt nicht widersetzen, aber er war entschlossen, diesen Feldzug, insoweit es in seiner Macht stand, zu verhindern. Darum verzögerte er den Abmarsch aus Livland. Darum ließ er den Tross, obwohl die Wege sehr wohl befahrbar waren und kein Feind sich blicken ließ, immer wieder halten. Aber er tat so nicht aus Pflichtvergessenheit oder Feigheit, sondern weil er glaubte, auf diese Weise den Untergang Schwedens, wenn nicht verhüten, so doch wenigstens hinauszögern zu können – nicht ahnend, dass er gerade durch sein Zögern das Verhängnis herbeiführte.

Mein lieber Bach, ich gestehe Ihnen, dass ich nicht weiß, was ich von alldem halten soll. Einerseits kann ich als Christ und Geistlicher, der ich trotz allem doch noch zu sein meine, die Prophezeiungen von Schwärmern oder die Ratschläge eingebildeter Engel weder gutheißen noch glauben. Andererseits (Gott gebe, dass ich mich irre) will es mir doch erscheinen, dass sich Lewenhaupts böse Ahnungen bewahrheiten. Als Feldprediger habe ich die Pflicht, unseren armen Soldaten einzubläuen, dass Gott uns unfehlbar den Sieg schenken werde. Aber mein Verstand, mein Herz, mein Gewissen sagen mir, dass dem nicht so ist, dass ich Lügen predige. Was sagen wohl die russischen Priester ihren Soldaten? Auch unser Feind glaubt, für eine heilige Sache zu kämpfen, und haben diese, indem sie immerhin ihr Vaterland verteidigen, nicht eher recht als wir? Aber ich glaube, dass Gott auf keiner Seite steht. Dass der Krieg, den wir führen, nicht heilig ist, sondern ein gotteslästerliches Verbrechen.

Mir bleibt noch, Ihnen zu erzählen, wie uns auf unserem Marsch das Schicksal ereilte.

Nach Wochen gemächlichen Marsches hatten wir uns der schwedischen Hauptarmee auf etwa achtzig Meilen genähert.

Wir hatten unser Ziel so gut wie erreicht. Selbst Lewenhaupt, der während des Marsches äußerst gedrückter Stimmung gewesen war, schien wieder Hoffnung zu schöpfen. Die Verstärkung kam mit erheblicher Verspätung, aber der König hatte sich davon nicht irre machen lassen; die Karoliner hatten allen Entbehrungen getrotzt und nicht verzagt. Sobald sich seine Truppen erholt haben würden, würde Karl XII. über die schlagkräftigste Streitmacht verfügen, die es in der neueren Geschichte gegeben hat. Noch vor dem Winter könnten wir in Moskau sein, sagte Lewenhaupt heiter zu mir. Ich hatte den Grafen noch niemals in so aufgeräumter Stimmung erlebt. Es war, als sei eine schwere Last von seinen Schultern genommen.

Indessen hatte der Zar die Gefahr, die sich aus der Vereinigung der beiden schwedischen Armeen für ihn ergeben musste, sehr wohl erkannt. Als wir uns anschickten, den Fluss Sotsch zu überschreiten, schnitten uns die Russen den Weg ab. Lewenhaupt ließ sich nicht beirren; er vertraute auf die Stärke seiner Streitmacht und war guten Mutes. Unsere tausend Wagen wurden bewacht von nahezu achttausend Mann Infanterie und fünftausend Reitern, alle gut ausgebildet, kampferfahren und ausgeruht. Wer sollte uns aufhalten?

Am 18. September erreichten unsere Spitzen den Sotsch. Während Pioniere und Handwerker schon den Übergang vorbereiteten, näherten sich die Russen. Bei einem Dorf, das Lesnaja hieß, holten sie uns ein.

Am Morgen des Michaelistages griff russische Reiterei unsere Nachhut an. General Lewenhaupt musste sich entscheiden: Sollte er die Nachhut im Stich lassen, damit sie den Feind so lange aufhielt, bis der Tross und die Masse der Truppen die jenseitigen Ufer des Sotsch erreicht hatten? Das hätte bedeutet, einen Teil des Heeres zu opfern. Oder sollte er Halt befehlen und sich mit seiner ganzen Armee zum Kampf stellen? Jetzt fiel der Graf wieder seinem alten Aberglauben anheim. Hastig blätterte er in seinen Schriften, rechnete, kombinierte, permutierte, aber er fand keine eindeutige Antwort. Kein Orakel nahm ihm die Entscheidung ab. Am vernünftigsten wäre es wohl gewesen, die Nachhut zu opfern. Rehnskiöld hätte sich zweifellos dafür entschieden. Nicht so mein Graf. General Lewenhaupt entschied sich zu kämpfen.

Am Morgen schickte er den Tross nach vorn an die Spitze, dann führte er ein Kontingent Infanterie und ein Kontingent Kavallerie auf die Straße zurück, um den russischen Angriff abzuwarten. Doch nichts geschah. Am späten Nachmittag löste der General die Formationen auf, zog sich einige Meilen zurück und ließ sie wiederum Stellung beziehen.

Noch immer ließ sich der Feind nicht sehen. Aber er war uns viel näher, als wir ahnten. Erst am folgenden Morgen wurde uns klar, wie eng die Russen ihr Netz um uns gezogen hatten. Sie bedrängten uns von allen Seiten, ließen sich aber nur hier und da auf Scharmützel ein. Nun stand fest, dass wir den Sotsch nicht ungehindert würden überschreiten können.

Um ein Uhr mittags brach von allen Seiten die Hölle über uns herein. Der Kampf wogte hin und her, einmal schienen wir die Oberhand zu behalten, dann wieder die Russen. Gegen Abend, es dämmerte schon, setzte aus heiterem Himmel ein heftiger Schneesturm ein. Der Graf, wieder ganz in seine Melancholie zurückgesunken, hielt den Wetterumschwung für ein böses Omen. Ein Nervenfieber kam über ihn, er brach unter Krämpfen zusammen. Doch die Finsternis und das Schneegestöber hatten den Russen ebenso die Sicht geraubt wie uns. Die Schlacht kam zum Erliegen. Wir hatten nicht gesiegt, aber auch keine Niederlage erlitten. Doch Lewenhaupt hatte alle Hoffnung fahren lassen. Gegen den Rat seiner Obristen, taub gegen ihre Bitten, zuletzt ihr Flehen, befahl er den Rückzug. Der Großteil der Wagen mitsamt dem Proviant wurde verbrannt; die Geschütze wurden von den Lafetten gehoben und vergraben. Als die Soldaten das sahen, dachten sie, es müsse alles verloren sein. Mit einem Schlag löste sich alle Ordnung auf; ganze Einheiten desertierten in die Wälder.

Als der Morgen graute, stellten wir fest, dass auch die Brücken über den Sotsch verbrannt waren. Nun wurden auch die restlichen Wagen zerstört. Kleidung, Nahrung, Munition, Arzenei, Verbandszeug, alles, wovon das Überleben der Hauptarmee abhing, ging in Flammen auf. General Lewenhaupt führte die kläglichen Reste seiner Armee nach Kleinrussland. Wir ritten auf den Pferden, die zuvor die Proviantkarren gezogen hatten. Nach zehn Tagen erreichte der traurige Zug das königliche Lager. In all dieser Zeit hat Graf Lewenhaupt kein einziges Wort gesprochen.

So bin ich hierhergekommen, mein lieber Herr Bach. Es ist schon eine merkwürdige Fügung, aber glauben Sie mir: Sollte ich all das haben erleiden müssen, um Sie hier, auf dem tiefsten Grund dieser eisigen Hölle, vor dem Tode zu bewahren, so wollte ich es mit Freuden erlitten haben und danke Gott dafür. Wie gar unbegreiflich sind seine Gerichte und unerforschlich seine Wege! Und nun segne der Herr unseren Schlaf.«

Mitte Februar setzte völlig unerwartet ein Tauwetter ein. Nach einem ungeheuren Gewitter ergoss sich ein Platzregen, der den Schnee mit einem Male hinwegspülte. Flüsse und Wasserläufe traten über die Ufer, verwandelten alle Wege in unpassierbaren Morast. An eine Offensive war unter diesen Umständen nicht zu denken. Der König kehrte in sein Hauptquartier nach Oposchnja zurück, das er kurz darauf weiter südlich nach Budischtsche verlegte. Als es Ende des Monats wieder kalt wurde, blieben die Schweden in ihren Winterquartieren. Die schwedische Armee befand sich in einem erbarmungswürdigen Zustand. Mehr noch als die Angriffe der Russen hatten Hunger, Kälte und Seuchen Karls Streitmacht dezimiert; sie war zum wenigsten um ein Fünftel geschrumpft. Der Überlebenden liefen in durchgescheuerten und zerrissenen Kleidern und durchgetretenen Stiefeln herum. Das Schießpulver war nass und nicht zu gebrauchen, und die Artillerie verfügte nur noch über vierunddreißig Geschütze. Piper und Hermelin rieten dem König dringend, sich nach Polen zurückzuziehen, sich dort mit König Stanislaus zu vereinigen, um mit neuen Kräften angreifen zu können. Karl wollte davon nichts wissen. Er hoffte noch immer, sich die Kosaken der Ukraine zu Verbündeten zu machen. Vor allem aber schickte er Boten zum Khan der Krimtataren Devlet Giray, einem geschworenen Feind der Russen. Der Khan aber brauchte die Erlaubnis seines Oberherren, des türkischen Sultans. Daher entsandte Karl XII. Oberst Sinclair nach Konstantinopel, um Ahmed III. zu einem Bündnis gegen den Zaren zu bewegen. Man war sehr zuversichtlich, dass der Großtürke auf das Angebot eingehen würde. Ein schwedisches Heer stand im Herzen des Zarenreiches, kurz davor, Peter den Todesstoß zu versetzen. Welche Gelegenheit konnte für ihn günstiger sein, Russland den Krieg zu erklären?

Bevor von der Hohen Pforte eine Antwort eintraf, stellte sich ein anderer Verbündeter ein: Ende März traf Kost Hordijenko, Hetman der Saporoger Sitsch, im königlichen Hauptquartier ein. Die Saporoger Kosaken hatten ihre Loyalität zum Schwedenkönig schon unter Beweis gestellt, indem sie Perewolutschna von den Russen erobert hatten und nun mit ihrer Piratenflotte den Djnepr hinaufsegelten. Es sei nur eine Frage von Tagen, dass sie dem König von Schweden zur Verfügung stehe. Die Kosakenschiffe, hieß es, könnten auf einer einzigen Fahrt dreitausend Mann transportieren. Diese Schiffe waren für die Schweden wichtiger als alle Kosakenkrieger der Steppe, denn der Dnjepr war ein sehr breiter und reißender Fluss, und weit und breit gab es keine Brücke oder Furt. Das Heer konnte nur mit Hilfe von Schiffen übersetzen. Doch noch während Karl, Masepa und Hordijenko ihren Bündnisvertrag aushandelten, schlugen die Russen zu. Sie nahmen Perewolutschna ein, massakrierten alle Kosaken und eroberten im Handstreich die Inselfestungen der Saporoger. Die Überlebenden wurden als Verräter hingerichtet. Ihre Schiffe stecken die Russen in Brand und ließen sie den Dnjepr hinuntertreiben.

Im April erschien im Lager ein schwedischer Offizier, der bei Lesnaja in Gefangenschaft geraten war. Er brachte die Nachricht, dass der Zar noch immer geneigt sei, Frieden zu schließen. Peter bot dem König von Schweden sogar die Hand seiner Schwester Natalja an. Karl XII. würdigte das Angebot keiner Antwort. Um den erwarteten Verstärkungen aus Polen entgegenzuziehen und sich in die Nähe seiner erhofften Verbündeten, der Krimtataren und Türken, zu begeben, entschloss er sich, nach Süden zu marschieren.

Ende des Monats erreichte die schwedische Armee eine zwischen Kiew und Charkow gelegene mittelgroße Handelsstadt namens Poltawa. Sie lag auf den Hängen zwischen zwei Hügeln oberhalb der Worskla, eines Nebenarms des Dnjepr. Ihre Befestigungen waren nicht sonderlich beeindruckend, die Stadt war nur von Erdwällen mit Palisaden umgeben. Zur Abwehr von Tataren oder Kosaken mochte das genügen, aber einer Belagerung durch die Schweden würde die Stadt nicht lange standhalten. Ihre Eroberung würde allen Leiden ein Ende bereiten, denn Poltawa war ein großer Stapelplatz für Güter und Vorräte aller Art. In aller Ruhe konnten die Karoliner hier die Verstärkungen aus Schweden, Livland, Pommern und Polen abwarten und sich auf die große Entscheidungsschlacht vorbereiten.

XXXII.

Ordre de bataille

Königliches Hauptquartier
im Kreuzerhöhungskloster bei Poltawa
1709
27. Juni (schwedischer Kalender)
Sonntag

»Meine Herren!«, begann der König. Die leichenhafte Blässe war aus seinem Gesicht gewichen, seine Augen leuchteten wie ehedem. Nach Wochen der Krankheit schien Karl XII. wieder der Alte. »Meine Herren«, wiederholte er. »Sie kennen die Lage. Mit jedem Tag, den wir verstreichen lassen, wird der Feind stärker. Morgen kämpfen wir.«

Wider Erwarten hatte sich die Belagerung Poltawas in die Länge gezogen. Gyllenkrok war nach allen Regeln der Kunst vorgegangen: Die Schweden hatten Schanzgräben ausgehoben, sich langsam an die Festung herangearbeitet und mit der Bombardierung begonnen. Doch die Verteidiger, einige Tausend Soldaten und bewaffnete Einwohner, leisteten zähen Widerstand. Die russischen Scharfschützen töteten so viele schwedische Ingenieure und Mineure, dass sich bald niemand mehr freiwillig zu dieser Arbeit fand. Aber vor allem verfügten die Schweden über eine zu geringe Feuerkraft, um Poltawa sturmreif zu schießen. Durch die Regenfälle, die mit der Schneeschmelze eingesetzt hatten, war viel Pulver verdorben. Wenn ein Geschütz damit abgefeuert wurde, klang es, als würde ein Mann in die Hände klatschen. Die Musketenkugeln fielen oft nach wenigen Schritten zu Boden. Auch an Munition mangelte es, die Schweden schossen fast nur noch mit aufgelesenen russischen Kugeln; manche luden ihre Musketen mit Eisenteilen oder Kieseln. Als die Schweden bis an die Wälle herangekommen waren, begannen sie, mit bloßen Händen Erdbrocken und Steine auf die Russen zu schleudern. Die Verteidiger bewarfen sie ihrerseits mit verrottetem Gemüse und Tierkadavern, dabei riefen sie »dobry chleb«, was die ukrainischen Kosaken ihren schwedischen Verbündeten als »gesegnete Mahlzeit« verdolmetschten. Als Karl XII. von einer toten Katze an der Schulter getroffen wurde, jubelten die Russen, als hätten sie einen großen Sieg errungen. Die Schweden aber hielten es für ein böses Omen.

Karl XII. hatte recht: Mit jedem Tag, der verging, jeder Stunde, die verstrich, wurde die schwedische Armee schwächer. Gyllenkrok hatte dem König die Zahlen vorgelegt. Karls Heer bestand noch aus etwa vierundzwanzigtausend kampftauglichen Männern, dazu ein Regiment Walachen und Masepas Kosaken. Zur schwedischen Armee gehörten außerdem an die tausend Hofleute, Sekretäre, Kanzlisten und etwa viertausend Diener, Kutscher, Stallknechte und Handwerker. Hinzu kam eine unbekannte Zahl von Ehefrauen und Kindern, die ihren Männern und Vätern auf den Feldzug gefolgt waren; es waren auch etliche unverheiratete Weiber darunter. Aber von den Huren, die sich im Lager herumtrieben, sagte Gyllenkrok dem König nichts. Ebenso wenig wie von gewissen Vorfällen, die sich in letzter Zeit gehäuft hatten. Es war ein offenes Geheimnis, dass sich einige Offiziere des abscheulichen Verbrechens der Sodomie schuldig gemacht hatten, auch jener unaussprechlichen Spielart, die Hofprediger Nordberg schaudernd als »Sodomia bestialis« bezeichnete. Als Jacob zufällig Zeuge eines Gesprächs zwischen Nordberg, Gyllenkrok und Neumann über diese heikle Angelegenheit wurde, musste er auf die Bibel schwören, darüber Stillschweigen zu bewahren.

Zumal der König durfte nichts davon erfahren. Karl XII. hatte andere Sorgen.

Die Entbehrungen und Strapazen der letzten Monate hatten die Karoliner körperlich und seelisch zermürbt. Das Wundfieber und die Ruhr grassierten. Neumann und seine Feldschere hatten alle Hände voll zu tun. Die Zahl der Verwundeten und Kranken belief sich auf nicht weniger als zweitausend. Überall lagen die Kadaver verendeter Pferde herum und verpesteten die Luft, jeden Tag konnte eine Seuche ausbrechen. Außerdem hatte sich die Versorgung seit dem Frühjahr wieder deutlich verschlechtert. Irgendwann waren alle Höfe und Dörfer der Umgebung geplündert. Dazu litten die Schweden unter der schrecklichen Hitze des ukrainischen Sommers. Der Steppenwind wirbelte die lose feine Erde auf, die sich wie Staub in jeder Ritze festsetzte und das Atmen zur Qual machte. Nachts ließ sie das ohrenbetäubende Quaken der Frösche und Kröten nicht schlafen, die in unbegreiflichen Massen die sumpfigen Flussniederungen bevölkerten. Manche brieten sich Frösche in der Pfanne, aber die Plage nahm davon nicht ab.

Unterdessen trafen am Ostufer der Worskla immer mehr russische Truppen ein. Täglich schossen sie Granaten in die Stadt. Einige Blindgänger fielen auf schwedisches Gebiet. Die Geschosse waren hohl und enthielten kleine Zettel mit Botschaften: Die Entsetzung Poltawas stehe unmittelbar bevor. Noch konnte die schwedische Kavallerie alle Versuche, Verstärkungen über den Fluss nach Poltawa zu schicken, abwehren, aber die zahlenmäßige Überlegenheit des Feindes wurde immer erdrückender. Ihre Befreiung vor Augen, verteidigten die Eingeschlossenen ihre Stadt mit Löwenmut.

Ende Mai wurde bei dem Dorf Krutoy Bereg eine gewaltige Infanteriestreitmacht gesichtet. Sie stand unter dem Befehl des Feldmarschalls Boris Petrowitsch Scheremetew, Peters fähigstem Mann. Einen Tag darauf hieß es, der Zar selbst sei eingetroffen. Gleichzeitig meldeten die schwedischen Aufklärer, dass aus dem Westen Feldmarschall-Leutnant Heinrich von der Goltz mit starken Reiterverbänden anrückte und den Schweden den Rückzug nach Polen abschnitt.

Damit war eine Schlacht war unausweichlich.

Der Kriegsrat fand in der Mönchszelle statt, die der König seit der Ankunft der Schweden vor Poltawa bewohnte. Jacob schlief in der benachbarten Zelle, die er sich mit Karls Kammerdiener Johan Hultman teilte. Der König wollte ihn Tag und Nacht in seiner Nähe wissen, ihn und seine Flöte. Es verging keine Nacht, in der ihn Hultman (der offenbar ohne Schlaf auskam) nicht wachrüttelte, damit er dem König auf der Flöte vorspielte und ihm die düsteren Gedanken vertrieb.

Sonst hielten sich in der unmittelbaren Umgebung des Königs nur der Hofjäger Bengt auf, der für den kleinen Haushalt täglich ein Stück Wild schoss, das die Küchenmädchen, die beiden Marias, Maria Bock und Maria Johansdotter, auf immer dieselbe Weise zubereiteten. In den restlichen Gebäuden des Nonnenklosters waren der Stab, Pipers Feldkanzlei und die Leibtrabanten untergebracht.

Das Nonnenkloster stand auf einer Anhöhe nordwestlich Poltawas. Die Landschaft war durchaus lieblich und schön, die weißgetünchten Gebäude von Kirschgärten und Weinbergen umgeben. Das Kloster war ständig von einer lärmenden Menschenmasse umbrandet. Doch von der Anhöhe aus hatte der König den besten Blick auf Poltawa und das umliegende Gelände. Leider bot das Kloster den russischen Kanonieren ein leichtes Ziel. Seine Mauern waren von Kugeln buchstäblich durchsiebt, selbst die Zelle, in der Karl XII. hauste, wies Einschusslöcher auf. Den König störte das nicht, im Gegenteil, er schien sich in der Gefahr erst so recht wohlzufühlen.

»Das ist unser Plan«, sagte Karl, indem er auf die Karte auf dem Tisch deutete. Sie zeigte Poltawa und die weitere Umgebung. Die schwedischen Einheiten waren mit blauer, die russischen mit roter Tinte eingezeichnet.

In der Nacht zuvor hatten Späher gemeldet, dass das russische Heer südwärts gezogen sei, in die Nähe des Dorfes Jakowtzi, wenige Meilen nördlich von Poltawa. Ihr Lager hätten sie an einem denkbar ungünstigen Ort errichtet. An der Rückseite falle das Gelände so steil zur Worskla (die an dieser Stelle besonders breit und sumpfig war) ab, dass sie von dort zwar unangreifbar seien, sich dadurch aber selbst den Rückzug verlegten. Nach Süden hin, zwischen dem Lager und der Stadt, war es hügelig und dicht bewaldet, im Norden dasselbe. Nur von Westen her schien ein Angriff auf das befestigte Lager des Zaren möglich. Hier erstreckte sich eine Ebene mit trockenem, sandigem Boden. Wenn es zu einer offenen Feldschlacht kommen sollte, konnte sie nur hier stattfinden.

Südlich des Lagers lag der Wald von Jakowtzi, der von vielen großen und kleinen Bächen durchflossen wurde. Zwischen diesem Gebiet und dem Budyschenski-Wald legten die Russen Linien aus sechs quer und vier längs laufenden vorgeschobenen Stützpunkten an, drei- und viereckigen Erdbefestigungen, die Gyllenkrok als »Redouten« bezeichnete. Das Verteidigungssystem bildete ein umgedrehtes »T«. Der Querbalken schützte das Lager, während der Längsbalken ins Gelände hineinragte. Der Generalquartiermeister mutmaßte, dass jede dieser kleinen Festungen mit einem vorgelagerten Graben und Palisaden ausgestattet werde und außerdem über eigene Geschütze verfüge. Bevor die Schweden die russische Hauptarmee angreifen konnten, mussten sie erst dieses Hindernis überwinden. Und je weiter der Bau der Redouten fortschritt, desto schwieriger würde es sein, zum Lager des Zaren vorzudringen. Wenn die Schweden siegen wollten, mussten sie so bald wie möglich angreifen.

»Noch in dieser Nacht«, fuhr der König fort, »wird General Lewenhaupt mit achtzehn Bataillonen und Reiterei gegen die Schanzen vorrücken und an ihnen vorbei auf das feindliche Lager marschieren. Alles hängt davon ab, dass unser Aufmarsch bis Tagesanbruch unbemerkt bleibt. Dann werden wir frontal das Lager angreifen. Unterdessen wird Feldmarschall Rehnskiöld mit der Kavallerie die Befestigungen umgehen und der feindlichen Reiterei in den Rücken fallen. Die Schwäche der Russen besteht darin, dass sie keine Rückzugswege besitzen, das Gebiet, das sich hinter ihrem Lager erstreckt, ist unpassierbar. Das wird ihnen zum Verhängnis werden. Wir werden Peters Armee zwischen dem Amboss unserer Kavallerie und dem Hammer unserer Infanterie zermalmen. Morgen um diese Zeit wird sie nicht mehr existieren. Noch Fragen, meine Herren?«

Schweigen.

Außer Karl XII. und Jacob, der sich, soweit es in dem engen Raum möglich war, abseits hielt, waren nur Feldmarschall Rehnskiöld, Graf Piper und Gustaf Henrik von Siegroth, Chef des Dalekarlierregiments, anwesend. Warum der König ausgerechnet Siegroth, der lediglich den Rang eines Obersten bekleidete, hinzuzog, blieb sein Geheimnis. Dennoch wunderte sich niemand darüber. Karl XII. liebte keine großen Besprechungsrunden, seine Entscheidungen traf er stets allein. Allerdings besprach er sich bisweilen mit Offizieren niederen Ranges, die irgendwie sein Wohlwollen auf sich gezogen hatten.

Karl ließ sich auf dem Schemel nieder, den Hultman wie zufällig dort hingestellt hatte. Der König ließ sich nichts anmerken, aber Jacob wusste, dass ihm das Stehen unerträgliche Schmerzen bereitete.

Vor zehn Tagen, am Morgen seines siebenundzwanzigsten Geburtstags, war der König mit einer Schwadron Trabanten zu einem Dorf südlich von Poltawa geritten, um die schwedischen Stellungen zu inspizieren. Einige Russen, die sich auf einer der Inseln im Fluss verschanzt hatten, eröffneten das Feuer. Obwohl ein Trabant neben ihm tödlich getroffen wurde, kümmerte sich Karl nicht darum. Neun Jahre lang hatte ihn keine Kugel berührt, obwohl er sich stets im dichtesten Getümmel aufhielt. Doch diesmal hatte ihn das Glück verlassen. Als sie schon zurückreiten wollten, traf ihn eine Musketenkugel in den linken

Fuß. Das Geschoss war durch Absatz und Stiefel der Länge nach durch den Fuß gedrungen, hatte mehrere Knochen getroffen und war schließlich in der Nähe des großen Zehs wieder ausgetreten. Nur Poniatowski und Jacob, die neben dem König ritten, hatten die Verletzung bemerkt. Mit zusammengebissenen Zähnen befahl ihnen Karl zu schweigen. Als wäre nichts gewesen, setzte der König die Inspektion fort. Erst drei Stunden später kehrten sie ins Hauptquartier zurück. Als Karl absteigen wollte, überkam ihn die Ohnmacht. Aus seinem zerfetzten linken Stiefel tropfte Blut.

Der Fuß war so angeschwollen, dass man den Stiefel aufschneiden musste. Als Neumann dem König die Stiefelreste vom Fuß zog, stellte er fest, dass die russische Kugel noch im Strumpf steckte. Die Wunde sah grauenhaft aus, einige Knochen waren zersplittert. Neumann und Wedderkop waren sich einig, dass man dringend operieren müsse. Aber der Leibarzt zögerte, dem König diese Einschätzung mitzuteilen, weil die Qualen, die ein solcher Eingriff verursache, über jedes Maß gingen. Während Karl aus seiner Bewusstlosigkeit erwachte, hatte er das Gespräch der beiden Ärzte zum Teil erlauscht. Er schrie die beiden an: »Komm, komm! Schneid weg, schneid weg!« Damit packte er selbst das Bein und streckte ihnen den verletzten Fuß entgegen. Neumann und Wedderkop sahen einander kurz in die Augen. Dann begannen sie, die geschwollenen, entzündeten Wundränder wegzuschneiden. Karl gab keinen Laut von sich. Er winkte Jacob herbei, er solle während der Operation die Flöte blasen. Jacob kam seiner Pflicht nach, so gut er es vermochte. Nachdem der Fuß endlich verbunden war, ließ Karl im Lager verbreiten, er sei nur leicht verletzt und die Wunde würde bald geheilt sein. Selbst Graf Piper und seine Generale wurden nicht über seinen wahren Gesundheitszustand unterrichtet.

Statt zu heilen, begann die Wunde zu eitern. Die Entzündung breitete sich bis zum Knie hinauf aus. Karl litt unter hohem Fieber. Wedderkop sprach sich für eine Amputation aus, er stehe sonst für nichts. Neumann stimmte ihm zu, fürchtete aber die demoralisierende Wirkung auf den König selbst und die Truppe. Außerdem sei damit aus medizinischer Sicht wenig gewonnen, da es für eine Amputation schon zu spät sei.

Neumann hatte den König aufgegeben. Nicht so Hultman. Er wachte an Karls Bett, flößte ihm schmerzlindernde Mittel ein. Am dritten Tag ging das Fieber tatsächlich zurück. Karl war schwach, er würde noch lange das Bett hüten müssen, aber er befand sich außer Lebensgefahr. Sobald er wieder bei Bewusstsein war, bereitete er die entscheidende Schlacht vor.

Gerade wollte Karl XII. die Zusammenkunft beenden, da hob Piper den Arm. Rehnskiöld musterte ihn mit unverhohlener Feindseligkeit. Siegroth starrte mit zusammengepressten Lippen auf die Karte.

»Graf Piper, sprechen Sie!«, forderte ihn der König auf.

»Majestät«, sagte Piper in seinem üblichen schmeichlerischen Ton. »Der Plan erscheint mir vortrefflich, brillant. Zweifellos wird er uns einen großen und endgültigen Sieg bescheren …«

»Ad rem!«, fuhr Rehnskiöld ihn an. »Kommen Sie zur Sache, Exzellenz!«

Piper ließ sich nicht beirren. »Majestät«, sprach er weiter, »sollte nicht General von Lewenhaupt von diesem Schlachtplan wissen? Warum ist er nicht hier? Desgleichen der Herr Generalquartiermeister Gyllenkrok, dem, soweit mir bekannt ist, die Aufstellung der Truppen obliegt.«

Anstelle des Königs antwortete Rehnskiöld: »Exzellenz, Sie sind kein Soldat, Sie haben keine Ahnung von diesen Dingen«, sagte er in giftigem Ton. »Nichtsdestotrotz müsste sogar Ihnen bekannt sein, dass man im Kriege und insbesondere vor einer Schlacht gut daran tut, seine Pläne so lange wie möglich geheim zu halten. Je weniger davon wissen, desto weniger Gefahr besteht, dass sie dem Feind zu Ohren kommen.«

»Das begreife ich wohl, Herr General«, versetzte Piper. »Aber wenn ich mich nicht irre, soll Graf Lewenhaupt in diesem Stück eine Hauptrolle spielen. Wie kann er das, wenn er noch nicht einmal weiß, dass dieses Stück schon heute Nacht zur Aufführung kommt?«

Rehnskiöld wollte etwas erwidern, aber Karl XII. bedeutete ihm zu schweigen. »Ich verstehe Ihre Bedenken, Piper«, sagte er. »General Lewenhaupt wird rechtzeitig alles erfahren, was er zu wissen nötig hat. Im Übrigen werde ich ihn begleiten.« Er schwieg einige Augenblicke. »Leider«, seufzte er, »sehen wir uns außerstande, das Kommando in dieser Schlacht selbst zu übernehmen. Darum legen wir den Oberbefehl in die Hände unseres Feldmarschalls Rehnskiöld. Seine Befehle sind zu befolgen, als kämen sie aus unserem eigenen Mund.«

Für einen kurzen Moment entglitten Piper die Gesichtszüge, aber er fasste sich gleich wieder. »Dann halte ich mich an Sie, Feldmarschall von Rehnskiöld«, sagte er matt. »Wie Sie selbst beliebt haben zu bemerken, besitze ich von militärischen Dingen nicht allzu viel Kenntnis. Daher verzeihen Sie die einfältige Frage: Was geschieht, wenn unser Angriff zwischen den Redouten stecken bleibt? Wohin sollen sich unsere Bataillone zurückziehen?«

»Warum sollte der Angriff stecken bleiben?«

»Warum?«, entgegnete Piper kühl. »Nun, weil möglicherweise der Russe unsere Pläne durchschaut. Würden Sie stillhalten, während man Ihnen die Schlinge um den Hals legt?«

»Unsinn!«, zischte Rehnskiöld. »Wenn es hart auf hart geht, verliert der Zar die Nerven. Haben wir die Russen nicht geschlagen, wieder und wieder? Sobald wir mit der blanken Waffe in der Hand losschlagen, rennen sie fort, glauben Sie mir.«

»Vor Narva«, ergriff nun plötzlich Siegroth das Wort, »haben wir uns in einer ähnlichen Lage befunden. Auch damals waren wir in der Unterzahl, die Munition ging zur Neige, die Männer waren erschöpft. Dazu hatten wir einen Schneesturm im Rücken.«

»Den haben wir allerdings heute nicht«, stöhnte Piper und tupfte sich die Stirn mit einem Taschentuch. Die Hitze in der

Zelle war unerträglich. »Und die Russen, denen wir jetzt gegenüberstehen, sind nicht dieselben wie vor Narva. Das wisst Ihr Herren besser als ich. Darum frage ich noch einmal: Was geschieht, wenn der Plan nicht aufgeht?«

Rehnskiöld und Siegroth starrten ihn hasserfüllt an. Selbst für seine Verhältnisse war Piper sehr weit gegangen. Schon seit Tagen war er immer wieder bei Karl vorstellig geworden und hatte auf einen Abbruch des Feldzugs und Aufnahme von Verhandlungen mit dem Zaren gedrängt.

Karl XII. blickte auf die Karte, als suche er irgendetwas. Dann sagte er leise, aber mit so deutlicher Betonung, dass man jede Silbe verstand: »Wenn wir diese Schlacht verlieren, wird niemand von uns lebend nach Schweden zurückkehren. Wir siegen oder sterben.«

XXXIII.

Dies irae

Halb elf Uhr

Auf Hultman und Jacob gestützt, begibt sich Karl XII. ins Quartier der Garde unterhalb des Klosters, wo sich das Heer sammelt. Doktor Neumann und Wedderkop verbinden noch einmal den Fuß des Königs.

Zimmerleute des Dalekarlier-Regiments schaffen eine weißgestrichene Trage herbei, die sie in der Nacht zuvor gebaut haben. Das königliche Feldbett wird darauf befestigt und Karl auf die Seidenkissen gebettet. Acht Trabanten heben die Sänfte mitsamt dem König hoch. Vorn und hinten wird je ein Pferd angeschirrt; der Kommandant der Leibgarde, Nils Frisk, führt das vordere am Zügel. Dreiundzwanzig Leibgardisten und fünfzehn Trabanten unter Leutnant Johan Hierta begleiten den König in die Schlacht. Die hellblauen und goldenen Röcke der Trabanten stechen ab von der schlichten blauen Uniform mit gelben Krägen und Aufschlägen der Gardisten. Sie alle werden einen menschlichen Schutzschild um den König bilden und die Kugeln, die für ihn bestimmt sind, mit ihren Leibern auffangen.

Auch Jacob ist an Karls Seite. Der König hat ihm eine Taschenuhr übergeben, ein herrliches Stück aus purem Gold. Auf dem Deckel, der durch Druck auf einen winzigen Knopf aufschnappt, ist das königlich-schwedische Wappen gemalt. Es wird von zwei gekrönten Löwen gehalten und ist von zwei Kreisen aus den

Wappen aller schwedischen Provinzen umschlossen. »Alle halbe Stunde sagst du mir die Zeit«, lautet der Befehl. Dazu hat Jacob ein Fernrohr bekommen.

Karl lässt sich durch die Reihen seiner Soldaten tragen. Er gibt sich heiter, lässt sich in Gespräche ein, fragt nach Herkunft, Beruf, Familie. Die Wunde am Fuß, wiederholt er immer wieder in scherzhaftem Ton, sei nur eine Lappalie. Nichts vermöge ihn davon abzuhalten, an der Seite seiner Krieger in den Kampf zu ziehen.

Graf Piper ist ungewohnt schweigsam. In seinen Mantel gehüllt, sitzt er auf einer Trommel. Rehnskiöld lässt sich neben ihm auf der nackten Erde nieder. Sie sprechen kein Wort miteinander. Immer mehr Offiziere, Angehörige des Hofstaats, ausländische Gesandte und Beobachter lagern sich um die königliche Sänfte. In der Ferne, irgendwo an der Worskla, sind Schüsse zu hören. Sonst bleibt es still. Die meisten Soldaten haben sich in ihre Mäntel gewickelt und schlafen. Es dämmert.

Elf Uhr

Das letzte Licht verflüchtigt sich hinter dem Horizont, es wird Nacht. Rehnskiöld erhebt sich, winkt seine Adjutanten herbei: Weckt die Männer. Wo bleibt General Lewenhaupt? Schlaftrunken raffen sich die Soldaten auf, machen sich bereit zum Abmarsch. Auch die königliche Entourage mit der Sänfte in ihrer Mitte zieht zum Aufmarschplatz. Dort herrscht wüstes Durcheinander. Niemand weiß, zu welcher Einheit er gehört. Offiziere streiten sich über die Marschordnung. Gyllenkrok versucht, die Kolonnen einzuteilen, aber er dringt nicht durch. Es dürfen keine Befehle gerufen, keine Trommeln gerührt, keine Signale geblasen werden. Aus dem Nichts taucht Lewenhaupt auf. Seine Anwesenheit beruhigt die aufgebrachten Männer ein wenig. Er lässt die Kolonnen noch einmal neu aufstellen. Der König schläft tief und fest.

Halb zwölf

Gyllenkrok und Lewenhaupt reiten von Bataillon zu Bataillon. Geben Anweisung, zischen Befehle. Als endlich die Kolonnen in Ordnung gebracht sind, kommt für die Infanterie kein Marschbefehl. Worauf wartet man? Karl ist inzwischen aufgewacht. Er nimmt das Wirrwarr um sich herum nicht wahr, sein Blick ist auf das Porträt Gustav Adolfs geheftet, das er stets bei sich trägt.

Mitternacht

Von hinten kommt Rehnskiöld geritten. Wutschnaubend stürzt er sich auf Lewenhaupt, packt ihn am Ärmel. Wo zur Hölle waren Sie? Lewenhaupt zuckt zusammen. In dieser Finsternis verirrt man sich. Er wirkt abwesend, nicht ganz bei sich. Welche Regimenter folgen den Kolonnen? – Ich weiß es nicht. Rehnskiöld ist außer sich. Was ist mit Ihnen? Sie kümmern sich um nichts, meine Befehle sind in den Wind gesprochen. Lewenhaupt ist den Tränen nahe. Sagen Sie mir, was ich tun soll und wie, dann tue ich es. – Ich mache es lieber selbst. Rehnskiöld lässt Lewenhaupt wie einen abgewiesenen Bittsteller stehen.

Halb eins

Feldprediger gehen durch die Reihen. Die Soldaten knien nieder und empfangen das Abendmahl. Vor der königlichen Sänfte hält Nordberg eine kurze Predigt: Gib, Gott, all denen, die mit uns in die Schlacht ziehen, einen frischen Geist, Glück und Sieg, dass unsere Feinde sehen, dass du, Gott, mit uns bist und für jene streitest, die auf dich vertrauen. Amen.

Ein Uhr

Die Infanterie defiliert an der königlichen Sänfte vorbei. Insgesamt ziehen achtzehn Bataillone Fußsoldaten in die Schlacht. Sie bilden vier Kolonnen. Paukisten und Pfeifer marschieren jeweils voran, dann ein Hauptmann. An der Spitze der ersten Abteilung Musketiere, danach zwei Gruppen mit Pikenieren, an den Seiten je ein Fähnrich mit den Bannern der Kompanien. Dahinter zwei weitere Einheiten Musketiere, geführt von einem Leutnant. Zehntausend Karoliner ziehen schweigend in die Nacht.

Halb zwei

Der König lässt sich nach vorn zum Västmanland-Regiment tragen. Rehnskiöld, Lewenhaupt, Gyllenkrok und Siegroth begleiten ihn, ebenso Graf Poniatowski mit einigen polnischen Offizieren, der englische Gesandte Jeffreys und der Preuße Siltmann. Jacob bemerkt auch den musikalischen Oberkämmerer Düben, dessen Leute beinahe den ganzen königlichen Haushalt mit sich schleppen. Ihnen hat sich auch Gustaf Adlerfelt, der Hofhistoriograf und Chronist des Feldzugs, angeschlossen. Er hatte Jacob versprochen, Schmidts Heldengedicht in seinem Bericht zu berücksichtigen, den er nach dem schwedischen Sieg veröffentlichen würde. Das Manuskript liegt wohlverstaut in einem der Gepäckwagen mit Adlerfelts Bibliothek. Sogar die Feldkanzlei zieht in die Schlacht. Da ist Registrar Hirschenstjerna. Olof Hermelin reitet an Pipers Seite. Es heißt, Hermelin habe am Tag zuvor alle wichtigen Dokumente der Kanzlei eigenhändig verbrannt. Neumann und Wedderkop sowie der Hofapotheker Ziervogel halten sich mit Verbandszeug und Arzneien stets in unmittelbarer Nähe des Königs auf. Nordberg steht für seelischen Beistand bereit. Darüber hinaus umschwärmen unzählige Adjutanten, Kammerdienern, Boten die königliche Sänfte. Zwar wird Karl XII. ständig über alle Vorgänge auf dem Laufenden gehalten, aber er kann sich keinen eigenen Überblick verschaffen. Selbst wenn die Sänfte angehoben wird und er sich aufsetzt, befindet er sich mit den Berittenen nur auf Schulterhöhe. Er sieht nichts als Rücken, Hüte, Standarten, Banner, Bajonette. Er, der es gewohnt ist, an der Spitze seiner Reiter gegen den Feind zu stürmen, ist dazu verdammt, sich auf einem Bett herumtragen zu lassen.

Zwei Uhr

Abermals gerät der Aufmarsch ins Stocken. Die Reiterei, die den Fußtruppen hätte folgen sollen, trifft nicht ein. Zwischen Creutz und Hamilton soll es zu Streitigkeiten über die Befehlsgewalt gekommen sein. Ohne Reiterei kann der Angriff nicht erfolgen. Ordonnanzen werden losgeschickt, um Creutz ausfindig zu machen und ihn an den Sammelpunkt zu bringen.

Halb drei

Am Horizont glimmt ein schmaler grauer Streifen. Die ukrainischen Sommernächte sind kurz, es beginnt schon wieder zu tagen. Glücklicherweise liegen über der Ebene noch dichte Nebelschwaden, die Schweden werden noch eine Weile unentdeckt bleiben. Aber die Zeit rennt ihnen davon.

Von den Redouten lässt sich ein Pochen vernehmen, dann ein schabendes Geräusch, Sägen und Hämmern.

PONIATOWSKI: »À la bonne heure, unsere Freunde sind schon bei der Arbeit.«

HIERTA: »Aber sie scheinen uns noch nicht bemerkt zu haben. Eigentlich ein Wunder.«

PONIATOWSKI: »Navigator, was halten Sie von einem kleinen Erkundungsritt?«

Zusammen mit zwei Fortifikationsoffizieren reiten Poniatowski und Gyllenkrok auf die Redouten zu. Nach wenigen Augenblicken sind sie im Nebel verschwunden.

Drei Uhr

Endlich ist die Kavallerie zur Stelle. Creutz macht dem König Meldung. Insgesamt vierzehn Regimenter Reiterei sind aufmarschiert. Nordberg hat schon das Gesangbuch in der Hand. Aber der Streifen am Horizont wird breiter, für ein Gebet ist keine Zeit. Sollen wir uns in Linie aufstellen oder die Flanken der Infanterie schützen?, fragt Creutz. Sie bekommen schon noch rechtzeitig Ihre Befehle. Rehnskiöld ist aufs Äußerste gereizt. Er besteigt sein Pferd und begleitet Creutz nach hinten, um die angekommenen Reiterregimenter zu inspizieren.

Aus dem Nebel tauchen Gyllenkrok und Poniatowski wieder

auf und erstatten Bericht: Die beiden vorderen Redouten werden verstärkt. Unglaublich, die Russen haben den Aufmarsch der Schwedischen noch immer nicht bemerkt.

Unterdessen ist es so hell geworden, dass man mit bloßem Auge Menschen zwischen den Befestigungen herumlaufen sieht. Es ist eine Frage von Augenblicken, dass die Russen sie entdecken.

Da – aus dem Schatten der ersten Redoute bricht ein Reiter, in der Hand eine Pistole. Ein Schuss zerreißt die Stille. Eine Trommel wird gerührt. Eine zweite. Jetzt echot Trommelwirbel von überall her, aus den Redouten, von den Biwaks der Russen dahinter, vom großen Lager her. Der Feind ist wach. Keinen Augenblick zu früh.

»Majestät, wir sind bereit zum Angriff«, ruft Rehnskiöld.

»Das trifft sich gut, die Russen auch«, bemerkt Poniatowski. Der Pole hat kein Kommando inne, überhaupt ist seine Stellung unklar. Er ist nur hier als Freund des Königs. Aber außer Karl ist er der Einzige, der vor Rehnskiöld keinerlei Furcht zeigt. Er gibt sich völlig unbefangen und spricht stets offen seine Meinung aus.

Der alte Feldmarschall ist vor Zorn rot angelaufen.

»Majestät«, wendet sich Poniatowski an Karl, »das Überraschungsmoment ist verloren. Ein Angriff auf die Redouten wäre höchst riskant.«

Der König sieht seinen Freund nicht an. »Was raten Sie, Feldmarschall Rehnskiöld?«

»Wir sollten uns unverzüglich durch die Schanzen hindurchforcieren.«

»Gut«, sagt Karl XII. »Feldmarschall Rehnskiöld hat die Befehlsgewalt. Alle befolgen seine Anordnungen.«

»Das ist Wahnsinn«, flüstert Poniatowski so laut, dass es die Umstehenden hören können.

»Es nicht zu tun, auch«, erwidert Gyllenkrok ebenso vernehmbar. »Sollen wir umkehren? Das wäre das Ende. Es gibt kein Zurück.«

Piper schweigt. Alles ist so gekommen, wie er es befürchtet hat.

Halb vier

Das Licht der aufgehenden Sonne zerteilt den Nebel und gibt nun vollends den Blick auf die russischen Befestigungen frei: Zumindest die vorderen beiden Redouten sind offenbar fertiggestellt und mit Soldaten und Geschützen besetzt. Hinter der Querlinie sehen sie, wie sich russische Kavallerie aufstellt und zum Kampf bereit macht. Auf den Wällen der Redouten werden die Geschütze ausgerichtet. Sie zielen auf die schweigenden Reihen der Schweden. Ein Glimmen zwischen den Palisaden der ersten Redoute, die Kanoniere legen die Lunte an. Rauch steigt auf. Ein Knall. Die Kugel beschreibt einen hohen Bogen durch den Morgenhimmel. Sie kracht mitten in die Leibgarde. Zwei Männer stürzen auf die Erde. Aus ihren Hälsen sprudelt das Blut wie aus einer Quelle, die Kugel hat ihnen die Köpfe abgerissen. Ein Geschoss nach dem anderen schlägt in die schwedischen Reihen, pflügt blutige Furchen durch das Östgöta-Regiment. Vier Musketiere werden buchstäblich auseinandergerissen, zuerst Hauptmann Horn, der vor seinen Männern steht. Der König sieht mit an, wie er stirbt. Er hat Horn mehrfach für seine Tapferkeit ausgezeichnet. Karls Gesichtsausdruck bleibt regungslos.

Eine Kugel tötet zwei Gardisten in unmittelbarer Nähe der königlichen Sänfte.

Die Russen schießen nicht gezielt, auf die weite Entfernung kann ihre Artillerie keinen allzu großen Schaden anrichten. Aber dem feindlichen Feuer schutzlos ausgesetzt zu sein, wirkt sich auf die schwedische Moral verheerend aus. Was haben sie von der eigenen Artillerie zu erwarten? Bünow hat nur vier

Dreipfünder und vier Munitionswagen in die Schlacht genommen, zudem ist das Pulver fast unbrauchbar. Der Zar dagegen verfügt, wie Karl XII. und Rehnskiöld sehr genau wissen, über hundert Geschütze jeglichen Kalibers, schnellfeuernde leichte Dreipfünder, Zweipfünder, Acht- und Zwölfpfünder, Zwanzigpfünder und Vierzigpfünder-Haubitzen und Mörser. Dazu besitzen die Russen vermutlich mehr Munition und Pulver, als sie an einem Tag verschießen können. Der König und Rehnskiöld vertrauen auf die unwiderstehliche Wucht eines schwedischen Sturmangriffs. Nicht mit Kanonen und Musketen, mit dem blanken Degen wird ihrer Meinung nach eine Schlacht entschieden. So haben die Karoliner stets gesiegt. So werden sie auch heute siegen. Sie müssen siegen.

Allmählich schießen sich die Russen ein. Die Schweden werden immer unruhiger, ihre Reihen schwanken. Jemand muss eine Entscheidung treffen. Jede Verzögerung bedeutet mehr sinnlos Gefallene.

»Sollten wir nicht ins Lager zurückkehren und uns neu formieren?«, fragt Piper zaghaft.

Gyllenkrok schüttelt den Kopf. »Und dann, Exzellenz? Unsere Vorräte sind aufgezehrt. Wenn wir nicht kämpfen, verhungern wir. Ich zumindest ziehe den Kampf vor.«

Überraschend wendet sich Rehnskiöld an Lewenhaupt: »Was ist Ihre Meinung, Graf Leijonhufvud?« Aus irgendeinem Grunde spricht er den Namen schwedisch aus, sonst sprechen die beiden nur deutsch miteinander.

»Mit Gottes Hilfe«, antwortet Lewenhaupt schmallippig, »wird es gut gehen.«

»In Gottes Namen also.« Rehnskiöld zieht seinen Degen. »Wir greifen an.«

Sonnenaufgang. Der Himmel ist in ein zartes rosenfarbiges Licht getaucht. Von den Wäldern her lässt sich Vogelgesang vernehmen. Der Morgen verspricht einen herrlichen Tag. Als sich die Sonne über den Horizont erhebt, setzen sich die vier Bataillone der beiden mittleren Kolonnen in Bewegung. Gebete werden gemurmelt, Befehle gebrüllt. Die Formationen wirken noch immer unordentlich, als seien sich die Männer nicht sicher, ob sie in Linie oder als Kolonne marschieren sollen. Immer wieder driften Einheiten auseinander. Manche eilen zu schnell voraus und verlieren den Zusammenhang mit den Folgenden, andere drücken die, die vor ihnen marschieren, nach vorn.

»Sollen sie die Redouten einnehmen oder sich nur durch sie hindurchkämpfen?«, fragt Poniatowski.

Gyllenkrok zuckt mit den Achseln. »Siegroth war ja bei der Beratung. Er kennt hoffentlich den Schlachtplan.«

»Hoffentlich«, seufzt Poniatowski. »Wenigstens einer.«

Die Dalekarlier dringen in das T-förmige Verteidigungssystem der Russen vor. Das erste Sonnenlicht blitzt auf ihren Bajonetten.

Plötzlich schwenken Posses Gardebataillone am Ende von Roos' Kolonne nach rechts ab und schließen sich den anderen Bataillonen der Leibgarde in der vierten Kolonne an.

»Was geschieht jetzt? Hat Rehnskiöld etwa doch noch ein Ass im Ärmel?«

»Ich glaube«, sagt der Generalquartiermeister, »die vierte Kolonne soll die Redouten umgehen.«

Nachdem Neumann und Wedderkop seinen Fuß noch einmal verbunden haben, lässt sich Karl XII. zum rechten Flügel tragen. Mit seinem langen Degen in der Hand dirigiert der König die Truppen, die sich in seiner unmittelbaren Nähe aufhalten. Auf dem Schlachtfeld ist Karl ganz bei sich selbst. Die neue Zuversicht des Königs überträgt sich sofort auf seine Soldaten. Einigen alten Kämpfern stehen Tränen in den Augen. Selbst Piper macht einen gelösten Eindruck. Nicht nur die alte Siegesgewissheit kehrt zurück, auch die Kampfeslust. Um nichts in der Welt hätten sie jetzt an einem anderen Ort sein mögen als hier an der Seite ihres Königs, auf diesem Schlachtfeld bei Poltawa, viele Tausend Meilen von zu Hause. Der König von Schweden ist unbesiegbar. Ihr König. Wer ihm folgt, ist wie er. Jeder Zweifel ist Frevel, jeder Zweifel ist Verrat. Noch einmal sind sie berauscht von Begeisterung und Siegesgewissheit.

Tatsächlich schicken sich die Truppen des rechten Flügels, denen sich die königliche Entourage angeschlossen hat, an, die Redouten zu umgehen. Ihr Marschtempo ist mörderisch. Und sie sind dem gegnerischen Feuer schutzlos ausgesetzt. Um sie herum faucht und pfeift es von umherschwirrenden Kugeln. Bei jedem Schritt fallen Männer.

»Bach, wie steht es mit den Redouten?«

Jacob richtet das Fernglas auf die erste Redoute, die zu ihrer Linken liegt. Durch Staub und Rauch ist kaum etwas zu erkennen. Der Erdwall mit dem Palisadenzaun steht auf einem niedrigen Hügel, der von Gebüsch umgeben ist. Die Russen haben ihre Arbeit nicht beenden können; die Palisaden weisen erhebliche Lücken auf. Da, Banner der Dalekarlier wehen über der kleinen Festung! Roos' Männer haben sie bereits eingenommen. Überall liegen erschlagene Russen, keine Bewaffneten, nur Arbeiter, die an der Redoute gebaut haben. Offenbar ist sie nicht mit Soldaten besetzt gewesen. Einige Überlebende versuchen, zur zweiten Redoute zu fliehen. Sie werden niedergemacht. In der Lücke zwischen der ersten und der zweiten Redoute steht russische Infanterie. Die Schwadronen der Leibdragoner fegen sie hinweg. Aber von den anderen Redouten wird unablässig gefeuert. Der russischen Artillerie haben die Schweden nichts entgegenzusetzen. Sie haben es noch längst nicht geschafft.

Die Entourage wird von den vorwärtsströmenden Truppen mitgerissen. Zu ihrer Rechten lichtet sich jetzt der Wald zu einer weiten sanfthügeligen Wiese. Lewenhaupt befiehlt, dorthin zu marschieren. Die Bataillone weichen auf die freie Fläche aus. Hierher reichen die russischen Kanonen nicht. Aber durch das Manöver werden die Bataillone noch weiter auseinandergerissen. Immerhin ist ihnen eine Atempause vergönnt.

Blick durch das Fernrohr: Die Dalekarlier haben die zweite Redoute erreicht, aber noch nicht erobert. Diesmal leisten die Russen Widerstand. Unter entsetzlichen Verlusten stürmen die Schweden letzten Endes die Wälle und nehmen die Redoute ein. Sie machen keine Gefangenen.

Gyllenkrok beobachtet unterdessen, was sich auf dem linken Flügel ereignet: »Sieben Bataillone rücken gegen den Riegel vor, wir haben den Querbalken des T erreicht. Durch unsere scharfe Bewegung nach rechts zieht auch der linke Flügel in unsere Richtung. Er wird gegen die dritte Redoute der Längsreihe gedrückt. Das wird eine harte Nuss.«

Jacob richtet sein Fernglas ebenfalls auf die dritte Redoute. Sie besitzt die Form eines Dreiecks und ist weit größer und besser befestigt als die ersten beiden, das Schanzwerk ist von einem Graben und spanischen Reitern geschützt. Auf den Wällen schießen die Russen mit schwerem Geschütz auf die Angreifer. Es sind Värmländer. Die Bataillone begeben sich in Angriffsformation und beginnen, die Redoute zu stürmen. Ein Schauer von Geschossen prasselt auf sie nieder. Alles ist in dichten Rauch gehüllt. Die Värmländer fallen reihenweise. Wer den Kugelhagel überlebt, rennt in wilder Flucht davon. Zurück bleibt ein bunter Teppich gefallener Schweden. Gyllenkrok hat es auch gesehen. Er tippt Jacob auf die Schulter, legt den Zeigefinger auf die Lippen.

Die Schweden geben sich nicht geschlagen. Jetzt greifen die Småländer zusammen mit Jönköping an. Die Angreifer prallen auf die zurückflutenden Värmländer. Wildes, unentwirrbares

Durcheinander. Einheiten fliehen, manche sind plötzlich nicht mehr da, hinter einer Rauchwand verschwunden, vom Erdboden verschluckt.

Die Reste der Bataillone sammeln sich wieder, greifen abermals an. Um die Schanze herum liegen tote Schweden in Haufen.

Lewenhaupt drängt zum Weitermarsch.

Halb fünf

Sie haben es geschafft, die russischen Verteidigungsanlagen sind umgangen. Aber hinter der Querlinie der Redouten wartet das nächste Hindernis: eine gewaltige Kavallerie-Streitmacht. Gyllenkrok schätzt ihre Stärke auf etwa achtzig Schwadronen, dazu leichte Artillerie. Der Anblick erschüttert die Schweden. Ihre eigene Kavallerie steht nicht bereit, die ungeordneten Haufen Infanterie sind für eine Reiterarmee eine leichte Beute. Kavallerie! Kavallerie nach vorn, in Jesu Namen! Aber Rehnskiöld hat die Gefahr erkannt. Reiter des Trabantenkorps kämpfen sich durch die Massen der Fußsoldaten. Ihnen folgen die småländischen Reiter und die Leibgarde. Die bunten Standarten tanzen über der schwarzen Flut der Reiter. Schwerter blitzen auf. Der rhythmische Donner des Hufschlags lässt die Erde beben. In keilförmigen Formationen, Knie an Knie, mit gezogenen Degen stürmen die schwedischen Reiter gegen Menschikows Kavallerie. Der erste Angriff wird abgewiesen, die Russen stehen. Die Einheiten sammeln sich neu, machen kehrt. Abermals werden sie zurückgeworfen. Einige Standarten gehen verloren. Jetzt setzen die Russen zum Gegenangriff an. Die Reiterschlacht wogt hin und her, keine Seite gewinnt die Oberhand. Plötzlich Trompetensignale. Menschikow zieht sich zurück! Die Schweden halten den Atem an. Wie kann das sein? Die Russen haben keine Veranlassung, ihnen das Feld zu überlassen. Aber es besteht kein Zweifel: Sie ziehen ab, zögerlich, widerwillig, wie es scheint. Als könnten sie selbst nicht fassen, dass sie den Kampf aufgeben sollten.

Die Schweden rufen »Victoria!«.

Der König küsst das Bildnis seines erlauchten Vorfahren.

»Exzellenz«, sagt Gyllenkrok zu Lewenhaupt, »wir sollten die Infanterie halten lassen und endlich die Unordnung in den Reihen beheben.«

»Ich habe den Feldmarschall bereits mehrfach darum gebeten«, entgegnet Lewenhaupt mürrisch. »Er hat mich keiner Antwort für wert befunden. Aber Sie können es von mir aus versuchen, Oberst Gyllenkrok.«

»Sehr wohl, wie Sie befehlen«, erwidert der Generalquartiermeister und reitet nach hinten, um Rehnskiöld zu finden.

Nach noch nicht einmal einer Viertelstunde ist Gyllenkrok zurück. Rehnskiöld befiehlt, Ordnung in die Infanterie zu bringen. Es geht rascher als gedacht. Die Reihen werden akkurat ausgerichtet. Noch während sich die russische Kavallerie zurückzieht, setzt sich die Kolonne wieder in Marsch. Auch die schwedische Reiterei ordnet sich neu und reitet eine letzte Attacke. Die Russen indes lassen sich dadurch nicht aus der Ruhe bringen. Ihr Rückzug beschleunigt sich etwas, geht aber mit erstaunlicher Disziplin vonstatten. Nach und nach verschwinden ihre wohlgeordneten Schwadronen dahin, woher sie gekommen sind. Sie hinterlassen eine Wolke aus aufgewirbeltem Staub.

Die bunten Röcke der Schweden sind von einer dicken Staubschicht bedeckt, auf ihren Gesichtern klebt ein schmieriger schwarzer Film aus Pulverdampf. Vom linken Flügel treffen ermutigende Nachrichten ein: Nach heftigen Kämpfen seien die Russen zurückgeschlagen worden; einige Bataillone hätten kapituliert. Dennoch habe man sie erbarmungslos zusammengehauen. Ein Dragoner des Schonischen Regiments meldet Lewenhaupt, ein Kosakenführer habe seinen Seitenwechsel angeboten. Mit der gnädigsten Erlaubnis des Königs wollten sich zweitausend Kosaken ihnen anschließen.

Der Sieg scheint zum Greifen nahe.

Fünf Uhr

Gyllenkrok beobachtet die Verfolgung der Russen auf der linken Seite des Schlachtfeldes. Um sich ein genaues Bild der Lage zu verschaffen, reitet er mit Poniatowski die Linie der Bataillone entlang, die die Redouten überwunden haben.

Auf dem rechten Flügel folgen die Schweden der russischen Kavallerie. Sie geraten so weit nach Norden, dass sie sich bereits hinter dem großen befestigten Lager befinden. Sobald die Schweden in die Reichweite der Artillerie kommen, speien die feindlichen Geschütze Feuer und Tod auf sie. Kartätschen und Kugeln schneiden durch die Reihen; Granaten explodieren zwischen Männern und Pferden. Doch Lewenhaupt bricht die Verfolgung nicht ab. Wenn sich die Russen noch etwas weiter zurückziehen, sitzen sie bald in der Falle. Vor ihnen liegt ein riesiger Sumpf, zu ihrer Rechten fallen tiefe Schluchten zur Worskla hinab. Menschikow steht mit dem Rücken zur Wand. Aber die Russen setzen ihren Rückzug unbeirrt fort. Der Abstand verringert sich Schritt für Schritt. Die Falle schnappt zu. Da trifft ein Befehl Rehnskiölds ein: »Sofort halt!« Lewenhaupt sieht aus, als habe ihn ein schwerer Schicksalsschlag getroffen. Aber er gehorcht dem Befehl seines Vorgesetzten. Die Russen reiten ins Wasser und durchwimmen auf ihren Pferden den Sumpf.

Auf dem leicht hügeligen Gelände können sie die linke Schanze der Befestigung gut erkennen. Kein Russe lässt sich blicken. Haben sich die feindlichen Truppen bereits über die Worskla zurückgezogen? Die Stimmung ist gelöst und heiter. Sogar Lewenhaupt lächelt. Der König ist guter Dinge: Ist der Plan nicht aufgegangen? Die Schweden haben die Verteidigungslinie der Redouten glücklich überwunden und die russische Kavallerie in die Flucht geschlagen. Womöglich befindet sich Zar Peter bereits auf dem Rückzug. Die Schlacht ist entschieden.

Halb sechs

Die Reihen der schwedischen Infanterie rücken auf das russische Lager vor. Die königliche Entourage ist während des Aufmarsches immer weiter zurückgefallen. Jetzt, da sie sich nicht mehr inmitten der Bataillone aufhalten, wagen sich einzelne Kosakenabteilungen in ihre Nähe. Sie umschwärmen sie, schießen ungezielt, schreien und jauchzen, halten sich aber stets in sicherer Entfernung. Die Kosaken stellen keine Gefahr für Leib und Leben des Königs dar. Gleichwohl schickt Hierta einen Korporal, um Verstärkung anzufordern. Als Bror Ralamb wenig später mit einer Abteilung Leibdragonern zurückkehrt, nehmen die Kosaken Reißaus.

Roos und Stackelberg haben zwei Redouten erobert, aber offenbar keine Besatzung zurückgelassen, so dass die Russen sich ihrer inzwischen wieder bemächtigen konnten. Offenbar haben die Schweden auch versäumt, die feindlichen Geschütze unbrauchbar zu machen: Russische Artillerie schießt aus den zurückeroberten Redouten und fügt den Schweden schwere Verluste zu. Auch die Entourage gerät ins Kreuzfeuer zwischen den Redouten. Die Geschosse prasseln von allen Seiten auf sie nieder. Das vordere Pferd der königlichen Sänfte bricht zusammen. Sofort bilden die Trabanten einen Schutzschild um den König. Drei von ihnen und einige Leibgardisten werden von Kartätschen zerfetzt. Unter schwerem Feuer marschieren sie weiter; sie müssen die Ebene vor dem russischen Lager erreichen. Eine Kanonenkugel zertrümmert die rechte Stange der Sänfte. Karl stürzt mit seinem Bett auf den Boden. Jacob Ridder reißt einen Zaunpfahl aus der Erde, um die Stange zu ersetzen. Während die Zimmerleute die Sänfte reparieren, schlagen immer mehr Kugeln und Granaten ein. Hultman wird sein schwerbepacktes Pferd unter dem Sattel erschossen. Endlich geht es weiter. Wie durch ein Wunder wird niemand getötet oder verwundet, bis sie wieder zu Lewenhaupts Bataillonen aufgeschlossen haben.

Lewenhaupt will auf der Stelle das russische Lager angreifen. Da erreicht ihn abermals ein Befehl Rehnskiölds: »Attacke sofort abbrechen!« Der General solle auf die restliche Infanterie warten. Lewenhaupt erstarrt, aber er sagt kein Wort.

Sie marschieren in nordwestlicher Richtung über die weite Ebene auf den Wald von Budyschenski zu.

Sechs Uhr

Die Meldungen, die von den anderen Teilen der Armee eintreffen, sind widersprüchlich und beunruhigend. Ein Drittel der gesamten Infanterie wird vermisst. Generalmajor Roos soll sich mit seinen Regimentern weit abseits vom Schlachtfeld aufhalten. Rehnskiöld habe Sparre befohlen, die von den Russen wieder besetzten Redouten zurückzuerobern, Roos zu finden und die verirrten Regimenter zur Hauptmacht zu führen. Hielms Dragoner und eine Abteilung Trabanten werden zu demselben Zweck entsandt. Das schwedische Heer ist zerstreut und muss sich so rasch wie möglich wieder sammeln. Zwar halten Lewenhaupt und Gyllenkrok einen russischen Gegenangriff zum jetzigen Zeitpunkt für äußerst unwahrscheinlich. Falls sich der Zar aber doch dazu entschließen sollte, könnte er die Schweden empfindlich treffen.

Die Regimenter bewegen sich auf eine weite Senke östlich des Budyschenski-Waldes zu, wo sie vom russischen Lager aus weder beschossen noch beobachtet werden können. Auch die Kavallerie beginnt, sich dort zu sammeln.

Karls Entourage hat sich dem Östgöta-Regiment angeschlossen. Am nördlichen Ende der Ebene in der Nähe eines Sumpfes lassen sie sich zu einer Rast nieder. Die Sänfte wird abgesetzt. Der König trinkt einen Schluck Wasser. Piper lässt sich neben der Sänfte auf den Boden nieder. Inzwischen ist es warm geworden, die Locken seiner Perücke kleben dem Minister auf der geröteten Wange. Eine Anzahl Offiziere drängt sich um die Sänfte. Sie beglückwünschen Karl XII. für die bisherigen Erfolge und geben sich siegesgewiss.

Gyllenkrok steht mit ernstem Gesichtsausdruck daneben. »Gott gebe, dass Roos bei uns wäre, dann wäre der Sieg schon unser.«

»Hielm ist unterwegs und holt ihn«, ruft Karl XII. ihm aufmunternd zu. »Zweifellos wird er bald hier sein. Seien Sie guten Mutes, Navigator!«

Halb sieben

Jacob trommelt mit den Fingerspitzen auf die Rückseite der Taschenuhr, horcht an dem Gehäuse. Mit der Uhr ist alles in Ordnung. Sie tickt und tickt, verrichtet ihre Arbeit tadellos. Dennoch scheinen ihre Zeiger sich nicht fortzubewegen. Weder von Sparre noch von Hielm noch von Roos trifft irgendeine Nachricht ein. Keiner der Boten, die man zu ihnen geschickt hat, ist zurückgekehrt. Während die Bataillone sich aufstellen, nutzen viele Männer die Zeit, sich auf den Boden zu legen und zu schlafen. Keiner von ihnen hat in der letzten Nacht viel Ruhe bekommen. Die Infanterie liegt in ihren Formationen auf der Erde. Die Kavallerie ist abgesessen und ruht sich ebenfalls aus.

Sieben Uhr

Wo bleibt Sparre? Wo steckt Roos? Sie können nur warten. Der König schläft. Sein Gesicht sieht friedvoll aus, als seien alle Sorgen von ihm abgefallen.

Halb acht

In der Ferne kommt Infanterie in Sicht. Roos mit seinen Bataillonen! Alles rappelt sich auf, Befehle werden gerufen. Die Armee macht sich zum Angriff bereit. Rehnskiöld hat sich dazu entschlossen, sie auf einer Linie nördlich des Marschlandes aufzustellen. Von dort aus lasse sich der Großteil der russischen Kavallerie, die nördlich des Lagers steht, von den Kräften, die näher um die Schanzen herum in Stellung gegangen sind, trennen. Außerdem könne man auf diese Weise den russischen Rückzug besser abschneiden. Die russischen Einheiten würden eine nach der anderen vernichtet werden. Noch immer sind ihnen die Russen zahlenmäßig überlegen und verfügen über eine schlagkräftige Artillerie. Reiter werden in den Süden, nach Puschkariwka geschickt, um Verstärkung anzufordern. Die Truppen und die Artillerie von dort würden allerdings mindestens sechs Stunden brauchen, bevor sie eintreffen. An einen Angriff auf das Lager ist vor dem Nachmittag nicht zu denken.

So lange will Rehnskiöld nicht warten. Roos ist bereits in Sicht. Um nicht weiter Zeit zu verlieren, befiehlt er der Infanterie, unverzüglich nach Norden zu marschieren und oberhalb des Sumpfgebiets Aufstellung zu nehmen.

Die Bataillone stellen sich in Kolonnen auf und marschieren Einheit für Einheit durch den Morast. Der König und seine Entourage folgen ihnen. Auf dem weichen Boden geht es nur langsam voran.

Hinter einer Baumgruppe in der flimmernden Hitze taucht am anderen Ufer der Tachtaulowa feindliche Kavallerie auf. Sie stehen in Schlachtordnung und eröffnen sofort das Feuer. Hinter den Zäunen, die die Obstgärten in der Nähe umgeben, schießen Kosaken auf die langen Reihen der marschierenden Schweden. Abermals sind die Männer dem Beschuss schutzlos ausgeliefert. Die Leibgarde schwärmt aus, um die Heckenschützen auszuschalten.

Acht Uhr

Hauptmann Gyldenklau, der nach Puschkariwka geschickt worden ist, kommt überraschend schnell zurück. Auf seinem Ritt nach Süden ist er auf Russen gestoßen. Lewenhaupt und Rehnskiöld brauchen einige Augenblicke, um die Bedeutung der Nachricht zu erfassen: Die anrückende Infanterie – es sind nicht Roos' Bataillone, sondern Russen! Nach und nach kehren auch die anderen Kundschafter zurück. Sie bestätigen Gyldenklaus Hiobsbotschaft. Sonst wissen sie nicht viel zu berichten. Weder die Västermanländer noch Hielms Dragoner haben Roos finden können. Schließlich schleppt sich ein Hauptmann Palmfelt vor die Sänfte. Sein rechter Arm ist von einer Kugel zerschmettert. Palmfelt gehört zu Schlippenbachs Einheit, einem Teil der Roos'schen Kolonne. Auf Gyllenkroks Frage, ob nicht Roos bald eintreffe, schüttelt er resigniert den Kopf.

Doktor Neumann untersucht Karls Fuß und legt einen frischen Verband an. Johan Hultman stakst umher auf der Suche nach frischem Wasser für den König. Als er es irgendwo aufgetrieben hat, überreicht er Karl den Trank in einem silbernen

Becher, den er stets für seinen Herrn bereithält. Endlich erscheint Generalmajor Sparre. Es sei ihm nicht gelungen, durch die feindlichen Linien zu Roos vorzudringen, aber er weiß, wo sich die verlorenen Bataillone befinden. »Generalmajor Roos hat sich in ein Waldstück zurückgezogen.«

»Es wäre besser, er und seine Männer wären hier«, sagt Gyllenkrok düster.

»Wenn sich Roos mit sechs Bataillonen nicht durchkämpfen kann«, knurrt Sparre, »kann der Teufel ihm nicht helfen.«

Creutz kommt angeritten. »Eure Majestät, meine Herren«, ruft er keuchend. »Die Russen verlassen das Lager.«

»Wie viele sind es?«

»Ich kann es noch nicht sagen, Majestät«, antwortet Creutz. »Die Zugbrücke ist eben heruntergelassen. Aber mir scheint, dass es viele sind. Sehr viele.«

»Dann klettern Sie zurück auf ihren Hügel und beobachten Sie weiter. Ich will wissen, was da vor sich geht.«

Halb neun

Creutz ist wieder da. Er wirkt verstört. Bevor er sich an den König wendet, wechselt er einige Wort mit Gyllenkrok.

An seiner Stelle spricht der Generalquartiermeister. »Es sind mindestens zweiundvierzig Bataillone«, sagt er, um Fassung ringend. »Herr Feldmarschall, haben sie gewusst, dass es so viele sind?«

»Machen Sie sich keine Sorgen«, entgegnet Rehnskiöld in ärgerlichem Ton.

»Feldmarschall«, fällt ihm Karl XII. ins Wort. »Ich fürchte, Ihre Aufklärung hat heute keine gute Arbeit geleistet. Schickt sofort jemanden dorthin. Ich will einen genauen Lagebericht.«

»Das ist nicht nötig, Majestät«, widerspricht Rehnskiöld. »Ich kenne die Lage. Und ich kenne das Terrain wie meine eigene Handfläche.«

Da ergreift Creutz, der bisher wie vom Donner gerührt dagestanden hat, das Wort: »Die Russen befinden sich auf dem Marsch«, sagt er mit brüchiger Stimme. »Die ersten Linien nehmen Aufstellung.«

»Da hören Sie es«, ruft Gyllenkrok.

»Lächerlich!«, schnauzt Rehnskiöld ihn an.

»Feldmarschall«, sagt Karl XII. ernst. »Woran zweifeln Sie noch: Peter stellt sich zur Schlacht!«

»Das ist unmöglich, Majestät«, entgegnet Rehnskiöld trotzig.

»Warum soll das unmöglich sein?«

»Majestät kennen die Russen so gut wie ich. Es sind Barbaren und Feiglinge, sie würden niemals die Initiative ergreifen.«

Karl schüttelt den Kopf. »Hierta! Reiten Sie und finden Sie heraus, ob die Berichte, die wir gehört haben, der Wahrheit entsprechen.«

Bereits nach wenigen Minuten kehrt der Trabantenleutnant zurück. »Der Feind macht sich zum Angriff bereit.«

Wortlos besteigt Rehnskiöld sein Pferd und reitet zu dem Hügel hinüber, von dem aus Creutz und Hierta ihre Beobachtungen gemacht haben. Creutz begleitet ihn. Sichtlich erschüttert kommt der Feldmarschall wieder. Creutz wendet sich an den König: »Majestät, es wird Zeit, dass wir uns in Schlachtordnung aufstellen.«

Karl XII. nickt zustimmend. »Dann also, lasst uns kämpfen.« Er reicht Rehnskiöld die Hand. »Nun, Feldmarschall, wollen wir zuerst die feindliche Kavallerie angreifen und aus dem Feld schlagen?«

»Nein, Majestät«, antwortet Rehnskiöld barsch. »Wir müssen zuerst gegen ihre Infanterie aufmarschieren.«

Der König stutzt. Rehnskiöld ist für seine Bärbeißigkeit berüchtigt, und es kommt vor, dass er Karl widerspricht. Aber so hat noch niemand mit dem König von Schweden gesprochen.

»So?«, sagt Karl darauf eher verwundert als verärgert. »Wenn das so ist, dann macht, was Ihr wollt.«

Die Generale sind ratlos. Die Russen sind ihnen zahlenmäßig weit überlegen. Niemand hofft mehr auf eine Vereinigung mit Roos' Bataillonen, vielleicht existieren sie gar nicht mehr. Aber die Schweden müssen auf den russischen Aufmarsch reagieren, der sie von ihrer Versorgung bei Puschkariwka abzuschneiden droht. Vor allem schließen die russischen Einheiten sie allmählich von drei Seiten ein.

Rehnskiöld und Lewenhaupt beschließen einmütig, sich nach Süden zurückzuziehen, zurück an den Sammlungsort auf der Niederung am Budyschenski-Wald. Die Kolonnen machen kehrt und marschieren denselben Weg zurück, auf dem sie gekommen sind. Es ist ein Wettrennen. Die Schweden müssen sich in Schlachtordnung aufgestellt haben, bevor die Russen bereit zum Angriff sind. Die schwedischen Kolonnen marschieren im Eiltempo über die Ebene, stapfen abermals durch den Sumpf, der vom ersten Durchmarsch völlig zerwühlt ist. Die Minuten verrinnen, während sich die Soldaten durch den Schlamm kämpfen.

Als sie endlich die Ebene erreichen, stellen sie fest, dass die Russen das Rennen gewonnen haben. Unter strahlend blauem Himmel stehen ihre Bataillone dicht an dicht. Hunderte von Bannern flattern im leichten Sommerwind.

Lewenhaupt reitet mit verstörtem Gesichtsausdruck umher. Wo bleibt die Kavallerie? Sie steckt noch im Sumpf fest, eingekeilt zwischen marschierender Infanterie zu ihrer Linken und dem Wald zu ihrer Rechten. Es gibt einfach kein Durchkommen. Creutz kann seine zweiundfünfzig Schwadronen nicht auf den rechten Flügel neben die Infanterie schaffen. Daher nimmt die Kavallerie wohl oder übel hinter den Bataillonen Aufstellung. Soll etwa die Infanterie allein angreifen? Die Zeit läuft ihnen davon.

Rehnskiöld erteilt Lewenhaupt den Befehl, die Infanterie der russischen Front gegenüber aufzustellen. Die Bataillone wechseln die Formation, aus den Kolonnen bilden sich Linien. Obwohl zwischen den Bataillonen breite Lücken klaffen, überflügelt die russische Infanterie die Schweden an beiden Flanken; die Frontlinien verhalten sich zueinander wie eine Elle zu einem Zoll. Der Abstand zwischen den beiden Heeren beträgt keine tausend Schritte. Die Russen bilden eine makellose Wand aus Soldaten, einen Wald aus Piken und Standarten. Bajonette und Kanonenrohre glänzen in der Julisonne.

Neun Uhr

Die Trommeln beginnen zu schlagen. Die Mauer aus feindlichen Bataillonen wird lebendig. Wie eine gewaltige Flutwelle wälzt sie sich den Schweden entgegen. Der Abstand verringert sich stetig. Die schwedische Musik spielt eine Marcia pomposa.

Rehnskiöld ergreift Lewenhaupts Hand: »Graf Leijonhufvud«, sagt er mit bewegter Stimme, »Ihr müsst nun gehen und den Feind angreifen. Wir wollen in Freundschaft und Brüderlichkeit zusammenstehen.«

Lewenhaupt sieht ihn nachdenklich an. Dann erwidert er feierlich: »Gott hat in seiner Gnade dafür Sorge getragen, dass ich mich stets als Seiner Majestät treuester Diener erweisen durfte. Also habe ich auch jetzt das feste Vertrauen in Gott, dass er mich fürderhin der treue Diener Seiner Majestät sein lässt.« Er putzt sich umständlich die gerötete Nase. »Wünschen Eure Exzellenz nun, dass ich gegen den Feind vorrücke?«

»Ja«, antwortet Rehnskiöld. »Jetzt. Sofort.«

»Dann in Jesu Namen, Gott sei in seiner Gnade mit uns.«

Karl XII. bekommt von dem Wortwechsel nichts mit. Das Wundfieber ist wieder über ihn gekommen. Neumann hat ihm ein Schlafmittel verabreicht. Er liegt wie tot auf seiner Bahre.

Feldmarschall Rehnskiöld reitet zum rechten Flügel hinüber, wo die Kavallerie steht.

Halb zehn

Signale erschallen. Die dünne blaue Linie der schwedischen Infanterie setzt sich in Bewegung. Der blinkenden Mauer entgegen.

WELTHISTORISCHES INTERMEZZO III

XXXIV.

»Wo ist mein Bruder Karl?«

Schlachtfeld bei Poltawa
1709
27. Juni (julianischer Kalender)

Der Gottesdienst war vorüber, Gebete und Gesänge waren verklungen. Weihrauchschwaden zogen über das Schlachtfeld, vermischten sich mit dem Pulverdampf, dem Geruch von Kot und Blut. Bald würde Verwesungsgestank hinzukommen. Tote Schweden lagen in Haufen, nackt, blutig, von Kugeln zerfetzt, von Piken durchstochen, von Säbeln zerhackt. Zwischen den Gefallenen stöhnten, schrien die Verwundeten. Soldaten des Leibgarderegiments durchschritten das Schlachtfeld und töteten die sterbenden Schweden mit dem Seitengewehr. Bevor sie zustießen, bekreuzigten sie sich, und zwar, wie Peter befriedigt feststellte, alle auf die rechte Weise, mit drei gestreckten Fingern.

Was erwartete die Welt nun von ihm? Dass er Rache übte? Ebendarauf würde er verzichten. Denn die wahre Macht, die wahre Größe eines Herrschers zeigte sich in der Gnade, die er gewähren konnte. Er, Peter von Russland, hatte nicht vor, als Barbar in die Geschichtsbücher einzugehen, sondern als *Peter der Große*.

Nur für Verräter gab es keine Gnade. Verräter waren ohne Zweifel die Kosaken, die sich auf die Seite der Schweden geschlagen hatten. In Zeiten höchster Not und Bedrängnis waren sie ihrem rechtmäßigen Herrn in den Rücken gefallen, und das nicht zum ersten Mal. Sie hatten seine Rache zu spüren bekommen. Den einfachen Kosaken hatte man bei lebendigem Leibe Arme und Beine abgehackt, ihre Anführer gepfählt und gerädert. Ihre durchbohrten und auf das Rad geflochtenen Körper hingen über dem Schlachtfeld wie Feldzeichen des Todes. Dennoch verschaffte ihm der Anblick keine Befriedigung. Die armen Sünder, die dort oben langsam und qualvoll ihr wertloses Leben aushauchten, waren nur Mitläufer. Wo war Masepa, der Judas, der ihn um ein Haar zu Fall gebracht hätte?

Aber eine andere Frage war viel drängender: Wo steckte der Schwedenkönig? Gegen Ende der Schlacht hatte sich das Gerücht verbreitet, er sei gefallen. Aber bis man die Leiche nicht gefunden hatte, weigerte sich Peter zu glauben, dass sein Bruder Karl tot sei. Er hatte den Schwedenkönig in die Fürbitten aufnehmen lassen; er hatte selbst für ihn gebetet. Nicht um Karls willen. Für ihn wäre es besser, tot zu sein. Aber er wollte seinem Feind in die Augen sehen. Und er wollte Gnade walten lassen. Er wollte ihm das Leben schenken, um jeden Preis. Ach, die Ehre war eine vertrackte Angelegenheit. Auch sie war ein Schlachtfeld. Und auch dieses Schlachtfeld würde er, Zar Peter, als Sieger verlassen. Wenn Karl XII. noch am Leben war, würde er ihn finden.

Einen Augenblick fürchtete Peter, alles könnte nur ein Traum gewesen sein. Seine Gedanken wirbelten durcheinander. Er zwang sich, sich die Ereignisse des Tages ins Gedächtnis zu rufen.

Was war geschehen?

Ein Feldherr, hatte Scheremetew ihm einmal gesagt, sollte stets mit allem rechnen, selbst damit, dass der Gegner genau das tue, was man von ihm erwarte. Ebendieser Fall war eingetreten: Die Schweden hatten sich mit ihrer Infanterie auf die Redouten gestürzt. Die kleinen Festungen hatten Karls Heer wie Wellenbrecher zerteilt; die schwedischen Bataillone hatten sich daran aufgerieben, waren auf Abwege geraten, von der Hauptmacht abgeschnitten und nacheinander vernichtet worden.

Auf einmal waren die Schweden wie vom Erdboden verschluckt. Sie warteten und warteten, doch der Angriff blieb aus. Schon befürchtete man, Karl habe die Schlacht abgebrochen und sei in die Stellung bei Poltawa zurückgekehrt, da meldete ein Späher, dass sich die Schweden zum Angriff bereit machten. Erst jetzt gewannen die Russen ein realistisches Bild von der Streitmacht, die ihnen gegenüberstand: Sie hatten die Stärke der Schweden bei weitem überschätzt. Darum waren sie so übervorsichtig gewesen, darum hatte er Menschikow und seine Kavallerie zum Rückzug gezwungen. Jetzt war es an der Zeit, die Initiative zu ergreifen.

Peter befahl seiner Armee, sich in Schlachtordnung vor dem Lager aufzustellen. Der Zar kämpfte Seite an Seite mit seinen Soldaten, als Russe unter Russen. Alle konnten ihn sehen. Auf seiner braunen Araberstute Filette, die ihm der Sultan geschenkt hatte, durchritt er die Reihen. Wie üblich trug er den flaschengrünen Offiziersrock des Preobraschensker Regiments mit rotem Kragen und roten Aufschlägen. Als einzigen Schmuck hatte er den Orden des Heiligen Andreas angelegt. Nur an der blauen Schärpe war der Zar zu erkennen. Nacheinander marschierten die Einheiten, zweiundvierzig Bataillone, an ihm vorüber, aus dem befestigten Lager hinaus auf das Feld. An den Toren standen Popen und besprengten die Truppen mit Weihwasser. Die in grüne und graue Röcke gekleideten Soldaten stellten sich in zwei Linien auf, Ellenbogen an Ellenbogen. In den schmalen Lücken zwischen den Bataillonen positionierte sich die Artillerie. Die Kavallerie stellte sich an den Flanken der Infanterie auf.

Plötzlich geriet die schwedische Armee in Bewegung. Trat Karl nun doch den Rückzug an? Nein, die Einheiten zogen nach Süden. Die Schweden hatten erkannt, dass die Russen dabei waren, sie von drei Seiten einzuschließen. Jetzt hofften sie, ihre Streitmacht vor ihm kampfbereit aufzustellen.

Peter ritt aus seiner Entourage aus Generalen, Generalleutnants, Generalmajoren und Obersten heraus, wandte sich an die Männer und hielt eine kurze Rede. Sein Mund war trocken, er fand nicht die rechten Worte. Aber es war gleichgültig, nur eine Handvoll Männer hatte ihn überhaupt hören können. Dann zog er seinen Degen und segnete die Armee. Schließlich wandte er sich an Scheremetew, übergab ihm vor aller Augen den Marschallsstab und ritt im Schritt zu seiner Division, die genau auf der Mitte der Linie stand.

Die Fronten rückten aufeinander zu, Schritt für Schritt. Vom Lager her stiegen Granaten in den Himmel, dröhnend flogen sie über die Köpfe der Russen hinweg, beschrieben einen Bogen über der Ebene und explodierten mit einem pfeifenden Geräusch in den schwedischen Reihen. Vorerst richteten sie wenig Schaden an. Dann eröffneten die Kanonen zwischen den Bataillonen das Feuer. Die Kugeln trafen die anrückenden Schweden wie Hammerschläge. Männer wurden auseinandergerissen, zerschmettert, Gliedmaßen wirbelten durch die Luft. Die Schweden marschierten weiter. Und die Russen wichen nicht, ihre Mauer blieb unbeweglich stehen. Pulverdampf hüllte alles ein, das verbrannte Pulver stank nach verrotteten Eiern. Trommeln schlugen unablässig, Pfeifen bliesen schrill. Befehle, Schreie. Der metallische Geruch von Blut. Es floss den Russen in dampfenden Bächen um die Stiefel. In eine schwarze Wolke gehüllt, kamen die Schweden heran.

Nur noch wenige Schritte.

Jetzt begann die Artillerie mit Kartätschen zu schießen. Die Schweden wurden von einem Hagel aus Blei getroffen. Ihre Reihen dünnten sich immer mehr aus; haufenweise lagen zerfleischte Leiber auf der Erde. Aber – unglaublich – die Schweden marschierten noch immer! Wäre da nicht all das Blut, er hätte sie nicht für Menschen, sondern für Maschinen gehalten. Mit einer einzigen Salve fielen halbe Regimenter. Die Schweden hingegen gaben nicht einen Schuss ab. Schließlich kniete sich die erste Reihe der russischen Front hin; die Musketen wurden in Feuerposition gebracht. Die Schweden beschleunigten. Sie rannten.

Die vier Reihen auf der ganzen Länge der russischen Front schossen gleichzeitig. Es klang, als risse ein Stück Stoff. Das Sperrfeuer schlug in die Reihen der angreifenden Schweden. Als die Gewehre und Degen der Schweden gleichzeitig zu Boden fielen, hörte es sich an, als würde ein Gebäude in sich zusammenfallen. Die Toten blieben in ordentlichen Reihen liegen.

Die überlebenden Angreifer stürmten weiter.

Nun kam Unruhe in die russischen Reihen. Sie schwankten, die Front dellte sich ein. Die Schweden standen ihnen nur wenige Schritte gegenüber.

Endlich legten sie an und feuerten. Russen fielen. Die erste Reihe drängte zurück. Die zweite stand noch, aber wie lange? Wenn die Front auseinanderbrach, war alles verloren. Wenn die Schweden auch nur an einer Stelle einbrachen, konnte sich die russische Formation ganz auflösen.

Die Schweden drangen auf die Russen ein, die sich immer weiter zurückzogen. Aber es war keine wilde Flucht, die Front geriet nicht in Unordnung. Die zweite Linie stand und hemmte die Flucht der ersten. Viele der Flüchtenden bezahlten ihre Feigheit mit dem Leben, denn die Schweden stießen ihnen Piken und Bajonette in den Rücken. Die russische Mauer hielt. Nur wenn jetzt schwedische Kavallerie angriff, würde sie zusammenbrechen. Aber die war nicht zur Stelle.

Nun geschah etwas Unerhörtes: Die schwedischen Fußsoldaten warfen ihre Waffen fort und wandten sich zur Flucht! Die Infanterie Karls XII. fiel buchstäblich auseinander. Alles schien in einem einzigen Augenblick zu geschehen. Diese Männer liefen nur noch um ihr Leben.

Lewenhaupt und Rehnskiöld hatten die Kontrolle verloren, aber auch Menschikow und Scheremetew. Die Schlacht folgte ihren eigenen Gesetzen, als sei sie ein Lebewesen, ein Ungeheuer, das nur seinem eigenen Willen gehorchte.

Die Russen drangen in die Lücken zwischen den schwedischen Bataillonen, umgingen ihre Flanken und kreisten sie ein. In die Enge getrieben, kämpften die Schweden wie waidwunde Tiere. Sie hatten ihre Schwerter gezogen. Aber die Russen ließen sich nicht auf Kämpfe Mann gegen Mann ein. Aus kurzer Distanz feuerten sie gnadenlos Salve um Salve auf die schwedischen Haufen.

Peter schritt auf eine Schar Gefangener zu. Sie waren nur leicht verwundet, völlig nackt und aneinandergekettet. Sie erkannten ihn nicht. Ihm folgten nur zwei Gardisten, und er trug noch immer seinen einfachen, mit Pulver und Staub bedeckten Rock. Seinen Hut hatte ihm eine schwedische Kugel vom Kopf gerissen. Er beugte sich zu den Gefangenen hinunter. Die Nordmänner waren große Leute, aber er überragte selbst sie. Die Gefangenen konnten sich vor Erschöpfung kaum aufrecht halten. Ihre Blicke waren glasig, als begriffen sie nicht, dass sie noch am Leben waren.

»Wie heißt du?«, fragte der Zar den Gefangenen, der ihm zunächst stand, auf Deutsch.

»Leutnant Friederich Christoph von Weihe«, antwortete der Mann mit überraschend fester Stimme. »Leutnant beim Uppland-Tremänning-Regiment«, fügte er hinzu.

»Je weet, wie ik ben?«, fragte Peter. Unversehens war er ins Holländische gefallen. Aber der Leutnant verstand ihn.

»Ihr seid der Zar von Russland.«

»Ik ben op zoek naar mijn broer – ich suche meinen Bruder Karl. Weet je, waar hij is?«

Der Offizier schüttelte den Kopf. »Ich weiß es nicht. Aber nun weiß ich, er ist nicht gefangen.«

Peter stutzte. Dieser Soldat war besiegt, aber er sprach nicht wie ein gebrochener Mann. Er hielt seinem König, der durch seinen Hochmut und seine Selbstüberschätzung ihn und seine Männer in dieses Unglück gestürzt hatte, noch immer die Treue. Die Russen taten alles nur widerwillig und unter Zwang. Auf wen konnte er sich verlassen? Um jede Kleinigkeit musste der Zar sich selbst kümmern. Was er nicht eigens befahl und persönlich überwachte, geschah nicht. Selbst Menschikow war korrupt bis ins Mark. Gewiss, er war tapfer, bis zur Tollkühnheit. Aber würde er sich für seinen Freund und Zaren in Stücke reißen lassen? Vielleicht. Vielleicht auch nicht. Aber Karl XII.? Er hatte seinen Männern nichts gegeben als Hunger, Krankheit und Tod. Und doch folgten sie ihm ans Ende der Welt.

Der Schwede sah ihn erwartungsvoll an, Peter war ihm noch eine Antwort schuldig.

»Nein«, versetzte der Zar milde, »Seine Majestät ist nicht gefangen. Aber ich glaube, noch heute wird er mir ein lieber Gast sein.«

»Dann bete ich zu Gott, dass dies niemals geschehen möge.«

»Es wäre Euch lieber, dass er tot sei?«

Von Weihe blickte stumm zu Boden.

»Gebt diesen Männern Wasser und Brot«, befahl Peter seinem Adjutanten auf Russisch.

In diesem Augenblick erhob sich ein anderer Gefangener. Sein ausgestreckter Arm zeigte auf ihn. Er brüllte etwas, während er sich heranschleppte. Offenbar war er verletzt. Die Ketten rasselten. Hatte er gehört, dass es Wasser gab? Die Männer waren halb verdurstet.

»Meister«, schrie der Mensch. »Du bist es! Wahrhaftig, du bist es!«

»Wer bin ich?«, fragte Peter. Seine Adjutanten hatten sich dem Mann in den Weg gestellt. Aber er bedeutete ihnen, ihn vorzulassen.

Der Gefangene fiel vor ihm auf die Knie. Er war ein langer Kerl mit einer hellen, eigentümlich wohlklingenden Stimme. Er umfasste seine Beine und küsste ihm die Stiefel.

»Warum tust du das? Lass das!«, herrschte Peter ihn an. Der Kerl hatte offensichtlich den Verstand verloren.

Der Gefangene sah zu ihm hoch. In seinen Augen spiegelte sich ein langersehntes Glück. »Aber Ihr seid es doch. Der, auf den ich gewartet habe«, schluchzte er.

»Wer bin ich, Mensch? Wer sagst du, dass ich sei?«

»Du bist der Widerchrist!«, jauchzte der Invalide. »Du bist es wahrlich!«

Angewidert schüttelte Peter den Irren ab. Die Gardisten stießen ihm die Gewehrkolben in den Bauch; einer seiner Kameraden führte ihn an seinen alten Platz zurück. »Gepriesen seist du«, murmelte der Tollhäusler beseligt vor sich. Dann begann er zu singen: »Gepriesen seist du, Antichrist, dass du ein Mensch geworden bist, in deiner Engel Chöre, Anbetung, Preis und Ehre.«

Was war mit diesem Mann? All das Töten, all das Blut hatten ihm den Verstand geraubt. Warum sah er in ihm den Leibhaftigen? Diejenigen, die sich mit zwei geraden und drei gekrümmten Fingern bekreuzigten, beschimpften ihn als Satan und Antichrist. Aber wie kam dieser Deutsche dazu? Nur Hermelin, der Erzlügner, konnte es ihm eingeflüstert haben. Dafür würde er ihm mit eigener Hand seine giftige Zunge herausreißen.

Die Schweden sollten ihn kennenlernen. Man würde – zunächst – die gefangenen Generale, Diplomaten und Hofleute wie rohe Eier behandeln. Alle Welt sollte erfahren, dass der russische Kaiser es nicht nötig hatte, Rache zu üben. Europa blickte auf ihn. Man hatte ihn längst abgeschrieben, er wusste es wohl. Das große Genie Leibniz: Nach Narva hatte er aller Welt verkündet, er sehe Karl XII. als den zukünftigen Herren Russlands; unverhohlen hatte er den schwedischen Sieg herbeigewünscht. Wie wird er auf Karls Niederlage reagieren? Wird er seine Fehleinschätzung eingestehen? Den Teufel wird er! Leibniz wird den siegreichen Zaren als den größten Herrscher der russischen Geschichte rühmen, ihn mit den Feldherren, Königen und Kaisern des Altertums vergleichen und sich ihm andienen mit neuen Erfindungen und Plänen zum Ruhme und Wohle Russlands. Priester und Gelehrte waren Huren; sie verkauften sich an jeden, der sie bezahlte.

Tatsächlich hatte alle Welt auf die Nachricht gewartet, dass Karl mit seiner berühmten Armee in Moskau einziehen, den Zaren absetzen, womöglich sogar hinrichten und einen Statthalter einsetzen würde. Karl hätte sich zum Beherrscher des Ostens aufgeschwungen, zum Herrn über die nahezu unendliche Landmasse zwischen Elbe und Amur. Türken, Polen, Kosaken, Tataren, Chinesen hätten sich über die Gebiete an den Rändern hergemacht. Das zusammengeschrumpfte Russland wäre zu einer schwedischen Satrapie herabgesunken, Sankt Petersburg von der Landkarte getilgt. Aber nun: Zwischen Morgengrauen und Mittag hatten sich all diese Gewissheiten in Nichts aufgelöst.

Hatte Peter je daran gezweifelt? Nach außen hin nicht. Bereits zwei Tage vor der Schlacht hatte er Briefe mit der Siegesmeldung abschicken lassen. Gewagt, aber wenn er verloren hätte, wäre es darauf nicht mehr angekommen. Menschikow hatte dem Herzog von Marlborough geschrieben. Der König von Frankreich, der preußische König, der König von Dänemark, der Kurfürst von Hannover, der Kaiser – spätestens morgen würden sie alle wissen, dass eine neue Zeitrechnung begonnen hatte: Russland hatte die Bühne der Weltpolitik betreten. Das Machtgefüge um die Ostsee herum würde sich von Grund auf ändern – zugunsten Russlands. Schweden war geschlagen und ausgeblutet, es würde ihm auf lange Zeit nichts entgegenzusetzen haben. Und Karl hatte keine Freunde mehr: August, sein leiblicher Vetter, wird den Vertrag von Altranstädt in Fetzen reißen und Polen wieder unter seine Herrschaft bringen.

Schade, dass August nicht hier war.

Der Zar betrat das Festzelt. Menschikow, Scheremetew und Bruce saßen schon an der Tafel. Was für ein Anblick: So friedlich hatten die drei noch nie beisammengesessen – und würden es so bald nicht wieder tun. Dieser Tag war wahrhaftig ein besonderer Tag. Als Peter erschien, ertönte eine Fanfare. Die Generale erhoben sich. Mit einer abwehrenden Geste bedeutete er ihnen, sich wieder zu setzen. Wenn es ums Feiern ging, liebte er solche Förmlichkeiten nicht. Und heute schon gar nicht. Ein Diener reichte ihm ein Glas Genever. Er stürzte es in einem Zug herunter.

Scheremetew stand auf, hielt eine kurze launige Rede, trank und ließ sein Glas auf dem Boden zerschellen. Das ganze Zelt tat es ihm nach. Seine Generale ließen ihn hochleben. Einige von ihnen waren schon recht angeschlagen, besonders die Deutschen. Die Hitze hatte nicht nachgelassen, und der Wodka floss in Strömen.

Dabei hatte das Fest noch nicht einmal richtig angefangen. Man setzte ihm einen Teller mit Braten vor. Peter trank noch ein Glas. Seltsamerweise hatte er keinen Appetit. Er hätte Martha mitnehmen sollen, dachte er. Ohne sie war es keine rechte Feier. Sie sollte hier neben ihm sitzen. Sie hätte es mehr verdient als jeder andere. Martha hatte ihm beigestanden in den düstersten Stunden. Niemand wusste es besser als Peter, er wusste es sogar besser als Martha selbst. Ohne sie hätte er diesen verfluchten Krieg niemals durchgestanden. Er wäre zusammengebrochen, Russland wäre zusammengebrochen. Ohne sie gäbe es diesen Tag nicht.

Martha: Selbst wenn sie nicht an seiner Seite war, gab sie ihm Kraft. Ihre täglichen Briefe machten ihm Mut, halfen ihm über alles hinweg. Bald würde sie bei ihm sein. Sie war schon auf dem Weg, wartete in Kiew auf ihn, schwanger mit dem fünften Kind. Vier hatte sie ihm bereits geschenkt, drei davon waren gestorben. Er liebte sie nur umso mehr. Er würde sie Karl vorstellen, dem Frauenverächter. Wer weiß, eine vernünftige Frau wie Martha hätte ihn vielleicht vor dieser Niederlage bewahrt. – Aber nein, sie sollte warten. Versprengte Reste der schwedischen Armee bewegten sich noch immer frei im Land. Lewenhaupt verfügte noch immer über eine beachtliche Streitmacht, und sollte Karl es zu ihnen geschafft haben, er wäre zu einer letzten verzweifelten Attacke imstande. Nein, Martha durfte sich dieser Gefahr nicht aussetzen. Sobald er die wichtigsten Angelegenheiten hier erledigt hatte, würde er zu ihr reiten. Und dann – dann würde er wahr machen, was er schon längst hätte tun sollen: Er würde sie zur Zariza machen. Niemals hatte sie ein Wort darüber gesagt, sehr wahrscheinlich wünschte sie sich sogar, dass er ihr diese Würde, die (wer wüsste das besser als er?) auch eine Bürde war, ersparte. Aber sie sollte alles mit ihm teilen. Und was sprach dagegen? Dass sie niederer Abkunft war? Daraus hatten sie nie ein Geheimnis gemacht; jeder hatte es von Anfang an gewusst. Und wer sollte es wagen, seine Entscheidung in Zweifel zu ziehen? Der Adel? Die Pfaffen? Die waren ganz andere Dinge von ihm gewohnt. Und die Soldaten, das einfache Volk? Die Russen würden ihre Krönung als Segen betrachten, als ein Wunder Gottes. Martha redete mit ihnen in ihrer Sprache, sie kümmerte sich um Waisen und Kriegskrüppel. Sie verehrten sie wie eine Heilige. Die heilige Martha von Russland. Das Volk hatte recht.

Menschikow wandte sich ihm zu. Eben hatte er mit einem Gardeoffizier gesprochen, der ihm etwas ins Ohr geflüstert hatte. Sascha soff wie ein Hausknecht, er war der Einzige, der mit ihm mithalten konnte. Aber er konnte noch so betrunken sein, nie merkte man ihm etwas an. Auch jetzt klang seine Stimme vollkommen klar und nüchtern. »Mijn Herz«, sagte Menschikow. »Die Herren Schweden sind eingetroffen.«

»Endlich!«

Der Zar klatschte in die Hände. Die Musik und die Gespräche verstummten. »Meine Herren«, rief er. »Begrüßen wir unsere Gäste.«

Widerwillig erhoben sich die Generale. Repnin musste gestützt werden. Scheremetew und Menschikow rückten auseinander, um Platz für die Ankömmlinge zu schaffen.

Als Erster betrat Generalfeldmarschall Rehnskiöld das Festzelt. Er sah mitgenommen aus, aber trug die Nase noch immer hoch. Es war bekannt, dass er die Russen zutiefst verachtete. Es war seine Idee gewesen, die russischen Kriegsgefangenen wie Tiere abzuschlachten. Plagte ihn sein Gewissen? Ach was. Vermutlich erwartete er, dass man ihn seine Verbrechen würde büßen lassen, aber er bereute sie nicht eine Sekunde. Das Gesicht des Feldmarschalls war aschgrau. Immerhin begrüßte er den Zaren in angemessener Weise.

»Ihr seht erschöpft aus, Graf«, sagte Peter freundlich. »Setzt Euch und stärkt Euch zunächst.«

Den Wodka lehnte Rehnskiöld ab, er bat um einen Becher Wasser.

»Herr Feldmarschall, wir vermissen unseren Bruder Karl? Wisst Ihr nicht, wo er ist?«

»Ich weiß es nicht, Majestät«, antwortete Rehnskiöld schroff.

»Das ist schade. Sehr schade. Aber vielleicht beantwortet Ihr mir eine andere Frage.«

»Wenn ich kann«, entgegnete der Feldmarschall.

»Nun, Herr Generalfeldmarschall«, fuhr Peter fort. »Wir, meine Generale und ich, fragen uns schon seit Beginn dieses Krieges: Wie habt Ihr es eigentlich wagen können, ein so großes Reich wie das russische mit nur einer Handvoll Männer anzugreifen?«

Die Gespräche um sie herum verstummten.

Rehnskiöld besann sich keinen Augenblick. »Der König hat es so bestimmt«, erklärte er in beinahe herrischem Ton. »Uns als seinen ergebenen Untertanen ist es heilige Pflicht gewesen, unserem Herrscher zu gehorchen.«

»Hm.« Peter nickte zustimmend. Er musste die stolzen Worte mit einer Geste beantworten. »Generalfeldmarschall Rehnskiöld«, sprach Peter. »Sie sind ein ehrenwerter Mann. Wegen Ihrer Loyalität gegen Ihren Herrn möchte ich Ihnen Ihren Degen zurückerstatten.« Wie bestellt schossen draußen die Kanonen Salut. Peter erhob sein Glas: »Auf unsere Lehrmeister in der Kriegskunst!«

»Wer sind Ihre Lehrmeister?«, fragte Rehnskiöld, seine Verwunderung nur mühsam verbergend. »Wen meinen Sie, Majestät?«

»Aber mein Lieber«, lachte Peter. »Ich meine selbstverständlich Sie, Herr Feldmarschall. Wen denn sonst?«

»Dann haben die Schüler ihrem Lehrer einen schlechten Dienst abgestattet«, sagte Rehnskiöld bitter.

Peter wandte sich an Menschikow: »Nun werde ich doch unruhig. Wo bleibt denn nur mein Bruder Karl?« Er war ärgerlich, selbst jetzt noch machte der Hurensohn ihm Scherereien. Solange Karl in Freiheit war, würde er nicht aufhören, gegen ihn zu kämpfen.

»Ich fürchte, mein Herz«, erwiderte Sascha. »Dein Bruder findet den Weg nicht von allein. Wir wollen ihn suchen gehen.«

»Du hast recht, Alexander Danilowitsch«, rief Peter. »Bald wird es dunkel. Nicht dass er uns in der Steppe verloren geht.« Er winkte Golizyn und Bauer herbei. »Michail Michailowitsch, Rodion Christianowitsch, setzen Sie die Garden und die Dragoner in Marsch. Generalissimus Menschikow wird ihnen mit weiterer Kavallerie folgen. Wir bieten General Lewenhaupt die ehrenvolle Kapitulation an. Wenn mein Bruder Karl bei ihm ist, lassen Sie es an Höflichkeit nicht fehlen.«

Dann begab sich Peter in sein Zelt. Er war müde. Doch bevor er sich schlafen legte, wollte er seiner Zariza einen Brief schreiben, um ihr von den Ereignissen des Tages zu berichten und sie seiner ewigen Liebe zu versichern.

VIERTER TEIL

He left the name, at which the world grew pale, /
To point a moral or adorn a tale.

Samuel Johnson, *Charles XII. of Sweden*

XXXV.

Der Schatten Gottes auf Erden

Konstantinopel
1122 (islamischer Kalender) / 1710 (schwedischer Kalender)
5. September
Yaum al-ǧumʼa / Freitag

Über dem östlichen Horizont schimmerte ein rötlicher Lichtstreif. Anders als in den Ländern des Nordens kündigte sich hier der Tag nicht lange an. In wenigen Augenblicken würde die Sonne aufgehen, den Nebel auf das Meer treiben und den Himmel über der Stadt tiefblau erstrahlen lassen. Auf ihrer Reise nach dem Süden überflogen Schwärme von Störchen den Bosporus. Es war so ruhig in dieser schlaflosen, ewig lärmenden Stadt, dass Jacob das Plätschern der Wellen hörte, die gegen die Hafenmauern schlugen. Da zerriss ein langgezogener, vielstimmiger Schrei die Stille: »Allahu Akbar! – Allahu Akbar!« Die Türmer auf den Minaretten riefen die Gläubigen zum Gebet.

Auch den Herrscher aller Gläubigen, den Büyük Beg, den Pâdişah, den Sultan. Der Türkenherrscher hatte viele Namen, seine Untertanen nannten ihn auch den »Schatten Gottes auf Erden«. Mit dem Sonnenaufgang würde sich Ahmed III. aus seinem Palast in die Ayasofya begeben, um sein Freitagsgebet zu verrichten.

Auf ihn wartete er.

Jacob kauerte in einem dunklen Winkel neben dem Eingangstor der Moschee, die, wie er wusste, einst unter den römischen Kaisern die größte Kirche der Christenheit gewesen war. Eine

Stunde vor Tagesanbruch hatte er sich von Galata, dem Viertel der Franken, über das Goldene Horn, das Konstantinopel in einen nördlichen und einen südlichen Teil trennte, auf die Halbinsel rudern lassen, auf der sich der Stadtkern mit den beiden großen Moscheen und dem Topkapı-Serail, dem Herrschersitz des Sultans, befand.

Als er sich an der Moscheemauer niederließ, hatte sich plötzlich etwas Nasses, Struppiges an ihn geschmiegt. Es war einer der unzähligen Straßenköter, die sich in den Gassen und auf den Märkten der Stadt herumtrieben. Jacob warf dem Tier einen halben Sesamkringel zu, der mit Behagen verzehrt wurde. Dankbar hatte die Bestie Jacob die Hand geleckt, sich dann gähnend neben ihm ausgestreckt.

Die Stadt wimmelte von herrenlosen Hunden. Tagsüber lagen die Tiere faul in der Sonne. Sobald sie eine Gelegenheit witterten, sich den Bauch vollzuschlagen, waren sie hellwach. Einmal hatte Jacob beobachtet, wie eine Hundemeute einen Pferdekadaver in wenigen Augenblicken restlos verzehrte. Nachts rotteten sie sich zusammen und gingen auf die Jagd. Beute gab es in Fülle. Konstantinopel war die Hauptstadt der Ratten; sie waren allgegenwärtig, besonders am Hafen. Die Ratten taten sich nicht nur an Waren und Kornvorräten gütlich. Wie es hieß, verbreiteten sie auch die Pest. Erst vor wenigen Jahren war Konstantinopel von der schrecklichen Seuche heimgesucht worden, die sich von hier aus zunächst in die christlichen Länder des Osmanischen Reiches, dann nach Polen, Preußen, Livland, bis hin nach Schweden und Deutschland ausgebreitet hatte. Bei den Türken galten Hunde als unrein, niemand hielt sich einen Hund. Aber die Bewohner Konstantinopels waren ihnen dennoch wohlgesinnt; sie fütterten die Streuner und stellten ihnen einen Napf mit frischem Wasser hin. Sie wussten, dass sie den Schwarzen Tod in Schach hielten.

Jacob betrachtete den Hund, der, leise atmend, den Kopf in seinen Schoß gebettet, ruhig schlief. Es war eine hässliche Kreatur unbestimmter Rasse, einäugig und mit schütterem Fell, stinkend und voller Ungeziefer. Jacob fand, dass sie gut zueinander passten. »Wie heißt du?«, flüsterte er. »Ach, deinesgleichen hat ja keinen Namen. Darum werde ich dir einen geben: Ich nenne dich Scipio.«

Auch Karl XII. liebte Hunde. In Altranstädt hatte er noch vier besessen: Caesar, Snushane, Türk und Pompe, hochnäsige Geschöpfe, die sich natürlich nicht von Ratten nährten, sie bekamen Rindfleisch und Kuchen zu fressen. Dennoch waren Caesar, Snushane und Türk schon in Polen auf der Strecke geblieben; es war ihnen zu nass und zu kalt gewesen. Nur Karls Liebling Pompe hatte überlebt. Das heißt, nicht im eigentlichen Sinne. Er war bereits der Dritte seines Namens. Pompe I. war schon vor Ausbruch des Krieges daheim in Schweden gestorben; der König hatte ihn im Park seines Schlosses Karlberg bei Stockholm beisetzen und sogar einen Gedenkstein für ihn errichten lassen. Pompe II., der mit Karl in Sachsen einmarschiert war, war im russischen Winter erfroren. Erst in Bender hatte sich der König wieder einen Pompe angeschafft. Weil die Rasse in der Türkei unbekannt war, hatte er sich ein Exemplar aus Schweden kommen lassen. Kammerdiener Hultman kümmerte sich persönlich um Pompe III., der sich, wie es hieß, glänzender Gesundheit erfreute. Israel Holmström, ein ehemaliger Günstling Pipers, hatte ein hübsches Gedicht auf den königlichen Hund verfasst: »Pompe kongens trogne dräng«. Karl XII. soll so angetan davon gewesen sein, dass er Holmström auf der Stelle zum Kammerherrn beförderte. Wer weiß, ob es stimmte; die Geschichte passte nicht zu Karl. Aber was scherte es Jacob? Der König saß in Bender. Und Bender war weit weg.

Jacob hatte seine fränkische Kleidung abgelegt. Die Türken nannten alle Abendländer, ob sie nun Franzosen, Deutsche oder Schweden waren, »Franken«. Stattdessen trug er einen Kolpak, eine hohe, einem abgestumpften Zuckerhut ähnliche Filzmütze, ein Oberkleid lang wie ein Nachthemd, weite Beinkleider und an den Füßen gelbe Pantoffeln. An seiner Brust verbarg er den Brief, den ihm Graf Poniatowski anvertraut hatte. Jacob wusste nicht, was für eine Botschaft er enthielt. Der Pole hatte ihm erklärt, dass von diesem Schreiben das Schicksal des Königs abhänge. Es sei unbedingt nötig, dass der Sultan es persönlich erhalte. Darum könne der Brief nicht auf offiziellem Wege eingereicht werden.

Der Brief an den Sultan war mit Karls Unterschrift versehen und mit dem schwedischen Wappen versiegelt. Doch der König hatte ihn weder selbst geschrieben noch eigenhändig unterzeichnet. Eine halbe Nacht hatten Poniatowski und Sinclair damit zugebracht, den Brief auf Französisch zu formulieren. Dann hatte man unter großen Mühen das kostbare, für Schreiben an den Sultan erforderliche Papier beschafft, einen Dragoman aufgetrieben, der den Brief in die osmanische Kanzleisprache übersetzte, und mit einem fürstlichen Trinkgeld einen Schreiber überredet, dass er die Botschaft in der für Schreiben an den Sultan erforderlichen Schrift niederschrieb. Schließlich hatte ein Fähnrich namens Arvidson – er stammte aus der uralten und weitverzweigten Adelsfamilie mit dem schönen Namen Natt och Dag – mit erstaunlicher Kunstfertigkeit Karls Unterschrift nachgeahmt, und Poniatowski hatte den Brief mit dem königlichen Wappen versiegelt.

Jetzt musste die Botschaft nur noch ihren Empfänger erreichen. Und das zu besorgen, schien den Herren Gesandten niemand geeigneter als der Feldhautboist Johann Jacob Bach. Für ebensolche Dienste hatte Sinclair ihn schließlich nach Konstantinopel mitgenommen. Anfangs hatte sich Karl XII. dagegen gesträubt; er hatte Jacob ungern ziehen lassen. Doch Sinclair und Poniatowski hatten ihn davon überzeugt, dass Jacob ihm in Konstantinopel von größerem Nutzen sei als in Bender. Das hatte der König eingesehen, zumal, seit ihn der Sultan zum Souverän von Bender gemacht hatte und er sich dem Aufbau seines neuen Hofstaates widmete, die Schwermut, die ihn seit den Unglückstagen von Poltawa immer wieder heimsuchte, etwas von ihm gewichen war, so dass er auf Jacobs Flötenspiel verzichten konnte.

Mit Jacob war auch der Feldprediger Lorenz Hagedorn nach Konstantinopel geschickt worden. Die Gesandtschaft an der Hohen Pforte benötigte einen Seelsorger, noch mehr aber einen Kenner orientalischer Sprachen. Hagedorn sprach fließend Griechisch und Arabisch, auch die türkische Sprache beherrschte er inzwischen leidlich.

So waren sie von Bender durch das südliche Bessarabien und Bulgarien über Adrianopel nach der Hauptstadt des Osmanischen Reiches gereist: Konstantinopel, die Stadt auf den sieben Hügeln, das zweite Rom, Schmelztiegel der Völker, Nabel der Welt, die Pracht am Goldenen Horn, Stadt der Städte.

Während Sinclair in geheimer Mission auf der Krim, in Moldawien, der Walachei und Gott weiß wo umherreiste, unternahm Graf Poniatowski alles, die Türken dazu zu bringen, sich mit Karl XII. zu verbünden und mit vereinten Kräften Russland anzugreifen. Ihm stand ein ehrgeiziger und scharfsinniger junger Mann namens Martin Neugebauer zur Seite, ein Kaufmannssohn aus Danzig. Wegen seiner Gelehrsamkeit hatte ihn König August einst dem Zaren als Hauslehrer empfohlen. So war Neugebauer die zweifelhafte Ehre zuteilgeworden, den Zarewitsch Alexei mit der höheren Bildung bekannt zu machen. Doch weder hatte sich der russische Thronfolger dazu verstehen mögen, bei den Mahlzeiten die abgenagten Knochen nicht nach guter alter Sitte unter den Tisch zu werfen, noch sonst europäische Manieren annehmen wollen. Als Neugebauer von Peter verlangte, alle Russen aus der Umgebung des Zarewitschs zu entfernen, damit er ungestört einen Menschen aus ihm machen könne, sah sich der deutsche Schulmeister unversehens selbst vor die Tür gesetzt. Seitdem verachtete und hasste Neugebauer alles, was mit Russland auch nur in der entferntesten Beziehung stand. Mit dem Zarewitsch, dem vermaledeiten Früchtchen

Alexei, werde es im Übrigen ein schlimmes Ende nehmen. Nach seinem Rauswurf hatte sich der famose Hofmeister Karl XII. angedient, und der hatte ihn als Sekretär dem schwedischen Gesandten an der Hohen Pforte an die Seite gestellt.

Poniatowski und Neugebauer konnten einander nicht ausstehen, aber sie ergänzten sich auf das Trefflichste. Nicht dass der Pole ein Einfaltspinsel gewesen wäre, er war alles andere als das. Aber sein Hang zum Luxus, seine natürliche Großzügigkeit, seine Aufrichtigkeit, letztlich sein Ehrgefühl machten ihn für bestimmte Erfordernisse, welche die Diplomatie mit sich brachte, ungeeignet. Neugebauer aber fischte nicht nur mit großem Geschick, sondern geradezu lustvoll im Trüben. Er war verschlagen, hartnäckig und verfügte über ein erstaunliches Talent zu hassen.

Das vorzügliche Ziel seines Hasses hieß Pjotr Andrejewitsch Tolstoi, Botschafter Russlands an der Hohen Pforte, den Neugebauer für das Scheitern seiner Hauslehrerkarriere am Zarenhofe persönlich verantwortlich machte. Graf Tolstoi indes erwies sich als überaus ernstzunehmender Gegner. Der russische Botschafter tat sein Möglichstes, die zerrütteten Beziehungen zwischen dem Zarenreich und der Hohen Pforte zu verbessern. Leider dankten ihm die Türken seine Bemühungen schlecht. Zwar waren sie nicht geradezu – wiederum zum Missfallen der Schweden – auf einen Krieg mit Russland aus. Aber sie hatten die Niederlagen, die Zar Peter ihnen beigebracht hatte, nicht vergessen. Nach wie vor betrachteten die Osmanen die Russen als ihre Erzfeinde. Und das ließen sie Tolstoi spüren: Der russische Botschafter stand gleichsam unter Hausarrest, und die anderen Diplomaten gingen ihm aus dem Weg, um nicht ebenfalls bei der Pforte in Ungnade zu fallen. Das hielt Tolstoi nicht davon ab, einen beträchtlichen Einfluss auf die osmanische Politik auszuüben. Wie eine Spinne saß er in seinem Palast, den er nie verließ, und zog an unsichtbaren Fäden. Tolstoi genoss den zweifelhaften Ruf, ebenso grausam wie schlau zu sein. Es hieß, er habe seinen Sekretär vergiften lassen, nachdem dieser ihm gestanden hatte, sich zum Islam bekehrt zu haben. Poniatowski war darum fest davon überzeugt, dass der Russe ihm ebenfalls Gift in den Kaffee schütten wollte.

Auch wenn der Sultan die Schweden nicht empfing, stand es allem Anschein nach um die Sache Karls XII. nicht so schlecht: Gewiss, die Türken fürchteten die Russen, die wider alles Erwarten den vermeintlich unbesiegbaren Karl von Schweden in offener Schlacht besiegt hatten. Aber noch mehr hassten sie den Zaren und würden ihm die Gebiete, die er ihnen in früheren Kriegen abgenommen hatte, lieber heute als morgen wieder entreißen. Ahmed III. musste nur davon überzeugt werden, dass ihm ein Bündnis mit Karl XII. eben dazu verhelfen würde.

Weil Schweden bislang keinen Botschafter an der Pforte besaß, residierte Karls Gesandtschaft im Hause des reichen Juden Daniel de Fonsecca in Pera. Fonsecca war einer der Leibärzte des Sultans und hatte das Ohr Ahmeds III. Vor vielen Jahren war er vor der Inquisition aus Portugal nach Frankreich geflohen und hatte sich schließlich in Konstantinopel niedergelassen, wo den Juden mehr Freiheiten gewährt wurden als in den christlichen Ländern. Fonsecca behandelte vor allem Franzosen, auch den Botschafter Ludwigs XIV., Charles de Ferriol. Mehrmals hatte Ferriol im Namen seines Königs Karl XII. angeboten, ihn auf einem französischen Schiff in sein Reich zu bringen. Doch Karl hatte stets abgelehnt.

An sich schien Jacobs Aufgabe nicht allzu schwierig. Es war üblich, dem Sultan auf seinem Weg zum Gebet Beschwerden oder Bittschriften zu überreichen. Jedermann, ob hoch oder niedrig, arm oder reich, durfte an den Herrscher herantreten und sein Recht einfordern, so war es Brauch. Aber neuerdings hatte der allmächtige Großwesir Baltaji Mehmed Pascha solche Annäherungen an seinen Gebieter strengstens verboten. Jeder, den die Wache mit Bittschriften in der Nähe des Palastes, der Blauen Moschee oder der Hagia Sophia aufgriff, wurde mit fünfzig Streichen auf die Fußsohlen bestraft.

Doch Jacob hatte nicht vor, sich erwischen zu lassen, jedenfalls nicht, bevor er seine Botschaft überstellt hatte. Dafür besann er sich auf eine Methode, die er von den Schomerim gelernt hatte: Er spielte einen Fallsüchtigen. Der Trick funktionierte, wie Jacob mit eigenen Augen gesehen hatte, in der Türkei ebenso wie im christlichen Abendland. Die morgenländischen Gauner standen ihren europäischen Kollegen in nichts nach, und womöglich ließen sich die Muselmänner sogar noch leichter betrügen, denn Barmherzigkeit und das Almosengeben gehörten zu ihren wichtigsten Glaubensartikeln. Die Schwerenot ließ sich auf verschiedene Weise anwenden: Ein plötzlicher Zufall auf einem Marktplatz veranlasste einen Zusammenlauf, der Taschendiebe reichlich Gelegenheit zur Betätigung bot. Während der eine Gauner einen Anfall vortäuschte, langte sein Komplize den umherstehenden Gaffern in die Taschen. Natürlich musste man die Symptome der Fallsucht, grimassenhafte Gesichtszüge, Augenrollen, Zuckungen am ganzen Körper, erbärmliches Röcheln, aus dem Effeff beherrschen. Mit einem kleinen Stück Seife ließ sich sogar Schaum vor dem Mund erzeugen. Jacob wollte aber mit Hilfe dieses Schmierentheaters nur in die Nähe des Sultans gelangen, um ihm den Brief des Schwedenkönigs zu übergeben. Danach hoffte er, unerkannt in der Menge unterzutauchen.

Es war so weit: Janitscharen marschierten in den Vorhof und bildeten am Eingang der Sophienkirche ein Spalier. Jeden Augenblick musste der Sultan eintreffen. Jacob hinkte und hüpfte zwischen den Soldaten herum, lallte ein sinnloses Lied, kicherte irre vor sich hin. Niemand beachtete ihn, Konstantinopel war voller Bettler und Narren. Als Jacob anfing, den Janitscharen auf die Füße zu treten, stießen sie ihn unsanft zurück. Doch sobald er ihnen aus den weiten Ärmeln seines Gewands einige Silbermünzen in die Hände rollen ließ, lächelten die Soldaten und ließen ihn gewähren. In der Türkei gab es keine Gefälligkeit, die sich nicht mit einem Bakschisch, einem Trinkgeld, erreichen ließe. Und für eine Handvoll Piaster durfte ein Verrückter allemal vor der Ayasofya, wie die Türken die Moschee nannten, seine Faxen treiben.

Auf einem prächtigen Araberhengst näherte sich der Sultan. Die Türken, hatte Sinclair einmal bemerkt, legten mehr Wert auf den Adel ihrer Pferde als auf den der Menschen. Er hatte es verächtlich gemeint, aber Jacob fand den Brauch nicht unvernünftig. Jedenfalls waren die Pferde der Türken ausgezeichnet. Ahmed III. war wie ein gewöhnlicher Janitscharenoffizier gekleidet. Jacob erkannte ihn an der ehrfürchtigen Scheu, mit der seine Umgebung ihn behandelte. Außerdem hatte Poniatowski ihm ein sehr ähnliches Porträt des Herrschers gezeigt, das der Maler Jean-Baptiste Vanmour für den französischen Botschafter angefertigt hatte.

Ahmed III. war ein etwa zwanzigjähriger Jüngling mit einem auffallend hageren Gesicht. Er wirkte etwas schläfrig und hielt er sich ziemlich schlaff im Sattel. Es hieß, er bewundere Karl XII. über alle Maßen. Vielleicht hatte er gehört, dass der Schwedenkönig nur einen Korporalsrock zu tragen pflegte, und wollte ihn darin nachahmen? Aber der Sultan war kein Kriegerkönig wie Karl, er galt als Liebhaber der Frauen und der Künste. Alle Macht lag in den Händen seines Ersten Ministers, des Großwesirs, und seiner Mutter. Beide taten alles, den Herrscher der Gläubigen von der Außenwelt abzuschirmen. Der Sultan lebte in einem goldenen Käfig. Sein riesiger Palast war eine Stadt in der Stadt. Was sich hinter den Mauern des Serails verbarg, war Gegenstand fantastischster Gerüchte: Es hieß, die Paläste, Gärten, Pavillons seien das Paradies auf Erden. Jeden Tag wurden Unmengen von Reis, Zucker, Erbsen, Linsen, Pfeffer, Kaffee, Makronen, Datteln, Safran, Pflaumen, Melonen in das Allerheiligste geschafft. Eine Heerschar von Dienern las dem Sultan jeden Wunsch von den Augen ab. Er verfügte über einen eigenen Früchteservierer, Eismacher, ungezählte Kaffeekocher, Wasserservierer, einen Ober- und mehrere Unterturbanfalter, Fingernägelschneider (für jeden Finger und jeden Zeh einen), Türöffner, Pfeifenanzünder und Heerscharen von Gauklern, Zwergen, Stummen, Leibwächtern.

Die geheimnisvollste und verlockendste Einrichtung dieses verbotenen Bezirks aber war ein Bereich, der Harem genannt wurde. Der Herrscher der Gläubigen heiratete nicht. Zwar erlaubte der Koran, die Bibel der Muslime, einem Manne, bis zu vier Frauen zu ehelichen, und auch die Sultane hatten dies früher getan. Aber vorzeiten hatte sich wohl eine Lieblingsfrau, eine rothaarige Russin von märchenhafter Schönheit, zu sehr in die Staatsangelegenheiten gemischt, so dass von da an der Sultan ein Hagestolz bleiben musste. Darum entsagte er aber noch lange nicht der geschlechtlichen Liebe, im Gegenteil. Außer dem Sultan selbst und den Eunuchen durfte bei Todesstrafe niemand den Harem betreten. Alle Türen wurden Tag und Nacht von schwerbewaffneten Eunuchen bewacht, riesenhaften, furchterregenden Menschen mit tiefschwarzer Haut. Sinclair, der auf seinen Reisen bis nach Ägypten gekommen war, hatte erzählt, dass man sie als Kinder am oberen Lauf des Flusses Nil fing und für ihren späteren Dienst zurichtete. Da der Koran zwar nicht die Sklavenhaltung, wohl aber das Verschneiden von Knaben untersagte, betrieben seit vielen Jahrhunderten ägyptische Christen dieses abscheuliche Handwerk. Jedes Jahr schenkten die Statthalter des Sultans am Nil ihrem kaiserlichen Herrn neue Scharen verschnittener Jünglinge, die ihm unbedingte Treue schwören mussten, für ihn als Soldaten bis zum Tod kämpften oder seine Weiber bewachten. Da Musliminnen keine Sklavinnen sein durften, waren die Konkubinen des Sultans allesamt Russinnen, Griechinnen, Venezianerinnen, Georgierinnen oder Zirkassinnen. Ihre Schönheit, hieß es, liege jenseits aller Beschreibung. Tausend Mädchen und Frauen solle Ahmed zu seinem Vergnügen besitzen.

Jetzt war der Sultan nur wenige Schritte von ihm entfernt. Jacob drängte sich zwischen den Janitscharen hindurch und warf sich vor das Pferd des herannahenden Herrschers. Vor Aufregung hatte er die Fallsucht völlig vergessen. Es war ohnehin zu spät: Das Pferd des Sultans scheute, ein halbes Dutzend Janitscharen stürzte sich auf Jacob. Sie drehten ihm die Arme auf den Rücken und rissen ihm den Kopak vom Kopf, so dass ihm die langen Haare, die darunter verborgen waren, auf die Schultern fielen. Jeder sah nun, dass er ein Franke war. Jacob schrie: »Ammann, ammann!«, was, wie ihm Hagedorn gesagt hatte, »Erbarmen« bedeutete. Mit dem Kinn versuchte Jacob auf seine Brust zu deuten, wo er das Schreiben aufbewahrte. »Sued crall dan!«, stieß er hervor. Wieder und wieder: »Sued crall dan!« Hagedorn hatte ihm auch diesen Satz vorgesagt; er sollte so viel heißen wie: »Dies sendet dir der König von Schweden.«

Der Herrscher der Gläubigen schien ihn zu verstehen. Durch ein kurzes Kopfnicken befahl er einem Diener, Jacob den Umschlag abzunehmen und ihm das Schreiben zu übergeben. Ahmed III. drehte und wendete das Papier, las die Anschrift, aber er brach das Siegel nicht.

Er bedeutete den Janitscharen, Jacob loszulassen.

»Sohn eines Christen«, sprach der Sultan ihn dann in gebrochenem Französisch an. »Sei überzeugt, dass der großmächtige Sultan, mein Gebieter, die Seele eines Kaisers besitzt und dass er, falls dein König im Recht ist, ihm auch Gerechtigkeit widerfahren lassen wird.«

Damit gab er seinen Wachen einen Wink. Ein Janitschar stieß Jacob beiseite. Die Prozession setzte ihren Weg zur Moschee fort.

Jacob hatte seinen Auftrag erfüllt. Er strich sich die Kleider glatt, rückte die Mütze zurecht und machte sich davon.

Jacob schlenderte er durch die Straßen der erwachenden Stadt. Nach einer kleinen Weile bekam er Lust auf ein Bad. Nicht weit entfernt gab es ein Hamam, das rund um die Uhr geöffnet hatte.

Jacob betrat das hohe Gebäude, in dessen Mitte ein Springbrunnen murmelte. Der Tellak oder Bademeister führte ihn ein Gelass, wo er sich entkleidete. Schon in den Empfangsräumen herrschte eine beträchtliche Hitze. Sie kam aus dem Fußboden. Darum trugen die Bademeister Sandalen, an deren Sohlen jeweils zwei Holzstücke befestigt waren. Jacob schlang sich ein halbseidenes blaues Tuch um die Hüften, und der Tellak wickelte ihm ein Handtuch um den Kopf. Als er Jacobs Haare sah, erschrak er fast und schüttelte nur ungläubig den Kopf; die Türken trugen unter ihren Turbanen die Haare sehr kurz geschoren. Dann reichte der Bademeister ihm ebenfalls ein Paar hölzerner Pantinen, denn der marmorne Fußboden der gewölbten Halle, in die er Jacob nun führte, war so stark beheizt, dass man ihn nicht barfuß betreten konnte. Unter einer Kuppel erhob sich ein zwei Fuß hohes Plateau mit Marmor ausgelegt, auf das sich Jacob hinstreckte. Nun rieb ihn der Badewärter am ganzen Körper ab und reckte und drückte alle Muskeln. Der Mann kniete ihm auf der Brust und fuhr ihm mit dem Knöchel des Daumens über das Rückgrat; alle Glieder, die Finger und selbst das Genick brachte er durch einige kunstvolle Handgriffe zum Knacken. Als Jacob sich zum ersten Mal dieser Prozedur unterzogen hatte, hätte er um ein Haar den armen Badewärter mit der Faust niedergeschlagen. Aber die Behandlung war keine Tortur, sondern unvergleichliche Wohltat, die sich Jacob inzwischen beinahe täglich gönnte.

Nun erhob er sich und begab sich in eine der kleinen, noch stärker erwärmten Zellen, welche die große Halle umgaben. Hier sprudelte klares Wasser in Marmorbecken, nach Belieben warmes und kaltes. Jetzt wurde er demselben Verfahren unterworfen wie die türkischen Pferde beim Striegeln, indem nämlich der Wärter einen kleinen Sack aus Ziegenhaar über die rechte Hand zog und damit den ganzen Körper anhaltend überfuhr und auf diese Weise gründlich reinigte. Er erschien nun aufs Neue mit einer großen Schüssel mit wohlriechendem Seifenschaum. Mittels einer großen Quaste seifte er ihn vom Scheitel bis zur Fußsohle ein. Danach goss sich Jacob das kalte Wasser über Kopf, Brust und Leib. Damit war die Prozedur beendet. Jacob ließ sich in der Eingangshalle nieder, streckte sich aus und überließ sich seinen Gedanken.

Wie konnte es einen Ort wie Konstantinopel geben? Die Stadt zwischen den tiefblauen Wassern des Bosporus und des Marmarameers war ein einziger blühender Lustgarten. Unter dem herrlichen Himmel ragten die glänzenden Kuppeln der Moscheen und die gleißenden Nadeln der Minarette. Die Hauptstadt des Osmanischen Reiches besaß unzählige Moscheen, aber auch christliche Kirchen und Synagogen, dazu Paläste, Schulen, Büchereien, Hospitäler, öffentliche Badehäuser. Zypressen und üppige Obstbäume spendeten Schatten, sprudelnde Fontänen auf jedem Platz sorgten für angenehme Kühle. Überall blühten Rosen und Tulpen, die ihren betörenden Duft ausströmten. Diese Stadt war ein Wirklichkeit gewordener Traum.

Nach dem Bad suchte Jacob ein gewisses Kaffeehaus auf. Dort wartete bereits Lorenz Hagedorn auf ihn. Der Pastor war ganz und gar wie ein Türke gekleidet, und jedermann schien ihn auch dafür zu halten. Sie tranken Kaffee und naschten von dem süßen Gebäck. Danach ließen sie sich eine Wasserpfeife bringen und rauchten genüsslich.

»Nun, haben Sie Ihre Mission erfüllt?«, fragte Hagedorn.

»Gewiss, der Sultan hat das Schreiben persönlich entgegengenommen.«

»Al-Hamdu li-Llāh – möge es den Herrscher der Gläubigen auf den rechten Weg weisen.«

»Und welcher Weg ist der rechte? Was meinen Sie?«

»Seit ich hier bin, weiß ich es weniger denn je«, antwortete Hagedorn.

»Ich auch nicht.«

»Aber ich weiß«, sagte der Pastor nach einigen Augenblicken des Schweigens, »dass Carolus seinen verfluchten Krieg fürderhin ohne mich führen wird. Ich folge ihm nicht mehr. Wie steht es mit Ihnen, Herr Bach?«

Jacob sagte nichts. Das musste er auch nicht, Hagedorn kannte die Antwort: Ja, auch Jacob hatte genug. Genug von Hunger, Durst und Blutvergießen.

Er hatte genug von Karl XII.

XXXVI.

Flucht

Schlachtfeld bei Poltawa
1709
28. Juni (schwedischer Kalender)
Später Vormittag

Allmählich ließ der Kanonendonner nach. Langsam lichtete sich der beißende Pulverdampf. Der Anblick, den das Schlachtfeld bot, war entsetzlich: Tote und Sterbende lagen in Haufen, Menschen und Pferde durcheinander; nicht ein Fingerbreit Erde, der nicht mit abgerissenen Armen und Beinen, zerfetzten, zerschmetterten Leibern, abgetrennten Köpfen bedeckt war. Das Blut der Gefallenen rann zu schwarzen Bächen zusammen, die wie die Adern eines riesigen verendeten Tieres die Landschaft durchflossen. Stöhnen, Röcheln und Schreien erfüllten die Luft.

Die Russen waren überall, vor ihnen, zu ihrer Rechten, zu ihrer Linken, sogar in ihrem Rücken. Sie machten Jagd auf Versprengte. Verwundeten Schweden stießen sie das Bajonett in den Leib, oder sie schlugen die armen Teufel kurzerhand mit ihren Gewehrkolben tot. Die Leichen wurden bis auf die Haut gefleddert und die nackten Körper den Vögeln zum Fraß überlassen. Die russischen Soldaten waren auf Raub aus. Ihre Habgier machte sie blind. Selbst für das kostbarste Beutestück: den König von Schweden. Aber es war nur eine Frage von Augenblicken, dass sie merkten, wer sich ihnen da geradewegs vor ihrer Nase, wie auf einem Präsentierteller darbot. Wenn Karl XII. nicht getötet oder – noch schlimmer – in Gefangenschaft geraten wollte, musste er das Schlachtfeld verlassen. Auf der Stelle. Sofort.

Seine Offiziere umringten ihn, alle redeten gleichzeitig auf ihn ein. Der König hörte ihnen nicht zu. Mit zusammengekniffenen Augen dachte er nach. Dann legte er Christer Albedyhl, einem jungen Trabanten, der unverletzt geblieben war, seine Hand auf die Schulter und sagte mit ruhiger Stimme: »Korporal, Sie verschaffen sich einen Eindruck unserer Lage. Dann erstatten Sie Bericht.«

Albedyhl gab seinem Pferd die Sporen und verschwand in einer Staubwolke. Niemand rechnete damit, ihn wiederzusehen. Doch nach wenigen Augenblicken kehrte Albedyhl zurück. Der Korporal war nicht weit gekommen, aber seine Einschätzung der Lage war eindeutig: »Alle Truppen, die sich in unserer unmittelbaren Umgebung aufhalten, sind feindlich.«

Der König und seine Entourage waren die letzten Schweden, die noch geschlossen auf dem Schlachtfeld standen.

Karl XII. starrte auf die graue Wand aus Pulver und Staub, die sie noch immer wie eine Tarnkappe schützte. »Wir ziehen uns in Gottes Namen zurück«, sagte er mit einer seltsam fragenden Betonung, als erwarte er Widerspruch. Doch niemand widersprach ihm.

Die Abteilung führte einen Schwenk aus und marschierte auf den Wald von Budyschi zu. Berittene Trabanten schwärmten aus, um das Terrain zu erkunden und versprengte schwedische Soldaten zu sammeln. Immer mehr Reste der geschlagenen Regimenter, die über das Schlachtfeld irrten, schlossen sich der königlichen Entourage aus Leibgarde und Trabantenkorps an. Die Meldungen der Aufklärer waren widersprüchlich und beunruhigend. Indessen stand eines fest: Die Armee Karls XII. hatte aufgehört zu bestehen. Wer das Gemetzel überlebt hatte, versuchte, irgendwie den Wald zu erreichen.

Noch immer prasselten Kanonen- und Musketenkugeln wie Hagel auf sie ein.

Endlich kam der Wald in Sicht, sie erkannten die Kirche von Maly Budyschi. Also waren sie nicht fehlgegangen. Aber mit einem Blick durch sein Fernrohr machte Gyllenkrok alle Hoffnung auf Rettung zunichte: Hinter einem Birkenwäldchen entdeckte er ein feindliches Bataillon, das geradewegs auf sie zumarschierte. Karl riss Gyllenkrok das Fernrohr aus der Hand. Noch während er hindurchblickte, befahl er: »Creutz, attackieren Sie den Feind!«

Unter den Offizieren, die um die Sänfte herumstanden, wurde ein Murren laut. Warum ausgerechnet Creutz? Seine Einheit hatte furchtbar gelitten, der Generalmajor selbst war verwundet und nur noch ein Schatten seiner selbst. Sein Sohn Lorenz diente bei den Trabanten. Er stand daneben, als der König seinen Vater in den sicheren Tod schickte. Er trat vor Karl XII., wollte etwas sagen. Der Vater hielt ihn mit scharfen Worten zurück.

Carl Gustaf Creutz ließ seine Schwadron (oder was davon übrig war) in Formation aufstellen und rückte gegen den Feind vor.

Offenbar überrascht von der Kühnheit des Gegners, verlangsamten die Russen ihren Vormarsch. Doch bald nahmen sie ihr vorheriges Tempo wieder auf; sie hatten erkannt, wie schwach die Schweden waren. Als Creutz' Reiter in Schussweite gekommen waren, brachten die Russen eine Kanone in die vorderste Linie.

Die Schweden stürmten mit blanker Waffe auf sie los.

Die Russen eröffneten das Feuer. Die Salve riss furchtbare Lücken in Creutz' Kavallerie. Aber er zog sich nicht zurück: Die Schweden ritten weiter auf die Russen zu.

»Brechen Sie den Angriff ab, Sire!«, schrie Axel Conrad von Wangersheim, ein grauhaariger Oberst in zerrissenem Rock, auf den König ein. Er war mit den Überlebenden des Österbottenregiments zu ihnen gestoßen, hatte seine linke Hand verloren und litt unter fürchterlichen Gesichtszuckungen.

Der König schenkte ihm keine Beachtung.

»Creutz und seine Männer werden sinnlos abgeschlachtet. Machen Sie ein Ende, machen Sie doch ein Ende!«, schrie Wangersheim weiter.

Karl schwieg.

»Oberst Wangersheim hat recht«, ergriff nun Poniatowski das Wort. »Die Russen wollen uns nur von unserem Marsch ablenken und uns auf freies Feld locken. Wir sollten ihnen diesen Gefallen nicht tun.«

»Also gut«, seufzte der König. »Wenn ihr es alle besser wisst – gebt Creutz das Signal, er soll sich zurückziehen. Wir schlagen uns in die Wälder.«

Die Prozession aus Soldaten, Offizieren, Höflingen, Lakaien setzte sich, den blessierten König in ihrer Mitte, in Bewegung. Die Trabanten und eine Schwadron der Nordschonischen Kavallerie bildeten die Spitze des Zuges. Jetzt waren sie dem russischen Feuer schutzlos ausgesetzt. Kartätschen und Musketenkugeln mähten die Männer reihenweise nieder; das Leibregiment wurde fast bis auf den letzten Mann ausgelöscht. Die schönen Silberpauken, die der alte König Karl XI. dem Regiment geschenkt hatte, blieben zwischen dem Waldrand und den Verfolgern zurück. Herrlich, völlig unversehrt blinkten sie in der Sonne, daneben der Kadaver des Pferdes, das die Pauken getragen hatte, und der von Kugeln zerfetzte Leichnam des Regimentspaukers Falk.

Trotz allem marschierten die Schweden weiter. Ihre Offiziere hatten alle Mühe, dafür zu sorgen, dass der Rückzug nicht zur heillosen Flucht geriet. Unterdessen war den Russen offensichtlich aufgegangen, wem sie auf den Fersen waren. Sie beschleunigten ihren Marsch und schlossen rasch auf.

Schließlich erreichten die ersten Schweden den Wald. Er erwies sich als kaum begehbarer Sumpf. Wie sollten sie die Sänfte des Königs da hindurchbringen? Aber sie hatten keine Wahl.

Während sich die Schweden durch den Sumpf kämpften, schossen sich die Russen am Waldrand aus kurzer Distanz auf sie ein. Ein Kugelhagel ging auf die Flüchtenden nieder. Plötzlich ein ohrenbetäubender Schlag, eine Wolke aus Holzsplittern wirbelte durch die Luft: Eine Kanonenkugel hatte die königliche Sänfte zertrümmert. Der Stallmeister lag, von einem langen Splitter durchbohrt, tot am Boden; das hintere Pferd war zusammengebrochen. Der König war wie durch ein Wunder unverletzt geblieben. Wedderkop, der gerade Karls Verband wechseln wollte, bedeckte ihn mit seinem Körper. Sein Rücken war von Kugeln und Splittern zerfetzt.

Trabanten zogen den König aus den Trümmern, schützten ihn mit ihren Leibern. Um sie herum zischte und sauste es von Geschossen. Die Trabanten fielen zu Dutzenden.

Ein Pferd wurde geholt.

Während Jacob das Bein des Königs mit dem verwundeten Fuß über den Rist legte, wurde Nils Frisk, der das scheuende Pferd am Zügel hielt, in den Kopf getroffen.

Endlich saß Karl XII. im Sattel.

Als er drei Schritte geritten war, zerschmetterte eine Kanonenkugel das rechte Vorderbein des Pferdes. Der König stürzte. Er rollte sich gerade rechtzeitig zur Seite, um nicht von dem Pferdeleib zerquetscht zu werden.

Im selben Augenblick brach unter Hultman das Pferd zusammen. Eine Kugel hatte dem Tier das Hinterteil weggerissen. Bis zur Hüfte in Blut getaucht, fand sich der Kammerdiener in einem grausig aufgerissenen Kadaver wieder. In der Hand hielt er noch den Silberbecher mit der Medizin für seinen Herrn. Das Gefäß am langen Arm von sich gestreckt, befreite sich Hultman wie ein Neugeborenes aus einem Haufen aus Blut und Eingeweiden. Er verschüttete dabei nicht einen Tropfen.

Zwischen den Trümmern der königlichen Sänfte lagen die toten Trabanten. Auch viele Hofleute und Kanzlisten waren schwer verwundet oder hatten ihr Leben verloren. Dem Registrar Hirschenstierna fehlten beide Beine. Mit aufgerissenem Mund stieß er eine Art Geheul aus, seine steife bläulich-weiße Zunge war bis tief in den Hals zu sehen. Gustaf Adlerfelt, der Hofhistoriograf, war tot; eine Kanonenkugel hatte ihm den Kopf abgerissen.

Jetzt setzten die Russen Kartätschen ein. Sie verschossen gehacktes Blei, Eisenteile und Nägel. Eine besonders verheerende Wirkung erzielten sie dadurch, dass sie die Ladungen nicht direkt auf die Schweden abschossen, sondern in einem flachen Winkel auf dem Boden vor ihnen. Die Kugeln aus den aufplatzenden Munitionsbehältern prallten von der Erde ab, flogen in alle Richtungen und trafen die Schweden wie ein tödlicher Schauer von allen Seiten. Viele wurden von den herumschwirrenden Geschossen buchstäblich durchsiebt oder in Fetzen gerissen.

Karl XII. wankte wie ein Betrunkener zwischen den verstümmelten Leichen herum. »Hierta!«, schrie er heiser. »Hierta, dein Pferd!«

Jemand führte Johan Hierta heran. Der Trabantenleutnant war schwer verwundet, er hielt sich nur mühsam im Sattel. Sein Blick wanderte ziellos umher. Er begriff nicht, was man von ihm wollte.

»Hierta, dein Pferd!«, keuchte der König.

Hultman und Jacob rissen den Leutnant von seinem Pferd herunter. Hierta wehrte sich nicht. Er war schon so gut wie tot, ohne Hilfe vermochte er keine zwei Schritte zu gehen. Mit vereinten Kräften schleppten sie ihn aus dem schlimmsten Feuer heraus und lehnten ihn an einen Zaun. Dann hoben sie Karl XII. auf das Pferd. Es scheute und schlug aus, wahrscheinlich war es verletzt. Wo und wie schwer, ließ sich nicht feststellen, denn auch das Pferd war über und über mit Blut bedeckt. Hultman legte dem König die Zügel in die zitternden Hände. Karls gesunder Fuß steckte in einem bespornten Stiefel, der verletzte linke war lose mit einem Verband umwickelt, aus dem Blut tropfte. Der König schwankte, aber hielt sich aus eigener Kraft im Sattel. Pferd und Reiter waren von Kopf bis Fuß mit Blut bedeckt. Karl XII. zog sein langes Schwert und reckte es drohend dem Feind entgegen.

Darauf wandte er sich zur Flucht.

Gemeine, Diener, niedere Kanzleibeamte, alle, die kein Pferd besaßen, blieben zurück. Eilig verabreichte Hofprediger Nordberg ihnen das letzte Abendmahl. Zuletzt schob er Hierta eine Hostie in den Mund. Dann ritten sie los. Als sich Jacob nach einer Viertelmeile umblickte, sah er, dass die Russen Hierta schon umringt hatten.

Sobald sie sich außer Reichweite der russischen Musketen befanden, ließ der König halten. Völlig erschöpft legten sich die Männer auf die nackte Erde, tranken einen Schluck Wasser, verbanden sich gegenseitig ihre Wunden. Sie waren entkommen, aber ihre Schar war furchtbar zusammengeschmolzen. Karl XII. ließ sich abseits auf einem moosbewachsenen Stein nieder und vergrub das Gesicht in seinen Händen. Niemand wagte ihn anzusprechen.

Im Laufe der folgenden Stunden sammelten sich immer mehr Versprengte um die königliche Entourage. Die meisten kamen vom linken Flügel. Ein junger Offizier der Leibgarde, der sich mit zerschossenem Knie hierhergeschleppt hatte, berichtete, dass der rechte Flügel des schwedischen Heeres fast bis auf den letzten Mann aufgerieben worden sei.

Der König wirkte nun gefasster. Das Blut, mit dem seine Kleidung durchtränkt war, war getrocknet und hatte sich schwarz gefärbt. Hultman war verschwunden. Die Russen mussten ihn im letzten Augenblick noch erwischt haben. Karl beriet sich kurz mit seinen Offizieren und schickte Leutnant Hårdt auf einen Erkundungsritt.

Nach einer halben Stunde kehrte Carl Gustaf Hårdt zurück. An seiner Seite ritt General Lewenhaupt.

»So, Sie leben noch?«, begrüßte ihn Karl XII. Seine Stimme klang weder freudig noch erleichtert.

»Ja, Majestät«, antwortete Lewenhaupt mit gebrochener, kaum vernehmbarer Stimme.

»Was haben Sie mir zu berichten?«, fragte der König.

Lewenhaupt schwieg lange, er schien mit den Tränen zu kämpfen. »Gott weiß, wie die Dinge stehen«, sagte er dann.

»Sprechen Sie offen, Graf Leijonhufvud!«

»Alles ist verloren«, entgegnete Lewenhaupt. Dabei sah er Karl XII. geradewegs in die Augen. Dann schlug er in wenigen, nüchtern vorgetragenen Worten vor, so viele Männer wie möglich zu sammeln, um mit ihnen zur Bagage zu marschieren.

»Kennen Sie denn den Weg nach Puschkariwka?«

»Nein, Majestät.«

Von den schwedischen Offizieren kannte auch niemand den Weg dorthin. Schließlich fanden sich zwei Walachen, die behaupteten, sie nach Puschkariwka führen zu können.

Immer mehr Einheiten stießen jetzt zu ihnen. Manche waren unglaublicherweise vom Kampfgeschehen vollkommen unberührt geblieben. Ihre Offiziere behaupteten, zu keinem Zeitpunkt irgendwelche Befehle erhalten zu haben, sie hätten sich einfach von den fliehenden Truppen mitreißen lassen. Graf Poniatowski berichtete mit vor Abscheu bebender Stimme, er sei auf seinen Aufklärungsritten auf ziellos umherstreifende Schwadronen getroffen. Als er die befehlshabenden Offiziere aufgefordert habe, sich dem König anzuschließen, habe man ihn fortjagen wollen. Erst als er dem ehrlosen Bastard das Schwert auf die Brust gesetzt habe, seien die Meuterer ihm widerwillig gefolgt.

Karl XII. schien wieder Mut gefasst zu haben. »Was soll's«, rief er. »Ich sitze auf einem Pferd, meinen Degen in der Hand. Ich habe Infanterie, ich habe Kavallerie. Was hält mich davon ab, noch einmal anzugreifen?« Er sprach wie im Fieberwahn. »Eine Schlacht ist erst verloren, wenn man sie verloren gibt. Habe ich nicht recht, Graf Lewenhaupt?«

Lewenhaupt antwortete nicht.

»Majestät haben viel Blut verloren.«

Doktor Neumann sprach zu ihm wie mit einem unvernünftigen Kind.

»Majestät sind erschöpft, Majestät bedürfen dringend der Ruhe. Ich versorge nun die Wunde.«

»Ich helfe Ihnen, Exzellenz!«

Wie aus dem Nichts war Hultman wieder da. Er war von oben bis unten mit Blut besudelt, aber selbst unverletzt geblieben. Der Kammerdiener verlor darüber nicht viele Worte: Er hatte abermals sein Pferd verloren und sich zu Fuß zu ihrem Lager durchgeschlagen. Sogar den silbernen Becher und die Medizin für den König hatte er bei sich.

Mit ihm zusammen traf Lorenz Hagedorn ein. Der Feldprediger war vor Angst halb wahnsinnig über das Schlachtfeld geirrt, hatte Hultman erkannt und sich ihm angeschlossen. Nun machte er sich bei der Versorgung des Königs nützlich.

Noch jemand hatte sich wieder eingefunden.

Sie trauten ihren Augen nicht, und mancher hielt ihn wohl für einen Geist. Aber vor ihnen stand wirklich und leibhaftig: Johan Hierta.

Wie war er den Russen entkommen?

Als seine Vettern Adam und Christian Hierta, beide Korporale bei den Trabanten, von seinem Schicksal erfahren hatten, waren sie mit einem dritten Pferd zurückgeritten. Johan war noch am Leben gewesen. Die Russen hatten sich nicht weiter um ihn gekümmert, vermutlich hatten sie ihn für tot gehalten. Der König nahm die heldenhafte Rettung ohne sichtbare Gemütsregung zur Kenntnis. Als Poniatowski vorschlug, die drei Hiertas für ihre Tapferkeit in den Adelsstand zu erheben, nickte er zustimmend: »Es soll geschehen.«

Die Schweden brachen auf.

Die beiden Walachen führten sie tatsächlich den rechten Weg. Nach einem halbstündigen Marsch durch Staub und Hitze kam der Tross in Sicht. Die Wagen bildeten eine gewaltige bewegliche Festung. Drei Kavallerie-, vier Dragonerregimenter und die verbündeten ukrainischen Kosaken schützten zusätzlich die Wagenburg. Dort befand sich auch noch ein Teil der schwedischen Artillerie.

Immer mehr Überlebende der Schlacht versammelten sich um den Tross. Nicht alle Einheiten waren geschlagen und besiegt, manche brachten sogar Trophäen mit. Das erste Bataillon der Leibgarde hatte vier feindliche Fahnen erbeutet, die Schonischen Dragoner eine Standarte. Aber die meisten der zurückflutenden Kompanien, Bataillone, Regimenter waren furchtbar dezimiert. Die Soldaten befanden sich in einem erbarmungswürdigen Zustand, viele waren verwundet, und das Grauen der Schlacht stand ihnen in die Gesichter geschrieben.

Der Anblick der geschlagenen Männer entsetzte die Verteidiger der Wagenburg. Die Disziplin, die bereits gefährlich ins Wanken geraten war, brach nun vollends zusammen. Es herrschte das blanke Chaos. Jeder wusste, dass es nur eine Frage von Stunden war, bis die Russen eintreffen und die Reste der schwedischen Armee vernichten würden. Selbst Karl XII. blieb von der Panik, die mehr und mehr um sich griff, nicht unberührt. Er war bleich wie der Tod, immer wieder fiel er in Ohnmacht. Er hatte viel Blut verloren, und die Wunde bereitete ihm heftige Schmerzen. Sonst hatte allein Karls Anwesenheit die Männer zum Kampf ermutigt, jetzt schien sein Anblick sie zu erschrecken. Mit schwacher Stimme fragte er nach Rehnskiöld und Piper. Aber niemand wusste, was aus ihnen geworden war.

»Majestät«, sprach Gyllenkrok, um die peinvolle Stille zu beenden, »ich weiß nicht, ob ich recht daran getan habe. Aber ich habe unseren Kräften vor Poltawa befohlen, sich ebenfalls zur Bagage zurückzuziehen.«

»Gut gemacht«, erwiderte Karl matt. »Ich hatte schon dieselbe Order ausgegeben.«

In Wahrheit wusste niemand, wo sich die Truppen, die nach wie vor Poltawa belagerten, befanden oder ob sie überhaupt noch existierten.

Wie sollte es weitergehen?

Nach einer Beratung mit Gyllenkrok, Lewenhaupt und Poniatowski beschloss Karl XII., zunächst nach Südosten, in Richtung Starie Senzhary, zu marschieren und danach dem Lauf der Worskla bis Novie Senzhary und Bjeliki zu folgen. Auf dem Weg würden sie Meijerfelts, Funcks und Silfverhielms Einheiten aufnehmen, die am Fluss entlang verstreut lagen. Dann mussten sie sich für eine von drei Möglichkeiten entscheiden: Erstens konnten die Schweden versuchen, sich bis zur polnischen Grenze durchzuschlagen in der Hoffnung, sich dort mit schwedischen und polnischen Kräften zu vereinigen. Dies würde jedoch bedeuten, abermals gegen die überlegenen Russen zu kämpfen. Und selbst wenn sie es bis Polen schaffen würden, konnte niemand sagen, was sie dort erwartete. Es war höchst fraglich, dass der gute König Stanislaus überhaupt noch auf seinem Thron saß. Die zweite Möglichkeit bestand darin, sich nach der Krim zu wenden. Dort herrschte der Tatarenkhan Devlet Giray, ein erklärter Feind Peters, der sich als treuer Verbündeter der Schweden bewährt hatte. Indessen war Giray zwar ein mächtiger Mann, aber nicht sein eigener Herr. Er war ein Vasall der Hohen Pforte und gehorchte dem Großtürken. Als dritte Möglichkeit bot sich an, die türkische Grenze zu überschreiten und sich unter den Schutz des Osmanischen Reiches zu stellen.

Nach kurzer Bedenkzeit entschied sich Karl XII. für diesen Ausweg. Seit dem Empfang der türkischen Gesandtschaft im Lager bei Posen war die Verbindung zur Hohen Pforte nicht abgerissen, und der Sultan war von jeher der ärgste Feind der Russen.

Um auf osmanisches Gebiet zu gelangen, mussten die Schweden allerdings den Dnjepr überschreiten. Der König wies Gyllenkrok an, geeignete Übergänge ausfindig zu machen.

Unterdessen traf die Nachricht ein, dass Feldmarschall Rehnskiöld in russische Gefangenschaft geraten sei. Über Pipers Schicksal herrschte nach wie vor Unklarheit, ebenso über dasjenige des Reichshistoriografen Olof Hermelin. Hofprediger Nordberg war auf ihrer Flucht aus dem Sumpf verloren gegangen. Niemand hatte ihn seitdem gesehen.

Wie konnte die schwedische Armee am schnellsten ihr Ziel erreichen? Lewenhaupt schlug vor, die schweren und langsamen Gefährte zu zerstören und die Fußsoldaten auf die frei gewordenen Zugtiere zu setzen, wie er es nach der Niederlage bei Lesnaja befohlen hatte. Die Kanonen sollten, soweit möglich, mitgeführt werden. Notfalls würde man sie ebenfalls zerstören oder unbrauchbar machen. Karl XII. folgte Lewenhaupts Ratschlag. Indessen stieß der Befehl, einen Großteil der Bagage aufzugeben, bei den höheren Offizieren auf empörte Ablehnung. Sie hatten ihre gesamte Kriegsbeute in den Wagen verstaut und wollten sich unter keinen Umständen davon trennen. Der König scherte sich nicht darum und befahl, alle überflüssigen Fahrzeuge auszusondern und zu verbrennen. Die Schweden hatten wahrlich keine Zeit zu verlieren. Jederzeit konnte Peters Armee am Horizont auftauchen und ihnen den Todesstoß versetzen.

»Ein Wunder, dass sie noch nicht hier sind«, meinte Poniatowski.

»Wie wir unsere Russen kennen«, sagte Karl XII., »ist ihnen mehr an der Feier ihres Sieges gelegen als an seiner Vollendung.«

»Miejmy nadzieję, że tak, Wasza Wysokość.«

Bei Einbruch der Nacht marschierten sie los. Zuerst die Artillerie und die Schatzwagen, dann folgte der noch immer gewaltige Tross, dahinter das Fußvolk und die Reiterei, Division auf Division, Kolonne auf Kolonne. Die Nachhut bestand aus dem berittenen Uppland-Tremänning-Regiment, den Karelischen Reitern und Resten verschiedener Einheiten. Karl XII. fuhr in einer Kalesche ganz am Schluss des Zuges. Sie machten nirgends Halt. Wenn ein Wagen ein Rad verlor, lautete der strikte Befehl, ihn liegen zu lassen. So ging es leidlich voran. Niemand stellte sich ihnen in den Weg; offenbar hatten die Russen noch immer nicht die Verfolgung aufgenommen. Inzwischen hatten die Schweden eine so weite Strecke zurückgelegt, dass zumindest die feindliche Infanterie sie nicht mehr einholen konnte. Ohne Zwischenfälle erreichten sie Starie Senzhary, wo sich ihnen Meijerfelt mit seinen Dragonern anschloss.

Unerbittlich drängte Karl XII. zur Eile. Aufklärer meldeten, dass die Russen nun tatsächlich die Verfolgung aufgenommen hatten. Zehn Dragonerregimenter hatten sich an ihre Fersen geheftet. Es hieß, der Zar wolle jeden, der ihm den König von Schweden brachte, mit hunderttausend Rubeln belohnen und zum General befördern.

Gyllenkrok ritt voraus, um eine Furt im Dnjepr zu finden. Derweil begab sich Meijerfelt als Unterhändler ins russische Lager, um im Namen des Königs Friedensverhandlungen aufzunehmen. Vor allem sollte er für die Schweden Zeit gewinnen und die Stärke ihrer Verfolger feststellen.

Am Morgen des 29. Juni kamen die Spitzen der russischen Reiterei in Sichtweite. Die Schweden steigerten noch einmal ihre Marschgeschwindigkeit. Die Hitze war entsetzlich, Pferde und Männer brachen vor Erschöpfung zusammen. Immer mehr Wagen wurden aufgegeben, vor den Augen der hungernden Männer wurde der Proviant in Brand gesteckt. Gegen Mittag erreichte sie die erlösende Nachricht: Gyllenkrok und Silfverhielm hatten eine Stelle gefunden, wo die Armee den Dnjepr überqueren konnte. Sie befand sich eine kurze Stecke flussaufwärts westlich des Dorfes Perewolotschna.

Am nächsten Morgen berichteten die Späher, die Russen hätten sie nun fast eingeholt.

Karl XII. ließ die Truppen in Schlachtordnung antreten. Der Tross bewegte sich weiter Richtung Fluss. Die Russen ließen sich indes nur auf kleine Scharmützel ein, ihre Hauptmacht blieb auf Abstand.

Der Tross kam auf dem sandigen Boden nur langsam voran. Der Weg zum Dnjepr war gesäumt von verkohlten und noch rauchenden Wagentrümmern, verstreuten Gerätschaften, toten

Ochsen und Pferden und den Leichen derjenigen, die ihren Wunden oder der Hitze erlegen waren. Hunger und Durst quälte die Männer mehr denn je.

Als die Schweden am Nachmittag den Dnjepr erreichten, mussten sie feststellen, dass für den Übergang keinerlei Vorkehrungen getroffen waren. Das Wasser stand viel zu hoch, als dass sie den Fluss einfach hätten durchwaten können. Für eine Brücke war der Dnjepr zu breit. Es blieb nur die Möglichkeit, mit Booten oder Flößen überzusetzen. In Perewolotschna, dem nächstgelegenen Dorf, fanden sich nur ein paar Fischerkähne, die Schweden würden sich ihre Gefährte selbst bauen müssen. Aber woher sollten sie das Holz dafür nehmen? In der Gegend wuchsen kaum Bäume. Eine fieberhafte Suche nach Baumaterial setzte ein. Gyllenkrok ließ sogar eine alte Kirche, die am Wege stand, niederreißen und das Holz mitnehmen.

Als der Tross und danach die Regimenter von der Ebene in die niedriger gelegenen Flussauen strömten, kam der Konvoi ins Stocken, die Wagenkolonnen gerieten in ein heilloses Durcheinander. Die Männer weigerten sich, weiterzumarschieren. Ein Blinder musste erkennen, dass sie in eine Falle liefen: Das Terrain, auf dem sie sich befanden, war ringsum von Anhöhen umschlossen. Wer sie besetzte, beherrschte die Ebene. Von dort aus konnten die Russen sie in Stücke schießen. Aber ein Zurück gab es nicht. Die Schweden mussten den Dnjepr überqueren.

Als Erster setzte Masepa mit seinem Hofstaat über. Der König hatte darauf bestanden, dass der Hetman mit seinen Frauen, Kindern und Schätzen zuerst in Sicherheit gebracht werden sollte. Es wehte ein heftiger Wind, und die Strömung war sehr stark. Masepas Boot geriet in einen Strudel. Vom Ufer aus beobachteten die Schweden, wie die Passagiere in Todesangst Münzen, goldene und silberne Gefäße und anderes kostbares Gerät von Bord warfen, um das Gefährt leichter zu machen. Masepas Kosaken mussten selbst sehen, wie sie hinüberkamen.

Sie banden ihre Pferde zusammen, einer führte das erste Tier. Die anderen hingen sich an die Mähnen und Schweife ihrer Pferde. Nur wenige von ihnen erreichten lebend das gegenüberliegende Ufer.

Am Abend beugten sich der König und seine Offiziere über Gyllenkroks Karten. Lewenhaupt wollte jetzt doch umkehren. Aber selbst wenn Karl XII. zugestimmt hätte, für einen Rückzug war es zu spät. Die chaotische Masse aus Wagen, Kanonen und Menschen war nicht mehr zu führen. Manche Truppenteile hatten seit Tagen keine Verpflegung bekommen. Die Mannschaften verhielten sich gegen ihre Offiziere offen feindselig. Täglich desertierten Hunderte.

Der Generalquartiermeister schätzte, dass die Russen noch wenigstens vier Tage brauchen würden, um an den Dnjepr zu gelangen. Auch für sie bedeutete ein Marsch durch die Steppe eine Strapaze, und bei ihrer Ankunft würden sie nicht gleich zum Angriff übergehen können. Vorerst hätten sie vor den Russen Ruhe. Dennoch mussten die Schweden den Dnjepr um jeden Preis überqueren. Nur wie? Jeder, der Augen im Kopf hatte, sah, dass die vorhandenen Boote und Flöße niemals ausreichten, die ganze Armee in absehbarer Zeit über den Fluss zu bringen.

Wer sich mit Gewalt oder Geld keinen Platz auf einem verschaffen konnte, fing an, auf eigene Faust Flöße und Kähne zu bauen. Eine verzweifelte Jagd nach Holz begann. Die Soldaten brachen Ställe und Hütten ab, Wagen wurden auseinandergenommen. Alles, was darin war, selbst Wertgegenstände, wurde achtlos fortgeworfen. Die seltsamsten Fahrzeuge wurden zu Wasser gelassen, Verdecke, Wagenräder, die man von allen Eisenteilen befreit hatte, Geflechte mit Ölzeug bezogen, Kähne aus grünem Holz. Die Pferde wurden zusammengebunden und in den Fluss getrieben, wie die Kosaken es vorgemacht hatten. Dann stürzten sich die Männer in ihren selbstgebauten Fahrzeugen in den Dnjepr. Aber noch immer blies ein heftiger Wind, die Strömung war stärker denn je. Entsetzt sahen die Zurückgebliebenen mit an, wie der Dnjepr ihre Kameraden einen nach dem anderen verschluckte.

Unterdessen versuchten Lewenhaupt, Gyllenkrok und Poniatowski den König dazu zu bewegen, ebenfalls über den Fluss zu setzen.

Karl XII. lag wie immer bei den Lagebesprechungen ausgestreckt auf seinem Feldbett.

»Majestät, Sie müssen sich entscheiden«, sagte Gyllenkrok. »Wollen Sie in die Türkei oder den Russen eine letzte Schlacht liefern? Schon morgen kann Ihnen das Schicksal die Entscheidung aus der Hand nehmen.«

»Dann bleiben wir und kämpfen«, erwiderte Karl. »Ich bin es leid, wie ein Feigling wegzulaufen.«

»Majestät«, entgegnete Gyllenkrok kalt. »Ich stehe nicht mehr dafür, dass die Männer Ihnen folgen. Wir müssen befürchten, dass die meisten zum Feind überlaufen werden.«

»Sie sollen auf meinen Befehl kämpfen!«, schrie Karl wie von Sinnen und schlug sich mit der flachen Hand gegen die Stirn.

Die anderen sahen sich betroffen an.

Da fiel Lewenhaupt vor dem König auf die Knie.

»General!«, brüllte Karl XII. ihn an. »Hören Sie auf damit! Reißen Sie sich zusammen!«

»Es gibt in einer letzten Schlacht nichts zu gewinnen als Gefangenschaft oder Tod«, sagte Lewenhaupt mit tränenerstickter Stimme.

»Ja und – was wollen Sie?«, fragte Karl verwirrt. »Dann lasst uns die Schlacht schlagen.«

Jetzt fielen auch die anderen Berater, Generale und Kammerherren, vor dem König auf die Knie. Nur Gyllenkrok und Poniatowski blieben stehen.

Karl XII. betrachtete die Knienden mit unverhohlenem Abscheu. Dann setzte er sich auf. »Pan Poniatowski«, sagte er mit einem kalten Lächeln, »was meinen Sie, mein Freund?«

»Ich meine«, sagte der Pole, »der König von Schweden kann ein Schlachtfeld nur auf zwei Arten verlassen: als Sieger oder tot.« Hochmütig blickte er in die Runde.

Karl nickte zustimmend.

»Allerdings«, fuhr Poniatowski zu aller Überraschung fort, »haben wir es mit besonderen Umständen zu tun.«

»Was wollen Sie damit sagen? Was für Umstände?«, unterbrach ihn der König.

»Majestät«, entgegnete Poniatowski, »ich glaube, dass es Ihre Ehre erheischt, unverzüglich über den Fluss zu setzen und in die Türkei zu ziehen.«

»Warum?«, rief Karl XII. entgeistert. »Warum raten Sie mir das?«

»Weil mir die Gefahr zu groß erscheint, dass der König von Schweden in Gefangenschaft gerät«, antwortete Poniatowski. »Das aber darf niemals geschehen. Ich kenne den Zaren. Er wird in Moskau einen Triumphzug abhalten wie die alten römischen Kaiser. Er würde …«

»Was – was würde er?«, fuhr ihm der König in die Rede. »Sprechen Sie es aus!«

»Ich fürchte«, sagte Poniatowski leise, »er könnte seinen Feind, der ihm und seinem Reich so viel Schaden zugefügt hat, aus Rache in einen Käfig sperren und ihn dem Spott des Pöbels aussetzen. Ich will lieber sterben, als das mitanzusehen.«

Jetzt schrie alles durcheinander. Wutgebrüll und Wehklagen erfüllte das Zelt des Königs. Karl hatte sich wieder auf sein Bett fallen lassen. Als sich der Lärm gelegt hatte, hob er die Hand. »Ich werde über den Dnjepr setzen«, sagte Karl. »Aber nur unter einer Bedingung: Generalmajor Creutz, Sie führen meine Armee auf die Krim und erwarten dort meine Ankunft.«

Lewenhaupt verzog das Gesicht, als hätte er einen Peitschenhieb erhalten. »Ich mache mich erbötig«, sprach er hastig, »die Eskorte des Königs anzuführen.«

»Meinethalben«, sagte Karl gleichgültig.

Der König sollte, begleitet von einer Eskorte und einigen höheren Offizieren, über den Dnjepr setzen und dann durch die Steppe nach Otschakiw ans Schwarze Meer ziehen. Creutz erhielt den Befehl, alles, was an Gepäck entbehrlich erschien, zu verbrennen, mit der Armee über die Worskla zu setzen und am östlichen Ufer des Dnjepr entlang nach der Krim zu marschieren, um sich dort mit den Tataren zu vereinen. Von der Krim aus sollte er dann ebenfalls nach Otschakiw ziehen.

Der Befehl wurde sofort ausgeführt: Alles, was nicht unbedingt mitgeführt werden musste, wurde verbrannt, sogar die Fahnen derjenigen Kompanien, die so viele Männer verloren hatten, dass sie nicht wieder aufgestellt werden konnten. Das Geld aus den Schatztruhen wurde unter den Soldaten verteilt.

Danach ließ der König alle Offiziere vom Majorsrang aufwärts zusammenrufen. Lewenhaupt setzte sie über den neuen Plan in Kenntnis. Als der General seine Rede beendet hatte, bat der befehlshabende Offizier der Leibdragoner, Oberstleutnant Philip Örnestedt, um das Wort. Er erklärte, dass er sich zutraue, seine Männer vor sieben Uhr sicher über den Fluss zu bringen. Ob man ihm dazu die Erlaubnis erteile? Der König überließ Creutz die Entscheidung. Der Generalmajor blickte sich hilflos um, dann sagte er ja. Seine Zustimmung stieß bei der restlichen Armee auf Unverständnis und Empörung. Schon der Befehl, die Bagage zu vernichten, hatte viele Offiziere verbittert. Manche hatten ihn sogar verweigert und laut verkündet, dass sie sich nicht mehr an ihren Eid, den sie dem König einst geleistet hatten, gebunden fühlten. Sie sahen sich betrogen und im Stich gelassen.

Als in der Nacht die Leibdragoner begannen, den Dnjepr zu überqueren, gab es kein Halten mehr. Abermals stürzten sich Männer in den Fluss, verschwanden in den schwarzen Wassern.

Die Kalesche des Königs wurde auf zwei lange zusammengebundene Kähne gestellt und von zwölf Männern herübergerudert. Außer dem König saßen Poniatowski, Hultman, Doktor Neumann und Jacob darin. Langsam glitten sie auf den nächtlichen Fluss hinaus. Ihnen folgten auf vier weiteren Flößen die Reste des Trabantenkorps. Auch der Schatzmeister und ein Korporal begleiteten sie, bis an die Zähne bewaffnet bewachten sie die Säcke mit den Münzen der Regimentskasse. Dreihundert berittene Södermansländer unter Major Silfversparre begleiteten den König als zusätzliche Eskorte. In dieser Nacht überquerten mit Karl XII. alle Generalmajore, Oberste und Oberleutnants, zwei Kanzleivorsteher, ein Hofmarschall, mehrere Sekretäre und achtzehn Feldprediger, darunter auch Lorenz Hagedorn, den Dnjepr. Dazu der Kellermeister, der Mundschenk, Stallburschen, Lakaien und andere Angehörige des königlichen Haushalts.

Als sie das gegenüberliegende Ufer erreicht hatten, sahen sie, wie auf der anderen Seite der Aufruhr losbrach. Männer versuchten, mit Gewalt auf die Boote zu gelangen. Wer keinen Platz ergatterte, klammerte sich an den Bordwänden fest. Die Insassen schlugen mit Rudern auf die armen Teufel ein. Wieder und wieder versuchten Einzelne, aus eigener Kraft hinüberzuschwimmen.

Kosaken und Kalmücken waren in das Lager eingedrungen und plünderten. Kanonendonner drang herüber. Die Hauptmacht der russischen Verfolger hatte das Lager erreicht.

Karl XII. beobachtete das Geschehen mit dem Fernrohr. »Meine Eskorte ist groß genug«, sagte er. »Die Leibdragoner sollen zurückkehren und kämpfen.«

Örnestedt erbleichte, als er den Befehl vernahm. Aber er gehorchte. Die Leibdragoner, die sich schon gerettet glaubten, machten kehrt und durchschwammen nochmals den reißenden Strom, um für ihren König zu sterben.

Die Flüchtlinge wandten sich nach Süden. Vor ihnen erstreckte sich ein wegeloses Niemandsland. Jacob überließ sein Pferd dem völlig erschöpften Hagedorn, hängte sich seinen Stiefel um den Nacken und wanderte barfuß durch die Einöde. Nachdem seine Kalesche zusammengebrochen war, fuhr Karl XII. in einer zweiräderigen tatarischen Kutsche, einem armseligen Vehikel, das unentwegt klapperte und quietschte und von dem Schafsfett, mit dem die Räder unzulänglich geschmiert waren, erbärmlich stank. Der König verabscheute diese Fortbewegungsart, aber Doktor Neumann hatte ihm unmissverständlich erklärt, dass er sich darein fügen müsse, wenn er sein Bein behalten wolle. Der Arzt verband dreimal täglich Karls Fuß und drang darauf, die abgestorbenen Knochensplitter baldmöglichst zu entfernen. Neben Karl lag der schwerverwundete Hårdt, der kaum noch ein Lebenszeichen von sich gab.

Die Gegend, die sie durchquerten, war menschenleer und baumlos. So weit das Auge reichte, nichts als Steppengras, Beifuß und Salbei. Sie lagerten an ausgetrockneten Flussbetten, wo sie aus Tümpeln warmes, trübes Wasser schöpften. Für den König filterte Hultman es durch eine Lage Servietten, aber viel klarer wurde es dadurch nicht. Auch Nahrung war kaum vorhanden, die Fliehenden hatten nur wenig Wegzehrung mitnehmen können. So mussten sie mit dem Fleisch verendeter Pferde vorliebnehmen. Allem Hunger zum Trotz war den Schweden das Pferdefleisch stets widerlich geblieben. Bei den heidnischen Türken, behaupteten die Feldprediger, würde man sich an solchen Fraß gewöhnen müssen. Weil ihnen der Genuss von Schweinefleisch verboten sei, hielten diese sich nämlich an den Pferden schadlos.

Der Zug bewegte sich in zwei Kolonnen. Zunächst Karl XII. mit den Schweden, ihnen folgten in einem gewissen Abstand die Walachen und Masepas Kosaken. Nachdem sie tagsüber getrennt marschiert waren, trafen sich am Abend die Abteilungen an Stellen, wo es Wasser gab. Die Sonne brannte gnadenlos. Mittags mussten sie wegen der Hitze eine mehrstündige Rast einlegen. Nachts wiederum wurde es sehr kalt. Die Kosaken machten die Schweden auf Rebhühner und Hasen aufmerksam, die zwar nicht in großer Zahl vorhanden waren, sich aber leicht fangen ließen und eine willkommene Abwechslung zu dem verhassten Pferdefleisch boten. Einmal entdeckten sie eine Art wilder Kirschen, die an niedrigen Sträuchern wuchsen. Die Kosaken stopften sich die Mäuler damit voll und schienen sie sehr wohlschmeckend und erfrischend zu finden. Aber die Schweden spuckten die Kirschen wieder aus, sie schmeckten bitter wie Galle und waren völlig ungenießbar.

Die Streitmacht des alten Hetman bestand immerhin noch aus ungefähr dreitausend Kriegern. Es waren Männer, die nichts mehr zu verlieren hatten, und offenbar war sich Masepa ihrer Treue nicht mehr sicher. Jedenfalls hatte er sich von Karl eine Leibgarde aus Södermanländern erbeten, die ihn, seine Weiber und die restlichen Schätze, die er noch immer mit sich führte, im Notfall vor den eigenen Leuten schützen sollte. Aber die Kosaken meuterten nicht. Sie kannten in dieser Gegend jeden Hügel, jede Schlucht, jeden Strauch. Ohne sie wären die Schweden verloren gewesen.

Nach fünf Tagen Wanderung gelangten sie an einen Fluss, den die Tataren Bug nannten und von dem Gyllenkrok wusste, dass er, nachdem er sich einige Meilen weiter südlich mit dem Dnjepr vereinigt hatte, in das Schwarze Meer mündete. Karl XII. sandte Poniatowski und den Sekretär Klinckowström, der Türkisch sprach, in die Grenzstadt Otschakiw, um den Türken seine Ankunft anzuzeigen und die Hohe Pforte um Asyl zu bitten. Aber angesichts eines heranrückenden christlichen Heeres waren die Stadtoberen misstrauisch und weigerten sich, die Fremden in ihre Stadt zu lassen. Sie erklärten, dafür erst die Erlaubnis des Gouverneurs einholen zu müssen. Daraufhin schickte der König Eilboten zum Gouverneur Mehmed Pascha und bat um freien Durchzug. Der wiederum wagte nichts ohne den Seraskier der Provinz, Jussuf Pascha, zu entscheiden. Der aber residierte in Bender in Bessarabien, das dreißig Meilen von Otschakiw entfernt lag.

Während die Schweden auf eine Antwort aus Bender warteten, erfuhren sie, dass russische Truppen den Dnjepr überschritten hatten und sich ihnen näherten. Eine große Staubwolke kündigte ihr baldiges Eintreffen an. In etwa einer Stunde, meinte Gyllenkrok, würden ihre Verfolger den Bug erreicht haben.

Die Schweden nahmen sich kurzerhand die Boote, die am Ufer lagen, und setzten über den Fluss. Gleichzeitig traf ein Bote des Seraskiers von Bender ein, der ihnen meldete, dass der König von Schweden im Osmanischen Reich willkommen sei. Der Seraskier war derselbe Jussuf Pascha, der als Gesandter der Hohen Pforte nach Posen gekommen war, um mit den Schweden über ein Bündnis gegen Russland zu verhandeln.

Im selben Augenblick, als der König und seine Begleiter das türkische Ufer erreichten, sprengte russische Kavallerie heran und stürzte sich auf die Zurückgebliebenen. Es waren noch ungefähr sechshundert Mann, die Hälfte davon Kosaken. Als die Russen angriffen, ergaben sich die restlichen Schweden sofort und ließen sich gefangen nehmen. Die Kosaken, die von den Russen keine Gnade zu erwarten hatten, kämpften bis zum letzten Mann. Hilflos sahen Karl XII. und die Seinen am anderen Ufer dem Gemetzel zu.

Der Seraskier von Bender entsandte einen Aga, um Karl XII. ehrenvoll zu empfangen, dazu ein prächtiges Zelt und eine Eskorte. Die Männer wurden mit Melonen, Rindfleisch und Kaffee versorgt. Mancher überfraß sich daran und verdarb sich an der ungewohnten Nahrung den Magen. Gyllenkrok wurde nach Bender vorausgeschickt, um sich dort nach geeigneten Quartieren umzusehen.

Bender war eine grüne Oase in der trostlosen Steppe und lag in einer Gegend, die Budschak hieß, was, wie Klinckowström erklärte, »Winkel« bedeutete. Die Stadt lag am Fluss Dnjestr und verfügte über eine buntgemischte Einwohnerschaft und eine ansehnliche Festung. Der Pascha bereitete Karl XII. einen glanzvollen Empfang. Das Volk jubelte dem König von Schweden zu.

Karl lehnte indes das Angebot des Seraskiers, mit seinem Hofstaat in die Festung zu ziehen, ab und ließ stattdessen nahe dem Fluss, am Fuße der Stadtmauer, ein einfaches Feldlager errichten.

Unmittelbar nach ihrer Ankunft führte Neumann mit Hagedorns Hilfe die dringend notwendige Operation an Karls Fuß durch. Er schnitt das angegriffene und verdorbene Fleisch weg und nahm einen abgestorbenen Knochen des Mittelfußes fort, der zur mittleren Zehe gehörte. Der Eingriff verlief glücklich. Bald konnte sich der König auf Krücken fortbewegen, sich schließlich ganz auf den Fuß stützen. Anfang September bestieg er zum ersten Mal wieder ein Pferd.

Kurz darauf stürzte ihn eine unerwartete Unglücksbotschaft aus Schweden in Verzweiflung: Bereits im Dezember letzten Jahres war seine geliebte Schwester Hedwig Sophia, die Witwe des bei Klissow gefallenen Herzogs Friedrich von Schleswig-Holstein-Gottorf, in Stockholm an Scharlach gestorben. Der Rat hatte Otto Wilhelm Klinckowström mit dieser Nachricht zum König gesandt. Kurz vor der Schlacht bei Poltawa hatte er die schwedische Armee eingeholt. Doch Piper hatte dem Sekretär verboten, dem König, der mit Wundfieber im Bett lag, die erschütternde Botschaft zu überbringen. Erst jetzt erfüllte Klinckowström seinen Auftrag. Als Karl XII. vom Tod seiner Schwester hörte, verlor er jede Beherrschung. Er brach in Tränen aus, schrie und tobte und glaubte, der Rat wolle ihn mit dieser Falschmeldung in den Wahnsinn treiben.

In dieser Verfassung befand sich der König, als August Meijerfelt in Bender eintraf. Er berichtete, was sich nach der Flucht des Königs an den Ufern des Dnjepr ereignet hatte: Als die Russen sich näherten, hatte General Lewenhaupt den preußischen Militärattaché von Siltmann zu Menschikow geschickt, um in seinem Namen Verhandlungen aufzunehmen. Peters Generalissimus habe geantwortet, er könne von den Schweden nur die Kapitulation fordern. Inzwischen hatten die Russen die Anhöhen mit Artillerie besetzt. Was hätte Lewenhaupt tun sollen? Einerseits befand sich die schwedische Armee in einer verzweifelten Lage. Andererseits schien sie nicht völlig hoffnungslos, denn auch die Russen waren erschöpft und nicht auf eine neue Schlacht aus. Lewenhaupt verfügte immerhin noch über eine beachtliche Anzahl intakter Kavallerieregimenter, ein Ausbruchsversuch wäre nicht von vornherein aussichtslos gewesen. Aber der schwedische Kampfeswille war gebrochen und Lewenhaupt in tiefste Melancholie versunken. So nahm er Menschikows Bedingungen an: Die Armee Karls XII. hatte sich ergeben. Zwanzigtausend Schweden waren in russische Gefangenschaft gegangen, davon an die tausend Offiziere, elf Oberste, zwei Generalmajore und ein General.

Karl XII. nahm die Nachricht regungslos zur Kenntnis. Über das Schicksal seiner Armee verlor er kein Wort, Lewenhaupts Namen nahm er nie wieder in den Mund.

XXXVII.

Israfil

Galata, Daniel de Fonseccas Haus
1710
6. April (schwedischer Kalender)

»Schach!« Anastasia zog die Königin auf das fünfte Feld ihres Läufers. »Wie heißen Sie übrigens?«

»Pardon?«

»Seit fast einer Stunde spielen wir, und ich kenne Ihren Namen nicht.«

Jacob starrte auf das Brett: Er musste die weiße Dame mit dem Bauern schlagen und dann – war er erledigt! Wie hatte sie das fertiggebracht? Sie hatten abgetauscht, bis jeder nur noch vier Figuren übrig hatte, und plötzlich war er matt.

»Wollen Sie mir Ihren Namen nicht verraten?«

Er musste antworten. Sie hatte recht, niemand hatte sie einander vorgestellt. Aber er wusste, wer sie war.

Anastasia lebte im Palast des französischen Botschafters Charles de Ferriol. Allgemein hielt man sie für eine Griechin, sie kleidete sich aber wie eine Türkin. Darum war ihr Gesicht stets von einem Schleier bedeckt. Angeblich war Anastasia erst sechzehn Jahre alt, besaß jedoch die Gestalt und das Benehmen einer jungen Dame. Außer Griechisch und Türkisch sprach sie auch Französisch. Anastasia plauderte so rasch und geistreich, dass Jacob ihr kaum zu folgen vermochte. Wenn er endlich den Sinn einer Bemerkung erfasst hatte, war sie längst beim nächsten oder übernächsten Gedanken. Sein Französisch war nie glänzend gewesen, und in den Jahren, die er mit Karl XII. im Felde verbracht hatte, hatte es sich nicht verbessert. Immerzu stockte seine Rede, weil er nach einem passenden Wort suchte. Und wenn er mit Ach und Krach einen Satz zustande brachte, klang er fehlerhaft, plump, abgeschmackt. Wie musste sich Anastasia in seiner Gesellschaft langweilen! Oder machte sie sich etwa über ihn lustig? Später würde sie ihren Gespielinnen von dem »vieux débris« erzählen, dem Trottel, den sie mit ein paar Allerweltstricks vom Feld gefegt hatte. Dann würde ihr glockenhelles Gelächter den Serail erfüllen.

Anastasia sah ihn unverwandt an. Sie wartete noch immer auf seine Antwort.

»S'il vous plaît, pardonnez-moi – veuillez m'excuser ...«, murmelte Jacob. »Je m'appelle Jean-Jacques Bach, Hautboist im Trabantencorps des Königs von Schweden.«

»So.« Anastasia lächelte ein wenig spöttisch (aber nicht verächtlich). »Offenbar sind Sie kein Schwede?«

»Nein, ich stamme aus Eisenach in Thüringen.«

»Ein Deutscher also?«

»Ja.«

»Und Ihr Name lautet Jean-Jacques?«

»In meiner Muttersprache Johann Jacob.«

Anastasia besann sich einen Augenblick. »Wenn Sie nichts dagegen haben, werde ich Sie weder so noch so nennen. Was halten Sie von Jaschar? Der Name scheint mir sehr passend.«

Ein Schwindel ergriff ihn. Hatte er sie recht verstanden? Jaschar – so hatte Judita ihn genannt. Einen Augenblick war Jacob versucht, Anastasia den Schleier vom Gesicht zu reißen. Nein, er musste sich verhört haben, seine Fantasie hatte ihm einen Streich gespielt. Judita in Konstantinopel? Sie konnte es nicht sein.

Anastasia war seine Verwirrung nicht verborgen geblieben, aber sie ging nicht darauf ein. »Der König von Schweden«, fuhr sie leichthin fort, »weilt in Bender. Was tun Sie in Konstantinopel?«

»Ich gehöre der Gesandtschaft des Grafen Poniatowski an.«

Anastasia blickte zu Poniatowski hinüber, der sich auf der gegenüberliegenden Seite des Saales mit dem Dichter Ahmed Nedîm unterhielt. Er schien sich tödlich zu langweilen. Wie immer war Nedîm sturzbetrunken. Der Genuss berauschender Getränke war den Türken untersagt, aber der berühmte Dichter mochte und konnte auf diese gleichermaßen ergiebige wie köstliche Quelle seiner Inspiration nicht verzichten. Hier durfte er nach Herzenslust dem Wein zusprechen, darum war Nedîm ein sehr häufiger Gast im Hause Fonsecca. Er trank und redete. Je mehr er redete, desto mehr musste er trinken. Und je mehr er trank, desto mehr redete er. Der Pole erwiderte Anastasias Gruß mit einem gequälten Lächeln. Jacob bedachte er mit einem neidischen Blick. Stanislaus Poniatowski wäre jetzt gerne an seiner Stelle. Offenbar hatte er ein Auge auf die bezaubernde Anastasia geworfen. Mais il y a les jours avec et les jours sans. So ein Pech, Euer Hochwohlgeboren, heute habe ich die Herzdame gezogen.

»Hautboist bei der schwedischen Gesandtschaft«, sagte Anastasia. »Und worin bestehen Ihre Pflichten? Flöten Sie den anderen Herren etwas vor?«

»Manchmal.«

»Du bist nur ein Lakai, n'est-ce pas?«

»Wie?« Ein heißer Schauer durchfuhr ihn. Also doch: Sie machte sich über ihn lustig. Vor Scham und Wut biss sich Jacob auf die Lippen. Es war niederträchtig von ihr, ihn so zu demütigen. – Aber hatte sie nicht recht? Zwar behandelten ihn Poniatowski und Sinclair beinahe wie ihresgleichen; sie ließen ihn den gewaltigen Rangunterschied, der zwischen ihnen bestand, nicht spüren. Selbstverständlich begleitete er sie auf die Empfänge in der niederländischen oder französischen Botschaft und besuchte die Abendgesellschaften bei Fonsecca. Aber in Wahrheit blieb er doch immer der Laufbursche, der Mann für die heiklen Aufträge. In der verwickelten Partie, die Poniatowski und Sinclair für Karl XII. spielten, war Jacob nur ein Bauer. Im Notfall würden sie nicht zögern, ihn zu opfern.

Anastasia lachte. Der Zorn trieb Jacob den kalten Schweiß auf die Stirn. Aber es war kein schadenfrohes Lachen. »Verzeihen Sie mir«, sagte sie entschuldigend. »Ich wollte Sie keinesfalls beleidigen. Übrigens hätte ich dazu überhaupt keinen Grund.«

Jacob sah sie fragend an.

»Vielleicht erscheine ich Ihnen wie eine Prinzessin«, sagte Anastasia. »Tatsächlich stehe ich weit unter Ihnen: Ich bin nicht einmal eine Dienerin.«

»Sie scherzen. Jedermann behandelt Sie wie eine Fürstin.«

»Und doch bin ich nur eine Sklavin.«

»Aber – wessen Sklavin sollten Sie sein?«, rief Jacob etwas zu laut in seinem gebrochenen Französisch. »Anastasia, Sie halten mich zum Narren.«

»Aber es ist wahr«, flüsterte Anastasia. »Als ich vier und fünf Jahre alt war, hat mich der Comte de Ferriol für tausendfünfhundert Livres gekauft. Er hat mir nie die Freiheit geschenkt, und ich muss ihn Aga nennen, wie eine Sklavin ihren Herrn anspricht. Er behauptet, ich sei eine zirkassische Prinzessin, aber an meine Heimat, an meine Eltern kann ich mich nicht erinnern.«

»Der Comte de Ferriol …«

Anastasia legte ihren linken Zeigefinger auf seine Lippen. »Alle Gerüchte, die Sie gehört haben, sind wahr. Aber er hat mich nie berührt.« Sie wandte sich wieder dem Brett zu. »Willst du nicht endlich meine Königin schlagen?«

Mechanisch führte er den Zug aus.

Charles de Ferriol galt als arrogant und grausam, als krankhafter Wollüstling. Es hieß, er halte sich nach türkischer Sitte einen eigenen Harem in seinem Palast. Diesem Ungeheuer war Anastasia ausgeliefert. In Pera hielt der Botschafter Hof wie ein Fürst. Er hatte ganze Heerscharen von Köchen, Dienern und Künstlern aus Frankreich kommen lassen, darunter den genialen Maler Jean Baptiste Vanmour, der alles, was ihm in Konstantinopel vor die Augen kam, in winzigen, wunderbar genauen Gemälden abschilderte. Sollte der Comte eines Tages in seine Heimat zurückbeordert werden, würde er sein Gedächtnis nicht anstrengen müssen, um sich an seinen Aufenthalt in der Türkei zu erinnern. Vanmour hatte alles in seinen Bildern gebannt, die wirklicher schienen als die Wirklichkeit. Allerdings hatte Ahmed III. den französischen Botschafter seit Monaten nicht mehr empfangen, weil sich der Abgesandte des Sonnenkönigs weigerte, das umständliche Zeremoniell zu befolgen, das bei solchen Audienzen üblich war. Gleichwohl war Frankreich der einflussreichste Fürsprecher Schwedens bei der Hohen Pforte. Das Schicksal Karls und Schwedens hing zu einem Gutteil vom Wohlwollen des Comte ab. Jacob wusste, dass Poniatowski ihn zutiefst verachtete. Doch solange Ferriol in Amt und Würden war, durften die Schweden ihn keinesfalls verärgern.

»Hat der Comte de Ferriol Sie so zu spielen gelehrt?«

»Der Aga? Nein, Schach ist ihm viel zu mühselig. Wie alles, wofür man das Gehirn anstrengen muss. Monsieur Buffardin hat es mir beigebracht. Er spielt Flöte in Ferriols Orchester. Sie müssten ihn kennen.«

»Gewiss, ich kenne ihn. Buffardin ist ein vorzüglicher Flötist – offensichtlich verfügt er über noch mehr Talente.«

Buffardin – selbstverständlich kannte Jacob ihn. Alain Sinclair hatte ihn gleich nach seiner Ankunft in Konstantinopel mit ihm bekannt gemacht. Natürlich wusste Anastasia, dass er ihn kannte. Sie wusste auch, dass er stark untertrieb. Sehr stark. Denn Pierre-Gabriel Buffardin war kein gewöhnlicher Flötist, er war ein Genie. Als Jacob ihn zum ersten Mal spielen hörte, war es ihm vorgekommen, als habe er die Traversflöte zum ersten Male richtig gehört, sie so gehört, wie sie klingen sollte. Buffardins Ton war hauchzart und klangvoll zugleich, er spielte unglaublich schnell, dabei ganz leichtfüßig und akkurat. Jacob hatte stets geglaubt, einen tüchtigen Flötisten abzugeben, aber gegen den Franzosen war er ein Stümper.

Pierre-Gabriel Buffardin war acht Jahre jünger als Jacob und stammte aus Marseille. Er hätte ebenso gut am Nil geboren sein können. Sein Französisch war kaum von Arabisch zu unterscheiden, und seine Haut war so dunkel, dass man ihn für einen Mohren hätte halten mögen. Es war unglaublich, wie er mit seinen dicken, schwulstigen Lippen der Flöte überhaupt einen Ton entlockte. Buffardin bildete sich indessen auf seine Meisterschaft nichts ein; er schien sie als Gottesgabe zu betrachten. Im Übrigen war er allen anderen Flötisten derart überlegen, dass er nicht einmal auf die Idee kam, auf sie herabzublicken. Buffardins unbekümmerte Liebenswürdigkeit, seine selbstverständliche Hilfsbereitschaft erinnerten Jacob an Philipp Telemann.

Telemann – was mochte aus ihm geworden sein? Was war aus ihnen allen geworden? Salome, Sebastian, Johann Christoph? Dass Karl XII. bei Poltawa eine Niederlage erlitten hatte, mussten sie erfahren haben. Ganz Europa hatte es erfahren. Sie mussten Jacob für tot halten, wieder einmal. Die Türken ließen die Schweden keine Briefe ins Ausland schicken. Aber selbst wenn Jacob die Möglichkeit gehabt hätte, den Seinen eine Mitteilung zukommen zu lassen, er war sich nicht sicher, ob er sie genutzt hätte. Für tot gehalten zu werden bedeutete, ein neues Leben beginnen zu können. Warum nicht einen anderen Namen annehmen, eine andere Sprache sprechen – einen anderen Gott anbeten? Warum nicht alles hinter sich lassen?

Anastasia nahm ihren Turm zwischen zwei Finger, drehte, wendete die Figur hin und her und stellte sie sacht auf das Feld der schwarzen Königin: »Échec et mat!«

»Ich gratuliere Ihnen. Das war ein meisterhaftes Matt.«

»Hoffentlich geht es Ihrem König von Schweden nicht ebenso.«

»Ach, Seine Majestät hat es in Bender ganz kommod.«

»So wie Jacob Bach in Konstantinopel.«

»Leider habe ich noch nicht viel davon zu Gesicht bekommen. Auf Befehl des Großwesirs dürfen wir die Frankenstadt nicht verlassen.«

»Jammerschade. Und natürlich halten Sie sich daran?«

»Ich bin nur ein Lakai.«

»Besorgen Sie sich unauffällige Kleider, dass man Sie nicht gleich als alman erkennt. In der Morgendämmerung treffen wir uns am Kai.«

»Wie soll ich Sie nennen?«

»Nenn mich Israfil.«

Anastasia trug weite Hosen, ein langes Obergewand, auf dem Kopf einen weißen Turban und an den Füßen spitze Pantoffeln. In der rechten Hand schwang sie gebieterisch ein spanisches Rohr. Die Sklavin aus dem Palast des französischen Gesandten hatte sich in einen reichen jungen Müßiggänger verwandelt, der seine Tage in den Kaffeehäusern der Stadt verbummelte, über die Märkte schlenderte, sich am Duft des köstlichen Kaffees, der Wasserpfeifen und der allgegenwärtigen Rosen und Tulpen erfreute. Jacob hatte sich gegen ein Trinkgeld von Poniatowskis griechischem Diener die Garderobe geliehen und kam sich in diesem Aufzug reichlich albern vor. Er trug ebenfalls ein langes, wenn auch bei weitem nicht so kostbares, Gewand, aber anstelle des Turbans jene lächerliche hohe Kappe, die Kolpak genannt wurde, und spielte wohl oder übel die Rolle des Lakaien.

Am Hafen herrschte schon am frühen Morgen lärmende Betriebsamkeit. Unzählige leichte Nachen, Kaiks, warteten auf Passagiere, um sie über das Goldene Horn nach Konstantinopel zu bringen. »Istambolah!« – »Nach Stambul!« –, riefen die türkischen Schiffer; »Istanpoli!« – »Zur Stadt!« –, die Griechen. Anastasia wählte ein Boot, das Jacob herbeiwinken musste. Der Ruderer war ein kleiner, aber kräftiger (und außergewöhnlich schweigsamer) Türke.

Mit ein paar Schlägen brachte er sie aus dem Gewimmel der Boote in das freie Wasser.

Der Morgen dämmerte herauf und tauchte die Häusermasse Konstantinopels mit den himmelhohen Minaretten, den Bleidächern der Märkte und den kühnen Bögen der Wasserleitungen in ein träumerisches blaues Licht. Von Ferne sahen sie den Serail des Sultans mit seinen Kuppeln und Kiosken, seinen Zypressen und riesigen Platanen.

Israfil wies mit seinem Stöckchen auf die asiatische Seite, wo jetzt wie ein Wunder der Kiskalessi, der Mädchenturm, aus der Flut auftauchte.

»Warum Mädchenturm?«

»Ein Sterndeuter hatte einer Prinzessin vorausgesagt, sie werde durch Gift sterben. Darum hat ihr Vater sie in diesen Turm auf der Insel eingeschlossen.«

»Hat es etwas genützt?«

»Eine giftige Schlange, die in einem Obstkorb versteckt war, hat sie gebissen und getötet.«

»Das ist sehr traurig.«

»Die Franken nennen den Kiskalessi den Leanderturm. Aber das ist eine andere Geschichte.«

»Ja, ich weiß.«

Kaiks glitten in alle Richtungen über das kristallklare Wasser. Dicht neben ihrem Kahn sprangen nun Delphine aus der glatten Fläche; die großen Fische schnaubten und tummelten sich übermütig wie junge Pferde.

Ihre Fahrt war allzu kurz. Schon hatten sie den Hafen von Konstantinopel erreicht. Dort wurden Fische und andere Meerestiere verkauft: der riesige Thun, silberne Pelamiden, Austern, Krabben, Krebse, Hummer. Auf den Märkten der Stadt gab es Datteln, Feigen, Pistazien, Kokosnüsse, Apfelsinen, Nüsse, Rosinen, Granatäpfel, Limonen und viele Früchte, die Jacob noch nie gesehen hatte und deren Namen er nicht kannte. Dazu unzählige Sorten Gemüse: Kürbisse, Karden, Artischocken, Pasteken, Kohl, schließlich Melonen, Reis, Honig, Ziegenrahm, Gewürze in allen Farben.

Konstantinopel war die Heimat vieler Völker: Griechen, Armenier, Türken, Juden, Araber lebten hier friedlich miteinander. Jeder befolgte seine eigene Religion, seine eigenen Sitten und trug die besondere Tracht seiner Nation. Die türkischen Frauen gingen in weiten Gewändern, selbst ihr Gesicht war bis auf die Augen verhüllt. Mit lebhaften Gebärden machen sie den Verkäufern auf den Märkten ihre Wünsche klar. Die Nationen ließen sich auch an der Farbe der Pantoffeln unterscheiden: Die Türkinnen trugen gelbe, die Armenierinnen rote, die Griechinnen schwarze und die Jüdinnen blaue Pantoffeln. An fast jeder Ecke hockte ein Briefeschreiber, ein Stück Pergament auf den Knien und eine Rohrfeder in der Hand, bereit, gegen geringe Bezahlung eine Bittschrift oder Trauernachricht niederzuschreiben. In den Cafés glühten die Feuerbecken, der süße, liebliche Duft von Kaffee und Tabak drang hinaus auf die Straße. Mit lautmalender Stimme und großen Gebärden boten die Geschichtenerzähler ihre Kunst dar. Ihre Märchen zogen Jacob in ihren Bann, obwohl er kein Wort verstand. Kurz vor dem Ende seiner Erzählung verstummte der Meister plötzlich. Dann ging er in aller Ruhe mit einer kleinen Schale herum und ließ sich für seine Dienste bezahlen. War er mit der Kollekte zufrieden, befriedigte er auch seine Zuhörer mit dem Abschluss des Märchens.

Israfil und Jaschar unternahmen wöchentlich ihre Erkundungen. Es schien Anastasia keine Schwierigkeiten zu bereiten, sich aus Ferriols Palast zu schleichen. Die Dienerschaft war ihr wohlgesinnt, und für ein Bakschisch ließ sich in der Türkei bekanntlich alles erreichen.

Sie trieben sich nicht nur auf den Gassen, Märkten und in den Kaffeehäusern Konstantinopels herum. In Pera führte Israfil ihn zu einer merkwürdigen Zusammenkunft von Derwischen – Bettelmönchen, die ihr Gebet tanzend verrichteten.

Ihre Darbietungen erinnerten Jacob ein wenig an die Ballettaufführungen, die Melchior Hoffmann in Leipzig veranstaltet hatte. Zu einer eindringlichen, sich immerzu wiederholenden Melodie, die auf einer Trommel und einer langen Flöte gespielt wurde, drehten sich die Mönche wie Kreisel um sich selbst. Sie trugen hohe Hüte und ein weites weißes Gewand, das sich durch das Kreisen um die eigene Achse bauschte. Der rechte Arm wies nach oben, der linke nach unten. Mit der Zeit gerieten die Derwische in immer tiefere Verzückung, die sie alles um sich herum vergessen ließ. So merkten sie auch nicht, wann sie erschöpft waren. Manche tanzten so lange, bis sie ohnmächtig zusammenbrachen.

»Als wären sie betrunken«, bemerkte Jacob.

»Das sind sie auch«, sagte Israfil, »trunken von Gott.«

»Was bedeutet eigentlich Israfil?«

»Israfil ist der Name des Erzengels, den die Christen Rafael nennen. Er verkündet den Tod und die Auferstehung.«

»Bist du ein Engel?«

»Enas angelos? Den xero«, antwortete sie auf Griechisch.

»Wer bist du?«

»Ich – ich weiß es nicht.«

Monsieur Buffardin erwies sich als äußerst großzügiger und geduldiger Lehrer. Ohne weiteres weihte er Jacob in die Geheimnisse seiner Kunst ein. Er lehrte ihn, Vorschläge nicht nur zu spielen, wenn sie eingezeichnet waren, sondern sie selbst zu setzen. Jacob lernte, wie man schnell und zugleich genau spielte: Man durfte die Finger keinesfalls mit der Bewegung der Zunge aufheben, dadurch kamen sie der Zunge zuvor. Vielmehr sollte die Bewegung mit dem Zurückziehen der Zunge geschehen, auf diese Weise erfolgte der Stoß der Zunge mit den Fingern zugleich. Durch diesen Unterricht hatte Jacob sein Spiel bald so verbessert, dass er hin und wieder Buffardin in Ferriols Orchester vertreten konnte. Dem französischen Musiker mangelte es nicht an Beschäftigung, denn der Gesandte Ludwigs XIV. glaubte es seiner und der Ehre seines Königs schuldig zu sein, sowohl das tägliche Mittag- als auch das Abendessen mit musikalischer Begleitung einzunehmen. Leider war Ferriol weder ein Kenner noch ein Liebhaber der Musik, und sie mussten Tag für Tag immer dieselben Stücke herunterleiern, die der Comte zu hören wünschte. Doch Jacob war gerne bereit, diesen Preis zu zahlen, zumal die anderen Musiker ihn sehr freundlich aufnahmen. Ihre freie Zeit vertrieben sich die musikalischen Angestellten des Botschafters mit Schach, so dass Jacob auch in dieser Kunst beachtliche Fortschritte machte. Es gelang ihm sogar, Anastasia hin und wieder ein Remis abzuringen.

Nachdem Buffardin ihm gezeigt hatte, worauf es bei dem schnellen Spiel ankam, wagte es Jacob, dem Franzosen die Badinerie vorzuspielen, die er sich einst ausgedacht hatte und auf die er noch immer sehr stolz war. »Zou maï – très joli, mon ami!«, hatte Buffardin anerkennend gemurmelt, seine Flöte an die schwulstigen Lippen gesetzt und das ganze Stück aus dem Gedächtnis noch einmal im doppelten Tempo geblasen. Durch das Lob ermutigt, komponierte Jacob eine Sonate in c-Moll, die er bei einem Konzert in Fonseccas Haus aufführte. Nach dem abschließenden Vivace sprang Buffardin auf und rief »Bravo, Signor Bach, vous êtes mon meilleur élève!«

Der ganze Saal applaudierte.

Auch Sinclair beglückwünschte ihn zu seinem Erfolg. »Jack«, sagte der Schotte, indem er ihm sanft mit einem seiner Haken am Arm berührt hatte, »ich möchte dir einen besonderen Bewunderer deiner Kunst vorstellen.«

In diesem Augenblick trat ein Mann in einem prächtigen, halb fränkischen, halb morgenländischen Aufzug an sie heran. Auf seiner hohen Perücke war ein kleiner Turban befestigt, sein Rock war mit Gold bestickt und mit bunten Tressen besetzt. Jacob hatte ihn oft in Fonseccas Haus gesehen. Es war Fürst Dimitrie Cantemir, Sohn des Woiwoden der Moldau. Er hielt sich als Geisel in Konstantinopel auf, um für die Treue seines Vaters gegen den Großtürken zu bürgen. Aber Cantemir fristete keineswegs ein Gefangenendasein. Er studierte die Geschichte des Osmanischen Reiches und die türkische Sprache; außerdem ging er beim Großwesir ein und aus. Cantemir konnte der schwedischen Sache sehr von Nutzen sein.

Insbesondere war der moldawische Prinz ein großer Kenner und Liebhaber der türkischen Musik, die er unbedingt im Abendland bekannt machen wollte. Er hatte lange Abhandlungen darüber geschrieben, sogar eine Notenschrift erfunden, um diese seltsamen Töne auf Papier zu bannen. Leider hatten Ferriols Musiker davon nichts wissen wollen; ihren Ohren klang die Musik der Türken wie Katzengejammer. Die hochnäsigen Franzosen ließen sich für die Delikatesse der osmanischen Kunstmusik nicht gewinnen. Aber sein lieber Freund, Monsieur de Sinclair, habe ihm erzählt, dass Herr Bach sich möglicherweise den Herrlichkeiten der türkischen Musik nicht verschließen würde. Ob er sich nicht dazu verstehen könne, sich ihrer wenigstens versuchsweise anzunehmen? Der Prinz der Moldau wäre dem Herrn Bach zu äußerstem Dank verpflichtet.

Auch Jacob klang die türkische Musik anfänglich nicht angenehm in den Ohren. Aber je öfter er ihr lauschte, desto mehr gewöhnte sich sein Gehör daran. Er begriff rasch, dass die Türken keineswegs musikalische Barbaren waren. Ihre Musik war nicht schlechter als die abendländische, sie war schlicht anders. Um sie schätzen und genießen zu können, musste man sie verstehen.

Cantemir führte Jacob in ihre Grundbegriffe ein. Der größte Unterschied zwischen der abendländischen und der türkischen Kunstmusik bestand in der Unterteilung der Töne. Die Türken kannten nicht ganze und halbe Töne, sie zerlegten den Ganzton in bis zu neun Teiltöne. Es gab eine unübersehbare Fülle von Tonarten (Cantemir hatten Listen mit mehreren Hundert angelegt), die teils den abendländischen entsprachen, teils völlig fremd waren. In einem Ensemble spielten alle Instrumente stets dieselbe Melodie, allerdings wichen die einzelnen Stimmen durch allerlei kunstvolle Verzierungen und ausschweifende Improvisationen oft von der Hauptmelodie ab, so dass der Eindruck einer Mehrstimmigkeit entstand. Als Instrumente verwendeten die Türken neben verschiedenen Trommeln und Schellen vor allem die Tanbur, eine dreisaitige Laute mit langem Hals, die kleinere Ud, die an die abendländische Laute erinnerte, den Kanun, eine Art Zither, die Harfe, verschiedene Geigen und die Ney, eine Flöte mit einem näselnden Klang. Sie bestand in einem beidseitig offenen Schilfrohr mit einem Mundstück aus Horn oder Elfenbein. Es gab sie in unterschiedlichen Längen für die verschiedenen Tonhöhen und verschiedenen Intervalle; ein Neyspieler besaß üblicherweise sechs Flöten. Die Tonhöhe und die vielen Zwischentöne der türkischen Musik ließen sich nicht nur durch das Abdecken und Öffnen der Löcher mit den Fingern erzeugen, sondern auch durch Bewegung der Lippen. Der Klang der Ney konnte höchst vielseitig sein, von durchdringend bis leise klagend.

Da Jacob kein Türkisch sprach und die türkischen Musiker nur Türkisch, verständigten sie sich allein durch die Musik. Sie spielten sich gegenseitig vor, und schließlich musizierten sie gemeinsam. Die Türken verwendeten Melodien, die Jacob ihnen vorgespielte, und Jacob versuchte sich in der Kunst des Taksim, der Improvisation. Seine Kenntnis der Zigeunermusik kam ihm hierbei sehr zugute. Was dabei herauskam, klang nicht immer schön, doch allmählich näherten sie sich einander an. Die Türken beherrschten ihre Instrumente meisterhaft, ihre Einfälle waren atemberaubend kühn, ihre Neugier unendlich. Aber je mehr Jacob über die türkische Musik lernte, desto weniger glaubte er daran, dass sie sich mit der abendländischen verschmelzen ließ. War das überhaupt wünschenswert? Warum sollte es nur eine Musik geben? Es gab viele verschiedene Arten von Musik, keine besser oder schlechter als die andere, zu wessen Ehre sie auch immer erklangen. Sollten sich eines Tages all diese Musiken tatsächlich miteinander vereinigen, es wäre keine irdische Musik mehr.

Es wäre die Musik der Engel.

»Am Tage des Jüngsten Gerichts bläst Israfil zweimal in seine Flöte.«

»Das hast du mir nie erzählt.«

»Nach dem ersten Ton ist kein Leben mehr auf der Erde.«

»Und nach dem zweiten?«

»Werden die Toten auferstehen.«

»Wann wird das sein?«

»Israfil nimmt seine Flöte niemals von den Lippen, damit er sie blasen kann, wann immer Gott es befiehlt.«

XXXVIII.

Der lachende Christus

Französische Botschaft/Pera
1710
14. September, abends

»Mein Geschlecht«, setzte Monsieur Cartaphile seine Erzählung fort, »gehörte zu denjenigen, die dem Hohepriester Onias folgten und unter dem großen Ptolemäus Philometer, dem Erben der zwei Gotteshäuser, dem ewig Lebenden in Unterägypten einen Tempel errichteten. Mein Großvater hieß Hiskia. Als sich die berühmte Kleopatra mit ihrem eigenen Bruder Ptolemäus Dionysos vermählte, wurde er als königlicher Juwelier in ihren Hausstand aufgenommen; zudem oblag es ihm, die Stoffe und Gewänder einzukaufen und die Festlichkeiten auszurichten. Mit einem Wort: Unser geliebter Großvater spielte am alexandrinischen Hof eine nicht unbedeutende Rolle. Wir erwähnen das nicht, um uns zu rühmen. Warum sollten wir? Schließlich ist Hiskia schon seit siebzehn Jahrhunderten tot, denn er starb im einundvierzigsten Jahr der Herrschaft des Augustus. Damals war ich noch sehr jung, und ich erinnere mich kaum an den Seligen. Aber Delius hat oft mit mir über die Ereignisse jener Zeit geplaudert.«

»Verzeihen Sie«, unterbrach ihn Hagedorn, »ist dieser Delius, von dem Sie sprechen, nicht derselbe Musiker der Königin Kleopatra gewesen, von welchem bei Flavius und Plutarch die Rede ist?«

»Ebenderselbe«, stimmte Cartaphile ihm zu. »Er lehrte mich

die phönizische Zither spielen und die Arien singen, die er für Kleopatra komponiert hatte.«

»Und derselbe Quintus Dellius«, fragte Hagedorn weiter, »an den Horaz seine schöne Ode richtete: Aequam memento rebus in arduis …?«

Die Zuhörer begannen, ihr Missfallen über die Unterbrechung zu bekunden: »Schweigen Sie doch, wir wollen die Geschichte hören! – Ach bitte, lieber Monsieur Cartaphile, fahren Sie fort!«

Cartaphile lächelte geschmeichelt und erzählte sein Lügenmärchen weiter: »Hiskia ließ sich also in Jerusalem nieder, wo ein gewisser Herodes als König herrschte. Derweil führte mein Erzieher Delius mich zu dem Priester Cheremon, der mich in der Religion der Ägypter unterwies.«

Abdias Cartaphilus, genannt Monsieur Cartaphile, war ein nicht ganz mittelgroßer, schlanker Mann. Er hatte eine braungebrannte Haut wie ein Seemann und feine, ebenmäßige Gesichtszüge, sein Haar (er trug nie eine Perücke) war schwarz glänzend. Ferriols gesamter Hof lag dem fabelhaften Monsieur Cartaphile zu Füßen. Seit etlichen Wochen logierte er nun schon als Gast des Comte in der französischen Botschaft. Wie alt Cartaphilus war, welcher Nation er angehörte, wo er sich vor seiner Ankunft in Konstantinopel aufgehalten hatte, darüber gab es die widersprüchlichsten Meinungen. Die geringste Einigkeit bestand in der Frage seines Alters. Mehrere betagte Männer, darunter Generale, ehemalige Gesandte und andere vernünftige und glaubwürdige Personen, schworen, ihn bereits vor einem halben Jahrhundert getroffen zu haben, und er sei – im Gegensatz zu ihnen selbst – seitdem nicht im mindesten gealtert. Niemand hatte Cartaphile jemals einen Bissen essen oder einen Schluck trinken sehen. Manche behaupteten, er benötige keine irdische Nahrung, andere, er ernähre sich ausschließlich von einer Substanz, welche den Alten unter dem Namen Ambrosia bekannt gewesen sei. Weiter hieß es, Cartaphilus sei der Bastard einer spanischen Prinzessin und eines jüdischen Bankiers. Ein reisender Engländer glaubte, in ihm einen Geiger namens Catalani aus Venedig zu erkennen. Er sollte Piemonteser, Deutscher oder Schweizer sein. Man wollte ihn unter anderem Namen und mit verändertem Äußeren im Haag, in London, Schleswig, Ansbach, Gotha und Turin gesehen haben. Weil der Comte de Ferriol seinen Gast mit großer Achtung und Zuvorkommenheit behandelte, wagte niemand, Monsieur Cartaphile selbst danach zu fragen. Wenn es gelegentlich, sei es aus Unwissenheit oder Neugier, doch einmal geschah, lächelte der Monsieur geheimnisvoll – und schwieg.

Dass der Mann in der Tat sehr viel von der Welt gesehen hatte, litt allerdings keinen Zweifel: Cartaphilus sprach ein völlig akzentfreies und überaus gewandtes Französisch, dazu nachweislich Italienisch, Portugiesisch, Spanisch und Englisch. Zudem spielte er Geige und Harfe. Sein Spiel war auf beiden Instrumenten höchst virtuos und von überwältigender Klangfülle, fast so, als musiziere kein Einzelner, sondern ein ganzes Orchester. Wie Monsieur Cartaphile dieses Wunder bewerkstelligte, blieb sein Geheimnis, denn er pflegte seine musikalischen Fähigkeiten nur verborgen hinter einem großen Wandschirm unter Beweis zu stellen. Man hörte ihn, aber nie sah man ihn dabei.

Cartaphile verfügte über noch mehr Talente: Zunächst hatte er sich am Hofe des französischen Botschafters als Sachverständiger für Edelsteine eingeführt. Bald erwies sich, dass er nicht nur imstande war, die Herkunft der Steine zu bestimmen und ihren Wert genau einzuschätzen, er wusste auch um ihre besonderen Heilkräfte: Der rote Achat half bei Verstopfung, der Amethyst beruhigte Herz und Nerven, der Bergkristall linderte Schädelweh. Für jedes Gebrechen fand sich der passende Karfunkel. Angeblich besaß Cartaphilus auch eine Kiste voll seltener Arzeneien, mit denen sich jede Krankheit heilen ließ, darunter ein Fläschchen mit einer wundersamen Tinktur, von der wenige Tropfen das Leben um zehn Jahre verlängerten.

Es war ein offenes Geheimnis, dass seine Exzellenz Comte de Ferriol nicht nur das Zipperlein plagte. Der Gesandte Seiner Allerchristlichsten Majestät an der Hohen Pforte litt unter fortschreitender Verblödung. Ferriol war inzwischen so vergesslich, dass er bisweilen selbst nächste Mitarbeiter und alte Freunde nicht mehr erkannte. In seinen wenigen lichten Augenblicken war er schwermütig und neigte zu Wutanfällen. Jedenfalls war Charles de Ferriol kaum mehr in der Lage, sein Amt zu versehen. Hinter vorgehaltener Hand wurde bereits von seiner bevorstehenden Absetzung gesprochen. In seiner Verzweiflung, hieß es, habe Ferriol den Wundermann nach Konstantinopel gerufen, damit er ihn von seinen Leiden befreie.

Jeden Abend fanden sich die Franken, die in Pera lebten, aber auch viele hochgestellte Türken, Beamte und Hofleute, in Ferriols Palast ein, um mit offenem Mund Monsieur Cartaphile zu lauschen, wie er weitschweifig und mit großer Ernsthaftigkeit von den Abenteuern erzählte, die er in naher und ferner Vergangenheit erlebt haben wollte. Ohne mit der Wimper zu zucken, behauptete er beispielsweise, in die Geheimnisse von Sais und Eleusis eingeweiht worden zu sein. Tatsächlich wusste Monsieur Cartaphile von Ereignissen und Gestalten vergangener Zeiten so glaubhaft und lebendig zu erzählen, als hätte er wahrhaftig diesen Ereignissen beigewohnt. Selbst Lorenz Hagedorn, der ihm kein einziges Wort glaubte, musste ihm eine sehr gründliche und tiefe Kenntnis des Altertums bescheinigen; wie der Magister einräumte, stimmten Cartaphiles Erzählungen in jeder Einzelheit mit den Angaben der griechischen und römischen Geschichtsschreiber und Philosophen überein. Der Kerl mochte ein Lügner und Gauner sein, aber ein überaus gelehrter Lügner und Gauner.

Seit drei Abenden erzählte Monsieur Cartaphile nun schon lang und breit von seinem Leben als junger Mann in Alexandria und Jerusalem. Obwohl er keine Gelegenheit zu einer Abschweifung, der umständlichen Beschreibung eines alexandrinischen Gastmahls oder des Jerusalemer Tempels, ausließ, stieg die Spannung von Abend zu Abend. Langsam, aber unaufhaltsam strebte die Erzählung ihrem Höhepunkt zu: der Begegnung mit Jesus Christus. Dass Cartaphilus dem Heiland tatsächlich im Fleische begegnet sei, hatte er schon bei seinem allerersten Auftritt durchblicken lassen, im Laufe seiner Erzählungen immer wieder angedeutet und so die Spannung ins schier Unerträgliche gesteigert.

Heute hielt sich Monsieur Cartaphile sehr lange mit den heiligen Mysterien der Ägypter, Perser und Griechen auf. »Im Kultus des Mithras«, dozierte er, »werden den Initianden Brot und Wein dargereicht, und dieses Mahl heißt Eucharistie. Der Sünder, mit Gott versöhnt, beginnt ein neues Leben, das weniger mit Schuld behaftet ist als das alte.«

»Verzeiht«, unterbrach ihn Hagedorn abermals. »Mir scheint doch, bei allem Respekt, die Eucharistie ausschließlich der christlichen Religion anzugehören.«

Cartaphile setzte ein herablassendes Lächeln auf. »Mein lieber gelehrter Freund«, sagte er gedehnt, indem er spöttisch in die Runde blickte. »Wenn Sie die Güte hätten und sich der Mühe unterzögen, beim heiligen Märtyrer Justin nachzuschlagen, würden Sie feststellen, dass alles, was ich über die heidnischen Mysterien erzähle, mit seinen Angaben vollkommen übereinstimmt.« Er schloss die Augen, als müsse er seine inneren Kräfte sammeln. »Die Mysterien und die christliche Eucharistie«, fuhr Cartaphilus dann in belehrendem Ton fort, »haben nicht allein die Verwendung von Brot und Wein gemeinsam: Hier wie da stirbt Gott, wird begraben und mehrere Tage lang beweint. Dann erfährt der Gott seine Auferstehung, und jedermann ist glücklich. Manche sagen, dies sei ein Sinnbild für Unter- und Aufgang der Sonne oder für die in die Erde gesenkten Getreidekörner.«

»Gewiss, es sei ferne von mir, Ihnen zu widersprechen«, entgegnete Hagedorn überraschend freundlich. »Doch wenn ich mich recht entsinne, fügt Iustinus Martyr hinzu, dass sich gerade in der Ähnlichkeit der Zeremonien eine besondere Boshaftigkeit gewisser dämonischer Kräfte zeige, die bereits im Voraus nachäfften, was die Christen eines Tages tun sollten.«

Monsieur Cartaphile warf Hagedorn einen hasserfüllten Blick zu. Ohne ihn einer Antwort zu würdigen, setzte er seine Erzählung fort. Hagedorn wurde von den Zuhörern als ein Störenfried unsanft zur Seite gedrängt.

»In jenen Tagen«, sprach Cartaphilus, »trieben viele Heiler und Therapeuten ihr Wesen, Zauberer, die den Kultus der Perser mit dem ägyptischen vermengten, Betrüger, Jahrmarktsgaukler, die sich als Isispriester ausgaben. Aber der, von dem ich nun rede, war keiner von denen.« Er hielt kurz inne. »Damals«, sprach Monsieur Cartaphile weiter, »liefen in Palästina die Massen in die Wüste hinaus, um dort einem neuen Propheten zu lauschen, der die Menschen im Jordan taufte. Und dann traf ich IHN.«

»Wann? – Wo war es?«, riefen die Zuhörer völlig außer sich. Manche waren den Tränen nahe, hier und da ließ sich ein Schluchzen vernehmen. »Erzählen Sie weiter!«

»Es war im Tempel zu Jerusalem«, sprach Monsieur Cartaphile. »Ich befand mich bei den Händlern, als sich der Prophet aus Nazareth und seine Jünger näherten. Nie werde ich seine feierliche und strenge Stimme vergessen, die den Lärm in einem Augenblick zum Verstummen brachte. Seine Worte riefen einen tiefen Eindruck hervor. Der Tempel füllte sich mit einer unübersehbaren Menschenmenge, in der sich auch viele Anhänger der neuen Lehre befanden. Das Volk wurde von einer rasenden Begeisterung ergriffen und begann, die Tische umzuwerfen und die Tempelhändler zu verjagen.«

In diesem Augenblick trat ein Lakai an Monsieur Cartaphile heran und flüsterte ihm etwas ins Ohr. Der Angesprochene schüttelte unwillig den Kopf. Aber der Diener blieb hartnäckig, zerrte sogar an seinem Ärmel. Cartaphile stieß ihn ärgerlich von sich, gab ihm aber auch zu verstehen, dass er ihm folgen werde. Dann wandte sich an sein Publikum. »Meine Freunde«, verkündete Cartaphilus. »Ich bin untröstlich, aber ich muss Sie nun verlassen. Meine Dienste werden woanders dringender benötigt.« Die Enttäuschung war groß, aber niemand machte Einwände. Man wusste, dass der Wunderheiler an das Krankenbett ihres Gastgebers gerufen wurde, der seiner Künste tatsächlich mehr bedurfte als sie. Monsieur Cartaphile versprach noch einmal hoch und heilig, seine Geschichte am nächsten Abend fortzusetzen, und empfahl sich.

»Nun, was halten Sie von diesem Herrn?«, fragte Hagedorn.

»Ein begabter Geschichtenerzähler«, sagte Jacob.

»Sie untertreiben«, erwiderte Hagedorn nachdenklich. »Selbst ich kann mich seiner Erzählkunst kaum entziehen. Seine Kenntnisse sind wirklich sehr umfangreich und tief.«

»Ist er etwa auf dem Wege, Sie zu überzeugen?«

»Wie?« Hagedorn lachte auf. »Nein, nein, mein Lieber, aber nein! Haben Sie nicht bemerkt, wie ich ihn am Schlafittchen hatte mit Justin dem Märtyrer? Nur der Heiland konnte ihn aus der Affäre ziehen. Ich fürchte, unser guter Herr Cartaphilus hat sein Pulver bald verschossen.«

»Wollen Sie nicht wissen, wie es weitergeht?«

»Doch. Nicht, weil ich glaube, dass er Jesus Christus begegnet ist, aber ich bin neugierig, auf welche Weise er uns den Quark auftischt. Kommt Ihnen übrigens der Herr nicht bekannt vor?«

»Nein. Warum?«

»Denken Sie sich anstelle der schwarzgefärbten Haare eine prächtige Perücke, anstelle des jesuitenmäßigen Anzuges einen bunten Galarock. Erinnern Sie sich an den spöttischen Gesichtsausdruck, den federnden Gang? Denken Sie an die famose Beredsamkeit in allen Sprachen.«

»Sie meinen …«

»Ich bin mir sicher, dass wir es mit niemand anderem zu tun haben als mit Signor Carbonari. Ich schwöre, er ist es. Haben

Sie seinen Blick gesehen, als er uns zum ersten Male begegnet ist?«

»Ich weiß nicht.«

Gewiss, völlig unmöglich war es nicht, aber Jacob konnte sich nicht entschließen, Carbonari und Cartaphilus für ein und dieselbe Person zu halten. Die Ähnlichkeit, die Hagedorn zwischen den beiden erkennen wollte, schien ihm nicht sonderlich groß. Carbonari war ein gewöhnlicher Falschspieler gewesen, ob aber Monsieur Cartaphile ein Scharlatan war, schien ihm noch nicht ausgemacht. Wie konnte sich Hagedorn so sicher sein? Der Magister war ein frommer Mann, aber ihm waren im Leben noch keine Engel begegnet.

»Ich sage Ihnen, er ist es!«, beharrte Hagedorn. »Und er weiß, dass wir es wissen.«

Während sich Hagedorn und Jacob darüber stritten, ob Cartaphilus der fatale Herr Carbonari war oder nicht, näherte sich ihnen einer von Ferriols Lakaien. Es war derselbe, der vor wenigen Augenblicken Cartaphile abberufen hatte. »Monsieurs«, sprach er die beiden mit näselnder Herablassung an. »Bitte folgen Sie mir. Mein Herr wünscht Sie zu sprechen.«

Jacob und Hagedorn sahen sich entsetzt an. War das eine Falle? Wollte Cartaphilus sie verschwinden lassen, bevor sie ihm die Maske vom Gesicht rissen?

Der Diener schien ihre Befürchtung zu erraten. Er zog süffisant die Augenbrauen nach oben. »Es besteht keinerlei Grund zur Besorgnis«, sagte er. »Im Gegenteil, mein Herr möchte Ihnen eine Gefälligkeit erweisen.«

»Was soll's«, sagte Jacob. »Gehen wir!«

Sie folgten dem Lakaien über viele Treppen und Korridore in ein abgelegenes Gemach. Cartaphilus ruhte auf einem Diwan. Er trug ein türkisches Gewand und einen Turban auf dem Kopf. Vor ihm stand auf einem zierlichen Tisch eine Shisha, aus der er behaglich rauchte. Der Raum war von köstlichem Tabakduft erfüllt.

»Meine Herren«, begrüßte er Hagedorn und Jacob. »Ich freue mich, dass Sie meiner Einladung gefolgt sind.« Monsieur Cartaphiles Deutsch war tadellos, ohne jeden fremdsprachigen Einschlag. »Wir haben etwas miteinander zu bereden.«

Jacob und Hagedorn ließen sich auf die seidenen Kissen nieder, die um den Tisch herumlagen. Der Diener brachte zwei Pfeifenmundstücke aus Bernstein, die er mit Schläuchen an die Pfeife anschloss. Sie rauchten eine Weile schweigend vor sich hin. Der Tabak war ausgezeichnet; er war kräftig, aber zugleich mild und schmeckte nach Feigen und Honig.

»Zunächst sollen Sie wissen«, begann Cartaphilus, »dass ich keinerlei Groll gegen Sie hege und Ihnen nichts Böses will.«

»Das ist äußerst reizend von Ihnen, mein Bester«, entgegnete Hagedorn. »Aber fürchten Sie nicht, dass wir unsererseits Ihnen nicht so wohlgesinnt sein könnten?«

Monsieur Cartaphile schüttelte den Kopf und lächelte nachsichtig. »Um Ihnen die Wahrheit zu gestehen, mein Freund: Nein, das fürchte ich nicht.« Er nahm einen Zug aus der Wasserpfeife. »Übrigens spielt das keine Rolle«, sprach er dann weiter. »Ich will Ihnen nur einen guten Rat geben.«

»Danke, wir verzichten gerne darauf«, sagte Hagedorn bissig.

Cartaphilus legte amüsiert die Stirn in Falten. »Aber, aber, wir wollen uns doch wie vernunftbegabte Wesen benehmen, Herr Pastor Hagedorn. Doch womöglich sollte ich Sie Johann Gottlieb Glaubrecht nennen? Oder wäre Ihnen Hiob Packentrager lieber? Ganz wie Sie wünschen.«

Hagedorn erbleichte. »Woher … woher wissen Sie …«

»Unsereiner weiß so manches. Wir brauchen nicht weiter daran zu rühren. Wie ich schon sagte: Ich will Ihnen nichts Böses.«

»Ich weiß nicht«, begann Hagedorn erschüttert zu sprechen, »woher Sie meine früheren Namen kennen. Doch was immer auch geschieht, ich werde mein Schicksal zu tragen wissen.«

»Mein lieber Magister«, seufzte Cartaphilus, »den Gott meines Gewerbes lobpreist man mit Schweigen. Sie haben von mir nichts zu befürchten. Dennoch rate ich Ihnen, Konstantinopel zu verlassen. Nicht weil Sie etwas zu befürchten hätten, sondern weil Sie den Weg gehen sollten, der Ihnen bestimmt ist. Falls Ihnen in den nächsten Tagen zwei Herren einen Besuch abstatten, um Ihnen ein gewisses Angebot zu unterbreiten, schlagen Sie dieses Angebot nicht aus. Dann werden Sie Ihren Frieden finden.«

Lorenz Hagedorn sagte darauf nichts. Er blickte träumerisch den Rauchkringeln nach, die langsam zur Zimmerdecke hinaufstiegen.

»Und was raten Sie mir?«, fragte Jacob.

»Ah!«, rief Cartaphilus erfreut. »Ich sehe, Sie sind vernünftiger als Ihr misstrauischer Freund. – Johann Jacob Bach, Ihnen rate ich: Nehmen Sie ihren entzückenden Engel bei der Hand und verlassen Sie ebenfalls Konstantinopel. Schon morgen, besser noch in dieser Nacht. Denn jeden Augenblick könnte es dafür zu spät sein.«

»Was meinen Sie?«

»Sie wissen, was ich meine: Sie haben die Herzdame gezogen. Spielen Sie diesen Trumpf aus und zögern Sie nicht. Eine solche Gelegenheit kehrt nicht wieder.«

»Was für eine Gelegenheit?«

»Die Gelegenheit, glücklich zu sein.«

»Sie sprechen in Rätseln.«

»Der Comte de Ferriol«, sagte Cartaphilus düster, »ist unheilbar krank. Der Todesengel Azrael lauert schon an seiner Schwelle. Bald wird er ihn holen. Ich kann ihn nicht mehr lange davon abhalten.«

»Was hat das mit mir zu tun?«

»Ferriol wird sterben, aber nicht in Konstantinopel. Zuvor wird sein König ihn nach Frankreich zurückbeordern, er wird in sein Vaterland zurückkehren. Dies wird schon bald geschehen.

Und die schöne Anastasia, die sein Eigentum ist wie alles, was sich in diesem Palast befindet, wird ihn dorthin begleiten. Er hat sie auf dem Sklavenmarkt gekauft, einzig zu dem Zweck, sie zu seiner Geliebten zu erziehen. Und er hat sich vorgenommen, vor seinem Tod die Früchte seiner Anstrengungen zu genießen.«

Es war, als hätte Cartaphile ihm ein Messer in die Eingeweide gerammt. Wenn er die Wahrheit sprach, bestätigte er seine schlimmsten Befürchtungen. Aber warum sollte Cartaphilus lügen?

»Ich soll Anastasia entführen?«, sprach Jacob mit bebender Stimme.

Monsieur Cartaphile zuckte mit den Achseln. »Ich gebe Ihnen nur einen ehrlichen Rat«, sagte er. »Falls Sie Ihr Leben mit Anastasia teilen wollen, hätten Sie übrigens noch einen weiteren Grund sich zu beeilen: Das Schicksal des Königs von Schweden wird vielleicht sehr bald eine glückliche Wendung nehmen. Aber Glück für Karl bedeutet Pech für Jacob. Sie müssten Konstantinopel in jedem Fall verlassen. Ich nehme nicht an, dass Karl XII. auf die Liebeleien seines Dieners Rücksicht nehmen wird.«

»Weshalb erzählen Sie uns das alles?«, fragte Hagedorn, der sich wieder gefangen hatte. »Warum sollte Ihnen unser Glück am Herzen liegen?«

»Das ist eine wirklich gute Frage, mein Freund«, antwortete Cartaphilus lachend. »Sie haben recht: Was sollte mir an Ihrem Schicksal liegen? Die Antwort lautet: nicht das Geringste. Es ist mir vollkommen gleichgültig, ob Sie beide meine Ratschläge befolgen oder nicht.«

»Also, warum nehmen Sie sich unserer an?«

»Sagen wir, ich schulde einem gemeinsamen Freund einen Gefallen.«

»Einem gemeinsamen Freund? Wer sollte das sein?«

»Nun seien Sie doch nicht so begriffsstutzig, Herr Magister!«

»Theophilus Lessing?«

Cartaphilus besann sich kurz. »Doch, so nannte er sich wohl hienieden – Ja, Lessing war der Name. Ich weiß nicht, warum er so große Stücke auf euch hält. Aber er hatte schon immer viel für die Menschen übrig, zu viel, wenn ihr mich fragt, jedenfalls mehr, als gut für ihn ist. Das heißt, ich habe kaum das Recht, ihm ausgerechnet das vorzuwerfen. Das ist schon sehr komisch.«

»Warum?«, fragte Jacob. »Sind Sie auch ein Engel?«

»Ich?« Cartaphilus bekam einen Lachanfall. »Oh, nein, mein Lieber – verzeihen Sie, es ist zu komisch. Nein, ich bin kein Engel, werde auch keiner mehr.«

»Waren Sie bei der Kreuzigung?«, fragte Hagedorn.

Cartaphilus blickte ihn belustigt an. »So, so, der ungläubige Thomas ist gar nicht so ungläubig.«

»Waren Sie bei der Kreuzigung?«, wiederholte Hagedorn. Er zitterte vor Erregung.

»Ich war bei der Kreuzigung«, entgegnete Cartaphilus mit plötzlich ernster Stimme.

»Wer bist du?«, schrie Hagedorn ihn an. »Sag, wer du bist!«

Cartaphilus antwortete nicht. Stattdessen blies er in die Kohle, dass sie aufglühte, sog an seinem Schlauch und schmeckte den Rauch. Er nickte zufrieden. Jacob und Hagedorn tranken ebenfalls von dem Rauch. Er schmeckte jetzt nach Nelken und Zimt, allerdings mischte sich auch eine leicht bittere Note hinein.

»Sie wissen, Magister«, begann Cartaphilus mit sanfter Stimme zu sprechen, »dass die Türken und alle, die Mohammed für den wahren Propheten Gottes halten, den Nazarener, den Sohn der Maria, ebenfalls als großen Propheten, ja als das Wort Gottes verehren.«

»Ja«, sagte Hagedorn. »Im Koran ist an mehreren Stellen von ihm die Rede. Die Muslime erkennen Jesus als Gesandten des Herrn an, nicht aber als Gottes Sohn.«

»Dann wissen Sie auch, dass die Muslime ebenso Jesu Kreuzigung bestreiten.«

»Sie glauben, dass ein Trugbild an seiner Stelle gekreuzigt

worden sei. Schon der Erzketzer Basilides von Alexandrien soll der Meinung gewesen sein, nicht Jesus, sondern Simon von Kyrene sei am Kreuz gestorben, jener Jude, der dem Herrn auf seinem Weg nach Golgatha das Kreuz aus Barmherzigkeit abgenommen hatte.«

»Sie wissen wahrhaftig viel, Magister«, sagte Cartaphilus. »Aber hier irren Sie. Schon Basilides irrte. Ich habe ihn gut gekannt, er war ein weiser Mann. Dennoch hat er sich getäuscht. Nach Basilides hat Gott den Ewigen Geist auf die Erde gesandt, der sich mit Jesus, dem vollkommensten Menschen, vereinigte. Jesus aber ließ sich nicht kreuzigen, er kehrte wohlbehalten in die Ewigkeit Gottes, zurück. Daher sollten die Menschen nicht an den Gekreuzigten glauben, sondern an den Ewigen Geist, der nur scheinbar am Kreuz gestorben ist.«

»Aber worin irrte Basilides?«, fragte Hagedorn.

»Einzig und allein darin«, antwortete Cartaphilus, »dass nicht Simon aus Kyrene das Kreuz auf sich genommen hat, sondern Judas aus Kariot.«

»Judas, der unseren Herrn verraten hat?«, rief Hagedorn.

»Ebenderselbe! – Judas, der Sohn des Verderbens. Er hat es auf sich genommen, Jesus zu verraten, auf dass sich das Wort erfülle. Er hat das Heil ermöglicht, indem er sich selbst davon ausschloss. Judas ist an Jesu statt am Kreuz gestorben, der Mensch für den Gott. Er hat den Erlöser erlöst. Er ist gestorben – aber er ist nicht tot.«

»Woher wissen Sie das?«

Der Rauch über der Wasserpfeife verdichtete sich und nahm eine tiefrote Farbe an. Vor ihren Augen türmte sich ein steiniger Hügel auf. Auf seiner Spitze waren drei Kreuze errichtet. An dem mittleren hing ein nackter männlicher Leib. An Händen und Füßen war er an das Holz genagelt. Er war blutüberströmt, die Haut war zu Fetzen gepeitscht, die Glieder unnatürlich verdreht. Er hatte sich mit seinem eigenen Kot besudelt. Auf seinen Kopf war eine Dornenkrone gepresst. Wie von ferne hörten sie

Cartaphilus' Stimme: »Der, in dessen Hände und Füße sie die Nägel schlagen, das ist mein fleischlicher Leib, der Ersatz. Sie schänden nicht ihn selbst, nur das, was nach seinem Bild entstanden ist. Der aber, den ihr heiter und lachend über dem Holz seht, das ist der lebendige Jesus. Seht ihn an! – Seht mich an!«

Nun erstrahlte über der gemarterten Gestalt ein überirdisch schönes Antlitz. Es war ein Jüngling in leuchtendem Gewand: Jesus Christus, der Ewige Geist, das lebendige Wort Gottes. Er schaute ihnen geradewegs ins Gesicht.

Und lächelte.

XXXIX.

Den Vogel in der Hand

Anfang November 1710 forderte der russische Gesandte Graf Tolstoi von der Hohen Pforte die Auslieferung des schwedischen Königs. Ahmed III. lehnte ab. Als daraufhin Tolstoi den Türken mit Krieg drohte, ließ ihn der Großwesir verhaften, nackt auf einen Esel gebunden durch die Straßen Konstantinopels reiten und ins Gefängnis werfen. Karls Hoffnungen gingen in Erfüllung: Russland und das Osmanische Reich befanden sich miteinander im Krieg. Bereits im Januar 1711 fiel Khan Devlet II. Giray mit einem Heer, das aus Tataren, Kosaken, Polen und einigen schwedischen Einheiten bestand, in die Ukraine ein, wurde aber von Russen und russenfreundlichen Kosaken wieder auf die Krim getrieben. Dann holten die Russen zum Gegenschlag aus: Im Sommer überschritt der Zar mit seiner Armee den Dnjestr, um sich mit den christlichen Untertanen des Sultans gegen die Türken zusammenzuschließen.

Zar Peter, der bereits jetzt, zu seinen Lebzeiten, den Beinamen »der Große« trug, stand auf dem Höhepunkt seines Ruhmes. Der Triumph von Poltawa hatte ihm den Ruf der Unbesiegbarkeit eingebracht.

Sein wichtigster Verbündeter in diesem Feldzug hieß Dimitrie Cantemir. Unter einem Vorwand hatte sich der Hospodar der Moldau aus Konstantinopel entfernt und sich in seine

Heimat begeben, um den Aufstand anzuzetteln. Als Mitte Mai die russischen Spitzen unter Feldmarschall Scheremetew den Dnjestr überschritten, sagte sich Cantemir in einer feierlichen Zeremonie von der Pforte los. Auf dieses Zeichen hin stürzten sich seine Untertanen auf die türkischen Bewohner der Moldau, raubten ihr Vieh und all ihren Besitz und brachten viele von ihnen um. Jetzt musste der Sultan handeln.

Die schwedische Gesandtschaft in Konstantinopel brach in Jubel aus. Endlich war eingetreten, was sie seit Jahren ersehnt und wofür sie unermüdlich gearbeitet hatte. Immer wieder hatte sich Sinclair insgeheim in die Walachei und die Moldau begeben, um die Vasallen der Pforte dazu zu überreden, das türkische Joch abzuwerfen – indem sie sich mit Russland verbündeten. Die bekannte Schwäche der osmanischen Armee beunruhigte Poniatowski und Sinclair nicht im Geringsten. Denn die beiden wussten es besser: Bald zeigte sich, dass es um die Schlagkraft der Türken bei weitem nicht so schlecht bestellt war, wie alle Welt dachte. In erstaunlich kurzer Frist ließ der Großwesir Baltaji Mehmed Pascha eine gewaltige Streitmacht ausrüsten, um die abtrünnigen Fürstentümer wieder unter türkische Botmäßigkeit zu bringen. Umgehend setzte sie sich Richtung Donau in Marsch.

Anfang Juni erreichten die Russen Jassy, die westlich des Flusses Pruth gelegene Hauptstadt der Moldau. Ende des Monats stieß der Zar mit weiteren Truppen zu ihnen. Es ging das Gerücht, Peter sei lange krank gewesen und noch immer nicht völlig genesen, auch seine Armee befinde sich nach dem langen Marsch durch die heiße Steppe in keiner guten Verfassung. Dennoch schreckte Mehmed Pascha vor einer Auseinandersetzung zurück. Und nicht nur das: Zu seinem Entsetzen erfuhr Poniatowski, dass der Großwesir sogar Unterhändler nach Jassy entsandt hatte, um dem Zaren ein Friedensangebot zu unterbreiten. Es war ein offenes Geheimnis, dass der Pascha ein Feigling war. Außerdem fürchteten die Türken, dass

Peter seine Flotte über das Schwarze Meer schicken könnte, um Konstantinopel zu bedrohen. Den neuen russischen Schlachtschiffen hatte der Sultan nichts entgegenzusetzen. Doch zur Erleichterung der Schweden schlug Peter alle Friedensangebote aus. Wie man hörte, hatte er mit der Familie Cantemir und seiner Frau Katherina, die ihn auf diesem Feldzug begleitete, ausgiebig den zweiten Jahrestag von Poltawa gefeiert. Offenbar war er sich seines Sieges gewiss.

Doch Peter hatte sich verrechnet. Während die Russen ihren vergangenen Sieg feierten, marschierten an die zweihunderttausend Türken nordwärts. Als sie die Donau erreichten, schlug sich nach Cantemir auch der Herrscher der Walachei, Constantin Brancoveanu, auf die Seite der Russen – um es sich angesichts der osmanischen Übermacht sofort wieder anders zu überlegen: Die Walachen lieferten alle Nachschubgüter, die für die Russen bestimmt waren, an die Türken aus.

Auf Befehl Karls XII. waren Poniatowski und Sinclair zur türkischen Armee gereist, um sich ein eigenes Bild der Lage zu verschaffen. Obwohl der Pole dem König dringend geraten hatte mitzukommen, blieb Karl in Bender. Er mochte sich keiner Armee anschließen, die er nicht selbst befehligte, zumal nicht Ahmed III., sondern nur dessen Wesir das Kommando führte.

Jacob musste die beiden begleiten. Ihm war keine Zeit geblieben, Monsieur Cartaphiles Ratschlag zu folgen. Am Morgen nach ihrer merkwürdigen Begegnung hatte ihn Alan Sinclair mit Botengängen beauftragt, dann waren sie Hals über Kopf nach der Moldau aufgebrochen. Würde er Konstantinopel, würde er Anastasia je wiedersehen? Wenn die Türken den Zaren am Dnjestr schlugen, würde sich Karl XII. an die Spitze einer vereinigten osmanisch-schwedischen Streitmacht stellen und seinen Krieg gegen Russland wieder aufnehmen.

Auch für Lorenz Hagedorn hatte sich Cartaphiles Weissagung erfüllt. Drei Tage, nachdem sie den lächelnden Christus geschaut hatten, besuchte ein junger Gelehrter aus Uppsala, Michael Eneman, den Magister und bot ihm an, ihn und die Herren Fortifikationsoffiziere Cornelius Loos, Conrad Sparre und Hans Gyllenskep auf eine Forschungsreise nach Ägypten und das Heilige Land zu begleiten. Karl XII. habe sie damit beauftragt, den Festungsbau und die Baudenkmäler dieser Länder zu studieren, vor allem aber die biblischen Stätten aufzusuchen, um ihren heutigen Zustand mit den Beschreibungen in der Heiligen Schrift zu vergleichen. Sie brauchten noch einen vertrauenswürdigen Dolmetscher, und Hagedorn beherrsche, wie man höre, sowohl das Arabische wie auch Türkische vollkommen. Hagedorn hatte keinen Augenblick gezögert, das Angebot anzunehmen. Bereits in der folgenden Woche war die Orientexpedition auf einer französischen Fregatte nach Alexandria abgegangen.

Das osmanische Heer rückte mit erstaunlicher Geschwindigkeit vor. Als die Türken die Donau überschritten und dem Feind am Ostufer des Pruth entgegenzogen, wechselten die Russen auf das Westufer und marschierten nach Süden. Die russische Kavallerie stand unter dem Befehl des bewährten Generals Carl Ewald von Rönne, die drei Infanterie-Divisionen wurden jeweils von General Repnin, General Janus und vom Zaren selbst geführt.

Zuerst trafen die Türken auf Janus. Beide Seiten waren von dem Zusammentreffen überrascht. Den Großwesir erschreckte der Anblick des Feindes dermaßen, dass er drauf und dran war, den Rückzug zu befehlen. Gemeinsam mit Devlet Giray und den Janitscharen-Agas gelang es Poniatowski nur mit Mühe, den Pascha davon zu überzeugen, dass noch nicht alles verloren sei, im Gegenteil alle Vorteile bei ihnen lägen. So setzten die Türken ihren Marsch fort. Sie gelangten an das Westufer des Pruth und schlugen Brücken über den Fluss. General Janus ließ es nicht auf einen Kampf ankommen. Er zog sich zurück und vereinigte sich mit der russischen Hauptarmee unter Zar Peter.

Die Russen lagerten in einem Sumpfgebiet südlich des Städtchens Stănileşti. Die Türken hatten sie bald erreicht. Auf Betreiben Poniatowskis griffen sie sofort an. Doch an diesem Tage kam es zu keiner Entscheidung. In der Nacht brachen die Russen ihr Lager ab und setzten sich in den frühen Morgenstunden in Marsch, wahrscheinlich, um sich mit Repnins Truppen zu vereinigen. Die Türken setzten ihnen nach und griffen die Nachhut an, dabei eroberten die Tataren den feindlichen Tross. Die Russen waren nun ohne jede Versorgung.

Am 9. Juli vereinten sich Janus und Peter mit Repnin bei Stănileşti. Die tatarischen Reiter griffen nun von allen Seiten an. Auch die Janitscharen brannten darauf, sich endlich auf die Russen zu stürzen. Peters Lager war nur unzureichend befestigt. Dennoch hielten die Russen dem Sturm stand. Sie wichen nicht einen Schritt zurück und eröffneten das Feuer auf die Türken, die sich ihrerseits zurückzogen. Unter Poniatowskis Anleitung errichteten die Türken nun ebenfalls Schanzen, und sie brachten ihre Kanonen in Stellung. Noch vor dem Abend war ein gewaltiger Halbkreis aus über dreihundert Geschützen aufgestellt, deren Mündungen auf die feindlichen Stellungen zielten. Die Russen hatten der türkischen Artillerie kaum etwas entgegenzusetzen, zahlenmäßig waren sie hoffnungslos unterlegen. Von Rönnes Kavallerie war weit und breit nichts zu sehen. Tatarische und polnische Reiter beherrschten das Terrain, auch das gegenüberliegende Flussufer, das im Rücken der Russen lag. Der Feind war vollständig umzingelt und außerdem vor Hitze, Hunger und Durst so erschöpft, dass er zum Kämpfen kaum mehr imstande war.

»Die Lage des Zaren«, sagte Poniatowski zu Sinclair, »ist übler als die Seiner Majestät damals am Dnjepr. Immerhin waren wir nicht eingeschlossen und standen keinem überlegenen Feind gegenüber. Dem König war es möglich, sich aus seiner misslichen Lage zu befreien. Diese Möglichkeit hat der Zar heute nicht. Peter sitzt in der Falle.«

»So ist es, Graf«, pflichtete Sinclair ihm bei. »Wir werden nicht nur die russische Armee vernichten, sondern den Zaren selbst gefangen nehmen. Schweden wird alles zurückerhalten, was es verloren hat. Poltawa war nur ein böser Traum, unsere Niederlage wird den Geschichtsschreibern nur eine Fußnote wert sein.«

Am nächsten Morgen eröffnete die osmanische Artillerie das Feuer. Sie zerstörte die russischen Verschanzungen und schoss das Lager sturmreif. Aber die Janitscharen griffen nicht an. Am Tag zuvor hatten sie so schwere Verluste erlitten, dass sie sich dazu außerstande sahen. Dafür krochen Tausende staubbedeckter Russen aus ihren Gräben, stürzten sich mit dem Mut der Verzweifelten auf die Türken und machten viele von ihnen nieder. Mehmed Pascha verlor bei diesem Anblick die Fassung. Poniatowski redete auf ihn ein wie auf ein krankes Pferd, aber Baltaji hatte jeglichen Kampfeswillen verloren.

Am Nachmittag erschienen während einer Kampfpause in Begleitung eines Trompeters zwei russische Unterhändler im osmanischen Lager: ein schneidiger junger Offizier, der sich als Sohn Scheremetews vorstellte, und Peters Vizekanzler Peter Pawlowitsch Schafirow, dem der Ruf vorauseilte, noch gewissenloser als Menschikow und noch gerissener als Tolstoi zu sein. Die beiden verschwanden im Zelt des Großwesirs. Auch Poniatowski wohnte der Besprechung bei. Nach Ablauf einer Stunde stürzte der Pole aus dem Zelt, forderte Papier, Feder und Tinte, kritzelte eine Botschaft auf ein Blatt und schickte einen tatarischen Eilboten damit nach Bender.

»Wie stehen die Dinge, Graf?«, fragte Sinclair, der die ganze Zeit über wie ein gefangener Panther vor dem Zelt des Paschas auf und ab geschlichen war.

»Schlecht, Kamerad«, entgegnete Poniatowski düster. »Dieser Schafirow ist verdammt schlau, er wickelt den Pascha um den Finger.«

»Was hat er uns anzubieten?«

»Peter will den Türken zurückgeben, was die Russen ihnen in den letzten zwanzig Jahren abgenommen haben.«

»Ist das alles?«

»Selbstverständlich nicht. Für unseren guten Pascha springt ein hübsches Sümmchen dabei heraus. Die bezaubernde Katharina will sogar ihren Schmuck zum Wohle des Vaterlandes geben. Zum Beweis hat Schafirow dem Pascha schon einige von den Klunkern zugesteckt.«

»Und wir?«, rief Sinclair wütend. »Was ist mit Schweden?«

»Das habe ich Monsieur Schafirow auch gefragt.«

»Und?«

»Seine Majestät würde Livland, Estland und Karelien zurückerhalten, alle Provinzen, die die Russen inzwischen erobert haben. Ihm selbst soll die Rückkehr nach Schweden erlaubt werden. Stanislaus wird als König von Polen anerkannt, und der Zar will sich in Zukunft aus den polnischen Verhältnissen heraushalten.« Poniatowski hielt einen Augenblick inne. »Falls Peter geruht, sein Wort zu halten.«

Sinclair schwieg.

»Was sagen Sie?«, fragte Poniatowski.

»Spätestens übermorgen kapitulieren die Russen von selbst«, sprach Sinclair gereizt. »Warum sollten wir uns auf diesen Kuhhandel einlassen? Zum Teufel, wäre doch der König hier!«

»Ich habe Seiner Majestät geschrieben, dass er so schnell wie möglich herkommen soll«, erwiderte Poniatowski. Dann begab er sich wieder in das Zelt des Großwesirs.

»Jack«, sagte Sinclair, als Poniatowski gegangen war, »der König von Schweden reitet schnell, aber ich fürchte, er wird nicht rechtzeitig eintreffen. Ich werde die Dinge selbst in die Hand nehmen.«

Damit zog sich Sinclair in sein Zelt zurück. Wenig später kam er in einen russischen Offiziersrock gekleidet wieder heraus.

»Es wird nicht schwierig sein, durch die feindlichen Linien in das Lager vorzudringen«, sagte er.

»Was hast du vor?«

»Der Zar sitzt in der Falle. Ich weiß, dass sogar seine Leibwache ihn im Stich gelassen hat.«

»Du willst ihn gefangen nehmen?«

»Wozu die Dinge komplizierter machen, als sie sind?« Damit hob Sinclair seinen rechten Arm. In Konstantinopel hatte er anstelle der rechten Klaue einen Aufsatz für einen zirkassischen Säbel anbringen lassen. Der Schotte wusste sehr geschickt damit umzugehen und hatte schon manche Reiterattacke angeführt.

»Du willst ihn töten?«

»Manchmal gebietet die Treue, Unehrenhaftes zu tun, Jack. Erzähle niemandem etwas davon, schwöre es! Vor allem der König darf davon nichts erfahren.«

Jacob schwor es.

»Nun also, Gott befohlen!«

Damit bestieg Alain de Sinclair sein Pferd und sprengte auf das russische Lager zu.

Am Abend kam Karl XII. ins osmanische Lager geritten. Von Bender bis hierher hatte er keine sieben Stunden gebraucht. Mit Poniatowski und einem Dolmetscher betrat er das Zelt des Großwesirs. Nach kaum einer halben Stunde verließ der König es wieder. »Sie hatten den Vogel in der Hand«, schrie er außer sich vor Wut. »Sie hatten den Vogel in der Hand und haben ihn davonfliegen lassen!«

Damit schwang sich Karl auf sein Pferd, um nach Bender zurückzukehren. Poniatowski sollte sich wieder nach Konstantinopel begeben, um zu retten, was zu retten war. Jacob musste den König nach Bender begleiten.

Als ihn Poniatowski beim Abschied nach Sinclair fragte, zuckte Jacob nur mit den Achseln. Der Pole befragte noch einige

Offiziere, aber niemand wusste, wo der Schotte geblieben war. Oberst Sinclair war von einem Erkundungsritt nicht wiedergekehrt. Dergleichen passierte alle Tage, niemand wunderte sich darüber. Und Jacob hielt sich an seinen Schwur. Der Zar war jedenfalls am Leben und hatte mit den Türken einen Frieden ausgehandelt.

In Bender erzählte ihm Düben, dass sich vor wenigen Tagen der neue französische Botschafter bei Karl vorgestellt habe. Ferriol sei nach Frankreich abgereist. Anastasia hatte er mit sich genommen. Als Jacob das hörte, wurde ihm schwarz vor Augen. Wochenlang lag er krank im Lazarett, ohne dass Doktor Neumann herausfinden konnte, was ihm fehlte.

Die Residenz Karls XII. bei Bender hatte sich von einem einfachen Zeltlager in eine kleine Stadt verwandelt. Die Soldaten und Offiziere wohnten nun in nach schwedischer Art gebauten Holzbaracken. Für sich selbst hatte Karl ein stattliches einstöckiges Backsteinhaus halb im Stile eines osmanischen Serails errichten lassen. Seine Mauern waren bunt bemalt, es besaß ein flaches Bretterdach und Glasfenster. Dieses Königshaus stand in der Mitte der kleinen Festung Neu-Bender. Dahinter wurde gerade, ebenfalls aus Backstein, eine Unterkunft für die königliche Kanzlei gebaut. Ringsum gruppierten sich die deutlich bescheideneren Wohnungen des Kanzleirates Feif und des königlichen Schatzmeisters Christian Albrecht von Grothusen, der auch die schwedischen Geschäfte bei der Hohen Pforte versah. Das ganze Anwesen war von einem niedrigen (und recht lückenhaften) Erdwall umgeben und bildete so ein befestigtes Quadrat in der Mitte des Lagers.

Ständig trafen Kuriere aus Schweden und Polen ein, um den König über die dortigen Entwicklungen zu unterrichten. Sie brachten keine guten Nachrichten: Missernten, Hungersnöte und die Pest hatten die schwedischen Ostseeprovinzen entvölkert, und der Zar ließ sich durch seine Niederlage am

Pruth nicht davon abhalten, Schweden weiter mit Krieg zu überziehen. In kurzer Zeit hatten die Russen Riga, Pernau und Reval eingenommen, zuletzt Wiborg. Auch die übrigen Feinde Schwedens hatten wieder ihr Haupt erhoben: August hatte sich zum zweiten Male die polnische Krone aufgesetzt. Eines Tages war der arme König Stanislaus in Bender aufgetaucht, ein Flüchtling auch er, ein König ohne Land.

Ansonsten langweilten sich die Schweden zu Tode. Die Offiziere, besonders die Trabanten, vertrieben sich die Zeit mit dem schweren, süßen Wein der Gegend, der furchtbare Kopfschmerzen verursachte, Huren, die aus Bender herüberkamen, und Zankereien. Karl XII. verbrachte die Hälfte des Tages mit Müllern und Feif im Kanzleizimmer und fasste lange Briefe nach Schweden und an alle Könige Europas ab. Den Rest seiner Zeit widmete er sich dem Schachspiel oder unternahm ausgedehnte Reitausflüge in die Umgebung. Ständig empfing er Besucher, die den legendären Schwedenkönig mit eigenen Augen sehen wollten. Besonders die Türken brachten ihm große Verehrung entgegen und nannten ihn Demirbaş Şarl – Eisenkopf, was dem König nicht missfiel.

Überhaupt hatte sich Karl an die orientalische Lebensweise gewöhnt, insbesondere schätzte er die türkische Küche. Man sah es ihm an. Seine Majestät war deutlich fülliger als früher. Sein Haupthaar hatte sich noch mehr gelichtet, aber er weigerte sich, die sich ausbreitende Glatze mit einer Perücke zu bedecken. Sein bevorzugtes Gesprächsthema war der Festungsbau. Leider hielt sich die einzige Person, mit der sich Karl ernsthaft über diesen Gegenstand hätte unterhalten können, nicht mehr in Bender auf. Generalquartiermeister Gyllenkrok war vor zwei Jahren mit einer kleinen Einheit nach Polen geschickt worden, um mit General Krassow Verbindung aufzunehmen. Doch Krassow hatte sich längst nach Schwedisch-Pommern zurückgezogen, und der Navigator war nicht zurückgekehrt. Später wurde bekannt, dass er bei Czernowitz von den Russen gefangen genommen worden war. Gyllenkrok, hieß es, befinde sich in Moskau. Um seinen Geisteszustand sei es nicht zum Besten bestellt.

Nachdem es Karl und dem unermüdlichen Poniatowski nicht gelungen war, den Friedensvertrag zwischen Russland und dem Osmanischen Reich zu verhindern, versuchten sie nun mit allen Mitteln, den Zwist neu zu entfachen. Tatsächlich schien der Friede mehr als unsicher, immer wieder kam es zwischen dem Zaren und dem Sultan zu kurzen Kriegen. Im Oktober 1712 hatte sich die Hohe Pforte sogar bereit erklärt, Karl XII. mit einer starken türkischen Eskorte nach Polen zu schicken, um sich dort mit den schwedischen Kräften unter Stenbock zu vereinigen. Doch Stenbock war mit dem Heer, mit dem er an der deutschen Ostseeküste gelandet war, nicht nach Süden, sondern nach Westen gezogen und in Holstein von den Dänen vernichtend geschlagen worden. Karl XII. blieb ein König ohne Armee. Und allmählich wurde er dem Großwesir und dem Sultan, die nun mit Russland einen dauerhaften Frieden schließen wollten, lästig. Allein durch seine Anwesenheit im Osmanischen Reich verhinderte Karl eine Einigung mit Russland. Um dieses Hindernis ein für alle Mal aus der Welt zu schaffen, hatte Devlet Giray ihm angeboten, ihn mit tatarischen Geleitschutz durch Polen nach Schweden zu bringen. Aber Karl hatte abgelehnt. Er war davon überzeugt, dass eine Verschwörung gegen ihn im Gange sei, der Khan habe nur im Sinn, ihn seinem Erzfeind August von Polen auszuliefern. Außerdem hieß es, Generalfeldmarschall Flemming, Augusts rechte Hand, verhandele mit dem Pascha von Bender, wie man Karl gefangen nehmen und heimlich nach Polen oder Sachsen schaffen könne. Jahrelang hatte sich Karl XII. bemüht, die Türkei zu verlassen, jetzt wollte er um jeden Preis bleiben.

Mitte Januar 1713 wurden die Janitscharengarnison in Bender durch Tausende tatarische Reiter verstärkt. Karl XII. verfügte über eine Streitmacht von nicht einmal tausend Soldaten, Schweden, Polen und Kosaken.

Eines Morgens waren Polen und Kosaken verschwunden. Sie

hatten heimlich das Lager verlassen und sich unter türkischen Schutz gestellt. Daraufhin ließ Karl Lebensmittel sammeln und alles auf eine Belagerung vorbereiten. Um das gesamte Lager sollte ein Erdwall errichtet werden. Aber der Boden war so hart gefroren, dass man ihn nicht ausheben konnte. Stattdessen bauten die Schweden eine Barrikade aus Karren, Tischen, Bänken und anderen Möbeln und füllten die Lücken zwischen den aufgetürmten Gegenständen mit Dung auf, der über Nacht gefror. An der Frontseite des königlichen Serails wurden Reihen von Fässern aufgestellt, die mit Wasser gefüllt waren, das ebenfalls zu Eis gefroren war.

So erwarteten Karl XII. und seine letzten Getreuen den Angriff.

XL.

Eisenkopfs letzter Kampf

Schwedisches Lager bei Bender
1713
31. Januar (gregorianischer Kalender)

Kaum hatte Hofprediger Johann Peter Brenner mit seiner kraftvollen, wohltönenden Stimme den Segen gesprochen, da ließ sich von draußen ein dumpfes Krachen vernehmen – Kanonendonner. Nach einer Salve aus einem Dutzend Schüssen ertönte Kampfgeschrei. Mit betonter Bedächtigkeit wandte sich Karl XII., der mit Axel Sparre, Johan Valentin von Dahldorf und Carl Gustaf Hårdt dem Prediger gegenüberstand, zur übrigen Gemeinde um. Er legte seine Hand auf den Griff seines Degens, den er selbst während des Gottesdienstes nie ablegte, und blickte einen Augenblick zum Fenster hinaus. »Meine Herren«, sagte er dann mit seiner erkälteten Stimme, die gegen Brenners satten Bass seltsam abstach, »ich finde es sehr rücksichtsvoll von unseren lieben Muselmännern, dass sie uns immerhin erst nach dem Gottesdienst angreifen.«

Damit setzte er sich seine Otterfellmütze auf den Kopf und eilte mit langen Schritten zur Tür hinaus. Von seiner Fußverletzung hatte sich der König vollständig erholt, nicht einmal ein Hinken war zurückgeblieben. Sparre, Dahldorf und Hårdt schlossen sich ihm an, ebenso die Leibtrabanten Carpelan, Roos, Wohlberg und von Tschammer. Aufgebracht rannte Brenner, die Bibel unter den Arm geklemmt, hinterher und rief, jemand solle ihm zur Hand gehen, wenigstens das Abendmahlsgerät in Sicherheit zu bringen. Aber niemand beachtete ihn.

Als habe er etwas Wichtiges vergessen, blieb der König plötzlich stehen. Er drehte sich noch einmal um. Sein Blick schweifte im Saal umher, bis er auf Jacob traf. »Bach!« Karl winkte ihn zu sich: »Lass das Signal zum Angriff blasen. Danach kommst du mit mir.«

»Wie Majestät befehlen!«

Jacob kletterte die Stiege zu dem Balkon hinauf, der sich über der Fensterfront an der Längsseite des königlichen Serails befand. Dort warteten seit Stunden die Trompeter Brun und Flink auf ihren Einsatz. Die beiden froren wie die Schneider. Die Mundstücke hatten sie einigermaßen warm gehalten, aber ihre Instrumente waren in der Winterkälte eingefroren. Sie hatten sich wohl auch mit dem einen oder anderen Glas Branntwein gewärmt. Jedenfalls erklang statt einer kämpferischen Fanfare nur ein klägliches blechernes Getröte. Aber darauf kam es nicht mehr an. Allen war klar, dass sie diesen Kampf nicht gewinnen konnten – allen bis auf Karl XII., den Unermüdlichen, den Unbelehrbaren. Den Eisenkopf.

Der König und sein Gefolge bestiegen die Pferde zu einem Erkundungsritt um das Lager. Doch die Lage war nur allzu klar: Einige Türken und Tataren hatten bereits die Barrikaden überwunden und waren in die innere Festung eingedrungen. Der König hatte seinen Degen gezogen und starrte entgeistert auf die Feinde, die vor seinen Augen ungehindert umherliefen und bereits zu plündern anfingen. Erschüttert berichtete Sparre, dass sich die Schweden auf den Wällen der Übermacht kampflos ergeben hatten. Anstatt ihren König vor seinen Feinden zu schützen, hatten sie ihr eigenes Leben gerettet.

Die türkischen Kanonen feuerten eine Salve in die Luft ab. Janitscharen und tatarische Reiter rückten bis dicht an den Wall heran und formierten sich zum Angriff. Die Masse der Feinde war furchteinflößend.

Jetzt löste sich eine Abordnung unbewaffneter türkischer Offiziere aus dem Heer, zog vor das verrammelte Tor und verlangte, den König zu sprechen. Karl XII. ließ sie passieren.

Die Anwesenheit der Unterhändler ließ die Plünderer innehalten. Eine wohltuende, wenn auch trügerische Ruhe legte sich über das schwedische Lager. Die Türken näherten sich Karl XII. mit Ehrfurcht. Sie wollten seinen Rocksaum küssen, gestikulierten aufgeregt herum und beschworen ihn, sich in ihre Hand zu begeben. Man würde dem König Eisenkopf, den alle Türken zutiefst verehrten und bewunderten, niemals ein Haar krümmen. Der König verzog keine Miene. Dann befahl er Grothusen, den Herren Türken zu verstehen zu geben, sollten sie sich nicht auf der Stelle zurückziehen, würde er ihnen allesamt die schönen Bärte versengen. Die Janitscharen sahen ihn verwirrt an, als könnten sie sich nicht entscheiden, ob sie beleidigt sein oder diesen unbeugsamen Eisenkopf noch mehr bewundern sollten. Vielleicht hielten sie ihn auch einfach nur für verrückt.

Nachdem sich die Janitscharen verabschiedet hatten, setzte Karl XII. seinen Erkundungsritt um das Lager fort. Als sie wieder zum Serail zurückgekehrt waren, stellten sie fest, dass der Feind auch hier schon eingedrungen war.

Zornentbrannt sprang der König von seinem Pferd. Mit einer Pistole in der linken, den Degen in der rechten Hand, stieß er die vor der Tür postierten Janitscharen zur Seite und stürmte ins Haus. Generale und Trabanten folgten ihm, so schnell sie konnten. Sie hatten keine Sekunde zu verlieren, denn jetzt stürzten sich die Türken von allen Seiten auf Karl. Allerdings kämpften sie nur halbherzig. Dafür gab es, wie sich schon in den letzten Tagen herumgesprochen hatte, einen guten Grund: Auf die Gefangennahme des Königs von Schweden war eine hohe Belohnung ausgesetzt – wohlgemerkt des lebendigen Königs. Die Türken hüteten sich, Karl XII. ernsthaft zu verwunden. Karl scherte sich nicht darum. Jeden, der sich ihm in den Weg stellte, schoss er nieder oder stieß ihm den Degen in die Brust. Ein

Janitschar, dem er gerade mit einem einzigen Hieb die linke Hand abgetrennt hatte, hielt dem König zitternd seine Muskete vor das Gesicht.

Im selben Augenblick, als der Janitschar abdrückte, stieß Jacob ihn beiseite. Die Kugel verfehlte um ein Haar Karls Nase, riss ihm das rechte Ohrläppchen ab und traf Hårdt, der neben dem König kämpfte, in den Arm. Der Janitschar blickte sich verwirrt um. Karl rammte ihm die Klinge bis zum Griff in den Bauch. Der Türke stieß einen gurgelnden Laut aus, spuckte Blut.

Noch während der König dem Sterbenden seinen Degen aus dem Leib zog, wandte er sich um. »Dort«, rief er und zeigte mit der blutigen Degenspitze auf die zweiflügelige Tür, die zu dem großen Saal führte, in dem sie vor nicht einmal einer Stunde den Gottesdienst gefeiert hatten. Darin hatten sich einige Bedienstete, darunter die beiden Trompeter, Hultman und Sparres Koch, verbarrikadiert. Sie hielten ihre Stellung nur mit knapper Not. Immer mehr Türken hatten sich durch die aufgehäuften Möbel und allerlei Hausrat gekämpft und waren in den Saal eingedrungen. Wie ein Rasender stürzte sich Karl auf die Eindringlinge. Dabei schwebte er in höchster Gefahr, denn die Türken waren zwar auf das Kopfgeld aus, aber im Zweifel war ihnen ihr eigenes Leben lieber. Nacheinander retteten der Koch und Tschammer dem tollkühnen König das Leben. Tschammer wehrte einen Hieb gegen den König mit vorgestrecktem Karabiner ab, nur Karls Mütze wurde von der Klinge durchdrungen.

Die Schweden machten alle Türken im Saal nieder. Dann verrammelten sie wiederum die Türen mit Möbeln, Truhen, Tischen, allem, was sie im Saal finden konnten. Als Letzter gelangte noch der Sergeant Magnus Krusell hinein; er hatte schwere Säbelhiebe im Gesicht davongetragen und mehrere Zähne verloren. Atemlos berichtete Krusell, dass Major Folling und seine Männer, die das Haus verteidigt hatten, getötet worden seien. Der Major liege tot vor der Schwelle. Nur er, Krusell, habe überlebt.

Unterdessen hörten sie, wie Tataren und Türken plündernd durch die Gemächer des Serails zogen. Karl XII. lief unruhig auf und ab. Er wischte sich die Degenklinge an der Hose ab. »Wir wollen diese Barbaren, die mein Haus verwüsten, ein wenig stören«, rief er, indem er mit dem Fuß aufstampfte.

Der König befahl, die Barrikaden beiseitezuräumen und die zweite Tür des Saales zu öffnen, die zu seinem Schlafgemach führte. Zwei Türken waren gerade dabei, die königlichen Kissen und Laken auseinanderzureißen. Der Anblick des wütenden, über und über mit Blut bespritzten Karl entsetzte die Plünderer dermaßen, dass sie ihre Waffen fortwarfen und die Flucht ergriffen. Karl XII. verfolgte sie von einem Zimmer ins andere. Plötzlich war er verschwunden. Einer der Trabanten, es war Roos, rief: »Der König – wo ist Seine Majestät?« Niemand wusste es. Der Pulverdampf stand so dicht in den Räumen, dass man von den Männern nur die Beine und Füße erkennen konnte. »Wir müssen ihn finden!«, brüllte Roos und zog Jacob, der ihm zunächst stand, am Arm mit sich fort.

In der Stube des Hofmarschalls, Dübens winzigem Zimmer, das man nicht mit einem Wachtposten versehen hatte, fanden sie ihn endlich. Karl stand mit erhobenem Säbel inmitten dreier Türken, die auf ihn eindrangen. Ohne sich einen Augenblick zu besinnen, schoss Jacob denjenigen Angreifer nieder, der mit dem Rücken gegen die Tür stand. Karl XII. durchbohrte den zweiten und erschoss gleichzeitig den dritten Janitscharen.

Der König schaute ihn verdutzt an. »Bach, hast du mich befreit?« Karl hatte eine Schramme auf der Stirn, die leicht blutete, sonst schien er unverletzt geblieben zu sein.

»Nebst Gott hatte ich die Gnade, Majestät.«

Die Schweden töteten jeden, den sie fanden. Nach einer Viertelstunde hatten sie das Haus von Feinden gesäubert.

Als sie sich alle wieder im Schlafgemach eingefunden hatten, bemerkte Karl einen Janitscharen, der sich unter dem Bett verkrochen hatte. Roos und Wohlberg zogen ihn hervor. Unter Tränen flehte der Türke um Gnade. Karls Finger spielten mit dem Griff seines Degens, aber er ließ das Schwert in der Scheide stecken. »Grothusen soll kommen!«

Auch Schatzmeister Grothusen hatte einige Blessuren davongetragen, aber das Blut, mit dem er besudelt war, war nicht sein eigenes.

»Grothusen«, sprach Karl XII., »sage dem da«, er wies auf den winselnden und um Schonung bettelnden Türken, »der Eisenkopf schenkt ihm das Leben – unter der Bedingung, dass er dem Seraskier getreulich berichtet, was er erlebt und gesehen hat.«

Nach kurzer Überlegung übersetzte Grothusen diese Worte ins Türkische. Der Janitschar hörte mit offenem Mund zu, dann küsste er dem König und Grothusen die Stiefel und dankte lauthals seinem Gott, dass er ihn aus Todesnot errettet habe. Er versprach bei Allah und dem Propheten, seinem Herrn alles zu berichten, was er im Hause des großmächtigen und allergnädigsten Eisenkopfs erlebt habe. Dann ließ man ihn durch ein Fenster entweichen.

Karl befahl, die Türen abermals zu verrammeln und sämtliche Fenster zuzunageln, dass kein Feind mehr ins Haus eindringen konnte. An Waffen und Munition herrschte kein Mangel. Die geflohenen Türken hatten zumeist ihre Gewehre zurückgelassen, und in einem kleinen Gelass neben dem Saal, das die Plünderer übersehen hatten, fanden die Schweden noch mehr Musketen und einen großen Vorrat an Kugeln und Pulver.

Türken und Tataren hatten den Serail vollkommen umzingelt; ihre ersten Reihen standen nur wenige Schritte vom Haus entfernt. Sie boten ein leichtes Ziel für die Schweden, die nun durch die Ritzen zwischen den Brettern, mit denen sie die Fenster verschlossen hatten, auf ihre Belagerer schossen. Bald lagen an die hundert Feinde tot. Jetzt nutzte den Türken ihre zahlenmäßige Übermacht wenig. Aber wie lang würden Karl und seiner Männer der Belagerung standhalten? Sie verfügten weder über Proviant, noch hatten sie ausreichend Wasser.

Die Angreifer zogen sich ein wenig zurück, gerade so weit, dass sie außer Schussweite kamen. Dann richteten die Janitscharen ihre Geschütze auf den königlichen Serail.

Die türkischen Kanonen eröffneten das Feuer.

Einige Schweden hielten sich die Ohren zu, andere beteten laut. Durch die Fensterritzen sahen sie die Kugeln auf das Haus zufliegen. Sie schlugen in die Mauern, aber die Backsteine waren so nachgiebig, dass die Geschosse darin stecken blieben und kaum Schaden anrichteten.

Als die Osmanen merkten, dass dem Eisenkopf selbst mit Kanonen nicht beizukommen war, griffen sie zu einem anderen Mittel: Die Tataren begannen, mit brennenden Lunten umwickelte Pfeile auf das Dach zu schießen. Im Nu brannte das Stroh über ihren Köpfen lichterloh. Es war nur eine Frage von Augenblicken, bis das Dach einstürzen und sie alle unter sich begraben würde. Schon fiel brennendes Gebälk in den Saal.

Karl XII. befahl, das Feuer zu löschen. Aber womit? Da rollten der Gemeine Johan Smitt und der Matrose Olof Bohm ein kleines Fass heran. Karl und die beiden hoben es gemeinsam hoch. Mit vereinten Kräften schleuderten sie es auf die Stelle, wo das Feuer am heftigsten wütete. Mit einem widerwärtigen Fauchen zuckte eine mannshohe Stichflamme empor, und das Feuer wurde noch mehr entfacht. Entsetzt starrten die Männer auf das wild brennende Feuer.

»Guter Gott, das war Branntwein!«, rief plötzlich General Sparre, halb belustigt, halb entsetzt.

Einer der Trabanten lachte, aber niemand stimmte in das Lachen ein.

Das Feuer griff immer mehr um sich. Das königliche Schlafgemach und einige andere Zimmer waren schon völlig zerstört. Von allen Seiten drang beißender schwarzer Rauch in den Saal. Das Atmen fiel ihnen schwer. Durch den Qualm wirbelten

Funken. Das Strohdach war zur Hälfte in das Innere des Hauses gestürzt, die andere Hälfte rutschte krachend davor auf die Erde und fiel mit lautem Knistern auseinander. Es war unerträglich heiß. Einige Gewehre gingen durch die Hitze von selbst los. Wie durch ein Wunder erschossen sie sich nicht gegenseitig.

»Wir müssen uns ergeben«, schrie Mathias Wohlberg wie von Sinnen. Wohlberg war ein altgedienter Trabant und hatte in vielen Schlachten seinen Mann gestanden, aber jetzt verlor er die Nerven. »Wir müssen uns ergeben, sonst sterben wir hier drinnen!«

Karl fasste Wohlberg an den Schultern und schaute ihm fest in die Augen. »Ihr seid ein seltsamer Mensch«, sagte er kalt, »dass Ihr Euch einbildet, es sei angenehmer, gefangen genommen zu werden als zu verbrennen.«

Da wandte sich Axel Roos an den König. »Wir brauchen nicht zu verbrennen, Majestät«, sagte er, sich zwischen Karl und Wohlberg drängend. »Die Kanzlei ist keine fünfzig Schritte von hier entfernt. Sie hat ein steinernes Dach und ist feuerfest. Warum machen wir keinen Ausfall und verschanzen uns darin?«

Der König sah ihn gereizt an. Der Gedanke, seine Stellung zu verlassen, missfiel ihm sichtlich. Er hasste es zu fliehen. Doch plötzlich schien ihm Roos' Plan einzuleuchten. »Seht, das ist ein echter Schwede!«, jubelte er, umarmte Roos und beförderte ihn auf der Stelle zum Oberst. »Kommt, meine Freunde«, rief er dann. »Nehmt, was ihr an Pulver und Blei tragen könnt. Wir gehen mit blankem Degen in die Kanzlei!«

Die Schweden räumten die Barrikaden beiseite, stießen die Tür auf und stürmten, der König an der Spitze, hinaus.

In dem Augenblick, als Karl und seine Offiziere heraustraten, schossen sie ihre Pistolen auf die Türken ab, warfen sie fort und schwangen ihre Degen. Aber so viele Feinde sie auch niederhieben, sie kamen nicht weit. Die Übermacht war erdrückend.

Nur Karl XII. hatte die Janitscharen, die auf ihn eindrangen, abschütteln können und rannte nun auf die Kanzlei zu. Er hatte das Haus beinahe erreicht, da verhakten sich die Sporen an seinen Reitstiefeln so ineinander, dass er der Länge nach hinfiel. Sofort stürzte sich ein Dutzend Türken auf den König. Im allerletzten Augenblick schleuderte Karl seinen Degen von sich. Er hatte oft davon gesprochen, dass ihm nichts mehr zuwider sei als die Vorstellung, einem überlegenen Gegner seinen Degen übergeben zu müssen.

»Allah il Allah!«, brüllten die Janitscharen. Sie brachen in lautes Siegesgeschrei aus und schossen mit ihren Musketen in die Luft. Der Lärm war ohrenbetäubend. Dann fassten sie den überwältigten König an Händen und Beinen und trugen ihn fort. Behutsam, wie einen Kranken, dem man keine Schmerzen bereiten durfte. Der König ließ alles widerstandslos über sich ergehen.

Derweil machten sich die Tataren daran, die anderen Gefangenen auszuplündern. Ob Gemeiner oder General, alle Schweden wurden sämtlicher Besitztümer beraubt. Uhren, Geld,wurden ihnen weggenommen, man riss ihnen die silbernen und goldenen Knöpfe von den Röcken. Selbst Axel Sparre stand am Ende im bloßen Hemd da. Allein Grothusen wurde ausgesondert und fortgebracht. Niemand wusste, ob man ihn deswegen beneiden oder bedauern sollte. Dann ketteten die Türken ihre Gefangenen paarweise aneinander. Jacob wurde mit einem der Kanzleisekretäre zusammengebunden, einem Deutschen namens Karl Dietrich Ehrenpreiß. Berittene Janitscharen trieben sie mit Peitschen aus dem Lager. Die Schweden wussten, was ihnen bevorstand. Nach türkischem Recht gehörten sie den Soldaten, die sie gefangen genommen hatten. Man würde sie auf dem Sklavenmarkt verkaufen.

Die Gefangenen verbrachten die Nacht auf freiem Feld. Es war bitterkalt, und die Ketten hatten ihre Handgelenke wundgerieben. Niemand gab ihnen etwas zu essen.

Sie hatten schon alle Hoffnung fahren lassen, da erschienen am übernächsten Tag drei Herren in fränkischer Kleidung. Es waren der schleswigsche Gesandte Friedrich von Fabrice, der

Engländer Jeffreys und ein Franzose, den Jacob noch nie gesehen hatte. In wenigen Worten erklärte Fabrice ihnen, dass die Türken sie freilassen und ihnen ihre Kleider zurückgeben würden. General Sparre sollte sie nach Bender zurückführen. Dort müssten sie sich ruhig verhalten und keinesfalls den Türken einen Anlass geben, sie wiederum gefangen zu nehmen.

»Wo befindet sich Seine Majestät?«, fragte Sparre.

»Der König von Schweden ist wohlauf«, antwortete Fabrice. »Ich habe ihn gesehen und mit ihm gesprochen. Er hat sich mit kleinem Geleit nach Adrianopel begeben.« Der Gesandte blickte sich suchend um. »Wer von Ihnen ist der Feldhautboist Jacobus Bach?«

Jacob meldete sich.

»Sie kommen mit uns«, sagte Fabrice. »Der König wünscht Sie in seiner Nähe.« Damit überreichte er ihm seine Flöte. Sie steckte in ihrem Futteral und war völlig unversehrt.

Außer Jacob folgten etwa hundert Schweden Karl XII. nach Adrianopel. Was würde mit ihnen geschehen? Manche glaubten, der Sultan wolle den König von Schweden in die Hafenstadt Saloniki bringen lassen, um ihn von dort aus auf eine griechische Insel zu schicken. Andere meinten, dort warte ein Schiff des Königs von Frankreich auf sie, das sie allesamt zurück in die Heimat fahren würde. Wieder andere glaubten, dass der Großtürke Karl XII., wie es der König selbst immer vorausgesagt und befürchtet hatte, nun tatsächlich seinem alten Erzfeind August von Polen ausliefern werde.

Nichts davon bewahrheitete sich. Vorerst blieben die Schweden in Demotika, einer kleinen Stadt südlich von Adrianopel. Nach drei Wochen zogen sie weiter auf ein sehr schönes Schloss, das den Namen Timurtasch trug. Als bei ihrer Ankunft eine große Menschenmenge die königliche Kutsche umringte, um den berühmten Eisenkopf zu sehen, verhüllte Karl XII. sein Gesicht mit einem Tuch.

Der Aufenthalt in Timurtasch war fürchterlich. Die umliegende Gegend war sumpfig, und es war heiß. Viele Schweden bekamen das Wechselfieber und starben daran. Auch der König wurde von der abscheulichen Seuche befallen. Er litt unter wochenlangem heftigem Fieber. An seinem Hals bildete sich eine dicke Geschwulst, die aber das Ende der Krankheit anzeigte. Doktor Neumann ließ sich, selbst fieberkrank, an das Bett seines Herrn tragen, um ihn zu kurieren. Er riet dem König dringend, diese ungesunde Gegend zu verlassen.

Nach quälend langen Verhandlungen erlaubte der Sultan schließlich die Rückkehr des Hofstaates nach Demotika.

XLI.

Le roi s'amuse

Demotika bei Adrianopel
1714
Karfreitag

»Und jetzt, tusen jävlar, spielt mir die schöne Melodie, die kamrat Bach aus Deutschland mitgebracht hat.«

Der König trank einen letzten Schluck Sauermilch, dann reichte er Müllern den Krug, der das Gefäß mit beiden Händen umfasste und mit einer Behutsamkeit aus der Kammer trug, als hielte er ein Neugeborenes in den Armen.

Die drei Zurückgebliebenen warfen sich beklommene Blicke zu. Seine Majestät schnalzte mit den Fingern.

»Worauf warten wir!«

Düben schlurfte zu dem Winkel hinüber, in dem seine Viola da gamba lehnte. Ihr Hals war entzweigegangen und nur notdürftig geflickt. Grothusen nahm seine Geige von der Wand, wo sie als einziger Zierrat des königlichen Schlafgemachs an einem Nagel hing. Jacob hatte das Instrument für ein paar Piaster von einem armenischen Trödler in Konstantinopel erhandelt und mehr schlecht als recht instand gesetzt. Aber nicht einmal ein Paul von Westhoff oder Jacob Walther hätte ihm so etwas wie Wohlklang entlocken können.

Mit umständlicher Sorgfalt setzte Jacob seine Traversflöte zusammen. Hätte er das Ding gegen ein Schwarzbrot getauscht oder einfach in den Dnjepr geworfen, er befände sich längst auf dem Weg nach Schweden. Die Reise vom Osmanischen Reich in den Norden war weit und voller Gefahren, aber wenigstens hätte er ein Ziel vor Augen, etwas, wofür es sich zu leiden lohnte. Alles war diesem ewigen Stumpfsinn vorzuziehen. Ihre Unterhaltungen waren so eintönig und vorhersehbar geworden wie die zahllosen Schachpartien. Aber sie durften ihn nicht im Stich lassen. Karl XII. konnte auf sie, seine letzten Getreuen, nicht verzichten. Er brauchte sie mehr denn je. Er brauchte ihn, Jacob Bach.

Tatsächlich? In Wahrheit war der Hautboist Bach aus Eisenach Karl, König der Schweden, Goten und Vandalen, herzlich gleichgültig. So gleichgültig wie die Tausende, die er um seiner Gloire willen in den Tod geschickt hatte. Seine Majestät brauchte nur die Musik. – Nein, auch die Musik bedeutete ihm nichts. Er war nur vernarrt in dieses eine Stück; es verlangte ihn nach dieser Melodie wie den Säufer nach dem Branntwein. Er war ihr verfallen, er brauchte immer mehr davon und immer öfter. Doch nicht, weil er die Musik liebte. Das Einzige, was Karl je geliebt, das Einzige, wofür er je gelebt hatte und was ihn noch am Leben erhielt, war sein Ruhm. Sein Ruhm und seine Rache. Ihre Musik ließ ihn die verzweifelte Gegenwart vergessen. Sie schenkte ihm Hoffnung. Nichts hatte Karl XII. nötiger als Hoffnung. Und Düben, Grothusen und er verschafften dem König, wessen er so dringlich bedurfte, fünf-, sechs-, achtmal am Tag. Manchmal läutete die Glocke sogar mitten in der Nacht. Die drei spielten, bis der König in den Schlaf sank. Mitunter stundenlang.

Die fortwährende Anspannung, das Bewusstsein, dass jeden Augenblick die Glocke ertönen konnte, hatte sie körperlich und geistig zerrüttet. Die ewige Wiederholung ein und desselben Stückes machte sie krank. Sobald sie den Kanon durchgespielt hatten, mussten sie wieder von vorn beginnen. Sie waren eine seelenlose Spieluhr, die der König laufen ließ, wann und so oft es ihm beliebte. Ihn scherte ihre Qual nicht. Er genoss es.

Seltsamerweise hassten sie ihn nicht dafür. Jeder von ihnen würde, ohne zu zögern, sein Leben für den König geben. Nach wie vor. Trotz allem. Alle wussten, dass es so war, aber keiner von ihnen hätte zu sagen vermocht, warum. Vielleicht waren sie inzwischen selbst wahnsinnig geworden? Je länger Jacob darüber nachdachte, desto mehr leuchtete ihm dieser beängstigende Gedanke ein.

Während sie ihre Instrumente stimmten – was vollkommen zwecklos war, aber immerhin den Beginn des Konzerts hinauszögerte –, betrachtete er den König.

Karl hatte die Bettdecke beiseitegeworfen und starrte, auf dem Rücken liegend, ins Nirgendwo. Vor einem Vierteljahr hatte sich der Schwedenkönig zu Bett gelegt und geschworen, es nicht zu verlassen, ehe – ehe was geschehen sollte? Wartete er ernsthaft darauf, dass sich sein Geschick von selbst wendete? Seine Getreuen wussten es besser. Sie wussten, dass er sich mit seiner monatelangen Untätigkeit selbst bestrafte, denn sie musste ihm weit schlimmere Pein bereiten als Hunger, Müdigkeit, Todesgefahr und alle Strapazen des Soldatenlebens. Der König war gegen sich selbst rücksichtloser und brutaler, als er es gegen seine Soldaten und sogar gegen seine Feinde je gewesen war. In seinem Leiden war er ebenso maßlos wie in allem, was er dachte oder tat.

Karl XII. war sich selbst nicht mehr ähnlich. Das Gesicht wirkte unnatürlich in die Länge gezogen, die Haut spannte sich wie Pergament um den Schädel. Die versengten Brauen waren nicht nachgewachsen. Das Kopfhaar war weit zurückgewichen, die übriggebliebenen Büschel klebten ihm verfilzt am Hinterkopf, so dass das verstümmelte rechte Ohr zu sehen war, das ihm im Handgemenge von Bender ein Janitschar durchschossen hatte. Karls Hals und wohl sein ganzer Körper waren bedeckt von Kratzwunden, die er sich mit seinen Fingernägeln selbst zufügte. Seine Majestät litt unter Läusen wie die gewöhnlichen Sterblichen, nur dass er jegliche Behandlung ablehnte. Er hatte ihnen sogar verboten, seine Bettwäsche zu wechseln oder wenigstens zu räuchern, um die Parasiten zu vertreiben. Infolgedessen ging von seiner Bettstatt und ihm selbst ein von Tag zu Tag stärker werdender säuerlicher Geruch aus, der Jacob an denjenigen des Leims erinnerte, mit dem sie zu Hause die Geigen, Bratschen und Gamben repariert hatten. Plötzlich kam ihm der Gedanke, dass ihm womöglich schon damals ebendieser verhasste Geruch die Streichinstrumente abspenstig gemacht und, sobald es anging, sich den Pommern, Oboen und Flöten hatte zuwenden lassen. Karl war entsetzlich abgemagert, durch das Leinenhemd konnte Jacob die Rippen zählen. Der König hatte stets sehr mäßig gelebt und seinen Körper nie geschont; auf seinen Feldzügen hatte er dasselbe steinharte Brot gegessen, dasselbe schale Wasser getrunken wie seine Soldaten. Er konnte tagelang im Sattel sitzen, ein Pferd nach dem anderen ritt der König zu Schanden. Wochenlang schlief er – wenn er schlief – in seinen Stiefeln. Jetzt trank er nur noch Wasser und an guten Tagen ein paar Schlucke dieser vergorenen türkischen Milch, die außer ihm niemand anrührte.

Sie mussten endlich mit der Musik beginnen. Seine Majestät hatte bereits ein nervöses Husten von sich gegeben. Der geringste Anlass genügte, Karl XII. die Contenance verlieren zu lassen, und um keinen Preis wollten sie einen Wutanfall oder gar einen Weinkrampf des Königs riskieren. Ihren Herrn wie ein Kind flennen zu sehen, hätte ihnen jetzt den Rest gegeben. Sie hatten das einmal erlebt und sich geschworen, lieber zu sterben, als diesen Anblick noch einmal ertragen zu müssen.

Düben setzte den Bogen an und begann mit seinem Ostinato, das er mechanisch, ohne die geringste Temposchwankung bis zum Schluss durchhalten würde. Damit schuf er den sicheren Grund, auf dem sich die anderen Stimmen bewegten. Im dritten Takt jaulte Grothusens verstimmte Geige auf. Obwohl er es bereits tausendfach gehört hatte, zuckte Jacob noch immer zusammen, wenn sich diese Misstöne quietschend wie ein ungeöltes Wagenrad über die weiche Bassstimme legten. Aber schon musste er die Flöte an die Lippen setzen.

Dann schnurrte die zweitaktige Akkordfolge D – A – h – fis / G – D – G – A herunter.

Sobald der Kanon erklang, begannen Karls Augen zu leuchten. So hatte er geblickt, als er an der Spitze seiner Reiterei in die Schlacht gestürmt war. Aber der König träumte nicht von vergangenen Siegen, sondern von zukünftigen. Der Krieg war noch nicht entschieden, sein Schicksal hatte sich noch nicht vollendet. Ganz Europa mochte ihn für besiegt, ja für tot halten. Doch sowie sich der Sultan zu einem Bündnis mit ihm entschlossen haben würde, würde Karl mit einem osmanischen Heer dem Zaren, diesem domestizierten Samojeden, aufs Haupt schlagen und seine sogenannte Armee wie Ungeziefer vertilgen. Noch vor dem nächsten Winter würde das schwedische Banner über dem Kreml wehen. Vielleicht würde er Moskau niederbrennen wie Alexander der Große Persepolis? Auf jeden Fall würde er ein Exempel statuieren. Wer war nach dem Moskowiter an der Reihe? Der Däne oder sein alter Erzfeind August, der sich, kaum dass er sich außer Gefahr gewähnt, die polnische Krone wieder unter den Nagel gerissen hatte? Er würde die ganze Bagage zum Teufel jagen, diesmal für immer, und ihre Kronen an den Nächstbesten verschenken. Und dann? *Es wächst eine Blume in meinem Garten, die heißt die Kaiserkron …*

Die neuesten Nachrichten klangen durchaus ermutigend. Hatte nicht General Stenbock mit nur einer Handvoll Bauern die Dänen ins Meer geworfen und aus Schonen verjagt? Hatte er nicht bei Gadebusch in Mecklenburg in einer der blutigsten und erbittertsten Schlachten, die je zwischen diesen Nationen stattgefunden hatten, gegen Sachsen und Dänen das Feld behauptet? Hatten nicht die Schweden, seine Schweden, die Stadt Altona, die dem König von Dänemark gehörte und dessen ganzer Stolz war, dem Erdboden gleichgemacht? Die Karoliner, es gab sie noch! Als nach dem Sieg die gefallenen Dänen und Sachsen vor ihren Füßen lagen, waren die herrlichen Truppen in Reih und Glied geblieben. Niemand hatte gewagt, die Gefallenen zu plündern, ehe nicht das Gebet auf dem Schlachtfeld gesprochen war. Als wäre er selbst dabei gewesen. Und war er nicht tatsächlich dabei gewesen? Wenn die Schweden auch seiner Gegenwart beraubt waren, so waren sie doch von seinem Geiste beseelt. Noch immer.

Der erste Durchlauf war geschafft. Aber nach einer kurzen Atempause brachte Düben seinen unerschütterlichen Basso continuo schon wieder in Gang. So würde es weitergehen, bis – irgendwann – der König die Hand hob.

Jacob war der einzige echte Musiker unter ihnen. Oberst Gustaf von Düben beherrschte sein Instrument so gut, dass er bei der Stockholmer Hofkapelle mitgespielt hatte. Schatzmeister Grothusens Talente hingegen waren überschaubar, was bei der sinnlosen Schinderei, die ihnen auferlegt war, wenig ausmachte. Indessen schien ausgerechnet Grothusen, der Laie, am meisten darunter zu leiden.

Allein Hinrich Georg von Müllern, Kanzler des Schwedischen Reiches, blieb verschont. Obwohl er, wie Jacob wusste, eine Bratsche in seinem Gepäck versteckt hielt, auf der er wohl auch passabel zu spielen verstand, musste er an den Konzerten nicht teilnehmen. Müllern hatte dem König glaubhaft versichert, kein Instrument zu beherrschen, überhaupt gänzlich unmusikalisch zu sein, und sich auf diese Weise aus der Affäre gezogen. Übrigens fiel es niemandem ein, ihn zu verraten, denn Müllern hatte bald eine erstaunliche, an Zauberei grenzende Meisterschaft darin entwickelt, Lebensmittel zu organisieren. Sogar Schweinefleisch und Wein vermochte er in dieser muselmanischen Gegend aufzutreiben. Wie der Kanzler das anstellte, war vollkommen schleierhaft, weil er (soweit ihnen bekannt war) weder über Geld noch über andere Zahlungsmittel verfügte. Zudem brachte Müllern es fertig, noch aus den dürftigsten Zutaten nicht nur genießbare, sondern sogar ausgesprochen köstliche Gerichte zu kochen. Als Koch war er weniger entbehrlich, als er es als Reichskanzler oder Bratschist je hätte sein können. Müllerns Spezialität waren eine Art Krautwickel, die er nach türkischer Art zubereitete und alle Sonntage auf den Tisch brachte. Morgen sollte es wieder so weit sein. Umso bereitwilliger hatten sie ihn gehen lassen.

Unterdessen waren sie in den dritten Durchlauf eingetreten.

Eigentlich war dieser *Canon per tre Violini e Basso* ein vollendetes Meisterwerk. Und eigentlich gehörte diese Musik nicht dem König. Sie war niemals für ihn gedacht gewesen. Er hatte sie sich genommen, wie er sich alles nahm, was ihm gefiel, und aus dieser anmutigen Musik, die doch zur Freude der Menschen geschaffen war, ein Folterinstrument gemacht. Was noch schlimmer war: Der König zwang sie dazu, die Musik selbst mit Füßen zu treten. Wenn es ihm, dem Musiker Johann Jacob Bach, nur gegen die Berufsehre ginge, wenn es nur das wäre – was war Ehre? Ebenso wie Ruhm ein leeres Wort; allein der König glaubte noch daran. Nein, es war ein Verbrechen, eine Gotteslästerung. Aber er, Jacob, gehorchte, ließ sich gegen sein Gewissen dazu gebrauchen. Würde Gott ihm je vergeben? Was lag daran? Sich selbst würde er niemals vergeben.

Zum ersten Mal hatte er den Kanon vor nun beinahe zwanzig Jahren gehört, auf der Hochzeit seines Bruders Johann Christoph. Aus ganz Thüringen waren die Mitglieder der großen Bachfamilie und deren Freunde nach Ohrdruf gekommen, aus Erfurt, Arnstadt und Eisenach, aber auch aus Ober- und Niedersachsen und Franken, allesamt Kantoren, Organisten, Stadtpfeifer. Und was schenkte man dem Organisten der Hauptkirche St. Michaelis in Ohrdruf zur Hochzeit? Natürlich Musik.

Der Onkel Johann Christoph, der Vetter des Vaters, der in der Eisenacher Georgenkirche die Orgel spielte, hatte eine Kantate über das Hohelied Salomonis komponiert: *Meine Freundin, du bist schön*. Er selbst hatte sich ans Cembalo gesetzt. Der Vater, obschon damals bereits bei schwacher Gesundheit, hatte es sich nicht nehmen lassen, die Sologeige zu spielen. Cousin Johann Nicolaus und Cousine Barbara Catherina, die Tochter des Organisten und Stadtschreibers von Gehren, Johann Michael Bach, hatten die Hauptpartien gesungen, die Erfurter Johann Egidius Bach, dessen Sohn Johann Bernhard und er selbst, Jacob, die Bratschen übernommen. Der Chor hatte sich aus den übrigen Hochzeitsgästen rasch beisammengefunden. Danach war es, wie bei den Bach'schen Familienfesten üblich, eine Parodie der Kantate dargebracht worden. Nicolaus hatte sich ein recht schlüpfriges *Hohelied Salomes* ausgedacht, in das die Vettern und Basen fröhlich einstimmten und aus dem Stegreif mit so drolligen Scherzen und Wortspielen spickten, dass bald vor Lachen niemand weitersingen konnte. Nur die Schwester, Maria Salome, auf deren Liebelei mit einem gewissen Herrn Wiegand, einem Freund der Erfurter Lämmerhirts, der Familie der seligen Mutter, der Spaß gemünzt war, hatte sich beleidigt in der Speisekammer eingeschlossen.

Nach dem Mahl übergab Herr Pachelbel, damals Stadtorganist an der Augustiner- und Margarethenkirche zu Gotha, ein alter Freund des Vaters und der verehrte Lehrer des Bräutigams, sein Hochzeitsgeschenk: einen Kanon mit Gigue in D-Dur für drei Violinen und Basso continuo.

Neben dem Meister selbst am Cembalo sollten wiederum der Vater, der Eisenacher Kantor Andreas Dedekind und der Stadtpfeifer Hoffmann konzertieren. Doch sei es, dass ihn zuvor die Kantate allzu sehr angestrengt, sei es, dass ihn im Gedenken an die verstorbene Mutter die Traurigkeit übermannt hatte, dem Vater ward mit einem Male unwohl, und er bat den Onkel Christoph, seine Stelle einzunehmen. Der erging sich, wie es seine Art war, zunächst in Ausflüchten, behauptete, als armer Organist für die edle Fiedelei nicht geschickt zu sein (arm war er wahrhaftig, der gute Onkel steckte allerweil in Geldnöten, die Geige aber spielte er, wie jedermann wusste, meisterhaft), zudem wolle er der aufstrebenden bachischen Jugend nicht im Wege stehen etc. – kurzum: Er, Johann Christoph Bach, schlage vor, an seiner Stelle dem jüngsten Bach das honorige Amt anzutragen, welchselbiger sich dessen unfehlbar mehr als würdig erweisen werde. Der splendide Vorschlag wurde mit Jubel angenommen. Selbstverständlich hätte jeder der anwesenden Hochzeitsgäste das Liedchen fehlerlos herunterspielen können, doch niemand wollte sich das Spektakel entgehen lassen, wie der kleine Sebastian mit ernster Miene die Geige ans Kinn setzte, um mit dem hochberühmten Meister Pachelbel im Ensemble zu musizieren.

Natürlich spielte der Bruder seine Rolle glänzend. Nachdem der letzte Ton verklungen war, stand nicht allein den Frauen, nein, selbst den altgedienten Herren Kantoren, Organisten, Rats- und Hofmusikern das Wasser in den Augen. Man rief »vivat« und »da capo«, Sebastian wurde geherzt und geküsst, dass er unter den Liebkosungen beinahe erstickte. Auch mit Lob für die Komposition wurde nicht gegeizt, der Kollege Pachelbel hatte sich ins Zeug gelegt, à la bonne heure. Der murmelte in seiner unverständlichen fränkischen Mundart einen knappen Dank und strich dem frühklugen Wunderkind übers Haar.

Das Familienfest endete mit einem Gebet und mit einem schlichten Choral. Denn die ganze herrliche Musik erklang nicht allein zur Kurzweil der Menschen, sondern eigentlich und zuvörderst zur höheren Ehre Gottes. So hatten es die Bachs immer gehalten.

Karl XII. hob kaum merklich die Hand. Wer den König und seine Gewohnheiten nicht kannte, hätte die Bewegung für zufällig gehalten oder gar nicht bemerkt. Aber Grothusen, Düben und Jacob hatten gelernt, auf jede noch so geringfügige Zuckung ihres Herrn zu achten und sie richtig zu deuten. Mit dem Heben seiner Hand befahl der König: Stille!

Die Männer atmeten auf. Wie oft hatten sie den verfluchten Kanon durchgespielt? Keiner von ihnen hatte mitgezählt. Mit einem Seufzer ließen Düben und Grothusen die Bögen sinken, Jacob nahm die Flöte von den Lippen. Er wechselte einen Blick mit Düben.

Der Hofmarschall sah krank aus. Zwar hatte ihn das Wechselfieber verschont, aber er litt von ihnen am meisten unter Karls Zustand. Düben kannte den König von Jugend auf, er hatte auch den anderen Karl kennengelernt, den großmütigen, warmherzigen Freund. Aber Menschen änderten sich.

Jacob ekelte sich vor dem Anblick des Königs, jedes Wort aus seinem Munde widerte ihn an. Warum packte er nicht seine Siebensachen und machte sich davon? Wer sollte ihn aufhalten? Es wäre ein Leichtes, sich ein Pferd zu nehmen und fortzureiten. Aber wohin sollte er gehen? Zurück nach Konstantinopel? Niemand wartete dort auf ihn. Irgendetwas ließ ihn an Karls Seite bleiben. Es war keine Treue oder Anhänglichkeit. Jacob wusste selbst nicht, was es war.

Auch wenn Schweden und Deutschland weit weg waren, völlig abgeschnitten waren Karl und sein Hofstaat nicht von der restlichen Welt. Im Sommer letzten Jahres hatte der Sultan den Schweden die Erlaubnis erteilt, von Kronstadt über Honigberg und Jassy eine Postlinie nach Bender einzurichten. Jacob hatte einen Brief an Salome nach Arnstadt geschrieben, in aller Kürze von seinen Schicksalen erzählt und sich nach der Familie und einigen alten Freunden erkundigt. An Salomes Stelle hatte ihm Sebastian geantwortet, dessen Schreiben ihn über viele Umwege in Demotika erreicht hatte.

Jacob erkannte die Schrift auf den ersten Blick, auch seinen umständlichen und zugleich dürren Stil hatte Sebastian beibehalten. Wie ein gewissenhafter, aber gleichgültiger Kanzlist hatte der Bruder Jacobs Fragen Punkt für Punkt beantwortet: Die Familie sei wohlauf und freue sich, Jacob am Leben zu wissen. Er selbst, Sebastian, habe unterdessen die Hofmusikerstelle in Weimar angenommen, wo er nebst Frau und Kindern vergnügt lebe und nach seinem Sinne Kantaten und Orgelwerke komponiere. Über Jacobs Leipziger Freunde wusste Sebastian erstaunlich viel zu berichten, mit den meisten schien er bekannt oder sogar befreundet zu sein. So war Johann Georg Pisendel, inzwischen Erster Violinist der Dresdner Hofkapelle, offenbar ein häufiger und gerngesehener Gast im Hause Bach. Philipp Telemann war für kurze Zeit in Eisenach angestellt gewesen und danach Städtischer Musikdirektor in Frankfurt am Main geworden. Er und Sebastian standen in regem Austausch; Telemann war sogar Taufpate von Sebastians erstgeborenem Sohn Carl Philipp Emanuel. Johann David Heinichen und Gottfried Heinrich Stölzel hielten sich zu Studienzwecken in Italien auf, dem Gelobten Land der Musik. Fasch hatte es bis jetzt nur zum Kammerschreiber von Gera gebracht, ließ sich aber oft in Leipzig und Dresden sehen und wurde als Komponist hochgeschätzt. Sogar über Christian Ferdinand Abel wusste Sebastian Bescheid. Der Gambist war wohlbehalten nach Deutschland zurückgekehrt, hatte den schwedischen Dienst verlassen und geheiratet. Anschließend hatte er sich tatsächlich am preußischen Hof anstellen lassen. Aber nach dem Tod des prachtliebenden Königs Friedrich hatte dessen Sohn, der knauserige Friedrich Wilhelm, die Hofkapelle aufgelöst. Dafür hatte Fürst Leopold von Anhalt-Köthen, ein wahrer Musikliebhaber, eine neue Kapelle aufgebaut. So war Abel nach Köthen gegangen.

Und so weiter. Fast jeder von Jacobs alten Kameraden hatte eine Familie gegründet, eine Posten ergattert und es zu einem angesehenen Mitglied der bürgerlichen oder höfischen Gesellschaft gebracht. Was hatte dagegen Jacob vorzuweisen? Der König, dem er gedient hatte, war geschlagen und hatte sein Reich und dazu seinen Verstand verloren.

Es ging auf den Mittag zu. So genau wusste es niemand. Die Standuhren, die sich im Königshaus von Bender befunden hatten, waren verbrannt oder von den Janitscharen geraubt worden. Die kostbare Taschenuhr, die ihm Karl XII. am Vorabend der Schlacht von Poltawa geschenkt hatte, war ebenfalls zur Kriegsbeute geworden. Sie war ihm nach ihrer Befreiung nicht zurückerstattet worden. Düben war seine Uhr auf dieselbe Weise losgeworden, und Grothusen und Müllern hatten ihre verbliebenen Besitztümer bei einem Krämer verpfändet. Die beiden hatten buchstäblich ihr letztes Hemd für den König gegeben. Allerdings konnten die Schweden auf ihre Uhren ganz gut verzichten. Zeit spielte kaum eine Rolle. Bei Sonnenaufgang rief der Muezzin die Türken zum Gebet; noch viermal erscholl im Laufe des Tages sein Ruf. Glockengeläut ertönte nur zu hohen christlichen Feiertagen. Die Türken ließen sich die Erlaubnis für das Geläut von Griechen und Armeniern teuer bezahlen. So lebten sie dahin. Und warteten. Warteten auf das eine Wort, das nur der König aussprechen konnte.

Kein Zweifel, es war Mittag: Der köstliche Duft der Müllern'schen Krautwickel, von den Schweden *Kåldolmar* genannt, drang ihnen bereits in die Nase und machte ihnen den Mund wässerig. Zu Pfingsten hatte Müllern aus gehacktem, stark gewürztem Lammfleisch, das bei den Türken *Köfte* hieß, kleine Bällchen – *Köttbullar* – geformt, von denen die Schweden schon in Bender nicht genug bekommen konnten. Heute würden die Weinblätter nur mit Reis und Zwiebeln gefüllt sein, schließlich war Karfreitag. Aber Fleisch überstieg ohnehin die Möglichkeiten der königlichen Schatulle. Karl XII. war es gleichgültig, er aß weniger denn je. Meist nahm er nur ein oder zwei Bissen zu sich. Das gemeinsame Mittagessen war ein leeres und freudloses Ritual. Aber ihre Mägen knurrten.

Auf Karls Nachttisch stand eine kleine Glocke, mit der er Hultman herbeiklingelte, wenn er seiner bedurfte, zum Beispiel, wenn er seine Mahlzeit einzunehmen gedachte. Jeden Augenblick würde er seine Hand nach der Glocke ausstrecken. Aber der König griff nicht nach der Glocke. Stattdessen holte er unter seinem Kissen Gustav Adolfs Bibel hervor.

»Wir wollen in der Heiligen Schrift lesen.«

An manchen Tagen las Karl stundenlang in der Bibel, dann wieder ließ er das Buch wochenlang unbeachtet. Tiefe Frömmigkeit und Zuversicht wechselten sich mit Verzweiflung, ja Anfällen von Gotteslästerung ab. Den einen Augenblick predigte der König über Gottes unergründliche Gnade und rührte sich dabei selbst zu Tränen, den anderen Augenblick schrie er wie besessen unfassbare Lästerungen heraus. Gerade hatte ihn wieder einmal eine andächtige Stimmung ergriffen. Er redete von der Auferstehung und dem Heiligen Grab.

Seit Karl wenige Wochen, nachdem sie von Leipzig aufgebrochen waren, in Görlitz ein Heiliges Grab und andere Nachbauten der Stätten besichtigt hatte, die in Jesu Passion eine Rolle spielten, hatte ihn der Gedanke der Auferstehung nicht mehr losgelassen. In Bender war der König dann auf die Idee verfallen, eine Expedition ins Heilige Land zu schicken, um das echte Grab aufzusuchen, alles abzuzeichnen und ihm darüber zu berichten. Die Herren Loos, Sparre, Gyllenskep und Eneman waren auch wohlbehalten nach Konstantinopel zurückgekommen, im Gepäck Unmengen von Zeichnungen, die Karl XII. nächtelang betrachtete. Michael Eneman musste ihm jede Einzelheit erklären und über jeden Tag ihrer Reise ausführlich berichten.

Hagedorn war nicht mit ihnen zurückgekehrt. Der Magister, erzählte Eneman, habe sich im Heiligen Land als Arzt einen Namen gemacht. Ständig seien die Schweden von der einheimischen Bevölkerung bedrängt worden, die sich Heilung von dem Wundermann versprach. Dem braven Hagedorn sei diese Verehrung schließlich zu Kopfe gestiegen; überhaupt habe er sich die ganze Zeit über höchst seltsam benommen, beinahe so, als gehöre er nicht zu ihnen, sondern zu den Muselmännern. Schließlich – es grause ihn, Eneman, dies auszusprechen, und er schäme sich zutiefst, es zuzugeben – komme er nicht umhin, Seiner Majestät die schreckliche Nachricht mitzuteilen, dass der Magister Hagedorn, vormals Feldprediger Seiner Majestät, zum türkischen Glauben übergetreten und zu Jerusalem verblieben sei. Er, Eneman, mache sich schwerste Vorwürfe, aber er habe es nicht vermocht, das Seelenheil des Magisters zu retten, der nun unfehlbar seines abscheulichen Abfalls halber in der Hölle schmoren müsse.

Karl XII. hatte herzlich über die betrübliche Begebenheit gelacht und dem fassungslosen Eneman erklärt, wenn es nach ihm ginge, solle doch der Magister mit dem Gott der Muselmänner und ihrem Propheten selig werden. Er selbst glaube weder an Allah noch an sonst einen Gott.

Aber heute glaubte Karl doch wieder an Gott. Mit dem Daumen fuhr er über den breiten Schnitt der Heiligen Schrift und wählte aufs Geratewohl eine Seite aus. Er schlug die Bibel auf, schloss die Augen und fuhr mit seinem langen, dürren Finger auf der Seite herum, bis er von ungefähr an einer Stelle innehielt.

»Das zweite Buch der Chronik, fünftes Kapitel!«, sagte Karl XII. mit bewegter Stimme. »Gestern sprachen wir noch mit Eneman über das Heilige Grab zu Jerusalem, und nun finde ich die Stelle, wo König Salomo den Tempel baut. Hört also!« Leise, fast flüsternd, trug er die Stelle vor: »Und die Leviten und die Sänger alle, Asaph, Heman und Jedithun und ihre Kinder und Brüder, angezogen mit feiner Leinwand, standen gegen Morgen des Altars mit Zimbeln, Psaltern und Harfen, und bei ihnen hundertzwanzig Priester, die mit Drommeten bliesen; und es war, als wäre es einer, der drommetete und sänge, als hörte man eine Stimme loben und danken dem Herrn. Und da die Stimme sich erhob von den Drommeten, Zimbeln und Saitenspielen und von dem Loben des Herrn, dass er gütig ist und seine Barmherzigkeit ewig währet, da ward das Haus des Herrn erfüllt mit einer Wolke, dass die Priester nicht stehen konnten, zu dienen vor der Wolke; denn die Herrlichkeit des Herrn erfüllte das Haus Gottes.« Der König verstummte. Nacheinander sah er Düben, Grothusen und Jacob, die um sein Bett herumstanden, an. »Ja, so ist es«, sagte er gerührt. »Meine Freunde, meine lieben Seraphine: Die Wolke, dieser Nebel, von dem wir da lesen, welcher das Haus des Herrn erfüllt, ist er uns nicht Symbolum und Anzeigung der sonderbaren gnädigen Gegenwart Gottes? Die Musik – die Musik lässt die Gnade des Herrn auf uns herabkommen.«

Der König schlug die Bibel zu. Dann reichte er das Buch seinem Schatzkanzler: »Grothusen, schlag den 22. Psalm auf!«

Verwirrt blickte Grothusen den König an.

»Psalm 22!«

Hastig blätterte der Schatzmeister in dem gewaltigen Buch, um die Stelle zu finden.

»Vers 4!«

Grothusen brauchte eine Weile, bis er die Stelle gefunden hatte. Müdigkeit und Hunger machten ihn begriffsstutzig. Endlich hatte er den Finger auf den richtigen Vers gelegt. Dann las er stockend: »Gott wohne unter dem Lob Israel, das ist im heiligen Tempel, da man zusammenkömpt, ihn zu loben und zu preisen. Wie nun Gott der Herr im Tempel zu Jerusalem mit seiner Gnadengegenwart wohnet, also will er noch heutigen Tages wohnen in den Herzen derer, so ihn loben und preisen.«

»Sehr gut! Jetzt Epheserbrief 5, Vers 18!«

Abermals blätterte Grothusen. Noch während er die Stelle suchte, sprach Karl die Verse, die er offensichtlich auswendig wusste: »Werdet voll Geistes: Redet untereinander in Psalmen und Lobgesängen und geistlichen Liedern, singet und spielet dem Herrn in eurem Herzen.«

Wieder blickte er in die Runde, als erwarte er, dass einer von ihnen etwas sagte. Aber alle schwiegen.

»Erkennt ihr es?«, fragte der König. »Das Gotteslob der Musik – beweist es nicht die Anwesenheit Gottes in einem jeden Menschen, der das Lob zum Erklingen bringt? Der Tempel, das ist der Tempel eurer Herzen, eurer Seelen. Die Musik, die wahre, die wahrhaft andächtige Musik lässt Gott gegenwärtig sein, und sie beweist zugleich seine Gegenwart. Darum spielt mir noch eine Weise, zum Lobe Gottes und zu unserem Heil.«

Entsetzt sahen sich Grothusen, Düben und Jacob an. Keine Macht der Welt konnte sie dazu bringen, ihre Instrumente wieder zur Hand zu nehmen und weiterzuspielen. Auch nicht der König.

Es klopfte. Es war Hultman. Der gute Hultman, wieder einmal rettete sie der Kammerdiener aus ihrer verzweifelten Lage. Gleich würde er das Mittagessen ankündigen. Dann würde Kanzler Müllern ihnen die dampfenden Schüsseln mit den Krautwickeln servieren und sich für seine Kochkünste preisen lassen. Und Gott weiß, ihr Lob kam von Herzen. Der König würde höchstens einen halben Wickel verzehren, so dass sie sich den Rest teilen konnten.

Hultman trat vor das Bett. Aber er kündigte nicht das Mittagessen an, sondern einen Besucher: »Majestät, Graf von Désaleurs bittet Sie dringend zu sprechen.«

Karl XII. verzog missbilligend das Gesicht. Aber sogleich hellte sich seine Mine auf. »Lass ihn nur ein, Hultman«, sagte er munter. »Er soll uns Gesellschaft leisten. Vor dem Bevollmächtigten Frankreichs habe ich kein Geheimnis.«

Désaleurs trat ein. Er war Ferriols Nachfolger und vertrat in Konstantinopel die schwedischen Interessen. Gewöhnlich vermied er es, die Hauptstadt zu verlassen. Er hatte den König nur ein einziges Mal in Bender besucht und war so rasch, wie er konnte, wieder abgereist. Es hieß, der französische Botschafter sei stets von der Angst verfolgt, sich mit einer furchtbaren Krankheit anzustecken. Darum hielt er sich immer ein parfümiertes Schnupftuck vor Nase und Mund. Désaleurs blickte sich angewidert um, zog den Hut und verbeugte sich kurz. »Majestät«, begann er auf Französisch, »ich komme, Ihnen mitzuteilen, dass die Pforte den Frieden mit dem Russischen Reich auf fünfundzwanzig Jahre bestätigt hat.«

Karl stöhnte auf. Das war die Nachricht, die er am meisten gefürchtet hatte – und die anderen so sehr herbeigesehnt hatten.

Der König schwieg eine lange Weile. »Grothusen«, sagte er dann, »hiermit ernenne ich dich zu meinem außerordentlichen Bevollmächtigten. Wähle dir hundert Männer aus, kleide dich und sie so prächtig ein wie nur möglich, fahre nach

Konstantinopel und nimm in aller Form bei der Hohen Pforte unseren Abschied.«

Der Schatzkanzler schluckte vernehmlich. Er hatte keinen roten Heller mehr auf der Naht. Karl XII. wusste das sehr wohl, aber es war ihm gleichgültig. Mochte Grothusen sehen, wie er die Komödie bezahlte, die er auf Befehl seines Königs in Konstantinopel aufführen sollte. Karl hatte sein Wort gegeben, seine Schulden mit Zins und Zinseszins zurückzuzahlen. Die Bankiers, bei denen er ohnehin in der Kreide stand, würden auch dafür noch Verständnis aufbringen.

»Graf Désaleurs«, fuhr Karl fort, »seien Sie bitte so freundlich und verhandeln mit dem Pascha den Tag unserer Abreise. Wir werden ein paar Wochen brauchen, um uns vorzubereiten.«

»Ein paar Wochen? Majestät reisen nicht mit einem unserer Schiffe?«

»Nein, Graf«, antwortete Karl XII., »wir ziehen den Landweg vor. Wenn der Kaiser mir freies Geleit gewährt, kann ich in zwei Wochen Stralsund erreichen.«

»In zwei Wochen wollen Sie in Pommern sein?«, brach es aus Düben heraus.

»Ja«, sagte Karl. »Schneller wird es nicht gehen, denn wir müssen einige Umwege in Kauf nehmen, um nicht über preußisches und sächsisches Gebiet zu reiten.«

»Wer soll Sie begleiten, Majestät?«, fragte Müllern.

»Ich nehme Düring und Rosen mit. Wir reisen inkognito. Grothusen, du musst mir deine Perücke leihen.«

Ende September begab sich Karl XII. auf die Heimreise. Der Sultan hatte edle Pferde und seidene Zelte als Abschiedsgeschenke nach Demotika geschickt, dazu eine Ehrengarde, die den König von Schweden an die siebenbürgische Grenze begleiten sollte.

Der königliche Hofstaat, etwa hundert Menschen, reiste durch Bulgarien, die Walachei und über die Pässe der Karparten bis zum Grenzdorf Pitesk. Dort trafen zur selben Zeit die Schweden ein, die unter Axel Sparre in Bender geblieben waren. Ein Dutzend Juden und Armenier hatte sich ihnen angeschlossen: Karls Gläubiger. Grothusen hatte sie nicht davon überzeugen können, dass der König nach seiner Heimkehr seine Schulden bezahlen würde. Sie zogen es vor, ihren Schuldner persönlich im Auge zu behalten.

Die schwedische Armee, ein buntgewürfelter Haufen aus alten Karolinern, Polen, Kosaken und Tataren, versammelte sich in einer großen Scheune. Karl XII. hielt eine kurze Abschiedsrede: Sie sollten sich um ihn keine Sorgen machen, für ihre Weiterreise sei gesorgt. Der Kaiser habe allen Schweden freies Geleit versprochen. Nur Schlesien sollten sie meiden. Auch dürften sie nicht über polnisches und sächsisches Gebiet wandern, Vetter August sei heute genauso wenig zu trauen wie ehedem. Im Übrigen durften die Rückkehrer die Route nach eigenem Gutdünken wählen, sie sollten sich nur so bald wie möglich in Stralsund einfinden. Damit setzte sich der König Grothusens Perücke auf und gab seinem Pferd die Sporen. Nur Poniatowski und zwei Offiziere begleiteten ihn.

Sparre hatte die Rückkehrer in fünf Divisionen eingeteilt, jede davon wiederum in drei Gruppen zu etwa hundert Mann. Mit einem Abstand von jeweils einem Tag brachen die Abteilungen Ende Oktober auf. Von Klausenburg sollten sie über Debrezin und Wien nach Deutschland wandern.

Über den Törzburger Pass zogen sie zunächst nach Kronstadt. Dort empfing sie der kaiserliche General Steinville. In Ofen erfuhren sie, dass der König Stralsund bereits erreicht hatte. Karl hatte die ungeheure Strecke innerhalb von vierzehn Tagen, teils mit der Postkutsche, meist aber zu Pferde, zurückgelegt. Dabei soll er nicht ein einziges Mal seine Kleider oder Stiefel abgelegt haben.

XLII.

Ecce homo

Weimar
1715
Karsamstag

Die Wohnung des Herzoglich-Weimarischen Hoforganisten und Konzertmeisters Johann Sebastian Bach war nicht schwer zu finden. Das schlichte dreigeschossiges Eckhaus stand am Markt, schräg gegenüber dem Roten Schloss. Es ging auf den Abend zu, alle neun Fenster waren erleuchtet. Kindergeschrei und Musik drangen auf die Straße hinaus. Im Erdgeschoss lieferten sich ein Zink und eine Geige einen lautstarken Wettstreit. Im Stockwerk darunter übte jemand ein ziemlich verzwicktes Stück auf dem Cembalo. Nach einigen leidlich gespielten Takten verzettelte sich der Schüler hoffnungslos, brach ab und fing wieder von vorn an – um abermals an demselben Lauf zu scheitern. Wieder und wieder begann er, ohne je über die verzweifelte Stelle hinauszukommen.

Beklommen blieb Jacob stehen: der Lärm, die Musik – wie damals im Eisenacher Stadtpfeiferhaus. All das lag so unendlich weit weg, gehörte in eine Zeit, als er ein anderer gewesen war. Was hatte er mit all dem zu schaffen? Er sollte sich umdrehen und seiner Wege gehen.

Warum war er hierhergekommen? Weimar lag nicht auf seinem Weg. In Bamberg hatte er sich von Sparre die Erlaubnis erbeten, auf eigene Faust über Thüringen nach Pommern zu wandern. Sie war ihm erteilt worden. Täglich war die Schar der

Wanderer geschrumpft, niemand verspürte große Lust, noch einmal mit Karl XII. in den Krieg zu ziehen. Sparre war machtlos dagegen. Darum hatte er Jacob in Gottes Namen ziehen lassen.

Über Coburg, Suhl und Erfurt war er nach Weimar gelangt.

Wie die anderen kam er als Bettler aus dem Krieg zurück. Der König von Schweden war bankrott, seine Soldaten hatten seit Jahren keinen Sold erhalten. Immerhin hatte Jacob seine Flöte, sie bewahrte ihn vor dem Verhungern. Aber er bot seine Kunst nicht wie früher in Schlössern und Kaffeehäusern dar. Auf seiner Wanderschaft hatte Jacob bei Bauernhochzeiten aufgespielt, auf Dorffesten, wie die Bierfiedler, die er als Musikergeselle so verachtet hatte. Sein Rock war zerrissen, an den Füßen trug er nur ein paar schmutzige Lappen. Was würde Sebastian dazu sagen? Wenn der Bruder noch der war, den er gekannt hatte, gar nichts. Sebastian würde sich an seinem Äußeren nicht stören, es womöglich nicht einmal zur Kenntnis nehmen.

Was hielt Jacob davon ab, an diese Tür zu klopfen? Er wusste darauf keine Antwort. Er wusste nur, dass er es nicht konnte. Nicht jetzt. Vielleicht morgen.

Mit einem Ruck wandte sich Jacob ab und kehrte zu seiner Herberge zurück.

Weimar war ein elendes Kaff. Der Marktplatz, an dem Sebastians Wohnung lag, und der Bezirk der Residenz mit der Wilhelmsburg, dem Theater und der Hofkirche nahmen etwa ein Drittel der Gesamtfläche ein. Ansonsten bestand die Residenzstadt aus einigen Hundert strohbedeckten Hütten, in denen Bauern und Handwerker hausten. Nur am Töpfermarkt standen Häuser mit Giebeldach. Die Straßen waren ein einziger Morast. Schafe, Ziegen, Hühner liefen frei umher, an jeder Ecke dampfte ein Misthaufen. Wie trostlos war das alles. Jacob mochte ein heimatloser Bettler sein, aber er beneidete Sebastian nicht darum, dass er sein Leben in diesem geistlosen Drecksnest verbringen musste.

Am Erfurter Tor hatte sich Jacob unter dem Namen Morgenstern, abgedankter schwedischer Korporal, angemeldet. Die Wache, ein junger Mann mit überraschend guten Manieren, hatte ihm das Ofenloch als Herberge empfohlen, der Wirt Grille habe lange Jahre unter August gedient und etwas übrig für alte Soldaten. Der Torhüter hatte die Wahrheit gesprochen. Über den Preis für die Dachkammer mit Strohsack und schöner Aussicht war er sich mit Grille schnell einig geworden.

Martin Grille hatte bei Kalisch ein Bein verloren, war als Invalide in seine Heimatstadt zurückgekehrt und hatte die Gastwirtschaft seines Oheims übernommen. Er wurde nie müde, Schnurren aus seiner Soldatenzeit zu erzählen, und fragte seine Gäste unablässig nach ihren eigenen Kriegserlebnissen aus. Abend für Abend musste Jacob ihm vom Feldzug Karls XII. und der unglücklichen Schlacht von Poltawa erzählen. Anfangs hatte er sich maulfaul gegeben, aber mit der Zeit hatte es ihm gutgetan, sich den Krieg von der Seele zu reden.

Der Wirt wusste über die weimarischen Verhältnisse bestens Bescheid, auch über den Herrn Konzertmeister. Sebastian und Maria Barbara hatten inzwischen drei Kinder. Barbaras Schwester Friedelena, eine alte Jungfer, lebte ebenfalls im Hause. Außerdem beherberge Sebastian ein halbes Dutzend Schüler, darunter Johann Christophs Sohn Johann Bernhard. Im Übrigen beziehe der Herr Konzertmeister ein stattliches Gehalt und sei bei der herzoglichen Familie hoch angeschrieben. Indes habe es mit dem schönen Amt auch seine Tücken, denn die Herrschaften seien einander nicht grün. Um es geradeheraus zu sagen, sie zankten untereinander wie die Kesselflicker. In Weimar regierte nämlich nicht ein Herzog, sondern gleich zwei. Der eine, Wilhelm Ernst, residierte in der Wilhelmsburg; er war ein rechter Frömmler und geizig dazu. Im Sommer schickte er seinen gesamten Hof um neun, im Winter sogar schon um acht Uhr ins Bett, um Licht zu sparen. Seine Lakaien und Soldaten mussten jeden Tag den

Gottesdienst besuchen. Anschließend unterzog sie der Herzog einem strengen Examen, ob sie auch der Predigt aufmerksam zugehört hatten, und wehe dem, der den Salbader nicht bis aufs kleinste Jota nachbeten konnte. Wilhelms Neffe, der junge Herzog Ernst August, aber war ein Verschwender und Taugenichts.

Der ganze Ärger hatte angefangen, als der liederliche August die Volljährigkeit erreichte. Er wollte nun mitregieren, doch Onkel Wilhelm beharrte auf seiner Anciennität und dachte nicht daran, seine Vorherrschaft aufzugeben. Zwischen Onkel und Neffe sei nun ein ebenso lächerlicher wie gnadenloser Krieg ausgebrochen. Die beiden feindlichen Herzöge ließen sich Mist vor die Türe schaufeln, gegenseitig ihre Räte und Bediensteten verhaften und beschimpften sich in aller Öffentlichkeit. Es gehe zu wie im Tollhaus. Der arme Herr Bach sei also Diener zweier Herren. Beide Herzöge bewiesen ihm hohe Ehren, überhäuften ihn mit Geschenken, aber erhöben auch gleiche Ansprüche auf ihn. Ernst August befehle Sebastian beinahe jeden Abend aufs Rote Schloss. Der alte Herzog hingegen behauptete, die Mitglieder der Hofkapelle dürften nur mit seiner ausdrücklichen Erlaubnis für seinen Neffen musizieren. Was sollte der Konzertmeister tun? Wie er es auch anstellte, einen der beiden Herzöge müsse er sich zum Feinde machen.

»Wenn Sie mich fragen, ich möchte nicht in seiner Haut stecken«, beendete Grille seinen Bericht.

»Ich auch nicht, Herr Grille«, pflichte ihm Jacob bei. »Weiß Gott, ich auch nicht. Gute Nacht, ich gehe nun zu Bett.«

»Gesegneten Schlaf, Herr Morgenstern.«

Gesegneten Schlaf.

Seinen Schlaf würde Jacob bekommen. Ob er gesegnet war, stand auf einem anderen Blatt. In Regensburg war das Wechselfieber zurückgekommen, nächtelang hatte er in seinem Schweiß gelegen. Jacob besaß noch ein Beutelchen Jesuitenpulver, das ihm Doktor Neumann überlassen hatte. Die Medizin vertrieb das Fieber, das ihn Nacht für Nacht schüttelte.

Dafür bescherte es ihm böse Träume.

Auf dem Weg zwischen Erfurt und Weimar war Jacob in einem einsam gelegenen Gasthaus eingekehrt. Dort hatte sich eine Schar Jenaer Studenten zu einem Zechgelage zusammengefunden. Sie hatten schon ein paar Tage und Nächte getrunken und waren zu Streichen aufgelegt. Jacob spielte ihnen auf. Die Studenten warfen ihm Münzen zu und hielten ihn frei. Jacob gab ihnen tüchtig Bescheid, und irgendwann war er sinnlos betrunken unter den Tisch gesunken. Von dem, was danach geschehen war, wusste er nicht, ob er es tatsächlich erlebt oder nur geträumt hatte. Nachdem die lustigen Brüder die Mitternacht mit einem Gesang begrüßt hatten, verfiel einer von ihnen, ein widerwärtiger Bursche mit einem verschlagenem Grinsen, auf den Gedanken, die Passion Christi aufzuführen. Ihn selbst – er hieß Gaugräff und war von Adel – wählten sie zum Christus. Die Studenten befahlen dem Wirt, ein Lamm zu braten, das sie ihr Osterlamm nannten. Nachdem sie das verzehrt hatten, reichte einer von ihnen ein Bierglas herum, aus dem sie als aus einem Kelche tranken, und reichte schwarze Rettichscheiben statt der Oblaten dar. »Saufen ist das allerbest schon zu Christi Zeit gewest«, lallte Gaugräff mit seinem Säuferbass. Dann sprach er, gotteslästerlich verdreht und verkehrt, die Einsetzungsworte. Schließlich wurde er von seinen Spießgesellen verhöhnt, verspottet, zum Scherz gegeißelt, mit einem roten Mantel umhangen, dann an ein Kreuz, das sie aus Brettern zusammengenagelt hatten, ausgestreckt angebunden, nach einer Weile abgenommen und in einem alten, großen Backtrog begraben, den sonst der Wirt zum Ausbluten nach dem Schlachten gebrauchte. Als die Studenten nach einigen Augenblicken den Backtrog wieder öffneten, lag da – der Kantor Arnold! Er war ein Leichnam, aber er lebte. Und lachte sein böses, markerschütterndes Lachen.

An dieser Stelle des Traumes schreckte Jacob jedes Mal auf. Dann sank er wieder in einen unruhigen Schlaf.

Der Morgen graute. Jacob stand von seinem Strohsack auf, ging zum Fenster hinüber und blickte hinaus. Über Weimars Dächern lag schmutziger Nebel, die Glocke der Stadtkirche St. Peter und Paul schlug gerade sechs Uhr. Jacob packte sein Felleisen. Er legte die vier Groschen, die er Grille für Kost und Logis schuldete, auf die Fensterbank. Dann kletterte er die Stiege hinunter ins Gastzimmer.

Jacob verließ das Ofenloch und begab sich durch die einsamen Gassen zum Markt hinüber. Nach wenigen Augenblicken stand er vor dem Konzertmeisterhaus. Es war vollkommen still. Ganz oben, hinter einem Dachfenster brannte Licht: Sebastian nutzte die frühe Morgenstunde, um ungestört zu arbeiten. Er legte letzte Hand an seine Osterkantate. Wenn die Violinisten, Gambisten, Oboisten und Sänger ihre Noten auf das Pult gelegt bekamen, würde die Tinte noch nicht trocken sein. Aber die Musik, die sie zu spielen hatten, war vollendet.

Jacob legte die Hand auf den Türklopfer, einen schweren Ring aus Bronze. Jäh zog er sie wieder zurück, griff in seine Rocktasche und holte eine Spiegelscherbe hervor, die er irgendwo auf dem Wege hierher von der Straße aufgelesen hatte. Er betrachtete darin sein Gesicht. Ein Fremder blickte ihn an. Jacob war nur etwas über dreißig Jahre alt, aber hätte sich selbst für einen Greis gehalten. Seine Haare waren ergraut, die Haut von Kälte, Wind und Narben gezeichnet. Sein Gebiss war schadhaft, ihm fehlten ein halbes Dutzend Zähne. Zwei blutunterlaufene Augäpfel glotzten ihm entgegen. Behutsam stellte Jacob die Scherbe auf den Türklopfer und trat einen Schritt zurück. Er breitete die Arme aus. Seine Hände zeigten die Spuren der juckenden Räude, er hatte sich überall blutig gekratzt. Ein Schauer aus Ekel und Selbstmitleid überkam ihn. Da hörte er eine glucksende Stimme in seinem rechten Ohr. »Ecce homo«, kicherte es. »Siehe da, ein Mensch.«

Plötzlich glaubte Jacob die Schärfe von Rettich in seinem Mund zu schmecken. Er blickte noch einmal in den Spiegel – und musste lauthals lachen.

Jacob lachte, bis er keine Luft mehr bekam.

Dann wandte er sich um. Ohne sich umzublicken, lief Jacob über den Markt auf das mitternächtliche Tor zu.

Der Wächter öffnete eben die Pforte.

JOHANN JACOB BACH gelangte nach Stockholm und wurde Mitglied der königlichen Hofkapelle. Er heiratete die Kaufmannstochter Susanna Maria Gaast, die nach wenigen Jahren verstarb. Aus der Ehe ging 1718 die Tochter Anna Maria hervor, die nur anderthalb Jahre alt wurde. Am 15. Oktober 1721 heiratete er die Witwe Ingeborg Magdalena Norell. Am 16. April 1722 starb Jacob Bach im Alter von vierzig Jahren.

KARL XII. von Schweden versuchte nach seiner Ankunft in Stralsund, Pommern von seinen Feinden zurückzuerobern, musste aber im Dezember 1715 nach Schweden fliehen. Bei der Belagerung von Frederikshal in Norwegen 1718 wurde er von einer Kugel tödlich getroffen. Bis heute ist nicht geklärt, ob es eine feindliche war oder ob Karl XII. von den eigenen Leuten erschossen wurde.

PETER I. der Große begründete mit seinem Sieg über Schweden die russische Großmachtstellung. 1712 heiratete er seine langjährige Geliebte Martha Elena Skawronska, die ihm zwölf Kinder gebar und nach seinem Tod als Katharina I. die Herrschaft übernahm.

ANASTASIA folgte Charles de Ferriol nach Frankreich. Nach dessen Tod wurde sie eine Berühmtheit der Pariser Salons und unterhielt einen regen Briefwechsel mit Voltaire. Anastasia starb 1733 an der Schwindsucht.

LORENZ HAGEDORN nannte sich nach seiner Bekehrung zum Islam Ayyub Abd al-Masih und ließ sich als Arzt in Adrianopel nieder, wo er hochbetagt und von seinen Mitbürgern verehrt starb.

STANISLAUS PONIATOWSKI stellte sich nach dem Tod Karls XII. in den Dienst Augusts von Polen und heiratete die Prinzessin Konstancja Czartoryska. Einer seiner Söhne wurde unter dem Namen Stanislaus II. August der letzte König von Polen.

ADAM LUDWIG LEWENHAUPT geriet nach der Kapitulation bei Perewolotschna in russische Gefangenschaft. Er starb 1719 in Moskau.

CARL GUSTAF REHNSKIÖLD blieb bis 1718 in russischer Gefangenschaft. Nach seiner Heimkehr zog er sich ins Privatleben zurück und starb 1722.

JOHANN SEBASTIAN BACH verließ Ende 1717 Weimar, um in die Dienste des Fürsten Leopold von Anhalt-Köthen zu treten. Sechs Jahre darauf wurde er Thomaskantor in Leipzig. Er versah dieses Amt bis zu seinem Tode im Jahre 1750.